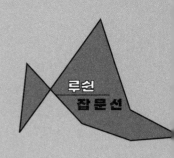

루쉰
잡문선

루쉰 잡문선

루쉰 지음
루쉰전집번역위원회 엮음

xbooks

목차

마오쩌둥毛澤東은 1940년 1월에 발표한 「신민주주의론」에서 루쉰을 "중국문화운동의 주장主將으로서 위대한 문학가이자 사상가, 혁명가"라고 평가하면서 '루쉰의 방향이 곧 중화민족 신문화의 방향'이라고 밝힌 적이 있다. 그러나 1957년 상하이에 잠시 들른 마오쩌둥은 누군가에게 "루쉰이 지금 살아 있다면 어떻게 되었을까요?"라는 질문을 받자, "내 생각에는 감옥에 갇혀 글을 쓰고 있거나, 아니면 상황이 어떻게 돌아가는지 알고서 아무 소리 않고 가만히 있을 것 같소" 하고 대답했다고 한다.

한때는 '공자가 봉건 구사회의 성인이라면, 루쉰은 신중국의 성인이다'라고 치켜세웠던 마오쩌둥이 시대를 달리하여 사뭇 다른 평가를 내린 까닭은 무엇일까? 아마도 절대 권력자가 된 마오쩌둥이 모든 권력에 끈질기게 저항하는 루쉰 글쓰기의 본질을 꿰뚫고 있어서일 것이다. 루쉰은 중국사회에 뿌리 깊게 잔존해있던 봉건적 관념과 이에 기생했던 절대권력에 저항하여 시대와의 불화를 스스로 선택하고 이에 맞서 끈질기게 싸웠다. 인간의 자유와 해방을 억압하는 모든 것과 전면적으로 맞서 싸우는 것, 바로 이 지점이 우리가 20세기를 넘어 지금 여기에 루쉰을 다시 소환하는 이유이다.

루쉰은 '사람 세우기立人'로부터 출발하여 '국민성 개조'를 자신의 역사적 소명으로 인식하였다. 그는 자신의 사상이 너무 어둡고 스스로도 옳은지 그른지 확신이 없기에 자신의 사상을 남에게 전염시키는 것을 원치 않는다고 말하면서도, 그럼에도 불구하고 이 역사적 소명을 위해 싸움을 멈추지 않겠노라 다짐한다. 이러한 점에서 루쉰의 글쓰기는 사회현실의 문제에서 비켜서지 않는 성찰적 몸부림이자, 적들이 쳐놓은 겹겹의 그물망을 돌파하는 무기이다. 그런데 루쉰 스스로 밝히고 있듯이, 그의 글은 단문을 선호하고 반어적인 표현을 즐겨 사용하는지라 의미는 간결할지라도 주의를 기울여 읽지 않으면 쉽게 다가오지 않을 때도 있다. 이로 인해 그의 글은 때로 오독과 오해를 불러일으키기도 한다. 루쉰의 글을 꼼꼼히 읽어야 할 이유가 바로 여기에 있다.

루쉰의 작품은 당시의 사회상과 인물상들을 그대로 재현하여 리얼한 세계를 펼쳐 보여 준다. 그의 작품 세계에서는 과거와 현재, 시골과 도시, 희망과 절망 등의 대립물 사이의 인력과 척력이 긴장을 이루고 있다. 이를 두고 어떤 평자는 루쉰의 작품에 두 개의 세계, 두 개의 중심, 혹은 평행선과 같은 원심력과 구심력이 작동하고 있다고 논하기도 하고, 그 속에 담긴 사라지지 않을 것 같은 절망과 희미하게 발견되는 희망의 몸짓을 읽기도 했다. 루쉰 산문시는 도저히 동거할 수 없는 두 개의 중심을 한 몸에 갖고 있는, 모순적 존재로서의 작가 루쉰의 절절한 자기 성찰과 해부의 세계이다. 그것은 가장 절망적이었던 시기에 어떻게든 생존하며, 중도에 포기하지 않고, 한걸음이라도 앞으로 나아가려고 했던 루쉰의 생존 고투이기도 하다.

하지만 문학작품만 읽어서는 루쉰을 절반만 이해하는 것이다. 내용과 수량에 있어 루쉰 글의 압도적인 세계는 잡문雜文이라 할 수 있다. 그의 잡문은 구태의연하고 위선적인 지식인들과 정객들의 낙후성, 그리고 낡은 중국사회에 대한 날카로운 풍자와 비판의 글들이다. 우리말로는 정치시평時評에 가까운 이 글들을 루쉰은 스스로 '이것저것 잡스러운 느낌의 글들雜感文'이라고 낮춰 불렀다. 그러나 그의 잡문은 단순한 언어를 넘어 가시밭을 헤쳐나간 인간 루쉰의 육체 그 자체이자 눈물겨운 해학과 통쾌한 야유이기도 하다. 그렇기에 루쉰 잡문은 하나의 새로운 문학 장르이기 이전에 루쉰을 루쉰다움으로 완성시킨 세계라고 할 수 있다.

루쉰전집번역위원회에서는 루쉰작품에 입문하는 독자들을 위해 최대한 간략한 선집을 내기로 하였다. 루쉰의 글 가운데에서 장르와 시기, 저술 배경을 고려하면서 가능한 한 루쉰의 삶과 사상, 문학을 이해하는 데에 꼭 필요하다고 여겨지는 글들을 뽑아 엮었다. 이 글들을 여러 번 저작하면서 음미하노라면 어둠과 절망에 반항했던 루쉰의 참모습을 만날 수 있을 것이다. 이 선집이 루쉰을 폭넓게 알고자 하는 독자 여러분에게 유용한 길라잡이가 되기를 바란다. 이 선집의 출판을 위해 수고를 아끼지 않은 엑스북스의 편집부 여러분께 감사드린다.

2018년 9월
루쉰전집번역위원회

일러두기

1 이 책은 『루쉰전집』(그린비출판사, 전20권)에 수록되어 있는 루쉰의 잡문 중에서 가려뽑은 것입니다.

2 외국의 인명이나 지명, 작품명은 〈국립국어원〉에서 펴낸 '외래어 표기법'에 근거해 표기했습니다. 단, 중국의 인명은 신해혁명(1911년) 때 생존 여부를 기준으로 현대인과 과거인으로 구분하여 현대인은 중국어음으로, 과거인은 한자음으로 표기했으며, 중국의 지명은 구분을 두지 않고 중국어음으로 표기하는 것을 원칙으로 했습니다.

魯迅

정론선

『외침』서문

나도 젊었을 땐 많은 꿈을 꾸었다. 뒤에 대부분 잊어버렸지만 그래도 그리 애석하지는 않다. 추억이란 사람을 즐겁게 만들기도 하지만 때로는 쓸쓸하게 만들기도 한다. 이미 스러져 간 그 쓸쓸한 시간들을 정신의 실오라기로 붙들어 매어 둔들 또 무슨 의미가 있으랴. 나로선 깡그리 잊어버리지 못하는 것이 괴롭다. 그 남은 기억의 한 부분이 지금에 이르러 『외침』^{吶喊}이 된 것이다.

예전에 나는 4년 남짓한 시간을 거의 매일같이 전당포와 약방을 들락거린 적이 있다. 몇 살 때인지 잊어버렸지만 아무튼 약방 창구가 내 키만 했고 전당포의 그것은 내 키의 갑절이나 되었다. 나는 내 키의 갑절이나 되는 전당포 창구 안으로 옷가지나 머리장식 같은 것을 들이밀어 모멸 어린 돈을 받은 뒤 다시 내 키만 한 약방 창구에서 병환 중인 아버지에게 드릴 약을 받아 오곤 했다. 집으로 돌아온 뒤엔 또 다른 일이 기다리고 있었다. 처방을 한 의원이 명의였던지라 거기에 소용되는 약재도 유달랐기 때문이다. 한겨울의 갈대뿌리, 삼 년이나 서리 맞은 사탕수수, 교미 중인 귀뚜라미, 열매 달린 평지목 등등 하나같이 구하기 힘든 것들이었다. 하지만 아버지 병세는 날로 깊어져 끝내 세상을 버리고 말았다.

어지간한 생활을 하다가 밑바닥으로 추락해 본 사람이라면 그 길에서 세상인심의 진면목을 알 수 있으리라. 내가 N으로 가서 K학당에 들어가려 했던 것도 다른 길을 걸어 다른 곳으로 도망을 가 다르게 생긴 사람들을 찾아보고자 함이었을 게다. 어머니는 방법이 없었는지 팔 원의 여비를 마련해 주시며 알아서 하라고 하셨다. 하지만 어머니는 울었다. 이는 정리情理상 당연한 것이었다. 그 시절은 경서를 배워 과거를 치르는 것이 정도요, 소위 양무를 공부한다는 것은 통념상 막장 인생이 서양 귀신에게 영혼을 파는 것으로 간주되어 몇 갑절의 수모와 배척을 당해야 했으니 말이다. 더구나 어머니 역시 당신의 아들을 만날 수 없을 것이었다. 하지만 나 역시 그런 일에 구애될 수는 없었다. 하여 N으로 가서 K학당에 들어간 것이다. 이 학교에서 나는 비로소 세상에는 격치[1]니 수학이니 지리니 역사니 미술이니 체조니 하는 것이 있음을 알았다. 생리학은 배우지 않았지만 목판본 『전체신론』이나 『화학위생론』 같은 것을 볼 수 있었다. 옛날의 한방 이론이나 처방을 신지식과 비교해 보고는 한의란 결국 의도하든 않든 간에 일종의 속임수에 불과하다는 것을 점차 깨닫게 되었다. 그러자 속임을 당한 병자나 그 가족들에 대해 동정심이 생겨났다. 게다가 번역된 역사책으로부터 일본의 유신이 대부분 서양 의학에서 발단했다는 사실도 알게 되었다.

이런 유치한 지식은 그 뒤 내 학적을 일본의 어느 지방 도시 의학전문학교에 두게 만들었다. 내 꿈은 아름다웠다. 졸업하고 돌아가면 내 아버지처럼 그릇된 치료를 받는 병자들의 고통을 구제해 주리라, 전시에는 군의를 지원하리라, 그런 한편 유신에 대한 국민들의 신앙을 촉진시키리라, 이런 것이었다. 미생물학 교수법이 지금은 어떻게 발전했는지 모르겠지만, 아무튼 그 무렵엔 환등기를 이용해 미생물의 형상을 보여 주는 것이 일반적이었다. 어떤 때는 한 시간 강의가 끝나고 시간이 아직 남았을 경우 선생은 풍경이나 시사에 관한 필름을 보여 주는 것으로 시간을 때우곤 했다. 때는 바야흐로 러일전쟁 당시였으니 전쟁에 관한 필름이 많았음은 물론이다. 이 교실에서 나는 언제나 내 학우들의 박수와 환호에 동조하지 않으면 안 되었다. 한번은, 화면상에서 오래전 헤어진 중국인 군상을 모처럼 상면하게 되었다. 한 사람이 가운데 묶여 있고 무수한 사람들이 주변에 서 있었다. 하나같이 건장한 체격이었지만 몽매한 기색이 역력했다. 해설에 의하면, 묶여 있는 사람은 아라사[러시아]를 위해 군사기밀을 정탐한 자로, 일본군이 본보기 삼아 목을 칠 참이라고 했다. 구름같이 에워싸고 있는 자들은 이를 구경하기 위해 모인 구경꾼이었다.

　그 학년이 채 끝나기도 전에 나는 도쿄로 왔다. 이 일이 있은 후로 의학은 하등 중요한 게 아니란 생각이 들었기 때문이다. 어리석고 겁약한 국민은 체격이 아무리 건장하고 우람한들 조리돌림의 재료나 구경꾼이 될 뿐이었다. 병으로 죽어 가는 인간이 많다 해도 그런 것쯤은 불행이라 할 수 없다. 그래서 우리가 제일 먼저 해야 할 일은 저들의 정신을 뜯어고치는 일이었다. 그리고 정신을 제대로 뜯어고치는 데는, 당시 생각으로, 당연히 문예를 들어야 했다. 그리하여 문예운동을 제창할 염念이 생겨났다. 도쿄 유학생 대다수는 법정·물리화학·경찰·공업 같은 것을 공부하고 있었다. 문학이나 예술을 공부하는 자는 찾아보기가 어려웠다. 그래도 그런 썰렁한 분위기 속에서 그럭저럭 몇몇 동지를 찾아냈다. 그리고 꼭 필요한 몇 사람을 끌어모아 상의를 한 뒤 첫걸음을 잡지 출간으로 잡았다. 제목은 '새 생명'이란 의미를 취하기로 했다. 당시 우리에겐 복고풍이 대세였으니 그리하여 그 이름을 『신생』新生이라 붙였던 것이다.

　『신생』의 출판기일이 다가왔지만 원고를 담당한 몇 사람이 자취를 감추었고 이어서 물주가 달아나 버렸다. 결국 땡전 한 푼 없는 세 사람만 달랑 남게 되었다. 시작부터가 이미 시류를 등진 것이었으니 실패한들 물론 할 말이 없었다. 그리고 그 뒤 이 셋조차 각자의 운명에 쫓겨 더 이상 한데 모여 미래의 아름다운 꿈을 이야기할 수도 없게 되었다. 이것이 유산된 『신생』의 결말이다.

이제껏 경험치 못한 무료를 느끼게 된 것은 그후의 일이다. 처음엔 왜 그런지 몰랐다. 그런데 그 뒤 이런 생각을 하게 되었다. 무릇 누군가의 주장이 지지를 얻게 되면 전진을 촉구하게 되고 반대에 부딪히면 분발심을 촉구하게 된다. 그런데 낯선 이들 속에서 혼자 소리를 질렀는데도 아무런 반응이 없다면, 다시 말해 찬성도 반대도 하지 않는다면, 아득한 황야에 놓인 것처럼 어떻게 손을 써 볼 수가 없다. 이는 얼마나 슬픈 일인가. 그리하여 내가 느낀 바를 적막이라 이름했다.

이 적막은 나날이 자라 큰 독사처럼 내 영혼을 칭칭 감았다.

허나 까닭 모를 슬픔이 있었지만 분노로 속을 끓이지는 않았다. 이 경험이 나를 반성케 했고 자신을 돌아보게 만들었기 때문이다. 그러니까 나라는 사람은 팔을 들어 외치면 호응하는 자들이 구름처럼 모여드는 그런 영웅은 결코 아니었던 것이다.

다만 나 자신의 적막만은 떨쳐 버리지 않으면 안 되었다. 내겐 너무도 고통스러웠기 때문이다. 그리하여 나는 온갖 방법을 써서 내 영혼을 마취시켰다. 나를 국민國民들 속에 가라앉히기도 했고 나를 고대古代로 돌려보내기도 했다. 그 뒤로도 더 적막하고 더 슬픈 일들을 몇 차례 겪었고 또 보기도 했지만 하나같이 돌이켜 보고 싶지 않은 것들이었다. 할 수만 있다면 기꺼이 그 일과 내 뇌수를 진흙 속에 묻어 사라져 버리게 만들고 싶었다. 그런데 내 마취법이 효험이 있었던지 청년 시절 비분강개하던 염이 다시는 일지 않았다.

S회관에는 세 칸 방이 있었다.[2] 전하는 얘기로는 마당의 홰나무에 한 여인이 목을 매고 죽었다 했다. 지금 그 나무는 올라갈 수 없을 정도로 자랐지만 그 방엔 아직도 사람이 살지 않는다. 몇 년간 나는 그 방에서 옛 비문을 베끼고 있었다. 내방객도 드물고 비문 속에서 무슨 문제니 주의니 하는 것을 만날 일도 없었다.[3] 이런 식으로 내 생명이 어물쩍 소멸해 갔다. 이 역시 내 유일한 바람이었다. 여름밤엔 모기가 극성이었다. 홰나무 아래 앉아 종려나무 부채를 부치며 무성한 잎 사이로 언뜻언뜻 비치는 시퍼런 하늘을 보고 있노라면 철 지난 배추벌레가 섬뜩하니 목덜미에 떨어지곤 했다.

그 무렵 이따금 이야기를 나누러 오는 이는 옛 친구 진신이金心異였다.[4] 손에 든 큰 가죽가방을 낡은 책상 위에 놓고 웃옷을 벗은 뒤 맞은편에 앉았다. 개를 무서워해서인지 그때까지도 가슴이 두근거리는 모양이다.

"이런 걸 베껴 어디다 쓰려고?" 어느 날 밤, 그는 내가 베낀 옛 비문들을 넘기면서 의혹에 찬 눈길로 물었다.

"아무 소용도 없어."

"그럼 이게 무슨 의미가 있길래?"

"아무 의미도 없어."

"내 생각인데, 자네 글이나 좀 써 보는 게…"

그의 말뜻을 모르는 게 아니었다. 그들은 한창 『신청년』이란 잡지를 내고 있었다. 하지만 그 무렵 딱히 지지자가 있었던 것 같지도 않고, 그렇다고 대놓고 반대하는 사람도 없는 것 같았다. 필시 그들도 적막을 느끼고 있었으리라. 그런데 내 대답은 이랬다.

"가령 말일세, 쇠로 만든 방이 하나 있다고 하세. 창문이라곤 없고 절대 부술 수도 없어. 그 안엔 수많은 사람이 깊은 잠에 빠져 있어. 머지않아 숨이 막혀 죽겠지. 허나 혼수상태에서 죽는 것이니 죽음의 비애 같은 건 느끼지 못할 거야. 그런데 지금 자네가 고래고래 소리를 질러 의식이 붙어 있는 몇몇이라도 깨운다고 하세. 그러면 이 불행한 몇몇에게 가망 없는 임종의 고통을 주는 게 되는데, 자넨 그들에게 미안하지 않겠나?"

"그래도 기왕 몇몇이라도 깨어났다면 철방을 부술 희망이 절대 없다고 할 수야 없겠지."

그렇다. 비록 내 나름의 확신은 있었지만, 희망을 말하는데야 차마 그걸 말살할 수는 없었다. 희망은 미래 소관이고 절대 없다는 내 증명으로 있을 수 있다는 그의 주장을 꺾을 수 없었기 때문이다. 그리하여 결국 나도 글이란 걸 한번 써 보겠노라 대답했다. 이 글이 최초의 소설 「광인일기」다. 그후로 내디딘 발을 물리기가 어려워져 소설 비슷한 걸 써서 그럭저럭 친구들의 부탁에 응했다. 그러던 것이 쌓여 십여 편이 되었다.

나 자신에게 있어서야, 나는 이제 절박해서 어쩔 수 없이 입을 열어야 하는 그런 인간은 아니라고 생각하지만, 아직도 지난날 그 적막 어린 슬픔을 잊지 못하고 있는 것일 터, 그래서 어떤 때는 어쩔 수 없이 몇 마디 고함을 내지르게 된다. 적막 속을 질주하는 용사들에게 거침없이 내달릴 수 있도록 얼마간 위안이라도 주고 싶은 것이다. 나의 함성이 용맹스런 것인지 슬픈 것인지 가증스런 것인지 가소로운 것인지 돌아볼 겨를은 없다. 그래도 외침인 이상 당연히 지휘관의 명령을 따라야 한다. 이따금 내가 멋대로 곡필曲筆을 휘둘러 「약」藥의 주인공 위얼瑜兒의 무덤에 난데없는 화환 하나를 바치거나 「내일」明天에서 산單씨네 넷째댁이 죽은 아들을 만나는 꿈을 짓밟지 않았던 것은 당시의 지휘관이 소극적인 것을 멀리했기 때문이다. 내 입장에서도 내 젊은 시절처럼 아름다운 꿈을 꾸고 있는 청년들에게 내 안의 고통스런 적막이라 여긴 것을 더 이상 전염시키고 싶지 않았던 것이다.

이렇게 말하고 보니, 내 소설이 예술과 거리가 한참 멀다는 것을 알 만하다. 그런데도 여전히 소설이라는 이름을 덮어쓰고 있고 책으로 묶을 기회까지 얻게 되었으니 어쨌거나 요행이라 하지 않을 수 없다. 요행이란 점이 나를 불안케 하지만 사람 사는 세상에 잠시 읽어 줄 이가 있으리란 억측도 하게 되니 아무튼 기쁜 일이다.

이에 나의 짤막한 이야기들을 묶어 인쇄에 넘긴다. 또한 앞서 말한 연유로 인해 『외침』이라 이름한다.

1922년 12월 3일 베이징에서 루쉰 적다

나의 절열관(節烈觀)

'세상의 도리가 야박해지고 사람의 마음人心이 날로 나빠져 나라가 나라답지 않다'라는 말은 본래 중국에서 역대로 있어 왔던 탄식의 소리이다. 그렇지만 시대가 다르면 이른바 '날로 나빠지는' 일에도 변화가 있게 마련이다. 과거에는 갑의 일을 지적했고, 오늘날에는 을의 일을 탄식할지 모른다. 감히 함부로 말하지 못하는, '임금에게 올리는' 것 이외의 나머지 글의 논의 속에는 줄곧 이런 말투가 있어 왔다. 왜냐하면 이렇게 탄식하면 세상 사람들을 훈계할 수 있을 뿐만 아니라 '날로 나빠지는' 것으로부터 자기를 제외시킬 수 있기 때문이다. 그래서 군자들이 서로를 개탄한 것은 물론이거니와 살인, 방화, 주색잡기, 돈 갈취를 일삼는 무리와 일체의 빈둥대는 사람들조차도 행패를 부리는 틈을 타서 고개를 가로 저으며 '사람들의 인심人心이 날로 나빠졌다'라고 말한다.

세상 풍조와 사람의 마음이라는 것은 그르치도록 부추겨 '날로 나쁘게 할' 수 있을 뿐만 아니라, 설령 부추기지는 않았다 하더라도 옆에서 구경·감상·탄식만 해도 그것을 '날로 나쁘게 할' 수 있다. 그래서 요 몇 년 사이에, 과연 공연히 빈말만 하지 않겠다는 몇몇 사람이 나타나 한 차례 탄식한 다음에 구제할 방법까지 생각하고 나섰다. 첫번째가 캉유웨이이다. 그는 손짓·발짓을 해대며 '입헌군주제'虛君共和라야만 된다고 했는데, 천두슈가 곧바로 시대에 맞지 않다고 물리쳤다.[5] 그 다음은 영학파靈學派의 사람들이다. 그토록 낡고 케케묵은 사상을 어떻게 생각해 냈는지 모를 일이지만, '성인 맹자'의 혼을 불러내어 획책하려 하는데, 천바이녠, 첸쉬안퉁, 류반눙이 이는 허튼소리라고 했다.[6]

이 몇 편의 논박문은 모두 『신청년』[7]에 실린 것 중에서 가장 간담을 서늘케 하는 글이다. 때는 이미 20세기가 되었고, 인류의 눈앞에는 벌써 서광이 번뜩이고 있다. 가령 『신청년』에서 지구가 네모냐 둥그냐 하고 다른 사람과 논쟁하는 글을 싣는다면 독자는 이를 보고 아마 틀림없이 어리둥절해할 것이다. 그런데 지금 변론하고 있는 것은 바로 지구가 네모나지 않다고 말하는 것과 거의 다를 바 없다. 시대와 사실을 가지고 대조해 볼 때, 어찌 간담이 서늘해지지 않을 수 있겠으며 두려움을 느끼지 않을 수 있겠는가?

근래에 입헌군주제는 제기하지 않게 되었지만 영학파는 여전히 저쪽에서 장난을 치고 있는 것 같다. 이때 일군의 사람들이 다시 나타나서 만족할 수 없다고 하여 여전히 고개를 가로 저으며 '사람의 마음이 날로 나빠지고 있다'고 한다. 그리하여 한 가지 구제 방법을 또 생각해 내어 그들은 그것을 '절열節烈을 표창한다'[8]라고 했다.

이러한 묘방은 군정복고시대[9] 이래로 위아래 할 것 없이 제창한 지 이미 여러 해가 되었다. 지금은 기치를 높이 들어 올리는 때에 지나지 않는다. 글의 논의 가운데에 '절열을 표창한다'라는 말이 예전처럼 항상 등장하고 또 그것을 시끄럽게 떠들어 대고 있다. 이런 말을 하지 않으면 '사람의 마음이 날로 나빠지다'로부터 자신을 빼낼 수 없는 것이다.

절열이라는 이 두 글자는 예전에는 남자의 미덕으로 간주되었는데, 그래서 '절사節士', '열사烈士'라는 명칭이 있었다. 그렇지만 오늘날 '절열을 표창한다'는 것은 오로지 여자만을 가리키고, 결코 남자는 포함하지 않는다. 오늘날 도덕가의 견해에 따라 구분해 보면, 대략 절節은 남편이 죽었을 때 재가하지도 않고 몰래 달아나지도 않는 것을 말하는데, 남편이 일찍 죽으면 죽을수록 집안은 더욱 가난해지고 여인은 더욱 '절'을 잘 지키게 된다. 그런데 열烈에는 두 가지가 있다. 하나는, 시집을 갔든 가지 않았든 남편이 죽기만 하면 여인도 따라 스스로 목숨을 끊는 경우이다. 하나는, 폭행을 당하여 몸을 더럽혔을 때, 자살을 기도하거나 저항하다 죽임을 당하는 경우이다. 그것도 참혹하게 죽을수록 여인은 더욱 '열'을 잘 지킨 것이 된다. 만약 방어할 겨를도 없이 끝내 모욕을 당하고 그런 다음 자살했다면 곧 사람들의 입방아를 피할 수 없게 된다. 천만다행으로 너그러운 도덕가를 만난다면 가끔은 약간 사정을 봐주어 여인에게 '열' 자를 허락할 수도 있다. 그러나 문인학사文人學士들이라면 여인을 위해 전기 짓는 일을 썩 달가워하지 않을뿐더러, 설령 마지 못해 붓을 들었다 하더라도 끝에 가서는 "애석하도다, 애석하도다"라는 몇 마디의 말을 덧붙이고야 만다.

종합하여 말하면, 여자는 남편이 죽으면 수절하거나 죽어야 하고, 폭행을 당하면 죽어야 한다. 이런 유의 사람들을 한바탕 칭찬해야 세상의 도리와 사람의 마음이 곧 좋아지고 중국이 곧 구제될 수 있다는 것이다. 대의는 단지 이런 것이다.

캉유웨이는 황제의 허명虛名에 신세를 지고 있고, 영학가들은 오로지 허튼소리에 의지하고 있다. 그러나 이 절열을 표창한다는 것에는, 그 모든 권력이 인민에 달려 있으므로 다분히 스스로의 힘에 의해 점차 발전해 가고 있다는 뜻이 들어 있다. 그렇지만 나는 여전히 몇 가지 의문이 있으므로 이를 제기해야겠다. 그리고 내 견해에 따라 그 해답을 주려고 한다. 나는 또 절열이 세상을 구제할 수 있다는 설은 대다수 국민들의 뜻이며, 주장하는 사람들은 목구멍과 혀에 지나지 않는다고 믿는다. 그것이 소리를 낸다고 하지만 그것은 사지, 오관, 신경, 내장과 모두 관련이 있다. 그래서 나는 이 의문과 해답을 대다수 국민들 앞에 제기하는 바이다.

첫번째 의문은, 절열을 지키지 않는(중국에서는 절을 지키지 않는 것을 '실절'失節이라 하는데, 열을 지키지 않은 경우에는 성어가 없다. 그래서 둘을 합쳐 '절열을 지키지 않는다'라고 할 수밖에 없다) 여자가 어떻게 나라를 해치게 되는가 하는 것이다. 현재의 상황에 비추어 볼 때, '나라가 나라답지 않다'는 것은 더 말할 필요도 없다. 양심을 팔아먹는 일들이 줄줄이 나타나고, 또 전쟁, 도둑, 홍수와 가뭄, 기근이 연달아 일어나고 있다. 그러나 이러한 현상들은 새로운 도덕과 새로운 학문을 따지지 않은 까닭에 행위와 사상이 옛것을 그대로 답습하고 있기 때문에 나타난 것이며, 그래서 여러 가지 암흑 현상이 결국 고대의 난세를 방불케하고 있는 것이다. 게다가 정계, 군대, 학계, 상계 등을 들여다보면 모두가 남자들이며 절열을 지키지 않은 여자는 전혀 그 속에 끼어 있지 않다. 또 권력을 가진 남자가 여자들에게 유혹당하여 양심을 팔아먹고 마음 놓고 나쁜 짓을 한다고 할 수도 없다. 홍수와 가뭄, 기근도 오로지 용왕에게 빌고 대왕大王을 맞이하면서 삼림을 남벌하고 수리시설을 갖추지 않은 데에 대한 벌이며, 새로운 지식이 없는 데에 대한 결과이므로, 여자와는 더욱 관계가 없다. 다만 병사나 도둑만이 때때로 절열을 지키지 않는 여인들을 많이 만들어 낸다. 그러나 역시 병사와 도둑이 먼저이며 절열을 지키지 않는 것은 나중이다. 결코 여자들이 절열을 지키지 않았기 때문에 병사와 도둑을 불러들인 것은 아니다.

그 다음의 의문은, 어째서 세상을 구제하는 책임이 오로지 여자에게만 있는가 하는 것이다. 구파^{舊派}의 입장에서 말하면, 여자는 '음류'^{陰類}이며, 안을 주관하는 사람으로서 남자의 부속품이다. 그렇다면 세상을 다스리고 나라를 구하는 일은 양류^{陽類}에게 맡겨져야 하며 전적으로 바깥주인에게 의지하고 주체^{主體}가 수고해야 한다. 결코 중대한 과제를 모두 음류의 어깨 위에 놓을 수는 없다. 새로운 학설에 따른다면 남녀가 평등하므로 의무도 대강 비슷할 것이다. 설령 책임을 져야 한다 하더라도 분담하지 않으면 안 된다. 그 나머지 반인 남자도 각자 의무를 다해야 하는 것이다. 폭행을 제거해야 할 뿐만 아니라 자신의 미덕을 발휘해야 한다. 그저 여자를 칭찬하고 징벌하는 것만으로 천직을 다했다고 말할 수는 없다.

그 다음의 의문은 표창한 다음에 무슨 효과가 있는가 하는 것이다. 절열이 근본이라는 것에 근거하여, 살아 있는 모든 여자를 분류해 보면 대략 세 부류에서 벗어나지 않는다. 한 부류는 이미 수절하여 표창을 받아야 하는 사람(열이라는 것은 죽지 않으면 안 되기 때문에 제외한다)이고, 한 부류는 절열을 지키지 않은 사람이고, 한 부류는 아직 출가하지 않았거나 남편이 아직 살아 있으며 또 폭행을 당하지도 않아 절열의 여부를 알 수 없는 사람이다. 첫번째 부류는 이미 훌륭한 일을 했으므로 표창을 받고 있어 더 말할 필요가 없다. 두번째 부류는 이미 잘못을 했고, 중국에서는 지금까지 참회를 허락하지 않으므로 여자가 한 번 잘못하면 잘못을 고치려고 해도 소용이 없어 그 부끄러움을 감내하지 않을 수 없으니 역시 말할 가치가 없다. 가장 중요한 것은 세번째 부류인데, 오늘날 일단 감화를 받으면 그들은 "만약 앞으로 남편이 죽으면 절대 재가하지 않겠으며, 폭행을 당하면 서슴없이 자살하겠다!"고 다짐을 한다. 묻건대, 이러한 결심이 중국의 남자들이 주관하는 세상의 도리와 사람의 마음과 무슨 상관이 있겠는가? 그 이유에 대해서는 이미 앞에서 설명했다. 부대적인 의문이 하나 더 있다. 절열을 지킨 사람은 이미 표창을 받아 당연히 품격이 제일 높다. 그런데 성현은 사람마다 배울 수 있지만, 이 일만은 그렇게 할 수 없는 측면이 있다. 가령 세번째 부류의 사람들은 비록 포부가 대단히 높다고 하더라도 만일 남편이 장수하고 천하가 태평하면 그들은 원한을 꾹 참고 삼키면서 평생 동안 이류의 사람으로 지낼 수밖에 없다.

이상은 옛날의 상식에 의거하여 대강 따져 본 것인데, 이미 여러 가지 모순을 발견하게 되었다. 만약 약간이라도 20세기의 정신을 가지고 보면, 또 두 가지 의문이 생긴다.

첫번째는 절열이 도덕인가 하는 것이다. 도덕이란 반드시 보편적이어서 사람마다 따라야 하고 사람마다 할 수 있고 또 자타 모두에게 이로워야 비로소 존재할 가치가 있다. 오늘날 이른바 절열이라는 것을 보면, 남자는 전혀 상관없는 것으로 제외되어 있을 뿐만 아니라, 여자라 하더라도 전체가 모두 영예를 입을 기회를 가질 수 있는 것도 아니다. 그래서 결코 도덕으로 인정할 수도 법식^{法式}으로 간주할 수도 없다. 지난번 『신청년』에 실린 「정조론」[10]에서 이미 그 이유를 밝힌 바 있다. 다만 정조는 남편이 아직 살아 있을 때의 일이고 절이란 남자가 이미 죽었을 때의 일이라는 점에서 구분될 뿐이며 그 이치는 유추할 수가 있다. 다만 열만은 특히 기괴하므로 좀더 따져 보아야 한다.

앞에서 말한 절열의 분류법에 의거하여 볼 때, 열의 첫번째 부류는 기실 절을 지키는 것일 뿐이며 죽느냐 사느냐 하는 차이에 지나지 않는다. 도덕가의 분류는 전적으로 죽느냐 사느냐 하는 데 근거를 두고 있기 때문에 그것을 열의 분류에 넣은 것이다. 성질이 전혀 다른 것은 바로 두번째 부류이다. 이 부류의 사람들은 약자(현재의 상황에서 여자는 여전히 약자이다)일 뿐이며, 갑자기 남성 폭도를 만나 부형이나 남편은 구해 줄 힘이 없고 이웃집 사람들도 도와주지 않으면, 그리하여 여인은 죽고 만다. 끝내 모욕을 당하고 그대로 죽는 경우도 있고, 마침내 죽지 않는 경우도 있다. 오랜 시일이 지난 다음 부형이나 남편이나 이웃집 사람들이 문인학사와 도덕가를 끼고 점점 모여들어 자신의 비겁이나 무능을 부끄러워하지도 않고 폭도들을 어떻게 징벌할 것인가를 말하지도 않고, 여인이 죽었느냐 살았느냐, 모욕을 당했느냐 그렇지 않으냐, 죽었으면 얼마나 훌륭한가, 살

앉으면 얼마나 나쁜가를 이러쿵저러쿵 따질 뿐이다. 그리하여 영광스런 수많은 열녀와, 사람들로부터 말과 글로써 비난받는 수많은 불열녀不烈女를 만들어 낸다. 마음을 가라앉히고 생각해 보기만 해도 이는 인간 세상에 있어서는 안 되는 일이라 느껴 지는데, 하물며 도덕이라 할 수 있겠는가.

두번째는 다처多妻주의인 남자는 절열을 표창할 자격이 있느 냐 하는 것이다. 이전의 도덕가를 대신해 말하면, 틀림없이 표 창할 수 있어야 한다. 왜냐하면 무릇 남자는 남다른 면이 있어 사회에는 오로지 그의 뜻만이 존재하기 때문이다. 한편으로 또 남자들은 음양내외陰陽內外라는 고전에 기대어 여자들 앞에서 거 드름을 피운다. 그렇지만 오늘날에 이르러 인류의 눈앞에는 광 명이 비치고 있으므로 음양내외의 설이 황당무계하기 짝이 없 다는 것은 분명하다. 가령 음양내외가 있다 하더라도 역시 양 이 음보다 존귀하고 외가 내보다 숭고하다는 이치를 증명해 낼 수는 없다. 하물며 사회와 국가는 남자 혼자 만들어 낸 것이 아 님에랴. 그러므로 일률적으로 평등하다는 진리를 믿을 수밖에 없다. 평등하다고 했으니 남녀는 모두 일률적으로 지켜야 하는 계약이 있다. 남자는 결코 자신이 지킬 수 없는 일을 여자에게 특별히 요구할 수는 없다. 매매나 사기나 헌납에 의한 결혼이 라 하더라도 생시에 정조를 지키라고 요구할 아무런 이유도 없 는데, 하물며 다처주의인 남자가 여자의 절열을 표창할 수 있 겠는가.

이상으로 의문과 해답은 모두 끝났다. 이유가 이처럼 앞뒤가 맞지 않은데 어찌하여 지금까지도 절열이 여전히 존재할 수 있었던가? 이 문제를 다루려면 먼저 절열이 어떻게 생겨났고 어떻게 널리 시행되었고 왜 개혁이 일어나지 않았는지 하는 연유를 살펴보아야 한다.

고대 사회에서 여자는 대체로 남자의 소유물로 여겨졌다. 죽이든 먹여 살리든 모든 것이 마음대로였다. 남자가 죽은 후 그가 좋아하던 보물과 일상적으로 사용하던 무기와 함께 순장하더라도 그것은 마음대로였다. 그후 순장의 풍습이 점차 고쳐지자 수절이 곧 점차 생겨났다. 그러나 대개 과부는 죽은 사람의 아내로서 죽은 혼이 따라다닌다고 하여 감히 데려가는 사람이 없었던 것이지, 여인은 두 지아비를 섬겨서는 안 된다는 것은 결코 아니었다. 이러한 풍습은 오늘날 미개인 사회에 여전히 남아 있다. 중국 태고 때의 상황에 대해 지금으로서는 상세하게 고증할 길이 없다. 다만 주대周代 말에 비록 순장이 있었지만 오로지 여인만을 사용한 것도 아니고 재가하든 그렇지 않든 자유롭게 맡겨져 어떤 제재도 없었으므로 이러한 풍습에서 벗어난 지가 이미 오래되었음을 알 수 있다. 한대로부터 당대에 이르기까지도 절열을 부추기지는 않았다. 송대에 이르자 '유학을 업으로 하는' 무리들이 비로소 "굶어 죽는 일은 대수롭지 않지만 절節을 잃는 일은 중대하다"라는 말을 했고, 역사책에서 '재가'라는 두 글자만 보아도 대수롭지 않은 일에 펄쩍 뛰었다. 진심에서 나온 것인지, 아니면 일부러 그랬는지 지금으로서는 추측할 길이 없다. 그때도 바야흐로 '사람의 마음이 날로 나빠져 나라가 나라답지 않은' 시대여서 온 나라의 선비와 백성들은 정말 말이 아니었다. 혹시 '유학을 업으로 하는' 사람들이 여자는 수절해야 한다는 말을 빌려서 남자를 채찍질하려고 했는지도 모를 일이다. 그러나 빙빙 에둘러서 하는 방법은 본래 떳떳치 못한 혐의가 있고 그 뜻도 분명히 알아차리기 어렵다. 나중에 이 때문에 몇몇 절부節婦가 더 생겼는지 모르겠으나 아전, 백성, 장수, 졸병은 여전히 감동을 받지 못했다. 그리하여 '가장 일찍 개화하여 도덕이 제일인' 중국은 마침내 '하늘이 은총을 내린'[11] '설선 황제, 완택독 황제, 곡률 황제' 등의 지배를 받게 되었다. 그후 황제가 여러 번 바뀌었지만 수절사상은 오히려 발달했다. 황제가 신하에게 충성을 다할 것을 요구하자 남자들은 더욱더 여자에게 수절을 요구했다. 청조에 이르자 유학자들은 실로 더욱더 극심하게 굴었다. 당대 사람이 쓴 글에 공주가 재가한 내용이 들어 있는 것을 보고 발끈 화를 내면서 "이게 무슨 일이람! 존자尊者를 위해 감추지 않다니, 이래서야 되겠는가!" 하고 말했다. 만약 이 당대 사람이 살아 있다면 유학자들은 틀림없이 그의 공명을 빼앗고 '그로써 사람의 마음을 바로잡고 풍속을 단정히 했을' 것이다.

국민이 피정복의 지위로 떨어지면 수절은 성행하게 되고 열녀도 이때부터 중시된다. 여자는 남자의 소유물이기 때문에 자기가 죽으면 재가하지 못하게 할 것이고, 자기가 살아 있다면 더욱이 남에게 빼앗기는 것을 허락하지 않을 것이다. 그렇지만 자기는 피정복 국민으로서 보호할 힘도 없고 반항할 용기도 없으니 다만 여인들에게 자살하도록 부추기는 기발한 방법을 내지 않을 수 없다. 아마 처첩이 넘쳐나는 높은 분들과 비첩이 줄을 잇는 부자들은 난리통에 그들을 제대로 돌보지도 못하고, '반란군'(또는 '황제의 군대')이라도 만나면 어떻게 해볼 도리도 없었을 것이다. 겨우 자기만 목숨을 구하고 다른 사람은 모두 열녀가 되라고 한다. 열녀가 되고 나면 '반란군'은 얻을 것이 없어지고 만다. 그는 난리가 진정되는 것을 기다렸다가 천천히 돌아와서 몇 마디 칭찬을 한다. 다행히도 남자가 재취再娶하는 것은 불변의 진리이므로 다시 여인을 맞이하면 모든 것이 그만이다. 이 때문에 세상에는 마침내 '두 열녀의 합전合傳'이니 '7녀의 묘지墓誌'니 하는 것이 있게 되었고, 심지어 전겸익[12]의 문집에도 '조씨 절부趙節婦', '전씨 열녀錢烈女라는 전기와 찬사가 가득차게 되었다.

자기만 있고 남은 돌보지 않는 민심에 여자는 수절해야 하고 남자는 오히려 여러 아내를 가져도 되는 사회에서, 이처럼 기형적인 도덕이 만들어지고, 게다가 그것이 날로 정밀·가혹해지는 것은 조금도 이상할 것이 없다. 그러나 주장하는 사람은 남자이고 속는 사람은 여자이다. 여자 자신들은 어찌하여 조금도 이의가 없었는가? 원래 "부婦는 복종하다라는 뜻이다"라고 했으니 남에게 복종하고 남을 섬기는 것은 당연하다. 교육은 고사하고 입을 여는 것조차 법을 어기는 일이었다. 그들의 정신은 그들의 체질과 마찬가지로 기형이 되어 버렸다. 그래서 이러한 기형적인 도덕에 대해 실로 이렇다 할 의견이 없었던 것이다. 설령 이견이 있다고 하더라도 발표할 기회가 없었다. "규방에서 달을 바라보노라", "뜰에서 꽃을 구경하네"라는 몇 수의 시를 지으려 해도 춘심을 품었다고 남자가 꾸지람을 할까 봐 걱정할 정도이니 하물며 '천지간의 바른 기풍'을 감히 깨뜨릴 수 있겠는가? 다만 소설책에서 몇몇 여인이 처지가 어려워서 수절을 원치 않았다고 기록하고 있는데, 책을 지은 사람의 말에 따르면, 그러나 여인은 재가한 후에 곧 전 남편의 귀신에게 붙잡혀 지옥으로 떨어졌으며, 또는 세상 사람들이 욕을 해 대어 거지가 되었고, 결국 구걸할 곳조차 없어서 마침내 참혹함을 견디다 못해 죽었다고 한다.

이러한 상황에서 여자는 '복종하지' 않을 수 없는 것이다. 그렇지만 남자 쪽에서는 어찌하여 진리를 주장하지 않고 다만 그저 어물어물 넘기고 말았는가? 한대 이후 언론 기관은 모두 '유학자'들에 의해 농단되었다. 송원대 이후에는 더욱 극심했다. 우리는 거의 유학자들의 책이 아닌 것은 하나도 찾아볼 수 없고 사인士人들의 말이 아닌 것은 하나도 들어 볼 수 없다. 중이나 도사가 임금의 명을 받들어 말을 할 수 있는 것 이외에 다른 '이단'의 목소리는 절대 그의 침실 밖으로 한 발자국도 나갈 수 없었다. 더구나 세상 사람들은 대개 "유儒자는 부드럽다는 뜻이다"라는 영향을 받아, 기술하지 않고 짓는 것을 가장 금기시했다.[13] 설령 누군가가 진리를 알았다고 하더라도 목숨으로 진리를 바꾸고자 하지는 않았다. 이를테면 실절失節은 남녀 양성兩性이 있어야 비로소 실현될 수 있다는 것을 그가 어찌 몰랐겠는가마는, 그러나 그는 오로지 여성만을 질책하고 남의 정조를 깨뜨린 남자와 불열不烈을 만들어 낸 폭도들에 대해서는 그저 어물어물 넘어가고 말았다. 남자는 어쨌든 여성보다 건드리기 어렵고 징벌도 표창보다 어려운 일이다. 그동안 정말 마음속으로 불안을 느껴 처녀가 수절하고 따라 죽어서는 안 된다는 온건한 말을 한 몇몇 남자들이 있었지만 사회는 그 말을 듣지 않았고, 계속해서 주장할 경우에는 실절한 여인과 같은 것으로 취급하면서 용납하지 않았다. 그도 '부드럽다'로 변하지 않을 수 없어 더 이상 입을 열지 않게 되었다. 그래서 절열에 지금까지도 변혁이 생기지 않은 것이다.

(여기서 나는 꼭 밝혀둘 것이 있다. 지금 절열을 부추기는 사람들 중에는 내가 아는 사람이 적지 않다. 확실히 좋은 사람이 포함되어 있고 저의도 좋다고 감히 말할 수 있다. 그러나 세상을 구제하는 방법은 틀려서, 서쪽으로 향하고서 북쪽으로 가려 하고 있다. 그러나 그가 좋은 사람이라고 해도 정서正西 방향으로 가면서 곧장 북쪽에 이를 수는 없는 것이다. 그래서 나는 그들이 방향을 바꾸기를 바라는 바이다.)

그 다음에 또 의문이 있다.

절열은 어려운 것인가? 몹시 어렵다고 대답할 수 있다. 남자들은 모두 대단히 어렵다는 것을 알고 있기 때문에 그것을 표창하려 한다. 사회 전체의 시각에서 지금까지 정조를 지키는가, 음탕한가의 여부는 전적으로 여성에게만 달렸다고 생각하여왔다. 남자가 비록 여인들을 유혹했지만 책임을 지지 않는다. 예를 들어, 갑이라는 남자가 을이라는 여인을 유인하자 을이라는 여인이 허락하지 않으면 곧 정조를 지킨 것이 되고, 죽으면 곧 열녀가 된다. 하지만 갑이라는 남자는 결코 악명을 얻지 않으니 사회는 예전대로 순박하다 할 수 있다. 만약 을이라는 여인이 허락을 했다면 곧 실절이 된다. 하지만 갑이라는 남자는 역시 악명을 얻지 않고 다만 세상의 기풍은 을이라는 여인에 의해 문란해진 것으로 된다. 다른 일 역시 마찬가지이다. 그래서 역사상 나라가 망하고 가정이 파괴된 원인은 늘 여자의 탓으로 돌렸다. 여인들이 어리둥절한 채로 모든 죄악을 대신 짊어진 지가 이미 삼천여 년이나 되었다. 남자는 책임을 지지 않을뿐더러 스스로 반성도 할 수 없어 당연히 마음 놓고 유혹을 했으며, 문인들은 글을 지어 오히려 그것을 미담으로 전하고 있다. 그러므로 여자의 신변에는 거의 위험으로 가득 차 있다. 그 자신의 부형이나 남편을 제외하면 모두가 얼마간 유혹의 귀기鬼氣를 지니고 있는 것이다. 그래서 나는 절열은 몹시 어렵다고 말한다.

절열은 고통스러운 것인가? 몹시 고통스럽다고 대답할 수 있다. 남자는 모두 몹시 고통스럽다는 것을 알고 있기 때문에 그것을 표창하려 한다. 사람은 누구나 살기를 원하는데, 열烈은 반드시 죽어야 하므로 더 말할 필요가 없다. 절부節婦는 그래도 살아 있어야 하는데, 정신적인 고초는 잠시 접어 두고 다만 생활 면에서만 보더라도 이미 크나큰 고통이다. 가령 여자가 독립적으로 생계를 꾸려 갈 수 있고, 사회도 도와줄 줄 안다면 혼자서도 그럭저럭 살아갈 수 있다. 불행히도 중국의 상황은 정반대이다. 그러므로 돈이 있으면 별문제이겠지만 가난한 사람이라면 굶어 죽을 수밖에 없다. 굶어 죽은 이후 간혹 표창을 받거나 지리서誌書에 기록되기도 한다. 그래서 각 부府나 각 현縣 지리서의 전기류 말미에는 보통 '열녀' 몇 권이 들어 있다. 한 줄에 한 사람씩, 한 줄에 두 사람씩 조趙씨, 전錢씨, 손孫씨, 이李씨가 기록되어 있으나 지금까지 뒤져 보는 사람은 없었다. 설령 평생 동안 절열을 숭상한 대大도덕가라 할지라도 그에게 당신네 현 지리지에 나오는 열녀문의 첫번째 열 명이 누구인가 하고 물으면 아마도 대답하지 못할 것이다. 기실 그는 살아생전이나 죽은 이후나 결국 사회와는 전혀 상관이 없는 것이다. 그래서 나는 절열은 몹시 고통스럽다고 말한다.

그렇다면 절열을 지키지 않으면 고통스럽지 않은가? 역시 몹시 고통스럽다고 대답할 수 있다. 사회 전체의 시각에서, 절열을 지키지 않은 여인은 하등급에 속하므로 그는 그 사회에서 용납될 수 없는 것이다. 사회적으로 다수의 옛사람들이 아무렇게나 전해 준 도리는 실로 무리하기 이를 데 없는데도 역사와 숫자라는 힘으로 마음에 들지 않는 사람들을 죽음에 몰아넣을 수 있다. 이름도 없고 의식도 없는 이러한 살인 집단 속에서 예부터 얼마나 많은 사람들이 죽었는지 모른다. 절열을 지킨 여자도 이 속에서 죽었다. 그렇지만 그들은 죽은 후에 간혹 한 차례 표창을 받고 지리서에 기록된다. 절열을 지키지 않은 사람이라면 살아생전에 아무에게서나 욕을 먹고 이름 모를 학대를 받아야만 한다. 그래서 나는 절열을 지키지 않는 것도 역시 몹시 고통스럽다고 말한다.

여자들은 스스로 절열을 원하는가? 원하지 않는다고 대답할 수 있다. 인간은 언제나 이상이라는 것도 있고 희망이라는 것도 있다. 비록 높고낮음의 차이는 있으나 모름지기 의의는 있어야 한다. 자타 양쪽에 다 이로우면 더욱 좋겠지만 적어도 자신에게만은 유익해야 한다. 절열을 지키는 일은 몹시 어렵고 고통스러우며 남에게도 이롭지 않고 자기에게도 이롭지 않다. 이런 일을 두고 본인이 원한다고 한다면 이는 실로 인정^{人情}에 맞지 않은 것이다. 그래서 가령 젊은 여인을 보고 앞으로 절열을 지키게 될 것이라고 성의껏 축원을 하면 여인은 틀림없이 화를 낼 것이고, 그 사람은 여인의 부형이나 남편으로부터 주먹으로 얻어맞아야 할지도 모른다. 그렇지만 그것이 여전히 깨뜨릴 수 없을 만큼 견고한 것은 바로 역사와 숫자라는 힘에 의해 짓눌려 있기 때문이다. 그러나 누구를 막론하고 다 이 절열을 두려워한다. 그것이 뜻밖에 자기나 자기 자식의 몸에 닥치지 않을까 겁을 낸다. 그래서 나는 절열을 원하지 않는다고 말한다.

이상에서 말한 사실과 이유에 근거하여 나는 다음과 같이 단정하고자 한다. 절열이라는 이 일은 대단히 어렵고 대단히 고통스럽고 직접 당하기를 원하지 않으며, 게다가 자타에도 이롭지 않고 사회와 국가에도 무익하고, 인생의 장래에 조금도 의의가 없는 행위로서 오늘날 이미 존재할 생명과 가치를 잃어버린 것이다.

마지막으로 또 한 가지 의문이 있다.

절열은 오늘날에 와서 이미 존재할 생명과 가치를 잃어버렸다고 했는데, 그렇다면 절열을 지킨 여인들은 한바탕 헛수고를 한 것이 아니겠는가? 이에 대한 대답으로, 그래도 애도할 가치는 있다고 할 수 있다. 그들은 불쌍한 사람들이다. 불행히도 역사와 숫자라는 무의식적인 덫에 걸려들어 이름 없는 희생이 되고 말았다. 추도대회를 열 수 있을 것이다.

우리는 지나간 사람들을 추도한 뒤에 자기나 다른 사람이나 모두 순결하고 총명하고 용감하게 앞으로 나아갈 것을 빌어야 한다. 허위의 가면을 벗어 버리고 자기와 남을 해치는 세상의 몽매와 폭력을 제거할 것을 빌어야 한다.

우리는 지나간 사람들을 추도한 뒤에 인생에 조금도 의의가 없는 고통을 제거할 것을 빌어야 한다. 다른 사람의 고통을 만들어 내고 감상하는 몽매와 폭력을 제거할 것을 빌어야 한다.

　우리는 또 인간은 다 정당한 행복을 누리게 해야 한다고 빌어야 한다.

1918년 7월

지금 우리는 아버지 노릇을 어떻게 할 것인가

내가 이 글을 쓰는 본뜻은 사실 어떻게 가정을 개혁할 것인가를 연구하려는 것이다. 중국에서는 친권親權이 중시되고 부권夫權은 더욱 중시되기 때문에 지금까지 특히 신성불가침한 것으로 여겨 온 부자父子 문제에 대해 약간의 의견을 발표하려는 것이다. 요컨대, 혁명은 아버지에까지 미치어 이루어져야 한다는 것뿐이다. 그러나 어째서 버젓하게 이런 제목을 사용했는가? 여기에는 두 가지 이유가 있다.

첫째, 중국에서 '성인의 무리'[14]는 사람들이 자신들의 두 가지 일을 동요시키는 것을 가장 싫어한다. 한 가지는 우리와 전혀 상관이 없으므로 말할 필요가 없는 것이다. 또 한 가지는 바로 그들의 윤상[15]인데, 우리는 그래도 가끔 그에 대해 몇 마디 따져 들므로 연루되고 말려들어 '윤상을 해쳤다', '금수의 행동이다' 따위의 여러 가지 악명을 흔히 듣게 된다. 그들은 아버지는 아들에 대해 절대적인 권력과 위엄을 가지고 있다고 생각한다. 만약 아버지의 말이라면 당연히 안 될 것이 없고, 아들의 말이라면 입 밖에 나오지도 않았는데 벌써 틀린 것이라 생각한다. 그러나 할아버지, 아버지, 아들, 손자는 본래 각각 모두 생명의 교량에서 한 단계씩을 차지하므로 절대 고정불변의 것은 아니다. 지금의 아들은 곧 미래의 아버지가 되고 또 미래의 할아버지가 된다. 우리와 독자들이 만약 지금 아버지의 역을 맡고 있지 않다면 틀림없이 후보로서의 아버지일 것이며, 또한 조상이 될 희망도 가지고 있다는 점을 나는 알고 있다. 차이가 나는 것은 다만 시간에 달려 있을 뿐이다. 여러 가지 번거로움을 덜기 위해서 우리는 예의를 차릴 것 없이 아예 미리부터 유리한 고지에서 아버지의 존엄을 드러내면서 우리와 우리들 자녀의 일을 이야기해야 한다. 그래야 앞으로 일을 구체적으로 시행함에 곤란함이 줄어들 것이고, 중국에서도 이치에 딱 들어맞아 '성인의 무리'로부터 두렵다는 말을 듣지 않게 되어 어쨌든 일거양득에 이르는 일이 될 것이다. 그래서 '우리는 아버지 노릇을 어떻게 할 것인가'라고 말하는 것이다.

둘째, 가정 문제에 대해 나는 『신청년』의 「수감록」(25, 40, 49)에서 대략 언급한 적이 있는데, 그 대의를 총괄하면, 바로 우리부터 시작하여 다음 세대 사람들을 해방시키자는 것이었다. 자녀해방에 대한 논의는 원래 지극히 평범한 일로서 당연히 그어떤 토론도 필요하지 않을 것이다. 그러나 중국의 노인들은 옛 습관, 옛 사상에 너무 깊이 중독되어 있어 전혀 깨달을 수 없다. 예를 들어 아침에 까마귀 소리를 들었다고 할 때, 젊은이들은 전혀 개의치 않지만 미신을 따지는 노인들은 한나절이나 풀이 죽어 지내야 한다. 아주 불쌍하지만 구제할 방법이 없다. 방법이 없는 데에야 우선 각성한 사람부터 시작하여 각자 자신의 아이들을 해방시켜 나갈 수밖에 없다. 스스로 인습의 무거운 짐을 짊어지고 암흑의 수문水門을 어깨로 걸머지어 그들을 넓고 밝은 곳으로 놓아주면서, 그후 그들이 행복하게 살아가고 도리에 맞게 사람 노릇을 하도록 해야 한다.

그리고 나는 내 자신이 결코 창작자가 아니라고 말한 적이 있는데, 곧바로 상하이 신문에 실린 「신교훈」이라는 글에서 한바탕 욕을 얻어먹었다. 그러나 우리가 어떤 일을 비평할 때는 반드시 우선 자신을 비평하고 또 거짓으로 하지 말아야 비로소 말이 말 같아지고 자신이나 다른 사람에게 면목이 설 것이다. 나는 스스로 결코 창작자도 아닐 뿐 아니라 진리의 발견자도 아님을 알고 있다. 내가 말하고 쓰고 하는 모든 것은 평상시에 보고 들은 사리事理 속에서 마음으로 그래야 한다고 생각되는 약간의 도리를 취한 것일 뿐이며, 종국적인 일에 관해서는 오히려 알지 못한다. 바로 수년 이후의 학설의 진보나 변천에 대해서도 어떤 형편에 이르게 될지 말할 수 없는 것이다. 다만 지금보다는 아무래도 진보가 있고 변천이 있을 것이라는 사실만은 확신하고 있다. 그래서 '지금 우리는 아버지 노릇을 어떻게 할 것인가' 하는 것이다.

내가 지금 마음으로 그래야 한다고 생각되는 도리는 아주 간단하다. 바로 생물계의 현상에 근거하여, 첫째는 생명을 보존해야 한다는 것이고, 둘째는 이 생명을 계속 이어 가야 한다는 것이고, 셋째는 이 생명을 발전시켜야 한다(바로 진화이다)는 것이다. 생물은 다 이렇게 하는데, 아버지 역시 이렇게 해야 한다.

생명의 가치와 생명 가치의 고하에 대해서는 지금 논하지 않는 것이 좋겠다. 다만 상식적인 판단에 따를 때, 생물이라면 첫 번째로 중요한 것이 당연히 생명이라는 점을 안다. 왜냐하면 생물이 생물일 수 있는 것은 오로지 이 생명이 있느냐에 달려 있으며, 그렇지 않으면 생물의 의의를 잃게 되기 때문이다. 생물은 생명을 보존하기 위해 여러 가지 본능을 갖추고 있는데, 가장 두드러진 것이 식욕이다. 식욕이 있어야 음식물을 섭취하고, 음식물이 있어야 열이 생겨 생명을 보존하게 된다. 그러나 생물의 개체는 어쨌든 노쇠함과 죽음에서 벗어날 수 없어 생명을 이어 가기 위해서는 또 하나의 본능이 필요한데, 그것이 바로 성욕이다. 성욕이 있어야 성교가 있고, 성교가 있어야 후손이 생겨 생명을 이어 가게 된다. 그래서 식욕은 자기를 보존하는, 즉 지금의 생명을 보존하는 일이고, 성욕은 후손을 보존하는, 즉 영구한 생명을 보존하는 일이다. 먹고 마시는 것은 결코 죄악이 아니요, 불결한 것도 아니며, 성교도 역시 죄악이 아니요, 불결한 것도 아니다. 먹고 마신 결과 자신을 기르게 되지만 그것은 자신에 대한 은혜가 아니다. 성교의 결과 자녀가 태어나지만 그것은 물론 자녀에 대한 은혜로 여길 수 없다. ──앞서거니 뒤서거니 하며 모두가 생명의 긴 여정을 향해 나아가고 있으니, 선후의 차이가 있을 뿐 누가 누구의 은혜를 입었는지 구분할 수 없다.

애석하게도 중국의 옛 견해는 이러한 도리와 완전히 상반된다. 부부는 '인륜의 중간'인데도 오히려 '인륜의 시작'이라 하고, 성교는 일상사인데도 오히려 불결한 것으로 여기고, 낳고 기르는 일도 일상사인데도 오히려 하늘만큼 큰 대단한 공로라고 여긴다. 사람들은 혼인에 대해 대체로 우선은 불결한 생각을 가지고 있다. 친척이나 친구도 몹시 놀리고 자기도 몹시 부끄러워하고, 이미 아이까지 생겼는데도 여전히 우물쭈물 피하며 감히 드러내 놓고 밝히려 하지 않는다. 오로지 아이에 대해서만은 위엄이 대단하다. 이러한 행실은 돈을 훔쳐 부자가 된 자와 서로 우열을 가릴 수 없다. 나는 ──저 공격자들이 생각하는 것처럼 ──인류의 성교도 마땅히 다른 동물처럼 아무렇게나 해도 된다고 말하려는 것이 결코 아니며, 또는 염치없는 건달처럼 오로지 천한 행동만 하고 저 잘났다고 떠들어 대어도 된다고 말하려는 것이 결코 아니다. 이후에 각성한 사람이 먼저 동방의 고유한 불결한 사상을 깨끗이 씻어 버리고 다시 얼마간 순결하고 분명하게 해서 부부는 반려자요 공동의 노동자요 또 새 생명의 창조자라는 의미를 이해해야 한다고 말하려는 것이다. 태어난 자녀는 물론 새 생명을 부여받은 사람이지만 그들도 영원히 생명을 점유하지 못하고 그들의 부모처럼 장래에 다시 자녀에게 전해 주어야 한다. 앞서거니 뒤서거니 할 뿐으로 모두가 중개인일 뿐이다.

생명은 어째서 반드시 이어 가야 하는가? 그것은 바로 발전해야 하고 진화해야 하기 때문이다. 개체는 죽음에서 벗어날 수 없고 진화는 전혀 끝이 없는 것이기에 계속 이어 가면서 이 진화의 행로를 걸어갈 수밖에 없다. 이 길을 걸어가는 데에는 반드시 일종의 내적인 노력이 있어야 한다. 예를 들어, 단세포 동물에게 내적인 노력이 있어 그것이 오랜 세월 누적되어 복잡하게 되고, 무척추동물에게 내적인 노력이 있어 그것이 오랜 세월 누적되어 척추가 생겨나는 것과 같다. 그래서 나중에 태어난 생명은 언제나 이전의 것보다 더욱 의미가 있고 더욱 완전하며, 이 때문에 더욱 가치가 있고 더욱 소중하다. 이전의 생명은 반드시 그들에게 희생해야 하는 것이다.

그러나 애석하게도 중국의 옛 견해는 공교롭게도 이러한 도리와 완전히 상반된다. 중심은 마땅히 어린 사람에게 놓여 있어야 하는데도 도리어 어른에게 놓여 있고, 마땅히 장래에 치중해야 하는데도 도리어 과거에 치중한다. 앞선 사람은 더욱 앞선 사람의 희생이 되어서 스스로는 생존할 힘이 없고, 오히려 뒷사람에게 모질게 굴면서 오로지 그들의 희생을 끌어내며 일체의 발전 그 자체의 능력을 파멸시켜 버린다. 나는 또——저

공격자들이 생각하는 것처럼——손자는 종일토록 그의 할아버지를 호되게 때려야 마땅하고 딸은 아무 때나 아버지 어머니에게 반드시 욕을 퍼부어야 한다고 말하려는 것이 아니다. 이후에 각성한 사람이 먼저 동방의 예로부터 내려오는 그릇된 사상을 깨끗이 씻어 버리고, 자녀에 대한 의무사상은 더 늘리고 권리사상은 오히려 적절하게 줄여서 어린 사람 중심의 도덕으로 고쳐 나갈 준비를 해야 한다고 말하려는 것이다. 더구나 어린 사람이 권리를 받았다 해도 결코 영원히 점유하는 것이 아니며, 장래에 자신들의 어린 사람에 대해 여전히 의무를 다해야 하는 것이다. 다만 앞서거니 뒤서거니 할 뿐 일체가 중개인일 뿐이다.

"아버지와 아들 사이에는 어떤 은혜도 없다"라는 단언은 실로 '성인의 무리'에게 얼굴을 붉히도록 만드는 하나의 큰 원인이다. 그들의 잘못된 점은 바로 어른 중심과 이기利己사상에 있으며, 권리사상은 무겁지만 의무사상과 책임감은 오히려 가벼운 데 있다. 부자관계에서 다만 "아버지가 나를 낳아 주셨다"는 이 일만으로 어린 사람 전부가 어른의 소유가 되어야 한다고 생각한다. 더욱 타락한 경우에는 이 때문에 보상을 강요하면서 어린 사람의 전부가 어른의 희생이 되어야 마땅하다고 생각한다. 자연계의 배치는 오히려 무엇이든지 이러한 요구와 반대된다는 것을 전혀 모르고 우리는 예로부터 자연을 거역하면서 일을 처리해 왔다. 그리하여 인간의 능력이 크게 위축되었고, 사회의 진보도 그에 따라 멈추었다. 우리는 비록 멈추면 곧 멸망한다고 말할 수는 없지만, 진보와 비교할 때에 아무래도 멈춤과 멸망의 길은 서로 근접해 있다.

자연계의 배치는 비록 결점이 있게 마련이지만 어른과 어린 사람을 결합시켜 주는 방법은 전혀 잘못이 없다. 자연계는 결코 '은혜'라는 말을 사용하지 않고 오히려 생물에게 일종의 천성을 부여하고 있는데, 우리는 그것을 '사랑'이라 부른다. 동물계에서 새끼를 낳는 숫자가 너무 많아 일일이 주도면밀하게 사랑할 수 없는 어류 따위를 제외하고는 모두가 자기 새끼를 진실하게 사랑한다. 이익을 보려는 마음은 절대로 없을 뿐만 아니라 심지어 자신을 희생하면서까지 자신의 장래 생명에게 발전의 긴 여정을 향해 나아가도록 한다.

인류도 여기서 벗어나지 않는다. 구미의 가정은 대체로 어린 사람과 약한 사람을 중심으로 삼는데, 바로 이 생물학적 진리의 방법에 가장 잘 들어맞는다. 중국의 경우에도 생각이 순결하고 '성인의 무리'로부터 아직 짓밟힌 적이 없는 사람이라면 그들에게서 이러한 천성을 아주 자연스럽게 발견할 수 있다. 예를 들어, 농촌 부녀자가 갓난아이에게 젖을 먹일 때 결코 스스로 은혜를 베풀고 있다고 생각하지 않고, 농부가 아내를 맞이할 때에도 결코 빚을 놓는 것이라고 생각하지 않는다. 다만 자녀가 생기면 천성적으로 사랑해 주고 그가 생존하기를 바랄 뿐이다. 한발 더 나아가면 바로 자녀가 자기보다 더욱 훌륭하기를, 즉 진화하기를 바라게 된다. 교환관계나 이해관계에서 떠난 이러한 사랑은 바로 인류의 끈이며 이른바 '벼리'網이다. 만약 옛 주장처럼 '사랑'을 말살하고 한결같이 '은혜'만을 말하면서 이 때문에 보상을 강요한다면 곧 부자 사이의 도덕은 파괴될 뿐 아니라 부모로서의 실상과도 크게 어긋나고 불화의 씨앗을 뿌려 놓게 된다. 어떤 사람은 악부[16]를 지어 '효를 권면한다'고 했는데, 그 대체적인 뜻은 "아들이 학교에 가자, 어머니는 집에서 살구씨를 갈아, 돌아오면 아들에게 먹일 준비를 하니, 아들이 어찌 불효를 하겠는가"와 같은 것으로, 스스로 '필사적으로 도를 지킨다'고 여긴다. 부자의 살구씨 즙이나 가난한 사람의 콩국은 애정 면에서 가치가 동등하고, 그 가치는 바로 부모가 그때에 전혀 보답을 바라는 마음이 없다는 데 있다. 그렇지 않으면 매매행위로 변하여 비록 살구씨 즙을 먹였다고 하더라도 "사람 젖을 돼지에게 먹여" 돼지를 살찌우는 것과 다르지 않아 인류도덕 면에서 조금도 가치가 없게 된다.

그래서 내가 지금 마음으로 그래야 한다고 여기는 것은 바로 '사랑'이다.

어느 나라, 어느 누구를 막론하고 대개 '자기를 사랑하는 것'은 마땅한 일이라고 인정하고 있다. 이는 바로 생명을 보존하는 요지이며 또 생명을 이어 가는 기초이다. 왜냐하면 장래의 운명은 이미 지금 결정되어 있어 부모의 결점은 바로 자손 멸망의 복선이요, 생명의 위기이기 때문이다. 입센이 지은 『유령』

(판자쉰^{潘家洵}의 번역본이 있는데, 『신조』^{新潮} 1권 5호에 실려 있음)은 비록 남녀 문제에 치중하고 있지만, 우리는 또 유전의 무서움을 알 수 있다. 오스왈드는 생활에 애착이 있고 창조적인 사람이었으나 아버지의 방탕한 생활 때문에 선천적으로 병균에 감염되어 중도에서 사람 노릇을 할 수 없게 되었다. 그는 또 어머니를 몹시 사랑하여 차마 어머니더러 돌봐 달라고 부탁하지 못하고 모르핀을 숨겨 놓고 하녀 레지네더러 발작하면 자기에게 먹여 독살하도록 했다. 그러나 레지네는 떠나 버렸다. 그래서 그는 어머니에게 부탁하지 않을 수 없었다.

오스왈드 어머니, 지금은 당신이 저를 도와주셔야겠어요.

알빙 부인 내가?

오스왈드 누가 당신만 하겠습니까.

알빙 부인 난 말이야! 너의 어머니가 아니니!

오스왈드 바로 그 때문이지요.

알빙 부인 난 너를 낳아 준 사람이 아니더냐!

오스왈드 저는 당신더러 나를 낳아 달라고 하지 않았어요. 게다가 내게 주신 것은 어떤 세월이었던가요? 저는 그것이 필요치 않아요! 당신이 도로 가져가셔요!

이 단락의 묘사는 실로 아버지 노릇을 하고 있는 우리가 놀라고 경계하고 탄복해야만 할 내용이다. 결코 양심을 속여 아들은 죄를 받아 마땅하다고 할 수는 없다. 이런 사정은 중국에도 흔해서 병원에서 일하고 있는 사람이라면 곧 선천성 매독에 걸린 아이의 참상을 종종 볼 수 있을 것이다. 게다가 버젓하게 아이를 데리고 오는 사람은 대개 그의 부모이다. 그러나 무서운 유전은 그저 매독에만 그치지 않는다. 그 밖의 여러 가지 정신상·체질상의 결점도 자손에게 유전될 수 있으며, 그리고 오랜 세월이 지나면 사회까지도 영향을 받는다. 우리는 고상하게 인류에 대해 말하지 말고 단순히 자녀를 위해 말한다면 자신을 사랑하지 않는 모든 사람은 실로 아버지 노릇을 할 자격이 부족하다고 할 수 있다. 억지로 아버지가 되었다고 하더라도 고대에 비적이 스스로 왕이라 칭하는 것과 같아 도저히 정통이라할 수 없다. 장래에 학문이 발달하고 사회가 개조되면 그들이 요행으로 남겨 놓은 후예들은 아마 우생학(Eugenics)자들의 처치를 받지 않을 수 없을 것이다.

만일 지금 부모가 어떤 정신상·체질상의 결점을 자녀에게 전혀 물려주지 않고 또 의외의 일을 만나지 않는다면, 자녀는 당연히 건강할 것이고, 어쨌든 생명을 이어 가는 목적은 이미 달성되었다고 할 수 있다. 그러나 부모의 책임은 아직 끝나지 않았다. 왜냐하면 생명은 비록 이어졌다고 하더라도 멈추어서는 안 되며 이 새 생명이 발전해 나가도록 가르쳐 주어야 하기 때문이다. 대개 비교적 고등동물은 새끼에게 양육하고 보호하는 것 이외에 종종 그들이 생존하기 위해 꼭 필요한 요령을 가르쳐 준다. 예컨대, 날짐승은 높이 나는 법을 가르치고 맹수는 공격하는 법을 가르친다. 인류는 몇 등급 더 높아 자손들이 한 층 더 나아지기를 바라는 천성을 가지고 있다. 이것도 사랑인데, 윗글에서 말한 것은 지금에 대한 것이고 이것은 장래에 대한 것이다. 사상이 아직 막히지 않은 사람이라면 누구나 자녀가 자기보다 더 강하고 건강하고 총명하고 고상하면 ——더 행복하면 기뻐할 것이다. 바로 자기를 초월하고 과거를 초월하면 기뻐할 것이다. 초월하기 위해서는 반드시 고쳐 나가야 하는데, 그래서 자손은 선조의 일에 대해 응당 고쳐 나가야 한다. "3년 동안 아버지의 도를 고치지 않으면 효라 할 수 있다"라는 말은 당연히 잘못된 말이며 퇴영의 병근病根이다. 가령 고대의 단세포동물도 이 교훈을 따랐다면 영원히 분열하여 복잡한 것으로 될 수 없었을 것이며, 세상에 더 이상 인류도 있을 수 없었을 것이다.

다행히 이 교훈은 비록 많은 사람을 해쳤지만 모든 사람의 천성을 완전히 쓸어버리지는 못했다. '성현의 책'을 읽지 않은 사람은 그래도 명교名教라는 도끼 밑에서도 이 천성을 때때로 몰래 드러내고 때때로 움트게 할 수 있었다. 이것이 바로 중국인들이 비록 조락凋落하고 위축되었지만 아직 절멸하지 않은 원인이다.

그래서 각성한 사람은 이후에 마땅히 이 사랑이라는 천성을 더욱 확장하고 더욱 순화시켜야 한다. 무아無我의 사랑으로써 뒤에 태어난 신인新人들에게 스스로 희생해야 한다. 무엇보다 첫째는 이해하는 것이다. 옛날 유럽인은 아이들에 대해 성인成人의 예비단계라고 오해했고, 중국인은 성인의 축소판이라고 오해했다. 근래에 이르러 여러 학자들의 연구에 의해 비로소 아이들의 세계는 성인과 전혀 다르다는 사실을 알게 되었다. 만일 미리 이 점을 이해하지 못하고 그저 거칠게만 대하면 아이들의 발달은 크게 장애를 받는다는 것을 알게 되었다. 그래서 모든 시설은 아이들을 중심으로 해야 한다. 근래 일본에서는 각성한 사람들이 많아 아이들을 위한 시설과 아이들을 연구하는 사업이 대단히 성행하게 되었다. 둘째는 지도하는 것이다. 시세時勢가 이미 변했으니 생활도 반드시 진화해야 한다. 그래서 뒤에 태어난 사람들은 틀림없이 이전과 크게 다를 것이므로 결코 동일한 모형을 사용하여 무리하게 끼워 맞추려고 해서는 안 된다. 어른은 지도하는 사람이요, 협상하는 사람이 되어야지, 명령하는 사람이 되어서는 안 된다. 자기를 봉양하라고 어린 사람에게 강요해서는 안 될 뿐 아니라, 모든 정신을 바쳐 오로지 그들 스스로를 위해 힘든 일에 견딜 수 있는 체력, 순결하고 고상한 도덕, 새로운 조류를 받아들일 수 있는 넓고 자유로운 정신, 즉 세계의 새로운 조류 속에서 헤엄치며 매몰되지 않을 수 있는 힘을 그들이 가질 수 있도록 길러 주어야 한다. 셋째는 해방시키는 것이다. 자녀는 나이면서도 내가 아닌 사람이다. 그러나 이미 분립한 이상 인류 중 한 사람이다. 곧 나이기 때문에 더욱 교육 의무를 다해 그들에게 자립 능력을 전해 주어야 한다. 내가 아니기 때문에 동시에 해방시켜 전부가 그들 자신의 소유가 되도록 하여 독립된 한 개인이 되게 해야 한다.

이처럼 부모는 자녀에 대해 마땅히 건전하게 낳고 전력을 다해 교육하고 완전하게 해방시켜야 하는 것이다.

그런데 어떤 사람은 그러면 부모는 그후부터 가진 것이 아무것도 없고 대단히 무료하게 되는 것이나 다름없지 않을까 걱정할 것이다. 이러한 공허에 대한 공포나 무료에 대한 감상 역시 잘못된 옛 사상에서 발생한다. 만일 생물학의 진리를 잘 알게 되면 자연히 곧 소멸될 것이다. 그러나 자녀를 해방시키는 부모가 되려면 또 한 가지 능력을 준비해야 한다. 그것은 바로 스스로는 비록 이미 과거의 색채를 띠고 있다 하더라도 독립적인 재능과 정신을 잃지 않고 폭넓은 관심과 고상한 오락을 가지고 있어야 한다는 점이다. 행복을 원하는가? 당신의 장래 생명도 행복해질 것이다. '늙어도 도리어 젊어지고', '늙어도 다시 장정이 되기'를 원하는가? 자녀가 바로 '다시 장정이 된' 것이니, 이미 독립하고 더욱 훌륭해진 것이다. 이렇게 되어야만 비로소 어른의 임무를 다한 것이며 인생의 위안을 얻게 될 것이다. 만약 사상과 재능이 하나같이 옛날 그대로여서 오로지 '집안싸움'[17]만 일삼고 항렬을 가지고 뽐낸다면 자연히 공허와 무료의 고통에서 벗어나지 못할 것이다.

혹자는 또 해방된 이후에 부자 사이는 소원해질 것이 아닌가 하고 걱정할 것이다. 구미의 가정은 그 전제가 중국에 미치지 못한다는 것을 사람들은 이미 다 알고 있다. 옛날에는 비록 그들을 금수에 비교한 사람이 있었지만, 지금은 '도를 지키는' 성인의 제자들도 그들을 변호하며 결코 '불효한 자식'은 없다고 말하게 되었다.[18] 이로부터 알 수 있는 바와 같이, 오직 해방시켜야만 서로 사이가 좋아지고 오직 자식을 '구속하는' 부형이 없어야 '구속'에 반항하는 '불효한 자식'이 없는 법이다. 만약 협박하고 회유한다면 여하를 막론하고 결코 '오랜 세월 만세'가 있을 수 없다. 예를 들어 우리 중국처럼, 한대에는 거효가 있었고, 당대에는 효제역전과가 있었고, 청말에도 효렴방정[19]이 있어 모두 그것으로 벼슬을 할 수 있었다. 아버지의 은혜를 일깨우기 위해 황제의 은혜가 베풀어졌지만, 자기 허벅지 살을 베어 낸[20] 인물은 끝내 아주 드물었다. 이는 중국의 옛 학설, 옛 수단은 실제로 예로부터 지금까지 전혀 좋은 효과가 없었으며, 나쁜 사람에 대해서는 허위를 더욱 조장시켰고, 좋은 사람에 대해선 이유 없이 남이나 자기에게 모두 이익이 되지 않는 고통을 크게 안겨 줬을 따름이라는 사실을 충분히 증명해 준다.

오직 '사랑'만이 진실하다. 노수路粹는 공융孔融의 말을 인용하여 다음과 같이 말했다. "아버지가 아들에 대해 당연히 무슨 정이 있겠는가? 그 근본적인 의미를 논한다면 실은 정욕 때문에 생겨난 것일 뿐이다. 아들이 어머니에 대해서도 어찌 그렇지 않겠는가. 비유를 든다면, 병에 담긴 물건이 밖으로 나오면 곧 서로 갈라지는 것과 같다."(한말漢末에 공자 집안에서는 몇몇 특이한 기인이 나타났었고, 오늘날처럼 그렇게 영락하지는 않았는데, 이 말은 아마 확실히 북해선생이 한 말일 것이다. 다만 그를 공격한 사람이 공교롭게도 노수와 조조였으니 웃음을 자아낼 뿐이다.) 이는 비록 낡은 주장에 대한 일종의 공격이기는 하지만 실제로는 사리에 맞지 않는다. 왜냐하면 부모가 자녀를 낳으면 동시에 천성적인 사랑이 생기고, 이 사랑은 또 아주 깊고 넓으며 아주 오랫동안 이어지므로 이내 갈라지지는 않을 것이기 때문이다. 오늘날 세상에는 대동大同이 없고 서로 사랑함에도 아직은 차등이 있으니, 역시 자녀가 부모에 대해 가장 사랑하고 가장 정이 두터워 이내 갈라지지는 않을 것이다. 그래서 조금 사이가 벌어지더라도 크게 염려할 필요는 없다. 예외적인 사람의 경우라면 어쩌면 사랑으로도 연결시킬 수 없을 것이다. 그러나 만약 사랑의 힘으로도 연결시킬 수 없다면 어떤 '은위恩威, 명분, 천경지의' 따위에 내맡긴다고 해도 더욱 연결시킬 수 없을 것이다.

혹자는 또 해방시킨 후에는 어른이 고생하게 되지 않을까 걱정할 것이다. 이 일은 두 가지 차원으로 나누어 볼 수 있다. 첫째는 중국의 사회는 비록 '도덕이 훌륭하다'고 하지만 실제로는 오히려 서로 사랑하고 서로 돕는 마음이 대단히 결핍되어 있다는 점이다. 바로 '효'니 '열'이니 하는 도덕도 다 옆 사람은 조금도 책임지지 않고 오로지 어리고 약한 사람들을 혼내 주는 방법일 뿐이다. 이러한 사회에서는 늙은 사람만 살아가기 어려운 것이 아니라 해방된 어린 사람도 살아가기 어렵다. 둘째는 중국의 남녀는 대개 늙지도 않았는데 미리 노쇠하여, 심지어 스무 살도 되지 않았는데 벌써 늙은 티를 물씬 풍기며 다른 사람이 부축을 해야만 할 형편이다. 그래서 나는 자녀를 해방시킨 부모는 미리 한 차례 준비를 해두어야 하고, 또 이러한 사회에 대해서는 특히 개조하여 그들이 합리적인 생활에 적응할 수 있도록 해야 한다고 하는 것이다. 많은 사람들이 오랫동안 계속 준비해 나가고 개조해 나가면 자연히 실현될 가망이 있을 것이다. 다른 나라의 지난 일만 보더라도 스펜서는 결혼을 하지 않았지만, 그가 실의에 빠져 무료했다는 말을 듣지 못했으며, 와트는 일찍이 자녀를 잃었으나 확실히 '천수를 다했으니' 하물며 장래에 대해, 더욱이 아들딸이 있는 사람에 대해 더 말할 필요가 있겠는가?

혹자는 또 해방시킨 후 자녀가 고생하지 않을까 걱정할 것이다. 이 일도 두 가지 차원이 있는데, 전부 윗글에서 말한 바와 같지만, 다만 하나는 늙어 무능하기 때문이고, 하나는 어려 경험이 부족하기 때문이다. 이 때문에 각성한 사람은 더욱더 사회를 개조하려는 임무를 느끼게 된다. 중국에서 내려오는 기존의 방법은 오류가 너무 많다. 하나는 폐쇄하는 것인데, 사회와 단절하면 영향을 받지 않을 수 있다고 생각한다. 하나는 나쁜 요령을 가르쳐 주는 것인데, 그렇게 해야만 사회에서 살아갈 수 있다고 생각한다. 이런 방법을 사용하는 어른은 비록 생명을 이어 가려는 좋은 뜻을 품고 있지만 사리에 비추어 볼 때 오히려 결정적으로 잘못이다. 이 밖에 또 하나가 있는데, 그것은 몇몇 교제하는 방법을 전수하여 그들이 사회에 순응하도록 가르치는 것이다. 이는 수년 전에 '실용주의'를 따지던 사람들이 시장에서 가짜 은화가 유통되고 있다는 이유로 학교에서 학생들에게 은화 보는 법을 널리 가르치려고 했던 것과 동일하게 잘못이다. 가끔은 사회에 순응하지 않을 수 없겠지만, 결코 정당한 방법은 아니다. 왜냐하면 사회가 불량하여 나쁜 현상이 매우 많으면 일일이 순응할 수도 없는 노릇이고, 만약 모두 순응하게 된다면 합리적인 생활에 위배되고 진화의 길을 거꾸로 가게 될 것이기 때문이다. 그래서 근본적인 방법은 사회를 개량하는 것뿐이다.

사실대로 말하면, 중국에서 예전의 이상적인 가족관계·부자관계 따위는 이미 붕괴되었다. 이것도 '오늘날에 더 심해졌다'가 아니라 바로 '옛날에 이미 그랬다'이다. 역대로 '오세동당'五世同堂을 극력 표창했으니 실제로 함께 살기가 어려웠음을 충분히 보여 준다. 필사적으로 효를 권장했으니 사실상 효자가 드물었음을 충분히 보여 준다. 그리고 그 원인은 바로 전적으로 오직 허위도덕을 제창하여 진정한 인정人情을 멸시한 데 있다. 우리가 대족大族들의 족보를 펼쳐 보면, 처음 자리 잡은 조상들은 대체로 홀몸으로 이사하여 가업을 일으켰고, 문중들이 한데 모여 살고 족보를 출판하게 되었을 때에는 이미 영락의 단계에 들어섰다는 것을 알 수 있다. 더구나 장래에 미신이 타파되면 대밭에서 울지 않을 것이고 얼음에 눕지도 않을 것이며, 의학이 발달하게 되면 역시 대변을 맛보거나[21] 허벅지 살을 베어낼 필요도 없을 것이다. 또 경제 문제 때문에 결혼은 늦어지지 않을 수 없고, 낳고 기르는 것도 이 때문에 늦어질 것이니, 아마 자녀가 겨우 자립할 수 있게 되었을 때 부모는 이미 노쇠하여 그들의 공양을 받지 못하게 될지도 모른다. 그러면 사실상 부모가 의무를 다한 셈이 된다. 세계 조류가 들이닥치고 있으니 이렇게 해야만 생존할 수 있고, 그렇지 않으면 다 쇠락할 것이다. 다만 각성한 사람이 많아지고 노력을 더해 가면 위기는 비교적 적어질 수 있을 것이다.

그런데 이상에서 말한 것처럼 중국의 가정은 실제로 오래전에 이미 붕괴되었고 또 '성인의 무리'가 지상紙上에서 하는 공담空談과 다르다고 한다면 어째서 지금도 여전히 옛날 그대로여서 전혀 진보가 없는 것인가? 이 문제는 대답하기 아주 쉽다. 첫째, 붕괴하는 자는 나름대로 붕괴하고, 다투는 자는 나름대로 다투고, 무언가를 세우는 자는 나름대로 세우고 하지만 경계심은 조금도 없고, 개혁도 생각하지 않기 때문에 그래서 옛날 그대로이다. 둘째, 이전에 가정 내에서는 원래 늘 집안싸움이 있었지만 새로운 명사가 유행하면서부터 그것을 모두 '혁명'이라는 말로 고쳐 불렀다. 그렇지만 기실은 기생과 놀아나기 위해 돈을 구하려다 서로 욕지거리를 하는 지경에 이르고 도박 밑천을 구하려다 서로 때리는 지경에 이르는 경우이며, 각성한 사람의 개혁과는 전혀 다르다. 스스로 '혁명'이라 부르며 집안싸움을 하는 이런 자제들은 완전히 구식에 속하여 자신에게 자녀가 생겨도 결코 해방시키지 않는다. 어떤 경우는 전혀 관리하지 않고 어떤 경우에는 도리어 『효경』을 구해 강제로 소리 내어 읽도록 하여 그들이 "옛 교훈을 배워서" 희생이 되었으면 하고 생각한다. 이런 경우라면 낡은 도덕, 낡은 습관, 낡은 방법에 그 책임을 돌릴 수 있을 뿐 생물학의 진리에 대해서는 결코 함부로 책망할 수는 없다.

이상에서 말한 것처럼 생물은 진화하기 위해서 생명을 이어가야 한다. 그렇다면 "불효에는 세 가지가 있는데, 후손이 없는 것이 가장 심하다"라고 했으니 아내 셋, 첩 넷도 대단히 합리적이지 않은가. 이 문제도 대답하기 아주 쉽다. 인류에게 후손이 없어 장래의 생명이 끊어진다면 비록 불행하겠지만 만약 정당하지 않은 방법과 수단을 사용해 구차히 생명을 이어 가며 사람들에게 해를 끼친다면 그것은 한 사람에게 후손이 없는 것보다 더욱 '불효한' 일이다. 왜냐하면 오늘날의 사회는 일부일처제가 가장 합리적이고 다처주의는 실로 사람들을 타락하게 만들 수 있기 때문이다. 타락은 퇴화에 가까운 것으로 생명을 이어 가려는 목적과 완전히 상반된다. 후손이 없다는 것은 자신만이 없어지는 것이지만 퇴화 상태에서 후손이 있다면 남까지 파괴시킬 것이다. 인류는 어쨌든 남을 위해 자기를 희생하는 정신을 약간은 가져야 한다. 더욱이 생물은 발생한 이래로 서로 관련되어 있어서 한 사람의 혈통은 대체로 다른 사람과 얼마간 관계를 가지고 있으므로 완전히 없어지지는 않을 것이다. 그러므로 생물학의 진리는 결코 다처주의의 호신부가 아니다.

종합하면, 각성한 부모는 전적으로 의무를 다하고, 이타적·희생적이어야 하는데, 그렇게 하기란 쉽지 않고, 중국에서는 더더욱 쉽지 않다. 중국의 각성한 사람들이 어른에게 순종하고 어린 사람을 해방시키기 위해서는 한편으로 낡은 것들을 청산하고 한편으로 새 길을 개척해야 한다. 바로 처음에 말한 바와 같이 "스스로 인습의 무거운 짐을 짊어지고 암흑의 수문^{水門}을 어깨로 걸머지어 그들을 넓고 밝은 곳으로 놓아주면서 그후 그들이 행복하게 살아가고 도리에 맞게 사람 노릇을 하도록 해야 한다." 이것은 대단히 위대하고 긴요한 일이며 또 대단히 어렵고 지난한 일이다.

그런데 세상에는 또 한 부류의 어른이 있다. 그들은 자녀를 해방시키려 하지 않을 뿐 아니라 자녀들이 그 자신의 자녀를 해방시키려는 것조차 허락하지 않는다. 바로 손자, 증손자도 모두 의미 없는 희생이 되어야 한다고 생각한다. 이것도 하나의 문제인데, 나는 평화를 원하는 사람이기 때문에 이 문제에 대해서는 지금 대답할 수가 없다.

1919년 10월

노라는 떠난 후 어떻게 되었는가?

—1923년 12월 26일 베이징여자고등사범학교 문예회 강연

오늘 내가 이야기하려는 것은 '노라는 떠난 후 어떻게 되었는
가?'입니다.

　입센은 19세기 후반 노르웨이의 문인입니다. 그의 저작은 몇
십 수의 시를 제외하고는 모두 극본입니다. 이들 극본 속에는
대체로 어느 한 시기의 사회 문제들이 포함되어 있는데, 세상
사람들도 '사회극'이라고 불렀습니다. 그중 한 편이 바로 『노
라』입니다.

　『노라』는 일명 Ein Puppenheim이라고 하며, 중국에서는
『인형의 집』이라고 번역했습니다. 그런데 Puppe는 끈으로 조
종하는 꼭두각시일 뿐 아니라 아이들이 안고 노는 인형이기도
합니다. 원의原義가 더 확대되어 남이 시키는 대로 그냥 따라하
는 사람을 가리키기도 합니다. 노라는 처음에는 이른바 행복한
가정에서 만족스럽게 살아가고 있었습니다. 그러나 그녀는 결

국 자기는 남편의 인형이고 아이들은 또 자기의 인형이라는 것을 깨달았습니다. 그녀는 그리하여 떠나게 되었고, 문 닫는 소리와 함께 곧 막이 내려집니다. 생각해 보니 이것은 모두가 알고 있는 일이라 자세히 말할 필요가 없을 것입니다.

노라는 어떻게 해야 떠나지 않을까요? 혹자는 입센 자신이 해답을 주었는데, 그것은 바로 Die Frau vom Meer, 즉 『바다의 여인』이라고 합니다. 중국에서 어떤 사람은 그것을 『해상부인』^{海上夫人}이라고 번역했습니다. 이 여인은 이미 결혼한 사람이었습니다. 그런데 이전에 애인이었던 사람이 바다 저쪽에 살고 있었는데, 어느 날 갑자기 찾아와 그녀에게 함께 떠나자고 했습니다. 그녀는 곧 자기 남편에게 그 사람과 함께 떠나겠다고 했습니다. 이윽고 그녀의 남편은 "이제 당신을 완전히 자유롭게 놓아주겠소. (떠나든 떠나지 않든) 당신이 스스로 선택할 수 있고, 게다가 스스로 책임을 져야 하오"라고 말했습니다. 그러자 사태는 완전히 바뀌었고, 그녀는 떠나지 않았습니다. 그러고 보면 노라도 만일 이러한 자유를 얻었다면 아마도 안주할 수 있었을 것입니다.

그러나 노라는 마침내 떠났습니다. 떠난 이후에 어떻게 되었을까요? 입센은 결코 해답을 주지 않았고, 그는 이미 죽었습니다. 설령 죽지 않았다고 하더라도 그는 해답을 줄 책임을 지지 않을 것입니다. 왜냐하면 입센은 시를 짓는 것이었지, 사회를 위해 문제를 제기하고 대신해서 해답을 주는 것이 아니었기 때문입니다. 바로 꾀꼬리와 같습니다. 왜냐하면 꾀꼬리는 스스로 노래 부르고 싶어 노래 부르는 것이지 사람들에게 재미있고 유익한 노래를 들려주려고 부르는 것이 아니기 때문입니다. 입센은 세상물정을 잘 모르는 사람이었습니다. 전해 오는 이야기에 따르면, 많은 부녀자들이 다 같이 그를 초대한 연회석에서 대표자가 일어나서 그가 『인형의 집』을 지어서 여성을 자각시키고 여러 가지 일을 해방시킴으로써 사람들의 마음에 새로운 계시를 주었다고 사의를 표했을 때, 그는 오히려 이렇게 대답했다고 합니다. "내가 그 작품을 쓴 것은 결코 그런 뜻이 아니었습니다. 나는 그저 시를 지었을 뿐입니다."

노라가 떠난 후 어떻게 되었을까요? ——그런데 다른 사람도 이 문제에 대해 역시 의견을 발표한 적이 있습니다. 어느 영국인은 희곡을 한 편 지어 한 신식여자가 집을 나왔으나 더 이상 갈 길이 없자 마침내 타락하여 기생집으로 들어갔다고 했습니다. 그리고 중국인이 한 사람 있는데 ——내가 그를 어떻게 불러야 할지요? 상하이의 문학가라고 합시다——그는 자기가 본 『노라』는 지금의 번역본과는 다르며, 노라는 마침내 돌아왔다고 했습니다. 이런 판본은 애석하게도 두번째로 본 사람이 없으니 입센이 직접 그에게 보내 준 것인지도 모르겠습니다. 그런데 사리에 따라 추론해 보면, 노라는 실제로 두 가지 길밖에 없을 것입니다. 타락하는 것이 아니라면 바로 돌아오는 것입니다. 왜냐하면 만약 한 마리 작은 새라면 새장에서는 물론 자유롭지 못하지만 새장 문을 나와도 바깥에는 매가 있고, 고양이가 있고, 또한 다른 무엇들이 있기 때문입니다. 만일 갇혀 있어 이미 날개가 마비되었고 나는 법을 잊어버렸다면, 확실히 갈 수 있는 길이 없을 것이기 때문입니다. 또 하나의 길이 있는데, 바로 굶어 죽는 것입니다. 그러나 굶어 죽는 것은 이미 생활을 떠난 것이기 때문에 더욱 문제될 것이 없고, 그래서 아무 길도 아닙니다.

인생에서 가장 고통스러운 것은 꿈에서 깨어났을 때 갈 수 있는 길이 없다는 것입니다. 꿈을 꾸는 사람은 행복한 사람입니다. 만일 갈 수 있는 길을 찾아내지 못했다면 가장 중요한 것은 그를 놀래 깨우지 말아야 한다는 것입니다. 아시다시피 당대 시인 이하[22]는 평생 몹시 고달프지 않았습니까? 그런데 그가 죽음에 이르렀을 때 자기 어머니에게 이렇게 말했습니다. "어머니, 하느님이 백옥루를 지어 놓고 저더러 낙성식落成式을 위한 글을 지어 달라고 했습니다." 이 어찌 그야말로 허풍이 아니며 꿈이 아니겠습니까? 그렇지만 한 젊은이와 한 늙은이, 한 사람은 죽고, 한 사람은 살아 있는데, 죽는 사람은 기쁘게 죽고, 살아 있는 사람은 마음 놓고 살아갈 것입니다. 허풍을 떨고 꿈을 꾸는 일은 이때서야 위대해 보입니다. 그래서 나는 가령 길을 찾지 못했다면 우리에게 필요한 것은 도리어 꿈이라고 생각합니다.

그러나 절대로 장래의 꿈을 꾸어서는 안 됩니다. 아르치바셰프[23]는 자신이 지은 소설을 빌려 장래의 황금세계를 몽상하는 이상가를 힐문한 적이 있습니다. 왜냐하면 그러한 세계를 만들어 내려면 먼저 수많은 사람들을 불러일으켜 고통을 받도록 해야 하기 때문입니다. 그는 이렇게 말했습니다. "여러분들은 그들의 자손들에게 황금세계를 예약해 주었습니다. 그러나 그들 자신에게 줄 것은 무엇이 있습니까?" 있기야 있습니다. 그것은 바로 장래의 희망입니다. 그러나 대가가 너무 큽니다. 이 희망을 위해서는 사람들에게 감각을 예민하게 하여 더욱 절실하게 자신의 고통을 느끼도록 하고 영혼을 불러일으켜 자신의 썩은 시체를 목도하도록 해야 합니다. 허풍을 떨고 꿈을 꾸는 일은 오직 이러한 때에 위대해 보입니다. 그래서 나는 가령 길을 찾지 못했다면 우리에게 필요한 것은 바로 꿈이라고 생각합니다. 그러나 장래의 꿈은 필요하지 않으며, 단지 지금의 꿈이 필요합니다.

그렇지만 노라는 이미 깨어났으니 꿈의 세계로 되돌아오기란 그리 쉽지 않습니다. 이 때문에 떠날 수밖에 없습니다. 그러나 떠난 이후에 때에 따라서는 타락하거나 돌아오지 않을 수 없을 것입니다. 그렇지 않으면 곧 이런 질문을 할 수 있습니다. 그녀는 각성한 마음 이외에 무엇을 가지고 떠났는가? 만일 제군들처럼 자홍색 털실 목도리만을 가지고 떠났다면 그야 너비가 두 척이든 세 척이든 관계없이 아무 소용이 없을 것입니다. 그는 더 부유해야, 즉 손가방에 준비가 되어 있어야 합니다. 직

설적으로 말하자면 바로 돈이 있어야 합니다.

꿈이 좋습니다. 그렇지 않으면, 돈이 중요한 것입니다.

돈이라는 이 글자는 아주 귀에 거슬립니다. 고상한 군자들로 부터 비웃음을 살지도 모릅니다. 그러나 나는 어쩐지 사람들의 의론은 어제와 오늘뿐 아니라 설령 식전과 식후라도 종종 차이가 있다고 생각합니다. 대개 밥은 돈을 주고 사야 한다고 승인하면서도 돈은 비천한 것이라고 말하는 사람이 있는데, 만일 그의 위를 눌러 볼 수 있다면 그 속에는 어쩌면 미처 소화되지 않은 생선과 고기가 들어 있을지도 모릅니다. 모름지기 하루 동안 그를 굶긴 다음에 다시 그의 의론을 들어 보아야 합니다.

그래서 노라를 위해 헤아려 볼 때, 돈이 ── 고상하게 말하자면 바로 경제가 가장 중요한 것입니다. 자유는 물론 돈으로 살수 있는 것이 아닙니다. 그러나 돈 때문에 팔아 버릴 수도 있습니다. 인류에게는 한 가지 큰 결점이 있는데, 바로 항상 배고프게 된다는 점입니다. 이러한 결점을 보완하기 위해, 꼭두각시가 되지 않도록 하기 위해, 오늘날 사회에서 경제권은 가장 중요한 것으로 보입니다. 첫째, 가정에서는 우선 남녀에게 평등한 분배가 이루어져야 합니다. 둘째, 사회에서는 남녀가 서로 대등한 세력을 차지해야 합니다. 애석하게도 나는 이러한 권리를 어떻게 얻을 수 있을지는 모릅니다. 단지 여전히 투쟁이 필요하다는 것만은 알고 있습니다. 어쩌면 참정권을 요구할 때보다 더 극렬한 투쟁이 필요할지도 모르겠습니다.

경제권을 요구하는 것은 물론 아주 평범한 일입니다. 그렇지만 아마 고상한 참정권과 거대한 여성해방을 요구하는 것보다 더욱 번거롭고 어려울 것입니다. 세상일이란 작은 일이 큰 일보다 더욱 번거롭고 어려운 법입니다. 예를 들어 지금과 같은 겨울에 우리는 단지 솜옷 한 벌뿐인데, 그렇지만 당장에 얼어 죽을 불우한 사람을 돕든지, 그렇지 않으면 보리수 아래에 앉아 모든 인류를 제도濟度할 방법을 명상해야 한다고 합시다. 모든 인류를 제도하는 일과 한 사람을 살리는 일은 그 크기에 있어 실로 엄청난 차이가 있습니다만, 나더러 선택하라고 하면 저는 당장에 보리수 아래로 가서 앉겠습니다. 왜냐하면 하나뿐인 솜옷을 벗어 주고 스스로 얼어 죽기는 싫기 때문입니다. 그래서 가정에서는 참정권을 요구한다고 해도 크게 반대에 부딪히지 않겠지만, 경제적으로 평등한 분배를 말했다가는 아마 눈앞에서 적을 만나지 않을 수 없을 것입니다. 그러니 당연히 극렬한 투쟁이 필요하겠지요.

투쟁은 좋은 일이라고 할 수 없고, 우리는 또 사람들에게 다 전사가 되라고 책임을 지울 수도 없습니다. 그렇다면 평화적인 방법도 소중한 것일 텐데, 이는 바로 장래에 친권親權을 이용해 자신의 자녀를 해방시키는 일입니다. 중국에서는 친권이 최고이므로 그때 가서 자녀들에게 재산을 균등하게 분배하여 그들에게 평화스럽고 충돌 없이 서로 대등한 경제권을 갖도록 해주면 됩니다. 그런 다음에 공부를 하든, 돈을 벌든, 스스로 즐기든, 사회를 위해 일하든, 다 써 버리든, 마음대로 놓아 주고 스스로 책임지게 하면 됩니다. 이것도 비록 아득한 꿈이기는 하지만 그러나 황금세계의 꿈보다는 아주 가깝습니다. 그러나 무엇보다 기억력이 필요합니다. 기억력이 좋지 않으면 자기에게는 이롭고 자손에게는 해롭습니다. 사람들은 망각할 수 있기 때문에 스스로 겪었던 고통에서 점차 멀어질 수 있습니다. 또 망각할 수 있기 때문에 종종 예전 그대로 다시 이전 사람의 잘못을 범하게 됩니다. 학대받던 며느리가 시어머니가 되면 여전히 며느리를 학대하고, 학생들을 혐오하는 관리들은 다 이전에 관리들을 욕하던 학생이며, 때로는 지금 자녀를 억압하는 사람도 10년 전에는 가정혁명가였습니다. 이는 아마 연령과 지위와 관계가 있을 것입니다만, 기억력이 좋지 않은 것도 한 커다란 원인입니다. 이에 대한 구제법은 바로, 각자가 note-book 한 권씩을 사서 지금 자신의 사상과 행동을 다 기록해 두고 앞으로 연령과 지위가 모두 바뀌었을 때 참고로 삼는 것입니다. 가령 아이가 공원에 가려는 것을 몹시 싫어하게 되었을 때, 그것을 가져다 펼쳐 보고 거기서 "나는 중앙공원에 가고 싶다"라는 글귀를 발견하게 되면 즉시 마음이 평안해질 것입니다. 다른 일 역시 마찬가지입니다.

세상에는 무뢰정신이라는 것이 있는데, 그 요점은 바로 끈기입니다. 듣자 하니 권비[24]의 난이 있은 후 톈진의 건달들, 즉 이른바 무뢰한들이 크게 발호했다고 합니다. 예를 들어 남의 집을 하나 옮겨 주면서 그들은 2원을 요구하고, 짐이 작다고 말해도 그들은 2원을 내라고 말하고, 길이 가깝다고 말해도 그들은 2원을 내라고 말하고, 옮기지 말라고 말해도 그들은 여전히 2원을 내라고 말합니다. 물론 건달들을 본받을 것까지는 없지만 그래도 그들의 끈기만은 크게 탄복할 만합니다. 경제권을 요구하는 것도 마찬가지입니다. 누군가가 이런 일은 너무 진부한 것이라고 말하더라도 경제권을 요구한다고 대답해야 하고, 너무 비천한 것이라고 말해도 경제권을 요구한다고 대답해야 하고, 경제제도가 곧 바뀔 것이므로 조바심을 낼 필요까지 없다고 말하더라도 여전히 경제권을 요구한다고 대답해야 합니다.

사실 오늘날에 한 사람의 노라가 집을 떠났다면 아마도 곤란을 느낄 지경에는 이르지 않을 것입니다. 왜냐하면 이 인물은 아주 특별하고 행동도 신선하여 몇몇 사람들로부터 동정을 얻어 도움을 받으며 살아갈 수 있기 때문입니다. 사람들의 동정을 받으며 살아간다는 것은 이미 자유롭지 못한 일인 데다가, 만일 백 명의 노라가 집을 떠났다면 동정도 줄어들 것이고, 천 명의 노라, 만 명의 노라가 집을 떠났다면 혐오감을 받을 것이니 결코 스스로 경제권을 쥐는 것만큼 미덥지는 못합니다.

경제적인 면에서 자유를 얻었다면 꼭두각시가 아닐까요? 그래도 꼭두각시입니다. 남에게 조종당하는 일은 줄어들 수 있겠지만 자기가 조종할 수 있는 꼭두각시가 더 늘어날 수 있을 것입니다. 왜냐하면 오늘날 사회에서 여자는 늘 남자의 꼭두각시가 될 뿐 아니라 바로 남자와 남자, 여자와 여자 사이에도 서로 꼭두각시가 되고, 남자도 늘 여자의 꼭두각시가 되고 있으니, 이는 결코 몇몇 여자가 경제권을 얻음으로써 구제할 수 있는 것이 아니기 때문입니다. 그러나 사람은 굶으면서 이상세계가 도래하기를 조용히 기다릴 수는 없고, 적어도 목숨이라도 부지해야 합니다. 마른 수레바퀴 자국에 빠진 붕어에게는 한 되나 한 말의 물을 구해 주는 것이 다급한 것과 마찬가지로 바로 비교적 가까이에 있는 경제권을 요구하고 한편으로 다시 다른 방도를 생각해야 합니다.

만약 경제제도가 바뀐다면 위의 글은 당연히 전혀 쓸데없는 말입니다.

그렇지만 윗글은 또 노라를 보통의 인물로 보고서 말한 것입니다. 가령 그녀가 아주 특별하여 스스로 뛰쳐나가 희생이 되기를 진심으로 원했다면 그야 별문제입니다. 우리는 남에게 희생하도록 권유할 권리도 없고 남이 희생하는 것을 저지할 권리도 없습니다. 더욱이 세상에는 희생을 즐기고 고생을 즐기는 인물도 있게 마련입니다. 유럽에는 전설이 하나 있습니다. 예수가 십자가에 못 박히러 갈 때 Ahasvar[25]의 처마 밑에서 쉬려고 했는데, Ahasvar는 예수를 허락하지 않았고, 그리하여 그는 저주를 받아 최후의 심판 때까지 영원히 쉴 수 없게 되었습니다. Ahasvar는 이때부터 쉬지 못하고 계속 걸을 뿐인데, 지금도 걷고 있습니다. 걷는 것은 괴로운 일이고 편히 쉬는 것은 즐거운 일인데, 그는 어째서 편히 쉬지 않을까요? 비록 저주를 짊어지고 있다고 할 수 있지만, 그는 아마 틀림없이 걷는 것을 편히 쉬는 것보다 더 달가워하여 계속 미친 듯이 걷고 있을 것입니다.

다만 이 희생을 달가워하는 것은 자신에게 속하는 것으로 지사志士들의 이른바 사회를 위한다는 것과는 관계가 없습니다. 군중──특히 중국의 군중──은 영원히 연극의 관객입니다. 희생이 무대에 등장했을 때, 만약 기개가 있다면 그들은 비장극悲壯劇을 본 것이고, 만약 벌벌 떨고 있다면 그들은 골계극滑稽劇을 본 것입니다. 베이징의 양고기점 앞에는 항상 몇몇 사람들이 입을 벌리고 양가죽을 벗기는 것을 구경하고 있는데, 자못 유쾌해 보입니다. 인간의 희생이 그들에게 주는 유익한 점도 역시 그러한 것에 불과합니다. 더욱이 일이 끝난 다음 몇 걸음도 채 못 가서 그들은 얼마 안 되는 이 유쾌함마저도 잊어버리고 맙니다.

이러한 군중에 대해서는 방법이 없습니다. 차라리 그들이 볼 수 있는 연극을 없애 버리는 것이 도리어 치료책입니다. 바로 일시적으로 깜짝 놀라게 하는 희생은 필요하지 않고 묵묵하고 끈기 있는 투쟁이 더 낫습니다.

애석하게도 중국은 바꾸기가 너무 어렵습니다. 설령 탁자 하나를 옮기고 화로 하나를 바꾸려 해도 피를 흘려야 할 지경입니다. 게다가 설령 피를 흘렸다고 하더라도 반드시 옮길 수 있고 바꿀 수 있는 것도 아닙니다. 커다란 채찍이 등에 내려쳐지지 않으면 중국은 스스로 움직이려 하지 않습니다. 나는 이 채 찍이 어쨌든 내려쳐질 거라고 생각합니다. 훌륭한 것인지 나쁜 것인지는 별문제입니다만, 어쨌든 내려쳐질 것입니다. 그러나 어디서 어떻게 내려쳐질지 나도 확실하게 알 수는 없습니다.

이것으로 이번 강연을 끝내겠습니다.

등하만필(燈下漫筆)

1.

민국民國 2~3년 무렵의 어느 때인가, 베이징의 몇몇 국립은행이 발행한 지폐의 신용이 나날이 좋아져서 그야말로 날로 상승하는 국면이었다. 듣자 하니 줄곧 은화에만 집착하던 시골 사람들조차도 지폐가 편리하기도 하고 믿을 만하다는 것을 알고 기꺼이 사용하게 되었다고 한다. '특수한 지식계급'은 말할 것도 없고 사리에 좀 밝은 사람들이라면 벌써 묵직하여 축 늘어지는 은화를 주머니에 넣고 다니며 무의미한 고생을 스스로 사서 하지는 않았다. 생각건대, 은화에 대한 특별한 기호와 애정을 가지고 있는 사람들을 제외하고 모두가 아마 대체로 지폐를, 그것도 본국의 지폐를 가지고 있었을 것이다. 그러나 애석하게도 나중에 갑자기 적지 않은 타격을 입게 되었다.

바로 위안스카이가 황제가 되려고 하던 그 해에 차이쑹포[26)]

선생이 베이징을 빠져나가 윈난에서 봉기를 일으켰던 것이다. 이쪽에서 받은 영향의 하나는 중국은행과 교통은행이 현금교환을 중지한 것이다. 비록 현금교환은 중지되었지만, 정부는 명령을 내려 상인들이 예전대로 지폐를 사용하도록 할 만큼의 위력은 아직 있었다. 상인들도 상인들 나름의 자주 쓰던 방법이 있어 지폐는 받지 않는다고 하지 않고 잔돈을 내줄 수 없다고 말했다. 가령 몇십, 몇백 원의 지폐로 물건을 산다면야 어떨지 알 수 없지만, 만약 펜 한 자루만을 산다든지 담배 한 갑만을 산다든지 할 경우 일원짜리 지폐를 지불할 수야 없지 않은가? 마음이 내키지 않을뿐더러 그 많은 지폐도 없는 것이다. 그러면 동전으로 바꾸며 몇 개 덜 받겠다고 해도 다들 동전이 없다고 한다. 그러면 친척이나 친구에게 가서 돈을 빌려 달라고 해도 거기엔들 어찌 있겠는가? 그리하여 격을 낮추어 애국은 그만 따지기로 하고 외국은행의 지폐를 빌린다. 그러나 외국은행의 지폐는 이 당시 은화와 동일한 것이었으므로 만약 그 지폐를 빌리면 바로 진짜 은화를 빌리는 것이 된다.

그 당시 내 주머니에는 그래도 중국은행과 교통은행이 발행한 삼사십 원의 지폐가 있었지만, 갑자기 가난뱅이로 변하여 거의 먹지도 못하며 쩔쩔매던 일이 지금도 기억난다. 러시아혁명 이후에 루블 지폐를 간직하고 있던 부자들의 심경이 아마 이랬을 것이다. 많아야 이보다 좀더 심하거나 좀더 컸을 뿐이었을 것이다. 나는 하는 수 없이 지폐를 할인해서 은화로 바꿀 수 있는지를 알아보았다. 그런 시장은 없다고 했다. 다행히도 마침 6할 남짓으로 바꿀 수 있는 시장이 비밀리에 생겨났다. 나는 대단히 기뻐하며 얼른 가서 절반을 팔았다. 나중에 또 7할로 올랐기 때문에 나는 더욱 기뻐하며 전부 가져가서 은화로 바꾸었다. 묵직하게 주머니에서 축 늘어지는 것이 마치 내 생명의 무게 같았다. 보통 때라면 환전가게에서 동전 하나라도 적게 주는 날이면 나는 절대 가만있지 않았을 것이다.

그런데 내가 은화를 주머니에 가득 넣고 묵직하게 축 늘어짐에 안심하고 기뻐하고 있을 때, 갑자기 또 다른 생각이 떠올랐다. 그것은 바로 우리는 너무 쉽게 노예로 변하며 게다가 노예로 변한 다음에도 대단히 기뻐한다는 사실이다.

가령 어떤 폭력이 '사람을 사람으로 취급하지 않는다', 사람으로 취급하지 않을 뿐만 아니라 소나 말보다 못한 것으로, 아예 아무것도 아닌 것으로 여긴다고 하자. 사람들이 소나 말을 부러워하면서 '난리통에 사람들은 태평 시절의 개만도 못하다'고 탄식하게 될 때가 되어서 사람들에게 소나 말과 같은 값을 부여하면, 예를 들어 원나라 때 남의 노예를 때려죽이면 소 한 마리를 배상해야 한다고 법으로 정한 것처럼 하면, 사람들은 진심으로 기뻐하며 심복하여 태평성세라고 삼가 칭송할 것이다. 왜 그런가? 사람들은 비록 사람으로 대접받지는 못해도 결국 소나 말과는 같아지기 때문이다.

우리는 『흠정 24사』欽定二十四史를 삼가 읽거나 연구실에 들어가 정신문명의 고매함을 깊이 연구할 필요도 없다. 다만 아이들이 읽는『감략』을 펼쳐 보기만 해도——이것이 번거로운 일이라면『역대기원편』을 보기만 해도 '3천 년의 오랜 역사를 가진 고국古國'인 중화가 지금까지 열심히 해온 것이라고는 겨우 이런 하찮은 놀음뿐이라는 것을 알 수 있을 것이다. 다만 최근에 편찬된 이른바『역사교과서』부류에서는 그다지 분명하게 알아볼 수 없는데, 여기에는 마치 우리가 지금까지 아주 훌륭했다고 쓰어 있는 듯하다.

하지만 실제로 중국인들은 지금까지 '사람'값을 쟁취한 적이 없으며 기껏해야 노예에 지나지 않았고 지금까지도 여전하다. 그렇지만 노예보다 못한 때는 오히려 헤아릴 수 없이 많았다. 중국의 백성들은 중립적이어서 전시戰時에 자신조차도 어느 편에 속하는지 몰랐다. 그러나 또 어느 편이든지 속했다. 강도가 들이닥치면 관리 편에 속하므로 당연히 죽임을 당하고 약탈을 당해야만 했다. 관군이 들어오면 틀림없이 한패이겠지만 여전히 죽임을 당하고 약탈을 당해야 하니 이번에는 마치 강도 편에 속하는 듯했다. 이때에 백성들은 바로 일정한 주인이 나타나서 자신들을 백성으로 삼아 주기를——그것이 가당찮은 일이라면 자신들을 소나 말로 삼아 주기를 희망했다. 스스로 풀을 찾아 뜯어먹기를 진심으로 바라면서 어떻게 다녀야 할지만을 결정해 주기를 원했다.

가령 정말 누군가가 그들을 위해 결정하여 노예규칙 같은 것을 정해 줄 수 있다고 한다면 당연히 '성은이 망극하나이다'로 여길 것이다. 애석한 것은 종종 잠시나마 정해 줄 수 있는 사람이 없었다는 점이다. 그 두드러진 예를 든다면, 5호 16국 때, 황소의 난 때, 5대 때,[27] 송말과 원말 때의 경우처럼, 관례대로 복역하고 납세한 다음에도 뜻하지 않은 재앙을 받아야만 했다. 장헌충은 성미가 더욱 괴팍하여 복역이나 납세를 하지 않는 사람도 죽이고, 복역이나 납세를 하는 사람도 죽였으며, 그에게 저항하는 사람도 죽이고, 그에게 항복하는 사람도 죽였다. 노예규칙을 여지없이 파괴해 버린 것이다. 이때에 백성들은 바로 또 다른 주인이 나타나 자신들의 노예규칙에 비교적 관심을 보여 주기를 희망했다. 그것이 예전 그대로의 것이든 새로 정한 것이든 어쨌든 규칙이 있어서 그들이 노예의 길로 들어설 수 있도록 해주기를 희망했다.

"하걸夏桀이 언제 죽을지, 내 너와 함께 죽고 말리라!"라는 것은 분격해서 한 말일 뿐이며 그것을 실행하겠다고 결심한 사람은 드물었다. 실제로는 대체로 뭇 도둑이 어지럽게 일어나고 혼란이 극에 달한 후가 되어야 비교적 강한 사람, 또는 비교적 총명한 사람, 또는 비교적 교활한 사람, 또는 외족外族의 어떤 인물이 나타나 비교적 질서 있게 천하를 수습하게 된다. 어떻게 복역하고, 어떻게 납세하고, 어떻게 절을 하고, 어떻게 성덕을 칭송하는지 규칙을 개정한다. 그리고 이 규칙은 오늘날처럼 조삼모사 격인 것과는 다르다. 그리하여 곧 '만백성은 기쁨을 표하게' 된다. 성어로 말하자면 '천하태평'이라 부른다.

걸치레를 좋아하는 학자들이 늘어놓으며 역사를 편찬할 때 '한족이 흥기한 시대', '한족이 발달한 시대', '한족이 중흥을 이룬 시대' 등의 보기 좋은 제목을 달아도 호의는 참으로 고맙지만, 말을 너무 에둘러서 사용했다. 더 직접적인 표현법을 쓰자면 다음과 같을 것이다.

첫째, 노예가 되고 싶어도 될 수 없었던 시대
둘째, 잠시 안정적으로 노예가 된 시대

이것의 순환이 바로 '선유'^{先儒}들이 말한 "한번 다스려지고 한번 어지러워지다"이다. 저 혼란을 일으킨 인물들은 후일의 '신민'^{臣民}의 입장에서 볼 때 '주인'을 위해 길을 청소하여 열어 놓은 것이다. 그래서 "성스러운 천자를 위해 깨끗이 제거하여 놓았다"고 말하는 것이다.

지금은 어느 시대에 들어섰는지 나도 분명하지 않다. 그러나 국학자들이 국수를 숭상하고, 문학가들이 고유한 문명을 찬양하고, 도학가들이 복고에 열중하는 것을 보니 현재 상태에 다들 만족하지 못하고 있음을 알 수 있다. 그렇지만 우리는 도대체 어느 길로 가고 있는가? 백성들은 영문도 모르는 전쟁을 만나, 돈이 좀 있는 사람은 조계^{租界}로 옮겨 가고 여인이나 아이들은 교회로 피신하여 들어간다. 왜냐하면 이곳은 비교적 '안정적'이어서 잠시나마 노예가 되고 싶어도 될 수 없는 데까지는 이르지 않기 때문이다. 종합하여 말하면, 복고하는 사람이나 피난하는 사람은 지혜롭거나 어리석거나 현명하거나 불초하거나 간에 모두 벌써 삼백 년 전의 태평성세, 즉 '잠시 안정적으로 노예가 된 시대'에 마음이 끌리고 있는 듯하다.

그러나 우리 역시 모두가 옛사람처럼 '예로부터 이미 있었던' 시대에 영원히 만족할 것인가? 모두가 복고를 주장하는 사람처럼 현재에 불만이라고 하여 곧 삼백 년 전의 태평성세에 마음이 끌릴 것인가?

당연히 현재에 대해서는 불만이다. 그러나 되돌아갈 필요는 없다. 왜냐하면 앞에도 여전히 길이 놓여 있기 때문이다. 그래서 중국 역사에서 여태껏 없었던 제3의 시대를 창조하는 것이야말로 바로 오늘날 청년들의 사명이다!

2.

그러나 중국의 고유한 문명을 찬양하는 사람들이 많아졌고 여기에 외국인들까지 가세하게 되었다. 나는 늘 이런 생각을 한다. 중국에 오는 사람마다 만일 골치 아파하고 이맛살을 찌푸리며 중국을 증오할 수 있다면 나는 감히 진심으로 감사를 드리겠다. 왜냐하면 그는 틀림없이 중국인들의 고기를 먹고 싶어 하지 않을 것이기 때문이다.

쓰루미 유스케[28] 씨는 「베이징의 매력」이라는 글에서 한 백인 이야기를 적어 놓았다. 그 백인은 중국에 올 때 1년간 잠시 체류하기로 예정했는데, 5년이 지난 뒤에도 그대로 베이징에 있으며, 게다가 돌아가지 않으려 한다는 것이었다. 어느 날 그 두 사람이 함께 저녁 식사를 하고 있었다.

복숭아나무로 만든 둥근 식탁 앞에 좌정하고 있는데, 산해진미가 쉴 새 없이 나오고, 이야기는 골동품, 그림, 정치 이런 것들로부터 시작되었다. 전등 위에는 지나支那식의 등갓이 씌워져 있었고, 엷은 빛이 옛 물건들이 진열되어 있는 방 안에 가득 넘쳐흐르고 있었다. 무산계급이니 프롤레타리아트니 하는 일들은 어디서 바람이 불고 있지 하는 것에 지나지 않는 것 같았다.

　나는 한편으로 지나 생활의 분위기에 도취되어 있었고, 한편으로 외국 사람이 '매력'을 가지고 있는 것들에 대해 깊이 생각하고 있었다. 원나라 사람들도 지나를 정복했지만, 한인 종족의 생활미에 정복당하고 말았다. 지금 서양인들도 마찬가지여서 입으로는 비록 데모크라시니 무엇이니 무엇이니 하고 말하고 있지만 오히려 지나인들이 6천 년을 두고 이룩해 놓은 생활의 아름다움에 매혹되고 있다. 베이징에서 살아 보기만 하면 그 생활의 재미를 잊지 못한다. 바람이 세차게 불 때 만 길 높이로 치솟는 모래먼지나 석 달에 한 번씩 일어나는 독군督軍들의 전쟁 놀음도 이러한 지나 생활의 매력을 지워 버리지 못한다.

이 말에 대해 그를 부정할 힘이 지금 내게는 없다. 우리의 옛 성현들은 옛것을 보존하고 지키라는 격언을 우리에게 남겨 준 데다가 동시에 자녀와 옥백玉帛으로 만든, 정복자들에게 봉헌할 큰 잔치를 잘 차려 놓았던 것이다. 중국인들의 참을성, 중국인들의 자식 많음은 모두 술을 만드는 재료일 뿐인데, 오늘날까지도 우리의 애국자들은 자부하는 것으로 여기고 있다. 서양인들이 처음 중국에 들어왔을 때 오랑캐라고 해서 다들 이맛살을 찌푸리지 않을 수 없었다. 그러나 지금은 기회가 와서 우리가 북위에 바쳤던, 금나라에 바쳤던, 원나라에 바쳤던, 청나라에 바쳤던 성대한 잔치를 그들에게 바치는 때가 되었다. 집을 나설 때는 자동차가 기다리고, 길을 걸을 때는 잘 보호해 준다. 길에 아무도 다니지 못하게 해도 그들만은 통행이 자유롭다. 약탈을 당하는 경우가 있더라도 반드시 배상을 해야 한다. 쑨메이야오[29]가 그들을 잡아다가 군인들 앞에 세워 놓아도 관병은 감히 총을 쏘지 못한다. 하물며 화려한 방 안에서 성찬을 즐기는 경우야 오죽하겠는가? 성찬을 즐길 때가 되면 당연히 바로 중국의 고유한 문명을 찬양할 때인 것이다. 그러나 우리의 일부 낙관적인 애국자들은 아마 도리어 흐뭇해하면서 그들도 이제 중국에 동화되기 시작했다고 생각한다. 옛사람들은 여인을 가지고 일시적인 안일의 방패막이로 삼으면서도 자기를 속이며 그 이름을 미화하여 '화친'和親이라고 했다. 오늘날 사람들도 여전히 자녀와 옥백을 노예가 되기 위한 예물로 바치면서 그 이름을 미화하여 '동화'라고 말한다. 그래서 만일 외국 사람 중에서 잔치에 참여할 자격을 이미 갖추게 된 오늘날 우리를 위해 중국의 현 상태를 저주하는 사람이 있다면 이는 그야말로 양심적이고 그야말로 존경할 만한 사람이다!

그러나 우리 스스로 오래전부터 귀천이 있고, 대소가 있고, 상하가 있는 것으로 잘도 꾸며 놓았다. 자기는 남으로부터 능멸을 당하지만 역시 다른 사람을 능멸할 수 있고, 자기는 남에게 먹히지만 역시 다른 사람을 먹을 수 있다. 등급별로 제어되어 움직일 수도 없고 움직이려고도 하지 않는다. 왜냐하면 일단 움직이면 혹시 이득도 있겠지만 역시 폐단도 있기 때문이다. 여기서 한번 옛사람의 멋들어진 법제정신을 보기로 하자.

하늘에는 열 개의 해가 있고, 사람에는 열 개의 등급이 있다. 아랫사람은 그래서 윗사람을 섬기고, 윗사람은 그래서 신神을 받든다. 그러므로 왕王은 공公을 신하로 삼고, 공은 대부大夫를 신하로 삼고, 대부는 사士를 신하로 삼고, 사는 조皁를 신하로 삼고, 조는 여輿를 신하로 삼고, 여는 예隷를 신하로 삼고, 예는 요僚를 신하로 삼고, 요는 복僕을 신하로 삼고, 복은 대臺를 신하로 삼는다.[30] (『좌전』 '소공昭公 7년')

그런데 '대'臺는 신하가 없으니 너무 힘들지 않은가? 걱정할 필요가 없다. 자기보다 더 비천한 아내가 있고, 더 약한 아들이 있다. 그리고 그 아들도 희망이 있다. 다른 날 어른이 되면 '대'로 올라설 것이므로 역시 더 비천하고 더 약한 처자가 있어 그들을 부리게 된다. 이처럼 고리를 이루며 각자 자기 자리를 차지하고 있으므로 감히 그르다고 따지는 자가 있으면 분수를 지키지 않는다는 죄명을 씌운다.

비록 그것은 소공 7년, 지금으로부터 아주 오랜 옛날 일이지만, '복고가'復古家들은 비관할 필요까지는 없다. 태평스런 모습이 여전히 남아 있다. 전쟁이 늘 있고 홍수와 가뭄이 늘 있어도 그 누가 아우성치는 소리를 들은 적이 있는가? 싸우는 놈은 싸우고 죽이는 놈은 죽이지만 덕 있는 선비라도 나서서 시비를 따지는 것을 보았는가? 국민에 대해서는 그토록 전횡을 일삼고 외국 사람에 대해서는 그토록 비위를 맞추니, 차등의 유풍 때문이 아니겠는가? 중국의 고유한 정신문명은 기실 공화共和라는 두 글자에 의해 전혀 매몰되지 않았다. 다만 만주인이 자리에서 물러났다는 것만이 이전과 조금 다를 뿐이다.

이 때문에 우리는 지금도 친히 각양각색의 연회를 볼 수 있다. 불고기 연회가 있고, 상어 지느러미 연회가 있고, 간단한 식사 연회가 있고, 서양요리 연회가 있다. 그러나 초가집 처마 아래에는 반찬 없는 맨밥이 있고, 길가에는 먹다 남은 죽이 있고, 들에는 굶어 죽은 시체가 있다. 불고기를 먹는 몸값을 매길 수 없는 부자가 있는가 하면, 근당 8문文에 팔리는 굶어 죽기 직전의 아이도 있다(『현대평론』 21기 참조).[31] 이른바 중국의 문명이란 사실 부자들이 누리도록 마련된 인육人內의 연회에 지나지 않는다. 이른바 중국이란 사실 이 인육의 연회를 마련하는 주방에 지나지 않는다. 모르고서 찬양하는 자는 그래도 용서할 수 있지만, 그렇지 않다면 그들은 영원히 저주받아 마땅하다!

외국 사람 중에서 모르고서 찬양하는 자는 그래도 용서할 수 있다. 높은 자리를 차지하게 되어 사치스럽고 안일하게 지내면서, 이 때문에 꼬임에 넘어가고 영혼을 잃어버려 찬미하는 자도 그래도 용서할 수 있다. 그러나 또 다른 두 종류가 있다. 그 하나는, 중국인은 열등한 종족이므로 원래의 모양대로 하는 것이 가장 잘 어울린다고 하여 일부러 중국의 낡은 것들을 칭찬하는 사람이다. 또 하나는, 세상 사람들이 각기 서로 달라야만 자신의 여행에 흥취를 더할 수 있어 중국에 가서는 변발을 보고, 일본에 가서는 게다를 보고, 고려에 가서는 삿갓을 보고자 하는 사람이다. 만일 옷차림이 한결같다면 아예 재미가 없어질 것이므로 그래서 아시아가 유럽화되는 것을 반대하는 사람이다. 이들은 모두 증오할 만하다. 러셀이 시후西湖에서 가마꾼이 웃음을 짓는 것을 보고 중국인들을 찬미했는데, 이것은 또 다른 의미가 있을는지 모르겠다. 그러나 가마꾼이 만약 가마에 앉아 있는 사람을 보고 웃음을 짓지 않을 수 있었다면 중국은 벌써 현재와 같은 중국이 아니 되었을 것이다.

이 문명은 외국 사람을 도취시켰을 뿐만 아니라 벌써 중국의 모든 사람들을 다 도취시켜 놓았고 게다가 웃음을 짓는 데까지 이르게 했다. 왜냐하면 고대부터 전해져 와서 지금까지도 여전히 존재하는 여러 가지 차별이 사람들을 각각 분리시켜 놓았고, 드디어 다른 사람의 고통을 더 이상 느낄 수 없게 만들어 놓았기 때문이다. 또한 각자 스스로 다른 사람을 노예로 부리고 다른 사람을 먹을 수 있는 희망을 가지고 있어 자기도 마찬가지로 노예로 부려지고 먹힐 가능성이 있다는 것을 망각하기 때문이다. 그리하여 크고 작은 무수한 인육의 연회가 문명이 생긴 이래 지금까지 줄곧 베풀어져 왔고, 사람들은 이 연회장에서 남을 먹고 자신도 먹혔으며, 여인과 어린아이는 더 말할 필요도 없고 비참한 약자들의 외침을 살인자들의 어리석고 무자비한 환호로써 뒤덮어 버렸다.

이러한 인육의 연회는 지금도 베풀어지고 있고, 많은 사람들이 여전히 계속 베풀어 나가려 하고 있다. 이 식인자들을 소탕하고 이 연회석을 뒤집어 버리고 이 주방을 파괴하는 것이 바로 오늘날 청년들의 사명이다!

1925년 4월 29일

'페어플레이'는 아직 이르다

1. 해제

『위쓰』제57기에서 위탕[32] 선생은 '페어플레이'(fair play)에 대해 언급하면서, 이러한 정신은 중국에서 몹시 찾아보기 어려우니 우리는 이를 고취하는 데 노력할 수밖에 없다고 했고, 또 '물에 빠진 개를 때리지' 않는다고 하면서 그래야 '페어플레이'의 의미를 보충할 수 있다고 했다. 나는 영어를 모르기 때문에 이 글자의 의미가 도대체 어떤 것인지 분명하지 않지만, 만약 '물에 빠진 개를 때리지' 않는다는 것이 이런 정신의 한 형태라면 나는 오히려 좀 따져 보고 싶은 생각이 든다. 그러나 제목에서 '물에 빠진 개를 때린다'라고 직접적으로 쓰지 않은 것은 남의 눈에 띄는 것을 피하기 위한 것이다. 다시 말하면 머리에 억지로 '가짜 뿔'[33]을 달 것까지는 없다는 뜻이다. 요컨대, '물에 빠진 개'는 때리지 않는다는 것이 아니라 어쩌면 그야말로 때려야 한다고 말하려는 것뿐이다.

2. '물에 빠진 개'는 세 종류가 있는데, 모두 때릴 수 있는 예에 속한다

오늘날의 논자들은 흔히 '죽은 호랑이를 때리는 것'과 '물에 빠진 개를 때리는 것'을 함께 논하면서 모두 비겁한 짓에 가깝다고 생각한다. '죽은 호랑이를 때리는 것'은 겁을 내면서도 용감한 척하는 것으로서 자못 익살스러운 데가 있으며, 비록 비겁하다는 혐의에서 벗어나기는 어렵지만 겁내는 것이 오히려 귀엽게 보인다고 나는 생각한다. '물에 빠진 개를 때리는 것'이라면 결코 그처럼 간단하지 않아서, 어떤 개인지, 그리고 어떻게 물에 빠졌는지 보고 결정해야 한다. 물에 빠진 원인을 따져 보면, 대개 세 종류가 있다. (1) 개가 스스로 실족하여 물에 빠진 경우, (2) 남이 때려 빠뜨린 경우, (3) 자기가 직접 때려 빠뜨린 경우가 그것이다. 만일 앞의 두 경우를 당하여 곧 부화뇌동하며 때린다면 그것은 당연히 부질없는 짓이며 어쩌면 비겁한 짓에 가까울 것이다. 그러나 만약 개와 싸우면서 자기 손으로 직접 때려서 개를 물에 빠뜨렸다면 비록 대나무 장대를 사용하여 물속에서 계속 실컷 때려 주어도 지나치지 않을 듯하니, 앞의 두 종류와 같이 논할 수는 없다.

듣자 하니, 용감한 권법가는 이미 땅에 쓰러진 적수를 절대 더 이상 때리지 않는다고 하는데, 이는 참으로 우리가 모범으로 받들 만하다. 그러나 나는 여기에 한 가지 조건을 더 부가해야 한다고 생각한다. 즉, 적수도 용감한 투사라야 하는데, 일단 패배한 후에는 <u>스스로 부끄러워</u>하고 후회하며 더 이상 달려들지 않거나 당당하게 나와 상대에게 복수해야 한다. 그렇게 하면 물론 안 될 것이 없다. 그러나 개의 경우, 이를 끌어다 예로 삼으면서 대등한 적수로 동등하게 볼 수는 없다. 왜냐하면 개가 아무리 미친 듯이 짖어 대더라도 사실 개는 '도의'^{道義} 같은 것을 전혀 모르기 때문이다. 게다가 개는 헤엄칠 수 있어 틀림없이 언덕으로 기어오를 것이며, 만일 주의하지 않으면 그놈이 먼저 몸을 곧추세워 한바탕 흔들어 대면서 사람의 몸과 얼굴에 온통 물방울을 뿌리고는 꼬리를 내리고 달아나 버릴 것이다. 그러나 그후에도 성격은 여전히 변하지 않는다. 어리숙한 사람은 그놈이 물에 빠진 것으로 세례를 받았거니 여기고, 그놈은 틀림없이 이미 참회했으니 나와도 더 이상 사람을 물지 않을 것으로 생각하지만 이는 참으로 대단히 잘못된 처사이다.

요컨대, 만일 사람을 무는 개라면 그놈이 언덕 위에 있든, 물속에 있든 상관없이 다 때릴 수 있는 예에 속한다고 나는 생각한다.

3. 특히 발바리는 때려서 물에 빠뜨리고 더욱이 계속 때리지 않으면 안 된다

발바리는 일명 땅개라고 하며 남방에서는 서양개라고 한다. 그러나 듣자 하니, 오히려 중국의 특산으로서 만국개경연대회에서 자주 금메달을 받는다고 하며, 『브리태니커 대백과사전』의 개 사진에 흔히 나오는 몇 마리도 우리 중국의 발바리라고 한다. 이 역시 나라 영광의 하나이다. 그러나 개는 고양이와 원수가 아니던가? 그런데 그놈이 비록 개라고는 하지만 아주 고양이를 닮아 절충적이고, 공평하고, 조화롭고, 공정한 모습을 물씬 풍기며 다른 것은 다 극단적인데 오직 자기만이 '중용의 도'를 얻은 듯한 얼굴을 유유히 드러낸다. 이 때문에 부자, 환관, 마님, 아씨들로부터 총애를 받아 그 종자가 면면히 이어져 왔다. 그놈이 하는 일이란 단지 영리한 겉모양 때문에 귀인들로부터 비호를 받는 것이거나 중국이나 외국이나 여인들이 길거리에 나설 때 가는 쇠사슬에 목이 매여 그 발꿈치를 따라다니는 것뿐이다.

　이런 것들은 마땅히 우선 때려 물에 빠뜨리고 다시 계속 때려야 한다. 만약 그놈이 스스로 물에 떨어졌더라도 사실은 계속해서 때려도 무방하다. 그러나 만약 본인이 지나치게 좋은 사람이 되겠다고 하면 물론 때리지 않아도 되겠지만, 그렇다고 해도 때린 일로 해서 탄식할 필요까지는 없다. 발바리에게 너그러울 수 있다면 다른 개들도 역시 더 때릴 필요가 없게 된다. 왜냐하면 그놈들은 비록 세리勢利에 아주 밝지만, 그러나 어쨌든 이리와 닮은 점이 있어 야수성을 띠고 있어서 발바리처럼 양다리를 걸치는 데까지는 이르지 않을 것이기 때문이다.

이상은 말이 나온 김에 한 말로 본 주제와 크게 상관없을 듯하다.

4. '물에 빠진 개를 때리지' 않는 것은 남의 자식을 그르치는 일이다

요컨대, 물에 빠진 개를 때려야 할지 말아야 할지는, 첫째로 그놈이 언덕으로 기어 올라온 다음의 태도를 보아야 한다.

개의 본성은 어쨌든 크게 변하지 않을 것이다. 가령 일만 년후라 하더라도 아마 지금과 다르지 않을 것이다. 그러나 내가지금 말하려는 것은 지금이다. 만약 물에 빠진 뒤에 아주 불쌍하게 여긴다고 하면 사람을 해치는 동물 가운데 불쌍한 것은참으로 많다. 콜레라 병균만 하더라도 비록 빠르게 번식하지만그 성격은 오히려 얼마나 온순한가. 그렇지만 의사들은 결코그놈을 놓아두지 않는다.

지금의 관료와 토신사 또는 양신사[34]들은 자기 뜻과 맞지 않으면 빨갱이니 공산당이니 말한다. 민국 원년 이전에는 이와조금 달랐다. 처음에는 강당이라 했고, 나중에는 혁당[35]이라 했으며, 심지어 관청에 가서 밀고까지 했다. 이는 물론 자신의 존엄과 영예를 보전하려는 측면이 있었거니와 또한 그 당시의 이른바 '사람의 피로써 모자꼭지를 붉게 물들인다'[36]라는 뜻도 없지는 않았다. 그러나 혁명은 마침내 일어났고, 꼴사납게 뻐기던일군의 신사들은 당장에 상갓집 개처럼 당황하면서 작은 변발을 머리 꼭대기에 틀어 올렸다. 혁명당도 온통 새 기풍——신사들이 이전에 사무치게 증오하던 그런 새 기풍이어서 제법 '문명스러워'졌다. "다 더불어 유신하게" 되었으니 우리는 물에 빠진 개를 때리지 않고 그놈들이 자유롭게 기어 올라오도록 내버려 두어야 한다고 말했다. 그리하여 그놈들은 기어 올라왔고, 민국 2년 하반기까지 엎드려 있다가 2차혁명[37]이 일어났을 때 갑자기 나타나서 위안스카이를 돕고 수많은 혁명가들을 물어 죽였다. 그리하여 중국은 다시 하루하루 암흑으로 빠져들어 오늘에 이르게 되었다. 유로는 말할 필요도 없고 유소[38]조차도 그토록 많아졌다. 이는 바로 선열先烈들이 마음씨가 착하여 괴물들에게 자비를 베풀어 그놈들이 번식하도록 해주었기 때문이다. 그리하여 앞으로 똑똑한 청년들이 암흑에 반항하기 위해서는 더더욱 많은 기력과 생명을 소모해야 할 것이다.

추근 여사는 바로 밀고에 의해 죽임을 당했다. 혁명 후에 잠시 '여협'女俠이라는 이름으로 불렸지만 지금은 그다지 사람들의 입에 오르내리지 않게 되었다. 혁명이 일어나자 그녀의 고향에는 도독都督——오늘날의 이른바 독군督軍에 해당함——한 사람이 부임했는데, 그는 그녀의 동지인 왕진파[39]였다. 그는 그녀의 원수를 갚기 위해 그녀를 살해한 주모자를 잡았고 밀고의 문서들을 수집했다. 그런데 마침내 그 주모자를 석방하고 말았다. 듣자 하니 그 이유는, 이미 민국이 되었으니 다들 더 이상 옛 원한을 청산하지 말자는 것이었다. 그러나 2차혁명이 실패한 후에 왕진파는 오히려 위안스카이의 주구에 의해 총살당했고, 여기에 힘이 되어 준 사람이 그가 석방한, 추근을 죽인 주모 자였다.

그 사람도 지금은 이미 '천수를 다하고 집안에서 죽었지'만, 그곳에서 계속해서 발호하고 출몰하고 있는 사람들은 역시 그와 같은 인물들이다. 그래서 추근의 고향도 여전히 그 모양 그 대로의 고향이며 해가 바뀌어도 전혀 나아지지 않고 있다. 이런 점에서 볼 때, 중국에서 모범적이라 할 수 있는 유명한 도시에서 나고 자란 양인위[40] 여사와 천시잉 선생은 참으로 하늘만큼 높은 크나큰 복을 타고났다.

5. 거덜 난 인물은 '물에 빠진 개'와 함께 논해서는 안 된다

"남이 나에게 잘못해도 따지고 다투지 않는다"는 것은 서도恕道 [관용의 도]이고, "눈에는 눈으로 갚고, 이에는 이로 갚는다"는 것은 직도直道[직접적으로 행하는 도]이다. 중국에서 가장 흔한 것은 오히려 왕도枉道[왜곡하는 도]여서 물에 빠진 개를 때리지 않아 도리어 개에게 물리고 만다. 그러나 이는 사실 어리숙한 사람이 스스로 고생을 사서 한 것이다.

속담에 "충직하고 온후한 것은 쓸모가 없다는 것의 다른 이름이다"라는 것이 있는데, 조금은 너무 냉혹한지 모르겠다. 그러나 곰곰이 생각해 보면 오히려 사람들에게 나쁜 짓을 하라고 부추기는 말이 아니라 수많은 고초의 경험을 귀납한 후에 나온 경구라는 생각이 든다. 예컨대, 물에 빠진 개를 때리지 않는다는 설을 보면, 그것이 만들어진 원인은 대개 두 가지가 있다. 첫째는 때릴 힘이 없는 경우이고, 둘째는 비교를 잘못한 경우이다. 전자는 잠시 논외로 하고, 후자의 큰 잘못에는 다시 두 가지가 있다. 첫째는 거덜 난 인물을 물에 빠진 개와 같이 보는 잘못을 범하는 경우이고, 둘째는 거덜 난 인물이 좋은지 나쁜지 분간하지 못하고 일률적으로 동일시하여 그 결과 도리어 악을 방임하게 되는 경우이다. 즉, 오늘날을 두고 말하면 정국이 불안정하기 때문에 참으로 굴러가는 바퀴처럼 이쪽이 일어나면 저쪽이 넘어지는 꼴이어서 나쁜 사람은 빙산氷山에 기대어 거리낌 없이 나쁜 짓을 자행하고, 일단 실족하면 갑자기 동정을 구걸한다. 그러면 남이 물리는 것을 직접 보았거나 직접 물림을 당한 어리숙한 사람은 어느덧 그를 '물에 빠진 개'로 보면서 때리지 않을 뿐만 아니라 심지어 가엾다는 생각을 가지고, 정당한 도리公理가 이미 실현되었으니 이때야말로 의협은 바야흐로 내 손에 달렸다고 생각한다. 그놈은 진짜 물에 빠지지 않았으며, 소굴은 이미 잘 만들어 놓았고, 식량은 벌써 충분히 저장해 두었으며, 게다가 그것들을 다 조계租界에 해두었다는 것을 전혀 모른다. 비록 이따금 부상을 당하는 것 같지만, 사실은 결코 그렇지 않아 기껏해야 절룩거리는 시늉을 하여 잠시 사람들의 측은지심을 불러일으켜 조용히 피해 숨으려는 것뿐이다. 다른 날 다시 나타나서 예전처럼 먼저 어리숙한 사람을 무는 일부터 시작하여 "돌을 던져 우물에 빠뜨리는"[41] 등 못하는 짓이 없다. 그 원인을 찾아보면 부분적으로는 바로 어리숙한 사람이 '물에 빠진 개를 때리지 않았기' 때문이다. 그러므로 좀 가혹하게 말한다면 역시 스스로가 판 무덤에 스스로 빠진 격이니 하늘을 원망하고 남을 탓하는 것은 완전히 잘못이다.

6. 지금은 아직 '페어'만 할 수 없다

어진 사람들은 혹시, 그렇다면 우리는 도대체 '페어플레이'를 해서는 안 되는가라고 물을지 모르겠다. 나는 즉각, 물론 해야 하는데 그렇지만 아직은 이르다고 대답할 수 있다. 이것이 바로 "자네는 독 안에 들어가게"[42]라는 방법이다. 어진 사람들은 꼭 이 방법을 쓰려고 하지는 않겠지만, 나는 그래도 그것이 일리가 있다고 말할 수 있다. 토신사 또는 양신사들은 늘 중국은 특별한 나라 사정이 있어 외국의 평등이니 자유니 하는 등등의 것을 적용할 수 없다고 말하지 않았던가? 나는 이 '페어플레이'도 그중 하나라고 생각한다. 그렇지 않으면, 그가 당신에게 '페어'하지 않는데 당신이 오히려 그에게 '페어'하여 그 결과 도무지 자기만 손해를 보게 된다. '페어'하려 해도 그렇게 할 수 없을 뿐만 아니라 '페어'하지 않으려 해도 그것마저 그렇게 할 수 없다. 그래서 '페어'하려면 가장 좋은 것은 우선 상대를 잘 보는 것이다. 만약 '페어'를 받아들일 자격이 없는 사람이라면 전혀 예를 갖추지 않아도 된다. 그놈도 '페어'하게 되었을 때, 그때 가서 다시 그놈과 '페어'를 따져도 늦지 않다.

이는 이중 도덕을 주장하는 것이 아닌가 하는 혐의가 있을 듯하지만 그러나 부득이해서 그런 것이다. 왜냐하면 이렇게 하지 않으면 중국에는 앞으로 더 좋은 길이 있을 수 없기 때문이다. 중국에는 지금 여러 가지 이중 도덕이 있다. 주인과 노예, 남자와 여자 등 모두 서로 다른 도덕을 가지고 있어 아직 통일되어 있지 않다. 만약 '물에 빠진 개'와 '물에 빠진 사람'만 유독 차별 없이 대한다면, 이는 실로 너무 편향되고 너무 이르다고 하지 않을 수 없다. 바로 신사들이 자유와 평등은 결코 나쁘지 않지만 중국에서는 오히려 너무 이르지 않은가 하고 말하는 것과 마찬가지이다. 그래서 만일 '페어플레이' 정신을 널리 시행하려는 사람이 있다면, 적어도 이른바 '물에 빠진 개'들이 인간다움을 갖출 때까지 기다려야 한다고 나는 생각한다. 그러나 지금은 물론, 절대 시행해서는 안 된다는 것이 아니라 바로 윗글에서 말했듯이 상대를 잘 보아야 한다는 것이다. 그리고 또 차등이 있어야 하는데, 즉 '페어'는 반드시 상대가 어떻게 나오는지 보고서 시행해야 하며 그놈이 어떻게 물에 빠졌든지 간에 사람이라면 그를 돕고 개라면 상관하지 않고 나쁜 개라면 때려주어야 한다. 이를 한마디로 말하면, "같은 패는 규합하고 다른 패는 공격한다"는 것이겠다.

가슴 가득 '시어미의 도리'[43]를 품고서 입으로는 늘 '공정한 도리'를 외치는 신사들의 명언은 잠시 논의하지 않는 것으로 하더라도, 진심을 가진 사람들이 크게 외치는 공정한 도리도 지금의 중국에서는 좋은 사람을 도울 수 없으며 심지어는 도리어 나쁜 사람을 보호하는 것이 된다. 왜냐하면 나쁜 사람이 뜻을 이루어 좋은 사람을 학대할 때면 설령 공정한 도리를 크게 외치는 사람이 있다고 하더라도 그는 절대 그 말을 따르지 않을 것이며, 외쳐 보았자 외치는 것으로 그칠 뿐 좋은 사람은 여전히 고통을 받기 때문이다. 그러나 어쩌다가 좋은 사람이 조금 일어서게 되면 나쁜 사람은 당연히 물에 빠져야 하겠지만, 그러나 진심으로 공정한 도리를 논하는 사람은 또 '복수하지 말라'느니, '어질고 용서해야' 한다느니, '악에는 악으로 저항하지 말라'느니 크게 떠들게 된다. 이번에는 오히려 실제적인 효과가 나타나서 결코 빈말이 아니다. 즉, 좋은 사람이 그것은 당연하다고 생각하는 순간 나쁜 사람은 그리하여 구제된다. 그러나 그가 구제된 다음에는 틀림없이 덕을 보았다고 생각할 뿐 회개하지 않는다. 게다가 진작에 굴을 세 개나 마련해 놓았고 또 빌붙어 이익을 챙기는 데 뛰어나므로 얼마 지나지 않아 역시 의연히 기세가 혁혁해져 예전처럼 나쁜 짓을 한다. 이때, 공정한 도리를 주장하는 사람은 당연히 다시 크게 외치겠지만 이번에 그는 너의 말을 들어주지 않는다.

그러나 '너무 엄하게 악을 미워하고', '너무 서둘러 일을 처리하려' 했던 한대의 청류와 명대의 동림[44]은 오히려 바로 그 점 때문에 붕괴되었고, 논평자들도 늘 그렇게 그들을 책망했다. 아닌 게 아니라 그 상대 쪽에서 '선을 원수처럼 미워하지' 않은 적이 있었던가? 이 점에 대해 사람들은 오히려 한마디도 하지 않는다. 가령 앞으로 광명이 암흑과 철저하게 투쟁하지 못하고 어리숙한 사람이 악의 방임을 관용이라고 잘못 여기고 그냥 제멋대로 내버려 둔다면 현재와 같은 혼돈 상태는 끝없이 이어질 수 있을 것이다.

7. '바로 그 사람의 도(道)로써 그 사람의 몸을 다스린다'에 대하여

중국 사람들은 중의^{中醫}를 믿기도 하고 양의^{洋醫}를 믿기도 하는데, 오늘날 비교적 큰 도시에는 이 두 종류의 의원들이 함께 있어 각자 자기에게 맞는 곳을 찾아간다. 이는 확실히 대단히 좋은 일이라고 생각한다. 가령 이를 널리 확대해 나갈 수 있다면, 원성이 틀림없이 훨씬 줄어들 것이며, 어쩌면 천하가 더없이 잘 다스려지는 데에 이를지 모르겠다. 예를 들어, 민국에서 통용되는 예절은 허리를 굽혀 절을 하는 것이지만, 만일 그것이 틀렸다고 생각하는 사람이 있으면 오직 그에게만 머리를 땅에 조아리는 절을 시키면 된다. 민국의 법률에는 태형이 없지만, 만일 육형[45]이 좋다고 여기는 사람이 있다면 그 사람이 죄를 범했을 때 특별히 볼기를 치면 된다. 그릇, 젓가락, 밥, 반찬은 오늘날의 사람을 위해 마련된 것이지만, 수인씨[46] 이전의 백성이 되기를 원하는 사람이 있다면 그에게는 날고기를 먹으라고 하면 된다. 더욱이 수천 칸의 띠집을 지어 놓고는, 대궐 같은 집에서 요순시대를 앙모하는 고결한 선비들이 있다면 다 끌어내어 그곳에 살게 하면 된다. 물질문명에 반대하는 사람은 물론 구태여 싫다는 자동차를 꼭 타라고 할 필요는 없다. 이렇게 해나가면 진정 이른바 "인仁을 추구하여 인仁을 얻었는데 또 무얼 원망하겠는가"의 격이 되어 우리 귀에 들리는 것이 훨씬 청정해질 수 있을 것이다.

그러나 애석하게도 모두가 도무지 이렇게 하지 않으려 하고 오로지 자기 기준에 따라 다른 사람을 규제하려고 하니, 천하가 시끄러워진다. '페어플레이'는 특히 병폐가 있으며 심지어 약점으로 변하여 도리어 악한 세력에게 이용당할 수 있다. 예를 들어, 류바이자오가 여사대[베이징여자사범대학] 학생들을 구타하고 끌어낼 때, 『현대평론』에서는 방귀도 뀌지 않다가 일단 여사대가 회복되자 천시잉은 여대[베이징여자대학] 학생들에게 교사校舍를 점거하라고 선동할 때는 오히려 "만약 학생들이 떠나지 않으려 한다면 어떻게 하겠는가? 당신들은 어쨌든 강제력으로 그들 짐을 들어낸다면 미안하지 않겠는가?"라고 말했다. 구타하고 잡아끌고, 들어내고 하는 것은 류바이자오의 선례가 있으므로 어찌 이번만 유독 '미안하겠는가'? 이는 바로 그쪽에서 여사대 쪽에 '페어'의 기미가 있다는 것을 냄새 맡았기 때문이다. 그러나 이 '페어'는 오히려 또 약점으로 변하여 도리어 다른 사람에게 이용되면서 장스자오의 '유택遺澤'을 보호해 주었다.

8. 결말

어쩌면 내가 윗글에서 말한 것이 신과 구, 또는 무슨 양파兩派 사이의 다툼을 불러일으켜서 악감정을 더욱 심화시키거나 쌍방의 대립을 더욱 격화시키려는 것이 아닌가 하고 의심할지 모르겠다. 그러나 개혁자에 대한 반反개혁자의 해독害毒은 지금까지 결코 느슨해진 적이 없었으며, 수단의 지독함도 이미 더 보탤것이 없는 수준에 이르렀다고 나는 감히 단언한다. 다만 개혁자만이 여전히 꿈속에 있으면서 늘 손해를 보고 있으며, 그리하여 중국에는 도무지 개혁이라는 것이 없었으니 앞으로는 반드시 태도와 방법을 고쳐야 한다.

1925년 12월 29일

『무덤』뒤에 쓰다

내 잡문이 이미 절반이나 인쇄되었다는 소식을 듣고 몇 줄 제
기題記를 써서 베이징으로 부쳤다. 당시에는 간단히 쓰겠다고
하여 다 써서는 얼른 부쳤는데, 20일도 채 되지 않은 지금 벌써
무엇을 말했는지 분명하게 기억나지 않는다. 오늘밤 주위는 이
토록 고요하고, 집 뒤의 산기슭에는 들불의 희미한 불빛이 피
어오르고 있다. 난푸퉈사南普陀寺에서는 여전히 인형극놀이를 하
고 있고, 이따금 징소리와 북소리가 들려오는데, 그 사이사이
마다 고요함을 더해 준다. 전등 불빛이 휘황찬란함에도 불구하
고, 별안간 엷은 애수가 내 마음에 밀려오는 것은 어인 일일까.
나는 내 잡문의 간행을 다소 후회라도 하는 듯하다. 내가 후회
를 하다니 아주 이상하다. 이는 내가 그다지 경험하지 못한 것
으로, 지금까지 나는 이른바 후회라는 것이 도대체 어떤 일인
가 깊이 알지 못했다. 그러나 이러한 심정도 이내 사라지고 잡

문도 물론 그대로 간행되겠지만, 내 자신의 지금의 애수를 몰아내기 위해서라도 나는 몇 마디 더 말하려 한다.

　이전에 이미 말한 것으로 기억하는데, 이는 내 생활 중에 있던 하찮은 옛 흔적에 지나지 않는다. 만약 내 과거도 생활이었다고 할 수 있다면, 역시 나도 일을 해왔다고 말할 수 있을 것이다. 그러나 나는 결코 샘솟는 듯한 사상이나 위대하고 화려한 글도 없으며, 선전할 만한 주의主義도 없을뿐더러 운동 같은 것을 일으키려고 생각하지도 않았다. 그렇지만 나는 실망은 그것이 크고 작든 간에 일종의 쓴맛이라는 것을 경험한 적이 있다. 그래서 요 몇 년 동안 내가 펜을 놀리기를 희망하는 사람이 있어서, 의견이 크게 상반되지 않고 내 역량이 감당할 수 있는 것이라면 언제나 힘닿는 대로 몇 구절 써서 찾아온 사람들에게 얼마간 보잘것없는 기쁨이라도 주었다. 인생에는 고통이 많지만 사람들은 때때로 아주 쉽게 위안을 받으니, 구태여 하찮은 필묵을 아껴 가며 고독의 비애를 더 맛보게 할 필요가 있겠는가? 그리하여 소설과 잡감 이외에도 점차 길고 짧은 잡문이 십여 편 모이게 되었다. 그중에는 물론 돈을 벌기 위해 지어진 것도 있는데, 이번에 모두 한데 섞어 놓았다. 내 생명의 일부분은 바로 이렇게 소모되었으며, 또한 바로 이런 일을 했던 것이다. 그렇지만 나는 지금까지도 내가 줄곧 무엇을 하고 있는지 끝내 알지 못하고 있다. 토목공사에 비유하자면, 일을 해나가면서도 대臺를 쌓는 것인지 구덩이를 파는 것인지 알지 못하고 있다. 알고 있는 것이 있다면, 설령 대를 쌓는 것이라 하더라도 반드시 스스로 그 위에서 떨어지거나 늙어 죽음을 드러내려는 것이라는 사실이다. 만일 구덩이를 파는 것이라면 그야 물론 자신을 묻어 버리기 위한 것일 뿐이라는 사실이다. 요컨대, 지나가고 지나가며, 일체 것이 다 세월과 더불어 벌써 지나갔고, 지나가고 있고, 지나가려 하고 있다.──이러할 뿐이지만, 그것이야말로 내가 아주 기꺼이 바라는 바이다.

그렇지만 이 또한 다분히 말뿐인지도 모르겠다. 호흡이 아직 남아 있을 때, 그것이 나 자신의 것이라면 나도 이따금 옛 흔적을 거두어 보존해 두고 싶다. 한 푼어치의 가치도 없다는 것을 분명히 알지만, 어쨌든 미련이 전혀 없을 수 없어 잡문을 모아 그것을 『무덤』墳이라 이름했다. 이도 결국은 일종의 교활한 속임수일 것이다. 유령劉伶은 술이 거나하게 취해 사람을 시켜 삽을 메고 뒤를 따라오게 하고는, 죽거든 자기를 묻어 달라고 말했다고 한다. 비록 스스로 대범하다고 생각했지만 사실은 극히 어리숙한 사람들만 속일 수 있을 뿐이다.

그래서 이 책의 간행은 나 자신의 입장에서 보면 바로 이와 같은 일이다. 다른 사람에 대해서 말하면, 이전에 이미 말했던 것으로 기억하고 있는데, 내 글을 편애하는 단골에게는 약간의 기쁨을 주고 싶고, 내 글을 증오하는 놈들에게는 약간의 구역질을 주고 싶다.──나는 결코 도량이 크지 않다는 것을 스스로 잘 알아, 그놈들이 내 글 때문에 구역질을 한다면 나는 아주 기쁘다. 이 밖에 다른 뜻은 없다. 만약 억지로 좋은 점을 말해야 한다면, 그 속에 소개된 몇몇 시인들에 관한 일은 아마 한번 읽어 보아도 괜찮을 것이다. 가장 마지막의 '페어플레이'에 관한 글도 참고가 될 만할 것이다. 왜냐하면 이것은 비록 내 피로써 쓴 것은 아니지만 내 동년배와 나보다 나이 어린 청년들의 피를 보고 쓴 것이기 때문이다.

　　내 작품을 편애하는 독자는 이따금 내 글은 참말을 하고 있다고 비평한다. 이는 사실 과찬이며, 그 원인은 바로 그가 편애하고 있기 때문이다. 나는 물론 남을 크게 속일 생각은 없지만, 속내를 그대로 다 말하지 않고 대체로 보아 제출해도 되겠다 싶으면 끝을 맺는다. 분명 나는 종종 남을 해부한다. 하지만 더 많은 경우 더 사정없이 나 자신을 해부한다. 조금만 발표해도 따뜻함을 몹시 좋아하는 인물들은 이내 냉혹함을 느껴 버리는데, 만약 내 피와 살을 전부 드러낸다면 그 말로가 어떻게 될지 모르겠다. 이 방법으로 주변 사람들을 내쫓고, 그때에도 나를 싫어하지 않는다면, 설령 그가 올빼미, 뱀, 귀신, 괴물 등 추악한 무리라 하더라도 내 친구이며, 이야말로 진정 내 친구가 아닐까 하고 가끔 생각한다. 만일 이런 것조차도 없다면 나 혼자라도 나아가면 되는 것이다. 그러나 지금 나는 결코 그럴 수가 없다. 왜냐하면 나는 그렇게 할 용기가 없기 때문이다. 그 원인은 바로 나는 여전히 이 사회에서 생활하고 싶기 때문이다. 그리고 또 다른 작은 이유가 있다. 이전에도 누차 밝혔듯이, 그것은 바로 오로지 이른바 정인군자의 무리들에게 며칠이라도 더 불편하게 해주려는 것이다. 그래서 내 스스로 싫증을 느껴서 벗어 버릴 그때까지 나는 일부러 몇 겹의 철갑을 걸치고, 버티고 서서, 그들의 세계에 얼마간 결함을 더해 주려고 한다.

만일 다른 사람에게 길을 인도하고 있다고 말한다면, 그것은 더욱 쉽지 않은 일이다. 왜냐하면 나 자신조차도 어떻게 길을 가야 할지 아직 모르기 때문이다. 중국에는 대개 청년들의 '선배'와 '스승'이 많은 것 같은데, 그러나 나는 아니며, 나도 그들을 믿지 않는다. 나는 다만 하나의 종점, 그것이 바로 무덤이라는 것만은 아주 확실하게 알고 있다. 하지만 이는 모두가 다 알고 있는 것이므로 누가 안내할 필요도 없다. 문제는 여기서 거기까지 가는 길에 달려 있다. 그 길은 물론 하나일 수 없는데, 비록 지금도 가끔 찾고 있지만 나는 정말 어느 길이 좋은지 알지 못하고 있다. 찾는 중에도 나는, 내 설익은 과실이 도리어 내 과실을 편애하는 사람들을 독살하지 않을까, 그리하여 나를 증오하는 놈들, 이른바 정인군자들이 도리어 더 정정해지지 않을까 걱정이다. 그래서 내가 말을 할 때는 항상 모호하게 하고 중도에서 그만두게 되며, 나를 편애하는 독자들에게 주는 선물은 '무소유'보다 더 좋은 것이 없지 않을까 하고 마음속으로 생각해 본다. 내 번역이나 저서의 인쇄부수는, 처음 1차 인쇄가 일천이었고 후에 오백이 늘어났고 근자에는 이천 내지 사천이다. 매번 증가되었으면 하고 물론 나는 바란다. 왜냐하면 돈을 벌

수 있기 때문이다. 그러나 또한 독자들에게 해가 되지 않을까 하는 애수도 수반되는데, 이 때문에 글을 쓸 때는 늘 더욱 신중하고 더욱 주저하게 된다. 어떤 사람은 내가 붓 가는 대로 쓰고 속내를 다 털어놓는다고 여긴다. 사실 꼭 그런 것은 아니며 망설일 때도 결코 적지 않다. 내 스스로 이미 결국에는 전사 따위도 아니고 게다가 선구자라고도 할 수 없다는 것을 알았고, 그래서 이토록 많은 망설임과 회상이 있는 것이다. 또 삼사 년 전의 일이 기억난다. 어느 한 학생이 와서 내 책을 사고는 주머니에서 돈을 꺼내어 내 손에 내려놓았는데, 그 돈에는 여전히 체온이 묻어 있었다. 이 체온은 곧바로 내 마음에 낙인을 찍어 놓아 지금도 글을 쓰려고 할 때면 항상 내가 이러한 청년들을 독살하는 것이 아닐까 걱정이 되어 머뭇거리며 감히 붓을 대지 못한다. 내가 조금도 망설이지 않고 말하게 되는 날은 아마도 있지 않을 것이다. 그러나 사실은 도리어 전혀 망설이지 않고 말을 해야 이러한 청년들에게 떳떳하지 않을까 하는 생각이 들때도 있다. 그러나 지금까지도 그렇게 하겠다고 결심하지는 않았다.

오늘 말하려는 내용도 이런 것들에 지나지 않는다. 하지만 상대적으로 보면 오히려 진실하다고 말할 수 있다. 이 밖에 할 말이 조금 더 남아 있다.

처음 백화白話를 제창했을 때 여러 방면으로부터 격렬한 공격을 받았다는 것이 기억난다. 나중에 백화가 점차 널리 사용되고 그 추세도 막을 수 없게 되자 일부 사람들은 얼른 방향을 바꾸어 자기의 공적으로 끌어들이면서 그 이름을 미화하여 '신문화운동'이라 했다. 또 일부 사람들은 백화를 통속적으로 사용하는 것은 무방하다고 주장했고, 또 일부 사람들은 백화를 잘 지으려면 그래도 고서古書를 보아야 한다고 말했다. 앞의 한 부류는 벌써 두번째 방향을 바꾸어 원래대로 돌아가 '신문화'를 비웃고 욕하게 되었다. 뒤의 두 부류는 마지못해 하는 조화파調和派로서 굳은 시체를 며칠이라도 좀더 보존하려고 기도할 뿐인데, 지금까지도 적지 않다. 나는 잡감에서 그들을 공격한 적이 있다.

최근 상하이에서 출판된 어느 한 잡지를 보니[47] 여기서도 백화를 잘 지으려면 고문을 잘 읽어야 한다고 말하고 있었는데, 그 증거로 예를 든 사람 가운데 나도 들어 있었다. 이 때문에 나는 실로 몸서리가 쳐졌다. 다른 사람은 논하지 않겠지만, 만약 나 자신이라면 옛 서적을 많이 보았던 것은 확실하며, 가르치기 위해 지금도 보고 있다. 이 때문에 귀와 눈이 물들어 백화를 짓는 데까지 영향을 주게 되어 항상 그런 자구와 격식이 무의식적으로 드러나지 않을 수 없었다. 그러나 나 자신은 오히려 이런 낡은 망령을 짊어지고 벗어던지지 못하여 괴로워하고 있으며, 늘 숨이 막힐 듯한 무거움을 느낀다. 사상 면에서도 역시 때로는 제멋대로이고 때로는 성급하고 모질어서 장주와 한비자의 독에 중독되지 않았다고 할 수 없다. 공맹孔孟의 책은 내가 가장 먼저 그리고 가장 익숙하게 읽었지만, 그러나 오히려 나와는 상관이 없는 듯하다. 대부분은 나태한 때문이겠지만, 때때로 내 스스로 마음이 풀어져, 일체의 사물은 변화하는 가운데 어쨌든 중간물이라는 것이 다소 있다고 생각한다. 동물과 식물 사이에, 무척추동물과 척추동물 사이에 모두 중간물이 있다. 아니 진화의 연쇄고리 중에서 일체의 것은 다 중간물이라고 간단히 말할 수 있다. 최초에 문장을 개혁할 때에는 이것도 저것도 아닌 작자가 몇몇 생기는 것은 당연하며, 그럴 수밖에 없고 또 그렇게 할 필요도 있다. 그의 임무는, 얼른 깨달은 다음에 새로운 목소리를 질러 대는 것이다. 또 낡은 진영 출신이므로 비교적 분명하게 상황을 볼 수 있어 창끝을 되돌려 일격을 가하면 쉽게 강적의 운명을 제압할 수 있다. 그러나 마땅히 세월과 함께 지나가고 점차 소멸해야 하므로 기껏해야 교량 가운데의 나무 하나, 돌 하나에 지나지 않아 결코 전도^{前途}의 목표나 본보기 따위는 될 수 없다. 뒤이어 일어났다면 달라져야 하는 법, 만일 타고난 성인이 아니라면 당연히 오랜 습관을 단번에 소탕할 수는 없겠지만, 어쨌든 새로운 기상은 더 있어야 한다. 문자를 가지고 말하자면, 더욱이 옛 책에 파묻혀 생활할 필요는 없고, 오히려 살아 있는 사람들의 입술과 혀를 원천으로 삼아 문장이 더욱 언어에 가깝고, 더욱 생기가 있도록 해야 한다. 현재 인민들의 언어가 궁핍하고 결함이 있다는 것에 대해, 어떻게 구제하여 더 풍부하게 할 것인가 하는 것도 아주 커다란 문제이다.

어쩌면 옛 문헌 속에서 약간의 자료를 구하여 사용할 수 있도록 제공할 필요가 있을 것이다. 그러나 이는 내가 지금 말하려는 범위 내에 들지 않으므로 더는 논하지 않기로 한다.

내가 만약 충분히 노력하면 아마 구어를 널리 취하여 내 글을 개혁할 수도 있을 것이다. 그러나 게으르고 바쁜 탓에 여태까지 그러지 못했다. 이는 고서를 읽었던 것과 크게 관계가 있지 않을까 하고 나는 늘 의심하고 있다. 왜냐하면 옛사람이 책에 써 놓은 가증스런 사상이 내 마음속에도 늘 있다고 느껴지기 때문이다. 느닷없이 분발하여 노력할 수 있을지 전혀 자신이 없다. 나는 항상 나의 이런 사상을 저주하며 또 이후의 청년들에게 그것이 더 이상 나타나지 않기를 희망한다. 작년에 나는 청년들은 중국의 책을 적게 읽거나 아예 읽지 말라고 주장했는데, 이는 여러 가지 고통과 바꾼 참말이다. 결코 잠시 즐거움 삼아 하거나 농담이나 격분해서 하는 말 따위가 아니다. 옛사람은 책을 읽지 않으면 바보가 된다고 말했는데, 그야 물론 맞는 말이다. 그렇지만 세계는 오히려 바보들에 의해 만들어졌으며, 총명한 사람은 결코 세계를 지탱할 수 없다. 특히 중국의 총명한 사람은 더욱 그러하다. 지금은 어떠한가? 사상 면에서는 말하지 않겠거니와 문사文辞만 하더라도 많은 청년 작가들은 다시 고문이나 시사詩詞 중에서 아름답지만 알기 어려운 글자들을 뽑아서 요술을 부리는 수건으로 삼아 자신의 작품을 치장한다. 이것이 고문 읽기를 권장하는 주장과 정말 상관이 있는지는 모르겠지만, 바야흐로 복고를 하고 있으므로 이 역시 신문 예의 자살 시험이라는 것은 명백히 알 수 있는 일이다.

불행하게도 고문과 백화가 섞여 있는 내 잡문집이 마침 이때에 출판되어 아마 독자들에게 약간은 해독을 줄 것이다. 다만 내 입장에서는 오히려 의연하고도 결연하게 그것을 없애 버리지 못하고, 그래도 이를 빌려 잠시나마 지나간 생활의 남은 흔적을 살펴보려고 한다. 내 작품을 편애하는 독자들도 다만 이를 하나의 기념으로만 생각하고 이 자그마한 무덤 속에는 살았던 적이 있는 육신이 묻혀 있다는 것을 알아주기를 바랄 뿐이다. 다시 세월이 얼마 흐르고 나면 당연히 연기나 먼지로 변할 것이고, 기념이라는 것도 인간 세상에서 사라져 나의 일도 끝이 날 것이다. 오전에도 고문을 보고 있었는데, 육사형^{陸士衡}이 조맹덕을 애도하는 글 몇 구절이 떠올라서 끌어다가 내 이 글의 맺음으로 삼고자 한다.

옛날을 바라보고 결점이 있다 하여,	既睎古以遺累
간소한 예절에 따라 소박한 장례를 치렀도다.	信簡禮而薄藏
그대의 갖옷과 인수^{印綬}는 어디에 두었기에,	彼裘紱於何有
세상의 비방을 후세 왕에게 남겼던가.	貽塵謗於後王
아, 크나큰 미련이 남아 있음에랴,	嗟大戀之所存
철인^{哲人}이라도 잊지 못하나니.	故雖哲而不忘
유적^{遺籍}을 훑어보고 감개하여,	覽遺籍以慷慨

이 글을 바치니 슬픔이 북받친다!　　　　　獻玆文而淒傷

1926. 11. 11. 밤,

루쉰

수감록 39

『신청년』제5권 4호는 은연중에 연극개량 특집호가 되었는데, 문외한인 나로서는 별 할 말이 없다. 그런데 「연극개량 재론」[48]이라는 글에 나오는 "중국인이 이상을 말할 때면 경시하는 의미가 포함되어 있어서 이상은 곧 망상이고 이상가는 곧 망상가인 것처럼 느껴진다"라는 대목이 나의 추억을 불러일으켰으므로 부득이 쓸데없는 말 몇 마디 하지 않을 수 없다.

내 경험에 따르면 이상의 가치가 폭락한 것은 겨우 최근 5년 동안의 일이다. 민국 이전에만 해도 이렇지는 않아서 많은 국민들이 이상가는 길을 인도하는 사람으로 인정했다. 민국 5년 전후 이론적인 사업들이 착착 실현되자 이상파들은——깊이와 진위는 논하지 않기로 한다——유난히 고개를 들고 다녔다. 다른 한편으로는 구관료들의 정권 탈취와 냉대를 못 견디고 하산을 준비한 유로遺老들도 있었다. 이들은 모두 이상파를 통렬히 증오하면서, 듣도 보도 못한 학리^{學理}와 법리^{法理}가 앞을 가로막고 있어 활보할 수가 없다고 했다. 이리하여 이들은 삼일 밤낮의 고심 끝에 마침내 한 가지 병기를 생각해 내고, 이 이기^{利器}가 있어야만 '리'^理자 항렬의 원흉을 일률적으로 숙청할 수 있다고 했다. 이 이기의 거룩한 이름은 바로 '경험'이다. 이제 다시 새로운 아호^{雅號}가 보태졌으니, 바로 너무나도 고상한 '사실'^{事實}이라는 이름이 그것이다.

경험은 어디에서 얻는 것인가? 바로 청조에서 얻는 것이다. 경험은 우물쭈물하던 그들의 목청을 높였다. "개는 개의 도리가 있고 귀신은 귀신의 도리가 있고 중국은 다른 나라와 다르므로 중국의 도리가 있다. 도리란 저마다 다른 법인데 무조건 이상이라고 하니 심히 원통하다." 이런 때야말로 상하가 한마음으로 재정을 관리하고 종족을 강하게 만들어야 하는 시기이고, 게다가 '리'^理자가 붙은 것들은 태반이 서양 물건이므로 애국지사라면 마땅히 배척해야 한다는 것이다. 따라서 순식간에 가치가 하락하고 순식간에 조롱을 당하고 순식간에 이상가의 그림자조차도 의화단 시절의 교민⁴⁹⁾들처럼 군중에게 버림받아 마땅한 대죄를 저지른 취급을 받게 되었다.

그런데 우리는 인격의 평등 역시 외래의 낡은 이상임을 분명히 알아야 한다. 이제는 '경험'이 이미 등단했으므로 인격의 평등은 당연히 망상으로 지목하고, 조종^{祖宗}들이 만든 법규에 부합하도록 주모자건 공범자건 모조리 대신들의 신발로 짓밟아야 한다. 그런데 이러한 유린이 시작된 지도 어느새 4, 5년이 지났고, 경험가들도 너덧 살 더 나이를 먹어 이제껏 경험하지 못했던 죽음이라는 생물학적 학리에 차츰 가까워지고 있다. 그러나 뭇 나라들과 다른 중국은 여전히 이상이 거주하는 곳이 아니다. 대신들의 신발의 유린 아래에서 배운 제공諸公들은 벌써부터 자신들도 경험을 얻었다고 힘껏 크게 소리 지르고 있다.

그런데 과거의 경험은 황제의 발아래에서 배운 것이지만 현재와 장래의 경험은 황제의 종의 발아래에서 배운 것임을 우리는 알아야 한다. 종의 숫자가 많아질수록 심전[50]의 경험도 많아지기 마련이다. 경험가 2세의 전성시대에는 이상이 경시될 뿐이고 이상가가 망상가로 간주될 뿐이라면 그나마 행복이고 요행이라고 할 수 있다.

작금의 사회에서 이상과 망상의 구분은 분명하지 않다. 다시 얼마 지나면 '할 수 없는 것'과 '하려 하지 않는 것'의 구분도 분명해지지 않고 정원 청소와 지구 쪼개기도 마구 섞어서 이야기하게 될 것이다. 이상가가 정원에 악취가 나므로 청소를 해야 한다고 말하면——그때에는 이런 말을 하는 사람도 이상당理想黨 취급을 받을 것이다——경험가는 이렇게 말할 것이다. "이제껏 여기서 소변 봤는데 뭐 하러 청소해? 절대로 안 돼, 단연코 안 돼!"

그때가 되면 '원래부터 이러한 것'이기만 하면 무조건 보배가 된다. 이름 모를 종기마저도 중국인의 몸에 난 것이라면 "붉은 종기 난 곳은 도화꽃처럼 요염하고, 곪은 곳은 진한 젖처럼 아름다운" 것이 된다. 국수가 존재하는 곳이라면 오묘하기가 형언할 수 없다. 반면 이상가들의 학리와 법리는 서양 물건이므로 전혀 입에 올리지 않게 될 것이다.

그런데 가장 괴이한 것은 민국 7년 10월 중하순 홀연 경험가, 이상·경험 겸비가, 경험·이상 미결정가들이 대거 등장하여 한결같이 공리公理가 강권을 이겼다고 말한 일이다.[51] 뿐만 아니라 공리를 향해 한바탕 찬양하고 한바탕 공손하게 굴었다. 이 사건은 경험의 범위를 벗어난 것일뿐더러 '리'자 항렬의 혐오스런 물품을 하나 더 보탠 일이기도 했다. 앞으로 어떤 식으로 수습이 될지 나는 아직 경험하지 못했으므로 감히 함부로 말할 수 없다. 생각건대, 경험을 주장하는 제공들도 아직 경험하지 못했으므로 입을 열지 못할 것 같다.

달리 도리가 없어 부득불 여기에서 제기하는 것인데, 경시나 당하는 이상가에게 가르침을 주시기를 청한다.

수감록 40

온종일 방안에 앉아 기껏 창밖으로 보이는 네모난 처참하게 누런 하늘을 바라볼 뿐이거늘 무슨 감회가 있겠는가? 다만 "한동안 존안을 못 뵈어 시시각각 그리움이 사무치는구려"라고 쓰인 편지 몇 통과 "오늘 날씨가 참 좋소이다"라고 말하는 손님 몇 명이 있었을 따름이다. 모두 조상 대대로 내려오는 유서 깊은 점포의 문자와 언어들이다. 쓴 사람이나 말한 사람이나 무심코 한 것이므로 보는 사람도 듣는 사람도 아무런 감동이 없다.

오히려 나에게 의미 있었던 것은 일면식 없는 청년이 보낸 한 편의 시였다.

사랑

나는 불쌍한 중국인. 사랑! 나는 네가 무엇인지 모른다.

나에겐 가르쳐 주고 길러 주고 살뜰하게 보살펴 준 부모가 있다.

나 또한 못지않게 그들에게 잘했다. 나에게는 어린 시절 함께 놀고, 자라서는 함께 열심히 공부하고 살뜰하게 보살펴 준 형제자매가 있다. 나 또한 못지않게 그들에게 잘했다. 그런데 나를 '사랑'했던 사람은 없고, 나도 그들을 '사랑'하지 않았다.

내 나이 19세, 부모는 나를 장가보냈다. 요 몇 해 우리 둘은 그럭저럭 화목하다. 그런데 이 혼인은 남의 주장, 남의 주선으로 이루어졌다. 그들의 하룻밤 농담은 우리의 백 년 약속이 되었다. "워 워, 너희 둘 한곳에서 사이좋게 지내거라!", 주인의 명령에 순종하는 두 마리의 가축처럼.

사랑! 불쌍하게도 나는 네가 무엇인지 모른다!

시의 수준이나 의미의 깊이에 대해서는 논하지 않기로 한다. 다만 나는 이 시가 피의 증기蒸氣, 깨어난 사람의 진짜 소리라고 말하고 싶다.

사랑이 무엇인가? 나도 모른다. 중국인 남녀는 대개 한 쌍 혹은 한 떼——한 남자에 여러 여자——로 살고 있다. 이들 중 누가 사랑을 아는지 모르겠다.

그런데 예전에는 고민의 소리를 듣지 못했다. 고민이 있더라도 소리를 지르기만 하면 곧장 잘못으로 치부되어 젊은이나 늙은이나 일제히 고개를 젓고 일제히 욕설을 퍼부었다.

하지만 사랑 없는 결혼의 후과는 지속적으로 끊임없이 진행되고 있다. 형식적으로 부부이지만 서로가 전혀 상관하지 않으므로 젊은이는 오입질하고 늙은이는 다시 첩을 사들인다. 제각기 양심을 마비시키는 비책이 있었다. 따라서 지금까지도 문제가 되지 않았던 것이다. 그런데 '질투'라는 글자를 만들어 낸 것은 그들이 일찍이 그것을 고심하며 다루었던 흔적을 보여 준다고 할 수 있다.

그런데 동쪽에서 먼동이 트면서 인류가 여러 민족에게 요구한 것은 '사람'——물론 '사람의 아들'도——이었다. 하지만 우리가 가진 것은 다만 사람의 아들, 며느리와 며느리의 남편밖에 없으므로 인류의 앞에 바칠 수가 없다.

그러나 마귀의 손에도 빛이 새는 곳이 있기 마련이므로 광명을 가리지는 못한다. 사람의 아들이 깨어난 것이다. 그는 사람 사이에는 사랑이 있어야 함을 알게 되었고, 과거의 젊은이와 늙은이가 저지른 죄악을 알게 되었다. 따라서 고민이 시작되었고 입을 열어 소리를 지르고 있는 것이다.

그런데 여성들은 애당초 죄가 없었음에도 지금 낡은 습관의 희생 노릇을 하고 있다. 인류의 도덕을 자각한 이상 우리는 양심적으로 저들 젊은이와 늙은이의 죄를 반복하지 않으려 하고, 또한 이성異性을 탓할 수도 없다. 하릴없이 더불어 한평생 희생 노릇을 하며 사천 년의 낡은 장부를 청산해야 한다.

한평생 희생 노릇을 하는 것은 지독히 무서운 일이만, 혈액은 필경 깨끗하고 소리는 필경 깨어 있고 진실하다.

우리는 크게 소리를 지를 수 있다. 꾀꼬리라면 꾀꼬리처럼 소리치고, 올빼미라면 올빼미처럼 소리치면 된다. 우리는 거들 먹거리며 사창가를 빠져나오자마자 "중국의 도덕이 제일이다" 라고 말하는 사람의 소리를 배워서는 안 된다.

우리는 또한 사랑 없는 비애를 소리쳐야 하고 사랑할 것이 없는 비애를 소리쳐야 한다. … 우리가 낡은 장부帳簿를 깨끗이 지워 버리는 순간까지 외쳐야 한다.

낡은 장부는 어떻게 깨끗이 지우는가? 나는 대답한다. "우리 의 아이들을 철저히 해방하는 것이다."

56. '온다'

근래에 '과격주의'[52]가 온다는 말을 자주 듣는다. 신문에도 자주 '과격주의가 온다'라는 말이 나온다.

이리하여 몇 푼 가진 사람들은 아주 기분이 나빠졌다. 관원들도 부산스레 화공[53]을 경계하고 러시아 사람들을 조심해야 했다. 경찰청도 소속 기관에 '과격당이 설립한 기관의 유무'를 엄정조사하라는 공무를 내렸다.

부산떨기도 이상하지 않고 엄정조사도 이상하지 않다. 하지만 우선 물어봐야 할 것이 있다. 무엇이 과격주의인가?

이것에 대해 그들의 설명이 없으므로 나도 알 도리가 없다. 비록 잘 모르지만 감히 한마디 하려고 한다. '과격주의'가 올 리도 없고 그것을 두려워할 필요도 없지만, 다만 '온다'가 온다면 마땅히 두려워해야 한다.

우리 중국인은 결코 서양 물건인 무슨 주의에 유혹되지 않는다. 그것을 말살하고 그것을 박멸할 힘이 있다. 군국주의라면? 우리가 언제 다른 사람과 싸워 본 적이 있었던가. 무저항주의라면? 우리는 전쟁을 주장하고 참전한 적이 있다. 자유주의라면? 우리는 사상을 발표하는 것만으로도 범죄가 되고 몇 마디하는 것으로도 어려움을 당한다. 인도주의라면? 우리는 인신도 매매할 수 있다.

따라서 무슨 주의건 간에 절대로 중국을 교란시키지 못한다. 고대로부터 지금에 이르기까지 교란이 무슨 주의 때문에 일어났다는 말은 듣지 못했다. 목전의 사례를 들어 보자. 산시 학계의 고발, 후난 재해민의 고발[54] 같은 것들은 얼마나 무시무시한가. 벨기에가 공표한 독일군의 잔인한 모습이나 러시아의 다른 당이 발표한 레닌 정부의 잔혹한 모습과 비교해 보면, 이들은 그야말로 태평천하이다. 그런데 독일은 국군주의라고 하고 레닌은 말할 것도 없이 과격주의라고들 하다니!

이것은 바로 '온다'가 온다는 것이다. 온 것이 주의이고 주의가 도달했다면 그렇게 해야 할 것이다. 그런데 다만 '온다'라고 한다면 그것은 아직 덜 왔고 다 오지 않았고 올 것이 어떤 것인지도 알 수 없다.

민국이 세워질 무렵, 나는 일찌감치 백기를 든 작은 현에서 살고 있었다. 어느 날 문득 분분히 어지러이 도망치는 수많은 남녀들을 보았다. 성안의 사람들은 시골로 도망가고 시골 사람들은 성안으로 도망쳤다. 그들에게 무슨 일인지 물었더니 "사람들이 곧 온다고 했어요"라고 대답했다.

그들은 모두 우리처럼 다만 '온다'를 무서워하고 있었음을 알 수 있다. 그런데 당시에는 '다수주의'[55]가 있었을 뿐이고 '과격주의'는 없었다.

57. 현재의 도살자

고아한 사람들은 말한다. "백화는 비루하고 천박하므로 식자들이 아랑곳할 가치조차도 없다."

중국에서 글자를 모르는 사람들은 말할 줄만 알므로 두말할 필요 없이 '비루하고 천박하다'. "스스로가 고문에 능통하지 않기 때문에 백화를 주장하고, 따라서 문장이 졸렬한" 우리 같은 사람들이 바로 '비루하고 천박하다'는 것도 입에 올릴 필요가 없다. 그런데 가장 한심한 것은 일부 고아한 사람들 또한 『경화연』[56)]에 나오는 군자국의 술집 심부름꾼처럼 "술 한 병 주문이외다, 두 병 주문이외다, 요리 한 접시 주문이외다, 두 접시 주문이외다"라고 종일토록 고아한 말을 달고 다니지 못한다는 것이다. 고문으로 신음할 때나 고고한 품격을 드러내 보일 뿐, 이야기를 할 때는 마찬가지로 '비루하고 천박한' 백화를 사용한다. 4억 중국인의 입에서 나오는 소리 모두가 '아랑곳할 가치조차도 없'는 지경에 이르렀으니, 정녕 가련하기 짝이 없다.

　인간으로 살아가면서 신선이 되고자 하고, 땅에서 태어났으면서 하늘에 오르려 한다. 분명히 현대인이고 현재의 공기를 마시고 있으면서도, 하필이면 썩어 빠진 명교[57]와 사후강직된 언어를 강요하며 현재를 여지없이 모멸한다. 이들은 모두 '현재의 도살자'이다. '현재'를 죽이고 '장래'도 죽인다. 그런데 장래는 후손들의 시대이다.

62. 분에 겨워 죽다

고래로 분에 겨워 죽은 사람들이 있었다. 그들은 '회재불우',
'천도를 어찌 논하랴'라고 하면서 돈 있는 사람은 오입질과 도
박을 하고 돈 없는 사람은 술 수십 사발을 들이켜곤 했다. 그들
은 불평으로 말미암아 끝내 분에 겨워 죽기도 했다.

우리는 그들 생전에 물어보았어야 했다. 제공諸公들! 당신은
베이징에서 쿤룬崑崙산까지 몇 리나 되는지, 뤄수이에서 황허까
지는 몇 장丈이나 되는지 아십니까? 화약은 폭죽으로 만드는 것
말고, 나침판은 풍수를 보는 것 말고 무슨 용도가 있는지요? 면
화는 붉은색인가요, 흰색인가요? 벼는 나무에서 자라나요, 풀
에서 자라나요? 푸수이 상류의 쌍젠은 상황이 어떻고, 자유연
애란 어떤 태도인지요? 당신은 야밤에 문득 부끄럽다고 느끼
고, 이른 아침에 불현듯 후회하는지요? 네 근의 봇짐을 당신은
짊어질 수 있는지요? 삼 리 길을 당신은 뛰어갈 수 있는지요?

만약 그들이 곰곰이 생각하고 가만히 후회하기 시작한다면 이것은 희망이 있는 것이다. 만일 더욱 불평을 드러내고 더욱 분노한다면, 이것은 '마음뿐 힘이 없다'라는 뜻으로, 이리하여 그들은 끝내 분에 겨워 죽어 버린다.

요즘 중국에는 마음속으로 불평과 원망을 품고 있는 사람이 아주 많다. 불평은 그나마 개조의 도화선이라고 할 수 있다. 그러나 모름지기 우선 자신부터 개조한 다음 사회를 개조하고 세계를 개조해야 한다. 절대로 불평만으로는 안 된다. 그런데 원망은 거의 아무런 소용이 없다.

원망은 분에 겨워 죽는 싹에 불과하고 옛사람들이 많이 품었던 것이다. 우리는 그들의 전철을 밟아서는 안 된다.

우리는 더더욱 "천하에 공리가 없다, 인도가 없다"는 말을 평계로 자포자기의 행위를 엄폐하지 말아야 한다. '원망을 품은 사람'이라고 자칭하며 분에 겨워 죽을 것 같은 면상으로는 사실 결코 분에 겨워 죽지도 않는다.

65. 폭군의 신민

예전에 청조의 몇 가지 중요한 안건에 대한 기록을 보면서 '군신백관'[로그]들이 엄중하게 죄를 심의한 것을 '성상'[폐上]이 늘 경감해 주고 있어서 어질고 후덕하다는 명성을 얻으려고 이런 수작을 부리는 것이라고 생각했다. 나중에 곰곰이 생각해 보니 다 그런 것은 절대로 아니었다.

폭군 치하의 신민은 대개 폭군보다 더 포악하다. 폭군의 폭정은 종종 폭군 치하에 있는 신민의 욕망을 실컷 채워 주지 못한다.

중국은 거론할 필요도 없을 터이므로 외국의 사례를 들어 보기로 한다. 사소한 사건이라면 Gogol의 희곡『검찰관』에 대하여 군중들은 모두 그것을 금지했지만 러시아 황제는 공연을 허락했다. 중대한 사건으로는 총독은 예수를 석방하려고 했지만 군중들은 그를 십자가에 못 박을 것을 요구했다.

폭군의 신민은 폭정이 타인의 머리에 떨어지기만을 바란다. 그는 즐겁게 구경하며 '잔혹'을 오락으로 삼고 '타인의 고통'을 감상거리나 위안거리로 삼는다.

자신의 장기는 '운 좋게 피하는 것'뿐이다.

'운 좋게 피한' 사람들 가운데 누군가 다시 희생으로 뽑혀 폭군 치하에 있는 피에 목마른 신민들의 욕망을 채워 주게 되지만, 누가 될지는 아무도 모른다. 죽는 사람은 '아이고' 하고, 산 사람은 즐거워하고 있다.

작은 일을 보면 큰 일을 알 수 있다

베이징대학에서 벌어진 수강료 징수 반대 소동은 화약의 불꽃처럼 일어났다가 화약의 불꽃처럼 소멸했는데, 이 와중에 펑성싼이라는 학생 한 명이 제적당했다.

이 일은 정말 이상하다. 이 소동의 시작과 끝이 놀랍게도 다만 한 사람과 관련이 있다고 한다. 정녕 그러하다면 한 사람의 기백이 어떻게 그토록 대단할 수 있고, 반면 수많은 사람의 기백은 어떻게 그토록 미미할 수가 있단 말인가?

이제 수강료는 없어졌으므로 학생들이 승리했다. 그런데 누구 하나 이번 사건의 희생자를 위해 기도했다는 이야기는 듣지 못했다.

작은 일을 보면 큰 일을 알 수 있다. 따라서 나는 오랫동안 이해할 수 없었던 일을 깨닫게 되었으니 바로 이것이다. 산베이쯔 화원에는 량비와 위안스카이를 암살하려다 죽은 네 열사의 분묘[58]가 있는데, 이 중 세 묘비에는 어찌하여 민국 11년에 이른 지금까지도 글자 하나 새기는 사람이 없느냐는 것이다.

무릇 희생이 제단 앞에 피를 뿌린 후에 사람들에게 남겨지는 것은 정녕 '제사 고기 나눠먹기'라는 한 가지뿐인 것이다.

11월 18일

비평가에 대한 희망

지난 이삼 년 동안의 출판물 가운데 문예에 관한 것은 몇 편의 창작(우선 이렇게 말하기로 하자)과 번역뿐이어서 독자들은 비평가들의 출현을 무척이나 요구했다. 그런데 지금은 이미 비평가가 출현했을 뿐만 아니라 나날이 많아지고 있는 형국이다.

문예가 이토록 유치한 시절에 비평가가 그나마 더 나은 것을 발굴하여 문예의 불꽃을 피우고자 한다면 그 호의는 정녕 너무 감동적이다. 설령 그렇지 않더라도 비평가가 현대작가의 천박함을 탄식한다면 그것은 작가들이 더욱 깊이를 가지기를 바라는 것이고, 현대작품에 피와 눈물이 없음을 탄식한다면 그것은 저술계가 다시 경박해질까 염려하는 것이다. 완곡한 비평이 지나치게 많은 것 같지만 역시 문예에 대한 열렬한 호의이므로 그것 역시도 그야말로 감사할 일이다.

그런데 한두 권의 '서방'의 낡은 비평론에 기대거나 머리가 굳은 선생들이 뱉은 침을 줍거나 중국 고유의 천경지의天經地義 따위에 기대어 문단을 유린하는 태도에 대해서는 비평의 권위를 지나치게 남용하는 것이라고 생각한다. 비근한 예를 들어, 요리사가 만든 요리가 맛이 없다고 품평하는 사람이 있다고 치자. 그렇다고 해서 요리사가 칼과 도마를 비평가에게 건네주며 당신이 훌륭한 요리를 하는지 두고 보자고 말할 수는 없다. 하지만 요리사도 몇 가지 희망을 가질 수는 있다. 즉 요리를 맛보는 사람이 '부스럼 딱지를 먹는 괴벽'이 없고 술에 취하지 않았고 열병으로 설태가 많이 끼지 않은 사람이기를 바랄 수는 있는 것이다.

문예비평가에 대한 나의 희망은 훨씬 소박하다. 그들이 남의 작품을 해부하고 재판하기 전에 미리 자신의 정신부터 한번 해부하고 재판하여 자신에게 천박하고 비열하고 황당무계한 점이 없는지 살펴보기를 감히 바라지는 않는다. 왜냐하면 이것은 여간 어려운 일이 아니기 때문이다. 나의 희망은 그저 그가 약간의 상식을 갖추기를 바라는 것에 지나지 않는다. 예컨대 나체화와 춘화의 구분, 키스와 성교의 구분, 시체 해부와 시체 도륙의 구분, 해외유학과 '사이四夷로 유배 보내는 것'59)의 구분, 죽순과 참대의 구분, 고양이와 호랑이의 구분, 호랑이와 서양 음식점의 구분… 따위를 아는 것이다. 한 걸음 더 나가자면, 영국과 미국의 노老선생의 학설을 중심으로 비평하는 것은 물론 당신의 마음이겠으나 세계에는 영미 두 나라만 존재하는 것이 아님을 알기를 희망한다. 톨스토이를 무시하는 것은 물론 자유이 겠지만 우선 그의 행적을 조사해 보고 그가 쓴 책 몇 권이라도 정성 들여 읽어 보기를 희망한다.

또 일부 비평가들은 번역본을 비평하며 왕왕 언급할 가치도 없는 헛수고라고 헐뜯으면서 왜 창작하지 않느냐고 나무란다. 생각해 보면 창작이 존귀하다는 것은 번역가들도 알고 있을 것 이다. 하지만 그가 번역가에 그치는 까닭은 번역밖에 할 수 없 거나 혹은 번역을 좋아하기 때문일 것이다. 따라서 비평가들이 일의 성격에 맞추어 논하지 않고 이래라 저래라 하는 것은 직 권을 넘어서는 것이다. 이런 말은 교훈적 의론이지 비평이 아 니기 때문이다. 이쯤에서 다시 요리사에 비유해 보자. 요리를 맛보는 사람은 맛이 어떠하다고 말하는 것으로 충분하다. 만약 이외에 어째서 재봉일이나 토목일을 못하느냐고 요리사를 나 무란다면 아무리 멍청한 요리사라고 하더라도 이 손님이 정신 줄을 놓았다고 말하고 말 것이다.

11월 9일

문득 생각나는 것 (1~4)

1.

『내경』[60]을 지은 이가 도대체 누구인지 모르겠다. 사람의 근육을 들여다본 것은 틀림없는데, 그저 살갗을 벗기고서 대충 훑어보기만 했을 뿐 상세히 고찰하지는 않은 듯하다. 그렇기에 제멋대로 싸잡아 모든 근육은 손가락과 발가락에서 발원한다고 말했으리라. 송대의 『세원록』[61]에서는 사람의 뼈를 언급하면서 남녀에 따라 뼈의 개수가 다르다고까지 했으니, 옛 검시관의 말 역시 엉터리가 적지 않다. 그러나 오늘에 이르기까지도 전자는 여전히 의료인의 경전이요, 후자는 검시의 나침반이다. 이것은 천하의 기이한 일 가운데 하나라 할 수 있다.

치통이 중국에서는 어떤 사람에게서 비롯되었는지 알 수 없다. 옛사람들은 건강했다고 전해지니, 요순시대에 꼭 있었다고는 할 수 없다. 이제 치통이 이천 년 전에 비롯되었다고 가정해 보자. 나는 어렸을 적에 치통을 앓은 적이 있다. 여러 가지 처방을 써 보았는데, 세신細辛만 약간 효험이 있었다. 그러나 그것도 일시적인 마취에 지나지 않았으며, 증세에 맞는 약은 아니었다. 이를 뽑는 이른바 '이골산[62]'은 꿈같은 이야기일 뿐 실제로 존재하지는 않는다. 서양식의 치과의사가 와서야 이 문제는 근본적으로 해결되었다. 그러나 중국인의 손에서 손으로 전해지면, 번번이 씌우고 때우는 것만 배울 뿐, 썩은 것을 없애고 균을 죽여야 한다는 것은 까맣게 잊어버리는지라, 또다시 차츰 믿을 수 없게 된다. 이가 아픈 지 이천 년이 되었건만, 건성건성 좋은 방법을 생각해 내지 않으며, 남들이 생각해 냈더라도 제대로 배우려 들지 않는다. 이것은 아마도 천하의 기이한 일 가운데 둘이라 할 수 있으리라.

캉 성인은 무릎 꿇어 절하자고 주장하면서, "그러지 않으면 무릎을 어디에 쓴단 말인가?"[63]라고 여겼다. 걸을 때의 다리 동작은 물론 똑똑히 보기가 쉽지 않지만, 의자에 앉아 있을 때 무릎이 구부러짐을 망각했으니, 성인께서 격물格物에 소홀한 것이라 아니 할 수 없다. 몸 가운데에서 목이 가장 가늘기에 옛사람들은 이곳을 도끼로 내리쳤고, 엉덩이살이 가장 살지기에 옛사람들은 여기를 매로 쳤다. 이들의 격물은 캉 성인보다 정교했으니, 후세 사람들이 차마 버리지 못한 채 아끼는 것은 실로 그럴 만한 까닭이 있는 것이다. 그래서 외진 현에서는 아직도 곤장으로 볼기를 치고 있으며, 작년에 베이징의 계엄 때에는 참

수형이 부활했던 것이다. 비록 국수國粹를 영원토록 지속하려는 것이겠지만, 이 또한 천하의 기이한 일 가운데 셋이라 하지 않을 수 없다.

1월 15일

2.

『고민의 상징』[64]의 교정쇄를 교열하다가 몇 가지 자질구레한 일이 생각났다.

책의 형식에 대해 나는 일종의 편견을 지니고 있는데, 책의 첫머리와 각 제목의 앞뒤에 여백을 남겨 두기를 좋아한다. 그래서 인쇄에 넘길 때면 꼭 분명하게 내 뜻을 밝힌다. 그러나 조판하여 보내온 책은 대개 편篇과 편 사이를 딱 붙여 놓아, 내 뜻대로 되어 있지 않다. 다른 책을 살펴보아도 마찬가지이며, 대부분 줄과 줄 사이가 달라붙어 있다.

비교적 괜찮은 중국 책과 서양 책은 책마다 앞뒤에 한두 장의 여백지를 두고 있고, 위아래의 여백도 널찍하다. 그런데 최근에 중국에서 인쇄된 새 책은 대개 여백지가 없고 위아래의 여백도 좁다. 약간의 의견이나 다른 뭔가를 적고 싶어도 그럴 만한 공간이 없다. 책을 펼치면 까만 글자가 빽빽하고 촘촘히 책을 가득 메우고 있다. 게다가 코에 혹 끼치는 기름 냄새는 짓누르고 옹색한 듯한 느낌을 안겨 주어, '독서의 즐거움'을 가시게 할 뿐만 아니라, 인생에 '여유'가 없고 '여지가 남아 있지 않다'는 생각이 들게 한다.

어쩌면 이런 것을 질박함이라 여길지도 모르겠다. 그러나 질박함은 시작의 '초라함'이니, 정력精力은 넘치고 물력物力을 아까워하지 않는 것이다. 그런데 지금의 것은 초라함으로 되돌아갔으되, 질박함의 정신을 이미 잃어버려 황폐하고 타락한 것이라 할 수밖에 없다. 즉 흔히 이야기하는 '형편껏 그럭저럭'이라는 것이다. 이처럼 '여지가 남아 있지 않은' 분위기에 둘러싸여서는 사람들의 정신도 아마 쪼그라들고 말 것이다.

학술문예를 쉽게 설명하는 외국의 책은 한담이나 우스개를 간간이 끼워넣어 글에 활기를 북돋우는지라, 독자들은 각별히 흥미를 느끼고 쉬이 지루해지지 않는다. 그러나 중국의 일부 번역서들은 이런 것을 삭제한 채, 어렵기 짝이 없는 강의투의 말만 남겨 놓아 교과서처럼 만들어 버린다. 이는 마치 꽃꽂이를 하는 사람이 가지와 잎은 죄다 없애 버리고 오직 꽃송이만 남겨 놓는 꼴이다. 꽃꽂이야 물론 했지만, 꽃가지의 생기는 깡그리 사라져 버린다. 사람들이 여유 있는 마음을 잃어버리거나, 자기도 모르게 여지가 남아 있지 않은 마음을 가득 품게 된다면, 이 민족의 장래는 아마 암담해질 것이다. 위에서 서술한 두 가지는 물론 터럭보다 더 사소한 일이겠지만, 필경 시대정신을 드러내는 실마리이므로 다른 것들도 유추해 볼 수 있을 것이다. 이를테면 요즘 기물이 경박하고 조잡한 것(세간에서는 쓰기

편하다고 잘못 생각하고 있다), 건축에서 노력과 자재를 덜 들이는 것, 일처리를 대충 얼버무리는 것, '겉모습의 아름다움'도 바라지 않고 '내구성'도 강구하지 않는 것, 이 모두는 똑같은 병에서 비롯된 것이다. 이로써 더욱 커다란 일을 유추해도 좋으리라고 나는 생각한다.

1월 17일

3.

나의 신경이 약간 혼란스러워졌는지도 모르겠다. 그렇지 않다면, 정말 두려운 일이다.

나는 이른바 중화민국이 오랫동안 존재한 적이 없었던 듯한 느낌이 든다.

나는 혁명 이전에 내가 노예였는데, 혁명 이후 얼마 지나지 않아 노예들의 속임수에 넘어가 그들의 노예가 되었다고 생각한다.

나는 수많은 민국 국민이 민국의 적이라고 생각한다.

나는 수많은 민국 국민에게 독일이나 프랑스에 거주하는 유태인들처럼 마음속에 또 하나의 국가가 있다고 생각한다.

나는 수많은 열사의 피가 사람들에게 짓밟혀 사라졌지만, 이 또한 고의는 아니라고 생각한다.

나는 무엇이든 새로이 하지 않으면 안 된다고 생각한다.

만 걸음을 물러서서 말해 보자. 나는 누군가 민국의 건국사를 제대로 써서 젊은이들에게 보여 주기를 바란다. 왜냐하면 민국의 유래가, 겨우 14년밖에 되지 않았는데, 어느덧 전해지지 않는다고 느끼기 때문이다!

2월 12일

4.

이전에 24사는 '살육서'요, '한 사람만의 족보'에 지나지 않는다는 유의 이야기를 들었는데, 참으로 옳다고 여겼다. 나중에 직접 보고서야 깨닫게 되었다. 그렇지 않다는 것을.

역사에는 중국의 영혼이 씌어져 있고 장래의 운명이 밝혀져 있다. 다만 너무 두텁게 발라 꾸미고 쓸데없는 말이 너무 많은지라 내막을 쉬이 살피기가 어려울 따름이다. 마치 빽빽한 나뭇잎을 뚫고 이끼 위에 비치는 달빛이 점점이 부서진 모습만 보이는 것처럼. 그렇지만 야사野史와 잡기雜記를 보면 훨씬 이해하기 쉽다. 그들은 어쨌든 사관史官의 티를 낼 필요는 없었을 테니까.

진한대야 지금의 상황과 차이가 너무 크니 언급하지 않겠다. 원대 사람들의 저작은 드물기 짝이 없다. 당송대의 잡사류雜事類는 현재 많이 남아 있다. 오대, 남송, 명말의 사정을 기록한 것을 지금의 상황과 비교해 보면, 얼마나 비슷한지 놀라지 않을 수 없다. 마치 시간의 흐름이 유독 우리 중국과는 아무 관계가 없는 듯하다. 현재의 중화민국은 여전히 오대요, 송말이요, 명말이다.

명말을 현재와 비교해 보면, 중국의 상황은 아직도 훨씬 더 부패하고 남루하며 흉포하고 잔학해질 수 있으니, 지금은 아직 정점에 이르렀다고 할 수 없다. 그러나 명말의 부패와 남루 역시 정점에 이른 것은 아니었다. 이자성과 장헌충[65]이 소란을 일으켰기 때문이다. 그들의 흉포와 잔학 역시 정점에 이른 것은 아니었다. 만주족 병사들이 쳐들어왔기 때문이다.

설마 국민성이라는 것이 참으로 이토록 고치기 어렵단 말인가? 만약 그렇다면 장래의 운명을 대충 짐작할 수 있을 터, 익숙한 말로 하자면, "옛날에 그런 일이 이미 있었지"古己有之.

영리한 사람은 참으로 영리하다. 그래서 결코 옛사람을 비난하거나 옛 관례를 흔들지 않는다. 옛사람이 했던 일은 뭐든지 오늘날 사람들도 행할 수 있다. 그리고 옛사람을 변호하는 것이 곧 자신을 변호하는 것이다. 하물며 우리는 신주神州 중화의 후예이니, 어찌 감히 "선조의 발자취를 이어 가"지 않겠는가?

다행히 어느 누구도 국민성은 결코 고칠 수 없는 것이라고 단정적으로 말하지는 않는다. 이 '알 수 없음'不可知 속에서, 비록 전례 없는—즉 그런 상황이 이제껏 없었던—멸망의 공포가 있을지라도 전례 없는 소생의 희망을 품을 수 있으니, 이것이 어쩌면 개혁가들에게 약간의 위안이 될 수도 있으리라.

그러나 이 약간의 위안도 낡은 문명을 자랑하는 부류의 붓

위에 지워져 버릴 것이고, 새로운 문명을 무고하는 부류의 입
위에 빠져 죽을 것이며, 새로운 문명을 가장하는 부류의 언동
속에 소멸되고 말 것이다. 비슷한 선례 역시 "옛날에 이미 있
었"으니까.

사실 이런 사람들은 똑같은 부류로서, 영리한 사람들이다.
이들은 중국이 끝장난다 해도 자신의 정신은 고통스럽지 않으
리라는 것을 잘 알고 있다. 왜냐하면 상황에 맞추어 태도를 바
꿀 수 있기 때문이다. 만약 믿기지 않는다면, 청조의 한인漢人이
무공을 찬미한 글을 보기 바란다. 입만 벙긋하면 '대병'大兵입네,
'아군'我軍입네 떠드는데, 여러분은 이 대병과 아군에게 패한 자
가 바로 한인이라는 것을 짐작이나 할 수 있겠는가? 여러분은
한인이 병사를 이끌고서 야만적이고 부패한 다른 어느 민족을
섬멸했다고 여길 것이다.

그러나 이런 부류의 인간은 영원히 승리할 것이고, 아마 앞
으로도 영원히 존재할 것이다. 중국에서 오직 그들만이 생존에
가장 적합하며, 그들이 생존해 있는 한 중국은 영원히 지금까
지의 운명을 반복하지 않을 수 없을 것이다.

"땅은 넓고 물산은 풍부하며, 인구는 많다." 그런데 설마 이
많고 좋은 재료로 만날 윤회의 놀이만 연출할 수밖에 없단 말
인가?

2월 16일

전사와 파리

쇼펜하우어는 이렇게 말한 적이 있다. "사람의 위대함을 평가할 때, 정신적인 크기와 체격적인 크기는 그 법칙이 전혀 상반된다. 후자는 거리가 멀면 멀수록 작아지고, 전자는 오히려 커진다"라고.

가까우면 더욱 작아지고, 게다가 결점과 상처는 더욱 잘 보인다. 바로 이 때문에 그는 우리들과 마찬가지로 신도 아니요, 요괴도 아니요, 괴수도 아니다. 그는 평범한 사람이며, 그저 그런 정도에 지나지 않는다. 그러나 바로 그렇기에, 그는 위대한 사람이다.

전사戰士가 전사戰死했을 때, 파리들이 제일 먼저 발견하는 것은 그의 결점과 상처 자국이다. 파리들은 빨고 앵앵거리면서 의기양양해하며, 죽은 전사보다 더욱 영웅적이라 여긴다. 그러나 전사는 이미 전사하여, 더 이상 그들을 휘저어 내쫓지 못한다. 그리하여 파리들은 더욱 앵앵거리면서, 불후不朽의 소리라고 스스로 여긴다. 왜냐하면 그들의 완전함은 전사보다 훨씬 더 위에 있기 때문이다.

확실히 어느 누구도 파리들의 결점과 상처를 발견한 적이 없다.

그러나 결점을 지닌 전사는 어쨌든 전사이고, 완미完美한 파리 역시 어쨌든 파리에 지나지 않는다.

꺼져라, 파리들이여! 비록 날개가 자라나 앵앵거릴 수 있지만, 끝내 전사를 넘어서지는 못할 것이다. 너희 이 벌레들아!

3월 21일[66]

문득 생각나는 것 (5~6)

5.

나는 약간 일찍 태어났기에, 캉유웨이 등이 '공거상서'[67]를 할 무렵 이미 나이가 제법 들어 있었다. 정변이 난 후, 집안의 이른바 어르신이란 분들이 내게 이렇게 훈계했다. "캉유웨이는 황제의 지위를 찬탈하려 했어. 그래서 이름을 유웨이有爲라 한 거야. 유有란 부해져 천하를 갖는다는 것이고, 웨이爲란 귀해져 천자가 된다는 것이지. 법도에서 벗어난 일을 꾀한 게 아니라면 뭐겠어?" 나는, '정말 그렇군. 가증스럽기 짝이 없군!'이라고 생각했다.

어르신들의 훈계는 내게 이처럼 강력했다. 그래서 나 역시 선비 집안의 가정교육을 아주 잘 따랐다. 숨을 죽이고 머리를 숙인 채 눈곱만큼도 감히 경거망동하지 않았다. 두 눈을 내리깔고 황천을 보았으니, 하늘을 쳐다보면 오만해지기 때문이었다. 얼굴 가득 죽을상을 지었으니, 말하고 웃으면 방자해지기 때문이었다. 나는 물론 이렇게 해야 지당하다고 여겼다. 그러나 때로 마음속에 약간의 반항이 일기도 했다. 마음속의 반항이 그 당시에는 범죄라고 여길 정도는 아니었으니, 마음을 처벌하는 규율이 지금처럼 엄하지는 않았던 듯하다.

그러나 이 마음속 반항 역시 어른들이 나쁜 쪽으로 인도한 것이었다. 왜냐하면 어른들은 늘 마음껏 큰소리로 말하고 웃으면서도, 아이들에게만 금지했기 때문이다. 백성들이 진시황의 호화로움을 보았을 때, 말썽꾸러기 항우는 "저 자리를 내가 대신 차지해야지!"라고 말했지만, 못난이 유방은 "대장부라면 저 정도는 돼야지 않겠어?"라고 말했다. 나는 못난이 축에 든다. 왜냐하면 그들이 마음껏 말하고 웃는 게 부러워 어서 어른이 되었으면 하고 바랐기 때문이다.――이밖에도 다른 원인이 있었지만.

'대장부라면 저 정도는 돼야지'라는 생각은 내게 있어서 더 이상 죽을상을 짓고 싶지 않다는 것일 뿐, 그 욕망도 결코 그다지 크지는 않았다.

이제 기쁘게도 나는 이미 어른이 되었다. 아무리 괴이쩍은 '논리'를 들이대더라도 이건 아무도 부인할 수 없는 사실이다. 나는 이리하여 죽을상을 팽개치고서 마음 놓고 말하고 웃기 시작했다. 그런데 뜻밖에도 즉각 점잖은 분들의 저지를 받았다. 그들에게 '실망'을 안겨 주었다는 것이다. 나는 물론 잘 알고 있다. 예전이 노인들의 세상이라면, 이제는 젊은이들의 세상이 되었음을. 그러나 세상을 다스리는 사람들이 달라졌더라도, 말하고 웃는 것을 금지하는 건 마찬가지라는 걸 미처 헤아리지 못했다. 그렇다면 나는 여전히 계속 죽을상을 지어야 하며, '죽고 나서야 그만두게 될 터'이니, 어찌 마음 아프지 않으랴!

나는 그래서 또 너무 늦게 태어난 게 원망스러웠다. 어른들이 마음껏 말하고 웃는 것을 허용했던 그 시대에 딱 맞게, 어찌하여 20년만 더 일찍 태어나지 못했단 말인가? 참으로 '시대를 잘못 태어나', 저주스러운 때에 저주스러운 곳에서 살고 있다.

존 밀은 "전제專制는 사람들을 냉소적으로 만든다"라고 말했다. 그렇지만 우리들은 천하태평이며, 냉소조차도 없다. 내 생각에, 폭군의 전제는 사람들을 냉소적으로 만들지만, 어리석은 백성의 전제는 사람들에게 죽을상을 짓게 만든다. 모두들 점점 죽어가는데, 자신만은 도를 지킴에 효험이 있고, 이렇게 해야 점잖은 산 사람에 차츰 가까워진다고 여긴다.

세상에 그래도 진정 살아가려는 사람이 있다면, 우선 용감하게 말하고, 웃고, 울고, 화내고, 욕하고, 때리면서, 이 저주스러운 곳에서 저주스러운 시대를 물리치지 않으면 안 되리라!

4월 14일

6.

외국의 고고학자들이 줄지어 찾아오고 있다.

오래전 일이지만, 중국의 학자들도 일찍부터 "옛것을 보존하자! 보존하자! 보존하자!"고 입을 모아 외쳐 왔다.

그러나 혁신하지 못하는 인종은 옛것을 보존할 수도 없다.

그래서 외국의 고고학자들이 줄지어 찾아오고 있는 것이다.

장성長城은 오래도록 폐물이 되어 있고, 약수[68]도 이상 속의 것에 지나지 않은 듯하다. 늙어빠진 국민은 뻣뻣하게 굳은 전통 속에 파묻혀 변혁할 엄두조차 내지 못한 채, 기진맥진 쇠약해져 있는데도 서로 잡아먹으려 으르렁거린다. 이리하여 외부의 신예부대가 손쉽게 들어오니, 참으로 "지금만 그런 게 아니라, 옛날부터 그래 왔다네"이다. 그들의 역사는 물론 우리만큼 오래되지 않았다.

그러나 우리의 옛것도 보존하기 어렵다. 왜냐하면 땅이 진즉 위험에 빠져 안전하지 않기 때문이다. 땅이 남에게 넘어가 버리면, '국보'가 아무리 많은들 진열할 곳이 없으리라.

그런데 옛것 보존가들은 혁신을 통박하고 옛 물건의 보존에 열을 올린다. 콜로타이프판으로 송대 판본의 서적을 인쇄하여 각 부마다 수십 수백 위안의 가격을 매긴다. "열반! 열반! 열반이로고!" 불교가 한나라 때부터 이미 중국에 들어왔으니, 그 얼마나 고색창연하겠는가! 고서古書와 금석金石을 사 모으면 옛것을 연구하는 애국적 인사가 되고, 그것을 대충 고증하고 서둘러 목록을 찍어 내면 학자나 명사名士로 승격된다. 그런데 외국 인이 구한 골동품들은 명사의 고상한 옷소매 속에서 맑은 기풍 과 함께 흘러나온 것들이다. 그렇지 않다면, 구이안歸安의 육陸 씨의 벽송, 웨이현濰縣의 진陳씨의 열 개의 종[69]을 그 자손들이 대대로 지킬 수 있었을까?

지금 외국의 고고학자들이 줄지어 찾아오고 있다.

그들은 생활하는 데 여유가 있기에 옛것을 연구한다. 하지만 옛것을 연구하는 거야 괜찮아도, 옛것의 보존과 한패가 된다면 이것은 훨씬 두려운 일이다. 일부 외국인들은 중국이 언제까지 나 거대한 골동품으로서 자기들에게 감상거리를 제공해 주기 를 몹시 바라고 있다. 이는 가증스러운 일이기는 해도, 기이한 일은 아니다. 왜냐하면 그들은 결국 외국인이니까. 그런데 중국 에는 자신만으로는 부족하다 싶었는지 젊은이, 어린아이들까 지 거느리고서, 거대한 골동품이 되어 그들에게 감상거리를 제 공하려는 자가 있다. 정말이지 어떻게 되어 먹은 심보인지 알 수 없는 노릇이다.

중국은 경서 읽기를 폐지했건만, 교회 학교에서는 여전히 썩 은 유학자를 선생으로 모셔 학생들에게 '사서'를 가르치고 있 지 않은가? 민국은 무릎 꿇어 절하는 것을 폐지했건만, 유태 학 교[70]에서는 굳이 유로를 선생으로 모셔 학생들에게 머리를 조 아려 생신을 축하하라고 하지 않는가? 외국인들이 창간하여 중 국인에게 보여 주는 신문은 5·4 이래의 조그마한 개혁마저도 극도로 반대하고 있지 않은가? 그리고 외국의 총주필 휘하의 중국의 소小주필들은 도학道學을 숭배하고 국수를 보존하고 있다!

그러나 어찌되었든 혁신하지 않으면 생존 또한 어려운 터에, 하물며 옛것을 보존함에랴. 지금의 상황이야말로 확실한 증거이니, 옛것 보존가의 만언서萬言書보다 훨씬 강력할 것이다.

목하 우리에게 가장 시급한 일은, 첫째는 생존하는 것이고, 둘째는 배불리 먹고 따뜻이 입는 것이며, 셋째는 발전하는 것이다. 이러한 앞길을 가로막는 자가 있다면, 옛것이든 지금의 것이든, 사람이든 귀신이든, 『삼분』과 『오전』이든, 백송과 천원이든,[71] 천구와 하도이든, 금인金人이든 옥불玉佛이든, 대대로 비전되어 온 환약이든 가루약이든, 비법으로 만든 고약이든 단약이든, 모조리 짓밟아 버려야 한다.

옛것 보존가들은 아마 고서를 읽었을 터이니, "임회林回가 천금의 구슬을 버리고서 갓난아이를 업은 채 달아난" 일을 금수와 같은 행위라고 말하지는 못할 것이다. 그렇다면 갓난아이를 버리고 천금의 구슬을 품는 일은 무엇일까?

4월 18일

'벽에 부딪힌' 뒤

나는 평소에 늘 젊은 학생들에게 이렇게 말하곤 한다. 옛사람이 말하는 "가난하고 근심스러워야 글을 짓는다"는 말은 그다지 믿을 만하지 않다고. 가난이 극도에 이르고 근심스러워 죽을 지경인 사람에게, 어찌 한가한 기분과 여유가 있어 글을 짓겠는가? 우리는 이제껏 굶어 죽어가는 후보^{候補}가 계곡 가에서 시를 읊조리는 걸 본 적이 없다. 볼기 맞는 죄수가 지르는 것은 먹따는 듯한 비명일 뿐, 결코 붉은색과 흰색이 짝을 이룬 변체문[72]으로 고통을 호소할 리 없다. 그래서 먹을 갈고 붓을 문 채 깊은 생각에 잠겨 "신발이 구멍 나 있고, 뒤꿈치가 터져 있다" 따위의 말을 할 때에는, 아마 진즉 발에 비단 양말이 신겨져 있을 것이다. "굶주림이 찾아와 나를 내몬다"고 소리 높여 읊었던 도연명은 그때 어쩌면 이미 술기운이 도도했을지도 모른다. 바야흐로 고통스러울 때에는 고통을 입에 담지 못하는 법이다.

불교의 극고지옥極苦地獄에 있는 망자의 넋도 울부짖는 일이 없다!

중국은 아마 결코 지옥이 아닐 것이다. 그렇지만 '경계는 마음이 만들어 내'는 법. 내 눈앞에는 늘 겹겹이 쌓인 먹구름이 가득 차 있고, 그 속에 옛 귀신, 새 귀신, 떠도는 혼, 우수아방, 축생, 화생, 대규환, 무규환 등이 있다. 나는 듣거나 보는 것을 도무지 견딜 수 없다. 나는 듣지도 보지도 않은 척 스스로를 속여, 어쨌든 지옥에서 빠져나온 셈이거니 여긴다.

문 두드리는 소리에 나는 다시 현실세계로 되돌아왔다. 다시 학교 일이다. 나는 왜 교원이 되려고 했던고?! 생각에 잠긴 채 걸어 나가 문을 열었다. 아니나 다를까 편지봉투에는 맨 먼저 시뻘건 글씨 한 줄이 눈에 들어왔다. 국립베이징여자사범대학.

나는 원래 이 학교가 두려웠다. 문을 들어서자마자 음산한 분위기를 느꼈기 때문인데, 왜 그런지 알지 못했다. 그저 늘 나 자신의 착각이겠거니 여겼다. 나중에 양인위楊蔭楡 교장의 「전학생에게 알림」[73]이라는 글에서, "학교는 가정과 같음을 알아야 한다. 웃어른인 자가 가족을 사랑하지 않는 이치란 결단코 없으며, 나이 어린 자 역시 마땅히 웃어른의 마음을 체득해야 한다"는 말을 보고서야 문득 깨달았다. 알고 보니, 나는 학교에서 가르치고 있지만, 양씨 집안의 가정교사와 다름없었다. 이 음산한 분위기는 바로 '냉대를 당하는' 데에서 비롯되었던 것이다. 그러나 내게 한 가지 병폐가 있으니, 스스로도 자업자득의 근원이 아닐까 생각하는데, 그건 바로 간혹 골똘히 따져 보는 것이다. 그래서 문득 깨달은 뒤에 곧바로 다시 의문을 품었다. 이 가족 구성원 ──교장과 학생── 의 관계가 어떤 것일까? 모녀간일까, 아니면 고부간일까?

생각하고 또 생각해 보았지만, 어떤 결론도 나지 않았다. 다행히 이 교장은 선언을 낸 적이 많았다. 그래서 끝내 그녀의 「과격 학생에 대한 소감」이란 글에서 정확한 해답을 찾아냈다. 즉 "이 무리와 집안싸움을 벌여 맞서고 있다"고 했으니, 그녀가 시어머니임은 의심할 여지가 없다.

이제 나는 주저없이 '고부간의 집안싸움'이라는 이 고전의 문구를 이용할 수 있게 되었다. 하지만 고부간의 다툼이 가정 교사와 무슨 상관이 있단 말인가? 어쨌든 학교이기에 아무래도 늘 편지가 오기 마련인데, 시어머니 것도 있고 며느리 것도 있다. 나의 신경은 굳세지 않은 편인지라, 문 두드리는 소리를 듣기만 해도 교원이 된 걸 후회하는 것은 이 때문이며, 게다가 후회할 만한 이유도 분명코 있다.

올해 1년 동안 그녀들의 가정사는 전혀 끝나지 않았다. 며느리들은 시어머니의 교장 노릇을 존경하지 않았고, 시어머니는 일을 그만두려 하지 않았다. 여기가 그녀의 가정이니, 어찌 손을 떼려 하겠는가? 이상할 게 없는 일이다. 게다가 손을 떼려 하지 않을뿐더러, '5·7' 즈음을 틈타 무슨 호텔에 사람들을 초청하여 식사를 한 후 여섯 명의 학생자치회 임원들을 제적시켰으며, 아울러 "학교는 가정과 같다는 것을 알아야 한다"는 대단한 의론을 발표했던 것이다.

이번 편지는 꺼내 읽어 보니 며느리들의 자치회에서 보낸 것이었는데, 내용은 대략 이러했다.

열흘여 동안 학교 업무가 정지되어, 갖가지 안건이 처리를 기다리고 있습니다. 만약 오랫동안 이렇게 지연된다면, 수백 명의 젊은이의 시간을 헛되이 버릴 뿐만 아니라, 학교 업무의 앞날 역시 하루도 지탱하기 어려울 정도로 위태해집니다.…

그다음은 교원들이 회의를 열어 운영에 나서 달라는 의미의 이야기였으며, 정한 시간은 당일 오후 4시로 되어 있었다.

"잠시 가 보자." 나는 생각했다.

이 역시 나의 못된 버릇으로, 스스로도 자업자득의 근원이 아닐까 생각한다. 무슨 일이든 중국에서는 절대로 함부로 가 '보'아서는 안 된다는 것을 뻔히 알지만, 끝내 고치지 못하기에 '버릇'이라 말한 것이다. 하지만 어쨌든 세상물정을 제법 알게 되었는지라, 나는 생각해 본 뒤 곧바로 이렇게 마음먹었다. 4시면 너무 일러 도착해 봐야 틀림없이 아무도 없을 테니, 4시 반에 가자.

4시 반에 음산한 교문을 들어서서, 교원 휴게실로 들어갔다. 전혀 뜻밖이었다! 졸고 있는 듯한 직원 한 명 외에도, 벌써 두 명의 교원이 앉아 있었다. 한 사람은 몇 차례 만난 적이 있었다. 다른 한 사람은 알지 못하는 사람인데, 성이 왕汪인지 왕王인지 똑똑히 듣지는 못했다. ──사실 굳이 알아들어야 할 필요도 없었다.

나도 그들과 한자리에 앉았다.

"선생님의 의견으로는 이 일이 어떻다고 생각합니까?" 잘 알지 못하는 교원이 인사를 나눈 후, 나의 눈을 쳐다보면서 물었다.

"그건 여러 방면에서 말할 수 있습니다만…. 제 개인의 의견을 묻는 건가요? 제 개인의 의견이라면 양 선생님의 방법에 반대합니다…."

제기랄! 내 말이 끝나기도 전에, 그는 기민하고 약삭빠른 머리를 옆으로 한 번 흔들어 다 들을 필요도 없다는 태도를 보였다. 하지만 이건 물론 나의 주관일 뿐이다. 그에게는 어쩌면 원래 머리를 이리저리 흔드는 못된 버릇이 있을지도 모른다.

"학생을 제적시키는 처벌은 너무 지나칩니다. 그러지 않았더라면 쉽게 해결할…." 나는 이어 말하려고 했다.

"음음." 그는 참을 수 없다는 듯 고개를 끄덕였다.

나는 입을 다문 채 불을 붙여 담배를 피웠다.

"이 일에 대해 냉정해지는 게 좋습니다…." 어찌된 일인지 그는 자신의 '냉정해지자'는 학설을 떠들어 대기 시작했다.

"음음. 두고봅시다." 이번에는 내가 참을 수 없다는 듯 고개를 끄덕이다가, 끝내 한마디를 더하고 말았다.

고개를 끄덕이고 나자, 자리 앞쪽에 있는 인쇄물 한 장이 얼핏 눈에 들어왔다. 훑어보니 모골이 송연해졌다. 글의 내용은 대략 이러했다.

… 학생자치회라는 명의만으로 강사와 교원을 지휘해 교무유지 토론회를 소집하고, … 본교는 원래 교육부 규정을 준수하고 있으며, 이러한 학제도 없고 또한 이러한 조처도 없어 근본적으로 성립할 수 없습니다. … 아울러 소요사태 이래로 … 정당한 방법을 강구하고, 진행해야 할 기타 학교 업무 또한 있는지라, 대회의 의결을 거치지 않으면 안됩니다. 이에 (이번 달 21일) 오후 7시에 본교는 주임과 전임교원 평의회회원 전원을 타이핑후太平湖호텔로 특별히 모셔 긴급교무회의를 개최하여, 갖가지 중요한 문제를 해결하기로 결정했습니다. 꼭 왕림해 주시기를 간절히 바랍니다!

서명은 내가 위험하다고 여기고 있는 '국립베이징여자사범대학'으로 되어 있는데, 아래에는 '아룀'啓이라는 글자도 있었다. 나는 그제서야 오지 말았어야 했으며, 타이핑후호텔에도 '왕림'할 필요가 없음을 깨달았다. 나는 '겸임교원'에 지나지 않기 때문이었다. 그렇지만 교장은 왜 학생들의 집회를 제지하지도 않고 사전에 부인하지도 않으면서, 나에게는 이 '아룀'을 보러 학교로 나오라고 했던 걸까? 나는 화가 치밀어 묻고 싶었다.

하지만 눈을 들어 사방을 살펴보아도 두 명의 교원과 한 명의 직원, 그리고 사방의 벽돌담에 달려 있는 문과 창문만 있을 뿐, 답변을 책임질 생물체는 아무도 없었다. '국립베이징여자사범학교'는 '아뢸' 수는 있지만, 답변해줄 수는 없는 것이다. 오직 말없이 음산하게 사방의 담벽만이 사람을 에워싼 채 험악한 낯빛을 드러내고 있을 뿐이었다.

나는 고통스러움을 느꼈지만, 그 까닭을 알 수 없었다.

그런데 학생 두 명이 회의를 열어 달라고 요청하러 왔다. 시어머니는 끝내 얼굴을 내밀지 않았다. 우리는 회의장으로 들어갔다. 이때 나를 포함해 벌써 다섯 명이었다. 나중에 일고여덟 명이 잇달아 도착했다. 이리하여 회의가 열렸다.

'나이 어린 자'는 마치 그다지 '웃어른의 마음을 체득'하지 못한 듯, 여러 가지 괴로움을 호소했다. 그렇지만 우리에게 무슨 권리가 있어 '집안'일에 간여한단 말인가? 하물며 타이핑후호텔에서도 '갖가지 중요한 문제를 해결'하려고 하는 바에야! 그러나 나도 내가 학교에 온 이유를 몇 마디 밝히고, 오늘 선뜻 나서지 못한 채 발뺌하려는 태도에 대해 학교 당국에 해명을 요구했다. 그러나 사방을 둘러보아도 며느리들과 가정교사, 벽돌담에 달려 있는 문과 창문만 있을 뿐, 답변을 책임질 생물체는 아무도 없었다!

나는 고통스러움을 느꼈지만, 그 까닭을 알 수 없었다.

이때 내가 알지 못하는 교원이 학생들과 이야기를 나누고 있었다. 나 역시 자세히 듣지는 않았다. 그러나 그의 말 가운데 "자네들은 일을 하면서 벽에 부딪혀서는 안 되네"라는 한마디가 들렸다. 학생들의 말 가운데에는 "양 선생님이 바로 벽입니다"라는 한마디가 들렸다. 마치 한 줄기 빛이 보이는 듯, 나는 즉시 내 고통의 까닭을 깨달았다.

벽에 부딪힌다, 벽에 부딪힌다! 나는 양씨 집의 벽에 부딪혔던 거야!

이때 학생들을 바라보니, 마치 한 떼의 민며느리 같았다….

이런 회의는 으레 그렇듯이 별 성과가 없었다. 대담하다고 자처하는 몇몇 인물이 시어머니에 대해 완곡한 비판을 슬쩍 가한 뒤, 곧바로 모두 흩어졌다. 내가 집으로 돌아와 창가에 앉았을 때, 하늘빛은 이미 황혼에 가까웠다. 음산한 기색은 차츰 물러갔다. 벽에 부딪힌다는 학설을 떠올리자, 뜻밖에도 미소가 감돌았다.

중국은 곳곳이 벽이다. 그러나 '귀신이 둘러친 담'[74]처럼 형체가 없어서 언제라도 '부딪힐' 수 있다. 이 담을 둘러칠 수 있는 자, 부딪히더라도 고통을 느끼지 않을 수 있는 자, 이들이 승리자이다.──그러나 이 시각 타이핑후호텔의 연회는 진즉 파장에 이르러, 모두들 벌써 아이스크림을 먹고서 그곳에서 '냉정해졌을' 것이다….

이리하여 나의 눈에 마치 보이는 듯했다. 여기저기에 이미 간장 국물로 얼룩진 새하얀 탁자보가. 탁자를 둘러싸고서 아이

스크림을 핥아 먹는 수많은 남녀가. 중국의 역대 대다수의 며느리들이 절조를 굳게 지킨 시어머니에게 짓밟혔듯이, 암담한 운명이 결정된 수많은 며느리들이.

나는 담배를 한 개비, 그리도 또 한 개비 피웠다. 눈앞이 훤해지고 호텔 안의 전등 불빛이 환상인 양 떠올랐다. 그러더니 교육가들이 술잔 사이로 학생들을 모해하는 모습이 보이고, 살인자들이 미소를 지은 후 백성들을 도륙하는 모습이 보이고, 주검이 더러운 흙 속에서 춤추는 모습이 보이고, 오물이 풍금에 가득 뿌려지는 모습이 보였다. 나는 그것을 그림으로 그리고 싶었지만, 끝내 선 한 줄도 긋지 못했다. 내가 왜 교원이 되려 했던고? 스스로도 나 자신이 모멸스러웠다. 그런데 즈팡[75]이 나를 찾아왔다.

한담을 나누던 중, 그도 느닷없이 감개를 터뜨렸다.

"중국은 뭐든 암흑이에요. 아무런 가망이 없어요. 일이 없을 때에는 알아차릴 수가 없지요. 교원이나 학생이나 후끈후끈 달아올라 정말 학교다워 보입니다. 하지만 일이 터지면, 교원도 보이지 않고, 학생도 천천히 숨어 버리지요. 결국 바보 같은 몇 사람만 남아 사람들을 대신해 희생되면, 그것으로 끝이지요. 며칠이 지나면 다시 원래의 학교로 되돌아갑니다. 숨었던 사람들도 나타나고, 보이지 않던 사람도 얼굴을 드러내 '지구는 둥글다'느니 '파리는 전염병의 매개체'라느니, 다시 한번 학생이든 교원이든 후끈후끈 달아오릅니다…."

나처럼 늘 '벽에 부딪힐' 일이 없을 것만 같은 젊은 학생의 눈으로 보아도, 중국은 이렇게 암흑이란 말인가? 그러나 그들은 미약한 신음만 냈을 뿐인데도, 신음하자마자 살육당하고 말았다!

5월 21일 밤

문득 생각나는 것 (7~9)

7.

아마 신문배달부가 너무나 바쁜 탓이었겠지만, 어제는 신문이 보이지 않더니 오늘에야 함께 배달되었다. 그런데 기이하게도 본지에서 두 군데가 조그맣게 잘려 나가 있었다. 다행히 부간은 온전했다. 그 윗면에는 우저^{武者} 군의 「온순함」^{溫良}이란 글[76]이 있는데, 내게 지난 일을 떠오르게 해주었다. 기억건대 확실히 이러한 사탕 바른 독가시를 나의 학생들에게 선사했던 적이 있다. 이제 우저 군도 한길에서 두 가지 물건, 즉 맹수와 양을 발견했던 것이다. 그러나 이건 일부분을 발견한 것에 지나지 않는다고 생각한다. 왜냐하면 한길 위의 물건은 그렇게 간단하지 않아서, 한마디를 덧붙이지 않으면 안 되기 때문이다. 그것은 맹수 같은 양, 양 같은 맹수이다.

그들은 양인 동시에 맹수이다. 그러나 자기보다 사나운 맹수를 만날 때에는 양의 모습을 드러내고, 자기보다 약한 양을 만날 때에는 맹수의 모습을 드러낸다. 이 때문에 우저 군은 별개의 것이라 오해한 것이다.

기억나는 일이 또 있다. 최초의 5·4운동 이후 군경들은 아주 친절하게도 개머리판만으로 손에 쇠토막 하나 들지 않은 교사와 학생을 마구 두들겨팼다. 위풍당당함이 마치 철기병이 모판 위를 치달리는 듯했다. 학생들은 놀라 소리 지르면서 피해 달아났다. 마치 호랑이와 이리를 만난 양떼와 같았다. 그러나 학생들이 큰 무리를 지어 그들의 적을 습격했을 때, 어린아이를 만나더라도 밀어뜨리고 여러 차례 곤두박질쳐 버리지 않았던가? 학교에서는 적의 자식에게 욕설을 퍼부어 집으로 돌아가지 않을 수 없게 만들지 않았던가? 이것이 일족을 몰살하던 고대 폭군의 생각과 뭐가 다르단 말인가!

기억나는 일이 또 있다. 중국의 여인은 얼마나 압제를 당했던지, 때로는 그야말로 양만도 못한 존재였다. 이제는 양놈의 학설 덕분에 조금이나마 해방된 듯하다. 그러나 그녀[77]는 위엄을 부릴 만한 지위, 이를테면 교장 나부랭이가 되자마자, "옷소매를 걷어붙이고 손바닥을 비비는" 경호원 같은 사내들을 고용하여, 무력이라고는 터럭만큼도 없는 동성^{同性}의 학생들을 을러대지 않았던가? 바깥에서 다른 학생시위가 일어난 때를 틈타 일부 여우와 개 같은 무리와 함께 여세를 몰아 자신의 뜻에 맞지 않은 학생들을 제적시키지 않았던가? '남존여비'의 사회에서 성장한 몇몇 남자들은, 이때 밥그릇의 화신인 이성^{異性} 앞에서 꼬리를 흔들면서 그야말로 양만도 못했다. 양은 참으로 약하지만 그래도 이 정도는 아니라는 것을, 나는 감히 나의 경애하는 양들에게 보증한다.

하지만 황금세계가 도래하기 전에, 사람들은 아마 어쩔 수 없이 이 두 가지 성질을 동시에 품을 것이다. 다만 나타날 때의 상황이 어떤지를 보면, 용감한지 아니면 비겁한지의 차이가 분명해질 것이다. 안타깝게도 중국인은 양에게는 맹수의 모습을 드러내고, 맹수에게는 양의 모습을 드러내는지라, 설사 맹수의 모습을 드러내고 있을지라도 여전히 비겁한 국민이다. 이렇게 나가다가는 틀림없이 끝장나고 말 것이다.

생각건대, 중국이 구원을 받으려면 무언가를 보태 넣을 필요가 없다. 젊은이들이 예로부터 전해져 온 이 두 가지 성질의 사용법을 뒤집어 사용하기만 하면 충분하다. 즉 상대가 맹수와 같을 때에는 맹수처럼 되고, 양과 같을 때에는 양처럼 되라!

그렇게 되면, 어떤 마귀라도 자신의 지옥으로 돌아갈 수밖에 없을 것이다.

5월 10일

8.

5월 12일자 『징바오』의 '현미경'에 이런 대목이 있다.──

어느 책상물림이 모 신문에 실린, 교육총장 '장스딩'韋士釘의 5·7 상신서[78]를 보더니 정색하여 말했다. "이름 글자가 이렇게 괴벽하다니, 성인의 무리는 아니도다. 어찌 고문의 도를 지키는 우리 같은 자일 수 있으랴!"

이로 인해, 백화문에서뿐만 아니라 문언문에서조차 거의 쓰이지 않는 중국의 몇몇 글자가 생각났다. 그중 하나가 여기에서 '딩'釘으로 잘못 인쇄된 '자오'釗자이고, 또 하나는 '간'澗자인데, 이 글자들은 아마 사람의 이름에만 흔적이 남아 있을 것이다. 내 가까이에 『설문해자』가 없으니, '자오'자의 해석은 전혀 기억하지 못하지만, '간'자는 '배 밑바닥에 물이 새다'라는 의미인 듯하다. 우리가 지금 배에 물이 샌다는 것을 기술하고자 할 때, 아무리 예스런 글을 사용하더라도 대개 '간이'澗矣라고 하지는 않을 것이다. 그래서 장궈간, 손가감 혹은 신간현[79]의 뉴스를 찍어 내는 일 외에는, 이 활자는 완전히 폐물이다.

자오釗자의 경우, 딩釘자로 바뀌어 버린 일은 그래도 가벼운 웃음거리에 지나지 않는다. 듣자 하니, 이런 일로 인해 해를 입은 사람이 있다. 차오쿤이 총통을 지낼 때(당시에는 이렇게 쓰는 것만으로도 죄를 짓는 것이었다), 리다자오[80] 선생을 처벌하고자

국무회의 석상에서 어느 각료가 이렇게 말했다. "그의 이름만 보아도 본분을 지키는 사람이 아님을 알 수 있습니다. 좋은 이름도 많은데 하필이면 리다젠李大劍이라 했을까?!" 이렇게 하여 처분이 확정되었다. 이 '다젠'大劍 선생은 이미 이름만으로도 '대도 왕오'[81]와 같은 부류임을 스스로 입증했기 때문이다.

내가 N의 학당에 재학할 때, 이 '자오'자로 인해 몇 차례 곤욕을 치렀다. 물론 나 자신이 '본분을 지키지' 않았기 때문이다. 새 직원 한 명이 학교에 부임했는데, 몹시 기세등등하고 학자연하면서 거만하기 짝이 없었다. 그런데 안타깝게도 그는 불행히 '선자오'沈釗라는 학생을 만나 재수 없는 일을 당하고 말았다. 그가 그 학생을 '선댜오'沈釣라고 불러 자신의 무식함을 드러냈기 때문이다. 그래서 우리는 그를 만나기만 하면 비웃을 요량으로 '선댜오'라고 불렀으며, 비웃다가 욕하기까지 했다. 이틀 동안 나와 십여 명의 학생들은 번갈아 작은 경고 둘, 큰 경고 둘을 받았으며, 작은 경고를 한 번 더 받으면 제적당할 판이었다. 그러나 우리 학교에서는 제적이 대단한 일이 아니었다. 관서에서는 군령軍令만 있으면 학생의 목도 칠 수 있었던 것이다. 그런 곳에서 교장 노릇을 하니, 얼마나 위엄 있겠는가.──하지만 당시의 명칭은 '총판'總辦이라 일컬었으며, 자격 또한 반드시 후보도[82]여야 했다.

만약 그 당시에도 지금처럼 고압적인 수단만을 사용했다면, 우린 아마 진즉 '처형'당했을 것이며, 나 역시 '문득 생각나는 것' 또한 있을 수 없을 것이다. 어찌된 일인지 나는 요즘 '옛날을 그리워하는' 경향이 많아졌다. 이를테면 이번처럼 글자 하나로 인해, 유로遺老처럼 '옛날을 회고'하는 어조를 드러내게 되었다.

5월 13일

9.

누군가 했던 말이 기억난다. 추억에 자주 잠기는 사람들은 싹수가 없으니, 지난 일에 미련을 두어 용맹스러운 진취성을 지니리라 기대하기 어렵기 때문이다. 하지만 추억은 매우 즐거운 일이라고 말하기도 한다. 전자의 말은 누가 했는지 잊어버렸고, 후자의 말은 아마 아나톨 프랑스인 듯한데,──누군들 어떠랴. 하지만 이들의 말은 모두 일리가 있어, 정리하고 연구하자면 틀림없이 많은 시간을 들여야 할 것이다. 그러나 이런 일은 죄다 학자들에게 맡기자. 나는 이런 고상한 일에 끼어들고 싶지 않다. 아무 성과도 남기기 전에 '천수를 누리고 안방에서 죽게' 될까 두렵다(정말로 천수를 누릴지, 안방에서 죽을지는 물론 자신이 없지만, 이 순간에는 좀더 멋지게 써도 무방하리라). 나는 문예를 연구하는 술자리를 사절할 수 있고, 학생을 제적하는 회식자리를 멀리 피할 수는 있어도, 염라대왕의 초청장은, 아무리 거드름을 피울지라도 끝내 '삼가 사양'할 길이 없을 듯하다. 그래, 지금은 지난날에 미련을 두지 말고, 장래를 멀리 내다보자.

그렇더라도 싹수가 없기는 마찬가지이다. 제기랄, 그냥 써 내려가자.──

붓을 들지 않는 것은 자신의 신분을 지키기 위함이라는 걸, 나는 최근에야 깨달았다. 하지만 붓을 드는 99%가 자신을 변호하기 위함이라는 건, 진즉 알고 있었다. 적어도 나 자신은 그러했다. 그래서 지금 쓰려는 것 역시 자신을 위한 편지에 지나지 않는다.

FD군에게

1년인가 2년 전에 당신이 보낸 편지를 받은 일이 기억납니다. 내가 「아Q정전」에서 하찮은 아Q를 붙잡으려고 기관총을 사용했다고 쓴 건 너무 터무니없다고 지적했지요. 나는 당시 당신에게 답장을 하지 못했습니다. 첫째는 당신의 편지에 주소가 적혀 있지 않았고, 둘째는 아Q가 이미 붙잡힌 터라 더 이상 당신을 떠들썩한 구경거리에 초대하여 함께 증명할 수 없게 되었기 때문입니다.

그러나 며칠 전 나는 신문을 보다가 문득 당신이 기억났습니다. 신문에는 대충 이런 의미의 기사가 실려 있었습니다. 학생들이 집정부에 청원하러 갔는데, 사전에 이미 알고 있던 집정부가 동문에 군대를 증원하고 서문에 두 대의 기관총을 설치한 바람에, 학생들은 들어가지 못한 채 끝내 성과 없이 흩어졌다는 겁니다. 당신이 만약 베이징에 있다면, 아무리 멀더라도——멀수록 더욱 좋지요——구경가 보십시오. 만일 정말로 두 대가 있다면, 난 '당당하게 말할' 수 있게 됩니다.

학생들의 시위와 청원은 그 유래가 오래되었습니다. 그들은 모두 '점잖고 예의 발라' 폭탄이나 권총은커녕, 구절강편과 삼첨량인도조차 갖고 있지 않으니, 하물며 장팔사모와 청룡언월도야 더 말할 나위가 있겠습니까? 기껏해야 '가슴에 품은 편지 한 장' 뿐입니다. 그래서 지금껏 소란을 피워 본 역사가 없습니다. 지금은, 하지만, 이미 기관총을 걸어 놓았으며, 게다가 두 대나 있습니다!

그렇지만 아Q의 사건은 훨씬 심각합니다. 그는 확실히 시내로 가서 물건을 훔친 적이 있으며, 웨이좡에서도 분명히 강도사건이 일어났지요. 그 당시는 또한 민국 원년이라 관리들의 일처리도 물론 지금보다 훨씬 기괴했습니다. 선생! 생각해 보십시오. 13년 전의 일입니다. 그때의 일이라면, 설사 「아Q정전」에 한 여단의 혼성부대와 여덟 문의 과산포를 덧붙인다 해도, '지나치게 과장된 말'은 아닐 거라고 저는 생각합니다.[83]

선생께서는 평범한 눈길로 중국을 바라보지 말기 바랍니다. 인도에서 돌아온 제 친구의 말에 따르면, 그곳은 정말 기괴하여 갠지스강변을 갈 때마다, 붙잡혀 죽임을 당해 하늘에 제사 지내는 희생물이 되지 않을까 염려했다고 합니다. 나는 중국에서도 이와 비슷한 두려움을 느낍니다. 흔히 로맨틱하게 여겨지는 일이 중국에서는 평범한 일입니다. 기관총을 토곡사[84] 밖에 설치하지 않으면, 어디에 설치할까요?

1925년 5월 14일

루쉰 올림

문득 생각나는 것 (10~11)

10.

누구든지 '무고誣告를 해명'할 위치에 서게 되면, 결백이 밝혀지든 그렇지 않든, 그것만으로 이미 굴욕이다. 하물며 실제로 커다란 피해를 입은 후인데도 무고를 해명해야만 함에랴.

우리의 시민이 상하이 조계의 영국 순경에게 맞아 죽었는데,[85] 우리는 반격은커녕 희생자의 죄명을 씻어 내기에 급급했다. 고작 우린 결코 '적화되지' 않았다, 다른 나라의 선동을 받은 일이 없으니까라고 말하거나, 우린 결코 '폭도'가 아니다, 무기도 가지지 않은 채 맨주먹이었으니까라고 말한다. 중국인들이 만약 정말로 중국을 적화시키고 정말로 중국에서 폭동을 일으킨다 해도, 왜 영국 순경이 사형에 처하도록 내버려 두어야 하는지 이해할 수 없다. 기억하건대, 신생 그리스인들도 무기를 사용하여 국내의 터키인에게 대항했지만[86] 결코 폭도로 일컬어지지 않았으며, 러시아는 분명코 적화된 지 여러 해 되었어도 다른 나라에게 발포당하는 징벌을 받지 않았다. 그런데 중국인만은 시민이 피살된 뒤에도 여전히 벌벌 떨면서 무고를 해명하고, 억울하다는 듯 눈을 동그랗게 뜬 채 세계를 향해 정의를 요청한다.

사실 이 이유는 매우 알기 쉬운데, 바로 우린 폭도도 아니고 적화되지도 않았기 때문이다.

따라서 우리는 억울하다고 느끼고, 거짓 문명의 파산이라 부르짖는다. 그러나 문명은 지금껏 이러했으며, 이제서야 가면을 벗게 된 것이 결코 아니다. 다만 이러한 피해를 이전에는 다른 민족이 받았기에 우리가 몰랐기 때문이든지, 아니면 우리도 원래 이미 여러 차례 받았지만 이젠 벌써 까맣게 잊어버렸기 때문이리라. 정의와 무력이 한 몸으로 합쳐진 문명은 세계적으로 출현한 적이 없다. 그 싹은 어쩌면 오로지 몇몇 선구자와 몇몇 피압박민족의 머릿속에만 있을지 모른다. 하지만 스스로 힘을 지니게 되었을 때, 그것은 흔히 둘로 분리되고 만다.

그렇지만 영국에는 어쨌거나 참된 문명인이 존재한다. 오늘 우리는 각국의 무당파無黨派 지식계급 노동자로 조직된 국제노동자후원회가 중국에 지대한 동정을 나타낸 「중국 국민에게 드리는 선언」[87]을 보았다. 이름을 올린 사람 중에 영국인으로는 버나드 쇼가 있다. 세계문학에 관심을 지닌 중국인이라면 대부분 그의 이름을 알 것이다. 프랑스인으로는 바르뷔스(Henri

Barbusse)가 있다. 중국에서도 그의 작품이 번역된 적이 있다. 바르뷔스의 어머니는 영국인이다. 이로 인해 그 역시 실천의 자질이 풍부하여, 프랑스 작가가 흔히 지니고 있는 향락적인 분위기가 그의 작품에는 전혀 없다고 말하는 이도 있다. 이제 두 사람 모두 나서서 중국을 위해 분노하고 있다. 그래서 나는 영국인의 품성에 우리가 본받을 만한 점이 그래도 많다고 생각한다──물론 순경 우두머리, 상인, 그리고 학생들의 시위를 보면서 옥상에서 박수를 치면서 조소하는 여자들은 제외하고.

나는 우리가 "적을 벗처럼 사랑하는" 사람이 되지 않으면 안 된다고 말하는 것이 결코 아니다. 다만 우리가 현재 누가 적인지 전혀 깨닫지 못하고 있다는 것을 밝히고자 할 따름이다. 최근의 글 가운데 "적을 똑똑히 알자"라는 말도 간혹 있지만, 이건 글을 쓰다가 과격해진 병폐이다. 만약 적이 있다면, 우리는 진즉 칼을 뽑아 들고 일어나 "피는 피로 갚으라"고 요구했어야 했다. 그런데 지금 우리가 요구하는 것은 무엇인가? 무고를 해명한 뒤 약간의 가벼운 보상을 얻으려 할 뿐이다. 이 방법에는 10여 조항[88]이 있다고 하지만, 요컨대 그저 "서로 왕래하지 않는다"는 것뿐으로, '관계없는 사람'이 되고 말 따름이다. 원래부터 아주 친한 벗일지라도, 아마 이 정도에 지나지 않을 것이다.

그러나 사실대로 말하자면, 이러하다. 즉 정의와 실력이 아직 한 몸으로 합쳐지지 않았는데도 우리가 그저 정의만을 붙들고 있기 때문에, 우리 눈에는 온통 벗으로만 보이는 것이다. 설사 그가 제멋대로 살육을 저지를지라도.

만약 우리가 영원토록 정의에만 매달려 있다면, 영원토록 무고의 해명에 힘쓰고, 평생 하는 일 없이 바쁘지 않으면 안 된다. 요 며칠 전단이 벽에 붙어 있는데, 사람들에게 『순톈시보』[89]를 보지 말라고 하는 듯하다. 나는 이제껏 이 신문을 별로 본 적이 없다. 그러나 이는 결코 '배외' 때문이 아니라, 이 신문의 호오가 매번 나와 사뭇 달랐기 때문이다. 그렇지만 간혹 확실한 경우가 있으니, 중국인 스스로가 말하기 꺼리는 이야기를 싣기도 한다. 아마 2, 3년 전 어떤 애국운동이 한창일 즈음이었을 텐데, 우연히 이 신문의 사설을 보았다. 이 글의 대의는 이러하다. 한 나라가 쇠퇴할 즈음에는 반드시 의견이 다른 두 종류의 사람이 나타난다. 하나는 민기론자^{民氣論者}로서 국민의 기개를 중시하고, 다른 하나는 민력론자^{民力論者}로서 오로지 국민의 실력을 중시한다. 전자가 많으면 나라는 끝내 점차 쇠약해지고, 후자가 많으면 장차 강해진다는 것이다. 나는 이것이 매우 옳은 말이며, 우리가 늘 기억해야 할 말이라고 생각했다.

안타깝게도 중국은 역대로 민기론자만 많았는데, 지금도 역시 마찬가지이다. 만약 이대로 고치지 않는다면, "한 번 북을 쳐서 기운을 북돋지만, 두번째 북을 치고서는 쇠약해지고, 세번째 북을 치고서는 힘이 빠져" 장차 무고를 해명할 정력조차 없어지고 말 것이다. 그러므로 어쩔 수 없이 맨손으로 민기^{民氣}를 고무할 때에는 동시에 국민의 실력을 증진할 방법을 특히 강구하지 않으면 안 되며, 영원히 이렇게 해나가지 않으면 안 된다.

이 때문에 중국의 젊은이가 짊어진 짐의 무게는 다른 나라의 젊은이의 몇 배나 될 것이다. 왜냐하면 우리의 옛사람들이 정신력을 대개 심오하고 아득하며 평온하고 원활한 데에 써 버리고 어렵고 절실한 일은 남겨둔 바람에, 후세 사람이 보완하느라 한 사람이 두세 명, 네댓 명, 열 명, 백 명의 몫의 일을 하도록 만들었기 때문이다. 이제 바로 시련의 때에 이르렀다. 상대 또한 굳세고 강한 영국인으로, 남의 산의 훌륭한 돌이니, 이것을 빌려 잘 연마해도 좋으리라. 지금 각성한 젊은이의 평균 연령이 스무 살이라 가정하고, 또 중국인이 쉬이 노쇠한다는 점을 감안하여 가정하더라도, 적어도 30년간은 함께 항거하고 개혁하며 분투할 수 있다. 이것으로도 모자란다면, 다시 한 세대, 두 세대… 해나가자. 이러한 숫자는 개인으로서 본다면 두려운 일이겠지만, 이게 두렵다면 구제할 약이 없으며, 멸망을 달가워하는 수밖에 없다. 민족의 역사에서 이것은 극히 짧은 시기에 지나지 않는다. 사실 이것 말고 더 빠른 지름길은 없다. 우리는 더 이상 머뭇거려서는 안 된다. 오직 자신을 단련하고 스스로 생존을 도모하며, 누구에게도 악의를 품지 않고 지속적으로 해나갈 따름이다.

그러나 이 운동의 지속을 깨뜨릴 수 있는 위기는 현재 세 가지가 있다. 하나는 밤낮으로 표면적인 선전에만 힘을 쏟은 채 다른 일은 무시하고 팽개치는 것이다. 다른 하나는 동료에 대해 지나치게 조급히 굴면서 조금만 맞지 않으면 나라의 적이니 양놈의 노예니 호통치는 것이다. 또 다른 하나는 수많은 약삭빠른 자들이 기회를 역이용하여 자신의 눈앞의 이익을 챙기려는 것이다.

6월 11일

11.

1. 급한 나머지 말을 가리지 않는다

'급한 나머지 말을 가리지 않는' 병폐의 근원은 생각할 여유가 없다는 점이 아니라, 여유가 있을 때에 생각하지 않는다는 점이다.

상하이의 영국 순경 우두머리가 시민을 학살한 후, 우리는 몹시 놀라고 분노하여 "거짓 문명인의 진면목이 드러났다!"고 크게 떠들어 댔다. 그렇다면 이전에는 그들에게 어느 정도의 참 문명이 있다고 여기고 있었음을 알 수 있다. 하지만 중국의 유총 계급[90]이 평민을 불 지르고 약탈하며 도살했던 일은 지금껏 항의하는 사람이 별로 없다. 혹시 손을 댄 자가 '국산품'이니 학살조차도 환영한다는 걸까, 그렇지 않으면 우리는 원래 진짜 야만인이니 우리 손으로 자기 가족 몇 사람쯤이야 죽여도 이상할 것 없다는 걸까?

가족끼리 서로 죽이는 것과 이민족에게 죽임을 당하는 것은 물론 다르다. 예를 들어 누군가가 자기 손으로 자신의 뺨을 때리면 마음이 가라앉고 분이 풀리겠지만, 남에게 얻어맞으면 몹시 화가 치민다. 그러나 어떤 사람이 스스로 뺨을 때릴 정도로 무기력하다면, 남에게 얻어맞아도 어쩔 도리가 없다. 만약 세상에 '때린다'는 사실이 사라지지 않는 한.

분명코 우리는 약간의 당혹스러움을 느끼게 되었다. 기독교를 반대하는 외침의 여운이 채 가시지 않았는데도, 많은 이들이 어느덧 상하이사건에 대한 선교사의 공증[91]에 감복하고 있으며, 게다가 로마 교황에게 괴로움을 하소연하러 가는 이들도 있다. 피를 흘리자마자, 풍조가 이렇듯 뒤바뀔 수 있다.

2. 일치하여 외적에 대처하다

갑 "여보시오, 을씨! 아니 당신은 왜 내가 허둥대는 틈을 타서 내 물건을 가져가시오?"

을 "우린 일치하여 외적에 대처해야 합니다! 이토록 위급한 때에 당신은 자기 물건만 걱정된단 말이오? 이런 망국노!"

3. 동포여, 동포여!

나의 죄를 자백하련다. 이번에 강제로 할당받은 것 외에, 나는 따로 극히 적은 몇 푼을 기부했다. 그러나 본심은 이로써 나라를 구하자는 것이 아니라, 그 성실한 학생들이 열심히 뛰어다니는 걸 보고 감동하여 그들을 거절하기가 겸연쩍었기 때문이었다.

학생들은 연설할 때마다 곧잘 "동포여, 동포여!…"라고 말한다. 하지만 그대들의 '동포'가 어떤 '동포'인지, '동포'들의 마음이 어떤지 그대들은 알고나 있는가?

모를 것이다. 즉 나의 마음을 내 스스로 말하기 전에는 모금하는 이들은 아마 모를 것이다.

이웃에 사는 몇몇 초등학생들은 늘 몇 장의 종이쪽지에 유치한 선전문구를 써서 그들의 가녀린 팔로 전신주 혹은 담벼락에 붙였다. 이튿날이 되면 대부분 찢겨져 있었다. 누구의 소행인지는 모르지만, 꼭 영국인이나 일본인일 것이라고는 할 수 없다.

"동포여, 동포여!…" 학생들은 말한다.

감히 말하거니와, 중국인 가운데에는 저 진실한 젊은이들을 적대시하는 눈빛이 영국인이나 일본인보다 훨씬 더 흉악한 자도 있다. '외국상품 불매운동'에 앙갚음하려는 자가 외국인뿐이겠는가!

중국이 좋아지게 하려면 다른 일을 하지 않으면 안 된다.

이번에 베이징에서 연설과 모금이 행해진 후, 학생들이 사회 각계각층 사람들과 접할 기회가 아주 많아졌다. 나는 각 방면의 일에 조금이나마 관심을 지닌 사람들이 자기가 본 것, 받은 것, 느낀 점을 모두 써내어, 좋은 일, 나쁜 일, 그럴듯한 일, 쪽팔린 일, 부끄러운 일, 슬픈 일 등을 죄다 발표해서, 모든 이들에게 우리의 '동포'가 도대체 어떤 '동포'인지 보여 주기를 바란다.

이것이 분명해져야 다른 일을 계획할 수 있다.

아울러, 감추거나 꾸밀 필요도 없다. 설사 발견한 것이 동포라 여길 만한 것이 아닐지라도, 처음부터 다시 만들어 낼 수 있다. 설사 발견한 점이 깜깜한 어둠에 지나지 않을지라도 어둠에 맞서 싸울 수 있다.

게다가 감추거나 꾸밀 필요가 없어졌다. 우리가 우리를 아는 것보다 외국인들이 우리를 훨씬 더 똑똑히 잘 알고 있으니. 아주 손쉬운 예를 하나 들자면, 중국인 자신이 펴낸 『베이징지남』北京指南보다도, 일본인이 지은 『베이징』北京이 더 정확하다!

4. 단지와 졸도

손가락을 자르기도 하고, 현장에서 졸도하기도 했다.[92]

단지斷指는 극히 작은 부분의 자살이고, 졸도는 극히 짧은 순간의 사망이다. 나는 이런 교육이 보급되지 않기를, 앞으로는 더 이상 이러한 현상이 없기를 바란다.

5. 문학가는 무슨 쓸모가 있는가?

상하이사건이 발생한 이후 '미친 듯이 외치고' 나서는 문학가가 한 사람도 없었다. 그래서 어떤 사람이 의문을 품고서 이렇게 말했다. "문학가는 도대체 무슨 쓸모가 있는가?"

이제 삼가 답하련다. 문학가는 이른바 몇 마디 시문詩文으로 알랑거리는 외에는 전혀 쓸모가 없다.

현재 중국의 문학가라는 이들은 달리 논하겠지만, 설사 참된 문학대가라 하더라도 '시문대전'詩文大全처럼, 하나의 제목마다 반드시 한 편의 글을 짓고, 한 가지 안건마다 반드시 한 번씩 미친 듯이 외치는 것은 아니다. 그는 아무도 소리치지 않을 때 크게 외치기도 하고, 온갖 소리로 떠들썩할 때 침묵할 수도 있다. 레오나르도 다 빈치는 대단히 예민한 사람이지만, 사람이 죽음을 맞이할 때의 공포와 고민의 표정을 연구하기 위해 목 베는 장면을 구경했다. 중국의 문학가들은 물론 미친 듯이 외치지 않지만, 그렇다고 이처럼 냉정하지도 않다. 하물며 「피 꽃이 분분하고」血花繽紛라는 시 한 수[93]가 진즉 발표되지 않았는가? 이것이 '미친 듯한 외침'인지 아닌지에 대해서는 아직 평가가 내려지지 않았지만.

문학가도 아마 미친 듯이 외쳐야 할지 모른다. 지금까지의 예를 살펴보면, 일을 한 사람은 글을 지은 사람만큼 유명해지지 않는 법이다. 그러므로 상하이와 한커우의 희생자[94] 이름은 금세 까맣게 잊혀지더라도, 시문은 흔히 훨씬 오래도록 남아 어쩌면 남을 감동시키고 후세 사람을 깨우칠지도 모른다.

이것이야말로 문학가의 쓸모이다. 피의 희생자는, 만약 쓸모를 따진다면, 어쩌면 문학가가 되느니만 못할지도 모른다.

6. '민중 속으로'

그러나 수많은 젊은이들은 돌아가려고 한다.

최근의 언론에서 본다면, 구舊가정은 마치 젊은이를 씹어 삼키는 무시무시한 요괴인 듯하지만, 사실은 그래도 사랑스러운 곳으로, 어느 무엇보다도 흡인하는 힘이 넘친다. 어렸을 적에 낚시를 하고 놀던 곳이야 물론 그립기 그지없을 터, 하물며 대도시와 떨어진 시골에서 반년 넘게 더 나은 삶을 위해 애써 온 피로를 잠시나마 풀 수 있음에랴.

더욱이 하물며 이 또한 '민중 속으로'[95]라고 간주할 수 있음에랴.

그러나 이로써 알 수 있으리라. 우리의 '민중 속'이 어떤지, 젊은이들이 홀로 민중 속으로 들어갔을 때 자신의 역량과 심정이 베이징에서 함께 이 구호를 부르짖을 때와 비교하여 어떤지를.

이 경험을 똑똑히 기억해 두었다가 훗날 민중 속에서 나와 베이징에서 함께 이 구호를 부르짖을 때 돌이켜 보면, 자신이 진실을 말하는지 거짓을 말하는지 알게 될 것이다.

그렇게 한다면, 아마 몇몇 사람들은 침묵하고, 침묵한 채 고통스러워할 것이다. 그러나 새로운 생명은 이 고통스러운 침묵 속에서 싹을 틔울 것이다.

7. 영혼의 단두대

요 몇 년간 해마다, 여름은 대체로 유총계급이 싸움질하는 계절이자, 젊은 영혼의 단두대이기도 했다.

여름방학이 되면 졸업생들은 모두 흩어지고, 입학생들은 아직 들어오지 않은 데다, 재학생들도 대부분 고향으로 돌아간다. 이리하여 각종 동맹이 잠시 헤어지고, 이리하여 함성이 잦아들고, 이리하여 운동이 까라지고, 이리하여 간행물이 중단된다. 뜨겁고 커다란 칼날이 하늘에서 내려와 신경중추를 느닷없이 싹둑 잘라 버려 이 수도를 홀연 해골로 만들어 버린 듯하다. 여우귀신만 주검 위를 오가며 유유히 자신이 일체를 점령했다는 커다란 깃발을 치켜든다.

가을 하늘 높고 기운 상쾌해지는 계절이 되면, 젊은이들이 다시 모여든다. 그러나 적잖은 이들이 이미 신진대사를 이루고 있다. 그들은 아직껏 경험한 적 없는 수도의, 사람을 건망증에 빠지게 하는 분위기 속에서 다시금 새로운 삶을 시작한다. 막 졸업한 사람들이 작년 가을에 시작했던 새로운 삶과 똑같은 삶을.

이리하여 모든 골동품과 폐물이 사람들에게 영원한 신선함을 느끼게 해준다. 물론 주위가 진보하는지 퇴보하는지 깨닫지 못하고, 물론 만나는 것이 귀신인지 사람인지 분간하지 못한다. 불행하게도 사변이 또 일어나더라도, 그저 이런 세상 속, 이런 사람 사이에서 여전히 "동포여, 동포여" 외치는 수밖에 없다.

8. 여전히 가진 게 아무것도 없다

중국의 정신문명은 일찌감치 총포에 파괴되어 버렸으며, 수많은 경험을 거쳐, 가지고 있는 것이라곤 여전히 아무것도 없다는 것이 이미 증명되었다. "가진 게 아무것도 없다"라는 말을 꺼린다면, 물론 잠시 스스로 위안할 수는 있을 것이다. 만약 좀 더 듣기 좋게 늘어놓는다면, 추운 날 난로를 달구듯 사람을 기분 좋게 꾸벅꾸벅 졸게 할 수 있다. 그러나 그 보답은 영영 치료할 약도 없고, 일체의 희생은 죄다 헛수고가 되고 말 것이다. 왜냐하면 모두가 꾸벅꾸벅 졸고 있을 때, 여우귀신은 희생을 먹어 치워 더욱 살이 찔 테니.

아마 사람은 앞으로 잘 기억하여 사방을 살피고 팔방에 귀 기울여, 자신을 속이고 남을 속이는 예전의 모든 희망의 이야기일랑 깡그리 쓸어 버리고, 누구의 것이든 자신을 속이고 남을 속이는 가면일랑 깡그리 찢어 버리고, 누구의 것이든 자신을 속이고 남을 속이는 수단일랑 깡그리 배척하지 않으면 안 된다. 요컨대 중화의 전통적인 약삭빠른 재주일랑 모조리 내던져 버리고서, 자존심을 굽힌 채, 우리에게 총질하는 양놈을 배우지 않으면 안 된다. 그래야 새로운 희망의 싹이 돋기를 바랄 수 있다.

6월 18일

고서와 백화

백화를 제창할 때의 일이 기억난다. 수많은 비방과 중상모략을 가했는데도 백화가 무너지지 않자 일부 인사는 말을 바꾸어서 "그럼에도 불구하고 고서를 읽지 않으면 백화를 제대로 쓸 수 없다"고 말했다. 우리는 당연히 이들 고서 보호가의 애타는 마음을 이해하지만 한편으로 조상 대대로 전해 내려온 그 방법에 쓴웃음이 나오지 않을 수 없다. 고서를 좀 읽어 본 사람은 대개 다음과 같이 낡은 수법을 쓸 줄 안다. 새로운 사상은 '이단'이다. 이는 반드시 섬멸되어야 한다. 만약 이 사상이 분투 끝에 독자적으로 자리 잡는다면 이젠 이것이 원래 '성현의 가르침과 같은 뿌리'라는 점을 찾아낸다. 외래의 사물이 '오랑캐로 화하^{華夏}를 변화시키려 하면' 반드시 배척해야 하지만, 이 '오랑캐'가 중화를 차지하여 주인이 되면 알고 봤더니 이 '오랑캐'도 황제의 자손이었다는 것을 고증한다. 이는 보통 사람들의 의중을 뛰어넘는 것이 아닌가? 무엇이든지 우리 '옛'것에 포함되지 않는 것이 없는 것이다!

낡은 수법을 쓰므로 당연히 발전이 없다. 지금까지도 여전히 '수백 권의 책을 독파한 자'가 아니면 좋은 백화문을 짓지 못한다고 말하면서 우즈후이[96] 선생의 예를 끌어들이고 있는 형편이다. 그렇지만 의외로 "낯간지러운 말을 해놓고 재미있다고 생각하고" 흥미진진하다고 쓸 수 있으니 세상은 정말 요지경이다. 사실 우 선생이 "강연체로 글을 쓴 것"이라면 '겉모습'만 해도 어찌 "젖비린내 나는 어린애가 지은 것 같"겠는가. "붓 가는 대로 쓰면 그 즉시 수천 수만 마디 말씀이 되지" 않았던가. 그 가운데 고전古典도 있는데 '젖비린내 나는 어린애'는 당연히 알 수 없고, 게다가 신전新典도 있는데 이는 '머리 묶은 애송이'도 알 수 없는 것이다. 내가 처음 일본 도쿄에 갔던 청대 광서 말년에 이미 이 우즈후이 선생님은 중국대사 차이쥔과 일대 설전을 벌이고 계셨다.[97] 싸움의 역사가 이렇게 길고 들은 것만도 적잖은데 당연히 현재의 '젖비린내 나는 어린애'는 가당을 수 없는 경지인 것이다. 그리하여 그가 단어를 운용하고 전고를 사용하는 데에는 크고 작은 이야기를 잘 아는 인물만이 일목요연하게 파악할 수 있는 대목이 많았고 청년들은 무엇보다도 문사文辭의 기세가 대단함에 놀랐다. 이는 명사와 학자들이 장점이라고 생각하는 바이리라. 그렇지만 그의 글의 생명은 여기에 있지 않다. 심지어 명사와 학자들이 떠받드는 것과 정반대로 장점을 도드라지게 내세우지 않는 곳에서조차 명사와 학자들이 말하는 장점이라는 것이 드러났다는 데 있었다. 그는 그저 말하고 쓴 것을 개혁 도중의 교량으로 삼았을 뿐이고 심지어 개혁 도중의 교량으로 삼을 생각도 안 했을지 모른다.

무료하고 전망이 없는 인물일수록 오랫동안 장수하고 영원히 죽지 않고 싶어 한다. 자기 사진을 많이 찍는 걸 좋아하는 사람일수록 다른 사람의 마음을 차지하고 싶어 하면서 괴상한 자세를 취한다. 그러나 '무의식' 같은 곳에서 결국 스스로 무료하다고 느낄 것이다. 그래서 아직까지 다 썩지 않은 '옛'것을 한 입 베어 물고 창자 속의 기생충이 되어서 다음 세상에 전해지기를 바랄 수밖에 없다. 아니면 백화문류의 글에 남아 있는 고문투를 찾아내어 역으로 골동품을 대신해 영광을 차지하기도 한다. 그렇지만 '불후의 대업'이 이러한 사정이라면 너무 불쌍하다고 하지 않을 수 없다. 게다가 2925년이 되면[98] '젖비린내 나는 어린애'들까지 『갑인』 같은 것을 읽을 테니 비참한 느낌을 떨칠 수가 없을 것이다. 설사 『갑인』이 "구퉁 선생이 물러난 뒤 … 마찬가지로 조금씩 생기를 찾아가고 있다"고 하지만.[99]

고서 비판은 누구보다도 고서를 읽어 본 자가 가장 잘 할 수 있다는 것은 확실하다. 그는 병폐를 통찰하고 있기 때문에 '상대방의 창으로 상대방 방패를 공격'할 수 있다. 아편을 흡입하는 폐단은 아편을 마신 사람이 가장 잘 알고 절감하고 있는 것처럼. 그렇다고 '머리 묶은 애송이'에게 아편 끊는 글을 짓게 하려면 수백 냥의 아편을 먼저 마셔 봐야 된다고 말하지는 않을 것이다.

고문은 이미 죽었고 백화문은 아직까지 개혁의 도로에 놓인 다리인 상태이다. 왜냐하면 인류는 여전히 진화하고 있기 때문이다. 아무리 글이라 할지라도 만고불변하는 규칙이 있을 수가 없다. 미국의 모처에서 진화론을 가르치는 것을 금지했다고 하지만 실제로는 아무 효과도 없을 것이다.

1월 25일

꽃이 없는 장미(2)

1.

영국 귀족 베이컨[100] 가라사대, "중국 학생은 영자지만 읽을 줄 알고 공자의 가르침을 망각했다. 영국의 적은 제국을 극도로 저주하고 재앙을 즐거워하는 이런 학생들이다…. 중국은 과격한 집단이 가장 많이 활동하는 곳이다…."(1925년 6월 30일자 런던 로이터 통신)

난징통신 이르되, "기독교 청중교회당에서 개최한 초청강연 중 진링대의 모 신학박사는 공자는 식사하고 잠잘 때 하느님께 기도했으니 예수의 신도라고 말했다. 청중 하나가 무엇을 근거로 그렇게 말하는지 질문하자 박사가 우물쭈물하며 대답을 잘 못했다. 그러자 신도 수명이 갑자기 대문을 잠그고 '질문한 사람은 소련의 루블화에 매수된 자이다'라고 소리쳤다. 그리고 경찰을 불러 그를 체포하게 했다…."(『국민공보』 3월 11일자)

소련의 신통력은 정말 멀리까지 뻗친다. 숙량흘[101]까지 매수해 공자를 예수보다 먼저 낳게 했으니 말이다. 그런즉 '공자의 가르침을 망각'하고 '무엇을 근거로 그렇게 말하는지 질문'한 사람이 당연히 루블의 사주를 받았음은 의심할 여지가 없다.

2.

시잉 교수 가라사대, "「연합전선」 중에서 나에 대한 소문이 특히 많고 특히 나 혼자 매달 3천 위안을 받을 수 있다는 이야기까지 있다고 한다. 그러나 '소문'은 입으로 전해지고 지면에서는 그다지 눈에 띄지 않는다."(『현대』65호)

해당 교수는 지난해 다른 사람의 소문만 듣고 이를 지면에 발표한 바 있다. 올해는 오히려 자신에 관한 소문만 들었다고 하면서 또다시 이를 지면에 발표하고 있다. '한 사람이 매달 3천 위안을 받을 수 있다'는 이야기는 정말 황당무계하다. 따라서 자신에 대한 '소문'도 믿을 만하지 못하다는 것을 알 수 있다. 그러다 보니 오히려 다른 사람에 관한 소문이 이치에 맞는 게 많을 것 같다는 생각이 든다.

3.

'구퉁 선생'이 관직에서 물러난 다음 그의 『갑인』인지 뭔지가 점점 더 활기를 띠고 있다고 한다. 관직은 할 것이 못 된다는 것을 이것으로 알 수 있다.

그렇지만 그는 다시 임시 집정부 비서장을 맡았으니 『갑인』
이 여전히 활기를 띨지 어떨지 모르겠다. 만약 여전히 그렇다
면 관직은 그래도 할 만한 것일 게다….

4.

지금 '꽃이 없는 장미' 따위를 쓸 때가 아니다.

비록 쓴 것이 대부분 가시이지만 평화로운 마음도 얼마간 쓰
려고 했었는데.

벌써 베이징성에는 대살육이 벌어졌다고 한다.[102] 바로 내가
위의 무료한 글을 쓴 시각에 많은 청년들이 총탄을 맞고 칼날
에 찔리고 있었다. 슬프도다, 사람과 사람 사이의 영혼은 서로
통하지 않는구나.

5.

중화민국 15년 3월 18일에 돤치루이 정부는 위병을 시켜 보총
과 대도를 써서 국무원 문 앞을 포위하고 맨손으로 외교적인
도움을 청원하던 수백여 명의 청년 남녀를 학살했다. 이것으로
도 모자라서 명령을 내려 '폭도'라고 모함했다!

이와 같이 잔학하고 흉악한 행위는 금수에게서도 보지 못했
을뿐더러 인류에게는 거의 일어나지 않는다. 러시아 황제 니콜
라이 2세가 카자크 병사를 끌어들여 민중을 공격하여 살해한
사건만이 조금 비슷할 뿐이다.[103]

6.

중국은 호랑이와 늑대가 마음대로 뜯어먹게 그냥 놔두고 아무
도 상관하지 않는다. 상관하는 것은 다만 몇 명의 청년학생뿐
으로 그들은 원래 마음 편히 공부해야 하지만 시국이 그들을
편하지 못하게 뒤흔들었다. 만약 당국의 양심이 조금이라도 남
아 있다면 마땅히 스스로 반성하고 자책하여 양심을 좀 발휘해
야 할 것이 아닌가?

그러나 그들을 학살하고 말았다!

7.

이런 청년들을 한번 죽이고 끝난다면 학살자도 승리자가 아니
라는 것을 알아야 한다.

중국은 애국자의 죽음과 더불어 멸망할 것이다. 학살자는 자
금을 쌓아 두고 있기 때문에 꽤 오래 자손을 기르고 가르칠 수
있겠지만 필연적인 결과는 반드시 닥칠 것이다. '자손이 승승
장구'해 봤자 뭐가 기쁘겠는가? 죽음은 물론 좀 늦어지겠지만
그들은 살기에 부적합한 불모의 땅에 살게 될 것이요, 가장 깊
은 갱도의 광부가 될 것이요, 가장 비천한 생업에 종사하게 될
것이다….

8.

만약 중국이 아직 사망하지 않았더라도 기왕의 역사적 사실이

우리에게 가르쳐 보여 줬듯이 장래의 일은 학살자의 의중을 상당히 벗어나게 될 것이다.

이는 한 사건의 끝이 아니라 시작이다.

먹으로 쓴 거짓말은 절대로 피로 쓴 사실을 가릴 수 없다.

피의 부채는 반드시 같은 것으로 갚아야 한다. 늦게 갚을수록 이자는 더 많아진다!

9.

이상은 모두 헛된 이야기이다. 붓으로 쓰는 건 아무런 소용이 없다!

실탄에 맞아 흘러나온 것은 청년의 피이다. 피는 먹으로 쓴 거짓말을 가릴 수 없고 먹으로 쓴 만가^{輓歌}에 취하지도 않는다. 위세도 피를 억누를 수 없다. 왜냐하면 피는 속일 수 없고 때려서 죽일 수도 없는 것이기 때문이다.

3월 18일,

민국 이래 가장 어두운 날에, 쓰다

'사지'

일반인 특히 이민족과 노복, 앞잡이로 오랫동안 유린당한 중국
인이 보기에 살인자는 자주 승리자이고, 피살자는 패배자이다.
그리고 눈앞에서 일어나는 사실 또한 확실히 이러하다.

3월 18일 돤 정부가 맨손으로 청원하던 시민과 학생들을 학
살한 일은 정말 말문이 막히는 일이다. 이는 그저 우리가 사는
곳이 인간 세상이 아닌 것같이 느껴지게 만들고 있다. 그런데
베이징의 이른바 언론계란 곳도 어쨌든 논평이라는 것을 내놓
긴 했다. 비록 종이와 붓, 목구멍의 혀로는 정부 앞에 가득 뿌려
졌던 청년들의 뜨거운 피를 몸 안으로 역류시켜서 소생시킬 수
없지만 말이다. 시늉만 내는 외침은 살해됐다는 사실과 함께
점점 잦아들 것이 틀림없다.

그런데 갖가지 논평 가운데 총칼보다 더 무섭고 놀라운 것이
있다고 나는 느꼈다. 몇몇 논객은 학생들이 애초에 자진해서

사지死地에 들어가서 죽음을 자초하지 말아야 했다고 생각하는 것이다. 맨손으로 청원하는 것이 죽으러 가는 것이고 본국 정부의 문 앞이 사지라면 중국인은 정말로 죽으려 해도 몸 뉠 곳이 하나 없는 것이다. 진심으로 따르며 노예를 자처하고 "평생 동안 원망의 말도 하"지 않는 이상은 말이다. 그렇지만 대다수 중국인의 의견이 도대체 무엇인지 난 아직 모르겠다. 만약 이렇다면 행정부 문 앞뿐만 아니라 전 중국에서 사지가 아닌 곳이 없을 것이다.

사람의 고통을 더불어 느끼기는 어렵다. 공감하기 어렵기 때문에 살인자는 살인을 유일한 요로要路로 여기고 심지어 즐겁다고까지 느낀다. 그렇지만 공감하기 어렵기 때문에 살인자가 과시하는 '죽음의 공포'는 여전히 후대에 두려움을 줄 수 없고 인민들을 영원히 마소로 변화시킬 수 없다. 역사에 기록된 개혁사는 언제나 앞사람이 쓰러지면 뒷사람이 이어 간 것이다. 대부분은 물론 공익에서 비롯됐지만 사람들이 '죽음의 공포'를 아직 경험하지 못한 것, 곧 '죽음의 공포'에 눌리기 어려웠던 것도 이렇게 이어질 수 있는 큰 원인이라고 생각한다.

그렇지만 나는 '청원'하는 일을 이제는 그만둘 수 있기를 간절히 바란다. 이렇게 많은 피를 흘려서 이러한 깨달음과 결심을 얻고 게다가 영원토록 기억한다면 큰 손해를 본 것은 아닌 것 같다.

세계의 진보는 당연히 대부분 피를 흘려서 얻은 것이다. 그러나 이는 피의 양과는 관계없다. 세상에는 피를 많이 흘려도 점차 멸망하게 된 민족의 사례도 있기 때문이다. 바로 이번 일과 같이 이렇게 허다한 생명이 손실됐건만 '자진해서 사지에 들어갔다'는 비판만을 얻은 것처럼. 이는 일부 사람의 속내를 우리에게 보여 준 일로 이로써 중국에 사지가 굉장히 넓다는 것을 알게 되었다.

지금 마침 로맹 롤랑의 책 *Le Jeu de L'Amour et de La Mort*가 내 앞에 있는데[104] 이 책에 다음과 같은 대목이 나온다. 칼은 인류의 진보라는 관점에서 봤을 때 약간의 오점은 무방하며 정말 부득이한 경우 죄악을 좀 저지르는 것도 어쩔 수 없다고 주장하는 사람이다. 그렇지만 그들은 쿠르부아지에를 죽이고 싶지 않았다. 그의 시신의 무게는 만만찮아서 공화국은 그의 시신을 팔로 안고 싶지 않았기 때문이다.

시신의 무게를 느껴서 안고 싶지 않아 하는 민족에게 선열의 '죽음'이란 후손의 '삶'의 유일한 영약이다. 그렇지만 더 이상 시신의 무게를 느끼지 못하는 민족에게 그 '죽음'이란 짓눌려서 같이 소멸하는 것을 의미할 따름이다.

개혁에 뜻을 둔 중국 청년들은 시신의 무게를 알고 있어서 '청원'하는 것이다. 그런데 시신의 무게를 느끼지 못하는 사람들이 있고 더 나아가 '시신의 무게를 아는' 마음까지 도살할지 누가 알았겠는가.

사지는 확실히 목전에 있는 듯하다. 중국을 위해서, 각성한 청년은 죽음을 가볍게 여겨서는 안 된다.

3월 25일

류허전 군을 기념하며

1.

중화민국 15년 3월 25일은 18일 돤치루이 집정부 앞에서 살해
당한 류허전, 양더췬 군의 추도회가 국립베이징여자사범대학
에서 열린 날이다. 나는 혼자 강당 밖을 배회하다가 청군[105]을
만났는데 그녀가 내게 다가와 물었다. "선생님께선 류허전을
위해 글을 쓰신 적이 있었는지요?" 나는 "없었소"라고 대답했
다. 그녀는 나에게 정색을 하며 말했다. "선생님께서 좀 써 보시
는 게 좋을 것 같습니다. 류허전은 생전에 선생님의 글을 아주
좋아했습니다."

그건 나도 알고 있다. 내가 편집한 간행물들은 보통 시작은
했으나 끝이 흐지부지한 경우가 많아서 판매량이 늘 부진했다.
그렇지만 생활이 그렇게 어려웠음에도 의연하게 1년 동안 『망
위안』을 정기 구독한 이가 그녀였다. 나도 진작 뭔가를 좀 써야

겠다는 필요성을 느끼고 있었다. 비록 죽은 이에게는 아무런 도움도 되지 않지만 산 자는 이렇게 할 수밖에 없는 것이다. 내가 '하늘의 영혼'이란 게 진짜 있다고 믿는다면 물론 더 큰 위안을 얻겠지만 지금은 그저 이렇게밖에 할 수 없다.

정말 나는 할 말을 잃었다. 우리가 살고 있는 곳이 인간 세상이 아닌 것 같다는 느낌만 든다. 40여 명 청년들의 피가 우리 주위에 흘러넘쳐서 나는 호흡하고 보고 듣는 것도 힘들 지경인데 무슨 말을 더 할 수 있겠는가. 긴 노래가 통곡을 대신하는 것은 필시 고통이 가라앉은 뒤이다. 그리고 이후에 나온 이른바 학자 문인 몇몇의 음험한 논조는 나를 더 슬프게 했다. 나는 이미 분노의 경계를 넘어섰다. 나는 인간 세상이 아닌 이곳의 짙고 어두운 슬픔과 처량함을 깊이 음미하려 한다. 인간 세상이 아닌 이곳에 내가 드러낼 수 있는 최대의 애통함을 여기에 드러내어서 그들을 기쁘게 하고, 이를 뒤에 죽을 자의 변변치 못한 제물로 삼아 죽은 자의 영전에 바친다.

2.

진정한 용사는 참담한 인생을 대담하게 마주하고 뚝뚝 흐르는 선혈을 용감하게 정시한다. 이는 얼마나 애통하고 얼마나 행복한가. 그러나 운명은 종종 평범한 사람을 위해 설계된 법으로 시간이 흘러감에 따라 옛 흔적은 씻겨 사라지고 담홍색 피와 희미한 슬픔만을 남길 뿐이다. 이 담홍색의 피와 희미한 슬픔

속에서 또다시 사람은 잠시 구차하게 생을 이어 가고 이렇게 인간 세상 같으면서 비인간적인 세계는 유지된다. 이런 세상이 언제 끝이 날지 나는 모르겠다!

우리는 여전히 이러한 세상에서 살아간다. 나는 진작 뭔가를 좀 써야겠다는 필요성을 느끼고 있었다. 이미 3월 18일에서 2주일이나 지났고 망각이라는 구세주도 곧 강림할 것이다. 이때 나는 뭔가를 좀 써야 할 필요가 있다.

3.

피살된 40여 명의 청년 가운데 류허전 군이 있는데 그는 나의 학생이다. 학생이라고 나는 늘 생각하고 이렇게 이야기했는데 지금은 좀 주저된다. 내가 그녀에게 나의 비애와 존경을 바쳐야 마땅하기 때문이다. 그녀는 '구차하게 지금 살아 있는 나'의 학생이 아니라 중국을 위해 죽은 중국의 청년인 것이다.

그녀의 이름을 내가 처음 본 것은 작년 초여름 양인위 여사가 여자사범대학 총장을 지내면서 여섯 명의 학생자치회 임원을 퇴학시킬 때였다. 그중 한 명이 그녀였다. 그렇지만 그때 나는 그녀를 몰랐다. 나중에 아마 류바이자오가 무장한 남녀를 데리고 와서 학생들을 학교 밖으로 강제로 끌어낸 다음이었을 텐데 그때 어떤 이가 한 학생을 가리키며 나에게 "쟤가 류허전이에요"라고 알려 줬다. 그제서야 나는 이름과 얼굴을 연결 지을 수 있었는데 속으로 꽤 의아했다. 주변에 비호세력이 많은 총장에게 굴하지 않고 저항할 수 있는 학생은 어쨌든 사납고 날카로울 것이라고 평소에 생각했는데 그녀는 오히려 늘 미소를 띠고 있었으며 태도도 매우 온화했다. 쭝마오 골목까지 쫓겨 안착하고[106] 집을 임대해서 수업을 한 다음에 그녀는 나의 강의를 듣기 시작했고 만나는 횟수도 꽤 많아졌지만 마찬가지로 여전히 미소를 잃지 않았고 태도도 매우 온화했다. 학교가 원래 모습을 되찾고 교직원도 해야 할 일을 다 했다고 생각하여 하나 둘 물러날 채비를 할 즈음에 나는 그녀가 모교의 앞날을 걱정하면서 침통해하다가 눈물을 떨어뜨리는 모습을 본 적이 있다. 이후에는 만나지 못한 것 같다. 결국 내 기억 속에 그때가 류허전 군과 영이별하는 날이었다.

4.

18일 아침에야 나는 오전에 군중들이 집정부에 청원하러 간다는 것을 알게 되었다. 그리고 오후에 흉보가 날아들었다. 위병대가 갑자기 총을 쏘아 수백 명이 사상했고 류허전 군도 피살자 명단에 들어 있다는 소식이었다. 그렇지만 나는 이 소문의 진위를 오히려 의심하는 쪽이었다. 나야말로 최대한의 악의로 중국인을 추측하는 것을 거리끼지 않는 사람이었지만 중국인이 이 정도로 비열하고 흉악하며 잔인하리라고는 믿을 수도 없었고 생각하지도 못했다. 게다가 늘 미소를 띠고 상냥한 류허전 군이 어떻게 아무 이유도 없이 집정부 문 앞에서 피투성이가 될 수 있단 말인가.

그렇지만 당일로 이는 사실임이 증명되었다. 그녀의 시신이 이를 증명했다. 그리고 또 한 구, 양더췬 군의 시신이 있었다. 그리고 이것이 살해일 뿐만 아니라 말 그대로 학살임도 증명하고 있었다. 몸에 곤봉에 맞은 상처 자국이 있었기 때문이다.

그러나 돤정부는 명령을 내려 그녀들이 '폭도'라고 했다!

그러나 뒤이어 그녀들은 남에게 이용당한 것이라는 소문이 생겼다.

참상은 나를 눈뜨고 못 보게 만들 정도였다. 특히 소문은 차마 귀에 담을 수도 없을 정도였다. 내가 할 말이 어디에 있겠는가? 나는 쇠망하는 민족이 기척도 없이 사라져 가는 연유를 알고 있다. 침묵, 침묵이여! 침묵 속에서 폭발하지 않으면 침묵 속에서 멸망한다.

5.

그렇지만 나는 할 말이 아직 남아 있다.

내가 보지는 못했지만 류허전 군 그녀는 그곳에서 흔쾌히 앞으로 나아갔다고 한다. 당연히 청원하는 일일 따름이었고 인간의 마음을 갖고 있는 자라면 아무도 이러한 그물을 쳐 놨을 것이라고 생각지 못한다. 그러나 집정부 앞에서 총탄에 맞았고 그 총탄은 등에서 심장과 폐를 비스듬히 뚫고 들어와 즉사하지 않았을 뿐 이미 치명상을 입은 상태였다. 같이 간 장징수 군이 그녀를 부축하려 했는데 그때 다시 네 발을 맞았다. 그중 하나는 권총이었고 그녀는 그 자리에서 쓰러졌다. 같이 간 양더췬 군도 그녀를 부축하려고 하다가 피격되었는데 총탄이 왼쪽 어깨로 들어와서 오른쪽 흉부의 측면을 통과해서 마찬가지로 바로 거꾸러졌다. 그렇지만 그녀는 앉을 수는 있었는데 병사 하나가 그녀의 두부와 흉부를 두 번 심하게 내려쳐서 결국 죽고 말았다.

미소를 잃지 않던 상냥한 류허전 군은 확실히 죽어 버렸다. 이는 사실이다. 그녀 자신의 시신이 이를 증명하고 있다. 침착하고 용감하며 우애롭던 양더췬 군도 죽어 버렸다. 그녀의 시신이 이를 증명하고 있다. 다만 마찬가지로 침착하고 용감하며 우애롭던 장징수 군은 아직 병원에서 신음 중이다. 세 여성은 문명인이 발명한 탄환의 집중사격 속에서 침착하게 이리저리 움직였으니 이 얼마나 놀라운 위대함인가! 중국군이 부녀와 영아를 도살한 위대한 업적과 팔국 연합군이 학생을 징벌한 무공은 불행히도 이 몇 가닥의 핏자국에 의해 모조리 지워졌다.

그렇지만 중외^{中外}의 살인자는 각자의 얼굴에 피가 묻어 있는지도 모르고 머리를 빳빳이 들고 다닌다.

6.

시간은 계속 흘러가고 거리도 전과 다름없이 태평스럽다. 유한한 몇 개의 생명이란 중국에서는 아무것도 아닌 법이다. 기껏해야 악의 없는 무료한 인간들에게 식사 뒤의 이야깃거리를 제공하거나 악의 있는 무료한 인간들에게 '소문'의 씨를 제공할 따름이다. 이 너머의 심오한 의미란 거의 없다는 생각이다. 왜냐하면 이는 정말 맨손으로 한 청원에 불과하기 때문이다. 피의 전쟁으로 앞으로 나아가는 인류 역사는 석탄이 만들어지는 과정과 흡사하다. 처음에는 많은 양의 목재였으나 결과는 소량의 석탄에 불과하다. 그런데 청원은 여기에도 포함될 수 없으며 하물며 맨손으로 한 것임에야 더 말할 나위가 없다.

그렇지만 핏자국이 생긴 이상 당연히 자기도 모르게 확대되어 갈 것이다. 최소한 친척과 스승, 벗, 배우자의 마음속에 스며들 것이며 시간이 흘러 선홍빛 피가 씻기더라도 희미한 슬픔 속에서 늘 미소를 띠고 온화하던 옛 모습은 영원히 남아 있을 것이다. 도연명은 "친척은 슬픔이 남아 있건만 타인은 이미 노래를 부른다. 죽은 자는 어떻게 말을 하겠는가. 몸은 산에 맡기고 마는 것을"이라고 말한 적이 있다. 만약 이럴 수만 있다면 이것도 충분하다.

7.

최대한의 악의로 중국인을 추측하기를 거리끼지 않는 사람이 바로 나라고 앞서 말한 바 있다. 그렇지만 이번 일은 다음과 같은 몇 가지 측면에서 정말 나의 예상을 벗어났다. 하나는 당국자가 이렇게 흉악하고 잔인할 수 있다는 것이며, 다른 하나는 소문을 퍼뜨리는 자가 이렇게까지 비열할 수 있다는 점이며, 나머지 하나는 중국 여성이 어려움에 처해서도 이렇게 침착할 수 있다는 점이다.

중국 여성이 일을 이루어 내는 것을 목도한 것은 지난해부터 였다. 소수이긴 했지만 노련하고 능숙하며 흔들림 없는 백절불 굴의 기개에 대해서 나는 여러 번 감탄한 바 있었다. 이번에 비 오듯이 쏟아지는 탄환 속에서 서로 돕고 구하고 죽음까지 무릅 쓴 일은 중국 여성의 용감하고 의연한 면모가 수천 년 동안 음 모와 계략에 의해 억압되었지만 끝내 사라지지 않았다는 것을 증명하기에 충분하다. 이번의 사상이 장래에 갖는 의미를 찾는 다면 그 의미는 바로 여기에 있을 것이다.

구차하게 산 자는 담홍색의 피 속에서 희미한 희망을 어렴풋 하게 엿볼 수 있었다. 진짜 용사는 더욱 분연하게 앞으로 나아 갈 것이다.

아, 나는 더 이상 말이 나오지 않는다. 다만 이것으로 류허전 군을 기념한다!

4월 1일

샤먼 통신(3)

샤오펑 형에게

27일 보낸 원고 두 편은 이미 도착했을 것이라고 생각합니다. 사실 이런 것은 원래 써도 되고 안 써도 되지만, 첫째 여기에서 몇 명의 젊은이가 내가 뭔가를 하기를 바라기 때문에, 둘째 글을 쓸 거리가 없어서 고민이었기에 그렇게 몇 장을 써서 부쳤습니다. 여기서도 사람들이 나에게 샤먼을 비판하는 글을 좀 쓰라고 하는데 지금까지 한 자도 못 썼습니다. 언어가 통하지 않는 데다가 내부 사정을 잘 모르는 통에 어디서부터 이야기해야 할지 모르겠습니다. 가령 이곳의 신문지상에서는 며칠 전 연일 '황중쉰이 빈터를 독단적으로 점유한다'라는 필묵 재판으로 시끄럽습니다만[107] 지금까지도 황중쉰이 어떤 사람이고 어떻게 된 사연인지 모릅니다. 그런 상황인데 비판하면 비평가의 배꼽을 빠지게 할 것이 아니겠습니까. 그러나 다른 사람이 비판하는 것은 괜찮습니다. 내가 다른 사람의 비판을 막는다는 이야기는 거짓입니다. 내가 어떻게 이렇게 큰 권력을 가지고 있겠습니까. 그렇지만 가령 내가 편집을 맡는다면 내 생각에 안 되는 건 신지 않겠지요. 나는 분명히 유래도 알 수 없는 무슨 운동의 꼭두각시가 되고 싶지는 않습니다.

며칠 전에 쥐즈가 눈을 크게 뜨고 나에게 다음과 같이 말하더군요. "다른 사람이 당신을 멋대로 욕하는데 당신도 되갚아 주세요. 그리고 많은 사람이 당신의 글을 보고 싶어 하므로 당신은 침묵을 지켜서는 안 됩니다. 그러면 그들은 다른 소리에 현혹될 거예요. 지금 당신은 당신만의 것이 아닙니다." 나는 이 이야기를 듣고 또다시 소름이 돋았습니다. 예전에 청년은 고문을 많이 읽은 나를 따라서 배워야 한다는 어떤 사람의 이야기를 들었을 때처럼 말입니다. 오호라, 한번 종이 모자를 쓰니 바로 공공물이 되어서 '도와주는' 의무를 지고 비난을 되갚아 줘야 할 판입니다. 그러느니 하루 속히 망가져서 나의 자유를 돌려받는 것이 낫겠습니다. 그쪽이 현명하다고 생각하는데 어떻습니까?

오늘도 머리카락이 쭈뼛 서는 일을 하나 겪었습니다. 나는 이미 샤먼대학의 직무를 병을 핑계로 그만뒀습니다. 아무것도 할 수 없으므로 빠져나가는 것이 제일 좋습니다. 그런데 몇 명의 학생이 내게 찾아와서 그들은 샤먼대학이 개혁한다는 소식을 듣고 입학했는데 반년이 안 돼 오늘은 이 사람이 가고 내일은 저 사람이 떠나 버리면 우리는 어떻게 해야 합니까, 라고 괴로움을 털어놓았습니다. 이 말에 나는 등에서 식은땀이 났고 꿀 먹은 벙어리처럼 아무 말도 못 했습니다. '사상계의 권위자'나 '사상계의 선구자'와 같은 '종이로 만든 가짜 모자'가 다시 이처럼 젊은이들에게 해악을 끼칠지 생각지도 못했습니다. 몇 차례 광고(이것도 제가 게재한 것이 아닙니다)에 속아서 다른 학교에서 왔는데 나는 정작 도망가 버리니 정말 많이 미안했습니다. 아무도 베이징 식으로 어두운 내막을 폭로하는 기사를 써서 학생들을 가로막지 않았다는 점이 정말 안타까웠습니다. "만나면 이야기 나누고 안 보면 전쟁을 한다"라는 철학이 때로는 젊은이들에게 해를 끼친 것 같습니다.

당신은 아마 사정을 잘 모를 것입니다. 저의 처음 생각은 오히려 여기에서 2년을 지낼 생각이었습니다. 학생들을 가르치는 일 이외에 이전에 엮었던 『한화상고』와 『고소설구침』을 출판했으면 좋겠다고 생각했습니다.[108] 이 두 종의 책은 스스로는 인쇄할 만한 돈이 없고 또 당신에게 출간해 달라고 부탁할 수도 없었습니다. 왜냐하면 독자들이 분명 적을 것이고 밑질 것이 뻔해서 돈이 있는 학교만이 출판에 적당했기 때문입니다. 여기에 도착해서 상황을 살펴본 뒤 『한화상고』를 출간할 기대를 바로 접었고 저 혼자서 기한도 1년으로 단축했습니다. 사실 벌써 떠날 수 있었지만 고향을 위해 열심히 일하는 위탕의 모습과 부지런함을 보면 쉽게 말을 꺼낼 수가 없었습니다. 나중에 예산이 확정되지 않아서 위탕은 이 때문에 애를 많이 먹었습니다. 총장이 원고만 있으면 바로 출간해 주겠다, 라고 했다는 말을 들었습니다. 그래서 나는 원고를 가져가서 약 10분 동안 봐뒀다가 다시 가져왔는데 나중에 아무런 소식도 없었습니다. 그 일의 결과는 내게 확실히 원고가 있으며 사람들을 속이지 않았다는 것을 증명했던 것뿐입니다. 그때 나는 『고소설구침』을 출간할 생각을 바로 단념했으며 또 혼자서 기한을 다시 반년으로 단축했습니다. 위탕은 수업과 교무 이외에 암전暗箭까지 막아야 해서 자기와 상관없는 일에 온갖 힘을 다하면서 지쳐 갔으니 정말 너무 억울하게 보였습니다.

그저께 회의가 열렸고 국학원의 주간週刊조차도 출간하지 못하게 된 것 같습니다. 그런데도 총장은 고문을 더 많이 둬야 한다고 했답니다. 가령 이과주임들이 다 고문이어야 한다는 것인데 이는 감정을 소통하기 위해서라는 후문이었습니다. 나는 샤먼의 풍속을 잘 모르겠습니다. 국학을 연구하는데 왜 이과주임들의 감정을 상하게 할 수 있는지, 그리고 반드시 고문이라는 끈으로 그들을 묶어 놓아야 하는지 말입니다. 감정을 소통하는 방법에 대해서 나는 생각해 본 적이 없습니다. 젠스[109]도 이미 사직해서 나도 떠나기로 마음먹었습니다. 방학까지 3주밖에 남지 않아서 원래는 휴직해도 무방합니다. 그렇지만 이곳은 교직원 월급에 대해서 때로는 소소한 것까지 따져서 학교를 떠난

지 십여 일만 되어도 공제하려 하기 때문에 방학 중의 월급을 받을 생각이 없습니다. 오늘까지 일하면 딱 한 달이 됩니다. 어제 이미 시험 출제를 하여 일단락을 지었습니다. 채점은 다음 달에 하지만 푼돈을 취할 생각은 없습니다. 채점을 마치면 바로 떠납니다. 출판물 부치는 것도 잠시 보류했다가 머물 곳이 정해지면 바로 편지로 알려 드릴 테니 그때 부쳐 주십시오.

마지막은 관례대로 날씨 이야기를 해야겠습니다. 관례라 함은 나의 관례입니다. 또 내가 세상의 청년들에게 내가 하는 관례를 따르라고 했다고 지적하는 비평가가 있을까 봐 '결코 그렇지 않다'는 점을 특별히 밝힙니다. 날씨는 확실히 추워졌습니다. 풀도 이전보다 많이 누렇게 변했습니다. 그렇지만 우리집 문 앞의 가을 해바라기 같은 국화는 아직까지 지지 않고 산 속에 석류화도 아직 피어 있습니다. 파리는 눈에 띄지 않지만 모기는 가끔 보입니다.

밤이 깊어 갑니다. 다음에 다시 연락드리겠습니다.

12월 31일, 루쉰

추신: 자다가 깨어나서 딱따기 소리를 들었습니다. 벌써 오경이 지났습니다. 이는 학교에서 새롭게 실시하는 정책으로 지난달부터 시작됐습니다. 딱따기꾼도 여러 명입니다. 소리를 듣고서 딱따기 치는 방법이 다르다는 것을 알게 됐습니다. 제일 분명하게 박

자를 구별할 수 있는 것은 두 종류입니다.

탁, 탁, 탁, 타탁!

탁, 탁, 타탁! 탁.

딱따기 소리 박자에도 유파가 있다는 것을 이전에는 몰랐습니다.

더불어 알려 드리오니 한 가지 소식으로 여겨 주십시오.

바다에서 보내는 편지

샤오펑 형에게

며칠 전에 편지를 받았지만 내가 맡은 일을 갈무리하느라 바빠서 바로 답신을 드리지 못했습니다. 이제 드디어 샤먼을 떠나는 배를 탔습니다. 배는 이동하지만 여기가 바다 위인지 잘 모르겠습니다. 어쨌든 한쪽은 망망히 너른 바다인데 다른 한쪽은 섬들이 보이고 있습니다. 그렇지만 풍랑이 하나도 일지 않아서 창장長江 강에서 배를 타는 것 같습니다. 물론 살짝 흔들리기는 합니다만 여기가 바다란 걸 감안하면 흔들린다고 할 수도 없을 정도입니다. 오히려 육지의 풍랑이 이보다 훨씬 더 심한 것 같습니다.

　같은 선실을 쓰는 이는 타이완 사람입니다. 그는 샤먼 말을 할 줄 알지만 제가 못 알아듣고 또 내가 말하는 잡종 표준어를 그가 못 알아듣습니다. 그는 일본어 몇 마디를 할 수 있습니다만 나도 그의 말을 잘 못 알아듣습니다. 그래서 어쩔 수 없이 필담을 나눴는데 그제야 그가 비단상인이라는 것을 알았습니다. 나는 비단에 대해서 하나도 모르고 그도 비단 이외에는 특별한 생각이 없는 것 같았습니다. 그리하여 그는 잠을 청할 수밖에 없었고 나는 전등을 혼자 차지하고 편지를 쓰고 있습니다.

지난달부터 자료를 수집하고 있었고 겨울방학을 이용하여 『당송전기집』 후기를 한 편 써서 인쇄에 넘길 생각이었습니다만 지금 또 어쩔 수 없이 손을 놓고 있는 상태입니다. 『들풀』은 이후에 계속 쓸지 어떨지 잘 모르겠습니다. 아마 더 이상 집필할 것 같지 않습니다. 지기知己를 자처하는 사람이 '마음에 든다'는 둥 겉만 보고 함부로 평가하는 일[110]을 겪지 않기 위해서 말입니다. 그렇지만 인쇄에 부치려면 마찬가지로 재차 꼼꼼하게 살펴봐야 합니다. 오탈자 수정에 시간이 꽤 들어서 또 잠시 부치지 못하고 갖고 있습니다.

나는 15일에야 배를 탈 수 있었습니다. 처음엔 지난달 월급을 기다리느라, 나중에는 배를 기다린다고 그랬습니다. 마지막 일주일은 정말 지내기가 불편했습니다. 그렇지만 세상물정을 좀더 깨닫기도 했습니다. 예전에는 밥벌이가 쉽지 않은 것만 알았는데 이번에는 밥벌이를 그만두는 것도 역시 수월치 않다는 것을 알게 됐습니다. 나는 사직할 때 병 때문이라고 말했습니다. 왜냐하면 최악의 주인이라도 아픈 것을 금할 정도는 아닐 거라고 생각했기 때문입니다. 혼절하는 병이 아니라면 다른 사람을 불편케 하지도 않습니다. 그런데 일부 청년들이 이 말을 안 믿고 나를 위해 몇 차례 송별회를 열고 강연회를 하고 사진을 찍었는데 아무래도 좀 도를 넘는 환송인 것 같았습니다. 적절치 않다는 생각이 들어서 청년들에게 계속 설명했습니다. 나는 종이로 만든 모자를 쓰고 있는 것이고 석별을 아쉬워하지 말고 기억하지도 말라고요. 그러나 왠지 모르겠지만 결국 학교 개혁 운동이 일어나고 말았는데, 총장에게 한 최초의 요구는 대학비서 류수치 박사의 파면이었습니다.[111]

3년 전에도 여기에서 비슷한 운동이 있었다 합니다. 그 결과 학생은 완전히 패배해서 상하이로 나가 따로 다샤대학을 설립했다 합니다. 그때 총장이 어떻게 자신을 보호했는지 나는 모릅니다만 이번에는 나의 사직이 류박사와 무관하며 후스즈파와 루쉰파가 서로 배척하다가 루쉰이 떠난 것이라고 설명했다 합니다. 이 말은 구랑위의 일간지 『민종』民鍾에 실렸고 이미 반박도 이루어졌습니다. 그런데도 동료 몇 명은 여전히 긴장을 풀지 않고 회의를 열어서 문제제기를 했습니다. 총장의 대답은 매우 간단했습니다. '이런 말을 한 적이 없다'였습니다. 그리고 일부는 여전히 안심하지 않고 나에 대한 다른 소문을 퍼뜨려서 '배척설' 세력의 부담을 덜어 주려 했습니다. 정말 "천하가 어지럽다, 언제 평안해질 것인고"입니다. 내가 샤먼대학에서 그냥 마음 편하게 밥을 먹고 지냈다면 이런 일은 일어나지 않았겠지요. 그렇지만 이는 내가 예측하지 못한 일이었습니다.

총장인 린원칭 박사는 영국 국적의 중국인으로 공자가 입에 붙어 있으며 공자교에 대한 책을 쓴 적이 있다고 합니다만 아쉽게도 제목을 잊어버렸습니다. 그리고 영어로 된 자전이 한 권 있다고 하는데 상우인서관에서 곧 출판될 것이라고 합니다. 지금은 『인종문제』를 집필하고 있다고 합니다. 그는 정말 융숭하게 나를 대접했는데 식사 대접을 몇 번이나 하고 송별연만 해도 두 차례 열어 줬습니다. 그렇지만 지금 '배척설'이 힘을 얻지 못하자 그저께는 다른 이야기가 들려왔습니다. 그는 내가 샤먼에 소요를 일으키러 왔고 학생들을 가르칠 생각이 없었으며 그래서 베이징의 일자리도 그만두지 않았다고 떠들고 다닌다는 것이었습니다.

지금 나는 베이징으로 돌아가지 않으므로 '일자리설'은 수그러들겠지요. 새로운 설은 무엇일지 아쉽게도 나는 이미 배에 탔기 때문에 알 수 없습니다. 나의 예상에 따르면 죄상은 나날이 더 무거워질 것입니다. 중국은 예부터 "면전에서는 성의를 다하지만 등 뒤에서는 비웃어 왔으며" '새로운 시대'의 청년만 이렇게 하는 것이 아니기 때문입니다.[112] 앞에서는 '우리 스승' 과 '선생'이지만 뒤에서는 독약과 화살을 몰래 쏘는 일을 겪은 것이 이미 한두 번이 아닙니다.

최근에 나의 죄상 하나를 더 듣게 되었는데 이는 지메이학교에 관한 일이었습니다. 샤먼대학과 지메이학교는 비밀스러운 세계여서 외부 사람들은 잘 모릅니다. 지금은 교장을 반대하는 일로 인해 분쟁이 있습니다. 전에 그 학교 교장인 예위안이 국학원 사람들을 초청하여 강연해야 한다고 해서 여섯 조로 나누어 매주 두 명이 한 조가 되어 연설을 했습니다. 첫번째는 나와 위탕이었습니다. 이 초대도 꽤 융숭했는데 전날 밤에 비서가 와서 영접했습니다. 이 분은 나에게 학생은 오로지 공부에 매진해야 한다고 생각하는 교장의 뜻을 전달했습니다. 나는 오히려 학생은 세상일에 관심이 많아야 한다고 생각하기 때문에 이는 교장의 높으신 뜻과는 정반대이므로 그렇다면 안 가는 게 낫겠다고 말했습니다. 그런데 그는 의외로 그렇게 말해도 괜찮다고 말했습니다. 그리하여 이튿날 학교에 갔는데 교장은 정말 진중하고 정성스럽게 나에게 식사를 권했습니다. 오히려 나는 밥을 먹으면서 걱정이 되었습니다. 마음속으로 생각했습니다. '강연부터 했으면 좋았을 텐데. 듣고 나면 싫어서 내게 식사 대접을 안 할 수 있을 텐데. 지금 밥은 벌써 위장 속으로 들어가고 강연이 자기 생각과 어긋나는 데가 있으면 죄가 더 무거워질 텐데 어떻게 하는 게 좋을까?' 오후 강연에서 나는 늘 하던 대로 똑똑한 사람은 일을 이룰 수 없는데, 그 이유는 이리저리 생각하다가 보면 결국 아무것도 못 하고 말기 때문이다, 등등을 이야기했습니다. 그때 교장은 내 등 뒤에 앉아 있어서 나는 그의 얼굴을 보지 못했습니다. 며칠 전에 이 예위안 교장도 어떻게 청년들에게 이리저리 생각해서는 안 된다고 말할 수가 있느냐, 지메이학교의 분쟁도 다 내 잘못이라고 말했다는 이야기를 들었습니다. 이 대목을 이야기할 때 그는 뒤에서 머리를 가로 젓기까지 했답니다.

나의 처세는 가능한 한 최대한 뒤로 물러서는 것입니다. 사람들이 간행물을 만들면 절대로 직접 투고하지 않습니다. 회의를 하면 나는 절대로 먼저 이야기를 하지 않습니다. 내가 꼭 이야기를 해야 한다고 하면 합니다만, 내가 하고 싶은 말을 마음대로 할 수 있어야 합니다. 그렇지 않으면 시체라고 생각하고 차라리 한마디도 하지 않는 게 낫습니다. 그런데 이곳에서는 꼭 내가 말을 해야 한다면서 내용은 또 반드시 교장의 뜻과 맞아야 한다고 합니다. 내가 다른 사람이 아닌데 다른 사람의 뜻을 어떻게 알겠습니까? "뜻을 예측하고 따르"는 묘법도 배운 적이 없습니다. 그가 머리를 가로젓는 것도 당연합니다.

그렇지만 지난해 이후 나는 확실히 많이 안 좋아졌습니다. 아니 어쩌면 진보했다고 할 수도 있을 겁니다. 여러 곳에서 비방을 받고 습격을 당했지만 이제는 상처도 없는 것 같고 더 이상 통증도 느끼지 못합니다. 나에게 죄를 뒤집어씌우더라도 하나도 무겁게 느껴지지 않습니다. 이것은 내가 낡고 새로운 숱한 세상사를 겪고 난 뒤 얻은 것입니다. 나는 이제 그렇게 많이 관여할 수 없으며 물러날 데가 없는 곳까지 물러났을 때 그때 나와서 그들과 싸우고 그들을 경멸합니다. 그리고 그들의 경멸을 경멸합니다.

이제 나의 편지를 마무리해야겠습니다. 바다 위 달빛은 이렇게 밝습니다. 물결 위에 커다란 은빛 비늘이 비쳐 반짝거리면서 흔들리고 있습니다. 그 외에는 아주 부드러워 보이는 벽옥 같은 바다밖에 없습니다. 이런 것이 사람을 익사시킬 수 있다는 것을 못 믿겠습니다. 그러나 이건 농담이니 걱정 마십시오. 내가 바다로 뛰어들 것 같다는 의심을 거두십시오. 나는 바다에 뛰어들 마음이 전혀 없으니까요.

1월 16일 밤, 바다에서 루쉰 씀

혁명시대의 문학
— 4월 8일 황푸군관학교에서의 강연

오늘은 바로 이 '혁명시대의 문학'이라는 것을 제목으로 몇 마디 이야기를 하고자 합니다. 이 학교로부터 여러 차례 초청받았지만, 나는 그때마다 이런저런 핑계로 오지 않았습니다. 무엇 때문이었을까요? 제군들이 나를 초청한 것은 내가 소설 몇 편을 지은 문학가라서 나로부터 문학을 들으려 한다고 생각했기 때문입니다. 사실 나는 결코 그런 사람이 아니며 아무것도 모릅니다. 내가 처음 정식으로 배운 것은 채광이었으니 나더러 석탄 캐는 일에 대해 말하라고 하면 아마 문학을 이야기하는 것보다는 좀더 쉬울 것입니다. 물론 나 자신의 기호 때문에 문학 책도 늘 보아 왔습니다만, 결코 제군들에게 말해 줄 유익한 무언가를 깨달은 것은 아닙니다. 게다가 요 몇 년 사이에는 스스로 베이징에서 얻은 경험으로 인해 지금까지 알고 있던, 이전 사람들이 말한 문학에 관한 논의에 대해 점점 회의를 품게 되었습니다. 그때는 학생들을 총으로 쏘아 죽이던 시절이었으니[113] 문장검열도 엄격했는데, 나는 이렇게 생각했습니다. 문학, 문학 하지만, 이것은 가장 쓸모없는 것이요, 힘없는 사람이 이야기하는 것이라고 말입니다. 실력 있는 사람은 결코 입을 열지 않고 사람을 죽이며, 압박받는 사람은 몇 마디 말을 하거나 몇 글자를 쓰게 되면 곧 죽임을 당합니다. 설사 다행히 죽임을 당하지 않고 날마다 고함치고 괴로움을 호소하고 불평을 털어놓는다 하더라도 실력 있는 사람은 여전히 압박하고 학대하고 살육하니 그들을 당해 낼 수 없습니다. 이러니 문학이 사람들에게 무슨 이익이 있겠습니까?

자연계에서도 마찬가지입니다. 매가 참새를 잡을 때, 아무 소리도 내지 않는 쪽은 매이며 짹짹거리는 것은 참새입니다. 고양이가 쥐를 잡을 때, 아무 소리도 내지 않는 쪽은 고양이이며 찍찍거리는 것은 쥐입니다. 결과적으로 입만 열 줄 아는 것이 입을 열지 않는 쪽에게 잡아먹혀 버립니다. 문학가는 잘만 하면 몇 편의 문장을 지어서 당시에 칭찬을 받을 수도 있고 아니면 여러 해 동안 헛된 명성을 얻을 수도 있습니다.—예컨대, 한 열사의 추도회가 열린 뒤 열사의 업적에 대한 이야기는 간데없고, 사람들은 도리어 누구의 애도시가 잘되었는가 하여 그것을 전송傳誦합니다. 이는 그야말로 매우 적합한 사업입니다.

그러나 이곳 혁명 지방의 문학가들은 문학이 혁명과 크게 관계가 있다고 말하기를 좋아하는 것 같습니다. 예컨대, 문학을 이용하여 선전하고 고무하고 선동하여 혁명을 촉진하고 혁명을 완성할 수 있다는 것입니다. 그렇지만 이러한 글은 무력합니다. 왜냐하면 좋은 문예작품은 여태껏 다른 사람의 명령을 받지 않았고, 이해利害를 고려하지 않았고, 자연스레 마음에서 흘러나온 것이기 때문입니다. 만약 먼저 제목을 내걸고 글을 짓는다면 그것은 팔고문과 무엇이 다르겠으며, 가치 없는 문학이 사람을 감동시킬 수 있느냐 없느냐는 말할 필요조차 없습니다. 혁명을 위해서는 '혁명인'이 있어야 하며, '혁명문학'은 급하지 않습니다. 혁명인이 만들어 내는 것이라야 비로소 혁명문학입니다. 그래서 생각건대, 혁명이야말로 글과 관계가 있습니다. 혁명시대의 문학은 평상시의 문학과 다릅니다. 혁명이 도래하면 문학은 곧 색깔을 바꿉니다. 그러나 대혁명은 문학의 색깔을 바꿀 수 있지만 소혁명은 그렇지 않습니다. 소혁명은 혁명이라고도 할 수 없으므로 문학의 색깔을 바꿀 수는 없습니다. 이곳에서는 '혁명'이라는 말을 귀에 못이 박히도록 들었지만, 장쑤와 저장浙江에서는 혁명이라는 두 글자를 언급하면 듣는 사람 모두 몹시 두려워하고 말하는 사람도 몹시 위험합니다. 사실 '혁명'은 결코 희한한 것이 아닙니다. 그것이 있기 때문에 사회가 개혁될 수 있고 인류도 진보할 수 있습니다. 아메바로부터 인류에 이르고 야만으로부터 문명에 이를 수 있었던 것은 바로 한시도 혁명이 아닌 때가 없었기 때문입니다. 생물학자는 우리에게 "인류와 원숭이는 크게 다르지 않으니, 인류와 원숭이는 사촌지간이다"라고 말하고 있습니다. 그러나 왜 인류는 인간이 되었으며, 원숭이는 끝내 원숭이인가요? 이는 원숭이가 변화를 거부했기 때문입니다——원숭이는 네 발로 걷기를 좋아했습니다. 아마도 일어서서 두 발로 걸으려고 시도한 원숭이도 있었을 것입니다. 그러나 많은 원숭이들이 "우리 조상들은 줄곧 기어왔으니 일어서서는 안 돼"라고 말하고는 물어 죽였을 것입니다. 그들은 일어서려고 하지 않았을 뿐만 아니라 말하려고도 하지 않았습니다. 왜냐하면 그들은 수구적이었기 때문입니다. 그러나 인류는 그렇지 않아서 마침내 일어섰고, 말을 했으며, 결국 승리했습니다. 지금까지도 끝나지 않았습니다. 그래서 혁명은 결코 희한한 것이 아닙니다. 지금까지 멸망하지 않은 민족은 모두 매일 혁명에 노력하고 있습니다. 비록 종종 소혁명에 지나지 않지만 말입니다.

대혁명은 문학에 어떤 영향을 미칠까요? 대략 세 시기로 나누어서 말할 수 있습니다.

(1) 대혁명이 일어나기 전에 모든 문학은 대체로 갖가지 사회현상에 대한 불만과 고통으로 인한 괴로움을 호소하고 불평을 털어놓는데, 세계문학에서 이런 종류의 문학은 적지 않습니다. 그러나 괴로움을 호소하고 불평을 털어놓는 문학은 혁명에 대해 어떤 영향도 미치지 못합니다. 왜냐하면 괴로움을 호소하고 불평을 털어놓아도 전혀 힘이 없으므로 압박하는 사람들은 여전히 상관하지 않기 때문입니다. 쥐가 비록 찍찍하고 외쳐

도, 가령 아주 좋은 문학을 외쳐도 고양이는 전혀 거리낌 없이 쥐를 먹어 버립니다. 그래서 괴로움을 호소하고 불평을 털어놓는 문학만 존재할 때, 이 민족은 여전히 희망이 없습니다. 왜냐하면 괴로움을 호소하고 불평을 털어놓는 데 지나지 않기 때문입니다. 예를 들어, 사람들이 소송을 걸었을 때, 패소한 쪽이 억울함을 호소하는 전단을 뿌리는 때가 되면, 상대방은 그가 더 이상 소송을 제기할 힘이 없으며 일이 이미 해결되었다는 것을 알게 됩니다. 그래서 괴로움을 호소하고 불평을 털어놓는 문학은 억울함을 호소하는 것과 같으며, 압박자는 이에 대해 오히려 마음을 놓아도 된다고 느낍니다. 어떤 민족은 괴로움을 호소하는 것이 쓸데없기 때문에 괴로움조차도 호소하지 않는데, 그들은 곧 침묵의 민족으로 변하고 점점 더 쇠퇴해 갑니다. 이집트, 아랍, 페르시아, 인도는 아무런 소리도 없습니다. 반항성이 풍부하고 힘이 있는 민족은 괴로움을 호소하는 것이 쓸데없다는 것을 곧 깨달아서 슬픈 소리가 노호怒號로 바뀝니다. 노호의 문학이 일단 출현하면 반항이 곧 도래합니다. 그들은 이미 몹시 분노하고 있으며, 그래서 혁명이 폭발하는 시대와 가까운 문학은 매번 분노의 소리를 띠고 있습니다. 그들은 반항하고 복수하려 합니다. 러시아혁명이 일어날 때, 바로 이런 종류의 문학이 있었습니다. 그러나 폴란드처럼 예외도 있었으니, 일찍부터 복수의 문학[114]이 있었지만 그 나라의 광복은 유럽대전[제1차 세계대전]에 의존했던 것입니다.

(2) 대혁명의 시대가 도래하면 문학이 없어지고 소리가 없어집니다. 왜냐하면 사람들은 혁명의 물결에 휩싸여 외침으로부터 방향을 돌려 행동으로 들어서고 혁명에 바빠서 문학을 언급할 여유가 없어지기 때문입니다. 또 다른 측면이 있으니, 그 시기에는 민생이 힘들어서 먹을 빵조차도 구하기 어려우니 어찌 문학을 언급할 마음이 있겠습니까? 수구적인 사람들은 혁명의 물결로부터 공격받고 화가 치밀어 올라 더 이상 그들의 문학을 노래할 수 없게 됩니다. 어떤 사람은 "문학은 가난하고 괴로울 때 쓰여지는 것이다"라고 말합니다만, 실은 꼭 그렇지는 않아서 가난하고 괴로울 때면 틀림없이 문학작품은 없어집니다. 저는 베이징에 있을 때, 돈이 떨어지면 여기저기 돈을 빌려야 했으므로 한 글자도 쓰지 못했습니다. 월급이 지급되었을 때에야 비로소 앉아서 글을 쓸 수 있었습니다. 바쁠 때에도 틀림없이 문학작품은 없습니다. 짐꾼은 반드시 짐을 내려놓아야 글을 쓸 수 있습니다. 인력거꾼도 반드시 인력거를 내려놓아야 글을 쓸 수 있습니다. 대혁명시대에는 무척 바쁘고, 동시에 무척 곤궁합니다. 이쪽 사람들과 저쪽 사람들이 투쟁하면서, 무엇보다 먼저 현대사회의 상태를 바꾸지 않으면 안 되므로 글을 쓸 시간도 마음도 없습니다. 그래서 대혁명시대의 문학은 잠시 적막으로 돌아가지 않을 수 없습니다.

(3) 대혁명이 성공한 후에 사회적 상태가 안정되고 사람들의 생활이 여유가 있게 되면, 이때에 또다시 문학이 나타납니

다. 이때의 문학은 두 가지가 있습니다. 한 가지 문학은 혁명을 찬양하고 혁명을 칭송하는 것입니다.──혁명을 구가합니다. 왜냐하면 진보적인 문학가는 사회개혁과 사회진보를 생각하여 구사회의 파괴와 신사회의 건설이 모두 의미 있다고 느껴, 구제도의 붕괴를 기뻐하는 동시에 새로운 사회 건설을 구가합니다. 또 다른 문학은 구사회의 멸망을 애도하는 것 ──만가挽歌──이며, 역시 혁명 후에 있을 수 있는 문학입니다. 어떤 사람들은 이를 '반혁명反革命의 문학'이라고 여기는데, 나는 이렇게 큰 죄명을 씌울 필요는 없다고 생각합니다. 혁명이 비록 진행되고 있지만 사회적으로 구인물은 여전히 매우 많으며 결코 일시에 신인물로 변할 수 없고 그들의 가슴속에는 구사상과 낡은 것으로 가득 차 있습니다. 점차 변하는 환경이 그들의 모든 것에 영향을 미치기 때문에 그들은 편안했던 옛날을 회상하며 구사회를 몹시 그리워하고 연연해합니다. 이 때문에 예스럽고 고리타분한 말을 내뱉게 되어 이런 문학을 낳게 됩니다. 이런 문학은 모두 슬픈 곡조를 띠고 그들의 마음속 불편을 표현하는데, 한편으로는 새로운 건설의 승리를 보고, 다른 한편으로는 낡은 제도의 멸망을 보게 되니, 그래서 만가를 부르는 것입니다. 그러나 옛날을 그리워하고 만가를 부르는 것은 이미 혁명이 이루어졌음을 나타내 줍니다. 만약 혁명이 이루어지지 않고 구인물이 득세하고 있다면 만가를 부르지는 못할 것입니다.

그렇지만 중국에는 이런 두 가지 문학 ──구제도에 대한 만가와 신제도에 대한 구가——이 없습니다. 왜냐하면 중국혁명은 아직 성공하지 않았으며 경계지대에 놓여 있어 혁명에 여념이 없는 시기이기 때문입니다. 하지만 구문학은 여전히 매우 많으니, 신문지상의 글은 거의 전부가 구식입니다. 생각건대, 이는 중국혁명이 사회에 큰 개혁을 가져오지 않았고 수구적인 인물에게 큰 영향을 끼치지 않았으며, 옛사람들이 여전히 세상으로부터 초연하다는 것을 보여 줍니다. 광둥의 신문에 실리는 문학은 모두 낡은 것이고 새로운 것이 거의 없으니, 광둥 사회 역시 혁명의 영향을 받지 않았다는 것을 증명합니다. 새로운 것에 대한 구가도 없고 낡은 것에 대한 만가도 없으니 광둥은 여전히 10년 전의 광둥입니다. 이럴 뿐만 아니라 더욱이 괴로움을 호소하지도 않고 불평을 털어놓지도 않습니다. 단지 노동조합이 시위에 참가하는 것을 볼 수 있는데, 이것은 정부가 허락한 것이니 압박 때문에 반항한 것이 아니요, 임금의 명을 받든 혁명에 불과합니다. 중국 사회는 개혁이 없었기 때문에 옛날을 그리워하는 애사^{哀詞}도 없고 참신한 행진곡도 없습니다. 오직 소련에서만 이 두 가지 문학이 생산되었습니다. 그들의 구문학가는 외국으로 도망했고, 그들이 만든 문학은 대부분 멸망을 조상^{弔喪}하고 낡은 것을 애도하는 애사입니다. 새로운 문학은 바야흐로 나아지려고 애쓰고 있으니, 위대한 작품이 아직 없다 하더라도 새로운 작품이 이미 적지 않습니다. 그들은 이미 노호의 시기를 벗어나서 구가의 시기로 이행하고 있습니다. 건설을 찬미하는 것은 혁명이 진행된 이후의 영향 때문인데, 앞으로의 상황이 어떻게 될지 현재로서는 알 수 없지만, 추측건대 아마 평민문학平民文學이 될 것입니다. 왜냐하면 평민의 세계는 혁명의 결과이기 때문입니다.

현재 중국은 당연히 평민문학이 없으며, 세계에도 아직 평민문학이 없습니다. 모든 문학은, 노래든 시든, 대개 상등인上等人에게 보여 주기 위한 것입니다. 그들이 먹고 배부르면 편안한 의자에 누워 그것을 받쳐 들고 봅니다. 한 재자才子가 집을 나갔다가 한 가인佳人을 만나고, 두 사람이 아주 좋아지면 한 못난 사내가 나타나 훼방을 놓아 차질이 빚어지지만 결국은 해피엔딩으로 끝이 납니다. 이런 것을 보고 있노라면 정말 편안합니다. 아니면 상등인은 얼마나 재미있고 즐거운지, 하등인은 얼마나 우스운지를 이야기하는 것입니다. 몇 년 전 『신청년』이 몇 편의 소설을 게재했는데, 죄인이 한지寒地에서 생활하는 것을 묘사했습니다. 어느 대학교수가 보고서 불쾌하게 생각했는데, 왜냐하면 그들은 이런 하류인下流人을 보고 싶어 하지 않았기 때문입니다. 만약 시가에서 인력거꾼을 묘사하면 그것은 하류 시가가 됩니다. 희극에서 범죄 사건을 다루면 곧 하류 희극이 됩니다. 그들의 희극 속 등장인물은 재자가인이 있을 뿐입니다. 재자는 장원에 급제하고 가인은 일품一品부인에 봉해지는데, 재자가인 본인들도 아주 즐겁거니와 상등인은 읽으며 매우 즐거워하며, 하등인도 어쩔 수 없어서 그들과 함께 즐거워할 수밖에 없습니다. 현재에 평민——노동자·농민——을 소재로 삼아서 소설을 짓고 시를 짓는 사람이 있는데, 우리는 그것을 평민문학이라 부릅니다만, 이것은 진정한 평민문학이 아닙니다. 왜냐하면 평민은 아직 입을 열고 있지 않기 때문입니다. 이것은 바깥 사람이 옆에서 평민의 생활을 보고서 평민의 말투를 빌려 말하고 있는 것입니다. 현재 문인은 다소 가난하다 하더라도 노동자·농민보다는 넉넉합니다. 그렇기 때문에 돈이 있어 책을 읽을 수 있고 글이 있을 수 있습니다. 언뜻 보기에는 평민이 말한 것 같지만 사실은 그렇지 않습니다. 이것은 진정한 평민소설이 아닙니다. 평민이 노래 부르는 산타령山歌이나 들타령野曲을 현재에도 짓는 사람이 있으며, 이는 평민의 소리라고 여겨지고 있습니다. 왜냐하면 백성들이 노래 부르는 것이기 때문입니다. 그러나 그들은 간접적으로 고서古書의 영향을 크게 받았으며, 그들은 시골 신사紳士들이 밭 3천 무를 가진 데 대해 탄복에 마지않아 매번 신사들의 사상을 가져다 자신들의 사상으로 삼고, 신사들이 오언시와 칠언시를 늘 읊으니 이 때문에 그들이 노래 부르는 산타령과 들타령은 대부분 오언 또는 칠언입니다. 이것은 격률의 측면에서 말한 것이며, 구상과 의미 면에서도 아주 진부한 것이어서 진정한 평민문학이라고 부를 수는 없습니다. 현재 중국의 소설과 시는 도저히 다른 나라와 비교할 수 없기 때문에 별수 없이 문학이라 부르기는 하지만, 혁명시대의 문학이라고 말할 수 없을뿐더러 평민문학이라고 말하기는 더욱 어렵습니다. 현재의 문학가는 모두 지식인입니다. 만약 노동자·농민이 해방되지 않아서 노동자·농민의 사상이 지식인의 사상 그대로라면, 반드시 노동자·농민이 진정한 해방을 얻을 때를 기다려야 하며, 그런 다음에야 비로소 진정한 평민문학이 있습니다. 어떤 사람은 중국에 이미 평민문학이 있다고 말합니다만, 사실은 그렇지 않습니다.

제군들은 실제로 싸우는 사람이며 혁명의 전사입니다. 현재에는 아직 문학을 부러워하지 않는 것이 좋겠다고 나는 생각합니다. 문학을 배우는 것은 전쟁에 도움이 되지 않습니다. 기껏해야 군가를 한 편 지어 혹시 아름답게 씌어졌다면 전쟁을 하다 쉬는 틈에 보면 재미있는 정도입니다. 좀 멋지게 이야기한다면, 버드나무를 심어 크게 자라면 짙은 그늘이 해를 가려 주어 농부가 정오까지 밭을 갈다가 나무 아래 앉아서 밥을 먹으며 쉴 수 있는 것과 같습니다. 중국의 현재 사회상황은 실제적인 혁명전쟁이 있을 뿐이므로 한 수의 시로써 쑨촨팡을 놀라 달아나게 할 수 없으며 한 대의 대포라야 쑨촨팡을 몰아낼 수 있습니다. 당연히 문학이 혁명에 대해 위대한 힘을 갖고 있다고 여기는 사람이 있겠지만 나 개인적으로는 회의를 느끼고 있습니다. 문학은 아무래도 일종의 여유의 산물로서 한 민족의 문화를 표시할 수 있다는 것이 도리어 진실입니다.

사람은 대개 자신이 현재 하고 있는 일에 대해 만족하지 못하는가 봅니다. 저는 그동안 몇 편의 글을 썼을 뿐인데도 이렇게 신물이 납니다. 그런데 총을 잡고 있는 제군들은 오히려 문학 강연을 듣고 싶어 하잖아요. 저로서는 오히려 대포소리를 듣고 싶습니다. 대포소리는 아마 문학의 소리보다는 훨씬 더 듣기 좋을 듯싶습니다. 저의 연설은 이것으로 그칩니다. 끝까지 들어준 제군들의 후의에 감사드립니다.

유형 선생에게 답함

유형 선생[115]

당신의 여러 가지 이야기를 오늘 『베이신』에서 보았습니다. 당신의 나에 대한 바람과 호의를 알 수 있어 당신에게 감사드립니다. 지금 나는 간략하게 몇 마디 답신을 올리며, 또한 당신과 의견이 엇비슷한 제위에게 부치고자 합니다.

나는 아주 한가롭습니다. 결코 글을 쓸 여유조차 없는 지경은 아닙니다. 그러나 내가 주장을 펼치지 않은 지는 꽤 오래되었지만, 그래도 작년 여름에 결정한 것이며 예정한 침묵 기간은 2년입니다. 나는 세월은 그다지 중요하지 않다고 보며, 때로는 그것을 어린애 놀이처럼 여깁니다.

그러나 지금 침묵하는 원인은 이전에 침묵하려 결정했던 원인과는 다릅니다. 왜냐하면 샤먼을 떠날 때 사상이 이미 좀 변했기 때문입니다. 이 변화의 경과를 말하자면 너무 번거로우므로 잠시 덮어 두기로 합니다. 나중에 발표할 수 있기를 바랍니다. 다만 최근에 대해 말하자면, 큰 원인 중 하나는 바로 내가 공포를 느끼게 되었다는 점입니다. 더욱이 이런 공포는 여태껏 경험해 보지 못한 것으로 느껴집니다.

나는 아직까지 이 '공포'를 자세하게 분석하지는 않았습니다. 우선 직접 살펴보고 확신한 것 한두 가지를 말하고자 합니다.

첫째, 나의 망상이 무너졌습니다. 나는 지금까지 종종 낙관적인 생각이 있어서 청년들을 압박하고 살육하는 사람은 대체로 노인이라고 생각했습니다. 이러한 노인이 점점 죽게 되면 중국은 비교적 생기 있어질 것이라고 생각했습니다만, 이제는 그렇지 않다는 것을 알게 되었습니다. 청년을 살육하는 사람은 오히려 거의 청년들인 듯하며, 그들은 다시 만들어 낼 수 없는 개별의 생명과 청춘에 대해 전혀 소중히 여기지 않습니다. 만약 동물에 대해서라면 "천하의 온갖 생물을 마구 죽이는" 격입니다. 무엇보다 승리자의 득의에 찬 필치, 즉 "도끼로 갈라 죽이다"…라든지, "총검으로 난자하여 죽이다"…라는 것을 볼까 두렵습니다. 나는 사실 급진적인 개혁론자가 결코 아니며, 사형을 반대한 적도 없습니다. 그러나 능지처참과 멸족에 관해서는 대단히 증오하고 비통해한다는 것을 표현한 적이 있으며, 20세기 사람들에게는 정말 있어서는 안 되는 일이라고 여깁니다.

물론 도끼로 가르고 총검으로 난자하는 것을 능지처참이라고 말하지는 않습니다. 그러나 우리는 탄알 하나로 사람의 뒤통수를 쏠 수는 없을까요? 결과는 마찬가지로 상대의 죽음입니다. 그러나 사실이 사실인즉, 피의 유희가 이미 시작되었으며, 주인공은 또 청년이요 더욱이 득의에 찬 낯빛을 하고 있습니다. 현재 벌써 이 유희의 결말은 보이지 않고 있습니다.

둘째, 나는 내가 어떤 사람인지를 알았습니다. 어떤 사람인가? 나는 한동안 그 이름을 확정하지 못했습니다. 중국은 역대로 사람을 잡아먹는 연회를 베풀어 왔으며 잡아먹는 사람도 있고 잡아먹히는 사람도 있었다고 나는 말한 적이 있습니다. 잡아먹힌 사람도 사람을 잡아먹은 적이 있고, 잡아먹고 있는 사람도 잡아먹히게 될 것입니다. 그런데 나는 지금 나 자신도 연회를 베푸는 데 일조하고 있다는 것을 발견했습니다. 유형 선생, 당신은 내 작품을 보았겠지요. 질문을 하나 던지겠습니다. 내 작품을 본 후 당신은 마비되었나요, 아니면 정신이 또렷해졌나요? 당신은 의기소침해졌나요, 아니면 생기발랄해졌나요? 만약 느낀 것이 후자라면 나의 자아비판은 절반이 실증된 것입니다. 중국의 연회석에는 '취하'라는 새우 요리가 있는데, 새우가 신선하면 신선할수록 먹는 사람은 더욱 기쁘고 통쾌합니다. 나는 이 요리의 조수 역할을 맡고 있는 것입니다. 온순하지만 불행한 청년들의 뇌를 맑게 하고 그의 감각을 민감하게 하여 그들이 재앙을 당했을 때 곱절의 고통을 느끼게 하고, 동시에 그를 증오하는 사람들에게 이 싱싱한 고통을 감상하며 특별한 향락을 얻도록 해주었던 것입니다. 저는 이런 상상을 해봅니다. 공산당토벌군이든 혁명가토벌군이든 만약 반대당의 유식자, 예컨대 학생과 같은 사람을 체포하게 되면 틀림없이 노동자 또는 기타 무식자보다도 훨씬 심하게 형벌을 가할 것이라고 말입니다. 무엇 때문일까? 한층 예민하고 미세한 고통의 표정을 볼 수 있어서 특별한 즐거움을 얻을 수 있기 때문입니다. 가령 나의 가설이 틀리지 않다면, 나의 자아비판은 완전히 실증되는 것입니다.

그래서 결국 침묵하게 된 것입니다.

만약 다시 천위안 교수 따위들과 농담을 하자면 그것은 쉬운 일입니다. 어제도 그런 글을 좀 썼습니다. 그렇지만 부질없으며, 나에겐 그들이 문제조차 되지 않는다고 생각합니다. 그들은 사실 기껏해야 새우 반 마리를 먹거나 새우를 담근 식초를 몇 모금 마시는 데 지나지 않습니다. 하물며 그들은 이미 가장 존경하는 '구퉁 선생'과 헤어져서 청천백일기 아래에 모여 혁명을 하게 되었다고 하니 말입니다. 생각건대 청천백일기가 오랫동안 꽂혀 있으면 아마 '구퉁 선생'도 혁명하러 올 것입니다. 모두 호호탕탕 혁명을 하게 됐으니 문제가 되지 않을 것입니다.

문제는 오히려 나 자신의 낙오에 있습니다. 또 다른 사정이 하나 더 있습니다. 그것은 바로 내가 이전에 '도필'刀筆을 놀린 데 대한 벌이 지금 내려지는 것 같다는 것입니다. 모란을 심은 사람은 꽃을 얻고 남가새를 심은 사람은 가시를 얻는 게 당연한 법이니 나는 전혀 원망이 없습니다. 그러나 불만스러운 것은 이러한 벌이 좀 무거운 듯하다는 점이며, 그리고 서글픈 것은 몇몇 동료와 학생들을 연루시킨다는 점입니다.

그들은 무슨 죄 때문일까요? 바로 늘 나와 왕래를 하고 결코 나를 비난하지 않았기 때문입니다. 이런 사람들은 지금 '루쉰당' 또는 '위쓰파'로 불리고 있는데, 이것은 '연구계'[116]와 '현대파'가 선전하여 이룬 대성공입니다. 그래서 최근 1년 동안 루쉰은 이미 "사방의 변방으로 추방당하는" 것이 당연시되었습니다. 말하지 않아 모르시겠지만, 제가 샤먼에 있을 때 나중에는 사방 이웃이라고는 하나 없는 양옥집으로 이사할 수밖에 없었습니다. 내 곁에 있는 것은 책뿐이었고 깊은 밤 아래층에서는 '우우' 하는 야수의 울음소리가 들렸습니다. 그러나 나는 고요함을 두려워하지 않았으며, 게다가 나를 찾아와서 이야기를 나누는 학생들도 있었습니다. 그러고는 두번째의 공격이 닥쳤습니다. 방에 있던 세 개의 의자 중에서 두 개를 옮겨 가면서, 어떤 선생의 도련님이 와 있으니 가져다 써야겠다는 것이었습니다. 이때 나는 대단히 분개하여 "만약 그의 손자 도련님이라도 오면 나는 바닥에 앉아야 합니까? 안 됩니다"라고 말했더니, 옮겨 가는 것을 그만두었습니다. 다시 세번째의 공격이 닥쳤습니다. 어느 한 교수가 미소를 지으며 "또 명사名士의 성질을 부리시는군요"라고 말했습니다. 샤먼의 금령은 명사라야 한 개 이상의 의자를 가질 수 있다는 것 같았습니다. '또'라는 것은 내가 늘 명사의 성질을 부린다는 것을 빗댄 것인데,『춘추』필법을 선생도 대개 알고 있을 것입니다. 네번째 공격도 있었습니다. 내가 떠날 때였습니다. 어떤 사람이 내가 떠나는 까닭은, 첫째 마실 술이 없었기 때문이고, 둘째 남들의 가족이 오는 것을 보고 마음이 편치 않았기 때문이라고 했습니다. 이것도 저번에 있었던 '명사의 성질'에 근거한 것입니다.

이것은 한 가지 작은 일에 자유롭게 생각이 미친 데 불과합니다. 그러나 바로 이 일단으로써 당신도 내가 겁을 먹고 감히 입을 열지 못한 사정이 있었구나 하고 양해할 수 있을 것입니다. 당신은 내가 취하가 되는 것을 바라지 않는다는 것을 알고 있습니다. 내가 다시 싸워 나가면 아마도 '몸과 마음이 병들게'[117] 될 것입니다. 그렇지만 '몸과 마음이 병들면' 또 사람들에게 조소를 당할 것입니다. 물론 이런 것들은 중요하지 않습니다. 그러나 내가 일부러 취하가 될 필요야 없지 않겠습니까?

그렇지만 내가 이번에 가장 큰 행운으로 여기는 것은 끝내 공산당으로 취급되지 않았다는 점입니다. 어느 한 청년이, 두슈가『신청년』을 꾸리고 있을 때 내가 거기에 글을 발표한 적이 있다는 사실을 알고는 내가 공산당이라는 것을 실증하려 한 적이 있습니다. 그러나 즉시 또 다른 청년에 의해 뒤집혔는데, 그때에는 두슈조차도 공산을 말하지 않았다는 것을 그는 알고 있던 것입니다. 한발 물러나서는 '친공파'로 몰려고 했으나 결국은 성공하지 못했습니다. 만약 내가 중산대학을 나오자마자 즉시 광저우를 떠났다면, 친공파에 포함되었을지도 모릅니다. 그러나 떠나지 않았으니, '달아났다'느니 '한커우에 도착했다'느니 하여 신문에서 한바탕 소동이 있었지만, 사실 그렇지 않았습니다. 내가 '분신법'分身法을 쓴다고 말하는 사람이 없는 걸 보면, 세상은 어쨌든 희망이 있습니다. 지금은 아무런 직함도 없게 된 듯합니다만 '현대파'의 말에 따르면, 나는 '위쓰파의 우두머리'입니다. 그들이 두번째 공격을 하지 않는다면, 그것은 아마 생명과 아무런 직접적인 관계가 없거나 그다지 중요하지도 않을 것입니다. 만약 '주인공'인 탕유런처럼 또 '모스크바의 명령'[118] 따위를 말한다면, 그야 다소 심상치 않은 일이겠지요.

붓이 미끄러져서 말이 더욱 멀어졌으니, 얼른 '낙오'의 문제로 되돌아가겠습니다. 생각건대, 유형 선생, 당신은 아마 일찍이 내가 중국에는 감히 '반역자를 애도하는 조문객'이 없다는 것을 탄식한 것을 보았을 것입니다. 지금은 어떠합니까? 당신도 보았듯이, 이 반년 동안 내가 언제 한 마디 말이라도 했던가요? 설령 내가 강당에서 내 생각을 공표했다고 할지라도, 설령 그때는 내 글을 발표할 곳이 없었다고 할지라도, 설령 내가 그 전부터 말을 하지 않았다고 할지라도, 이를 모두 나의 변명으로 삼을 수는 없습니다. 종합하여 말하면, 지금 만약 "아이들을 구하자"와 같은 너무나 평온한 주장을 다시 펼친다면, 나 자신조차도 공허한 헛소리로 들릴 것입니다.

그리고 내가 이전에 사회를 공격한 것도 사실은 부질없는 일이었습니다. 사회는 내가 공격하고 있다는 것을 몰랐으며, 만약 알았다면 나는 벌써 죽어서 시체 묻을 곳도 찾지 못했을 것입니다. 사회의 일개 분자인 천위안 따위를 공격했다가 어떻게 되었나요? 그러니 하물며 4억 명에 대해서야 말해 무엇하겠습니까? 내가 생명을 부지할 수 있었던 것은 그들 대다수가 글자를 몰라 내용을 알지 못했기 때문인데, 마치 화살 하나가 바다에 떨어진 것처럼 나의 말도 전혀 효력이 없었던 것입니다. 그렇지 않았다면, 몇몇 잡감이 목숨을 앗아 갔을 것입니다. 민중이 악을 징벌하려는 마음은 결코 학자와 군벌에 못지않습니다. 근래에 나는, 조금이라도 개혁성을 띤 주장이 사회와 무관하다면 '쓸데없는 말'로 여겨져 남을 수 있겠지만, 만일 효험을 드러내면 제창자는 대체로 고통을 맛보거나 죽임의 화를 당하게 된다는 것을 깨달았습니다. 옛날이나 지금이나 중국이나 외국이나 그 도리는 한가지입니다. 목전의 일처럼 우즈후이 선생에게도 일종의 주의가 있지 않습니까?[119] 그런데 그가 세상 사람들로부터 분개를 사지도 않으면서도 "타도하라, … 엄단하라"라고 크게 부르짖을 수 있는 것은, 바로 공산당이 공산주의를 이십 년 후에 실현하고자 하지만 그의 주의는 오히려 수백 년 뒤에나 가능할 것이어서 쓸데없는 말에 가깝다고 생각되기 때문입니다. 사람이 어찌 십여 세대 이후의 까마득한 손자 시대의 세계를 멀리서 참견할 여유와 취미를 가지고 있겠습니까?

이미 말을 많이 했으니 결말을 지어야겠습니다. 나는 냉소와 악의가 전혀 없는 선생의 태도에 감사하며 그래서 성실하게 답신을 올립니다. 물론 절반은 이를 빌려 불평을 털어놓은 것입니다. 그러나 내가 밝혀 두고자 하는 것은, 위에서 한 말 속에 전혀 겸허함이 담겨 있지 않다는 점입니다. 나는 나 자신을 잘 알고 있습니다. 나는 다른 사람을 해부하는 것보다 더 사정없이 나 자신을 해부합니다. 뱃속 가득 악의를 품은 이른바 비평가들이 있는 힘을 다해 수색했으나 나의 진짜 병증을 찾아내지 못했습니다. 그래서 이번에 스스로에 대해 말을 좀 했습니다. 물론 일부분에 지나지 않으며 많은 부분은 여전히 숨겨 놓았습니다.

나는 아마도 이제부터 더 이상 할 말도 없을 것이라고 생각합니다. 공포가 지나간 다음에 무엇이 닥쳐올지 나로서는 알 수 없지만, 아마도 좋은 것은 아닐 것으로 보입니다. 그러나 나도 나 자신을 스스로 도와주고 있으며, 옛 방법 그대로입니다. 하나는 마비요, 하나는 망각입니다. 한편으로는 몸부림치면서 이후로 점점 엷어질 '담담한 핏자국 속에서' 무언가 좀 찾아내어 종잇조각에 쓰고자 합니다.

9월 4일, 루쉰

서언

나의 네번째 잡감집 『이이집』의 출판도 따져 보면 어느덧 4년 전이다. 작년 봄 몇몇 친구들이 그후의 잡감을 묶어 내라고 나를 독촉했다. 근래 몇 해 동안의 출판계를 살펴보면 창작과 번역, 혹은 거대한 주제의 장편 문장들은 그래도 희소하다고 말할 수 없으나, 생각나는 대로 쓴 짤막한 비평문들, 이른바 '잡감'은 확실히 보기 드물었다. 나 자신도 한동안은 그 까닭을 말하지는 못했다.

그러나 대충 생각해 보면 아마도 '잡감'이라는 두 글자가 뜻과 취향이 높고 속세를 초월한 작가들에게 혐오감을 주기에, 그것이 가까이 있을까 두려워서 피해 버린 듯하다. 일부 사람들은 매번 나를 야유하고 싶을 때면 종종 나를 '잡감가'雜感家라고 불렀는데, 이는 고등 문인들의 안중에서는 멸시한다는 것을 뚜렷하게 드러내는 바로 그 증거이다. 또한 내 생각에 유명 작가들도 비록 반드시 이름을 바꾸지 않고도 이러한 종류의 글을 썼겠지만, 아마도 그것이 사사로운 원한을 풀려는 것에 지나지 않아서 다시 거론하면 자신들의 존귀한 이름을 더럽힐 수 있거나, 혹은 다른 깊은 뜻이 있어서 그것을 까발리면 전투에 해로울 것 같아 그런 글이 없어지는 대로 내버려 두었을 것이다.

어떤 사람들은 나에게 '잡감'이 '고질'이 되었다고 간주했고, 나도 확실히 그 때문에 고초를 겪었지만, 어떻든 책으로 묶어 내야 한다고 생각하고 있었다. 간행물들을 뒤적거려서 그것을 오리고 붙여서 책을 만들면 되지만 그것조차도 퍽이나 귀찮아서 그럭저럭 반년이나 미루면서 끝까지 손을 대지 못했다.

1월 28일 밤, 상하이에서 전투가 벌어졌다.[120] 전투가 점점 치열해져서 우리는 마침내 서적과 신문들이야 말끔하게 타 버려도 별 도리가 없다고 여기고 전쟁터에 남겨 둔 채 맨몸으로 피신하지 않을 수 없었다. 그렇게 되면 나도 이 '불의 세례'의 영혼을 빌려 '현 상태에 불만을 품고 있는' 잡감가라는 흉한 시호를 씻어 버릴 수 있으리라 생각했다. 그런데 정말로 뜻밖에도 3월 말에 옛 거처로 돌아와 보니 서적과 신문들이 아무 손상 없이 그대로 있어서, 여기저기를 뒤져서 찾아 가지고 편집하기 시작했다. 마치 중병을 앓고 난 사람이 자기의 홀쭉하게 여윈 얼굴을 더 비춰 보고 싶고 메마른 살가죽을 더 만져 보고 싶어 하듯이.

먼저 1928년부터 29년 사이에 쓴 글들을 묶어 보았더니 몇 편 되지 않았다. 대여섯 차례 베이핑과 상하이에서 행한 강연은 원래 기록이 없기에 제외하면, 별로 빠진 글들이 없는 듯했다. 생각해 보니 이 두 해 동안은 정말로 내가 글을 극히 적게 썼고 투고할 곳도 없던 시기였다. 나는 27년 피바람에 아연실색해서 겁을 먹고 광둥을 떠났는데,[121] 그 당시 사실대로 말할 용기가 없어 어물어물 얼버무린 글들은 모두 『이이집』에 수록했다. 그러나 내가 상하이에 도착하자 오히려 창조사, 태양사, '정인군자'正人君子 무리의 신월사[122] 구성원이었던 문호들의 날카로운 포위공격에 처하게 되었는데, 모두들 나를 나쁘다고 했다. 게다가 어떤 문인 파벌에도 휩쓸리지 않는다고 표방했던, 지금은 대부분 작가나 교수로 승급한 선생들까지도 자신들의 고상함을 보여 주기 위하여 글 가운데서 늘 나를 암암리에 몇 마디씩 야유했다. 처음에는 '유한有閑, 즉 돈 있는 계급', '봉건 잔재', 혹은 '낙오자'에 지나지 않았는데 나중에는 그만 청년들을 살해할 것을 주장하는 파쇼주의자로 판명되었다. 그때 스스로 광둥에서 화를 피해서 피난 왔다고 하면서 우리 집에 기숙하고 있던 랴오군[123]마저 툴툴거리면서 "친구들이 모두 저를 업신여기고, 저와 왕래를 하지 않아요. 내가 그런 사람과 함께 살고 있다고 말하면서요"라고 말했다.

그 당시 나는 '그런 사람'이 되어 버렸다. 내가 편집하고 있던 『위쓰』에 대해서도 실제로는 아무런 권한이 없어서 기피당했을 뿐만 아니라(「나와 『위쓰』의 처음과 끝」에서 상세히 볼 수 있다)

다른 곳에서도 나의 글은 시종 '배척당하다가' 겨우 실리는 형편이었고, 게다가 그 당시에는 한창 '포위 토벌'을 당하고 있는 상황이었으므로 투고한다고 해서 무슨 소용이 있었겠는가. 그래서 나는 글을 극히 적게 썼다.

이제 나는 그때 쓴 글들을 잘못된 것이건 이제 와서 볼 만한 것이건 가리지 않고 모두 이 한 권에 수록했다. 나의 적수의 글은 『루쉰론』, 『중국문예논전』이란 책 속에 더러 있는데 그것은 모두 높은 관(冠)을 쓰고 넓은 허리띠를 차고서 공식석상에서나 사용하는 공개적인 걸작들이어서, 거기에서는 전체를 살펴볼 수가 없다. 그래서 나는 별도로 '잡감'류의 작품을 수집하여 다른 책을 한 권 편집하고 이름을 '포위토벌집'이라 붙이면 어떨까 생각한다. 만약 그 책을 나의 이 책과 대비하면서 읽는다면 독자들은 흥취가 증가할 뿐만 아니라 다른 한 면, 즉 어두운 면의 별의별 전법들을 더 잘 알 수 있을 것이다. 이러한 방법들은 아마도 한순간에 사라지지 않고 전승되는 듯하니, 작년에 "좌익작가들은 모두 루블을 위해서 일한다"는 설도 그들의 오래된 족보 속에 있는 것이다. 문예와 약간이라도 관련이 있다고 생각하는 청년들은 이런 것을 굳이 본받을 필요는 없겠지만, 알아 두는 것이 좋으리라.

사실은 어떠한가? 나는 자신을 반성해 보았으나, 내가 소설에서나 단평에서 청년들을 "죽여라, 죽여라, 죽여라"[124]라고 주장한 흔적이 없을 뿐만 아니라, 그런 마음을 먹은 적도 없었다.

나는 줄곧 진화론을 믿어 왔으므로, 반드시 미래가 과거를 능가하고 젊은 세대가 늙은 세대를 능가한다고 생각했으며, 청년들을 더없이 소중히 여긴 나머지 종종 그들이 나를 칼로 열 번을 찌르더라도 나는 화살 한 발을 쏘았을 뿐이다. 하지만 후에 나는 그렇게 한 내가 오히려 잘못이라는 것을 깨달았다. 그것은 유물사관의 이론이나 혁명문예 작품들이 나를 현혹했기 때문이 아니라, 같은 청년이지만 두 진영으로 갈라져서 누구는 투서와 밀고를 하고 누구는 관청을 도와 사람을 체포하는 사실을 광둥에서 내가 직접 목격했기 때문이다! 이로 인해 내 사고의 방향이 파멸되었으며 그후부터는 자주 의혹에 찬 눈으로 청년들을 바라보았고, 다시는 무조건 경외하지 않았다. 그러나 그후에도 처음으로 출전하는 청년들을 위해서는 몇 마디 성원의 외침을 지르기도 했으나 큰 도움은 되지 않았다.

이 문집에 수록한 글은 아마 2년 동안 쓴 글의 전부일 것이다. 다른 책의 서문들 중에서 다소나마 참고가 될 만하다고 생각되는 것을 몇 편 골라 넣었다. 책과 신문을 뒤지다가 1927년에 쓴 글인데 『이이집』에 수록되지 않은 것을 몇 편 우연히 발견하였다. 그때 아마 「밤에 쓴 글」^{夜記}은 따로 책을 묶을 생각으로 빼놓았고 강연과 주고받은 편지들은 내용이 천박하거나 요긴하지 않다고 생각되어 그 당시 수록하지 않은 듯하다.

지금 그 문장들을 앞부분에 수록하여 『이이집』의 보충으로 삼는다. 나는 또 다르게 이런 생각이 들었다. 그것은 강연과 편지 가운데 한 편만 인용해 보아도 그 당시 홍콩의 면모를 명확하게 알 수 있으리라는 것이다. 나는 두 차례 강연을 했다. 첫날에는 「진부한 곡조는 이미 다 불렀다」라는 강연이었는데 지금 그 원고를 찾지 못하였고, 이튿날에는 「소리 없는 중국」이라는 강연이었는데, 그렇게 천박하고 속된 것인데도 오히려 놀랍게도 '사악한 연설'이라고 신문지상에 발표하지 못하게 했다. 바로 이런 홍콩이었다. 그런데 지금은 이런 홍콩이 거의 온 중국에 퍼져 나갔다.

한 가지 일만은 창조사에 감사드려야겠다. 나는 그들의 '강요에 의해' 과학적 문예론을 몇 권 읽어 보고서, 이전에 문학사가들이 수없이 말했지만 종잡을 수 없었던 의문들을 풀었다. 또 이로 인해 플레하노프의 『예술론』을 번역해서 나의 ──또 나로 인해 다른 사람에게 미친 ──진화론만 믿던 편견을 바로잡았다. 그렇지만 내가 『중국소설사략』을 펴낼 때 모았던 자료들을 청년들이 자료 찾는 품을 덜어주기 위하여 『소설구문초』라는 책으로 인쇄 출판했을 때, 청팡우[125]가 무산계급의 이름으로 나를 '유한자'有閑者라고 지칭했는데, 게다가 그 '유한'이라는 말을 세 번이나 곱씹었다. 이 일을 아직도 잊어버릴 수가 없다. 나는 무산계급은 도필[126]의 재간을 배우지 않았기 때문에 주도면밀한 문장을 이용하여 죄를 뒤집어씌우지는 못한다고 생각

한다. 편집을 끝마치고 책의 제목을 『삼한집』이라 붙여서 청팡
우를 풍자하는 바이다.

1932년 4월 24일 밤, 편집을 끝내고 적음

소리 없는 중국

—2월 16일 홍콩청년회에서의 강연

아무것도 들을 내용이 없는 따분한 저의 강연을 듣기 위하여, 그것도 이렇게 비가 세차게 쏟아지고 있는 무렵에 여러분께서 이처럼 많이 와 주셨으니 우선 정중한 감사의 뜻을 전합니다.

제가 오늘 강연할 제목은 「소리 없는 중국」입니다.

지금 저장, 산시에서는 전쟁을 하고 있는데[127] 그곳에 살고 있는 사람들이 울고 있는지 웃고 있는지 우리는 모릅니다. 홍콩은 매우 태평한 것 같은데 여기에 살고 있는 중국 사람들이 편안한지 그렇지 않은지 다른 사람들은 모릅니다.

자기의 사상과 감정을 발표하여 여러 사람들이 알게 하려면 글을 써야 합니다만, 그런데 문장을 가지고 의사를 표현하는 일을 현재 일반적인 중국 사람들은 할 수 없습니다. 이것은 우리를 탓할 것이 아닙니다. 일차적으로 그것은 우리의 선조들이 우리에게 전해 내려준 그 문자가 무척이나 두려운 유산이기 때문입니다. 사람들이 수년간 열심히 노력해도 사용하기가 힘듭니다. 어렵기 때문에 많은 사람들이 이해하지 못하고 심지어는 자기의 성이 장張씨인지 장章씨인지 명확하게 쓰지 못거나, 혹은 전혀 쓸 줄 모르거나 혹은 그저 Chang이라고 말할 뿐입니다. 비록 말은 하지만 겨우 몇 사람이 알아들을 수 있을 뿐 먼 지방 사람들은 알지 못하므로 결국은 소리가 없는 것이나 마찬가지입니다. 또 한편으로는 글자가 어렵기 때문에 일부 사람들은 그것을 보배처럼 여기고 요술을 하듯이 지호자야[128] 하기 때문에 겨우 몇 사람이 알 뿐,——사실은 정말로 이해하고 있는지 알 수 없고, 게다가 대다수의 사람들은 이해하지 못하므로 결국 소리가 없는 것이나 마찬가지입니다.

문명인과 야만인의 구별에 있어서 첫째는 문명인에게는 문자가 있어서 그들의 사상과 감정을 문자를 빌려서 대중에게 전달하고 후세에 남기는 것입니다. 중국에 문자가 있기는 하지만 지금은 이미 모든 사람들과 상관이 없게 되어, 사용하는 것은 알기 어려운 고문이고 말하는 것은 케케묵은 옛날의 뜻이기 때문에, 모든 소리가 다 과거의 소리이고 모두가 없는 것이나 마찬가지입니다. 그렇기 때문에 모든 사람이 서로 이해하지 못하고 산산이 흩어진 모래알과 같습니다.

글을 골동품으로 간주해 아무도 알아보지 못하고 아무도 이해하지 못하게 하는 것이 좋다면, 그것 또한 흥미로운 일일지도 모릅니다. 그러나 결과는 어떻습니까? 우리는 이미 우리가 하고 싶은 말을 하지 못하게 되었습니다. 우리는 손해를 보고 모욕을 당하고도 언제나 해야 할 말을 못하고 있습니다. 최근의 사정을 예로 들어 봅시다. 중일전쟁, 권비사건, 민원혁명[129]과 같은 큰 사건이 있은 후 오늘에 이르기까지 우리는 이렇다 할 저작을 한 권이라도 내놓은 것이 있습니까? 민국 이후에도 여전히 누구도 소리를 내지 않았습니다. 오히려 외국에서는 중국에 대한 말을 자주 하고 있지만 그것은 모두 중국 사람 자신의 목소리가 아니라 외국인의 목소리입니다.

말을 못하는 이 흠결이 명나라 때에는 그래도 이렇게까지 심하지 않았습니다. 그들은 그래도 비교적 하고 싶은 말을 할 수 있었습니다. 만주인이 이민족으로서 중국에 침입해 들어와서부터 역사에 대한 이야기, 특히 송나라 말기의 일을 이야기하는 사람은 살해당하였으며 시국에 대한 이야기를 하는 사람도 물론 살해당하였습니다. 그렇기 때문에 건륭 연간에 이르러서는 인민들이 모두 감히 글로써 의사표시를 하지 못했습니다. 이리하여 이른바 선비들은 부득불 집구석에 처박혀서 경서를 읽고 옛날 책을 교정하고 당시와는 아무런 관계도 없는 옛글을 쓰고 있었습니다. 조금이라도 새로운 뜻을 담아서는 안 되었습니다. 한유를 본받거나 아니면 소식을 배울 뿐이었습니다. 한유와 소식은 그들 자신의 글로써 당시에 하고 싶었던 말을 한 것이니 그것은 물론 당연한 것입니다. 그러나 우리는 당, 송 시대의 사람이 아니므로 어떻게 우리와 아무런 관계도 없는 시대의 글을 지을 수 있겠습니까? 설사 비슷하게 짓는다 하더라도 그것은 당, 송 시대의 소리이며 한유와 소식의 소리이지 우리 시대의 소리가 아닙니다. 하지만 중국 사람은 지금까지도 이런 옛날 연극놀이를 하고 있습니다. 사람은 있으나 소리가 없으니 적막하기 짝이 없습니다.——사람이 소리를 내지 않을 수 있습니까? 소리를 내지 않으면 죽은 것이라고 할 수 있습니다. 좀더 겸손하게 말하면 이미 벙어리가 된 것입니다.

이처럼 여러 해 동안 소리 없던 중국을 소생시키자면 쉬운 일이 아닙니다. 그것은 마치 죽은 사람을 보고 "너 살아오라!"고 명령하는 것과 같습니다. 나는 비록 종교를 모르지만 그것은 마치 종교에서 말하는 소위 '기적'이 나타나기를 바라는 것과 같습니다.

맨 처음 이러한 작업을 시도한 것은 '5·4운동' 한 해 전에 후스즈 선생이 제창한 '문학혁명'이었습니다. '혁명'이란 이 두 글자를 여기에서도 두려워하는지 모르겠습니다만, 어떤 곳에서는 듣기만 해도 겁을 냅니다. 그러나 문학이란 두 글자와 결합한 '혁명'은 프랑스혁명의 '혁명'처럼 그렇게 무서운 것이 아닙니다. 그것은 혁신에 불과합니다. 글자 한 자를 바꾸어 놓으니 매우 평화스러워집니다. 우리도 차라리 '문학혁신'이라고 부릅시다. 중국 글에는 이런 속임수가 많습니다. 그 문학혁신의 내용도 별로 무서울 것은 없습니다. 그저 이제부터는 머리를 다 짜내서 고대의 죽어 버린 사람의 말을 익히고 쓸 것이 아니라 현대의 살아 있는 사람의 말을 하자, 글을 골동품으로 간주하지 말고 알기 쉬운 백화문으로 글을 쓰자는 것이었습니다. 하지만 단순히 문학혁신만으로는 부족했습니다. 왜냐하면 썩어 빠진 사상은 고문으로도 쓸 수 있을 뿐만 아니라 백화문으로도 쓸 수 있기 때문입니다. 그래서 후에 어떤 사람이 사상혁신을 창도했습니다. 사상혁신의 결과로 사회혁신운동이 일어났습니다. 이 운동이 일어나자 다른 한편에서 반동이 나타나게 되었으며 이리하여 전투가 차츰 차츰 무르익었습니다.

그런데 중국에서는 문학혁신이 일어나자마자 바로 반동이 생겼습니다. 그럼에도 불구하고 백화문은 점점 보급되었고 커다란 방해를 받지 않았습니다. 이것은 무엇 때문이겠습니까? 그것은 그때 첸쉬안퉁 선생이 한자를 폐지하고 로마 자모로 대체하자는 주장을 제창했기 때문입니다. 이것도 사실 문자혁신에 불과한 것으로 아주 평범한 일이었지만, 개혁을 싫어하는 중국 사람이 들었을 때는 대단한 일이었습니다. 그래서 그들은 비교적 온건한 문학혁명을 젖혀 놓고 첸쉬안퉁에게 마구 욕설을 퍼부었습니다. 백화문은 수많은 적들이 사라진 기회를 틈타서, 오히려 방해가 없어지게 되어 유행할 수 있었습니다.

중국 사람의 성미는 언제나 타협과 절충을 좋아합니다. 예를 들어 이 집이 너무 어두워 여기에 반드시 창문을 하나 만들어야겠다고 하면 모두들 절대 안 된다고 할 것입니다. 그러나 만약 지붕을 뜯어 버리자고 하면 그들은 곧 타협하여 창문을 만들기를 바랄 것입니다. 더욱 치열한 주장을 하지 않으면 그들은 언제나 온건한 개혁마저도 하려 하지 않습니다. 그때 백화문이 보급될 수 있었던 것은 바로 중국 글자를 폐지하고 로마자모를 쓰자는 의론이 있었기 때문입니다.

사실 문언문과 백화문의 우열에 대한 토론은 벌써 끝났어야 하지만, 중국에서는 무슨 일이나 얼른 끝내기를 좋아하지 않으므로 지금까지도 의미가 없는 수많은 의론이 존재하고 있습니다. 예를 들면 어떤 사람은 고문은 각 성省 사람들이 다 이해할 수 있으나 백화문은 곳곳마다 다르기 때문에 오히려 서로 이해하지 못한다고 합니다. 그러나 그들은 교육이 보급되고 교통이 발달하기만 하면 이 문제가 해결된다는 것을 모르고 있습니다. 그때에 이르면 사람마다 비교적 쉽게 이해하는 백화문을 알게 될 것입니다. 그러나 고문은 각 성 사람들이 다 알아보기는 고사하고 한 성에 속하는 사람조차 이해하는 이가 많지 않습니다. 어떤 사람은 만일 모두 백화문을 쓴다면 사람들이 고서古書를 볼 수 없게 되므로 중국 문화가 사멸될 것이라고 합니다. 사실 말이지 현재 사람들은 고서를 볼 아무런 필요가 없으며 설사 고서에 정말 훌륭한 내용이 있다 해도 그것을 백화문으로 번역해 놓으면 되므로 그렇게 겁이 나서 벌벌 떨 필요는 없습니다. 그들 가운데 어떤 사람은 또 외국에서까지 중국의 책을 번역하는 것을 보면 그것이 좋은 것임을 알 수 있는데 우리 자신은 오히려 보지 말아야 한단 말인가라고 의문을 말합니다. 그러나 외국 사람들은 이집트의 고서도 번역하고 아프리카 흑인들의 신화도 번역합니다. 여기에는 또 다른 의미가 있다는 것을 그들은 모르고 있습니다. 그러므로 설사 번역한다 하여도 별로 영광스러운 일이 못 됩니다.

근래에 또 한 가지 설이 있는데 사상개혁이 요긴하고 문자개혁은 부차적이므로 차라리 좀더 평이한 문언문으로 새로운 사상을 담은 글을 쓰면 반대도 적게 받는다는 주장입니다. 이 말은 일리가 있는 것 같기도 합니다. 하지만 긴 손톱조차 깎아 버리려 하지 않는 사람은 절대 변발을 자르지 않는다는 것을 우리는 알고 있습니다.

우리가 고대의 말을 하고 있고, 말해 보았자 여러 사람들이 알지 못하고 듣지 못하는 말을 하고 있기 때문에, 이미 흩어진 모래알처럼 되어 서로 깊은 관심을 지니지 않고 있습니다. 우리가 소생하려면 우선 청년들이 더는 공자, 맹자와 한유, 유종원이 한 말을 되풀이하지 말아야 합니다. 시대가 달라졌고 사정도 다릅니다. 공자시대의 홍콩은 이렇지 않았습니다. 공자의 말투로 '홍콩론'을 쓸 수는 없습니다. "오호! 아득하구나. 홍콩이여!"라고 한다면 그것은 웃음거리에 지나지 않을 것입니다.

우리는 현 시대의 자신의 말을 해야 합니다. 살아 있는 백화문으로 자신의 사상과 감정을 솔직하게 말해야 합니다. 그러나 이것도 선배 선생들의 비웃음을 받습니다. 그들은 백화문은 천하고 가치가 없다고 하며 청년들의 작품은 유치하여 유식한 사람들의 웃음거리가 된다고 합니다. 우리 중국에 문언문을 지을 줄 아는 사람이 몇 사람이나 될까요? 나머지 사람들은 모두 백화문밖에 할 줄 모르는데, 도대체 그 많은 중국 사람이 다 천하고 가치가 없단 말입니까? 더구나 유치한 것은 수치가 아닙니다. 이는 노인 앞에 나선 어린애가 조금도 수치스러울 바 없는 것과 마찬가지입니다. 유치한 것은 자라날 수 있고 성숙할 수 있으므로 노쇠하거나 부패하지 않으면 됩니다. 만약 성숙해지기를 기다려서 그후에야 착수할 수 있다고 한다면, 시골의 아낙네라도 그렇게 멍청한 주장을 하지는 않을 것입니다. 그 아낙네의 아이가 걸음마를 배우다가 설령 넘어졌다고 하더라도 아이더러 침대에 누워 있다가 걸음을 걷는 법을 배우고 난 후에 내려오라고는 하지 않을 것입니다.

청년들은 무엇보다도 먼저 중국을 소리 있는 중국으로 만들어야 합니다. 대담하게 말하고 용감하게 나아가면서 모든 이해관계를 잊어버리고 옛사람들을 밀어 치우고 자기 진심의 말을 해야 합니다.——진실, 이것은 물론 쉽지 않습니다. 예를 들면, 태도를 진실하게 취하기도 쉽지 않습니다. 강연을 하고 있는 나의 태도는 진실한 태도가 아닙니다. 왜냐하면 내가 친구나 아이와 이야기할 때는 이런 태도로 말하지 않기 때문입니다.——그러나 어쨌든 비교적 진실한 말을 할 수 있으며 비교적 진실한 소리를 낼 수 있을 것입니다. 오로지 진실한 소리만이 비로소 중국 사람들과 세계 사람들을 감동시킬 수 있으며 진실한 소리가 있어야만 비로소 세계의 사람들과 이 세상에서 함께 살아 나갈 수 있습니다.

지금 소리가 없는 민족이 얼마나 되는지 우리 생각해 봅시다. 우리는 이집트 사람의 소리를 들어 보았습니까? 베트남, 조선의 소리를 들어 보았습니까? 인도에서는 타고르를 제외하고 다른 사람의 소리를 들어 보았습니까?

이제부터 우리 앞에는 확실히 두 갈래 길이 있을 뿐입니다. 하나는 고문을 부둥켜안고 죽는 길이고, 다른 하나는 고문을 내버리고 사는 길입니다.

종루에서
—밤에 쓴 글 2

역시 내가 샤먼에 있을 때의 일이다. 바이성이 광저우에서 와서 아이얼 군도 그곳에 있다는 소식을 알려 주었다.[130] 아마 새로운 생명의 길을 찾아보려고 그랬을 것이다. 아이얼은 예전에 자신의 과거와 미래의 소망을 적은 사연이 긴 편지를 써서 K 위원에게 보낸 일이 있었다.

"자네는 아이얼이란 사람을 아나? 그가 사연이 긴 편지를 내게 보내왔는데 나는 채 다 보지 않았네. 사실 말이지 그렇게 문학가연하는 꼴을 하고서는 긴 편지를 쓰다니, 이것이 곧 반혁명일세!" 어느 날 K 위원이 바이성에게 한 말이었다.

또 어느 날 바이성이 그 일을 아이얼에게 말했더니 그는 펄쩍 뛰었다.

"뭐? … 무슨 이유로 나를 반혁명이라고 해?"

샤먼은 바야흐로 따뜻한 늦가을이었다. 산에는 들석류화가 피어 있고 아래층에는 노란 꽃──이름이 무엇인지는 모르지만──이 피어 있었다. 화강암 담벼락에 둘러싸인 이층집 방안에 앉아서 이 짤막한 이야기를 듣고 있었는데, 눈살을 찌푸린 K 위원의 엄숙한 얼굴과 활발하면서도 그늘이 비낀 아이얼의 젊은 얼굴이 동시에 눈앞에 떠올랐다. 그리고 눈살을 찌푸린 K 위원 앞에서 아이얼이 펄펄 뛰고 있는 듯했다.──그래서 나도 모르게 창문 너머 먼 하늘을 바라보면서 실소를 머금었다.

그러나 이와 동시에 소비에트 러시아의 저명한 시인,『열둘』의 저자 블로크[131]의 말을 떠올렸다.

공산당은 시를 쓰는 것을 방해하지 않는다. 그러나 자신이 대작가라고 생각하는 것은 오히려 창작에 방해가 된다고 느낀다. 대작가란 자신의 모든 창작의 핵심이 자신 안에서 법칙을 지키는데 있다고 생각하는 자를 말한다.

나는 생각했다. 공산당과 시, 혁명과 장편서신이 정말 이렇게도 용납될 수 없는 것인가?

이상은 그때의 나의 생각이다. 지금 나는 또 여기에 몇 마디 의론을 덧붙일 필요가 있다고 생각한다.

나는 변혁과 문예가 용납될 수 없다는 것을 말할 뿐이지 결코 그때의 광저우정부가 공산당정부라거나 그 위원이 공산당이라고 말하는 것은 아니다. 이런 일에 대해서 나는 조금도 모른다. 그저 이미 '처형'당한 몇몇 사람들 가운데 지금까지 억울함을 토로하는 사람도 없고 하소연하는 원귀도 없는 것으로 보아, 틀림없이 정말 공산당인 것 같다고 생각할 뿐이다. 그리고 일부 사람들은 비록 한때 다른 쪽으로부터 이런 시호를 받기는 하였지만, 후에 쌍방이 만나서 술잔을 주고받으며 이야기를 나누어 보니 이전의 일은 모두 오해였다는 것이 밝혀져서 사실은 본래부터 서로 합작할 수 있는 처지였다.

필요한 의론이 끝났으니 마음 놓고 화제를 본 주제로 돌리고자 한다. 얼마 후에 나는 아이얼 군에게서 그가 일자리를 구했다고 알리는 편지 한 통을 받았다. 편지는 그리 길지 않았는데, 억울하게 '반혁명'으로 지목된 아픔이 채 가시지 않아 그런 모양이다. 그러나 또 불평을 늘어놓고 있었다. 첫째는 자기에게 밥솥 옆에나 앉아 있으라고 하니 무료하기 짝이 없다는 것이며, 둘째는 언젠간 풍금을 치고 있는데 웬 낯선 처녀가 주전부리를 한 봉지 가져다주는 바람에 신경과민증에 걸렸다는 것이었다. 그는 북방 여자들은 너무 딱딱하고 남방 여자들은 너무 활달하다고 생각되어 '탄식하는' 것을 금할 수 없었다고 했다.

첫번째 문제에 대하여 나는 가을 모기의 포위공격 속에서 쓴 답장에서 대답을 주지 않았다. 자기 앞에 밥솥이 없어서 무료함을 느끼고 고통을 느낀다면 그것은 인간의 보편적인 감정이라고 하겠지만, 밥솥이 있게 되었는데도 무료하다고 하니 그것은 틀림없이 혁명 열병에 걸린 것이다. 솔직히 말해서 먼 곳에서 혁명이 일어났다거나 내가 모르는 사람이 혁명을 한다고 하면, 나는 그런 이야기를 기쁘게 듣는다. 하지만──별수 없으니 솔직히 말하자──만일 내 신변에서 혁명이 일어난다거나 내가 잘 아는 사람이 목숨命을 혁革하려 한다면 나는 그런 이야기는 그렇게 기쁘게 듣지 않는다. 어떤 사람이 나더러 목숨을 내걸고 혁명을 하라고 하면 나는 물론 감히 싫다고 하지 못하겠지만, 만일 나에게 가만히 앉아서 통조림 우유를 마시라고 하면 나는 더욱더 감격할 것이다. 그러나 아이얼에게 한사코 밥솥의 밥만 퍼먹으라고 하자니 꼴불견인 것 같고, 그렇다고 밥솥을 떠나서 목숨을 걸고 싸우라고 하자니 아이얼은 나와 극진한 사이인지라 입이 떨어지지 않는다. 이리하여 부득불 신선들 이야기에서나 전해 내려온 방법대로 귀를 틀어막고 못 들은 척하는 수밖에 없었다. 그러나 두번째 문제에 대해서는 호되게 훈계하였다. 대체로 말하면 '딱딱'한 것과 '활달'한 것을 모두 다 찬성하지 않는다면 여성은 이러지도 저러지도 말아야 한다는 것과 똑같은 주장인데, 그것은 절대 옳지 못하다는 내용이었다.

대략 달포가 지나서 내가 아이얼과 비슷한 꿈을 안고 광저우에 가서 밥솥 옆에 앉았을 때, 그는 이미 그곳에 있지 않았고, 아마도 내 편지를 받지 못한 듯했다.

나는 중산대학에서 제일 가운데이고 제일 높은 '대종루'大鐘樓라는 곳에 거처를 정하였다. 한 달 후에 머리에 눌러쓰는 수박처럼 생긴 전통식 둥근 모자를 쓴 비서한테서 듣고서야 안 일이지만, 그것은 제일 우대를 받은 것으로 '주임'급 정도가 아니고는 머물지 못하는 곳이었다. 그러나 후에 그곳에서 이사를 나온 다음에, 어느 사무원이 그곳으로 이사 갔다고 들었으니, 그 오묘한 바를 헤아릴 수가 없다. 하지만 내가 그곳에 머물던 동안만은 어쨌든 주임급 정도가 아니고는 입주하지 못하는 곳이었으므로 사무원이 이사해 들어갔다는 사실을 알게 된 그날까지는 늘 감격했고 송구스러웠다.

그러나 그 특등실은 살기가 그리 좋은 곳은 아니었다. 최소한의 결점은 잠을 제대로 잘 수 없다는 것이었다. 밤만 되면 10여 마리 —— 혹은 20여 마리인지도 모르는데, 나는 그 수를 딱히 알 수 없었으니까 —— 의 쥐가 나와서 마치 문단에서 살판이 난 듯이 아무것도 아랑곳하지 않았다. 그놈들은 먹을 수 있는 것은 다 먹고 상자의 뚜껑까지 열 줄 알았다. 광저우 중산대학에서 주임급 정도가 아니고는 살지 못하는 이층집에서 사는 쥐는 각별히 더 총명한지 다른 곳에서는 그런 것을 보지 못하였다. 새벽에는 또 '노동자 동무'들이 내가 알아들을 수 없는 노래를 고래고래 불러 댔다.

낮에 찾아오는 광둥성 출신의 청년들은 대체로 큰 호의를 품은 이들이었다. 몇몇 개혁에 열성적인 이들은 내가 광저우의 폐단에 대해 맹렬히 공격해 주기를 바라기까지 하였다. 그 열성에 대단히 감동되기는 하였지만, 나는 결국 아직 광둥지방의 사정에 익숙하지 못하며 또 이미 혁명을 하고 있으니 별로 공격할 것이 없다는 말로써 슬쩍 피해 버렸다. 그로 인해서 그들이 자못 실망하였을 것은 당연하였다. 며칠 후에 스이[132]군이 「신시대」에서 다음과 같이 말하였다.

… 우리들 가운데 몇몇은 그의 이 말에 대하여 매우 마뜩하지 않게 생각한다. 우리는 우리들 자신도 욕을 먹어야 할 점이 많다고 생각하며 스스로를 욕하려 하는데, 하물며 루쉰 선생이 우리의 결함을 보지 못한단 말인가?…

사실 나의 말 가운데서 절반은 진담이다. 나라고 어찌 광저우를 이해하고 광저우를 비평할 생각이 없었겠는가? 그러나 어찌하랴, 대종루 위에 떠받들어진 다음부터 노동자 동무들은 나를 교수로 모시고 학생들은 나를 선생으로 모시고 광저우 사람들은 '타관내기'로 간주하는 바람에 고독하게 혈혈단신이 되어 우뚝 서 있는 형편이라 고찰할 방도가 없었다. 역시 가장 큰 장애는 언어였다. 내가 광저우를 떠날 때까지 내가 아는 말이라곤 하나, 둘, 셋, 넷… 하는 셈을 제외하고, 그저 '타관내기'들에게는 너무나 특수하기 때문에 누구나 다 기억하게 되는 Hanbaran(모두)이라는 말 한 마디와 타고장의 말을 배울 때는 누구나 제일 쉽게 배우고 잘 기억하는 욕 한마디 Tiu-na-ma[133]뿐이었다.

이 두 마디가 때로는 쓸모가 있었다. 그것은 내가 바이윈로白
雲路에 있는 거처로 옮긴 후였다. 어느 날 순경이 전등을 훔치는
도적을 하나 붙잡았는데 저택을 관리하는 천陳씨가 도적을 쫓
아가면서 욕설을 퍼붓고 때렸다. 숱한 욕을 퍼붓는데 나는 이
두 마디를 알아들었다. 하지만 나는 흡사 다 알아들은 듯한 느
낌이 들었고, 속으로 "그의 말인즉 대체로 바깥의 전등을 거의
Hanbaran인 그에게 도둑맞았으므로 Tiu-na-ma라고 하는구
나"라고 생각했다. 그래서 마치 큰 문제가 풀린 것처럼 마음이
후련해서 제자리로 돌아와 나의 『당송전기집』 편집을 계속하
였다.

그러나 정말 그런지 아닌지는 알 수 없었다. 나 혼자 추측하
는 것은 무방하겠지만, 이에 근거하여 광저우를 논하는 것은
신중하지 못하다고 하지 않을 수 없다.

그러나 나는 이 단 두 마디에서 나의 스승인 타이옌 선생의
오류를 발견하였다. 선생이 일본에서 우리에게 문자학을 강의
해 주던 때라고 기억된다. 그때 선생은 『산해경』에 나오는 "그
것의 주는 꼬리에 있다"는 말의 '주'州는 여자 생식기로, 이 고어
가 지금 광둥말에 남아 있는데 Tiu 비슷하게 읽으므로 Tiuhei
라는 두 글자는 '주희'州戲라고 적어야 하며 명사가 앞에 붙고 동
사가 뒤에 놓였다고 하였다. 선생이 그후에 이 설명을 『신방언』
이란 책에 써넣었는지 어쨌는지는 기억나지 않는다.[134] 그러나
지금 볼 때 '주'는 명사가 아니라 동사이다.

그건 그렇다 치고, 내가 별로 공격할 점이 없다고 한 말은 확실히 빈말이다. 사실은 그때 나는 광저우에 대한 애증이 없었기 때문에 기쁘거나 슬플 것도 없었으며 치켜세우거나 깎아내릴 것도 없었다. 꿈을 안고 왔다가 현실에 부딪히자 꿈의 세계에서 추방되어 적막만 남았다. 나는 광저우도 어쨌든 중국의 한 부분으로 비록 그곳의 기이한 화초나 특이한 언어가 나그네의 이목을 현란케 할 수는 있지만, 사실 내가 가 본 다른 고장들과 크게 다른 점이 없었다. 만약 중국을 인간 세상과는 다른 한 폭의 그림이라고 한다면, 각 성들의 모양은 사실 똑같고 다른 것은 색깔뿐이다. 황허 이북의 여러 성들은 황색과 회색으로 칠해져 있고, 장쑤소성과 저장성은 담흑색과 담록색, 샤면은 담홍색과 회색, 광저우는 심록색과 심홍색이다. 그 당시 나는 사실상 여행을 하지 않았다는 것을 깨닫고, 특별한 비난의 언사를 오로지 재스민과 바나나에게만 쏟아부을 수가 없었던 것이다.──그러나 그때는 사실 이런 분명한 감각도 없었으니, 이역시 훗날 회상에서 얻은 감각인지도 모른다.

나중에는 다소 바뀌어서 이따금 용기를 내어 흥을 몇 마디씩하기도 하였다. 하지만 무슨 소용이 있었는가? 한번은 강연에서 광저우 사람들은 역량이 없기 때문에, 이곳은 '혁명의 책원지'로도 될 수 있고 반혁명의 책원지로도 될 수 있다고 하였더니… 광둥말로 통역할 때는 그 구절을 빼 버린 것 같았다. 한번은 어느 곳에 글을 써 보내면서, 청천백일기가 멀리 꽂혀 나갈 수록 틀림없이 신봉자가 많아질 것이라고 했다. 그러나 대승불교가 그러하듯이 거사[135]들마저 불교의 제자로 헤아릴 때는 종종 계율이 혼란스러워지는데 이것은 불교의 대대적 보급인지 불교의 패배인지 알 수 없다?… 고 썼는데, 그러나 이 글은 끝내 인쇄되지 않았고, 어디로 갔는지 알지도 못했으니….

광둥의 꽃과 과일이 '타관내기'의 눈에는 물론 여전히 기이하다. 내가 제일 좋아하는 것은 역시 '양타오'였다. 표면이 미끌미끌하면서 사각사각하고 새콤하면서도 달았다. 통조림으로 만들면 제맛을 완전히 잃어버린다. 산터우汕頭의 것은 '싼롄'이라고 하는데 크지만 맛이 별로 없다. 나는 양타오의 공덕을 늘 선전하였는데, 먹어 본 사람은 대체로 찬동했는바 이것이 내가 이 일 년 사이에 거둔 가장 탁월한 성과이다.

종루에 거주하던 두번째 달부터는 내가 '교무주임'이라는 종이감투를 쓰고 바삐 보낸 때였다. 학교의 큰일이란 여느 학교들과 마찬가지로 보충 시험을 보고 강의를 시작하는 것 따위에 지나지 않았다. 그것 때문에 머리를 끄덕이며 회의를 열고 시간표를 짜고 통지서를 발송하고 시험문제를 비밀리에 보관하고 시험지를 나누어 주고… 등의 일들을 하였다. 그리하여 또 회의를 열고 토의하고 점수를 매기고 성적을 공포해야 했다. 노동자 동무들은 규정에 의하여 오후 5시 이후에는 일을 하지 않으므로 한 사무원이 수위의 도움을 받아 밤새 길이가 열 자도 넘는 시험방문을 내다 붙여야 했다. 그러나 이튿날 아침에 보면 찢어지거나 없어져서 또다시 써야 했다. 그러고 나면 변론이었다. 점수가 높으냐 낮으냐의 변론, 급제하느냐 못 하느냐의 변론, 교원이 사심이 있느냐 없느냐의 변론, 혁명적 청년을 우대해 주는데 우대의 정도와 나는 이미 우대해 주었는데 당신은 아니라는 변론, 낙제생을 구원하는데 내게 그런 권한이 없다고 말했는데 당신은 내가 권한이 있다고 하고 나는 방법이 없다는데 당신은 있다고 하는 변론, 시험문제의 난이 정도를 두고 어렵지 않다느니 너무 어렵다느니 하는 변론, 그리고 또 친족이 대만에 있기 때문에 자기도 대만 출신이라고 할 수 있는데 '피압박민족'이 향유하는 특권이 있느냐 없느냐 하는 변론, 또 인간은 본래 이름이 없으므로 그의 이름을 도용했다는 말이 옳지 않다는 현학적인 변론…이 진행되었다. 이렇게 하루하루를 보내는데 저녁마다 10여 마리 ─ 혹은 20여 마리 ─ 의 쥐가 살판이 났고, 새벽에는 노동자 동무 셋이 우렁차게 노래를 불렀다.

지금 그때 변론하던 일을 생각하면 사람이란 제한된 생명을 가지고 농짓거리를 너무 하는구나 하는 생각이 든다. 하지만 그때 다른 원망은 없었다. 다만 유별나게 변했구나 하는 생각이 드는 일이 한 가지 있었는데, 즉 장편서신에 대하여 점점 증오하게 된 것이다.

이런 종류의 장편서신은 자주 받고 있었기에 줄곧 그리 이상하게 생각하지 않았다. 그러나 이때에는 점점 그 길이에 대해 혐오하기 시작해서 한 장을 다 읽어도 본의가 나오지 않았을 경우에는 바로 짜증이 났다. 때로 친한 사람이 곁에 있으면 그에게 주어서 다 읽어 본 다음에 편지의 요지를 알려 달라고 부탁하였다.

"그렇구나. '긴 편지를 쓰는 것이 곧 반혁명이구나!'" 나는 한편 이렇게 생각하였다.

그때 나도 K위원처럼 눈살을 찌푸렸는지 어쨌는지 거울을 보지 않아서 알 수 없다. 다만 회의를 하고 변론을 하는 나의 생애도 '혁명을 하고 있다'고 하기 어려울 것 같은 자각이 그 즉시 들어서, 자신의 편의를 생각해서 이전에 내린 판결을 수정하였다는 것만 기억난다.

"아니다, '반혁명'이라고 하기에는 너무 심하므로 '불^不혁명'이라고 해야겠다. 한데 그것도 너무 심하다. 사실 말이지 ──긴 편지를 쓰는 것은 밥을 먹고 너무 한가해서 하는 짓에 불과한데."

문화를 부흥시키려면 여유가 있어야 한다고 하는 사람이 있는데, 종루에서의 나의 경험에 의하면 대체로 옳은 듯하다. 한가한 사람들이 창조한 문화란 물론 한가한 사람들에게만 맞는 것은 당연한 일이다. 요즈음 일부 사람들이 대단한 기세로 크게 불평을 토로하는 것도 이상한 일은 아니다.──사실 이 종루 자체도 기묘하게 만들어졌다고 하지 않을 수 없다. 그러나 4억의 남녀 동포들, 화교들, 귀화한 이족 동포 가운데는 "온종일 배

불리 먹고도 마음 쓰는 곳이 없는" 사람도 많고, "온종일 무리 지어 함께 있으면서도 말이 의義에 미치지 않는" 사람도 많다. 그런데 어째서 이렇다 할 문예작품이 나오지 않는가? 문예라고만 말한 것은 범위를 한정시켜 쉽게 창작하기 위해서이다. 따라서 결론은 이렇게 된다. 여유가 있다고 해서 반드시 창작할 수 있는 것은 아니지만, 창작을 하려면 반드시 여유가 있어야 한다. 그렇기 때문에 "꽃이여, 달이여" 하는 말이 굶주리고 헐벗은 사람들의 입에서는 나올 수 없으며, 고역에 시달리는 노동자나 외지에 나가서 고생하는 노동자들로서는 "혼자서 중국 문단의 토대를 세울" 엄두를 내지 못할 것이다.

나는 이 학설이 퍽 마음에 들었는데, 나 스스로도 이미 오랫동안 붓을 들지 않았다고 느끼고 있었지만, 이 일에 대한 죄를 바빴던 탓으로 돌릴 수 있을 터이니 말이다.

아마 바로 이 무렵이라고 생각된다. 「신시대」에 「루쉰 선생은 어디에 숨어 버렸는가」라는 글이 발표되었는데, 쑹윈빈 선생이 쓴 것이었다. 그 글 가운데에는 다음과 같은 나에 대한 경고가 있다.

그는 중산대학에 온 후로 '외침'吶喊의 그 용기를 되살리지 않을 뿐만 아니라 흡사 "북방에 있을 때는 온갖 압박과 자극을 받았는데 이곳에 와서는 압박도 자극도 없기 때문에 할 말도 없어졌다"고 하는 듯하다. 아아! 괴상하도다! 루쉰 선생은 오늘의 사회를 도피하여 쇠뿔의 끝 속으로 숨어 버렸다. 낡은 사회가 사멸하는 고통, 새 사회가 태어나는 진통이 무수히 그의 눈앞에 드러나 있는데도 그는 못 본 척하고 있다! 그는 인생의 거울을 감추어 버렸으며 자신을 이전 시대로 되돌아가게 하였다. 아아! 괴상하도다! 루쉰 선생은 숨어 버렸다.

그런데 편집자는 상냥하게도 이 글은 나에 대한 호의적인 희망과 충고이지 결코 악의적인 조소나 욕설이 아니라는 설명을 달았다. 이는 나로서도 잘 알고 있는 일이어서, 기억하건대 그 글을 보고 자못 감동했다. 따라서 그 글에서 말한 것처럼 글을 좀 써서 내가 비록 '외치지'는 못하지만, 그것은 변론과 회의 때문에 때로는 밥 한 끼만 먹을 경우도 있고 때로는 물고기 한 마리밖에 못 먹을 경우도 있다는 점, 아직 용기를 잃지는 않았다는 점을 밝힐 생각도 했다. 「종루에서」가 그때 생각한 제목이다. 그러나 첫째는 역시 변론과 회의 때문이었고, 둘째는 쑹원빈의 글 첫머리에 라데크[136]의 말을 인용했는데, 이로 인해 말하고 싶은 잡다한 감상이 많이 떠올랐기 때문에 오히려 끝내 붓을 놓고 말았던 것이다. 거기에 인용한 말이란 다음과 같은 구절이다.

가장 큰 사회적 변혁의 시대에 처한 문학가는 방관자가 될 수 없다!

그러나 라데크의 이 말은 예세닌과 소볼[137]의 자살을 두고 한 말이다. 그의 『정처 없는 예술가』가 어느 잡지에 번역 게재되었을 때 나는 그것을 보고 잠깐 사색에 잠기었다. 나는 그 글에서 무릇 혁명 이전의 환상이나 이상을 품은 혁명적 시인은 흔히 자신이 노래하고 기대한 현실에 부딪혀 죽을 운명에 처해 있으며, 만일 현실적 혁명이 이런 부류의 시인들의 환상과 이상을 분쇄하지 못한다면 그 혁명은 헛된 소리를 떠든 것에 지나지 않는다는 것을 알게 되었다. 그러나 예세닌과 소볼을 그르다고 할 수는 없다. 그들은 앞서거니 뒤서거니 하면서 자신의 만가를 불렀고, 따라서 그들은 진실했다. 그들은 자신의 침몰로써 혁명의 전진을 실증해 주었다. 그들은 결국 방관자가 아니었다.

그러나 내가 광저우에 처음 도착했을 무렵에는 때때로 확실히 다소 안정된 느낌을 받았다. 몇 해 전 북방에 있을 때는 당원을 억압하고 청년들을 체포·살해하는 것을 자주 보았는데, 그곳에 도착해서는 그런 것을 보지 못하였다. 후에 이것은 "성지 聖旨를 받들고 혁명하는" 현상에 지나지 않음을 깨달았다. 그러나 꿈속에 있을 때는 확실히 좀 편안했다. 가령 내가 이 「종루에서」라는 글을 좀 일찍 썼더라면 글이 이렇지는 않았을 것이다. 그러나 어쩔 수 없이 오늘에 이르게 되었다. 게다가 '반혁명을 타도하는' 사실까지 목격하고 나니, 오로지 그때의 심정을 뒤쫓아 포착할 방법은 실제로 없게 되었다. 이제는 이렇게 하는 수밖에 없다.

'취한 눈' 속의 몽롱

음력으로 따지든 양력으로 따지든 올해가 상하이의 문예가들에게 특별한 자극력을 가진 듯, 신과 구, 두 개의 정월이 연이어 지나가자 잡지들이 계속해서 나타났다. 그들은 대개 위대와 존엄이라는 명분에 온 힘을 다 쏟을 뿐, 내용을 압살하는 것을 애석하게 여기지 않는다. 창간된 지 일 년이 채 안 되는 간행물들까지도 죽기 살기로 투쟁하고 돌변하는 모습을 보여 주고 있다. 저자의 면면을 보면 몇몇은 처음 보는 이름이지만 대부분은 눈에 익은 이름들인데, 그렇지만 때때로 생소하게 느껴지는 까닭은 그들이 일 년이나 반년쯤 붓을 놓았기 때문이다. 그들이 이전에는 무엇인가를 하고 있다가 왜 올해 들어서 일제히 붓을 들었는가? 말을 하자면 길어질 것 같다. 간단히 말하자면, 이전에는 붓을 들지 않아도 되었으나 지금은 붓을 들지 않을 수 없어서인데, 여전히 예전의 무료한 문인, 문인의 무료함 그대로이다. 이런 점을 의식적이든 무의식적이든 모두들 약간씩 자각하고 있기 때문에, 언제나 독자들에게 '장래'에는 '출국'할 거라든지, '연구실에 들어갈' 거라든지, 그렇지 않다면 '민중을 쟁취하겠다'고 큰소리치고 있다. 그들이 세운 공훈과 업적이 현재는 없지만, 일단 귀국하거나 연구실에서 나오거나 민중을 쟁취한 다음에는 대단할 것이다. 물론 멀리 내다보는 식견이 있는 사람, 조심성이 있는 사람, 겁이 많은 사람, 투기꾼들은 지금 미리 '혁명에 대한 경례'를 드리는 게 나을 것이다. 일단 '장래'가 다가오면, 그때 가서는 '후회막급'일 터이니.

그런데 각종 간행물들이 표현 형식은 각기 다르다 하여도 모두가 한 가지 공통점을 가지고 있는데, 그것은 다소 몽롱하다는 점이다. 내가 보건대, 이 몽롱의 발원지는——비록 펑나이차오의 소위 '흐뭇하게 취한 눈'[138]이기는 하지만——역시 더러는 사랑하고 더러는 미워하는 사람들이 있는 관료배와 군벌이다. 이들과 얽히고설켜 있거나 혹은 얽히고설키려 생각하는 자들은 글에서 왕왕 웃는 낯을 보이며 누구에게나 화기애애하다. 하지만 그들은 또 예측하는 능력이 있어서, 꿈속에서도 망치와 낫을 겁내므로 지금의 상전을 아주 내놓고 공손하게 섬기지도 못한다. 이리하여 여기서 얼마간 몽롱이 나타난다. 다른 한편 그들과 인연을 끊었거나 본래부터 얽히지 않고 대중을 향해 나아가는 사람들은 사실 아무 우려 없이 말을 할 수 있다. 그래서 글에서는 아주 씩씩한 모양이라 모두에게 영웅인 양 보여진다

하더라도, 그들의 지휘도를 잊어버리는 멍청이는 많지 않다. 이리하여 여기에도 얼마간 몽롱이 나타난다. 그래서 몽롱하게 하려다가 마침내 본색을 드러내 보이는 것과 본색을 보이려다가 마침내 몽롱하게 되는 것이 한 곳에서 동시에 나타났다.

사실 몽롱하다 해도 대단하지는 않다. 가장 혁명적인 나라라고 해도 문예 방면에 어찌 몽롱한 점이 없겠는가. 하지만 혁명가는 자기를 비판하기를 결코 두려워하지 않으며, 그들은 명확히 알고 있고 용감하게 명시적으로 말한다. 오로지 중국만 유별나다. 남을 따라서 톨스토이를 '추접스러운 설교자'라고 말할 줄은 알면서도, 중국의 '현 상태'에 대해서는 "사실상 사회의 각 방면이 바야흐로 먹장구름과 같은 어두운 세력의 지배를 받고 있다"는 것을 느낄 뿐 '정부의 폭력, 재판 행정의 희극적인 가면을 찢어 버린' 톨스토이의 몇 분의 일만큼의 용기도 없다. 인도주의가 철저하지 못하다는 것을 알면서도 "사람을 풀 베듯 소리 없이 죽일" 때에는 인도주의적인 항쟁도 없다. 가면을 찢어 버리거나 항쟁을 한다는 것도 '문자유희'에 지나지 않으며 결코 '직접적인 행동'은 아니다. 나는 글 쓰는 사람이 직접 행동할 것을 결코 바라지는 않는다. 글 쓰는 사람은 거개가 글을 쓸 줄밖에 모른다는 것을 나는 알고 있다.

좀 늦은 것이 유감이다. 창조사가 재작년에 출자자를 모으고 작년에 변호사를 초빙했는데[139] 금년에야 비로소 '혁명문학'의 깃발을 내들었다. 그리고 부활한 비평가 청팡우는 드디어 '예술의 궁전'을 호위하던 직업을 버리고 "대중을 쟁취하며" 혁명 문학가에게 "최후의 승리를 확보해 주려" 하고 있다. 이 비약은 필연적이라고 할 수도 있다. 문예를 하는 사람들은 대체로 민감해 시시각각 자신의 몰락을 예감하고 또 그것을 미연에 방비하려고 애쓰며 마치 망망대해에서 표류하는 사람처럼 결사적으로 아무것이나 붙든다. 20세기 이후로 표현주의, 다다이즘, 무슨 무슨 주의들이 한쪽이 흥하면 다른 쪽이 망한 사실이 그 증거이다. 지금은 큰 시대, 동요하는 시대, 전환의 시대로 중국 이외의 나라에서도 대체로 계급 대립이 매우 첨예화되었으며 노농대중의 힘이 날로 커지고 있다. 그러므로 만일 자신을 몰락에서 구원하려면 두말할 것 없이 그들에게로 기울어져야 한다. 하물며 "오호라! 프티부르주아계급에게는 두 개의 영혼이 있으니…" 부르주아계급 쪽으로 기울어질 수도 있지만 프롤레타리아계급 쪽으로 기울어질 수도 있는 법, 더 말해 무엇하랴.

이런 일이 중국에서는 아직 맹아상태라서 신기해 보이기 때문에 반드시 「문학혁명에서 혁명문학으로」라는 거창한 제목의 글을 써야 하지만, 공업이 발달하고 빈부의 차가 극심한 나라들에서는 이미 보통 일이 되었다. 어떤 이는 장래는 노동자의 세상이라는 것을 예견하고 달려갔고, 어떤 이는 강자를 도울 바에는 차라리 약자를 돕겠다고 달려갔으며, 어떤 이는 이 두 가지가 뒤섞여 작용하여 달려갔다. 어떤 이는 공포로, 어떤 이는 양심 때문이라고 말할 수 있다. 청팡우는 사람들에게 프티

부르주아계급의 근성을 극복하라고 설교하면서 '대중'을 끌어다가 '베풀기'와 '유지'의 재료로 삼고 있는데, 글을 끝맺으면서 큰 의문을 하나 남겨 놓았다.

만일 '최후의 승리를 확보하기' 어려울 경우에는 갈 것인가, 가지 않을 것인가?

이것은 실로 청팡우의 축하를 받아 금년부터 나오기 시작한 『문화비판』에 실린 리추리의 글에서 프롤레타리아계급 문학을 주장하지만, 반드시 프롤레타리아계급 자신이 쓸 필요가 없으며 어느 계급 출신이든 어떤 환경에 처해 있든 간에 "프롤레타리아계급 의식에서 나온 일종의 투쟁문학"이기만 하면 된다고 한 것보다 간단명료하지 못하다. 그러나 리추리는 "취미를 중심으로 하는" 밉살스러운 '위쓰파' 사람들의 이름이 눈에 띄기만 하면, 곡절불문하고 여전히 "간런 군君에게 묻노니, 루쉰은 제몇 계급에 속하는 사람인가?"라는 식이다.

나의 계급은 이미 청팡우에 의하여 다음과 같이 판정되었다. "그들이 긍지로 삼는 것은 '한가閑暇, 한가, 세번째도 한가'이며, 그들은 한가한 부르주아계급 혹은 북鼓 속에서 잠자고 있는 프티부르주아계급을 대표하고 있다. … 만일 베이징의 오염되고 혼탁한 공기를 10만 냥의 연기 없는 화약으로 폭파하지 않는다면 그들은 영구히 그렇게 살아갈 것이다."

우리의 비판자들이 창조사의 공훈을 적어 내고 거기에 '부정의 부정'을 가하는 것으로써 '대중을 쟁취하려' 할 때[140] 벌써 '10만 냥의 연기 없는 화약'을 생각하게 되었고, 게다가 나를 '부르주아계급' 속에 밀어 넣으려는 듯하므로(왜냐하면 '유한이란 곧 돈이 있는' 것이라니까) 나는 자못 위태롭다는 느낌이 든다. 그러다가 후에 리추리가 "작가라면 그가 제1, 제2, … 제100, 제1000 계급이든지 상관없이 다 프롤레타리아계급 문학운동에 참가할 수 있다고 나는 생각한다. 그러나 우리는 먼저 그들의 동기를 심사해야 한다…"라고 한 글을 보고서야 겨우 마음이 좀 놓였다. 그러나 나에게는 여전히 계급을 따질까 봐 우려된다. '유한한 것은 곧 돈이 있는 것이다.' 만일 돈이 없을 경우에는 응당 제4계급에 속할 것이므로 '프롤레타리아계급 문학운동'에 참가할 수 있을 것이다. 그러나 그때에 가면 또 '동기'를 따진다는 것을 나는 알고 있다. 요컨대 가장 요긴한 것은 '프롤레타리아계급의 계급의식을 획득하는 것'이다.──이번에는 '대중을 쟁취하는' 것만으로 다 되는 게 아니다. 이러나 저러나 명확하지가 않다. 그러니 리추리에게 "예술의 무기로부터 무기의 예술에 이르게" 하고, 청팡우에게 반조계지에 가 앉아서 '연기 없는 화약 10만 냥'을 모으게 하고, 나는 의연히 '취미'를 추구하는 것이 제일 나은 듯하다.

청팡우가 이를 갈며 '한가, 한가, 세번째도 한가'라고 외치는 소리가 내게는 재미있게 들린다. 왜냐하면 나는 이전에 어떤 사람이 나의 소설을 비평하면서 "첫째도 냉정, 둘째도 냉정, 셋째도 역시 냉정"[141]하다고 한 것이 기억나기 때문이다. '냉정'하다는 것은 결코 좋은 평은 아니다. 그런데 어떻게 된 일인지 마치 도끼로 이 혁명적 비평가의 기억 중추를 쪼개놓은 것처럼 '한가'도 세 개가 되었다. 만일 네 개라면 『소설구문초』小說舊聞鈔 마저도 쓰지 못할 것이며, 혹은 두 개뿐이라면 비교적 바쁜 축에 속해서 '아우프헤벤'[142]('제거'된다는 뜻으로, Aufheben에 대한 창조파의 음역이다. 그런데 어째서 그렇게 어렵게 번역했는지 나는 이해할 수 없다. 제4계급으로서는 틀림없이 원문을 그대로 베껴 쓰기보다도 더 힘들 것이다) 되는 지경에까지는 이르지 않을 것이다. 그런데 유감스럽게도 세 개이다. 그러나 이전에 들씌웠던 '자신을 표현하려는 노력을 기울이지' 않은 죄는, 아마 청팡우의 '부정의 부정'과 함께 소거된 듯하다.

창조파들은 '혁명을 위하여 문학을 한다'. 그러므로 의연히 문학이 필요하며 문학이 지금 제일 요긴한 것이다. 왜냐하면 앞으로 "예술의 무기로부터 무기의 예술로" 가게 되는데 일단 "무기의 예술"에 도달하였을 때는, 바로 "비판의 무기로부터 무기에 의한 비판에 이르렀을" 때와 마찬가지로 세계에 전례가 있다시피 "동요하는 사람은 찬동하는 사람으로 변하고 반대하는 사람은 동요하는 사람으로 변하여" 버리기 때문이다.

그러나 당장 적지 않은 문제가 하나 있다. 어째서 직접 '무기의 예술'에 이르지 않는가?

이것은 "유산자가 내보낸 소진의 유세"[143]와 매우 흡사하다. 그러나 현재 "무산자가 유산자의 의식에서 해방되기 전"[144]이므로, 부르주아계급의 군대가 후퇴하든지, 아니면 반격하려는 독계이든지 간에, 어쨌든 이 문제는 반드시 제기될 수밖에 없다. 왜냐하면 이것은 극히 철두철미하고 용맹한 주장이면서 동시에 의심스러운 싹이 숨어 있기 때문이다. 이에 대한 해답은 오직 다음과 같을 수밖에 없다. 즉, 저쪽에 '무기의 예술'이 있기 때문에 이쪽은 '예술의 무기'일 수밖에 없다.

이 예술의 무기라는 것은 정말 부득이한 것이다. 무저항의 환영으로부터 빠져나와 종잇장에서의 전투라는 새로운 꿈속으로 빠져 들어갔다. 그러나 혁명적 예술가는 이 종잇장의 전투에서만 자신의 용기를 확보하는 수밖에 없으므로, 그는 그저 그렇게 할 뿐이다. 만일 그가 그의 예술을 희생하고 이론을 그대로 옮긴다면 아마 혁명적 예술가가 되지 못할 것이다. 그러므로 필연코 프롤레타리아계급 진영 속에 앉아서 '무기의 철과 불'이 나타나기를 기다려야 한다. 그것이 나타나는 것과 때를 같이하여 '무기의 예술'을 내놓는다. 만일 그때에 철과 불의 혁명가들이 '한가'한 틈이 있어서 그들의 공훈에 대한 자술을 들어준다면, 그들은 동등한 전사가 된다. 최후의 승리이다. 하지만 사회에는 다양한 층이 있기 때문에 문예란 역시 시비가 명확하게 갈리지 않는다. 이 점은 선진국들의 역사적 사실이 뒷받침하고 있다. 최근의 예를 들면 『문화비판』은 이미 업턴 싱클레어를 끌어당기고 있으며 『창조월간』도 비니(Vigny)를 업고 '앞으로 가고'[145] 있다.

그때 가서 만일 "불不혁명은 곧 반反혁명"이라거나 혁명이 지체된 것은 '위쓰파'의 소행 때문이라고만 하지 않는다면, 남의 집 청소부 노릇을 해도 빵 반 조각을 얻어먹을 수 있으므로, 나는 여덟 시간 일을 하고 여가에 컴컴한 방구석에 들어앉아서 계속 나의 『소설구문초』를 초록할 것이며 몇몇 나라들의 문예에 대하여도 이야기하려 한다. 왜냐하면 내가 좋아하는 것이기 때문에. 다만 청팡우네들이 정말 블라디미르 일리치[레닌]처럼 '대중을 쟁취할'까 봐 겁이 날 뿐이다. 그렇게 되면 그들은 아마 더욱 비약에 비약을 거듭하게 될 것이며, 나까지 귀족이나 황제계급으로 끌어올려 적어도 북극권에 유배를 보낼 것이다. 그리고 번역이나 저작이 금지당할 것은 더 말할 나위도 없다.

머지않아 틀림없이 큰 시대가 도래할 것이다. 지금 창조파의 혁명문학가들과 프롤레타리아계급 작가들이 비록 부득이하게 '예술의 무기'를 가지고 놀고 있지만 '무기의 예술'을 가지고 있는 비혁명적 무학武學가들도 그것을 가지고 놀고 있다. 몇 가지 미소를 띤 잡지들[146]이 바로 그것이다. 그들 자신도 자기 손에 쥐고 있는 '무기의 예술'을 크게 믿지 않는 것 같다. 그렇다면 이 최고의 예술——'무기의 예술'이 지금 도대체 누구의 손에 들어 있는가? 오직 그것을 찾아내기만 하면 중국의 곧 다가올 미래를 알 수 있을 것이다.

2월 23일 상하이에서[147]

통신

보내온 편지

루쉰 선생님

정신도 육체도 이미 이 지경까지 지쳐 빠진 ──아마 다시는
더 이상 이야기할 생각도 떠오르지 않으며, 형용도 못할 상태
인 ──저는, 병든 몸을 부여잡고 '존경하는 선생님'을 향해서
최후의 외침을 발하지 않을 수 없습니다! ──아니, 도움을 청하
는 것인지도 모르며, 심지어는 경고입니다!

   마침 선생님 자신도 매우 잘 아시다시피 선생님은 다른 사람
에게 주연을 베풀면서 '살아 있는 새우로 술을 담그는'[148] 분이
며, 저는 기한이 제한되어 있는 그 한 마리 취한 새우입니다.

   저는 프티부르주아 집안의 귀한 자식으로 온실의 꽃처럼 소
중하게 자랐습니다. 아무런 불편 없이 아주 안락하게 살아왔습

니다. 오로지 '사각모자'를 손에 쥐는 것을 꿈꿔 왔으며, 그것이 손에 들어오자 만족했을 뿐, 정말로 다른 소망은 아무것도 없었습니다.

그때 『외침』이 출판되고, 『위쓰』가 발행되었습니다(유감스럽게도 『신청년』 시대에 대해서는 아직도 이해하지 못합니다). 「수염 이야기」며 「사진 찍기 따위에 대하여」[149] 등 선생님의 글이 차례차례 저의 신경을 자극했습니다. 그 무렵 저는 청년이라기보다는 풋내기였지만, 그런 까닭에 동료들의 천박과 맹목을 느꼈습니다. "혁명! 혁명!" 하는 외침이 거리에 가득 차 넘치고 이에 따라 이른바 혁명세력이 갑작스레 팽배해졌습니다. 저는 도리어 거기에 이끌렸습니다. 당연하게도 제가 청년들의 천박을 싫어했기 때문에, 제 인생에 있어서 한 줄기 출로를 찾아보고 싶었기 때문이었습니다. 그것이 저에게 인류의 기만, 허위, 음험陰險…과 같은 본성을 인식하게 해주리라고 어찌 알았겠습니까! 과연 군벌이나 정객들은 변장한 의복을 벗어 던지고 흉악하고 교활한 정체를 곧바로 드러냈습니다. 그리고 저는 이른바 '청당'[150]의 소리와 더불어 정열에 불타 끓어오르던 제 마음마저 깨끗이 청소해 버렸습니다. 그때 저는 "'본디 돈후하고 순박한' 제4계급과 '세상을 등진 사람'인 그런 '학자'들만은 아직 친구가 될지 모른다"라고 생각했습니다.——아, 그런데 절묘하게도 '영제'令弟인 치밍 선생의 말씀처럼 "중국에 비록 계급은 있지만 사상은 서로 같아서 모두가 관리가 되고 돈을 벌고자" 할 뿐입니다. 그래서 저는 제가 마치 기원 전의 사회에 살고 있는 듯합니다. 그런 어리석은, 사슴이나 돼지보다도 어리석은 언행(혹은 국수주의자는 이거야말로 국수라고 여기겠지만)에는 정말로 망연해지는 것을 금할 수 없습니다.——망연해진 저는 무엇을 해야 좋을까요?

날카롭기로 친다면 실망의 화살만큼 날카로운 것은 없습니다. 저는 실망했습니다. 실망의 화살이 심장을 꿰뚫었고, 그리하여 저는 피를 토했습니다. 침대 위에서 엎치락뒤치락하며 움직이지 못하기를 벌써 수개월째입니다.

맞습니다. 희망이 없는 인간은 마땅히 죽어야 합니다. 그렇지만 제겐 그럴 용기도 없고, 나이도 아직 젊은 불과 21세입니다. 게다가 사랑하는 사람도 있습니다. 죽지 않는 한, 정신도 육체도 괴로워하면서 살아갈 수밖에 없습니다. 거의 1초 1초가 그렇습니다. 사랑하는 사람도 생활에 짓눌려 있습니다. 제 자신의 얼마 되지 않는 재산도 이미 '혁명'에 털려 버렸습니다. 그래서 서로 위로하기는커녕 상대방의 눈치를 살피며 한숨지을 뿐입니다.

아무것도 모르는 게 행복했습니다. 저는 그로 인해 괴로워하고 있습니다. 그러나 이 독약을 베푼 사람은 선생님입니다. 저는 사실 선생님에 의해 완전히 '술에 담겨져' 버렸습니다. 선생님, 저를 기왕 여기까지 이끌어 오셨으니, 어쩔 수 없이 선생님께 제가 가야 할 최후의 길을 지시해 달라고 요구합니다. 그럴 수 없다면, 저의 신경을 마비시켜 주십시오. 아무것도 모르는 게 행복하니까요. 다행히도 선생님은 의학을 공부하셨으니, "내 머리를 돌려주세요!"라고 한다 해도 선생님께서는 틀림없이 어려운 일이 아닐 겁니다. 저는 량위춘 선생의 말을 흉내 내서 크게 외칩니다.[15]

마지막으로 더욱 권고드릴 것이 있습니다. '존경하는 선생님', 이젠 좀 쉬십시오. 군벌들을 위하여 맛있는 요리를 만들어 주는 일을 중지하시고, 저와 같은 처지에 있는 다른 청년의 안전을 지켜 주십시오. 만약 생계에 어려움이 많으시다면 '옹호'라든가 '타도'라든가 하는 말을 늘어놓는 글을 더 쓰시면 됩니다. 선생님의 문명^{文名}이라면 부귀가 미치지 못할까 걱정할 필요가 없습니다. '위원'이든 '주임'이든 성공이 보장될 것입니다.

빨리 제게 교시를 내려 주십시오. 아무쪼록 '아무런 좋은 일을 못하고 생을 마치는' 식의 교시는 절대 안 됩니다.

『베이신』이나 『위쓰』 잡지에 답을 주셔도 됩니다. 될 수 있으면 이 편지는 공개하지 말아 주십시오. 남에게 웃음을 사니까요.

병중이라 피로가 심하여 난필이 되었음을 용서하시기 바랍니다.

당신에게 중독된 청년 Y. 침대에서

3월 13일

답하는 편지

Y군

회답을 드리기 전에 먼저 양해를 얻어야겠소. 왜냐하면 나는 당신의 부탁과는 달리 편지를 공개하지 않을 수 없기 때문이오. 보내온 편지의 의도는 나의 공개된 회답을 바라고 있소. 그러지 아니하고 만약 보내온 편지를 공표하지 않는다면, 내가 쓰는 것은 전부 '제목이 없는 백 개의 운이 넘는 시'가 되어 사람들이 뭐가 뭔지 모르게 되겠지요. 더구나 내가 보기에 이건 부끄러워할 필요가 없는 것이오. 물론 중국에는 혁명을 위하여 죽은 사람도 많이 있고, 지금껏 괴로움을 견디며 여전히 혁명을 계속하고 있는 사람도 많이 있소. 그리고 혁명은 했으나, 오히려 유복해진 사람도… 혁명에 참여했으나 죽지 않은 사람은 그만큼 혁명에 철저하지 않았다고 할 수도 있겠고, 특히 죽은 자에 대하여 어찌할 도리가 없는 것도 당연하겠지만, 그러나 살아 있는 사람이라면 누구라도 그 사람을 나쁘게 말할 수는 없을 것이오. 서로 운 좋게, 또는 교활하거나 약삭빠르게 굴어 살아남았을 뿐이니까요. 그들이 자기 얼굴을 거울에 조금이라도 비추어 보기만 한다면, 아마 영웅 같은 면모를 거두어들일 것이오.

나는 이전부터 원래 글을 써서 호구지책을 삼고자 할 생각은 없었소. 붓을 들기 시작한 것은 친구의 요구에 응해서였다오.

그런데 아마 그 전부터 마음속에 일말의 불평이 있었던 탓인지, 붓을 움직이자마자 언제나 분노에 넘치고 과격한 말이 나오는 것을 피할 수 없었고, 하여 청년을 선동하는 꼴에 가까워졌다오. 돤치루이[152]가 집정했을 무렵 사람들이 꽤나 중상모략을 했지만, 내가 감히 말하건대, 내가 쓴 그것들은 결코 다른 나라의 루블을 반 푼도 받지 않았고 부자로부터 한 푼의 원조도 없었으며, 때로는 서점으로부터의 원고료마저도 받지 않았다오. 나는 '문학가'가 될 마음 같은 건 없었기 때문에 동료인 비평가를 회유하여 좋게 말하는 것도 하지 않았고, 몇 권의 소설이 만 권이 넘게 팔릴 줄이야 꿈에도 생각하지 않았소.

중국이 개혁하기를 희망했고, 변화가 이루어지기를 바라는 마음은 분명히 조금 있었소. 나를 가리켜 사람들은 출로가 없는——하하, 출로라, 장원급제하는 걸 말하는가——작가라느니, '독필'毒筆 문인이라느니 하지만, 여태까지 나는 모든 것을 말살하는 따위의 그런 짓을 한 적이 없다는 것을 자신하오. 다만 나는 언제나 하층 인간이 상층 인간보다, 청년이 노인보다 뛰어나다고 생각했기 때문에 여태까지 한번도 내 붓끝의 피를 그들 위에 쏟은 적이 없소. 나도 물론 일단 이해관계가 얽히면 그들이라 해도 상층 인간이나 노인과 똑같이 되는 경우도 드물지 않다는 것을 알고 있지만, 오늘날과 같은 사회조직 구조에서는 부득이한 일이오. 더욱이 그들을 공격하는 인간은 무수히 많으니, 나까지 일부러 나서서 투석에 가세할 필요는 없소. 그런 까닭으로 나는 어둠의 한쪽 면만을 폭로하는 결과가 되었지만, 본의는 사실 청년 독자를 속일 속셈은 아니었소.

이상은 내가 아직 베이징에 있을 무렵, 즉 청팡우가 말하는 "아무것도 듣지 못하여 사정을 통 알 수 없는 처지"였던 프티부르주아 시기의 일이오. 그럼에도 불구하고 신중하지 못한 글 때문에 밥줄이 끊기고 도망치지 않을 수 없게 되었소. 그래서 '연기 없는 화약'이 꽝 하고 터지는 것을 기다릴 것도 없이 이리저리 떠돌다가 '혁명근원지'를 더듬어 겨우 도착한 셈이오. 그곳에서 두 달을 거주하면서 나는 질겁했소. 이전에 들었던 것은 새빨간 거짓말에 지나지 않았소. 거기는 군인과 상인이 지배하는 나라였소. 이윽고 '청당'이 닥쳤소. 상세한 사실은 신문에는 거의 보도되지 않았고 풍문만이 떠돌았다오. 나는 신경이 과민한지라, 이건 마치 '섬멸작전'이라 생각되어 애통함을 금할 수 없었소. 물론 이것이 '천박한 인도주의'이며, 이미 이삼년 전부터 유행에 뒤진 것이라는 건 알고 있지만, 유감스럽게도 프티부르주아 근성이 말끔히 청산되지 않아서 마음이 즐겁지 않았던 것이오. 그때 나는 나도 주연을 베푸는 사람 중에 하나일지도 모른다고 생각했기 때문에 유형 선생에게 답하는 편지에 몇 마디를 토로한 것이오.

이전의 나의 글들이 패배한 건 사실이오. 선견지명이 없었기 때문에 패배한 것이오. 아마 그 원인은 내가 오랫동안 "유리창 너머로 취한 눈으로 몽롱하게 인생을 바라본" 탓이었겠지요.

그렇다 하더라도, 그처럼 급격한 풍운의 변화는 어쩌면 이 세상에서 보기 드문 일이니, 내가 그걸 예상 못하고 글로 쓰지 않았다는 점에서, 오히려 '독필'과는 매우 거리가 있다는 걸 알 수 있을 것이오. 무엇보다도 당시 추세는 설사 교차로에 있었거나, 민간이나, 관계나, 50년 앞을 내다볼 수 있는 초시대적인 혁명문학가조차도 예견할 수 없었던 것이오. 그래서 앞서 나간 '이론 투쟁'이 전혀 없었소. 만약 그것이 있었더라면 많은 인명이 구제되었을 텐데. 내가 지금 여기서 혁명문학가를 예로 든 것은 일이 다 끝나 버린 후에 그들의 어리석음을 비웃고자 함이 아니오. 그러나 내가 말하고 싶은 바는, 내가 장래의 변화를 예견 못한 것은 나에게 냉혹함이 부족해서 착오가 생긴 것이며, 게다가 그 일로 내가 어떤 사람과 논의한 바도 없고, 또 내가 무엇인가 하고자 의도적으로 남을 속인 것도 아니라는 것이오.

그러나 의도가 어찌되었건 사실과는 관계가 없소. 나는 고통을 겪은 사람들 중에 내 글을 읽고 자극을 받아 혁명에 헌신하게 된 청년이 전혀 없었던 것은 아닐는지 의문스럽고, 그래서 사실 매우 고통스럽소. 그렇지만 이 또한 내가 타고난 혁명가가 아니기 때문이오. 만약 거물 혁명가라면 이만한 희생은 문제 삼지도 않을 것이오. 무엇보다도 우선 자기가 살아 있어야 하고, 살아 있는 한 지도할 수 있소. 지도가 없이 혁명은 성공하지 못하오. 보시오, 혁명문학가들은 모두 상하이의 조계 주변에 살고 있소. 거기에는 서양귀신들이 둘러친 철조망이 있어서 일단 무슨 조짐이 있으면 조계 밖의 반혁명문학과의 사이가 차단돼 버리오. 그때 철조망의 안쪽에 연기 없는 화약——십만 냥쯤——을 꽝 하고 한 방 내던지면 모든 유한계급을 아우프헤벤할 수 있소.

그들 혁명문학가 대부분은 올해 들어서 대량으로 생겨난 사람들이오. 비록 여전히 한편끼리 서로 칭찬하고 한편끼리 서로 배척하고 있으나, 도대체 '혁명은 이미 성공했도다'라는 문학가인지 아니면 '혁명은 아직 성공 못했도다'라는 문학가인지 난 분간할 수 없소. 그럼에도 불구하고 그들은 나의 『외침』이나 『들풀』이 출판되었기 때문에, 또는 우리가 『위쓰』를 간행했기 때문에 혁명이 아직 성공하지 못했고, 혹은 청년들이 혁명에 태만해졌다고 말하는 듯하오. 이 주장만은 혁명문학과 거의 전체가 일치하고 있소. 이것이 올해의 혁명문학계의 여론이오. 나는 이 여론에 대해 화가 나기도 하고 가소롭게 여기기도 하지만, 또 한편으로는 유쾌하기 짝이 없소. 왜냐하면 설사 혁명을 늦추었다는 죄는 뒤집어쓴다 하더라도, 청년을 꾀어내어 죽게 했다는 양심의 가책은 면하는 셈이오. 그러므로 모든 사망자, 부상자, 수난자는 나와 관계없는 것이오. 여태까지는 정말로 나의 책임이 아닌 것도 책임을 느끼고 있었던 셈이오. 나는 강연도 그만두고, 강의도 그만두고, 논쟁도 그만두고, 나의 이름을 세상에서 지워 버림으로써 속죄할 생각이었소. 그런데 올해 들어 마음이 가벼워져서 다시 조금 활동을 할까 생각하게 되었소. 예상치도 못하게 당신의 편지를 받게 되어 다시 마음이 무거워지기 시작하오.

　무겁다고는 하지만 이제는 작년만큼 무겁지는 않소. 이 반년 남짓 세론에 비추어 보고, 경험에 비추어 보니, 혁명의 여부는 인간에 있지, 글에 있지 않다는 것을 알게 되었소. 당신은 내가 당신을 중독시켰다고 말했소. 그런데 이곳의 비평가는 이구동성으로 내가 쓰는 것이 '비혁명적'이라고 말하오. 만약 문학이 사람을 움직일 수 있다면, 그들이 내 글을 읽은 이상 틀림없이 혁명문학을 단념하려 할 게 아니겠소. 지금 그들은 내 글을 읽고 '비혁명적'이라 단정하면서, 여전히 실망하지 않고 혁명문학가가 되고자 하고 있소. 이를 보아도 글이 사람에게 실제로는 아무런 영향을 주지 않는다는 걸 알 수 있소. ──유감스럽게도 동시에 혁명문학이라는 문패도 깨져 버렸소. 그렇지만 당신은 나와 일면식도 없는 분이고, 아마 나에게 죄를 뒤집어씌우는 일은 결코 하지 않을 줄로 여겨지기 때문에, 그래서 나는 다른 측면에서 다시 생각해 보기로 하겠소. 첫째로 당신은 너무 대담한 듯하오. 다른 혁명문학가들은 나의 어두운 면에 대한 묘사에 혼비백산해서 출로가 없다고 생각하고서는, 최후의 승리를 이야기하면서 얼마를 지불해야 최후에 얼마의 이익을 볼 것인지를 따지고 있소, 마치 생명보험에 가입한 것처럼. 그러나 당신은 이런 것은 염두에 두지 않고 곧장 암흑에 부딪쳐 갔소. 이것이 고통을 받는 한 원인이오. 그리고 너무 대담하여, 곧 두번째로 이어지는데, 그것은 지나치게 진지하다는 것이오. 혁명이라 해도 여러 가지가 있소. 당신의 유산은 혁명에 날아갔지만, 혁명에서 재산을 얻은 자도 있을 것이오. 생명마저 혁명에 빼앗긴 자도 있으며, 혁명에서 급료나 원고료를 얻고, 그 대신 혁명가의 직함을 잃은 자도 있소. 이런 영웅들도 당연히 진지하오. 그렇지만 만약 원래보다 더 많이 손해를 보았다면, 나는 그 병의 뿌리는 바로 '지나침'에 있다고 생각하오. 셋째로 당신은 미래를 지나치게 밝게 생각하기 때문에 한번 장애물에 부딪히면 곧 큰 실망에 빠지오. 만약 미리 필승을 기대하지 않는다면 설사 실패하더라도 고통은 아마 더 작을 것이오.

그렇다면 나는 전혀 죄가 없는가? 있소. 지금 많은 정인군자와 혁명문학가가 음양으로 창과 활을 들고서 나의 혁명 및 불혁명의 죄를 판정 중이오. 가까운 시일 안에 내가 받은 상처의 총계 중에서 일부를 떼어 내어 당신의 존귀한 '머리'를 변상하겠소.

여기서 한 구절, 고증을 덧붙이겠소. "내 목을 돌려다오"라는 말은, 『삼국지연의』에 의하면 관운장이 한 것이고, 아마 량위춘 씨의 것이 아닌 듯하오.

솔직히 말하면 이상에서 이야기한 것은 모두 실없는 소리요. 당신의 개인적인 문제 쪽으로 다가가서 말한다면, 도저히 손대기가 어렵소. 이것은 "전진하라! 죽여라! 청년이여!"와 같은 영웅적 기세가 넘치는 문자로는 결코 해결할 수 있는 것이 아니

오. 진실된 말은 나도 공개하고 싶지 않소. 왜냐하면 오늘날에
는 언행이 그다지 일치하지 않는 게 바람직하기 때문이오. 그
러나 보낸 편지에는 주소가 없어 답장을 쓸 수 없기에 여기서
몇 마디만 말하고자 하오. 첫째로 생계를 도모해야 하오. 생계
를 도모하기 위해서는 수단을 가리지 않아야 하오. 아니 기다
리시오. 요즈음 '목적을 위해서는 수단을 가리지 않는다'가 공
산당만의 특기라고 믿고 있는 돌대가리들이 많이 있는데, 이것
은 커다란 잘못이오. 이처럼 하는 사람이 아주 많소. 다만 그들
은 입 밖으로 말하지 않을 뿐이오. 소련의 학예교육인민위원인
루나차르스키가 쓴 작품『해방된 돈키호테』에서, 이런 수단을
작중 인물인 공작에게 사용하게 하고 있으니, 그것이 귀족적인
것이며 위풍당당한 것임을 알 수 있소. 둘째는, 사랑하는 사람
을 위로해 주는 일이오. 이것도 여론에 의한다면 혁명의 길과
는 정반대라고 하지만, 걱정할 필요 없소. 그저 혁명적 글을 몇
편 쓰되, 혁명적 청년은 연애에 관한 일을 당연히 입에 담아서
는 안 된다고 주장하면 그걸로 족하오. 그렇지만 만약 권력자
나 적수가 나와서 당신을 문책할 때, 이것도 아마 하나의 죄상
으로 간주될 수 있을 것이니까, 당신은 경솔하게 내 말을 신뢰
한 것을 후회할지도 모르오. 그래서 미리 말해 두오. 문책당하
는 때가 되면, 설령 이 일이 아니더라도 그들은 다른 안건을 찾
아낼 것이오. 무릇 천하의 일은 먼저 문책이 결정되어 있고, 거
기에 맞추어 죄상(보통 10개 조에 달하는데)이 후에 수집되는 법

이오.

내가 이처럼 장황하게 써 왔지만 결국은 나의 잘못을 얼마쯤 가리는 것뿐이었소. 왜냐하면 이 일로 나는 또 많은 상처를 받을 것이오. 맨 먼저 혁명문학가가 끝없이 울부짖을 것이오. "허무주의자야, 당신 이 악당아!" 오호라, 신중하지 못하게, 또 새로운 영웅의 코끝에 가루분을 덕지덕지 칠해 버렸소. 이 기회를 빌려 미리 변명해 둡시다. 작은 소리에 깜짝 놀랄 일은 아니오. 요컨대 수단을 가리지 않는다는 수단에 지나지 않는 것으로 무슨 주의主義는 아니오. 설사 주의라 하더라도 내가 감히 써내고, 거리낌 없이 쓰는 것은 결코 악인이 아니기 때문이오. 만일 내가 악인이 된다면, 이런 중요한 일은 뱃속에 넣어 두고 수많은 돈을 긁어모아 안전지대에 숨어 살면서, 다른 사람에게는 기꺼이 희생을 해야 한다고 설교할 것이오.

잠시 놀고 계실 것을 권하는 바요. 아주 조금 입에 풀칠할 것만 생각하고. 그렇다고 당신이 영원히 '몰락'하는 것을 나는 바라지 않소. 개혁할 수 있는 곳은 크건 작건 간에 아무 때나 닥치는 대로 개혁할 일이오. 나도 명령에 따라 '쉴' 뿐만 아니라 놀기까지 할 거요. 그렇지만 이것은 당신의 경고를 따른다기보다는 사실 전부터 이런 뜻이 있었소. 내가 좋아하는 취미를 찾아 한가한 시간을 더욱 찾고 싶은 생각이오. 우연히 무언가 지장이 있는 발언이 있다면, 그것은 문자가 소홀해진 것이지, 나의 '동기'나 '양심'은 아마 그렇지 않을 것이오.

종이가 다 되어서 이것으로 회신을 마치오. 아무쪼록 조섭을 잘하시기 바라오. 그리고 당신의 애인이 굶주리는 일이 없기를 기원하오.

4월 10일, 루쉰

나와 『위쓰』의 처음과 끝

　내가 비교적 오랫동안 관계를 맺고 있는 간행물은 아마도 『위쓰』라고 할 수 있을 것이다.

　아마 이것도 원인 중에 하나라고 생각되는데, '정인군자'들의 간행물[153]에서는 일찍이 나를 '위쓰파의 주장'으로 봉封해 주었고, 급진적인 청년들이 쓴 문장에서조차 지금까지 나를 『위쓰』의 '지도자'라고 말하고 있다. 작년, 루쉰에게 욕설을 퍼붓지 않으면 자신을 몰락으로부터 건져 낼 수 없었던 그 시기에, 나는 익명씨가 보내준 간행 중인 잡지 『산우』山雨 두 권을 받았다. 펼쳐 보니 거기에 짧은 글이 한 편 실렸는데, 대의인즉슨 나와 쑨푸위안 군이 베이징에 있을 때, 천바오사晨報社의 억압을 견디지 못하여 『위쓰』를 창간하였는데, 자신(루쉰을 지칭)이 편집자가 된 지금에 와서는 타인의 원고 뒤에 편집자의 말을 마음대로 달아서 원래의 의미를 왜곡하여 다른 저자들을 억압하고 있다는 것이었다. 그러나 쑨푸위안 군은 절대로 옳은 견해를 가지고 있으므로 이후에는 루쉰이 푸위안의 말을 들어야 한다고 하였다. 그 글은 다른 필명을 사용했지만 듣자 하니 장멍원[154] 선생의 대작이라고 한다. 보기에는 한 무리의 사람들이 모인 듯하지만, 실제로는 한두 사람뿐이다. 지금은 이런 일이 자주 있다.

물론 '주장'主將이나 '지도자'란 결코 나쁜 칭호가 아니며 천바오사의 압박을 받은 것도 치욕이라고 할 수는 없고, 늙은이로서 젊은 사람에게 가르침을 받는다는 것은 더욱 진보하였다는 좋은 현상이므로, 거기에 무슨 더 할 말이 있겠는가. 그러나 '뜻하지 않은 영예'란 '뜻하지 않은 비난'과 마찬가지로 거북스럽다. 만일 평생 한 명의 병사나 반 명의 졸병도 거느려 보지 못한 사람을 보고 어떤 사람이 "당신은 정말 나폴레옹 같습니다!" 하고 지나치게 칭찬한다면, 장래에 군벌이 되고자 하는 영웅의 뜻을 품었다 하더라도 그렇게 흐뭇하지는 않을 것이다. 내가 결코 '주장'이 아니라는 것은 재작년에 이미 변명한 적이 있으므로——비록 효과는 극히 미미한 듯하지만——이번에는 내가 종래로 천바오사의 억압을 받지 않았다는 것과『위쓰』를 창간한 것은 쑨푸위안 선생과 나 두 사람이 아니란 것을 몇 마디 쓸 작정이다. 그 잡지를 창간한 공로는 쑨푸위안 한 사람에게 돌려야 한다.

그때 쑨푸위안은『천바오 부간』의 편집자였고 나는 그의 개인 부탁을 받고 드문드문 기고하는 사람이었다.

그런데 내가 기고한 글이 많지 않았기 때문에, 어떤 사람들은 나는 특별기고자여서 투고를 적게 하든 많이 하든 매달 삼사십 위안의 보수를 받는다는 소문을 퍼뜨렸다. 내가 들은 바에 의하면, 천바오사는 확실히 그런 특수한 고급저자가 있는 듯했지만, 나는 그 속에 들지 못했다. 단 우리는 이전에 스승과 제자師生 관계 ──나의 망령을 용서해 주기 바란다. 잠시 이 '사생'이라는 두 글자를 사용하겠다──여서인지 제법 우대를 받은 듯하다. 즉 첫째로 원고를 보내면 빨리 실어 주었고, 둘째로 일천 자당 2위안 내지 3위안씩 되는 원고료를 월말이 되면 대체로 틀림없이 받을 수 있었으며, 셋째로 짤막한 잡감도 때로는 원고료를 보내 주었다. 그러나 이런 훌륭한 상태가 그리 오래가지 못한 듯하고, 쑨푸위안의 자리도 위태롭게 되었다. 그 이유는 유럽에서 새로운 유학생[155] 하나가 돌아왔는데(불행하게도 나는 그의 이름을 잊어버렸다), 그는 천바오사와 관계가 밀접한 사람으로 『천바오 부간』에 대하여 매우 불만스럽게 생각하면서 그것을 개혁하려고 들었기 때문이다. 뿐만 아니라 그는 전투를 위해서 이미 '학자'[156]의 지시를 받고 아나톨 프랑스의 소설을 읽기 시작하였다.

그때 아나톨 프랑스, 웰스, 버나드 쇼는 중국에서 명성이 대단하여 금년에 싱클레어가 그런 것처럼 문학청년들을 매우 놀라게 하기에 충분했다. 그렇기 때문에 그때는 말하자면 정세가 대단히 위급한 상황이었다. 그러나 그 유학생이 아나톨 프랑스의 소설을 읽기 시작한 시점부터 쑨푸위안이 씩씩거리며 나의 거처로 달려온 것이 몇 달 후였는지 아니면 며칠 후였는지 지금은 확실하지 않다.

"사직했습니다. 더러워서!"

어느 날 밤에 쑨푸위안이 찾아와서 나를 보자마자 한 첫마디가 이랬다. 그것은 본래 예상했던 일로 별로 이상할 것이 없었다. 다음 절차로 나는 당연하게 사퇴하게 된 원인을 물어보았는데 뜻밖에도 그것은 나와 관계가 있었다. 쑨푸위안의 말에 의하면, 그가 외출한 사이에 그 유학생이 활판소에 가서 나의 원고를 빼 버렸기에 말다툼이 생겼고 사퇴하지 않으면 안 될 정도에까지 이르렀다는 것이다. 그러나 나는 분개하지 않았다. 왜냐하면 그 원고란 「나의 실연」이란 제목으로 쓴 세 연밖에 안 되는 풍자시였기 때문이다. 그것은 그 당시 "아, 아아, 나는 죽겠노라" 하는 따위의 실연을 그린 시들이 유행하는 것을 보고 일부러 "알아서 하라지"라는 말로 끝맺은 것으로 한번 장난을 쳐 본 것이었다. 그 시는 후에 한 연을 더 써서 『위쓰』에 실었고, 또 그후에는 『들풀』에 수록했다. 게다가 여태까지 쓰지 않았던 필명을 썼기 때문에 이름을 처음 듣는 저자의 원고를 싣기 꺼려하는 간행물 측에서 힘 있는 자에 의하여 추방되는 것은 당연한 일이었다.

그러나 쑨푸위안이 나의 원고 때문에 사퇴하였다는 데 대해서는 대단히 미안했고 큼직한 돌에 눌린 듯 마음이 무거웠다. 며칠 후에 그가 자신이 간행물을 꾸리겠다고 하였을 때 나는 두말없이 힘껏 '외쳐'[157] 주겠노라고 승낙했다. 기고자는 모두 쑨푸위안이 혼자서 힘을 다해 청했으며, 모두 16명이라고 기억되는데, 그러나 후에 그들이 다 원고를 보내오지는 않았다. 이리하여 광고를 찍어 곳곳에 내다 붙이고 살포했다. 대략 일주일이 더 지나서 자그마한 주간지가 베이징——특히 대학들이 있는 부근——에 나타났다. 그것이 『위쓰』였다.

그 제목의 유래는, 듣자 하니 몇 사람이 모여 앉아서 손에 잡히는 대로 책을 한 권 빼서 임의로 펼쳐 놓고 손가락으로 글자를 짚어서 그 짚이는 글자를 가지고 지었다고 한다. 그때 나는 그 자리에 없었기 때문에 단번에 『위쓰』라는 이름을 짚어 냈는지 아니면 몇 번 짚어서 이름이 되지 않는 것은 버리고 골랐는지 알 수 없다. 하지만 요컨대 이것만으로도 이 간행물이 일정한 목표가 없으며 통일된 전선이 없다는 것을 알 수 있다. 그리고 그 16명의 기고자들도 서로 견해와 태도가 달랐다. 예를 들면 구제강 교수는 당면 사회문제를 취급하기 좋아하는 『위쓰』의 성격과는 반대되는 '고고학' 원고를 보내왔다. 처음에 어떤 사람들은 아마도 쑨푸위안과의 정분을 생각해서 마지못해 응낙했던 것 같다. 그래서 두서너 번 원고를 보내다가는 '경원하는' 태도를 취하면서 슬그머니 물러나 버렸다. 나의 기억에 의하면 쑨푸위안 자신도 시작부터 오늘까지 겨우 세 편의 글을 썼으며 그 마지막 편은 『위쓰』를 위해 많은 것을 쓰겠다는 선언서였는데 선언서가 나온 후에는 되려 한 글자도 쓰지 않았다. 이리하여 『위쓰』의 고정된 기고자는 겨우 대여섯 명밖에 남지 않았다. 그러나 이와 동시에 의외로 간행물이 일종의 특색을 보이게 되었다. 즉 아무런 구애도 받지 않고 생각나는 대로 이야기하며 새로운 것의 탄생을 촉진하고 새로운 것에 해로운 낡은 사물은 애써 배격하였다.——하지만 그 탄생할 '새로운 것'이 무엇인가에 대해서는 명백한 표현이 없었으며 일단 위기에 봉착했을 때는 일부러 애매한 표현법을 쓰기도 했던 것이다. 천위안 교수가 '위쓰파'를 심히 질책할 때, 우리를 보고 군벌에게는 감히 직접 욕하지 못하면서 붓대를 놀리는 유명인사들만 트집 잡는다고 말한 것은 바로 그 때문이다. 그러나 사실은 우리도 발바리를 욕하는 것이 그 개의 주인을 욕하는 것보다 더 위험하다는 것을 알고 있었다. 애매한 어휘들을 사용한 것은 주구들이 냄새를 맡고 상전 앞에 달려가 공을 세울 때에, 반드시 상세하게 설명을 해야 하고, 노력과 시간이 상당히 들게 만들어서 곧바로 공을 세우지 못하게 하는 것이 좋을 듯했기 때문이다.

주간지를 처음 꾸리기 시작했을 때는 대단히 힘이 들었다. 그때 일을 했던 사람들 가운데는 쑨푸위안을 제외하고, 샤오펑과 촨다오[158]가 있었다고 기억된다. 그들은 모두 솜털도 가시지 않은 젊은이들로, 직접 인쇄소로 달려가서 교정을 보고 잡지를 접고 또 그것을 직접 대중들이 모인 곳에 가지고 가서 팔기까지 하였다. 이것이야말로 늙은이에 대한 젊은이의 교훈이었으며 선생에 대한 학생의 교훈이었다. 이리하여 머리를 좀 짜서 글이나 몇 구절 쓰고 있는 자신이 너무 편안하다는 느낌을 받았으며, 그들을 힘써 따라 배워야겠다고 생각하게 되었다.

그러나 자체적으로 간행물을 내다 판 성과는 그리 좋지 못하다고 들었다. 제일 잘 팔리는 곳은 그래도 몇몇 학교들이었는데 그중에서도 베이징대학이었으며 베이징대학에서도 제1원院(문과)이었다. 이과는 좀 못하였고 법과에서는 거들떠보는 사람이 그리 없었다. 베이징대학의 법과, 정치과, 경제과 출신 중에 『위쓰』의 영향을 받은 학생이 극히 적다는 것은 아마 그리 틀리지 않은 말일 것이다. 『천바오』에 대한 영향이 어떠했는지는 잘 알 수 없지만 타격을 꽤 준 것 같다. 그들이 쑨푸위안을 찾아와서 화해를 하자고 하는 바람에 쑨푸위안은 득의양양해하며 기뻐서 어쩔 줄 몰라했다. 쑨푸위안이 승리자의 웃음을 지으며 나를 보고 이렇게 말하였다.

"정말 속 시원합니다. 그들은 생각지도 못하고 지뢰를 밟은 셈이죠!"

이 말이 다른 사람에게는 무심하게 들릴 것이다. 그러나 나에게는 그 말이 냉수를 끼얹는 것 같았다. 왜냐하면 나는 대번에 그 '지뢰'가 나를 두고 하는 말이라 느꼈기 때문이다. 머리를 짜서 글을 짓는 것이 결국은 남의 시답잖은 갈등 때문에 분신

쇄골이 되기 위해서인가 하는 느낌이 들어 속으로 이렇게 생각하였다.

"아뿔싸, 내가 그만 땅속에 묻히고 말았구나!"

이리하여 나는 '방황'[159]하기 시작하였다.

탄정비[160] 선생이 나의 소설집 제목을 가지고 내가 작품을 쓴 경과를 비평한, 극히 교묘하고 간결한 말이 한마디 있다. 그것은 "루쉰은 '외침'으로 시작하여 '방황'으로 막을 내렸다"(대략적 의미)는 것이다. 나는 이 말이 나와 『위쓰』의 시초부터 오늘까지의 관계를 서술했으며 아주 적절하다고 생각한다.

그러나 나의 '방황'은 오래가지 않았다. 그것은 그 당시까지 니체의 『Zarathustra』를 읽은 여운이 좀 남아 있었기 때문이었다. 그리하여 나로부터 글을 짜낼 수만 있다면——물론 짜내는 것에 지나지 않지만——짜내고 내가 '지뢰'를 조금이라도 만들 수만 있다면 만들어 내자는 생각에서——비록 뜻밖에 남에게 이용되는 것에 대해서는 며칠 동안 마음이 가라앉지 않았지만——의연히 기고하기로 하였다.

그런대로 『위쓰』의 판매량이 점점 늘어났다. 처음에는 기고자들이 인쇄비용까지 부담하기로 하였는데 내가 10위안을 낸 후로는 더 받으러 오지 않았다. 그것은 이미 수지가 맞아떨어졌고 나중에는 흑자가 되었기 때문이다. 이리하여 샤오펑이 '주인'으로 추대되었다. 그러나 그것은 결코 좋은 의미에서의 추대가 아니었다. 그때 쑨푸위안은 이미 『징바오 부간』의 편집이라는 다른 직업이 있었으나, 촨다오는 아직 응석꾸러기 어린 아이였기 때문에, 기고자들은 할 수 없이 눈을 자주 깜박거리고 말수가 적은 샤오펑을 내세워 그런 영예를 주었고, 수입으로 한 달에 한 번씩 기고자들에게 식사대접을 하라고 시켰던 것이다. "가지고 싶거든 먼저 주어라"는 방법은 과연 효험이 있었다. 그후로 시장거리의 찻집이나 요리점의 방문 앞에 때때로 '위쓰사'語絲社라고 쓴 나무패를 볼 수 있었고, 멈추어 서서 들으면 빠르고도 떠들썩한 의고현동[161] 선생의 말소리를 들을 수도 있었다. 그러나 그때 나는 연회를 피하였으므로 내부 형편은 조금도 모른다.

비록 투고를 많이 할 때도 있고 적게 할 때도 있었지만 나와 『위쓰』의 연원과 관계는 그저 이러한 데 불과하다. 그러나 이러한 관계는 내가 베이징을 떠날 때까지 지속되고 있었다. 그때까지도 나는 사실상 누가 편집하는지 모르고 있었다.

샤먼에 온 후로는 투고를 매우 적게 하였다. 첫째로는 멀리 떨어져 있다 보니 독촉을 받지 않아서 책임이 가볍게 느껴졌고, 둘째로는 사람이나 지리가 생소한 곳에 온 데다가 학교에서 부딪치는 일이 거개가 염불하는 노파들 식의 입씨름이라 종이와 묵을 낭비할 가치가 없었기 때문이었다. 「로빈슨의 교원 생활」이나 「모기가 고환을 무는 데 대하여」와 같은 글을 썼으면 오히려 흥미를 끌지 모르지만 나에게는 그런 '천재'가 없었다. 그래서 자질구레한 글을 좀 보냈을 뿐이다. 그해 세밑에 광저우로 온 후에도 투고를 매우 적게 했다. 첫째 원인은 샤먼에 있을 때와 같은 것이고, 둘째로는 처음에는 사무에 바쁜 데다가 그곳의 형편도 잘 몰랐기 때문이다. 후에 크게 느끼는 바가 있었지만 적들이 지배하고 있는 곳[162]에다 발표할 생각이 없었기 때문이다.

권력자의 칼 밑에서 그의 권위를 칭송하며 그의 적들을 야유하는 것으로 추파를 던지기를 원치 않는 점 또한 '위쓰파'의 한 가지 거의 공통적인 태도였다. 그렇기 때문에 『위쓰』가 베이징에서 돤치루이와 그의 발바리들에게 찢기는 것으로부터는 벗어날 수 있었지만, 결국 '장 대원수'[163]에 의하여 금지되었으며 『위쓰』를 발행하던 베이신서국도 동시에 함께 폐쇄명령이 내려졌다. 1927년의 일이었다.

이 해에 샤오펑이 상하이에 있는 나의 거처로 한번 찾아와서 『위쓰』를 상하이에서 인쇄할 것을 제의하면서 나더러 편집을 맡아 달라고 부탁했다. 이왕의 관계 때문에 거절할 수가 없어서 내가 편집을 맡았다. 이때에야 나는 이전의 편집 방법을 알아보기 시작했다. 그 방법은 아주 간단했다. 무릇 구성원들의 원고는 편집자에게 취사의 권한이 없이 오는 대로 다 실어 주며, 그 밖의 투고에 대하여는 편집자가 선택하여 필요에 따라 간혹 삭제도 했다. 그러므로 내가 할 일이란 후자뿐이었다. 구성원들의 원고는 사실상 십중팔구는 직접 베이신서국으로 투고되어 거기서 직접 인쇄소로 갔기 때문에 나는 그것이 인쇄되어 책으로 나온 후에야 볼 수 있었다. 이른바 '구성원'이란 것도 명확한 경계선이 없었다. 초기의 투고자들은 이미 몇 사람 남지 않았으며, 중도에 나타난 사람들은 홀연히 나타났다가 홀연히 나가 버리곤 했다. 『위쓰』는 또 좌절한 인물들의 불평불만에 찬 글을 잘 실어 주었기 때문에, 처음 등장하여 자기의 발표 자리를 찾지 못한 사람이나 다른 단체에서 의견 충돌이 생겨 반격을 가하려는 사람들도 종종 『위쓰』와 잠시 관계를 맺었으며 자기의 목적을 달성한 후에는 말할 것도 없이 덤덤해지고 말았다. 환경이 변함에 따라 의견 차이가 생겨 나가 버린 사람은 더 많았다. 그렇기 때문에 이른바 '구성원'이란 것이 명확한 경계가 있을 수 없었다. 재작년에 쓴 방법은, 몇 번 투고해서 다 실린 사람에 대해서는 예전의 구성원과 같은 대우를 해주어 그의 원고는 마음 놓고 출판하는 것이었다. 그러나 예전의 구성원의 소개에 의하여 원고를 직접 베이신서국으로 보내는 바람에 인쇄되기 전에 편집자의 눈을 거치지 못하는 일도 간혹 있었다.

내가 편집을 맡은 후부터 『위쓰』가 불운에 빠지기 시작했다. 정부 측으로부터 한번 경고를 받았고, 저장성 당국으로부터 금지령을 받았으며, 창조사 식의 '혁명문학'가들에게 결사적인 포위공격도 당했다. 경고를 받은 이유는, 어떤 사람의 말에 의하면 희곡[164] 한 편을 실었기 때문이라고 하는데 나로서는 전혀 짐작이 가지 않았다. 어떤 사람은 푸단대학의 내막을 폭로한 글을 게재했기 때문이라고 하는데, 그 당시 저장의 당무지도위원 나으리가 푸단대학 출신 사람이었다고 한다. 창조사파들의 공격은 역사가 오래되었다. 그들은 아직 '혁명'을 하기 전인 '예술의 궁전'을 지키고 있던 때에 벌써 '위쓰파' 몇몇 사람들을 눈엣가시처럼 생각했던 것이다. 그것을 여기에 서술하자면 글이 너무 길어지므로 다음 기회로 미루기로 한다.

그러나 『위쓰』 자체도 확실히 침체하기 시작하였다. 첫째로는 사회현상에 대한 비평이 거의 없다시피하고, 이런 방면의 투고도 별로 없었다. 둘째로는 남은 몇몇 오랜 기고자들 가운데서 이 무렵에 또 몇 사람이 줄어들었다. 전자의 원인은 할 말이 없어졌거나 혹은 할 말은 있어도 감히 하지 못하는 데 있다고 나는 생각한다. 경고와 금지령이 바로 그 증거 중에 하나이다. 후자는 아마 내 탓일 것이다. 몇 가지 실례를 들어 보자. 내가 부득이한 형편에서 "임칙서가 포로가 되었다"고 한 류반능의 오류를 바로잡은 극히 온화한 편지를 한 통 게재한 후부터 류반능은 한 글자도 보내오지 않았으며, 장사오위안[165] 선생의 소개로 보내온 등사한 원고 「펑위샹 선생…」을 게재하지 않은 후부터는 장사오위안 선생도 원고를 보내오지 않았다. 그리고 그 등사한 원고가 얼마 후에 역시 쑨푸위안이 꾸리는 『공헌』에 실렸는데 거기에는 내가 구실을 달아 게재하지 않은 사유를 설명한 엄숙한 머리말이 실려 있었다.

또 한 가지 뚜렷이 달라진 것은 광고가 난잡해진 것이었다. 광고의 유형을 보면 그 간행물의 성격을 대략 짐작할 수 있다.

예를 들면 '정인군자'들이 꾸리는 『현대평론』에는 금성金城은행의 장기계약 광고가 있으며, 난양南洋의 화교학생들이 꾸리는 『추야』에서는 '호랑이표 약품' 광고를 볼 수 있다. 비록 '혁명문학'이라는 기치를 내건 대중신문이라 해도 거기에 성병약이나 요리점 광고가 태반이라면, 저자나 독자들을 여전히 기생이나 배우에 대해서 흥미를 가지던 신문의 저자나 독자들과 같다고 여길 것이며, 지금은 창기와 배우라는 말 대신에 남성작가요, 여류작가요 하는 말을 쓰며 혹은 추어올리고 혹은 욕설을 퍼붓는 것으로 문단에서 솜씨를 보이고 있다는 것을 알 수 있다. 『위쓰』 창간 초기에는 광고를 매우 엄하게 선택했다. 새로 나온 책이라 해도 구성원들이 보아서 좋은 책이 아니라고 생각될 때는 광고를 내주지 않았다. 동인잡지였기 때문에 기고자들도 이런 직권을 행사할 수 있었다. 들은 말에 의하면 베이신서국에서 『베이신반월간』을 꾸린 이유는 바로 『위쓰』에는 자유롭게 광고를 실을 수 없기 때문이었다고 한다. 그러나 상하이로 이전하여 출판을 한 이후에는 책은 말할 필요도 없고, 의사의 진료에 관한 광고도 나타났고, 양말공장의 광고도 실렸다. 심지어는 유정遺精에 대한 속효약速效藥 광고까지 출현했다. 물론 『위쓰』의 독자들은 유정을 하지 않는다는 것을 누구도 보장할 수 없으며 하물며 유정이 결코 못된 행위는 아니다. 그러나 그에 관한 대책 때문이라면, 『천바오』 같은 종류의 신문이나, 더 확실성을 기하기 위해서는 『의약학보』의 광고에 주의를 기울여야 한다.

나는 이로 인해서 힐문하는 편지를 몇 통 받았으며, 또 『위쓰』
에 이런 광고를 반대하는 투고 글을 한 편 실었다.

그러나 나는 나의 본분을 다하였다. 양말공장의 광고가 나왔
을 때 직접 샤오펑에게 질문했더니, 그는 "광고를 취급하는 사
람이 잘못했다"고 대답하였다. 유정약 광고가 나왔을 때는 편
지를 썼더니 답신은 없었으나 그후부터 광고는 보이지 않았다.
샤오펑의 견지에서 말하면 그것은 양보였을 것이라고 나는 생
각한다. 왜냐하면 그때 이미 베이신서국에서 발행책임만 지고
있는 것이 아니라, 일부 작가들에게는 원고료까지 보내 주고
있어서 『위쓰』도 순수한 동인잡지가 아니었기 때문이다.

반년 동안의 경험을 쌓은 후 나는 샤오펑에게 『위쓰』를 정간
하자고 결연하게 제의했으나, 찬성을 얻지 못하였다. 그래서 나
는 편집자의 책임을 벗어 버렸다. 샤오펑이 대신할 사람을 알
선해 달라고 하기에 나는 러우스를 추천했다.

그러나 무엇 때문이었던지 러우스도 6개월 동안 편집을 맡
아서 제5권의 상반권을 끝내고는 사퇴하고 말았다.

이상이 내가 4년 동안 『위쓰』와 관련하여 부딪쳤던 사소한
일들이다. 초기의 몇 호와 최근의 몇 호를 비교해 보면 거기에
어떤 변화가 있으며 어떤 점이 달라졌는가를 알 수 있다. 가장
뚜렷한 것은 시사문제를 거의 취급하지 않고 그 대신 중편 작
품을 많이 싣는 것인데, 그것은 페이지 수를 채우기가 쉽고 또
재난을 면할 수 있기 때문이다. 비록 낡은 사물을 짓부수고 새

로운 상자를 파괴하여 그 속에 숨어 있는 낡은 사물을 드러내는 일종의 돌격적인 힘을 가졌다고 하여, 이 잡지가 지금까지도 낡은 인간들, 그리고 새 인간이라고 자처하는 인물들의 증오를 받고 있지만, 그 힘은 옛날 일이 되었다.

12월 22일

좌익작가연맹에 대한 의견
─3월 2일 좌익작가연맹 창립대회에서의 강연

많은 일이 있는 데다 다른 분께서 이미 상세하게 말씀하셨기에, 저는 더 이상 말씀드리지 않겠습니다. 현재 '좌익'작가는 아주 쉽사리 '우익'작가로 된다고 저는 생각합니다. 왜일까요? 첫째, 실제의 사회투쟁과 접촉하지 않은 채 그저 유리창 안에 갇혀 글을 쓰고 문제를 연구한다면, 그것이 아무리 과격하고 '좌'일지라도 손쉽게 해낼 수 있는 일이지만, 막상 실제에 부닥치면 금방 산산이 깨지고 맙니다. 방안에 틀어박힌 채 철저한 주의를 떠들어 대는 건 아주 쉽지만, '우경'으로 되기도 아주 쉽습니다. 서양에서 'Salon 사회주의자'라고 일컬어지는 것이 바로 이걸 가리키는 겁니다. 'Salon'은 응접실을 의미하니, 응접실에 앉아 사회주의를 이야기하는 게 아주 고상하고 멋지지만, 결코 실천을 염두에 두지는 않습니다. 이러한 사회주의자는 털끝만큼도 믿을 수 없습니다. 아울러 지금은 넓은 의미의 사회주의

사상을 조금이라도 지니지 않은 작가나 예술가, 즉 노농대중은 반드시 노예가 되어야 하고 학살당해야 하며 착취당해야 한다고 말하는 작가나 예술가는 거의 없어졌습니다. 무솔리니만 제외하고 말입니다만, 무솔리니는 문예작품을 쓴 적이 결코 없으니까요. (물론 이런 작가가 전혀 없다고 할 수도 없지요. 중국의 신월파의 여러 문학가, 그리고 방금 이야기했던 무솔리니가 총애한 단눈치오[166]가 바로 그런 예이지요.)

둘째, 혁명의 실제 상황을 제대로 알지 못하면, 역시 쉽사리 '우익'으로 변모합니다. 혁명은 고통이고, 그 속에는 어쩔 수 없이 더러움과 피가 섞일 수밖에 없으니, 시인이 상상하듯 재미있고 아름다운 일이 결코 아닙니다. 혁명은 더욱이 현실의 일이고, 갖가지 천하고 성가신 일을 요구하니, 시인이 상상하듯 낭만적인 일이 결코 아닙니다. 혁명은 물론 파괴가 따르지만, 건설을 더욱 필요로 하며, 파괴는 통쾌하지만, 건설은 성가신 일입니다. 그러므로 혁명에 대해 낭만적인 환상을 품고 있는 사람은, 혁명에 가까이 다가서고 혁명이 진행되자마자 금방 실망하고 맙니다. 듣자 하니, 러시아의 시인인 예세닌도 처음에는 10월혁명을 몹시 반기면서 당시에는 "천상과 지상의 혁명 만세!" "나는 볼셰비키라네!"라고 외쳤다지요. 하지만 혁명이 도래한 후 실제의 상황이 그가 상상하던 것과 딴판이자, 마침내 실망한 나머지 퇴폐적으로 되었다가 나중에 자살하고 말았는데, 이 실망이 자살의 원인 가운데 하나라고 합니다. 또한 필냐크와 예렌부르크 역시 똑같은 예입니다.[167] 우리의 신해혁명 때에도 똑같은 예가 있는데, 당시 수많은 문인들, 이를테면 '남사'[168]에 속한 사람들은 처음에는 대체로 대단히 혁명적이었지만, 이들은 환상을 품고 있었지요. 만주인을 몰아내기만 하면, 모든 게 '한대 관리의 예의제도'를 회복하여, 사람들은 소매가 넓은 옷에 오뚝한 관을 쓰고 넓은 허리띠를 맨 채 거리를 활보할 거라는 환상 말입니다. 만청의 황제가 내쫓긴 후 민국이 성립하였는데, 상황이 전혀 딴판일 줄이야 뉘 알았겠습니까? 그래서 그들은 실망하였고, 나중에 일부 사람들은 심지어 새로운 운동의 반동자가 되기도 하였습니다. 그렇지만 우리 역시 혁명의 실제 상황을 제대로 알지 못하면, 그들과 똑같아지기 십상입니다.

아울러 시인이나 문학가가 다른 모든 사람보다 지위가 높고, 그의 일이 다른 모든 일보다 고귀하다고 여기는 것 역시 잘못된 관념입니다. 이를테면 예전에 하이네는 시인은 가장 고귀하고 하나님은 가장 공평한지라, 시인은 죽은 후에 하나님이 계신 곳에 가서 하나님을 둘러싸고 앉으며, 하나님께서 사탕을 주실 것이라고 생각했습니다. 지금이야 하나님이 사탕을 주신다는 일을 믿을 사람이 물론 없겠지만, 시인이나 문학가가 지금 노동대중을 위하여 혁명하고 있으니, 장차 혁명이 성공하면 노동계급이 틀림없이 듬뿍 사례하고 특별히 우대하여 그를 특등차에 태워주고 특별 요리를 대접하거나, 노동자가 버터빵을 바치면서 "우리의 시인이여, 드시옵소서!"라고 말하리라 기대한다면, 이 또한 틀린 생각입니다. 실제로 이런 일은 절대로 없을 것이며, 아마 그때는 지금보다 훨씬 어려워져 버터빵은커녕 흑빵조차 없을지도 모르니, 러시아혁명 후의 한두 해의 상황이 바로 그 예입니다. 만약 이러한 상황을 제대로 알지 못한다면, 역시 쉽사리 '우익'으로 변모할 것입니다. 사실 노동자 대중은 량스추가 말한 "싹수 있는" 자가 아니라면, 지식계급을 특별히 존중할 리 없습니다. 내가 번역한 『훼멸』 속의 메치크(지식계급 출신)가 오히려 갱부에게 조롱당하듯이 말입니다. 말할 나위도 없이, 지식계급은 지식계급으로서 해야 할 일이 있으니 특별히 얕잡아보아서도 안 되지만, 노동계급이 특별히 예외적으로 시인이나 문학가를 우대해야 할 의무는 없습니다.

이제 우리가 앞으로 관심을 기울여야 할 몇 가지 것들을 말씀드리겠습니다.

첫째, 구사회 및 구세력에 대한 투쟁은 꿋꿋이 쉬지 않고 지속되어야 하며 실력을 중시해야 합니다. 구사회의 뿌리는 원래 대단히 견고하여, 새로운 운동이 훨씬 커다란 힘을 지니지 않으면 아무것도 뒤흔들 수 없습니다. 더욱이 구사회는 새로운 세력을 타협으로 끌어당기는 묘수를 지니고 있지만, 자신은 절대로 타협하지 않습니다. 중국에서도 새로운 운동이 많았지만, 매번 새로운 것이 낡은 것을 당해 내지 못했습니다. 그 이유는 대체로 새로운 쪽이 군건하고 광대한 목적을 갖지 못한 채, 요구하는 것이 아주 적어서 쉽게 만족했기 때문입니다. 백화문운동을 예로 들면, 애초에 구사회는 필사적으로 저항하였지만, 얼마 지나지 않아 백화문의 존재를 용인하고서 약간의 초라한 지위를 부여한 덕에, 신문의 구석 등지에서 백화로 쓴 글을 볼 수 있게 되었지요. 이건 구사회가 보기에, 새로운 게 별것이 아니고 두려워할 만한 게 아닌지라, 그래서 존재하도록 내버려 두었는데, 새로운 쪽 역시 만족한 채 백화문은 이미 존재의 권리를 획득했다고 여기게 되었습니다. 또 최근 한두 해 사이의 프롤레타리아 문학운동 역시 거의 마찬가지입니다. 구사회는 역시 프롤레타리아 문학을 용인하였는데, 프롤레타리아 문학이 사납기는커녕, 오히려 그들도 프롤레타리아 문학을 만지작거리고 가져다가 장식으로 삼으니, 마치 응접실에 수많은 골동자기를 늘어놓으면서 노동자가 사용하는 투박한 그릇 하나를 놓는 것도 아주 색다른 맛을 풍기는 것과 같지요. 그런데 프롤레타리아 문학가는 어떻습니까? 문단에 작으나마 지위도 생겼겠다, 원고도 팔 수 있게 되었으니 더 이상 투쟁할 필요가 없어졌으며, 비평가 역시 "프롤레타리아는 승리했다!"라고 개선가를 부르고 있습니다. 하지만 개인의 승리를 제외하고 프롤레타리아 문학을 논한다면, 도대체 얼마만큼 승리한 걸까요? 하물며 프롤레타리아 문학은 프롤레타리아 해방투쟁의 일익으로서, 프롤레타리아의 사회적 세력의 성장과 더불어 성장하는데, 프롤레타리아의 사회적 지위가 매우 낮은 때에 프롤레타리아 문학의 문단지위가 도리어 높다는 것, 이건 프롤레타리아 문학자가 프롤레타리아를 벗어나 구사회로 되돌아가 버렸음을 입증해 줄 따름입니다.

둘째, 전선을 확대해야 한다고 나는 생각합니다. 재작년과 작년에 문학상의 전쟁이 있었습니다만, 그 범위가 정말 너무나 협소한 나머지 모든 낡은 문학과 낡은 사상이 새로운 일파의 사람들의 주목을 받지 못한 채, 오히려 한 구석에서 새로운 문학자들끼리 다투고 구파의 사람들은 한가로이 옆에서 구경하는 꼴이 되고 말았습니다.

셋째, 우리는 대량의 새로운 전사를 양성해 내야 합니다. 현재의 일손이 참으로 너무나 적기 때문입니다. 이를테면 우리는 여러 종류의 잡지를 내고 있고 단행본도 적잖게 출판하고 있습니다만, 글을 쓰는 이는 늘 몇 사람뿐인지라, 내용이 빈약해지지 않을 수 없습니다. 한 사람이 한 가지 일에 전념하지 못한 채 이것저것 손을 대어, 번역도 해야 하고, 소설도 써야 하고, 비평도 해야 하고, 시도 지어야 하니, 이렇게 해서야 어떻게 제대로 해낼 수 있겠습니까? 이건 모두 사람이 너무 적은 탓이니, 사람이 많아지면 번역하는 사람은 번역에만 전념할 수 있고, 창작하는 사람은 창작에만 전념할 수 있으며, 비평하는 사람은 비평에만 전념할 수 있습니다. 적과 맞서 싸울 때에도 군세가 웅장하고 풍부해야 쉽게 이길 수 있지요. 이 점에 관해 한 가지 더 곁들여 말씀드리겠습니다. 재작년에 창조사와 태양사가 저를 공격했을 때, 그 역량은 참으로 빈약하여, 나중에는 저조차도 약간 무료해진 느낌이 들어 반격할 마음이 사라져 버렸는데, 나중에 적군이 '공성계'^{空城計}를 쓰고 있다는 걸 눈치 챘기 때문이었습니다. 당시 저의 적은 허풍을 떠는 데에만 신경을 쓰느라 장병을 모집하여 훈련시키는 걸 소홀히 하였습니다. 저를 공격하는 글은 물론 아주 많았지만, 모두 필명을 바꾸어 쓴 것으로, 이것저것 욕을 늘어놓으나 결국 몇 마디 똑같은 말임을 한눈에도 알 수 있었습니다. 저는 그때 맑스주의 비평의 사격술을 터득한 사람이 저를 저격해 주기를 기다렸으나, 그런 사람은 끝내 나타나지 않았습니다. 오히려 제 쪽에서 줄곧 새로운 청년전사의 양성에 주의를 기울여 여러 개의 문학단체[169]를 꾸렸지만, 효과는 신통치 않았지요. 그렇지만 이제부터는 이 점에 주의를 기울이지 않으면 안 됩니다.

우리는 시급히 대량의 새로운 전사를 양성해야 하지만, 동시에 문학전선에 몸을 담은 사람은 '끈질기'지 않으면 안 됩니다. 끈질김이란 곧 이전의 청대에 팔고문을 짓는 '문 두드리기용 벽돌'과 같은 방식이어서는 안 됩니다. 청대의 팔고문은 원래 '과거에 합격'하여 관리가 되기 위한 수단인데, '기승전합'[170]을 잘 하여 그 덕에 '수재와 거인'에 들어서고 나면, 팔고문을 내던져 버린 채 평생 다시는 사용하지 않아도 되기에 '문 두드리기용 벽돌'이라 일컫지요. 이건 마치 벽돌로 문을 두드리다가 문이 열리면, 벽돌은 내던져 버린 채 더 이상 몸에 지닐 필요가 없는 것과 마찬가지입니다. 이 방식은 지금도 사용하고 있는 이가 많이 있으니, 한두 권의 시집이나 소설집을 낸 뒤에 영영 보이지 않는 사람들을 자주 보는데, 대체 어디로 갔을까요? 한두 권의 책을 낸 덕에 크건 작건 이름을 얻게 되고, 교수나 다른 어떤 지위를 갖게 되면 공을 이루고 이름이 난 셈이니, 더 이상 시와 소설을 지을 필요가 없어진지라 영원히 모습을 보이지 않는 것이겠지요. 이러한 까닭에 중국에는 문학이든 과학이든 변변한 게 없습니다만, 우리는 그게 꼭 필요합니다. 그것이 우리에게 쓸모 있기 때문입니다. (루나차르스키는 러시아의 농민미술을 보존하자고 주장하기도 하였습니다. 그걸 만들어 외국인에게 팔면 경제적으로 도움이 된다고 말입니다. 저는 만약 우리의 문학이나 과학에 다른 사람에게 끄집어내어 줄 만한 게 있다면, 제국주의의 압박에서 벗어나기 위한 정치운동에도 도움이 되리라 생각합니다.) 하지만 문화 면에서 성과를 내려면, 끈질기지 않으면 안 됩니다.

마지막으로, 연합전선에는 공동의 목표를 갖는 게 필수조건이라 생각합니다. 이런 말을 들었던 기억이 납니다. "반동파조차도 이미 연합전선을 결성하였는데, 우리는 아직 단결하지 못하고 있다!" 사실 그들도 의식적으로 연합전선을 결성한 건 아닙니다. 단지 그들의 목적이 서로 같기에 행동이 일치되었는데, 우리에게는 연합전선처럼 보일 뿐입니다. 우리의 전선이 통일되지 못함은 곧 우리의 목적이 일치되지 못하여, 작은 단체를 위하거나 혹은 사실상 개인만을 위하고 있음을 입증하는 것입

니다. 만약 목적이 노농대중에 있다고 한다면, 전선은 당연히
통일될 것입니다.

망각을 위한 기념

1.

몇 자 글이라도 써서 몇 명의 청년작가들을 기념해야지 했던 것이 벌써 오래전 일이다. 이는 다른 이유 때문이 아니다. 다만 지난 2년 동안 비분이 시시로 내 마음을 엄습하는 것이 지금껏 멈추지 않고 있기 때문이다. 이를 빌려서라도 움츠린 몸을 털어 내고 슬픔을 벗어나 좀 가벼워지고 싶었던 것이다. 솔직히 말하면 그들을 잊어버리고 싶었던 것이다.

2년 전 이때, 즉 1931년 2월 7일 밤 혹은 8일 새벽은 우리의 다섯 청년작가가 동시에 살해를 당한 시간이다. 당시 상하이의 어느 신문도 감히 이 사건을 보도하지 못했다. 어쩌면 그러고 싶지 않았는지도 모르고, 어쩌면 그럴 가치가 없다고 여겼는지도 모른다. 다만 『문예신문』에 약간 암시적인 글이 실렸을 뿐이다. 제11기(5월 25일자)에 린망[171] 선생이 쓴 「바이망^{白莽} 인상기」가 그것인데, 그 속에는 이런 대목이 있었다.

그는 제법 시들을 썼고 또 헝가리 시인 페퇴피의 시 몇 수를 번역
한 적이 있다. 당시 『분류』^{奔流}의 편집자 루쉰은 그의 투고를 받고
서신을 보내 만나자고 했다. 그런데 그는 유명인과 만나는 걸 꺼
려해서 결국 루쉰이 직접 그를 찾아가 그에게 문학 쪽 일을 해보
라며 적극 격려해 주었다. 하지만 그는 끝내 골방에 틀어박혀 글
을 쓸 수 없어 또다시 자신의 길로 뛰쳐나갔다. 얼마 뒤 그는 또
한번 체포되었다.…

여기에 언급된 우리에 관한 일은 실은 정확하지 않다. 바이
망은 그리 거만하지 않았다. 그가 내 거처를 찾아온 적이 있지
만 내가 만나기를 요구해서 그랬던 것은 아니다. 나도 생면부
지의 투고자에게 경솔하게 편지를 써서 그를 불러들일 만큼 그
리 거만하지는 않다. 우리가 만난 건 일상적인 일 때문이었다.
당시 그가 투고한 원고는 독일판 『페퇴피 전기』¹⁷²⁾ 번역이었는
데, 내가 편지를 보내 원문을 요청했던 것이다. 원문이 시집 앞
에 실려 있어 우편으로 보내기가 불편해서 그가 직접 가지고
온 것이다. 만나 보니 20세 남짓한 청년으로 용모는 단정하고
안색은 거무스레했다. 당시 나눈 대화는 이미 잊어버렸다. 그저
기억하고 있는 것은, 그가 스스로 성은 쉬^徐씨이고 샹산^{象山} 사
람임을 밝혔다는 것과, 내가 자네 대리로 서신을 수령한 여자

분 이름이 어찌 그리 괴상한가라고 묻자(어떻게 괴상했는지도 잊어버렸다) 그녀가 그렇게 괴상하고 로맨틱한 이름을 붙이기를 좋아하는데 자기도 그녀와 그리 썩 맞지는 않는다고 대답했던 것뿐이다. 남는 것이라고는 이 정도가 전부다.

밤에 번역문과 원문을 대충 한번 대조해 보고는 몇 군데 오역 외에 고의로 비튼 곳이 한 군데 있다는 걸 알게 되었다. 그는 '국민시인'이란 말을 좋아하지 않았던 듯 이 글자를 모두 '민중시인'으로 바꿔 놓았던 것이다. 이튿날 또 그의 편지를 받았는데, 나와 만난 걸 후회하고 있다는 것이었다. 자기는 말이 많았는데 나는 말도 없고 또 쌀쌀해서 위압 같은 걸 느낀 듯했다. 나는 즉시 편지를 써서 초면에 말이 적은 것도 인지상정이라고 해명하면서 아울러 자신의 애증으로 원문을 바꿔서는 안 된다는 뜻도 전했다. 그의 원서가 나한테 있었던 터라 내가 소장하고 있던 두 권짜리 선집을 그에게 보내주면서 몇 수를 더 번역해서 독자들에게 제공하는 것이 어떻겠냐고 물어보았다. 아니나 다를까 몇 수를 번역해서 직접 가지고 왔다. 우리는 처음 때보다 이야기를 많이 나누었다. 이 전기와 시는 그 뒤 『분류』 제2권 제5호, 즉 최종호에 실렸다.

우리의 세번째 만남은 어느 더운 날로 기억된다. 누군가 문을 두드리는 자가 있어 나가서 열어 보니 바로 바이망이었다. 두툼한 솜옷을 입고 땀을 뻘뻘 흘리고 있는 모습에 피차 웃음을 금치 못했다. 이때서야 그는 자기가 혁명자임을 내게 이야기하는 것이었다. 체포되었다가 방금 출소했는데 의복과 서적은 물론 내가 그에게 보낸 책 두 권까지 전부 몰수당했다고 했다. 몸에 걸친 두루마기는 친구에게서 빌린 것인데, 겹옷이 없어 긴 옷을 입다 보니 어쩔 수 없이 그리 땀을 흘리게 되었다는 것이었다. 내 생각에는 아마 이것이 바로 린망 선생이 말한 "또 한번 체포되었다"에서의 그 한번일 것이다.

나는 그의 석방이 너무 기뻐 서둘러 원고료를 지급하고 그에게 겹옷 한 벌을 사 주었다. 그래도 그 두 권의 책은 뼈아팠다. 경찰들 손에 떨어졌으니 그야말로 진주를 어둠 속에 내던진 격이었다. 그 두 권은 사실 흔해 빠진 책이다. 한 권은 산문이고 한 권은 시집인데, 독일판 번역자의 말에 의하면 이는 그가 수집한 것으로 본국 헝가리에서도 이렇게 완전한 판본은 아직 없다는 것이었다. 하지만 '레클람 세계문고'(Reclam's Universal-Bibliothek)[173]에 들어 있어 독일에서는 아무 데서나 구할 수 있고 가격도 1위안이 채 안 되었다. 그렇지만 내게는 보물이었다. 30년 전, 그러니까 내가 페퇴피를 열렬히 사랑하던 무렵 특별히 마루젠서점에 부탁해 독일에서 사 온 것인데, 당시 책값이 너무 싸서 점원이 중개를 해주지 않으면 어떡하나 하며 조마조마한 심정으로 입을 열었으니 말이다. 그 뒤로 대개 곁에 두고 있었는데, 일에 따라 바뀌는 게 사람 마음인지 이미 번역할 생각이 없어지고 말았다. 이번에 당시 나처럼 페퇴피의 시를 열렬히 사랑하는 청년에게 이것을 보내 주기로 작정하면서 좋은 안착지를 찾아준 셈이라고 자부하고 있던 차였다. 그래서 이 일을 정중히 대접하느라 러우스柔石에게 부탁해 직접 가져다주 게 했던 것이다. 그런데 뜻밖에 '세 줄박이'三道頭[174] 집단의 손에 떨어지고 말았으니, 어찌 억울하지 않겠는가!

2.

내가 투고자를 집으로 불러들이지 않은 것은, 실은 겸손 때문 만은 아니다. 그 가운데에는 일을 좀 덜어 보자는 요소도 다분 히 있다. 지금까지의 경험에 비추어 볼 때 청년들, 특히 문학청 년들은 십중팔구 감각이 예민하고 자존심도 강해서 조심하지 않으면 쉽게 오해를 불러일으킬 수도 있다는 것을 알고 있다. 그래서 고의로 회피한 때가 많았던 것이다. 만나는 일을 두려 워할 정도니 감히 부탁을 하는 건 말할 필요도 없다. 그래도 그 때 상하이에서 감히 내키는 대로 이야기를 나누고 감히 사사로 운 일을 부탁할 수 있는 청년이 딱 한 사람 있기도 했는데, 그가 바로 바이망에게 책을 갖다 준 러우스다.

　나와 러우스의 첫 만남이 언제 어디서였는지는 잘 모르겠 다. 베이징에서 내 강의를 들은 적이 있다고 말한 적이 있는 것 으로 보아, 그렇다면 8, 9년 전일 것이다. 상하이에서 어떻게 왕 래를 하게 되었는지도 잊어버렸다. 당시 그는 징윈리景雲裏에 살 고 있었고 내 거처와도 불과 너댓 집밖에 떨어져 있지 않았으 니 어떻게 시작되었는지도 모른 채 왕래를 트게 되었을 것이다. 대략 첫번째였던 것 같은데, 성은 자오趙씨에 이름은 핑푸平復라고 내게 이야기했던 것 같다. 그런데 언젠가 또 고향 토호향신들의 위세가 대단하다는 것을 이야기하면서 어느 신사紳士가 자기 이름을 좋아해 제 자식에게 붙여 주려고 자기더러 이 이름을 못 쓰게 했다는 말을 한 적도 있다. 그러고 보면 그의 원래 이름이 '핑푸'平福가 아니었나 싶다. 평온하고 유복한 것이어야 향신의 의중에 딱 들어맞았을 테니 말이다. '푸'復 자라면 그리 열심을 보였을 리가 없다. 그의 고향은 타이저우台州 닝하이寧海다. 이는 그가 가진 타이저우 특유의 기질를 보면 금방 알 수 있다. 게다가 제법 어수룩한 데가 있어서, 어떤 때는 문득문득 방효유[175]를 떠올리며 그에게도 이런 모습들이 있지 않았을까 하게 만들었던 것이다.

그는 집에 틀어박혀 문학을 했다. 창작도 하고 번역도 했다. 왕래가 늘어남에 따라 우리는 말이 통하기 시작했다. 그리하여 별도로 같은 뜻을 가진 청년 몇 사람과 조화사朝華社를 설립하기로 약조했다. 목적은 동유럽과 북유럽의 문학을 소개하고 외국 판화를 수입하는 것이었다. 우리 모두가 강건하고 질박한 문예를 길러 내야 한다고 생각하고 있었으니 말이다. 잇달아 『조화순간』朝花旬刊을 냈고 『근대 세계 단편소설집』을 냈고 '예원조화'藝苑朝華를 냈다. 모두 이 기준을 좇은 셈이었다. 다만 그 가운데 『후키야 고지 회화선』蕗谷虹兒畵選 한 권은 상하이 바닥의 '예술가'를 소탕하기 위해, 즉 예링펑葉靈鳳이라는 종이호랑이의 실체를 폭로하기 위해 낸 것이다.

하지만 러우스 자신은 돈이 없었으므로 2백 위안 남짓한 돈을 빌려 인쇄비로 충당했다. 종이를 사는 것 외에 대부분의 원고 작업과 인쇄소로 달려가거나 도안을 만들거나 교열을 보는 따위의 잡무는 모두 그에게 돌아갔다. 그러나 곧잘 여의치가 않아서 그 이야기를 할 때면 눈살이 찌푸려지곤 했다. 그의 옛 작품을 보면 모두 비관적인 분위기를 띠고 있지만 실제로는 그렇지가 않다. 그는 사람들의 선량함을 믿었다. 어떤 때는 내가 사람이 어떻게 사람을 속이는지, 어떻게 벗을 파는지, 어떻게 피를 빠는지 등등을 이야기하면 그는 이마를 번쩍이며 놀랍다는 듯 근시인 눈을 동그랗게 뜨고 이렇게 항의하는 것이었다. "그럴 리가요? 설마 그 정도는 아니겠죠?…"

그런데 조화사는 얼마 되지도 않아 문을 닫고 말았다. 그 이유는 자세히 밝히고 싶지 않다. 어쨌거나 러우스의 이상은 처음부터 대못에 머리를 찧고 말았다. 기력이 허사가 된 건 물론이려니와 그밖에 백 위안을 빌려 종이 값을 지불해야만 했다. 그 뒤로 그는 "사람 마음은 위태롭다"는 내 설에 대한 회의가 줄어들어 어떤 때는 "진짜 이럴 수가 있단 말입니까?…"라며 탄식을 하기도 했다. 그래도 그는 여전히 사람들의 선량함을 믿었다.

그리하여 그는 자기 몫인 조화사의 잔본들을 명일서점明日書店과 광화서국에 보내 몇 푼의 돈이라도 건질 수 있기를 희망했다. 그런 한편 빚을 갚기 위해 기를 쓰고 번역에 임했다. 이것이 바로 상우인서관에서 발매한 『덴마크 단편소설집』과 고리키의 장편소설 『아르타모노프 가의 사업』이다. 이 번역 원고도 어쩌면 작년 사변 때 불타 버렸는지도 모른다.[176]

그의 어수룩함도 점점 바뀌어 급기야 동향 여성이나 여자 친구와 감히 길을 걸어 다니게도 되었다. 그래도 늘 최소한 서너 자 거리는 유지하고 있었다. 이는 그리 좋은 방법이 아니었다. 가끔 길에서 마주치면 전후 또는 좌우 서너 자 거리에 젊고 아름다운 여성이 있으면 그의 친구가 아닐까 의심을 품게 되었으니 말이다. 그런데 그는 나와 같이 길을 걸을 때면 가급적 바짝 붙어서 거의 나를 부축하다시피 하며 걸었다. 내가 자동차나 전차에 받혀 죽을까 봐 말이다. 내 쪽에서도 근시인 그가 남을 돌본다는 것이 마음에 걸려, 피차가 허둥지둥 한걱정을 하며 길을 가기가 일쑤였다. 그래서 부득이한 일이 아니면 그와 함께하는 외출은 가급적 삼가했다. 그가 힘에 부쳐하는 걸 보면 나도 힘이 부쳤으니 말이다.

구도덕이건 신도덕이건 자기가 손해를 봐도 남에게 이롭다면, 그는 이것을 골라내어 스스로 등에 짊어졌다.

마침내 그에게 결정적인 변화가 일어났다. 한번은 내게 분명한 어조로 말을 한 적이 있다. 차후 작품의 내용과 형식을 전환해야겠다고 말이다. 내 말은 이랬다. 그거 어려울걸. 가령 칼을 쓰는 데 익숙한 사람한테 이번엔 봉을 쓰라고 하면 어떻게 잘

할 수 있겠나? 그의 대답은 간결했다. 배우고자 한다면요!

그의 말은 결코 빈말이 아니었다. 정말로 새로 배우기 시작했던 것이다. 그 무렵 그는 친구를 하나 데리고 나를 방문한 적이 있는데, 그가 바로 펑젠^{馮鏗} 여사다. 이야기를 좀 나누었지만 끝내 그녀에 대해서는 거리감을 지우지 못했다. 로맨틱한 데가 있어 성과를 내는 데 조급해한다는 의구심이 들었던 것이다. 게다가 근래에 러우스가 대하소설을 쓰려고 하는 것도 그녀의 주장에서 나온 게 아닐까 하는 의구심도 생겼다. 하지만 또 내 자신에 대해서도 의심해 보았다. 어쩌면 지난번 쇠라도 동강 낼 듯한 러우스의 대답이 실은 내 게으른 주장의 상처를 정면으로 찔러서 나도 모르게 그녀 쪽으로 노여움을 옮기고 있는 게 아닐까? 사실 나는 내가 만나기를 무서워하는 신경과민과 자존심으로 무장한 문학청년들보다 나은 데도 없는데 말이다.

그녀는 체질이 약했고 예쁘지도 않았다.

3.

좌익작가연맹이 성립된 뒤에야 내가 알던 바이망이 바로 『척황자』^{拓荒者}에 시를 쓰고 있는 인푸^{殷夫}임을 알게 되었다. 한 차례 대회가 열렸을 때 나는 미국의 신문기자가 쓴 중국 여행기의 독일어 번역본을 그에게 주려고 가지고 갔다. 독일어를 연습할 수 있으리라는 생각뿐 별다른 깊은 뜻은 없었다. 하지만 그는 오지 않았다. 그래서 또 러우스에게 부탁할 수밖에 없었다.

    그런데 얼마 되지 않아 그들은 모두 체포되었다. 내 책 한 권이 또 몰수되어 '세 줄박이' 집단의 손에 떨어지고 말았다.

4.

명일서점이 잡지를 내겠다고 해서 러우스에게 편집을 의뢰하자 그가 응했다. 서점에서는 내 저서와 역서를 출판할 요량으로 그에게 인세 지급방법을 문의해 달라고 부탁을 했다. 나는 베이신서국과 주고받은 계약서 한 부를 베껴서 그에게 주었다. 그는 이를 주머니에 넣고 총총히 떠났다. 1931년 1월 16일 밤의 일이었다. 뜻밖에 그것이 나와 그의 마지막 만남이자 영원한 이별이 되고 말았다.

　이튿날 그는 어느 모임에서 체포되었다. 주머니에는 아직도 내 출판계약서가 그대로 들어 있었다. 그 때문에 관청에서는 나를 찾고 있다고 했다. 출판계약서는 명명백백하지만, 나는 그런 명명백백하지 않은 데에 변명하러 가고 싶지 않았다. 『설악전전』 속에 한 고승의 이야기가 떠올랐다. 그를 체포하려던 아전이 절 문 앞에 막 도착했을 때 그는 '앉아서 가고'坐化 말았다. 그러면서 그는 "하립何立이 동쪽에서 오니 나는 서쪽으로 가려네"라는 게송을 남겼다.[177] 이는 노예가 꿈꾼 고해를 벗어날 그나마 유일한 방법이다. '검을 든 협객'을 기대할 수 없다면 가장 자유로운 방법은 오직 이것뿐인 것이다. 나는 고승이 아니어서 열반의 자유는 없고 삶에 대한 미련이 아직도 많다. 그리하여 나는 도주했다.

　이날 밤 나는 벗들의 해묵은 서찰들을 태우고 여자와 아이를 껴안은 채 어느 객잔으로 갔다. 며칠도 안 되어 밖에서는 내가 체포되었다느니 피살되었다느니 말들이 분분히 나돌았지만 러우스의 소식은 의외로 드물었다. 혹자는 순포巡捕가 그를 명일서점에 끌고 가서 편집자인지 여부를 물은 적이 있다고 했고, 혹자는 순포가 그를 베이신서국에 끌고 가서 러우스인지 여부를 물은 적이 있는데 손에 수갑이 채워진 걸 보면 죄상이 위중하게 보였다고도 했다. 그래도 어떤 죄상인지에 대해서는 누구도 알지 못했다.

　그가 구금되어 있던 중에 나는 그가 동향인에게 보낸 두 차례 서신을 본 적이 있다. 첫번째는 이랬다.

나는 35인의 동범(7인은 여자)과 어제 룽화龍華에 왔네. 어젯밤 족쇄를 채웠는데, 정치범에게는 족쇄를 채우지 않는 종전의 기록을 깬 모양이네. 사안이 극히 중대해 조만간 나가기는 어려울 듯, 서점은 형이 나를 대신해서 맡아 주기를 바라네. 아직은 괜찮아서 인푸 형에게 독일어를 배우고 있다네. 이 일을 저우周 선생에게 전해 주게. 저우 선생께선 염려치 마시라고, 모두가 아직 고문은 받지 않고 있으니. 경찰과 공안국이 몇 차례 저우 선생의 주소를 물었지만 내가 어찌 알겠나. 염려 마시게. 건강 하시기를!
　　　　　　　　　　　　1월 24일 자오사오슝趙少雄

이상은 앞면이다.

양철 밥그릇 두세 개가 필요하네.
면회가 안 되면 물건을
자오사오슝에게 전해 달라고 해주시길.

이상은 뒷면이다.

그의 마음은 조금도 변함이 없이 독일어를 배우고자 더욱 노력하고 있었다. 여전히 나를 생각하는 것도 길을 걸을 때와 마찬가지였다. 그런데 그의 서신 속의 어떤 말은 잘못되었다. 정치범에게 족쇄를 채운 것은 그들이 처음이 아니다. 그가 지금까지 관청이란 데를 너무 고상하게 봐서 지금까지 문명적이었다가 자기들부터 혹형이 시작되었다고 여긴 것이다. 사실은 그렇지 않다. 아닌 게 아니라 두번째 편지는 딴판이어서 문장이 몹시 참혹했다. 펑 여사의 얼굴이 부어올랐다는 말도 있었는데, 애석하게도 이 편지는 베껴 두지 못했다. 그때는 풍문도 더욱 가지각색이어서 뇌물을 먹이면 나올 수도 있다는 설도 있었고 이미 난징으로 압송되었다는 설도 있었지만 어느 하나 확실한 것이 없었다. 그리고 편지와 전보로 내 소식을 묻는 것도 많아져 어머니조차 베이징에서 마음을 졸여 몸져눕고 말았다. 그래서 할 수 없이 일일이 답장을 보내 이를 바로잡지 않으면 안 되었다. 이렇게 대략 20일이 흘렀다.

날씨는 더 추워졌다. 러우스가 있는 거기엔 이부자리가 있을까? 우리한테는 있건만. 양철 밥그릇은 벌써 받았을까?… 그런데 갑자기 믿을만한 소식이 전해졌다. 러우스는 23인과 더불어 이미 2월 7일 밤 아니면 8일 새벽에 룽화경비사령부에서 총살되었다는 것이었다. 그의 몸엔 10발이 명중되었다.

그랬었구나!…

어느 깊은 밤 나는 객잔의 뜰 한가운데에 서 있었다. 주위엔 낡은 집기들이 쌓여 있었고 사람들은 모두 잠들어 있었다. 내여자와 아이까지도. 나는 내가 좋은 벗을 잃어버렸다는 것, 중국이 좋은 청년을 잃어버렸다는 것을 침중히 느꼈지만 비분 속에 이를 잠잠히 가라앉혔다. 하지만 오래된 습관이 잠잠함 속에서 머리를 쳐들어 아래 몇 구절을 모아 냈다.

긴 밤에 길이 들어 봄을 보낼 제
처자를 거느린 몸 귀밑머리 희었구나
꿈속에 어리는 어머니 눈물
성 위로 나부끼는 대왕의 깃발
벗들이 혼백 됨을 차마 볼 수 없어
노여움에 칼숲을 향해 시를 찾을 뿐
다소곳이 읊어 본들 쓸 곳이 없고
달빛만 물처럼 검은 옷을 비추네.

마지막 두 구절은 그 뒤 빈말이 되고 말았다. 끝내 일본의 어느 가인歌人[178]에게 이를 써서 보내고 말았으니.

그러나 당시 중국에서는 쓸데가 없었던 게 확실하다. 구금이 통조림보다 더 엄밀했으니 말이다. 러우스가 연말에 고향에 돌아가 한동안 머물렀다 상하이로 돌아왔을 때 친구에게 질책을 당한 일을 나는 기억한다. 그는 분개하며 내게 말했다. 두 눈을 실명한 모친이 며칠만 더 있으라고 붙잡는데 어떻게 올 수 있겠느냐고. 나는 이 눈 먼 모친의 그리워하는 마음과 러우스의 간절해하는 마음을 안다.『북두』가 창간되었을 때 나는 러우스에 관한 글을 쓰고 싶었다. 하지만 그럴 수 없었다. 그리하여「희생」이라는 콜비츠 부인의 목판화 한 점을 고르는 데 그쳤다. 어느 어머니가 슬픔에 가득 찬 모습으로 자식을 바치고 있는 것인데, 내 개인의 마음속에 남아 있는 러우스에 대한 기념인 셈이다.

같이 수난을 당한 네 청년문학가 가운데 리웨이썬李偉森은 만난 적이 없다. 후예핀胡也頻도 상하이에서 한 번 만난 적 있지만 몇 마디 이야기를 나눈 정도다. 비교적 친했던 이는 바이망, 즉 인푸인 셈이다. 그는 나와 서신 왕래도 있었고 투고도 한 적이 있지만 지금 찾아보니 아무것도 남아 있지 않다. 생각해 보니 17일 밤에 모두 불태워 버린 게 분명하다. 당시에는 체포된 자 중에 바이망도 있다는 것을 미처 몰랐으니 말이다. 하지만 저『페퇴피 시집』만은 남아 있다. 뒤적거려 봤지만 역시 아무것도 없다. 다만 「Wahlspruch」(격언)라는 시 옆에 펜으로 쓴 네 줄의 역문이 있다.

생명은 실로 귀중하고
애정은 더욱 고귀하지만
자유를 위해서라면
둘 모두를 팽개치리라!

또한 둘째 페이지에 '쉬페이건'이라는 세 글자가 적혀 있다. 혹시 그의 본명이 아닐까.

5.

재작년 오늘, 나는 객잔에 피신해 있었지만 그들은 형장으로 걸어갔다. 작년 오늘, 나는 포성 속에서 영국 조계로 도피했지만 그들은 어디인지도 모를 지하에 이미 묻혀 있었다. 그리고 금년 오늘, 비로소 나는 내 본래 거처에 앉아 있고 사람들은 모두 잠들었다. 내 여자와 아이조차도. 나는 내가 좋은 벗을 잃어버렸다는 것, 중국이 좋은 청년을 잃어버렸다는 것을 또 침중히 느끼지만 비분 속에 이를 잠잠히 가라앉힌다. 하지만 뜻밖에 오래된 습관이 잠잠한 바닥으로부터 머리를 쳐들어 위의 글자들을 긁적이게 만든다.

쓰려 해도 중국의 오늘 현실에서는 여전히 쓸 곳이 없다. 젊은 시절 상자기向子期의 「옛날을 생각하며」思舊賦를 읽고 어째서 달랑 몇 줄만 남기면서 운을 떼자마자 끝을 맺어 버리는지 몹시 의아했다. 하지만 이제는 이해하게 되었다.

젊은이가 늙은이를 기념하는 글을 쓰는 게 아니라, 지난 30년 동안 내가 목도한 수많은 청년들의 피가 켜켜이 쌓여 숨도 못 쉬게 나를 억눌러 이런 필묵으로나마 몇 줄 글을 쓰게 만드니, 진흙에 자그만 구멍을 뚫고 구차하게 목숨을 연명해 가고 있는 셈이다. 이는 어떤 세계일까. 밤은 한참 길고 길도 한참 멀다. 차라리 잊어버리고 입을 다무는 게 더 나은지도 모른다. 그래도 나는 안다. 내가 아니어도 미래의 그 누군가가 그들을 기억해 내고 다시금 그들의 시대를 이야기할 날이 있을 거라는 것을. …

2월 7일~8일

도망에 대한 변호

옛날에는 여자 노릇이 아주 운수 사나운 일이었다. 일거수일투족이 잘못으로 이래도 욕먹고 저래도 욕먹었다. 이제는 사나운 운수가 학생의 머리 위로 떨어져서 들어가도 욕을 얻어먹고 나가도 욕을 얻어먹는다.

우리는 아직도 재작년 겨울부터 학생들이 어떤 소동을 피웠는지 기억하고 있다. 남쪽으로 오려는 학생도 있었고 북쪽으로 가려는 학생도 있었다. 학생들이 남북을 오가는데 차를 운행하지 않았다. 수도에 와서 머리 조아리고 청원했지만 예기치 않게 '반동파들에 의해 이용되'고 수많은 머리가 공교롭게도 총검과 총부리에 '깨지'고, 어떤 학생들은 종국에는 '본인이 실족하여 물에 빠져' 죽기도 했다.[179)]

검시 보고서에는 "몸에 다섯 가지 색이 있다"라고 했다. 나는 도대체가 무슨 말인지 모르겠다.

누가 한마디라도 묻고, 누가 한마디라도 항의했던가? 일부는 학생들을 비웃고 욕하기도 했다.

그러고도 제적시키고자 하고, 그러고도 가장에게 알리려 하고, 그러고도 연구실로 돌아가라고 권고했다. 일 년 사이에 좋아지고 마침내 진정된 셈이다. 그런데 별안간 위관[180]이 함락되었다. 상하이는 위관에서 멀지만, 베이핑은 연구실도 위험할 정도로 상황이 좋지 않았다. 상하이에 사는 사람이라면 작년 2월 지난대학, 라오둥대학, 퉁지대학… 등의 연구실에서 편히 앉아 있을 수나 있었는지를 반드시 기억하고 있을 것이다.[181]

베이핑의 대학생들은 알고 있었을 뿐만 아니라 기억하고 있었다. 이번에는 더 이상 총검과 총부리에 머리가 '깨지'지 않고 '본인이 실족해서 물에 빠지'지도 않고 '몸에 다섯 가지 색'을 만들고 싶지 않았기 때문에 새로운 방법을 고안해 냈다. 그것은 바로 모두들 흩어져 각자 귀향하는 것이었다.

이것이야말로 요 몇 년 동안의 교육이 이룩해 낸 성과이다.

그런데 또 누군가가 욕을 퍼부었다. 보이스카우트는 열사들의 만장에다 그들이 "남긴 역겨운 냄새는 만년 동안 계속될 것이다"[182]라고 쓰기도 했다.

그런데 우리 한번 생각이나 해보자. 언어역사연구소에 있던 생명이 없는 골동품도 모두 옮겨 가지 않았더냐? 학생들이 모두 저마다 스스로 마련한 비행기를 소유하고 있는 것도 아니지 않은가? 자국의 총검과 총부리에 어리벙벙할 정도로 '깨져'도

연구실로 숨어들어 가 있어야 한다면, 결코 어리벙벙하지 않은 사람이라면 외국 비행기와 대포 때문에 연구실 밖으로 달아나지는 않았어야 하지 않겠는가?

아미타불!

1월 24일

풍자에서 유머로

풍자가는 위험하다.

가령 그의 풍자 대상이 문맹이고 살육되고 구금되고 억압받는 사람이라면, 그러면 아무 문제 없다. 그의 글을 읽는, 이른바교육받은 지식인에게 해죽해죽 웃을 수 있는 거리를 마침맞게제공함으로써 그는 자신의 용감함과 고명함을 더욱 잘 느끼게된다. 그런데 작금의 풍자가가 풍자가인 까닭은 바로 일류의이른바 교육받은 지식인 사회를 풍자하는 데 있다.

풍자 대상이 일류사회이기 때문에 거기에 속한 각각의 구성원들은 저마다 자신을 찌르고 있는 것처럼 느끼고 하나하나 암암리에 마중 나와 자신들의 풍자로 풍자가를 찔러 죽이고 싶어한다.

우선 풍자가가 냉소적이라고 말하고 차츰차츰 왁자지껄 그에게 욕설, 우스개, 악랄, 학비,[183] 사오싱紹興 서기관 등등, 등등의 말을 쏟아붓는다. 그런데 사회를 풍자하는 풍자는 오히려 종종 늘 그렇듯 '놀라우리만치 유구하다'. 중 노릇 한 서양인[184] 을 치켜세우거나 타블로이드 신문을 만들어 공격해도 효과가 없다. 따라서 어떻게 울화통 터져 죽지 않겠느뇨!

지도리는 여기에 있다. 풍자 대상이 사회인 경우 사회가 변하지 않으면 풍자는 더불어 존재하고, 풍자 대상이 그 사람 개인인 경우 그의 풍자가 존재하면 당신의 풍자는 허사가 되고 말기 때문이다.

따라서 이런 가증스러운 풍자가를 타도하고자 한다면 하릴없이 사회를 변화시킬 수밖에 없다.

그런데 사회풍자는 여하튼 위험하다. 더욱이 일부 '문학가'들이 알게 모르게 '왕의 발톱과 이빨'을 자처하는 시대라면 그러하다. 누가 '문자옥'의 주인공이 되기를 좋아하겠는가? 그러나 죽어 없어지지 않고서는 뱃속이 늘 답답해서 웃음이라는 장막을 빌려 허허거리며 그것을 토해 내는 것이다. 웃음은 남한테 죄 짓는 것도 아니고 최근 법률에도 국민이라면 모름지기 죽을상을 해야 한다는 규정이 아직은 없으므로 단언컨대 전혀 '위법'이 아니다.

나는 생각한다. 이야말로 작년부터 글에 '유머'가 유행하게 된 원인이다. 그런데 개중에는 물론 '웃음을 위한 웃음'도 적지 않다.

그런데 이 상황은 어쩌면 오래가지 않을 듯싶다. '유머'는 국산이 아니고 중국인이 '유머'에 능한 인민도 아니며, 더구나 요즘은 그야말로 유머를 쓰기 어려운 세월이다. 따라서 유머조차도 불가피하게 모양을 바꾸게 되었다. 사회에 대한 풍자로 경도되거나 전통적인 '우스갯소리', '잇속 챙기기'로 전락했다.

3월 2일

추배도

내가 여기에서 사용하는 '추배'^{推背}의 의미는 배면^{背面}으로 미래의 상황을 추측한다는 것이다.

지난달 『자유담』에는 「정면문장 거꾸로 읽는 법」이 실렸다. 이것은 모골이 송연한 글이다. 왜냐하면 이 결론을 얻기 앞서 반드시 수많은 고통스러운 경험을 하고 수많은 불쌍한 희생들을 보았을 것이기 때문이다. 본초가¹⁸⁵⁾가 붓을 들어 '비상^{砒霜}, 대독^{大毒}'이라고 썼다. 네 글자에 불과하지만 그는 확실히 비상이 몇몇 생명을 독사시켰음을 알고 있었던 것이다.

항간에 이런 우스개가 있다. 갑^甲이라는 자가 은 30냥을 땅에 파묻고는 사람들이 알아챌까 봐 그 위에 "이곳에는 은 30냥이 없다"라고 쓴 나무판을 세웠다. 이웃에 사는 아얼^{阿二}이 이것을 파내고는 발각될까 봐 나무판의 한쪽에 "이웃 아얼이 훔치지 않았다"라고 써 넣었다. 이것은 바로 '정면문장 거꾸로 읽는 법'을 가르쳐 주고 있는 것이다.

그런데 우리가 날마다 보는 문장은 이렇게 단순하지 않다. 하겠다고 분명히 말하는 것은 사실 하지 않겠다는 것이고, 하지 않겠다고 분명히 말하는 것은 사실 하겠다는 것이다. 이렇게 하겠다고 분명히 말하는 것은 사실 저렇게 하겠다는 것이고, 사실 본인이 이렇게 하겠다고 하는 것은 다른 사람들이 이렇게 해야 한다고 말하는 것이다. 아무런 소리도 나지 않았다면 사실 이미 저지른 것이다. 그럼에도 불구하고 말한 대로 그대로 하는 경우도 있다. 난점은 바로 여기에 있다.

요 며칠 신문에 실린 주요 뉴스를 예로 들어 보자.

1. ××군 ××혈투에서 적××××인을 사살했다.
2. ××담화: 결코 일본과 직접 교섭하지 않는다. 변함없이 초심을 바꾸지 않고 끝까지 저항한다.
3. 요시자와의 중국 방문은 소식통에 따르면 개인 사정이라고 한다.[186]
4. 공산당이 일본과 연합, 위僞중앙은 이미 간부 ××를 일본으로 파견하여 교섭했다.[187]
5. ××××……

만약 이 모든 것을 배면문장으로 본다면 정말 놀라 자빠질 것이다. 그런데 신문지상에는 '모간산로莫干山路에서 띠짚배 100

여 척에 큰 화재 발생', '××××단 4일간 염가판매' 등, 대개 '추배'할 필요가 없는 기사도 있다. 이리하여 우리는 다시 헷갈리기 시작한다.

들자 하니 『추배도』[188]는 애당초 영험했으나 아무개 황조, 아무개 황제는 그것이 인심을 미혹시킬까 가짜로 만든 것을 안에 끼워 넣었다고 한다. 이로 말미암아 예지 능력을 상실하게 되어 반드시 사실로 입증되고 나서야 사람들이 비로소 불현듯 상황을 알아차리게 된 것이다.

우리도 사실이 확인될 때까지 기다리는 수밖에 없다. 다행인 것은 그다지 오래 걸리지 않을 것이라는 점이다. 여하튼 간에 올해는 넘기지 않을 것이다.

4월 2일

중국인의 목숨 자리

"땅강아지와 개미도 목숨을 부지하고자 한다"라는 말이 있고, 중국의 백성들은 예로부터 '의민'[189]으로 자칭했다. 나는 나의 목숨을 잠시라도 보전하기 위하여 늘 비교적 안전한 처소를 염두에 두고 있는데, 영웅호걸 말고는 나를 꼭 비웃지는 않을 것이라고 생각한다.

그런데 나는 기록의 문면 그대로는 그다지 믿지 않는 편으로 종종 다른 독법을 사용하곤 한다. 예를 들어 보자. 신문에서 베이핑에 방공防空 체계를 갖추고 있다고 하면, 나는 결코 그 소식이 믿을 만하다고 생각하지 않는다. 그런데 고대유물을 남쪽으로 운반한다[190]는 기사가 실려 있으면 즉각 고성孤城의 위기를 감지할 뿐만 아니라 이 고대유물의 행방으로부터 중국의 파라다이스를 추측한다.

지금 한 무더기 한 무더기의 고대유물이 모두 상하이로 집중

되고 있는 데서 가장 안전한 곳이란 결국은 상하이의 조계지임을 알 수 있다.

그런데 집세가 반드시 비싸질 것이다.

이것은 '의민'에게는 커다란 타격이므로 다른 곳을 생각해 보아야 할 것이다.

이런저런 생각 끝에 '목숨 자리'가 생각났다. 이것은 바로 '내지'도 아니고 '변경'도 아닌[191] 이 양자 사이에 끼어 있는 곳이다. 하나의 고리, 하나의 동그라미 같은 곳에서 어쩌면 'X세에 목숨을 구차하게라도 부지'할 수 있을지도 모르겠다.

'변경'에는 비행기에서 폭탄이 투하된다. 일본 신문에 따르면 '군대와 비적'을 소탕하고 있다고 하고, 중국 신문에 따르면 인민을 도륙하여 촌락과 시전을 잿더미로 만들고 있다고 한다. '내지'에도 비행기에서 폭탄이 투하된다. 상하이의 신문에 따르면 '공비'를 소탕하고 있고 그들은 폭격으로 곤죽이 되었다고 하는데, '공비'의 신문에서는 어떻게 말하고 있는지 우리는 알 수가 없다. 그러나 요컨대 변경에도 폭격, 폭격, 폭격이고, 내지에도 폭격, 폭격, 폭격이라는 것이다. 한쪽에서는 남이 포격하고 다른 한쪽에는 우리가 폭격하고 있다. 폭격하는 사람은 다르지만 폭격을 당하는 사람은 똑같다. 이 두 곳 사이에 있는 사람들만이 폭탄이 잘못 떨어지지만 않는다면 '피범벅'을 면할 희망을 가질 수 있다. 따라서 나는 그곳을 이름하여 '중국인의 목숨 자리'라고 이름 붙이기로 한다.

다시 바깥으로부터 폭격해 들어온다면 이 '목숨 자리'는 '목숨 줄'로 축소된다. 다시 더 폭격해 들어오면 사람들은 모두 폭격이 끝난 '내지'로 도망쳐 들어가고, 결국 이 '목숨 자리'는 '목숨○'로 완결된다.

사실 모든 사람들이 이런 예감을 하고 있다. 요 일 년 새 "우리 중국은 땅이 넓고 물산이 풍부하며 인구가 아주 많다"라는 상투어가 있는 문장이 그다지 안 보인다는 것이 바로 증거이다. 그리고 중국인은 '약소민족'이라고 스스로 연설하는 선생도 있다.

그런데 부자들은 이런 말들이 그럴싸하다고 생각하지 않는다. 그들은 비행기를 가지고 있을 뿐만 아니라 그들의 '외국'도 있기 때문이다!

4월 10일

글과 화제

한 가지 화제로 이리저리 쓰다가 글이 끝나려는 참에 다시 새로 수작을 부리면 독자들은 사람의 말이 아니라고 느낀다. 그런데 한 걸음 한 걸음 해나가고 날마다 식객들이 변죽을 울려 익숙하게 만들어 버리기만 하면 그래도 될 뿐만 아니라 먹히기까지 한다.

예컨대 요사이 제일 주된 화제는 '안을 안정시키는 것과 바깥을 물리치는 것'이고, 이에 관해 쓰는 사람도 참으로 적지 않다. 안을 안정시키려면 반드시 먼저 바깥을 물리쳐야 한다고도 하고, 안을 안정시키는 것과 동시에 바깥을 물리쳐야 한다고도 하고, 바깥을 물리치지 않으면 안을 안정시킬 수 없다고도 하고, 바깥을 물리치는 것은 바로 안을 안정시키기 위한 것이라고도 하고, 안을 안정시키는 것은 바로 바깥을 물리치기 위한 것이라고도 하고, 안을 안정시키는 것이 바깥을 물리치는 것보다 시급하다고도 한다.

이렇게까지 되고 보면 글은 이미 더 이상 뒤집을 수 없을 것 같다. 보아하니 대략 절정에 이른 셈이다.

따라서 다시 새로 수작을 부리려고 하면 사람들은 사람의 말이 아니라고 느끼게 된다. 요즘 가장 유행하는 명명법으로 말하면 '한간'漢奸이라는 혐의를 받을 가능성이 크다. 왜 그런가? 새로운 수작을 부려 지을 수 있는 글로는 '안을 안정시키면 꼭 바깥을 물리칠 필요는 없다', '바깥을 영접하여 안을 안정시키는 것이 낫다', '바깥이 곧 안이므로 애당초 물리칠 것이 없다'라는 이 세 가지 종류만이 남아 있기 때문이다.

이 세 가지 생각으로 글을 쓰면 너무 이상할 것 같지만 실은 그런 글들이 있다. 뿐만 아니라 멀리 진晉, 송宋으로 거슬러 올라갈 필요도 없이 명조明朝를 살펴보는 것만으로도 충분하다. 만주족이 벌써부터 기회를 엿보고 있는데도 국내에서는 백성들의 목숨을 풀 베듯이 하고 청류淸流들을 살육한 것은[192] 첫번째에 해당한다. 이자성[193]이 베이징을 진공하자 권세가들은 아랫사람에게 황제 자리를 내어 주는 것을 달가워하지 않았으므로 차라리 '대大청나라 군대'에게 그를 물리치도록 요청했는데, 이는 두번째에 해당한다. 세번째에 대해서는 나는 『청사』[194]를 본 적이 없기 때문에 알 수 없다. 그러나 선례에 비춰 보면 아이신 조로[195]씨의 선조는 원래 헌원 황제의 몇째 아들의 후예로서 북방에서 피해 살다가 은혜가 두텁고 심히 인자했던 까닭으로 마침내 천하를 가지게 되었으며, 요컨대 우리는 애당초 한집안이었다고 운운했을 것이다.

물론 후대의 역사평론가들은 그것의 그릇됨을 강력히 비난했고, 요즘의 명인들도 만주 도적을 통절하게 증오하고 있다. 그런데 후대와 요즘에 이랬다는 말이지 당시에는 절대로 그렇지 않았다. 앞잡이들이 득시글거리고 양아들이라고 자청하는 이들이 장악하고 있었다. 위충현은 살아서도 공자묘에서 제사상을 받지 않았던가? 당시에는 그들의 행태에 대해 뭐든지 지당하다고 말하는 사람이 있었던 것이다.

청말 만주족이 혁명의 진압에 사력을 다할 당시 "우방에게 줄지언정 집종에게 주지는 않겠다"라는 구호가 있었다. 한족들은 이를 알고 더욱 이를 갈며 증오했다. 사실 한족이라고 해서 달랐던 적이 있었던가? 오삼계[196]가 청나라 군대에게 산하이관山海關으로 들어오라고 한 것은 자신의 이해에 부딪히면 바로 '사람 마음은 똑같아진다'라는 것의 실례이다…….

4월 29일

부기.

원래 제목은 「안을 안정시키는 것과 바깥을 물리치는 것」이었다.

5월 5일

깊은 이해를 추구하지 않는다

글에는 반드시 주해가 있어야 한다. 특히 세계적 주요 인사의 글은 더욱 그러하다. 일부 문학가들은 자신이 지은 글에 스스로 주석 다는 일을 아주 성가시다고 생각한다. 그런데 세계적 주요 인사들은 그렇지 않다. 그들은 그들을 대신해서 주석을 다는 비서가 있거나 사숙하는 제자가 있다.

예를 들어 말해 보자. 세계 제일의 주요 인사인 미국 대통령이 '평화'선언을 발표했다.[197] 듣자 하니 각국 군대의 월경越境을 금지하는 것이라고 한다. 그런데 주석가는 즉시 "중국에 주둔한 미군은 조약에서 승인한 바이므로 루스벨트 대통령이 제안한 금지의 범위에 들지 않는다"(16일『로이터 통신』, 워싱턴발)라고 말했다. 다시 루스벨트 씨의 원문을 살펴보자.

세계 각국은 엄숙하고 적절한 불가침 조약에 참가해야 하고, 군비의 제한과 축소에 대한 의무를 거듭 엄숙하게 선언해야 한다. 더불어 서명한 각국이 자신의 의무를 충실히 이행할 수 있을 때 각각 어떤 성격의 무장군대도 국경 넘어 파견하지 않을 것임을 승인해야 한다.

이 말에 대해 성실하게 주해를 달아 보면 실은 이런 내용이다. 무릇 '적절'하지 않고, '엄숙'하지 않고, 더불어 '각각 승인' 하지 않은 국가라면 어떤 성질의 군대도 국경 넘어 파견할 수 있다는 것이다. 적어도 중국인들은 잠시 기쁨을 늦추어야 한다. 이런 해석에 따르면 일본 군대의 월경은 이유가 충분하다. 게다가 중국에 주둔한 미국의 군대도 "이 사례에 포함되지 않는다"라고 이미 성명까지 발표한 상황이다. 하지만 이런 성실한 주석은 사람들의 기분을 잡치게 한다.

그리고 "굴욕적인 조약에 서명하지 않기로 맹세한다"와 같은 경문^{經文}에도 벌써 적지 않은 전주^{傳注}가 나왔다. 전에서 가로되 "일본과의 타협에 대하여 현재 감히 말하는 사람이 없고, 또한 감히 실천하려는 사람도 없다"라고 했다. 여기에서 중요한 것은 '감히'라는 말이다. 그런데 조약 체결에 감히 하다, 감히 못하다, 라고 구분하는 것은 펜대를 잡은 사람의 일이지, 총신을 잡은 사람은 감히 하다, 감히 못하다, 라는 어려운 문제를 연구할 필요가 없다. 방어선을 축소하거나 적이 깊숙이 들어오도록 유인하는 식의 전략은 체결이 필요 없는 것이기 때문이다.

펜대를 잡은 사람도 그저 서명만 할 줄 아는 것은 아니다. 만약 그러하다면 너무 저능한 것이다. 따라서 다른 일설이 있으니 그것을 일러 '한편으로 교섭한다'라고 하는 것이다. 이리하여 주소^{注疏}가 뒤따른다. "책임자임을 인정하지 않는 제삼자가 불합리한 방법으로 구두로 교섭하는 … 무익한 항일을 청산해야 한다." 이는 일본 덴쓰샤의 뉴스이다. 이러한 천기누설의 주해는 너무나 밉살스럽다. 이로 말미암아 이것은 일본인이 '날조한 유언비어'가 아닐 수 없다.

요컨대 뒤죽박죽인 이런 글에는 주해를 달지 않는 것이 제일 좋다. 기분을 잡치게 하거나 밉살스러운 주해라면 더욱 그렇다.

어린 시절 공부 중에 도연명의 "책 읽기를 좋아하지만 깊은 이해를 추구하지 않는다"라는 말에 대해 선생님은 나에게 설명해 주었다. 그는 "깊은 이해를 추구하지 않는다"라는 것은 주해는 보지 않고 본문만 읽는다는 뜻이라고 했다. 주해가 있어도 우리가 보는 것을 바라지 않는 사람이 분명 있다.

5월 18일

밤의 송가

유광游光

밤을 사랑하는 사람은 고독한 자일뿐만 아니라 한가한 자, 싸우지 못하는 자, 광명을 두려워하는 자이다.

사람의 언행은 대낮과 한밤, 태양 아래와 등불 앞에서 종종 다른 모습을 보인다. 밤에는 조물주가 짠 유현幽玄한 천의天衣가 모든 사람들을 따뜻하고 편안하게 덮어 주므로 저도 모르게 인위적인 가면과 의상을 벗어 버리고 적나라한 모습으로 무망무제의 검은 솜 같은 커다란 덩어리 속에 싸여 들어간다.

밤에도 명암은 있다. 미명도 있고, 땅거미도 있고, 손을 내밀어도 손바닥이 안 보이기도 하고, 칠흑 같은 덩어리도 있다. 밤을 사랑하는 사람은 밤을 듣는 귀와 밤을 보는 눈이 있기 마련이어서 어둠 속에서 모든 어둠을 본다. 군자들은 전등불에서 벗어나 암실로 들어가 그들의 피로한 허리를 편다. 애인들은 달빛에서 벗어나 나무숲 속으로 들어가 그들의 눈짓을 갑작스레 달리한다. 밤의 강림은 모든 문인학사들이 백주대낮에 눈부신 백지에 쓴 초연하고 순박하고 황홀하고 왕성하고 찬란한 문장을 지우고, 애걸하고 비위 맞추고 거짓말하고 속이고 허풍떨고 수작 부리는 야기夜氣만을 남겨 현란한 금빛의 코로나를 형성한다. 그것은 탱화 위를 비추는 빛처럼 비범한 학식을 가진 자의 두뇌를 휘감는다.

밤을 사랑하는 사람은 그리하여 밤이 베푸는 광명을 받아들인다.

하이힐의 모던 걸은 대로변 전등불 아래 또각또각 신이 나걷지만 코끝에 번들거리는 기름땀은 그녀가 풋내기 멋쟁이임을 증명한다. 깜빡이는 등불 아래 오랜 시간 걷다 보면 그녀는 '몰락'[198]의 운명과 마주하게 될 것이다. 줄줄이 문을 닫은 상점의 어둠이 한몫 거들어 그녀로 하여금 걸음을 늦추고 한숨을 돌리게 할 때, 비로소 심폐에 스며드는 밤의 산들거리는 시원한 바람을 느끼게 된다.

밤을 사랑하는 사람과 모던 걸은 그리하여 동시에 밤이 베푼 은혜를 받아들인다.

밤이 다하면 사람들은 다시 조심조심 일어나 밖으로 나온다. 여성들의 용모도 대여섯 시간 전과 확 달라진다. 이때부터는 시끌벅적, 왁자지껄해진다. 그러나 높은 담 뒤편, 빌딩 한복판, 깊은 규방 안, 어두운 감옥 안, 객실 안, 비밀기관 안에는 여전히 놀랄 정도로 진짜 거대한 암흑으로 가득하다.

최근의 백주대낮의 흥청거림은 바로 암흑의 장식이자 인육
조림 장독의 황금 뚜껑이자 귀신 면상의 로션이다. 오로지 밤
만이 그냥저냥 성실한 셈이다. 나는 밤을 사랑하고, 밤새 「밤의
송가」를 짓는다.

　　　　　　　　　　　　　　　　　　　　　　6월 8일

밀치기

평즈위^{豊之餘}

두세 달 전 신문에 이런 뉴스가 실렸던 것 같다. 신문팔이 아이가 신문값을 받으려고 전차의 발판에 올라서다가 내리려는 손님의 옷자락을 잘못 밟고 말았다. 그 사람은 대로하여 아이를 힘껏 밀쳤고 아이는 전차 아래로 떨어졌다. 전차는 막 출발했고 순간 멈추지 못해 아이가 깔려 죽게 했다는 내용이다.

아이를 밀쳐 넘어뜨린 사람이 어디로 갔는지는 그때도 몰랐다. 그런데 옷자락이 밟혔다고 하니 장삼을 입었을 터이다. '고등 중국인'은 아니라고 하더라도 어쨌거나 상등에는 속하는 사람임을 알 수 있다.

상하이에서 길을 걷다 보면 우리는 맞은편이나 앞쪽의 행인에게 절대로 양보하지 않는 두 부류의 좌충우돌과 자주 만나게 된다. 한 부류는 두 손은 사용하지 않고 곧고 긴 다리만으로 흡사 사람이 없는 곳을 가는 양 걸어오는 사람들인데, 비켜 주지 않으면 이들은 당신의 배나 어깨를 밟을 것이다. 이들은 서양 나리들인데, 모두 '고등'인으로 중국인처럼 상하의 구분이 없다. 다른 한 부류는 두 팔을 굽혀 손바닥을 바깥으로 향하게 하여 흡사 전갈의 두 집게처럼 밀치고 지나가는 사람들인데, 밀쳐진 사람이 진흙수렁이나 불구덩이에 빠지든 말든 신경 쓰지 않는다. 이들은 우리의 동포이지만 '상등'인이다. 이들이 전차에 탈 때는 이등칸을 삼등칸으로 개조한 것을 타고 신문을 볼 때는 흑막을 전문적으로 싣는 타블로이드 신문을 본다. 침을 삼켜 가며 앉아 신문을 보지만, 전차가 움직이면 바로 밀친다.

차를 타거나 입구에 들어서거나 표를 사거나 편지를 부칠 때 그들은 밀친다. 문을 나서거나 차에서 내리거나 화를 피하거나 도망을 칠 때도 그들은 밀친다. 여성이나 아이들이 비틀비틀거릴 정도로 밀친다. 넘어 자빠지면 산 사람을 밟고 지나가고, 밟혀 죽으면 시체를 밟고 지나간다. 밖으로 나온 그들은 혀로 자신의 두꺼운 입술을 쓱 핥을 뿐 아무런 감정도 느끼지 않는다. 음력 단옷날 한 극장에서는 불이 났다는 헛소문으로 말미암아 또 밀치는 일이 발생하여 힘이 모자라는 10여 명의 소년들이 밟혀 죽었다. 죽은 시신은 공터에 진열되었고, 듣자 하니 구경 간 사람이 10,000여 명으로 인산인해를 이루어 또 밀치는 일이 발생했다고 한다.

밀치고 난 뒤에는 입을 헤벌쭉 벌리고 말한다.

"아이고, 고소해라!"[199]

상하이에서 살면서 밀치기나 밟기와 마주치지 않기를 바라는 것은 불가능하다. 뿐만 아니라 사람들은 이러한 밀치기와 밟기를 더 확장하려고 한다. 하등 중국인 가운데 모든 유약한 사람들을 밀쳐 넘어지게 하고, 모든 하등 중국인을 밟아 넘어 뜨리려고 한다. 그러고 나면 고등 중국인만 남아 축하하고 있을 것이다.

　"아이고, 고소해라. 문화의 보전이라는 입장에서 보면, 어떤 한 물건들이 희생된다고 해도 안타까워해서는 안 된다. 이런 물건들이 뭐가 중요하겠는가!"

6월 8일

중·독의 분서 이동론(異同論)

루쉰

독일의 히틀러 선생들이 서적을 불태우자 중국과 일본의 논자들은 그들을 진시황에 비유했다. 그런데 진시황은 실로 억울하기 짝이 없다. 그가 억울한 까닭은 진나라가 그의 2세 때에 망하자 일군의 식객들이 새 주인을 위하여 그에 관한 험담을 했기 때문이다.

맞다. 진시황도 서적을 태운 적이 있기는 하다. 그런데 분서는 사상을 통일하기 위해서였다. 그는 농서와 의약서는 불태우지 않았고, 타국에서 온 많은 '객경'[200]들을 불러 모으기도 했다. 오로지 '진나라의 사상'만 존중한 것이 아니라 다양한 사상을 널리 받아들였던 것이다. 진나라 사람들은 아동을 존중했고, 시황의 어머니는 조나라 여자이고 조나라에서는 여성을 존중했다. 따라서 우리는 '단명한 진나라'가 남긴 글 가운데서 여성을 경시한 흔적을 볼 수 없다.

히틀러 선생들은 달랐다. 그들이 불태운 것은 우선 '비非독일 사상'이 담긴 서적이었으므로 객경을 받아들일 만한 패기가 없었다고 할 수 있다. 그다음은 성性에 관한 서적이었다. 이것은 과학적으로 성도덕의 해방을 연구하는 것에 대한 말살이므로 결과적으로 부인과 아동들은 옛날 지위로 떨어지게 되고 빛을 볼 수 없게 된다. 뿐만 아니라 진시황이 시행한 두 수레바퀴 사이의 거리 통일, 문자 통일 등등의 대사업에 비교해 보면, 그들은 아무것도 해내지 못했다.

아랍인들은 알렉산드리아를 공격하면서 그곳의 도서관을 불태워 버렸는데, 논리는 이러했다. 책에서 말하고 있는 도리가 『코란』과 같다면 『코란』이 있으므로 남겨 둘 필요가 없고, 만일 다르다면 이단이므로 남겨 놓아서는 안 된다는 것이다. 이들이야말로 히틀러 선생들의 직계조상——설령 아랍인들이 '비非독일적'이라고는 하더라도——으로 진의 분서와는 비교가 안 되는 것이다.

그런데 결과는 종종 영웅들의 예상을 빗나가기도 한다. 시황은 자신의 후손들이 만세에 이르도록 황제가 되기를 바랐지만, 기껏 2세 만에 망하고 말았다. 농서와 의약서를 분서에서 제외시켰으나 진 이전에 나온 이런 종류의 책은 현재 공교롭게도 한 부도 남아 있지 않다. 히틀러 선생은 정권을 잡자마자 책을 태우고 유태인을 공격하며 안하무인으로 행동했다. 이곳의 누런 얼굴의 양아들들도 기뻐 날뛰면서 억압받는 사람들에게 한

바탕 조소를 보내고 풍자적인 글에 대하여 풍자의 차가운 화살을 쏘아대었다. "아무래도 분명하게 냉정하게 물어보아야겠다. 당신들은 도대체 자유를 원하는가, 원하지 않는 것인가? 자유가 아니면 차라리 죽겠다더니 지금 당신들은 왜 목숨을 걸지 않는가?"

이번에는 2세까지도 갈 필요도 없이 반년 만에 히틀러 선생의 문하생들은 오스트리아에서 활동이 금지되자 당의 휘장마저 삼색 장미로 바꾸어 버렸다. 정말 재미있는 것은 구호를 외치지 못하게 하자 손으로 입을 가리는 '입 막기 방식'[201]을 썼다는 사실이다.

이것이야말로 위대한 풍자이다. 찌르는 대상이 누구인지는 물을 필요도 없을 터이지만, 풍자가 아직은 '잠꼬대'가 아님을 알 수 있다. 그런데 누런 얼굴의 양아들들에게 그것을 물어보면 어떻게 생각할지는 모르겠다.

6월 28일

가을밤의 산보

유광

벌써 가을이 왔지만 무더위는 여름 못지않아서 전등이 태양을 대신할 즈음이면 나는 여전히 거리를 어슬렁거린다.

위험? 위험은 긴장하게 만들고 긴장은 자신의 생명의 힘을 느끼게 한다. 위험 속에서 어슬렁거리는 것도 괜찮은 일이다.

조계지에도 한갓진 곳이 있으니, 주택지구이다. 그런데 중등 중국인의 소굴은 먹거리 봇짐, 후친^{胡琴}, 마작, 유성기, 쓰레기통, 맨살을 드러낸 몸과 다리들로 후텁지근하다. 아늑한 곳은 고등 중국인이나 무등급 서양인이 거주하는 집의 대문 앞이다. 널찍한 길, 푸른 나무, 옅은 색 커튼, 서늘한 바람, 달빛이 있지만 개 짖는 소리도 들린다.

나는 농촌에서 자라서인지 개 짖는 소리를 좋아한다. 깊은 밤 먼 곳에서 개 짖는 소리가 들리면 기분이 상쾌해진다. 옛사람들이 '표범 같은 개 짖는 소리'라고 말한 것이 바로 그런 것이다. 간혹 낯선 마을을 지나가다 미친 듯이 짖어 대는 맹견이 튀어나오는 경우에는 전투에라도 임하는 것처럼 긴장되는 것이 아주 재미있다.

그런데 유감스럽게도 여기서 들리는 것은 발바리 소리이다. 발바리는 요리조리 피하며 물러 빠진 소리로 짖는다. 깽깽!

나는 이 소리가 듣기 싫다.

나는 어슬렁거리며 차가운 미소를 짓는다. 주둥이를 막아 버릴 방법을 잘 알고 있기 때문이다. 개주인의 문지기에게 몇 마디 하거나 뼈다귀 하나를 던져 주면 된다. 이 두 가지 모두 할 수 있지만 나는 하지 않는다.

발바리는 언제나 깽깽거린다.

나는 이 소리가 듣기 싫다.

나는 어슬렁거리며 못된 미소를 짓는다. 손에 짱돌을 들고 있기 때문이다. 못된 미소를 거두고 손을 들어 내던져 개의 코를 명중시킨다.

깽깽 하더니 사라졌다. 나는 짧은 고요 속에서 어슬렁어슬렁거린다.

가을은 벌써 왔지만 나는 여전히 어슬렁거리고 있다. 짖어 대는 발바리는 아직도 있지만 요리조리 더 잘 피해 다닌다. 소리도 예전 같지 않고 거리도 멀찍이 떨어져서 개코빼기조차 보이지 않는다.

나는 더는 차가운 미소를 짓지도 않고 더는 못된 미소도 짓

지 않는다. 나는 어슬렁거리며 편안한 마음으로 발바리의 물러
터진 소리를 듣는다.

8월 14일

기어가기와 부딪히기

쉰지^{旬繼}

전에 량스추 교수가 가난뱅이는 어쨌거나 기어가야 하고, 부자의 지위를 얻을 때까지 기어올라 가야 한다고 말한 적이 있다. 가난뱅이뿐만 아니라 노예도 기어야 하는데, 기어올라 갈 수 있는 기회를 얻게 되면 노예도 자신을 신선으로 생각하고 천하는 자연스럽게 태평해진다는 것이다.

기어올라 갈 수 있는 사람이 아주 드물더라도, 개개인은 그 사람이 바로 자신이라고 생각한다. 이렇게 해서 자연스럽게 모두 안분지족하며 밭을 갈고, 씨를 뿌리고, 인분을 치거나 차가운 의자에 앉아도 근검절약하며 고난의 운명을 등에 지고 자연과 분투하며 목숨을 걸고 기어가고, 기어가고, 기어갈 것이다. 그런데 기어가는 사람은 그토록 많은데 길은 단 한 길이므로 아주 북적거릴 수밖에 없다. 착실하게 규정에 따라 곧이곧대로 기어가다가는 태반이 기어오르지 못한다. 총명한 사람은 밀치기를 하기 마련이다. 누군가를 밀치고 밀쳐 넘어지면 발바닥으로 밟고 어깨와 정수리를 걷어차면서 기어올라 갈 것이다. 그런데 대다수는 그저 기어갈 뿐이다. 자신의 원수가 위쪽이 아니라 옆에서 함께 기어가는 사람들 속에 있을 것이라 확신한다. 그들 대부분은 모든 것을 인내하며 두 손 두 발로 땅을 짚고 한 걸음 한 걸음 비집고 올라갔다가 다시 밀려 내려온다. 쉼 없이 밀려 내려오고 다시 비집고 올라간다.

그런데 기어가는 사람은 너무 많고 기어오른 사람은 너무 적다. 따라서 선량한 사람의 마음에 실망감이 차츰 파고들면서 적어도 무릎 꿇기라는 혁명이 발생한다. 이리하여 기어가기 외에 부딪히기가 발명된다.

자신이 너무 고생했음을 분명히 알고 나면 땅에서 일어나고 싶어진다. 그래서 당신의 등 뒤에서 느닷없는 외침이 들린다. 부딪혀 보자. 아직도 떨리는 마비된 두 다리는 부딪히며 나아간다. 이것은 기어가기보다 훨씬 쉽다. 손도 꼭 쓸 필요가 없고 무릎도 꼭 움직일 필요가 없다. 그저 몸을 비스듬히 한 채로 휘청휘청 부딪히며 나아가면 그만이다. 잘 부딪히기만 하면 다양大洋 50만 위안,[202] 아내, 재산, 자식, 월급 모두 생긴다. 잘못 부딪힌다 해도 기껏해야 땅에 넘어지는 것이 전부다. 그게 뭐 대수이겠는가? 원래부터 땅을 기어가던 사람이었으므로 그대로 기어가면 되는 것이다. 게다가 부딪히며 놀아 본 것에 지나지 않으므로 근본적으로 넘어지는 것을 겁낼 까닭이 없다.

기어가기는 예로부터 있었다. 예컨대 동생에서 장원 되기, 망나니에서 컴프러더 되기가 그것이다.[203] 그런데 부딪히기는 근대의 발명인 듯하다. 고증을 해보자면 다만 옛날에 '아가씨가 비단공을 던지는 것'[204]이 부딪히게 하는 방법과 흡사하다. 아가씨의 비단공이 던져질 즈음 백조 고기를 먹고 싶어 하는 남자들은 고개를 쳐들고 입을 벌리고 게걸스러운 침을 몇 자나 질질 흘리고… 애석하게도 옛사람은 필경 미련했던 탓인지 이런 남자들에게 밑천을 좀 내놓으라고 요구하지 않았다. 그랬더라면 반드시 몇억쯤은 거두어들일 수 있었을 것이다.

기어올라 갈 수 있는 기회는 갈수록 적어지고 부딪히려는 사람은 갈수록 많아진다. 일찌감치 위로 기어오른 사람들은 날마다 부딪힐 기회를 만들어 주고 밑천 약간을 쓰게 만들어 명리를 겸비한 신선 생활을 예약해준다. 따라서 잘 부딪힐 수 있는 기회는 기어오르기에 비하면 훨씬 적지만 모두들 해보고 싶어 한다. 이렇게 해서 기어와서 부딪히고 부딪히지 못하면 다시 기어가기를… 온몸을 다 바쳐 죽을 때까지 한다.

8월 16일

귀머거리에서 벙어리로

의사들은 벙어리의 대다수가 목구멍과 혀로 말을 못 하는 게
아니라 어려서부터 귀가 멀어 어른의 말이 들리지 않아 배울
수 없었기 때문에 누구나 모두 입을 벌려 우우야야 할 뿐이라
고 생각하고 자신도 따라서 우우야야 할 수밖에 없게 된다고
한다. 따라서 브란데스²⁰⁵⁾는 덴마크 문학의 쇠퇴를 탄식하며 다
음과 같이 말했다.

문학 창작이 거의 완전히 사멸할 지경이다. 인간세상 혹은 사회
의 그 어떤 문제도 흥미를 불러일으키지 못하고, 뉴스나 잡지 이
외에는 결코 어떤 논쟁도 야기하지 못한다. 우리는 강렬하고 독
창적인 창작을 볼 수 없다. 뿐만 아니라 외국의 정신생활을 배우
는 일에 대해서도 이제는 거의 고려조차도 않는다. 따라서 정신
적인 '귀머거리'는 그것의 결과로 '벙어리'를 불러들이고 말았

다.(『19세기 문학의 주조』제1권 자서)

이 몇 마디는 중국의 문예계에 대한 비평으로 옮겨 올 수 있
다. 이 현상은 전적으로 억압자의 억압 탓으로 돌려서는 결코
안 되고, 5·4운동 시대의 계몽운동가와 그후의 반대자들이 함
께 책임을 나누어 져야 한다. 전자는 사업 성과에 급급하여 끝
내 가치 있는 서적을 번역하지 못했고, 후자는 일부러 분풀이
로 번역가를 매파媒婆로 매도했으며, 이에 편승한 일부 청년들
은 한동안 독자가 참고하도록 인명과 지명 아래 원문 주석을
다는 것조차 '현학'이라고 비난하기도 했다.

지금은 도대체 어떠한가? 세 칸짜리 서점이 쓰마로[206]에 적
지 않게 있다. 그런데 서점의 서가에 가득한 것은 얇은 소책자
들이고 두꺼운 책은 모래에서 금을 채취하는 것만큼이나 찾기
어렵다. 물론 크고 튼실하게 태어났다고 해서 위인은 아니고
많고 번잡하게 썼다고 해서 명저는 아니다. 하물며 '스크랩'이
란 것도 있음에랴. 하지만 '무슨 ABC'[207]처럼 얄팍한 책에 모든
학술과 문예를 망라할 수는 없다. 한 줄기 탁류가 맑고 깨끗하
고 투명한 한 잔의 물보다 못한 것은 당연하지만, 탁류를 증류
한 물에는 여러 잔의 정수淨水가 들어 있는 법이다.

　여러 해 공매매를 해온 결과 문예계는 황량해지고 말았다.
문장의 형식은 좀 깔끔해졌지만 전투적 정신은 과거에 비해 진

보가 없고 퇴보만 있다. 문인들은 기부금을 내거나 서로 치켜세워 재빨리 명성을 얻지만 애쓴 허풍으로 말미암아 껍데기는 커지고 속은 도리어 더욱 텅 비고 말았다. 따라서 이러한 공허를 적막으로 착각하고 아주 그럴싸하게 독자들에게 이야기하고, 심한 사람은 내면의 보배인 양 문드러진 자신의 마음을 드러내기도 한다. 문인들의 동산에서 산문은 성공을 거둔 셈이다. 그런데 올해 나온 선집을 살펴보면, 제일 우수한 세 명마저도 "담비가 부족하니 개꼬리가 이어진다"[208]는 느낌이 든다. 쭉정이로 청년을 양육해 봤자 결코 건장하게 성장할 리 만무하고, 미래의 성취는 더욱 보잘것없어질 것이다. 이런 모습에서 니체가 묘사한 '말인'[209]을 볼 수 있다.

그런데 외국사조에 대한 소개와 세계명작의 번역은 무릇 정신의 양식을 운송하는 항로이다. 하지만 지금은 거의 모두 귀머거리와 벙어리를 만들어 내는 사람들로 가로막혀 서양인의 주구와 부호의 데릴사위조차도 흥흥거리며 냉소하는 지경이 되었다. 그들은 청년의 귀를 막아 귀머거리에서 벙어리가 되게 하고 시들고 보잘것없는 '말인'으로 자라게 하여 기어코 청년들이 다만 부잣집 자제와 부랑아들이 파는 춘화를 보도록 만들어 버리려 한다. 기꺼이 진흙이 되려는 작가와 번역가의 분투는 이미 한시도 늦출 수 없게 되었다. 분투란 바로 절실한 정신의 양식을 힘껏 운송하여 청년들의 주위에 놓아두는 것이며, 한편으로는 귀머거리와 벙어리를 만드는 사람들을 검은 굴과 붉은 대문집[210]으로 되돌려 보내는 것이다.

8월 29일

번역에 관하여(상)

뤄원^{洛文}

나의 짧은 글로 말미암아 무무톈²¹¹⁾ 선생의 「「번역을 위한 변
호」로부터 러우 번역의 『이십 세기의 유럽문학』을 말하다」(9일
『자유담』에 게재)라는 글이 발표되었다. 이는 나로서는 아주 영
광스러운 일일뿐더러 그가 지적한 모든 것들이 진짜 착오였는
지도 모른다는 생각이 들었다. 그런데 필자의 주석을 보고 나
는 내키는 대로 이야기해도 결코 무의미하지는 않을 문제가 생
각이 났다. 그것은 다음 단락이다.

199쪽에 "이 소설들 가운데 최근 학술원(옮긴이: 저자가 소속된 러
시아공산주의학원을 가리킨다)이 선정한 루이 베르트랑²¹²⁾의 불
후의 작품들이 가장 우수하다"는 말이 있다. 나는 여기서 말한
'Academie'라는 것은 당연히 프랑스한림원을 가리킨다고 생각
한다. 소련이 학문과 예술이 발달한 나라로 일컬어진다고 하더라

도 제국주의 작가를 위해서 선집을 만들 리는 없지 않겠는가? 나는 왜 러우 선생이 그렇게 부실하게 주석을 달았는지 모르겠다.

도대체 어느 나라의 Academia[213]를 말하는 것인가? 나는 모른다. 물론, 프랑스한림원으로 보는 것이 백 번 옳다고 하더라도 우리가 소련의 대학원이 "제국주의 작가를 위해서 선집을 만들 리는 없다"고 단정할 수는 없다. 10년 전이라면 그럴 리가 없다고 단정할 수도 있다. 물자의 부족 때문이기도 하고 혁명의 신생아를 보호하기 위해서이기도 하다. 자양분이 있는 식품, 무익한 식품, 유해한 식품 같은 것들을 구분하지 않고 함부로 그들 앞에 둘 수는 없기 때문이다. 지금은 괜찮아졌다. 신생아는 이미 장성했을뿐더러 건장하고 총명해졌다. 아편이나 모르핀을 보여 준다 해도 그리 큰 위험이 되지 않는다. 하지만 말할 필요도 없이 한편으로 흡입하면 중독될 수 있고 중독되고 나면 폐물이나 사회의 해충이 된다고 지적하는 선각자가 반드시 있어야 한다.

실제로 나는 소련의 Academia에서 새로 번역하고 인쇄한 아랍의 『천일야화』, 이탈리아의 『데카메론』, 그리고 스페인의 『돈키호테』, 영국의 『로빈슨 크루소』를 본 적이 있다. 신문에는 톨스토이선집을 찍고 보다 완전해진 괴테전집을 내고 있다는 기사가 실리기도 했다. 베르트랑은 가톨릭 선전가일 뿐만 아니라 왕조주의의 대변인이다. 그런데 19세기 초 독일 부르주아지 문호 괴테와 비교하면 그의 작품이 더 해로운 편도 아니다. 따라서 나는 소련이 그의 선집을 내는 것도 실은 가능한 일이라고 생각한다. 하지만 이런 서적의 앞부분에는 자세한 분석과 정확한 비평을 덧붙인 상세한 서문이 반드시 있을 것이라 생각된다.

무릇 작가가 독자와 인연이 없을수록 그 작품은 독자에게 더욱 무해하다. 고전적이고 반동적이며 이데올로기가 이미 많이 다른 작품들은 대개 새로운 청년들의 마음을 감동시키지 못하지만(물론 정확한 가르침이 있어야 한다), 그것들로부터 묘사의 재능과 작가의 노력을 배울 수는 있다. 흡사 커다란 비상 덩어리를 보고 나서 그것의 살상력과 결정의 모양 같은 약물학과 광물학적 지식을 얻게 되는 것과 같다. 오히려 무서운 것은 소량의 비상을 음식에 섞어 청년으로 하여금 부지불식간에 삼키도록 하는 것이다. 예컨대 사이비의 소위 '혁명문학'과 격렬함을 가장하는 소위 '유물사관적 비평' 같은 것이 이런 종류들이다. 이런 것이야말로 반드시 조심해야 하는 것이다.

나는 청년들도 '제국주의자'의 작품을 보아도 괜찮다고 주장한다. 이것이야말로 바로 고어에서 말하는 소위 '지피지기'이다. 청년들이 호랑이나 이리를 보려고 맨주먹으로 깊은 산속에 뛰어드는 것은 물론 바보 같은 짓이다. 하지만 호랑이나 이리가 무섭다고 철책으로 둘러싸인 동물원에도 감히 못 간다면 가소로운 멍청이라고 하지 않을 수 없다. 유해한 문학의 철책이란 무엇인가? 비평가가 바로 그것이다.

9월 11일

덧붙임: 이 글은 발표되지 못했다.

9월 15일

번역에 관하여(하)

뤄원

그런데 내가 「번역을 위한 변호」에서 비평가에게 바란 것은 사실 다음 세 가지였다. 첫째는 단점을 지적하는 것, 둘째는 장점을 장려하는 것, 셋째는 장점이 없다면 상대적으로 좋은 점이라도 장려하는 것이었다. 그리고 무무톈 선생이 실천한 것은 첫번째이다. 앞으로는 어떠할 것인가? 다른 비평가가 그다음 글을 쓸 수도 있겠지만, 생각해 보면 이것도 아주 의심스럽다.

따라서 나는 다시 몇 마디 보충하고자 한다. 상대적으로 좋은 점조차 없다면 나쁜 번역본을 꼬집어 낸 다음 그중 어떤 곳들은 그래도 독자에게 이점이 있을 수 있음을 밝혀 주어야 한다는 것이다.

번역계는 앞으로 퇴보할 것 같다. 국민의 궁핍과 재정의 파탄은 잠시 거론하지 않기로 하고 면적과 인구만 해도 4개의 성(省)은 일본이 앗아 가고 넓은 땅덩어리가 수몰되고 또 다른 넓은 땅덩어리는 가뭄에 시달리고 또 다른 넓은 땅덩어리는 전쟁 중이므로 어림짐작으로도 독자들이 아주 많이 감소했음을 알 수 있다. 판로가 줄어들면서 출판계는 투기와 사기가 훨씬 심해지고, 붓을 든 사람들도 이로 말미암아 더더욱 투기와 사기를 일삼을 수밖에 없다. 사기를 치고 싶지 않은 사람도 생계의 압박 때문에 결국은 상대적으로 조잡하게 마구 만들어 내어 전에 없던 결함이 늘어나게 되었다. 조계지의 주택지 근방의 거리를 걷노라면 세 칸짜리 과일가게의 투명한 유리창 안에는 선홍의 사과, 샛노란 바나나, 이름 모를 열대과일들이 진열되어 있다. 그런데 잠시 걸음을 멈추어 보면 이곳에 들어가는 중국인이 거의 없고 또 살 수도 없음을 알게 된다. 우리 대부분은 동포들이 늘어놓은 과일 난전에서 몇 푼의 돈으로 문드러진 사과 하나를 살 수 있을 따름이다.

　사과는 문드러지면 다른 과일보다 더 맛이 없지만 그래도 사는 사람이 있다. 그런데 우리는 이와 상반된 성격을 가지고 있기도 하다. 머리장식은 '24K 순금'이어야 하고, 사람은 '완전한 사람'이어야 한다는 것이다. 하자가 있으면 전부를 포기하는 때도 있다. 아내의 몸에 종기가 몇 군데 났다고 해서 변호사를 불러 이혼을 요구하지는 않는다. 그런데 작가, 작품, 번역에 대해서는 늘 상대적으로 엄격하다. 버나드 쇼는 거선을 타고 다녔으므로 나쁘고, 앙리 바르뷔스는 최고의 작가라고 할 수 없으므로 나쁘고, 번역자가 '대학교수, 하급관리'이므로 더욱 나쁘다. 좋은 번역이 다시 나오지 않으면 어떻게 해야 하는가? 내 생각에는 그래도 비평가들에게 문드러진 사과를 먹는 방법으로 응급처치를 좀 해달라고 부탁해야 할 것 같다.

이제까지 우리의 비평 방법은 "이 사과는 문드러진 상처가 있어, 안 돼"라고 말하며 단번에 내던지는 것이었다. 그런데 가진 돈이 많지 않은 구매자는 너무 억울하지 않겠는가? 하물며 그는 앞으로 더욱 궁핍해질 것임에랴. 따라서 만약 속까지 썩지 않았다면 "이 사과는 문드러진 상처가 있지만, 썩지 않은 곳이 몇 군데 있으니 그럭저럭 먹을 만하다"라고 몇 마디 덧붙이는 게 제일 좋을 듯하다. 이렇게 하면 번역의 장점과 단점이 분명해지고 독자의 손해도 조금은 덜어 줄 수 있게 된다.

그런데 이런 비평이 중국에는 아직 많지 않다. 『자유담』에 실린 비평을 예로 들면, 『이십 세기 유럽문학』에 대하여 오로지 문드러진 상처만 지적하고 있다. 예전에 저우타오펀 선생이 엮은 『고리키』를 비평한 단문도 몇 가지 결점을 지적한 것 외에는 다른 말이 없었던 것도 생각난다. 전자는 내가 보지 못한 까닭에 달리 취할 만한 점이 있는지 말할 수 없다. 하지만 후자는 한번 훑어본 적이 있는데, 비평가가 지적한 결점 외에도 작가의 용감한 분투와 하급관리들의 비열한 음모 등이 많이 묘사되어 있어서 청년작가들한테 매우 유익한 작품이라고 생각된다. 그럼에도 불구하고 문드러진 상처가 있다는 이유로 광주리 바깥으로 내던져졌던 것이다.

그러므로 나는 각고의 노력을 기울이는 비평가들이 사과의 문드러진 곳을 도려내는 일을 하기를 희망한다. 이것은 '이삭 줍기'와 마찬가지로 아주 수고롭지만, 그럼에도 불구하고 필요하고 사람들에게 유익한 일이다.

9월 11일

차 마시기

펑즈위

한 회사가 또 염가판매를 한다 하여 한 냥^兩에 은화 2자오^角 하는 좋은 찻잎 두 냥을 사왔다. 우선 한 주전자를 끓여 식지 않도록 솜저고리로 싸 두었다. 그런데 뜻밖에도 삼가 조심하며 차를 마시는데 내가 늘 마시던 싸구려 차와 맛도 비슷하고 색깔도 매우 탁했다.

나는 이것이 내 잘못임을 알았다. 좋은 차를 마실 때는 가이완²¹⁴⁾을 사용해야 하는 법이므로 이번에는 가이완을 사용했다. 과연 끓이고 보니 색이 맑고 맛도 달고 은근한 향에 쓴맛이 적은 것이 확실히 좋은 찻잎이었다. 그런데 좋은 차를 음미하려면 하는 일 없이 가만히 앉아 있을 때라야 한다.「교회밥을 먹다」를 쓰던 중에 가져와 마시니 좋은 맛은 어느새 사라지고 싸구려 차를 마실 때와 똑같았다.

좋은 차가 있고 좋은 차를 마실 수 있다는 것은 '청복'^{清福}이다. 그런데 이 '청복'을 누리자면 우선 시간이 있어야 하고, 연습을 통해 터득한 특별한 감각도 있어야 한다. 이런 사소한 경험으로부터 목이 말라 터질 지경에 있는, 근력을 사용하는 노동자에게 룽징야차나 주란쉰펜[215]을 준다고 하더라도 그는 뜨거운 물과 큰 차이를 느끼지 않을 것이라는 생각을 하게 되었다. 소위 '추사'秋思라는 것도 사실 이런 것이다. 소인묵객騷人墨客이라면 "슬프도다, 가을의 기운이여" 따위를 느끼기 마련이고 바람과 비, 맑고 흐린 날씨가 모두 그에게 자극이 되므로 한편으로 이것 역시도 '청복'이다. 그러나 농군들에게는 매년 이맘때가 벼 베기를 해야 하는 시기일 따름이다.

따라서 섬세하고 예민한 감각은 당연히 속인들에게 속하는 게 아니라 상등인의 상표라고 여기는 사람도 있다. 그런데 나는 이 상표야말로 도산의 전주곡이 아닐까 한다. 우리는 고통을 느끼게도 하지만 보호해 주기도 하는 통각痛覺이라는 것이 있다. 만약에 통각이 없다면 등에 날카로운 칼이 꽂혀도 아무런 지각도 없게 되고, 피를 흘리며 바닥에 쓰러져도 자신이 쓰러지는 이유를 알 수 없게 된다. 그런데 이 통각이 너무 섬세하고 예민하다면 어떻게 되겠는가. 옷 위에 박힌 작은 가시도 감지할 뿐만 아니라 심지어는 옷감의 이음매, 솔기, 털까지도 모두 느끼게 되어 만약 '천의무봉' 같은 옷이 아니라면 온종일 까끄라기가 붙어 있는 것 같아 살아갈 수 없을 것이다. 물론 예민함을 가장하는 사람들은 여기에 속하지 않는다.

감각이 섬세하고 예민한 것은 마비된 것에 비하면 물론 진보적이라고 할 수 있다. 하지만 생명의 진화에 도움이 되는 한에서만 그렇다. 만약 생명을 상관하지 않거나 심지어 방해가 되는 지경에 이른다면 그것은 진화 속의 병태로서 머지않아 끝장나고 만다. 청복을 누리고 추심秋心을 품고 있는 고상한 사람과 낡은 옷에 거친 밥을 먹는 속인을 비교해 보면 결국 누가 끝까지 살아가게 될지는 분명하다. 차를 마시고 가을 하늘을 바라보며, 그러므로 나는 생각했다. "좋은 차를 모르고 추사가 없는 것이 오히려 낫겠구나."

9월 30일

황화

유강[尤剛]

요즘 소위 '황화'라고 하는 것은 우리 스스로가 황허[黃河]의 제방이 터지는 것을 가리키고 있지만, 30년 전에는 이런 뜻이 아니었다.

그때는 황색인종이 유럽을 말아먹으려 한다는 뜻으로 해석했다. 몇몇 영웅들은 이 말을 백인으로부터 '잠자는 사자'로 존중받는 것처럼 듣고는 여러 해 동안 의기양양하게 유럽의 어르신이 될 준비를 했다.

그런데 '황화'라는 이야기의 유래는 우리의 환상과 달리 독일 황제 빌헬름[216]에게서 비롯되었다. 그는 로마 장식을 한 무사가 동방에서 서방으로 온 사람을 막아 내는 그림을 그리기도 했다. 하지만 그 사람은 공자가 아니라 부처였으니, 중국인은 참으로 근거 없이 좋아했던 것이다. 따라서 우리는 한편으로 '황화'의 꿈을 꾸고 있지만, 독일 치하의 칭다오에서 목격한 현실은 백색 경찰이 전봇대를 더럽힌 불쌍한 어린이를 중국인이 오리를 들고 가는 모양으로 거꾸로 든 채로 잡아가는 것이다.

현재 히틀러가 비#게르만족의 사상을 배척하는 방법은 독일 황제와 한 모양이다.

독일 황제가 말한 '황화'에 대하여 이제 우리는 더 이상 꿈꾸지 않고 '잠자는 사자'라는 말도 더 이상 언급하지 않고 '넓은 땅 풍부한 물산, 많은 인구'라는 표현도 글에서 자주 보이지 않는다. 사자라면 얼마나 비대한지를 자랑한다고 해도 문제 되지 않지만, 돼지나 양이라면 비대하다는 것이 결코 좋은 징조가 아니다. 나는 이제 우리 스스로가 무엇과 닮았다고 생각하는지 모르겠다.

우리는 더 이상 무슨 '상징' 따위를 생각하지도 않고 찾아내지도 못하는 것 같다. 우리는 지금 하겐베크[217]의 맹수 서커스를 보며 날마다 소 한 마리를 먹어야 한다는 사자와 호랑이가 소고기를 먹는 장면을 감상하고 있다. 우리는 국제연맹의 일본에 대한 제재에 대해 탄복하는 동시에 일본을 제재할 수 없는 국제연맹을 우습게 본다. 우리는 '평화를 보호'하는 군축에 찬성하는 동시에 군축을 물리친 히틀러에 탄복한다. 우리는 다른 나라가 중국을 전쟁터로 삼을까 두려워하는 동시에 반전대회를 증오한다. 우리는 여전히 '잠자는 사자'인 것 같다.

'황화'는 단번에 '복'으로 바뀔 수도 있고 깨어난 사자도 재주를 부릴 수 있다. 유럽대전 당시 우리는 남들을 대신해서 목숨을 바친 노동자들이 있었고, 칭다오가 점령되자 거꾸로 들어도 되는 아이가 생겨났다.

그런데도 이십 세기의 무대에서 우리의 역할이 없다고 말하는 것은 합리적이지 않다.

10월 17일

여자가 거짓말을 더 하는 것은 결코 아니다

자오링이[趙令儀]

스헝 선생이 「거짓말에 대해」에서 거짓말을 하는 것은 약하기 때문이라고 말했다. 그 실증의 예를 들어 말하길 "여자들이 남자보다 거짓말을 많이 하는 것도 그 때문이다"라고 했다.

그의 말은 틀린 말도 아니지만 또 분명한 사실도 아니다. 우리는 분명 남자들의 입에서 여자들이 남자보다 거짓말을 많이 한다는 소릴 자주 듣게 된다. 그것은 정확한 실증도 없고 통계가 있는 것도 아니다. 쇼펜하우어 선생은 여자들을 심하게 욕했지만 그가 죽은 후 그의 책 더미 속에선 매독 치료약이 발견되었다. 또 한 사람, 오스트리아의 청년 학자[218]가 있다. 그 사람 이름은 지금 생각나지 않는다. 그는 대단한 책을 써서 여자와 거짓말은 불가분의 관계에 있다고 말했다. 그런데 그는 나중에 자살했다. 내 생각에 그는 정신병이 있었던 것 같다.

내 생각에, "여자가 남자보다 더 많이 거짓말을 한다"고 말하기보다는 차라리 "여자는 다른 사람들에 의해 '남자보다 거짓말을 더 많이 한다'고 이야기될 때가 많다"고 하는 것이 낫다. 그런데 이 역시 숫자상의 통계는 없다.

예를 들어 보자. 양귀비에 대해, 안록산의 난 이후 지식인들은 하나같이 대대적인 거짓말을 퍼뜨렸다. 현종이 국사를 팽개치고 논 것은 오로지 그녀 때문이고 그녀로 인해 나라에 흉사가 많이 생겼다는 것이다. 오직 몇 사람이 "하나라와 은나라가 망한 것의 본래 진실은 불문에 부치면서 포사와 달기만을 죽이고 있구나"라고 용감하게 말했다. 그런데 달기와 포사는 양귀비와 똑같은 경우가 아니었던가? 여인들이 남자들을 대신해서 죄를 뒤집어써 온 역사는 실로 어제오늘의 일이 아니다.

금년은 '여성 국산품 애호의 해'다. 국산품을 진흥하는 일 역시 여성에게 달렸다. 얼마 안 있으면 국산품 애용도 여자들 때문에 호전의 기미가 생기지 않는다고 욕을 해대겠지만 말이다. 그런데 한번 제창하고 한번 책망을 하고 나면 남자들은 그저 책임을 다하게 된다.

시 한 편이 생각난다. 어떤 남자분께서 어떤 여사의 불평을 대신 노래한 시다.

임금께서 성루 위에 항복 깃발 꽂으셨네.
구중궁궐 신첩이 이 사실 어이 알리?
일제히 갑옷 벗은 이십만 병사

세상에 남아는 하나도 없구나!²¹⁹⁾

통쾌하고 통쾌하다!

1월 8일

친리자이 부인 일을 논하다

궁한

요 몇 해 동안, 신문지상에서 경제적 압박과 봉건윤리의 억압으로 인해 자살을 한다는 기사를 종종 보게 된다. 그러나 이것을 위해 입을 열거나 글을 쓰려는 사람은 아주 적다. 다만 최근의 친리자이 부인[220]과 그 자녀들 일가 네 식구의 자살에 관해서만은 적지 않은 사람들의 반응이 있었다. 나중에는 그 신문기사를 품에 안고 자살한 사람[221]도 나왔다. 이것으로 보아 그 영향력이 대단했음을 알 수 있었다. 내 생각에, 그것은 자살한 사람 수가 많았기 때문이라 생각한다. 단독 자살이었다면 아마 여러 사람의 주목을 끌지 못했을 것이다.

모든 여론 가운데, 이 자살 사건의 주모자인 친리자이 부인에 대해서는 관대하게 생각하는 말들이 있긴 했으나 그 결론은 거의 모두 규탄 아닌 게 없었다. 왜냐하면 —— 한 평론가께서 말씀하시길 —— 사회가 아무리 어두울지라도 인생의 첫번째 책임은 생존하는 것이므로 자살은 그 의무를 다하지 않은 것이기 때문이며, 둘째로 책임을 다한다는 것은 고통을 감수하는 것이므로 자살을 하는 것은 안락을 도모하는 것이기 때문이라는 것이다. 진보적인 평론가께서는, 인생은 전투이므로 자살을 한 사람은 탈영병인 셈이라고 했다. 비록 죽는다 하더라도 그 죄를 면키 어렵다고 주장했다. 이는 물론 그럴듯한 말이긴 하지만 너무 막연하게 싸잡아 한 말이라 하지 않을 수 없다.

세상에는 두 종류의 범죄학자가 있다. 한 파는 범죄를 환경 탓이라 주장하고 다른 한 파는 개인 탓이라 주장한다. 현재 유행하고 있는 것은 후자의 설이다. 전자 학파의 설을 믿는다면 범죄를 없애기 위해서는 환경을 개선해야 하기 때문에 일이 복잡해지고 힘들게 된다. 그래서 친리자이 부인의 자살을 비판하는 사람들은 거의 대부분 후자 학파에 속한다.

참으로, 자살을 했으니 그것으로 이미 그녀가 약자임은 증명되었다. 그러나, 어떻게 하여 약자가 되었는가? 중요한 것은 우리가, 그녀의 시아버지 서찰이 그녀를 시댁으로 돌아오게 하기 위해 양가의 명성을 들먹였음은 물론이거니와, 죽은 사람의 점괘로 그녀를 움직이게 하고자 했다는 사실을 염두에 두어야 한다. 우리는 그녀의 남동생이 썼다고 하는 만장도 좀 잘 살펴보아야 한다. "아내는 남편을 따라 무덤으로 가고, 아들은 어머니를 따라 무덤으로 가고…"라는 말은 천고의 미담으로 여겨 왔던 덕목들이 아닌가? 그러한 가정 속에서 자라고 길러진 사람으로서 어찌 약자가 되지 않을 수 있겠는가? 물론 우리는 그녀가 씩씩하게 싸우지 않았다고 책망할 수는 있다. 그러나 무언가를 삼켜 버리는 암흑의 힘은 때때로 외로운 병사를 압도해 버리곤 한다. 게다가 자살 비판자는, 다른 사람들이 싸우고 있을 때, 그들이 몸부림치고 있을 때, 또 그들이 싸움에서 지고 있을 때, 아마 쥐 죽은 듯 가만히 있을 법한 사람들, 싸움을 응원하지 않을 사람들이다. 산간 벽지나 도회지에서 고아와 과부, 가난한 여성과 노동자들이 운명에 따라 죽어 갔고 비록 운명에 항거하였으나 끝내 죽지 않을 수 없었을 것이다. 이런 사람들이 어찌 이뿐이랴. 그런데도 그런 사건들을 누군가 거론한 적이 있었으며, 그 일이 누군가의 마음을 움직였던 적이 있었던가? 정말로 "개천에서 목매어 죽은들 그 누가 알손가"이다!

사람은 물론 생존해야 한다. 그러나 그것은 나아지기 위해서다. 수난을 당해도 무방하나 그것은 장래 모든 고통이 없어진다는 전제하에서다. 마땅히 싸워야 한다. 그것은 개혁을 위해서이다. 다른 사람의 자살을 책망하는 사람은, 사람을 책망하는 한편, 반드시 그 사람을 자살의 길로 내몬 주변환경에 대해서도 도전해야 하며 공격해야 한다. 만일 어둠을 만드는 주범의 힘에 대해서는 한마디도 못하면서, 그쪽을 향해서는 화살 한 개도 쏘지 않으면서, 단지 '약자'에 대해서만 시끄럽게 떠벌릴 뿐이라면, 그가 제아무리 의로움을 보인다 할지라도, 나는 말하지 않을 수 없다. 나는 정말 참을 수 없게 된다. 사실 그는 살인

차의 공범에 지나치 않을 뿐이라고.

5월 24일

독서 잡기

옌위^{焉於}

고리키는 발자크의 소설이 보여 준 대화의 묘미에 아주 경탄한
바 있다. 그는 인물의 외모 묘사를 통해서가 아니라 인물의 대
화 묘사를 통해, 말하고 있는 그 사람을 독자들이 마치 직접 보
고 있는 듯 느끼게 할 수 있다고 생각했다.(『문학』 8월호의 「나의
문학 수업」)

중국에는 아직 이처럼 재주 좋은 소설가는 없다. 그러나 『수
호』와 『홍루몽』의 어떤 부분은 독자로 하여금 대화를 통해서
사람을 볼 수 있게 만들고 있다. 사실 이는 뭐 그리 대단하게 특
이한 것은 아니다. 상하이 골목 작은 집에 세 들어 사는 사람은
시시때때로 체험할 수 있는 일이다. 그와 이웃 주민은 얼굴을
꼭 본 것이 아닐 수도 있다. 그러나 그들은 얇은 판자벽 한 겹만
으로 떨어져 있기 때문에 옆집 사람들의 가족과 그 집 손님들
의 대화, 특히 큰소리로 하는 대화는 거의 다 들을 수 있다. 오

랜 시간이 지나면 저쪽에 어떤 사람이 살고 있는지를 자연히
알게 되고 또 그 사람이 어떤 부류의 사람인지도 알 수 있게 된
다. 이와 같은 이치다.

불필요한 것은 없애 버리고 각 사람의 특징적인 대화만 잘
추출해 내도 다른 사람이 그 대화를 통해서 말하는 사람의 인
물 됨됨이를 추측할 수가 있다고 생각한다. 그러나 이것만으로
곧바로 중국의 발자크가 된다고 말하는 것은 아니다.

작가가 대화로 인물을 표현할 때는 그 사람 마음속에는 이미
그 인물의 모습이 들어 있을 것이다. 그래서 독자에게 전하면
독자의 마음속에도 이 인물의 모습이 만들어진다. 그런데 독자
가 상상하는 인물은 결코 작가가 상상한 인물과 꼭 같은 것만
은 아니다. 발자크에게선 깡마르고 턱수염을 기른 노인이지만
고리키 머릿속으로 들어오면 건장하고 야성적인 구레나룻의
노인으로 변하기도 한다. 그러나 그 성격과 언행에는 분명 큰
차이가 없을 것이다. 거의 유사할 것이다. 그래서 마치 프랑스
어를 러시아어로 옮겨 놓은 것과 같을 것이다. 만일 그렇지 않
다면 문학이란 놈의 보편성은 사라져 버리게 된다.

문학에 보편성이 있다 할지라도 독자마다 체험이 다르기 때
문에 변화는 있게 마련이다. 독자가 만일 유사한 체험을 갖고
있지 않다면 문학의 보편성은 그 효력을 잃어버린다. 예를 들
어 우리가 『홍루몽』을 읽으면 문자만으로도 임대옥이란 인물
을 상상할 수 있다. 「대옥이 땅에 꽃을 묻다」[222]에 나온 메이란

팡 박사의 사진을 본 선입견이 없다면 분명 다른 인물을 상상하게 될 것이다. 그러면 단발머리의 인도 비단 옷을 입은, 청초하고 마른, 조용한 모던 여성을 상상할 수도 있을지 모른다. 혹은 다른 모습을 상상할지 단정할 수 없다. 그러나 삼사십 년 전에 나온 『홍루몽도영』[223]같은 유의 책에 나오는 그림들과 좀 비교해 본다면 분명 확연하게 다를 것이다. 이 책에 그려진 모습들은 그 시절 그 독자들의 마음속에 그려진 임대옥인 것이다.

문학에 보편성이 있다고 할지라도 그 한계는 있다. 상대적으로 보다 영원한 작품도 있을 것이나 독자들의 사회적 체험에 따라 변하게 마련이다. 북극의 에스키모인과 아프리카 내지의 흑인들은 '임대옥'과 같은 인물을 이해하거나 상상하기 무척 어려울 것이라 생각한다. 건전하고 합리적인 좋은 사회에서의 사람 역시 이해할 수 없을 것이다. 그들은 아마 우리들보다, 진시황의 분서나 황소黃巢의 난에 있었던 사람 죽인 이야기를 듣고 얘기한다는 것이 훨씬 더 생경할 것이다. 모든 것은 변화한다. 영구적인 것은 없다. 유독 문학에만 신선한 선골仙骨이 있는 듯이 말하는 것은 꿈꾸는 사람들의 잠꼬대이다.

8월 6일

'대설이 분분하게 날리다'

사람들은 자신의 주장을 견지해야 할 때가 되면 때로 적수의
얼굴을 분홍 붓으로 색칠해 그를 광대 모양으로 만들어 놓고
자신이 주인공임을 부각시키고 싶어 한다. 그러나 그 결과는
늘 그 반대가 되기 십상이다.

장스자오[224] 선생은 지금 민권 옹호를 하고 있다. 일찍이 그
는 돤치루이 정부 시절에 문언을 옹호한 바 있었다. 그는 "두 복
숭아, 세 선비를 죽이다"라고 말할 것을 백화로 "두 개의 복숭
아가 세 명의 지식인을 죽였다"고 한다면 얼마나 불편한가를
실례로 거론한 적이 있다. 이번에는 리옌성 선생도 대중어문을
반대하며 "징전군이 예로 든 '대설이 분분하게 날리다'는 '큰
눈이 한 송이 한 송이 어지럽게 내리고 있다'에 비해 한결 간결
하고 운치가 있다. 어느 쪽을 채택할까 생각해 보면 백화는 문
언문과 더불어 함께 논할 수가 없다"고 한 말에 찬성했다.

나 역시 부득이한 경우에는 대중어에 문언과 백화문 심지어 외국어도 사용할 수 있다고 인정했다. 게다가 지금 현실에선 이미 사용하고 있는 중이기도 하다. 그런데, 두 선생이 번역한 예문은 크게 틀렸다. 그 당시 '선비'⁺는 결코 지금의 '지식인'讀書人을 말하는 것이 아님을 어떤 분이 일찍이 지적한 바 있다. 또한 이 "대설이 분분하게 날리다" 속에는 "한 송이 한 송이"의 의미가 없으며, 그것은 모두 일부러 심하게 과장을 해 대중어의 체면을 손상시키고자 꽃을 장식한 창을 던지는 것에 불과할 뿐이라고.

백화는 문언의 직역이 아니며 대중어 역시 문언이나 백화의 직역이 아니다. 장쑤성과 저장성에서는 "대설이 분분하게 날리다"의 의미를 말하고자 할 때는 "큰 눈이 한 송이 한 송이 어지러이 내리고 있다"를 사용하지 않고 대개는 '사납게', '매섭게' 혹은 '지독하게'를 써서 눈 내리는 모습을 형용한다. 만일 "고문에서 그 증거를 찾아 대조"해야 한다면 『수호전』 속에 나오는 "눈이 정말 빼곡하게 내리고 있다"가 있다. 이는 "대설이 분분하게 날리다"보다 현대 대중어의 어법에 아주 근사하다. 그러나 그 '운치'는 좀 떨어진다.

사람이 학교에서 나와 사회의 상층으로 뛰어들면 생각과 말이 대중들과는 한 걸음 한 걸음 멀어진다. 이것은 물론 '어쩔 수 없는 형세'다. 그러나 그가 만일 어려서부터 귀족집 자제가 아니라 '하층민'과 얼마간의 관계를 가졌었다면, 그리하여 기억을 좀 되돌려 생각해 본다면, 분명 문언문이나 백화문과 수없이 겨루어 왔던 아주 아름다운 일상어들이 떠오를 것이다. 만일 자기 스스로 추악한 것을 만들어 내 자기 적수의 불가함을 증명해 보이고자 한다면 그것은 단지 그가 자기 속에 숨겨 두었던 것에서 파낸 그 자신의 추악함을 증명할 뿐이다. 그것으로는 대중을 부끄럽게 만들 수 없다. 단지 대중을 웃게 만들 수 있을 뿐이다. 대중이 비록 지식인처럼 그렇게 많은 지식을 가지고 있진 않으나 함부로 말하는 사람들에 대해서는 나름대로 에둘러 표현하는 법을 갖고 있다. "꽃을 수놓은 베개."繡花枕頭 이 뜻은 아마 시골 사람들만 알 수 있을 것이다. 가난한 사람들이 베개 속에 집어넣는 것은 오리털이 아니라 볏짚이기 때문에.

8월 22일

'음악'?

밤에 잠을 이루지 못한 채 내일은 라조기를 먹어 볼까 궁리해 보기도 하고 지난번에 먹었던 것과 요리 방법이 다르면 어쩌지 염려하노라니 잠은 더욱 멀리 달아나 버렸다. 일어나 앉아 등을 켜고『위쓰』를 펼치자, 불행히도 쉬즈모 씨의 신비담[225]이 눈에 들어왔다.——아니, "모두가 음악"이니, 음악선생의 음악이 귀에 들어왔다.

… 나는 유음^{有音}의 악^{樂}을 들을 줄 알 뿐만 아니라, 무음^{無音}의 악 (사실 이 역시 유음이지만 그대가 듣지 못할 뿐이다)도 들을 줄 안다. 나는 자신이 거리낌 없는 Mystic임을 솔직하게 인정한다. 나는 굳게 믿는다.…

이 뒤에도 무슨 무슨 "모두가 음악" 운운, 운운운운이다. 요컨대 "그대에게 음악이 들리지 않는다면 그대 자신의 귀가 너무나 둔하거나 살결이 거친 탓"이다!

그래서 나는 곧바로 내 살결이 거칠지 않을까 의심이 들어 왼손으로 오른팔을 어루만져 보았더니 확실히 매끄럽지는 않다. 다시 귀를 어루만져 보았지만 둔한지 어떤지 알 길이 없다. 하지만 살결이 거친 것만은 확실하다. 애석하게도 나의 살결이 '어루만져도 감촉이 남지 않을' 정도는 끝내 아니지만, 그래도 뭐 장주 선생의 가르침인 천뢰天籟, 지뢰地籟와 인뢰人籟[226]는 들을 수 있다. 그러나 나는 아직 단념하지 않는다. 다시 들어 보자. 역시 들리지 않는다. ──아아, 뭔가 들리는 듯한데, 영화를 선전하는 군악 같다. 쳇! 틀렸어. 이게 '절묘한 음악'이야? 다시 들어 보자. 들리지 않아.… 오, 음악이다. 들리는 것 같다.

자비롭고도 잔인한 금파리, 향기로운 천사의 노란빛 날개를 펼쳐, 엔, 젤, 미파도미도, 형개荊芥, 무, 옥소리 쟁쟁하고 물결 탱탱한 붉은 바다 속에서 솟아오른다. Br-rrr tatata tahi tal, 시작도 끝도 없는 다이아몬드 천당의 곱고도 간드러진 귀수유鬼茱萸는 절반의 북두의 푸른 피에 잠긴 채 에메랄드빛 참회를 썩어 문드러진 앵무 큰아버지의 빌어먹을 가슴에 적는다! 무슨 말인지 모르겠다고? 이런 제길! 아아, 죽겠구먼! 아리땁게 잔물결 일렁이는 시리우스의, 향기롭고도 더러운, 날카롭게 빛나는 화살촉은 납작코 녀석의 요염하고도 매끈매끈한 얼음 같은 대머리에 명중한다. 암담하고

즐거운, 비쩍 마른 사마귀 한 마리 날아갔다. 아아, 나는 죽지 않으리! 끝없이 …[227)]

위험하다, 나는 내가 발끈하고 정신이 나갔나 다시 의심스러웠지만, 곧장 되돌아보고서 그렇지 않음을 깨달았다. 이건 라조기를 먹고 싶다는 생각을 하면서 헛소리를 지껄였을 뿐이다. 만약 발끈하고 정신이 나갔는데도 들리는 음악이라면, 반드시 좀더 신비적이어야 했을 터이다. 더욱이 사실은 영화 선전의 군악조차 들리지 않았다. 환각이라 하더라도 아마 자기기만의 이야기에 지나지 않으며, 또한 거친 살결에 분식을 가하려는 망상에 지나지 않는다. 나는 불행히도 끝내 끈질긴 비非 Mystic 이 될 수밖에 없으니, 누굴 탓하겠는가. 그저 즈모 선생의 크나큰 은덕으로 이렇게 많은 '절묘한 음악'을 들을 수 있게 되었음을 삼가 칭송할 수 있을 따름이다. 그러나 만약 스스로 반성할 줄 모르는 사람이 있어 이분을 '정신병원에 집어넣'으려 한다면, 나는 목숨을 걸고 반대하고 온 힘을 다해 그의 무죄를 호소할 것이다. ──비록 음악을 음악 속에 집어넣는 것이 거리낌 없는 Mystic에게는 별일이 아니겠지만.

그렇지만 음악이란 얼마나 듣기 좋은 것인가, 음악이여! 한 번만 더 귀를 기울여 보라. 아쉽고 안타깝게도 처마 아래에서 벌써 참새가 지저귀기 시작했다.

오호, 귀엽고 자그맣게 이리저리 휙휙 나는 새끼 참새야, 너는 여전히 어디든지 날아다니고 늘상 그렇듯이 쩍쩍 지저귀면서 바람 타고 가벼이 튀어오르느냐? 그러나 이 역시 음악이지. 오로지 자신의 살결 거침을 탓할 수밖에.

단 한 번의 울음소리만으로도 사람들 거의 모두를 두려움에 떨게 하던 올빼미의 듣기 고약한 소리는 어디로 갔을까!?

'중용 지키기'의 진상을 말하다

떠도는 소문에 나의 오랜 학우인 쉬안퉁이란 이가 자주 나 없는 곳에서 나를 좋네 나쁘네 평가한다고 한다. 좋다는 거야 문제될 게 없지만, 나쁘다 하면 어찌 기분 좋을 리 있겠는가? 오늘 빈틈을 발견하였는데, 비록 나와 아무 상관도 없지만 화살 한 발 되돌려 주려 한다. 원수를 갚고 원한을 푸는 것이 바로 『춘추』의 뜻이렷다.

그는 『위쓰』 제2기에서 이렇게 말했다. 어떤 사람이 섭명침[228]을 조롱한 대련에 "싸우지 말고, 화전하지 말고, 지키지 말라; 죽지 말고, 항복하지 말고, 달아나지 말라"가 있는데, 아마 중국인이 '중용 지키기'의 진상에 대한 설명으로 삼을 만하다고. 나는 이 말이 옳지 않다고 생각한다.

무릇 '중용을 지키'는 태도에 가까운 것으로는 아마 두 가지가 있으리라. 하나는 '이것이 아니면 저것'이고, 다른 하나는

'이것도 좋고 저것도 좋고'이다. 전자는 일정한 주견은 없어도 맹종하지 않고 시세에 편승하지 않으며, 혹 달리 독특한 견해를 지닌다. 그러나 그 처지는 대단히 위험하며, 그래서 섭명침은 끝내 멸망에 이르고 말았다. 비록 그는 주견이 없었을 뿐이었지만. 후자는 곧 '양다리 걸치기' 혹은 교묘하기 그지없는 '바람 부는 대로 쓰러지기'이다. 그러나 중국에서는 가장 잘 어울리기에 중국인의 '중용 지키기'는 아마 이것일 것이다. 만약 낡은 대련을 뜯어고쳐 설명하자면, 이러해야 하리라.

싸우는 체, 화전하는 체, 지키는 체하라.
죽은 양, 항복하는 양, 달아나는 양 하라.

이리하여 쉬안퉁은 정신문명 법률 제93894조에 의거하여 즉각 "진상을 오해하고, 세상을 미혹하고 백성을 업신여긴" 죄로 다스려야 마땅하다. 그렇지만 글 가운데에 '아마'라는 두 글자를 사용하였으니, 그 죗값을 경감해 주어도 좋으리라. 이 두 글자는 나 역시 아주 즐겨 사용하고 있다.

잡담

신이라 일컬어지는 자와 악마라 일컬어지는 자가 싸움을 벌였다. 천국을 빼앗으려는 것이 아니라 지옥의 통치권을 갖겠노라고. 그러므로 누가 승리하든 지옥은 지금도 여전히 예전 그대로의 지옥이다.

양대 옛 문명국의 예술가가 악수를 나누었다.[229] 양국 문명의 교류를 도모하기 위해서. 교류는 아마 이루어져야 하는 것이지만, 아쉽게도 '시철'[230]은 다시 이탈리아로 떠났다.

'문사'文士와 늙은 명사名士가 싸움을 벌였다. 그 이유는…, 어쩌겠다는 건지 난 모른다. 다만 예전에는 '지호자야'之乎者也의 명사만이 배우를 위해 얼굴을 내밀도록 허용되었지만, 이제는 ABCD의 '문사'도 입장이 허용되었다. 이리하여 배우는 예술가로 변하고, 그들에게 머리를 끄덕인다.

새로운 비평가가 등장해야 하나? 그대는 말하지 말고 글 쓰지 말며, 어쩔 수 없을 때에도 짧게 하는 게 좋다. 하지만 반드시 몇 사람인가는 당신을 비평가라고 입을 모아 말하도록 만들어야 한다. 이렇게 된다면 그대의 드문 말수는 고매함이 되고, 그대의 많지 않은 글은 귀중함이 되어, 영원히 실패할 일이 없을 것이다.

새로운 창작가가 등장해야 하나? 그대는 작품 한 편을 발표한 후 따로 이름을 만들고 글을 써서 치켜세운다. 만약 누군가 공격을 가하면 곧바로 변호에 나선다. 아울러 이름은 조금 예쁘고 곱게 지어 누구나 쉽게 여자라고 생각하도록 만든다.[231] 만약 정말로 이런 사람이 있다면 더욱 좋고, 이 사람이 연인이라면 더더욱 좋다. "연인아!" 이 세 글자는 얼마나 보드랍고 시취가 넘쳐흐르는가? 네번째 글자가 더해지지 않아도, 분투의 성공을 기대할 수 있으리라.

러시아 역본 「아Q정전」 서언 및 저자의 자술 약전

「아Q정전」 서언

나의 보잘것없는 작품이 중국문학에 정통한 바실리예프 씨의 번역에 의해 마침내 러시아 독자 앞에 펼쳐지게 되었다는 것은 나로서는 감사해야 마땅하고 대단히 기쁜 일이다.

쓰기는 써 보았지만, 내가 현대의 우리나라 사람의 영혼을 써낼 수 있었는지 없었는지 끝내 나로서는 자신이 없다. 남이야 어떤지 알 수 없지만, 나 자신은 늘 우리 사람들 사이에 높다란 담이 놓여 있어서, 각각을 떼어 놓아 모두의 마음이 통하지 않게 만들고 있는 듯한 느낌이 든다. 우리 고대의 똑똑하신 분들, 즉 이른바 성현께서 사람들을 열 등급으로 나누고서 높낮이가 각기 다르다고 말씀하신 게 바로 이것이다. 그 명목은 이제 사용되고 있지는 않지만 그 망령은 여전히 존재하고 있으며, 게다가 더욱 심해져 사람의 몸조차도 차등이 생겨나 손이 발을 하등의 이류異類로 간주하기도 한다. 조물주는 사람이 남의 육체적 고통을 느끼지 못하도록 대단히 교묘하게 사람을 만들었는데, 우리의 성인과 그 제자들은 조물주의 결함을 보완하여 사람이 남의 정신적 고통 또한 느끼지 못하도록 해주었다.

나아가 우리의 옛사람들은 하나하나가 겁나게 어려운 글자를 만들어 냈다. 하지만 그들이 일부러 그런 것은 아니라고 생각하기 때문에 나는 그다지 원망하지는 않는다. 그러나 수많은 사람들은 이 글자를 빌려 이야기를 할 수가 없게 되었다. 게다가 옛 주석이 쌓아 올린 높은 담은 그들이 생각조차 감히 할 수 없게 만들었다. 이제 우리가 들을 수 있는 것은 몇몇 성인의 제자들의, 그들 자신을 위한 견해와 도리에 지나지 않으며, 백성들은 커다란 바위 밑에 깔린 풀마냥 묵묵히 자라나서 시들어 노래졌다가 말라 죽으니, 벌써 이렇게 사천 년이나 되었다!

이처럼 침묵에 잠긴 국민의 영혼을 그려 내는 것은 중국에서 참으로 지난한 일이다. 앞에서 이미 말했지만, 우리는 끝끝내 혁신을 겪지 않은 낡은 나라의 인민이기에, 여전히 통하지 않는 데다가 자신의 손조차도 자신의 발을 거의 이해하지 못하는 형편이기 때문이다. 나는 비록 온 힘을 다해 사람들의 영혼을 찾으려 하였지만, 때로는 동떨어진 점이 있음을 유감으로 생각한다. 장래에 높다란 담에 둘러싸여 있던 모든 사람들이 틀림없이 스스로 각성하여 밖으로 뛰쳐나와 입을 열겠지만, 지금은 아직 그런 사람을 보기 드물다. 그러므로 나 역시 나 자신의 느낌에 의지하여 외로우나마 잠시 이것들을 써내어 내 눈에 비쳤던 중국 사람들의 삶으로 여기는 수밖에 없다.

　나의 소설이 출판된 후, 가장 먼저 받았던 것은 젊은 비평가의 질책이었다. 나중에는 병적이라고 여기는 자도 있고, 익살이라고 여기는 자도 있고, 풍자라고 여기는 자도 있었다. 혹자는 냉소라고 여기기도 하였는데, 나 자신마저도 내 마음속에 정말 가공할 만한 차가운 얼음덩어리가 감추어져 있는 게 아닌가 의심이 들 지경이었다. 하지만 나는 또 이렇게도 생각했다. 인생을 바라보는 건 작가에 따라 다르고, 작품을 바라보는 것 또한 독자에 따라 다른 법이라고. 그렇다면 이 작품은 '우리의 전통 사상'이 털끝만큼도 없는 러시아 독자들의 눈에 아마 전혀 다른 모습으로 비쳐지게 될지도 모른다. 이야말로 참으로 의미 있는 일이라고 나는 생각한다.

1925년 5월 26일, 베이징에서
루쉰

저자의 자술 약전

나는 1881년 저장성浙江省 사오싱부紹興府 성내의 저우周씨 가문에서 태어났다. 아버지는 선비이며, 어머니는 성이 루魯씨이고 시골사람인데, 독학으로 책을 읽을 수 있는 학력을 닦았다. 들은 바에 따르면, 내가 어렸을 적에 집안에는 아직 4, 50무의 무논이 있어서 생계 걱정은 별로 하지 않았다고 한다. 하지만 내가 열세 살이 되었을 때, 우리 집안에 갑자기 엄청난 변고[232]가 생기는 바람에 거의 모든 게 사라지고 말았다. 나는 친척집에 얹혀 지내게 되었으며, 때로는 밥 빌어먹는 놈이라고 불려지기도 했다. 그래서 마음을 굳게 먹고 집으로 돌아갔으나, 아버지가 또 중병을 앓아 삼 년여 만에 돌아가셨다. 나는 차츰 얼마 되지 않는 학비마저도 마련할 길이 없었다. 어머니는 약간의 여비를 변통하여 나더러 학비가 필요 없는 학교를 찾아보도록 하셨다. 왜냐하면 나는 지방관의 막료나 상인이 될 생각은 아예 없었기 때문이었다. ——지방관의 막료나 상인은 우리 마을에서 몰락한 선비 집안의 자제들이 흔히 걷는 두 가지 길이었다.

당시 열여덟 살이던 나는 길을 떠나 난징으로 가서 수사학당에 시험을 친 끝에 합격하여 기관과機關科를 배정받았다. 약 반 년이 지나 나는 다시 뛰쳐나와 광로학당에 들어가 광산개발에 대해 배웠으며, 이곳을 졸업하자마자 일본으로 파견되어 유학을 하였다. 그러나 도쿄의 예비학교를 졸업하자, 나는 이미 의학을 배우기로 마음먹었다. 그 원인의 하나는 새로운 의학이 일본의 유신에 커다란 도움이 되었음을 확실히 깨달았기 때문이었다. 그래서 나는 센다이의학에 입학하여 이 년간 공부하였다. 이 당시는 바야흐로 러일전쟁이 한창이었는데, 나는 우연히 영화에서 스파이노릇을 하였다는 이유로 목이 잘리는 중국인을 보았다. 이로 인해 다시 중국에서는 무엇보다도 먼저 신문예를 제창해야겠다는 생각이 들었다. 나는 학적을 포기하고 다시 도쿄로 와서 몇몇 벗들과 함께 자그마한 계획[233]을 세웠지만, 역시 실패하고 말았다. 결국 나의 어머니와 다른 몇몇 사람들이 내가 경제적으로 도와주기를 바라고 있었기 때문에, 나는 중국으로 돌아왔다. 그때 나이 스물아홉이었다.

나는 귀국하자마자 저장 항저우의 양급사범학당에서 화학과 생리학 교사를 지냈으며, 이듬해에는 그곳을 떠나 사오싱중학당에 가서 교무장으로 지냈다. 삼 년째에는 그곳을 나와 갈만한 곳이 없는지라 어느 서점에서 편집번역원 노릇을 해보고 싶었으나 결국 거부당하고 말았다. 그런데 마침 혁명이 일어나 사오싱이 광복된 후, 난 사범학교 교장을 지냈다. 혁명정부가 들어서자, 교육부장이 나를 교육부 직원으로 불러 베이징으로 옮겨 가 지금까지 줄곧 베이징에서 살고 있다. 최근 몇 해 동안 나는 베이징대학, 사범대학, 여자사범대학의 국문과 강사도 겸하고 있다.

나는 유학할 때 잡지에 변변치 못한 글 몇 편을 잡지에 실은 적이 있을 뿐이다. 처음으로 소설을 지은 것은 1918년인데, 나의 벗 첸쉬안퉁의 권유를 받아 글을 지어 『신청년』에 실었다. 이때에야 '루쉰'魯迅이란 필명(Penname)을 사용하였으며, 자주 다른 이름으로 짧은 글을 짓기도 하였다. 현재 책으로 묶어 펴낸 것은 단편소설집 『외침』뿐이고, 그 나머지는 아직 여러 잡지

에 흩어져 있다. 이밖에 번역을 제외한다면, 출판된 것으로는
또 『중국소설사략』이 있다.

뜬소문과 거짓말

이번에 『망위안』을 편집할 때 베이징여자사범대학의 소요사태를 언급한 투고 가운데에 아직도 '어느 학교'^{某校}라는 글자와 몇 개의 네모²³⁴⁾를 사용한 것이 있음을 보고서, 중국에는 마음이 충직한 군자가 아직도 참으로 많으며 나랏일이란 대단히 할 만한 일이라고 자못 느꼈다. 하지만 사실 신문에서는 이미 여러 번에 걸쳐 명백히 밝혀 실었었다.

올 5월, "같은 과의 학생이 상반되는 성명서를 동시에 내는 일이 이미 나타났다…"는 그 일로 인해, 이미 "의심 품기를 좋아하는" 시잉^{西瀅} 선생은 "마치 냄새나는 측간과 같다"고 탄식하였다(『현대평론』 25기의 「한담」을 보라). 이제 시잉 선생이 베이징으로 돌아왔다면 아마 "세상 풍조가 날로 나빠진다"는 걸 더욱 느꼈으리라. 왜냐하면 서로 반대되거나 혹은 서로 보완적인 성명이 벌써 세 개나 나타났기 때문이다. 하나는 '여사대 학생자치회'이고, 다른 하나는 '양인위'이고, 셋째는 단지 '여사대'라는 이름뿐이다.

신문은 학생들에게 "음식과 찻물 공급을 중지"했다고 보도하고, 학생 측 역시 "굶주림의 고통을 느끼고 나아가 생명의 위험을 걱정하였다"고 말한 반면, '여사대'는 "모두 허구"라고 말하여 상반되어 있다. 그런데 양인위가 "우리 학교는 해당 학생들이 속히 깨달아 자발적으로 학교에서 물러나기를 바랐으며, 학생들이 학내에서 생활상의 갖가지 불편을 겪기를 결코 바라지 않았다"고 말하고 있음에 비추어 볼 때 음식 공급이 중지된 것은 틀림없는 듯하니, '여사대'의 견해와 상반되고 신문 및 학생 측의 견해와는 상호보완적이다.

학생 측에서는 "양인위가 돌연 무력을 학내에 끌어들여 강제로 학우 모두를 즉각 학교에서 떠나게 하고 이어 군경에게 명령하여 멋대로 구타하고 모욕하였다…"고 말하는 반면, 양인위는 "인위가 8월 1일 학교에 도착하였을 때 … 막돼먹은 학생들이 소동을 일으키는지라 … 그래서 경찰서에 순경을 파견하여 보호해 달라고 요청하지 않을 수 없었다…"라고 말하여, '소동'이 일어나서야 경찰의 파견을 요청했다는 점이 학생 측의 견해와 상반된다. 그런데 '여사대'는 "뜻밖에도 해당 학생들이 명령에 따르지 않을 뿐만 아니라, 제멋대로 욕하고 극단적으로 모욕하여 … 다행히 미리 내우이구內右二區[235]에서 파견된 경사京師가 교내에서 경비하고 있어 …"라고 말했는데, 이는 경찰의 파견이 먼저이고 '소동이 일어난' 것은 나중이어서 양인위의 견해와는 상반된다. 경사경찰청 행정처의 공포에서는 "본청이 지난 달 31일 국립베이징여자사범대학으로부터 받은 서한을 조사한바 … 신청한 대로 8월 1일 보안경찰 3, 40명을 이학교에 파견하도록 승인해 주기를…"이라고 되어 있는데, 이또한 학생 및 '여사대'의 견해와 상호보완적이다. 양인위는 미리 '무력을 학내에 끌어들일' 준비를 하였음에 틀림없는데도, 자신은 전혀 모르는 일이라면서 그때에 이르러 오게 한 것이라고 하는데, 참으로 귀신이 곡할 정도로 불가사의하다.

양 선생은 아마 정말로 자신의 성명에서 밝히고 있듯이 "시종 인재 육성과 직무 준수를 오랫동안 품은 뜻으로 삼아 … 근무 정황은 국민 모두의 귀감"이라 여기는 듯하다. '오랫동안 품은 뜻'이야 내가 알 수 있는 바가 아니지만, '근무 정황'에 대해서는 더 이상 이야기할 필요 없이 이달 1일부터 4일까지의 '여사대'와 그녀 자신의 두 가지 성명에 나타난 불가사의함과 얼버무림을 보기만 하면 충분할 것이다! 거짓말을 하고 소문을 지어내고 있다는 것은 국외자라도 알 수 있다. 만약 엄격한 관찰자와 비판자라면 이것을 가지고서 다른 일을 미루어 짐작할 수 있으리라.

그러나 양 선생은 도리어 "힘써 유지하여 오늘에 이른 까닭은 개인의 지위에 집착하지 않고 철저히 학풍을 정돈하기 위함"이라고 말한다. 남몰래 생각하건대, 학풍은 소문을 지어내고 거짓말을 하여 정돈될 수 있는 것이 결코 아니다. 지위는 물론 예외이겠지만.

잠깐, 한 마디만 더 말하고 싶다. 어쩌면 시잉 선생네들은 또다시 수많은 '뜬소문'을 듣게 될지도 모른다. 그러나 마음을 놓으시라. 나는 비록 '어느 본적'임이 틀림없고 국문과에서 한두 시간을 담당하는 교원을 지낸 적도 있지만, 그러나 나는 교장이 되고 싶거나 교원의 담당시간을 늘려보고 싶은 생각은 전혀 없으며, 나의 자손들이 여사대에서 모함을 당하거나 퇴학을 당하거나, 매질을 당하거나 굶주림에 시달리지 않도록 하기 위함 또한 결코 아니다. 나는 Lermontov의 격분에 찬 말[236]을 빌려 여러분에게 알린다. "나에게는 다행히도 딸이 없다."

문예와 정치의 기로
— 12월 21일 상하이 지난대학에서의 강연

저는 강연에 자주 나오는 편이 아닙니다만, 오늘 이곳에 온 것은 하도 여러 차례 요청을 받은 터라 한 번이라도 강연을 하는 게 일을 매듭지을 수 있으리라는 생각이 들었기 때문일 뿐입니다. 제가 강연에 나서지 않는 것은, 첫째로 이야기할 만한 의견을 갖고 있지 않기 때문이며, 둘째로 방금 이쪽의 선생께서 말씀하셨듯이 여기 모이신 여러분의 대다수는 제 책을 읽어 보셨을 테니 더욱 아무것도 말할 수가 없는 것입니다. 책 속의 인물은 대체로 실물보다 낫습니다. 『홍루몽』 속의 인물, 이를테면 가보옥이나 임대옥은 각별한 동정을 품게 합니다. 그런데 나중에 당시의 몇 가지 사실을 연구하고 베이징에 온 후에 메이란팡과 장먀오샹[237]이 분장한 가보옥과 임대옥을 보고 나면, 별로 대단치 않다는 생각이 들게 됩니다.

제게는 대단한 논문도, 고명한 견해도 없으며, 단지 제가 최근에 생각했던 것을 말씀드릴 수 있을 뿐입니다. 저는 문예와 정치가 늘 충돌하고 있다고 매번 느낍니다. 문예와 혁명은 원래 상반된 것이 아니지요. 양자 사이에는 현상에 안주하지 않는다는 공통점이 있습니다. 그러나 정치는 현상을 유지하려 하기 때문에 현상에 안주하지 않는 문예와는 자연히 서로 다른 방향을 바라봅니다. 하지만 현상에 만족하지 않는 문예는 19세기 이후에야 흥기하였기에 아주 짧은 역사를 지니고 있을 따름입니다. 정치가는 사람들이 자신의 의견에 반대하는 것을 매우 싫어하고, 사람들이 생각하고 입을 열려고 하는 것을 아주 싫어합니다. 그런데 예전의 사회에서는 확실히 무언가를 생각하는 사람도, 입을 열었던 사람도 없었습니다. 동물 가운데 원숭이를 보십시오. 그들에게는 그들의 우두머리가 있습니다. 우두머리가 하라는 대로 합니다. 마을에는 추장이 있어 그들은 추장을 따라가고, 추장의 분부가 곧 그들의 기준이 됩니다. 추장이 그들에게 죽으라 하면 죽으러 가는 수밖에 없습니다. 그 당시에는 문예 따위는 존재하지도 않았습니다. 설사 존재하더라도 하느님(아직은 훗날의 사람들이 일컫는 God만큼 현묘하지 않았지요)을 찬미할 뿐이었지요! 자유로운 사상이 존재했을 턱이 있겠습니까? 후에 마을과 마을이 서로 잡아먹기 시작하여 점점 커졌습니다. 이른바 대국大國이란 그 수많은 작은 마을을 집어삼킨 것입니다. 일단 대국이 되자 내부 상황이 대단히 복잡해져, 수많은 상이한 사상과 상이한 문제가 끼어들게 됩니다. 이

때 문예 역시 일어나 정치와 끊임없이 충돌합니다. 정치는 현상을 유지하여 통일시키고자 하고, 문예는 사회의 진화를 재촉하여 차츰 분리시키고자 합니다. 문예는 비록 사회를 분열시키지만, 사회는 이렇게 하여 비로소 진보합니다. 문예가 정치가에게 눈엣가시인 이상, 문예는 밀려나지 않을 수 없습니다. 외국의 수많은 문학가들이 자신의 나라에 발을 붙이지 못한 채 잇달아 다른 나라로 망명하는데, 이 방법은 곧 '달아나는' 겁니다. 달아나지 못하면 죽임을 당하거나 목이 잘립니다. 목을 자르는 것이야말로 제일 좋은 방법입니다. 입을 열 수도, 생각을 할 수도 없을 테니까요. 러시아의 수많은 문학가가 이러한 최후를 맞았으며, 얼음과 눈으로 뒤덮인 시베리아로 유형을 떠난 이도 많았습니다.

문예를 이야기하는 일파 가운데에 인생을 떠날 것을 주장하는 이가 있습니다. 달이여, 꽃이여, 새여 따위의 이야기(중국에서는 또 달라서 꽃이여, 달이여조차 이야기하는 걸 허용하지 않는 국수적인 도덕이 있습니다만, 이건 따로 논하기로 하지요)를 하거나, 혹은 오로지 '꿈'을 이야기하고 오로지 장래의 사회를 이야기할 뿐, 너무 신변적인 건 이야기하지 말자는 거지요. 이러한 문학가들, 그 사람들은 상아탑 속에 숨어 있습니다. 하지만 '상아탑'에 언제까지나 오래도록 지낼 수는 없지요! 상아탑이 끝내 인간 세상에 놓여져 있는 한, 정치의 억압으로부터 벗어날 수는 없습니다. 전쟁이 일어나면 달아나지 않을 수 없습니다. 베이징에는 사회를 묘사하는 문학가를 몹시 깔보는 일군의 문인이 있습니다. 소설 속에 인력거부의 삶도 써넣을 수 있다면, 소설은 재자가인을 그려야만 하고 시에서는 사랑이 피어난다는 원칙을 깨뜨리는 게 아닌가라고 그들은 생각합니다. 이제는 그들 역시 고상한 문학가가 될 수 없게 되었습니다. 남방으로 달아나지 않으면 안 될 형편이었으니까요. '상아탑'의 창 안으로는 결국 빵 한 조각 들여보내 줄 자가 없습니다!

이들 문학자마저 달아났을 즈음, 이 밖의 문학가 가운데 이미 죽을 사람은 죽고 달아날 사람은 달아났습니다. 다른 문학가들은 현상에 대해 일찍부터 불만을 품고서 반대하지 않을 수도 없고 입을 열지 않을 수도 없었는데, '반대'하고 '입을 열었던' 것이 바로 그들의 끝장을 가져오고 말았지요. 저는, 문예란 아마 현재의 삶의 체험에서 비롯되며, 몸소 느낀 바가 문예 속에 투영된다고 생각합니다. 노르웨이의 어느 문학가는 배고픔을 묘사하여 책으로 써냈습니다.[238] 이것은 자신이 경험한 바에 기대어 쓴 것입니다. 인생에 대한 경험 가운데에서 다른 것은 차치하고 '배고픔'이란 건, 정 좋으시다면 한번 맛보셔도 좋습니다. 이틀만 굶어 보시면 밥의 구수한 냄새가 특별한 유혹이 될 것입니다. 만약 거리의 밥가게 앞을 지나노라면, 이 구수한 냄새가 코를 찌르는 느낌을 더욱 받게 될 것입니다. 우리에게 돈이 있을 때에는 몇 푼을 써도 별게 아닙니다. 하지만 돈이 떨어지면 한 푼의 돈도 의미를 지니게 됩니다. 배고픔을 묘사한 그 책 속에서는 오랫동안 배를 곯게 되자 행인 한 사람 한 사람이 원수처럼 보이고, 홑옷을 입은 사람조차도 그의 눈에는 거만하게 비친다고 말하고 있습니다. 제 자신이 이전에 이런 사람을 썼던 적이 있다는 게 기억납니다. 빈털터리가 된 그는 늘 서랍을 열어 봅니다, 구석에서 무언가 찾아낼 수 있을까 하고 말입니다. 길에서도 이곳저곳을 찾아봅니다, 무언가 찾아낼 수 있지 않을까 하고 말입니다. 이러한 상황은 제 자신이 겪었던 일입니다.

궁핍하게 지냈던 사람은 일단 돈이 생기면 두 가지 상태로 변하기 십상입니다. 하나는 똑같은 처지에 있는 사람들을 위해 이상세계를 그려 보는 것인데, 인도주의로 됩니다. 다른 하나는 무엇이든 스스로 노력한 결과이며 예전의 상황 당시 뭐든 냉혹했다는 느낌이 들어 개인주의로 빠지게 됩니다. 우리 중국에서는 아마 개인주의로 변한 경우가 많을 것입니다. 인도주의를 주장하는 사람은 가난한 사람을 위하여 방법을 궁리하고 현상을 바꿔 보려 하기에, 정치가의 눈에는 그래도 개인주의가 더 낫습니다. 그래서 인도주의자와 정치가는 충돌하는 것입니다. 러시아 문학가 톨스토이는 인도주의를 이야기하고 전쟁에 반대하여 세 권이나 되는 두툼한 소설 ——『전쟁과 평화』—— 을 썼습니다. 그 자신은 귀족이지만, 전쟁터의 삶을 체험하고 전쟁이 얼마나 비참한 것인지 실감했습니다. 특히 사령관의 철판 (전쟁터에서 주요 지휘관들에게는 총탄을 막아 낼 철판이 있었다) 앞에 이르렀을 때, 그는 가슴을 찌르는 듯한 고통을 느꼈습니다. 게다가 그는 친구들의 대다수가 전쟁터에서 희생당하는 모습을 두 눈으로 지켜보았습니다. 전쟁이 끝나고 나면 역시 두 가지 태도로 변합니다. 하나는 영웅으로, 남들은 죽을 사람은 죽고 다칠 사람은 다쳤는데 자신만은 건재한 것을 보고서 스스로 대단하다고 여겨 전쟁터에서의 용맹함을 이러쿵저러쿵 자랑삼아 떠들어 댑니다. 다른 하나는 전쟁 반대로 변하는 사람으로, 세계에 다시는 전쟁이 일어나지 않기를 바랍니다. 톨스토이는 후자에 속하며, 무저항주의로써 전쟁을 소멸하자고 주장합니다. 이러한 주장을 펴는 그를 정부는 물론 싫어하겠지요. 전쟁에 반대하여 차르의 침략야욕과 충돌합니다. 무저항주의를 주장하여 병사에게 황제를 위해 싸우지 않도록 하고, 경찰에게 황제를 위해 법을 집행하지 않도록 하고, 재판관에게 황제를 위해 재판하지 않도록 하여, 아무도 황제를 떠받들지 않게 됩니다. 황제란 오로지 사람들의 떠받듦을 받아야 하는데, 떠받드는 사람이 없다면 황제는 무슨 황제이겠습니까. 그러니 더욱 정치와 서로 충돌하는 거지요. 이러한 문학가가 나와 사회현상에 대해 불만을 품고서 이러쿵저러쿵 비판을 가한 결과, 사회의 개개인 모두가 자각하게 되어 아무도 현상에 안주하지 않게 될 터이므로 당연히 목을 베지 않으면 안 되는 것입니다.

그러나 문예가의 말은 사실 사회의 말이며, 그는 감각이 예민하여 먼저 느끼고 먼저 말할 따름입니다(때로 그는 너무 일찍 말하는 바람에 사회조차도 그를 반대하고 그를 배척하기도 합니다).
예를 들어 우리가 군대식 체조를 익힐 때 거총 경례를 행하는
데, 규칙에 따라 구령은 '받들어 … 총' 이렇게 외치고, 반드시
'총'까지 구령이 떨어지고서야 총을 들어올릴 수 있습니다. 그
런데 어떤 사람들은 '받들어'를 듣자마자 총을 들어올려, 구령
자에게 틀렸다는 지적을 당하고 벌을 받아야 합니다. 문예가는
사회에서 바로 이와 같으니, 말하는 것이 조금만 일러도 모두
들 그를 싫어합니다. 정치가는 문학가를 사회혼란의 선동가라
확신하고서, 그를 죽여야 사회가 평온해지리라 마음속으로 생
각합니다. 하지만 뜻밖에도 문학가를 죽여도 사회는 여전히 혁
명을 필요로 합니다. 러시아 문학가 가운데 죽임을 당하고 유
형에 처해진 이가 적지 않지만, 혁명의 화염은 곳곳에서 타오
르지 않았습니까? 문학가는 생전에 대개 사회의 동정을 받지
못한 채 의기소침하게 일생을 지내지만, 사후 4, 50년이 지나서
야 사회로부터 인정을 받아 모두들 야단법석을 떨지요. 정치가
는 이 때문에 문학가를 더욱 싫어하고, 문학가가 일찌감치 커
다란 화근을 심어 놓았다고 생각합니다. 정치가는 모든 사람의
사상을 허용하지 않으려 하지만, 그 야만시대는 이미 지나갔습
니다. 이 자리에 계신 여러분의 견해가 어떤지 저는 알지 못하
지만, 추측건대 틀림없이 정치가와는 다를 것입니다. 정치가는
자신들의 통일을 파괴한다고 영원히 문예가를 비난합니다. 편
견이 이러하기에, 저는 이제껏 정치가와 이야기를 나누려 하지

않았던 것입니다.

　시간이 흘러 사회는 마침내 변동하게 됩니다. 문예가가 이전에 했던 말을 모두들 차츰 기억해 내고, 그의 의견에 찬성하고 그를 선각자라 치켜세웁니다. 비록 그가 살아 있었을 적에 아무리 사회로부터 조롱을 받았을지라도 말입니다. 방금 제 강연에 모두들 한바탕 손뼉을 쳐 주었습니다. 이 박수야말로 제가 별로 위대하지 않다는 것을 보여 주고 있습니다. 이 박수는 대단히 위험한 것이어서, 박수를 받으면 혹 스스로 위대하다 여겨 더 이상 앞으로 나아가지 않기도 합니다. 그러므로 역시 손뼉을 치지 않는 편이 좋습니다. 위에서 말씀드렸습니다만, 문학가는 약간이나마 감각이 예민하여, 수많은 생각을 사회가 아직 느끼기도 전에 문학가는 벌써 느낍니다. 예를 들면, 오늘 이핑^츠^萍 선생은 털두루마기를 입은 반면, 저는 고작 솜두루마기를 걸치고 있을 뿐입니다. 추위에 대한 이핑 선생의 감각이 저보다도 예민한 거지요. 한 달이 더 지나면 아마 저도 털두루마기를 입지 않으면 안 되겠다고 느낄 겁니다. 날씨에 대한 감각이 한 달쯤 어긋나 있다면, 사상에 대한 감각은 3, 40년 어긋나 있을 겁니다. 저의 이러한 이야기에 아마 반대하는 문학가도 많이 있을 것입니다. 저는 광둥에서 어느 혁명문학가[239]를 비판한 적이 있습니다. ── 오늘의 광둥에서는 혁명문학이 아니면 문학으로 여기지 않으며, '쳐라, 쳐라, 쳐라, 죽여라, 죽여라, 죽여라, 혁명하자, 혁명하자, 혁명하자'가 아니면 혁명문학으로 여기지 않습니다. 저는 혁명은 결코 문학과 한 덩어리로 연결되어 있어서는 안 된다고 생각합니다. 비록 문학 가운데에도 문학혁명이 있긴 합니다만. 하지만 문학을 하는 사람은 어쨌든 약간의 한가한 틈이 있어야만 할 텐데, 혁명이 한창일 때에 문학을 할 시간이 어디 있겠습니까. 잠시 생각해 보세요, 삶이 궁핍한 가운데 한편으로 수레를 끌면서 다른 한편으로 '…하리니, … 있도다'[240]라고 하는 건 아무래도 그리 쉽지 않습니다. 옛사람 가운데에 농사를 지으면서 시를 지은 사람도 있습니다만, 틀림없이 자신이 직접 농사를 지은 건 아닐 겁니다. 남을 몇 사람 고용하여 자기 대신 농사를 짓게 하고서야 시를 읊조릴 수 있었을 것입니다. 정말로 농사를 지으려고 한다면, 시를 지을 시간이 없을 겁니다. 혁명기 역시 마찬가지입니다. 혁명이 한창인데, 시를 지을 시간이 어디 있겠습니까? 제게 학생이 몇 명 있는데, 천중밍을 토벌할 때 이 학생들 모두가 전쟁터에 있었습니다.[241] 이 학생들이 보내온 편지를 읽어 보니, 글자와 구문 모두가 한 통 한 통마다 서툴러지는 걸 알 수 있었습니다. 러시아혁명 이후 빵 배급표를 들고서 줄을 서서 차례로 빵을 탑니다. 이때 국가는 그가 문학가인지 예술가인지 조각가인지 전혀 상관이 없습니다. 모두들 빵에만 정신이 팔려 있을 뿐이니, 문학을 생각할 시간이 어디 있겠습니까? 문학이 있게 되었을 때 혁명은 이미 성공을 거둔 상태입니다. 혁명이 성공한 이후 조금이나마 한가해집니다. 혁명을 치켜세우는 자가 있고, 혁명을 찬양하는 자도 있습니다만, 이건 이미 혁명문학이 아닙니다. 그들이 혁명을 치켜세우고 혁명을 찬양하는 것은 권력을 움켜쥔 자를 찬양하는 것이니, 혁명과 무슨 관계가 있겠습니까?

이때 감각이 예민한 문학가가 있다면 아마 현상에 불만을 느끼고 입을 열려고 할지도 모릅니다. 예전의 문예가의 말에 정치혁명가는 원래 찬성하였습니다만, 혁명이 성공을 거두자 정치가는 예전에 자신들이 반대했던 저들의 낡은 수법을 다시금 꺼내듭니다. 문예가는 역시 불만스러울 수밖에 없는지라 또다시 배척당하지 않을 수 없거나 머리를 잘리게 됩니다. 머리를 자르는 것, 앞에서도 말씀드렸듯이 이게 제일 좋은 방법이지요.——19세기부터 지금까지 세계 문예의 추세는 대충 이러했습니다.

19세기 이후의 문예는 18세기 이전의 문예와 크게 다릅니다. 18세기의 영국 소설은 마님과 아가씨에게 제공하는 소일거리가 그 목적이었으며, 그 내용은 모두 유쾌하고 재미있는 이야기이지요. 19세기 후반에 이르러 완전히 변해 인생 문제와 밀접한 관련을 맺게 됩니다. 우리가 그것을 보아도 전혀 편치 않은 느낌을 받습니다만, 그래도 숨도 제대로 쉬지 못한 채 계속 읽지 않으면 안 됩니다. 이전의 문예는 마치 다른 사회를 그리고 있는 듯하여 우린 그저 감상만 할 뿐이었는데, 지금의 문예는 우리 자신의 사회를 그리고 있고 우리 자신조차도 그려지고 있기 때문이지요. 소설 속에서 사회를 발견할 수 있고, 우리 자신을 발견할 수도 있습니다. 이전의 문예는 강 건너 불구경인 양 어떤 절실한 관계도 없었지만, 지금의 문예는 자신조차도 그 안에서 불타고 있다는 걸 스스로 틀림없이 깊이 느낄 것입니다. 스스로 그렇게 느낀다면, 반드시 사회에 뛰어들어야 합니다!

19세기는 혁명의 시대라 할 수 있습니다. 이른바 혁명이란 현재에 안주하지 않고 현상에 만족하지 않는 겁니다. 낡은 것이 차츰 소멸하도록 문예가 재촉하는 것도 혁명입니다(낡은 것이 소멸되어야 새로운 것이 생겨날 수 있습니다). 그러나 문학가의 운명은 자신이 혁명에 참여한 적이 있다고 해서 똑같이 변하는 것이 아니라, 여전히 곳곳에서 난관에 부딪힙니다. 현재 혁명 세력은 이미 쉬저우에 이르렀으며,[242] 쉬저우 이북에서 문학가는 원래 발을 붙일 수가 없고, 쉬저우 이남에서도 문학가는 발을 붙일 수가 없습니다. 설사 공산共産이 되었더라도 문학가는 여전히 발을 붙일 수가 없습니다. 혁명문학가와 혁명가는 결국 전혀 다른 것이라 말할 수 있습니다. 군벌이 얼마나 불합리한지 욕하는 이는 혁명문학가이고, 군벌을 타도하는 이는 혁명가입니다. 쑨촨팡이 쫓겨난 것은 혁명가가 대포로 몰아낸 것이지, 혁명문학가가 "쑨촨팡이여, 우리가 너를 쫓아내리라"라는 글을 써서 몰아낸 것이 아닙니다. 혁명의 시기에 문학가는 누구나 혁명이 성공하면 이러이러한 세계가 있으리라는 꿈을 꿉니다. 혁명 후에 그는 현실이 전혀 그렇지 않은 것을 보고서 다시 고통을 맛봅니다. 그들이 이렇게 외치고 흐느끼고 울어도 성공하지 못합니다. 앞으로 나아가도 성공하지 못하고 뒤로 나아가도 성공하지 못합니다. 이상과 현실은 일치하지 않으니, 이것이 정해진 운명입니다. 마치 여러분이 『외침』에서 상상했던 루쉰과 연단 위의 루쉰이 일치하지 않듯이 말입니다. 아마 여러분은 제가 양복을 입고 머리도 가르마를 탔으리라 생각했겠지만, 저는 양복도 입지 않고 머리카락도 이렇게 짧습니다. 그러므로 혁명문학을 자임하고 있는 사람은 반드시 혁명문학이 아닙니다. 세상에 현상에 만족하는 혁명문학이 있습니까? 마취약을 먹었다면 모르거니와! 러시아혁명 이전에 예세닌과 소볼이라는 두 문학가가 있었습니다. 두 사람 모두 혁명을 구가한 적이 있었습니다만, 훗날 역시 자신이 구가하고 희망했던 현실의 돌기둥에 부딪혀 죽고 말았습니다. 그때 소비에트는 세워져 있었습니다!

하지만 사회가 너무 적막해지면, 이런 사람이 있어야 재미있게 느껴지지요. 인류는 연극 구경을 좋아합니다만, 문학가는 스스로 연극을 꾸며 남에게 보여 주어, 혹은 묶인 채 머리를 잘리거나 혹은 가장 가까운 성벽 아래에서 총살을 당하거나 하여 늘 한바탕 떠들썩하게 만들 수 있습니다. 게다가 상하이에서는 순사가 몽둥이로 사람을 패는 것을 모두들 빙 둘러서서 구경합니다. 그들 자신은 두들겨 맞는 것을 원치 않지만, 남이 두들겨 맞는 것을 구경하는 건 퍽 재미있다고 생각합니다. 문학가란 바로 자신의 살갗과 살로 두들겨 맞고 있는 존재입니다!

　오늘 말씀드린 것은 이 정도이고, 제목을 붙이자면 … 「문예
와 정치의 기로」라고 해두지요.

중산 선생 서거 일주년

중산 선생이 서거한 지 몇 주년일지라도 기념하는 글 따위는 본래 필요가 없을 터이다. 이전에 일찍이 없었던 중화민국이 존재하기만 한다면, 그것이 바로 그의 위대한 비석이요 기념이다.

무릇 민국의 국민이라고 자처하면서 민국을 창조한 전사를, 더구나 그 최초의 전사를 기억하지 못하는 자는 누구인가? 그러나 우리 대다수의 국민은 참으로 각별히 차분하여 희로애락을 겉으로 드러내지 않는다. 그러니 하물며 그들의 에너지와 열정을 드러내겠는가. 그렇기에 더욱 기념하지 않으면 안 되며, 그렇기에 당시의 혁명에 어떤 어려움이 있었는지 살피지 않으면 안 되니, 이 기념의 의미를 더욱 드높일 수 있다.

작년에 선생이 서거한 지 얼마 지나지 않아 몇 명의 논객들이 찬물을 끼얹는 말을 서슴지 않았던 일이 기억난다. 중화민국을 증오했던 때문인지, 이른바 '현자에게 더욱 엄격할 것을 요구'했던 때문인지, 자신의 총명을 으스댔던 때문인지 나는 알 수가 없다. 그러나 어쨌든 중산 선생의 일생은 역사 속에 엄존하여, 세상에 우뚝 서서도 혁명이었고 실패하여도 혁명이었다. 중화민국이 성립된 후에도 만족하지도, 편하게 지내지도 않은 채, 전과 다름없이 완전에 가까운 혁명을 향하여 쉬지 않고 나아갔다. 임종 직전까지도 그는 "혁명이 아직 이루어지지 않았으니, 동지여 더욱 힘쓰지 않으면 안 되오!"라고 말했다.

당시 신문에 하나의 촌평이 실렸는데, 그의 평생에 걸친 혁명사업에 못지않게 나를 감동시켰다. 이 칼럼에 따르면, 서양 의사가 이미 속수무책이었을 때 중국 약을 복용케 하자고 주장한 사람이 있었다. 그러나 중산 선생은 찬성하지 않았다. 중국의 약품에도 물론 효험이야 있지만, 진단의 지식은 결여되어 있다고 보았던 것이다. 진단할 수 없는데 어떻게 약을 처방할 수 있겠는가? 복용해서는 안 된다는 것이었다. 빈사상태에 빠진 사람들은 대체로 무엇이든지 시도해 보려는 법이지만, 그는 자신의 생명에 대해서도 이토록 명석한 이지와 굳건한 의지를 지니고 있었다.

그는 하나의 전체이며 영원한 혁명가였다. 그가 행한 어떤 일이든 모두 혁명이었다. 후세 사람이 아무리 트집을 잡고 푸대접하더라도, 그는 끝내 모든 것이 혁명이었다.

왜인가? 트로츠키는 일찍이 무엇이 혁명예술인지 밝힌 적이 있다. 즉 설사 주제가 혁명을 이야기하지 않더라도, 혁명에 의해 생겨난 새로운 사물이 내면 의식으로서 일관되어 있는 것이 바로 혁명예술이다. 그렇지 않으면 설사 혁명을 주제로 하더라도 혁명예술이 아니라는 것이다. 중산 선생이 서거한 지 벌써 일 년이 되었건만 "혁명은 아직 이루어지지 않았"으니, 이러한 환경 속에서만 하나의 기념이 될 뿐이다. 그러나 이 기념이 뚜렷이 보여 주는 것은 역시 그가 끝내 영원히 새로운 혁명가를 이끌어 앞장서서 완전에 가까운 혁명을 향하여 나아가는 사업에 함께 힘을 쏟는다는 것이다.

3월 10일 아침

『근대목각선집』(1) 소인

옛날 중국인이 발명한 것으로, 지금 폭죽을 만드는 데 쓰는 화약과 풍수를 읽는 데 쓰는 나침반이 있다. 이것이 유럽에 전해지자 유럽인들은 이것을 총포에 응용하고 항해에 응용하여 원조 스승에게 많은 손해를 끼쳤다. 또 하나 해^害가 없어서 거의 잊어버린 작은 사건이 있다. 그것은 목각이다.

아직 충분한 확증은 없으나 몇몇 사람들은 유럽의 목각이 중국에서 배워 간 것이라고 말하고 있다. 그 시기는 14세기 초, 즉 1320년경이라는 것이다. 그 처음의 것은 아마 아주 거칠고 조악하게 찍은 목판화로 된 종이카드였으리라. 이런 유의 종이카드는 지금도 우리가 시골 가면 볼 수 있다. 그런데 이 도박꾼들의 도구가 유럽 대륙에 들어가자마자 그들 문명의 이기인 인쇄술의 선조가 되어 버린 것이다.

목판화는 아마도 이렇게 전파되었을 것이다. 즉 15세기 초,

독일에는 이미 목판으로 된 성모상이 있었다. 그것의 원화는 지금도 벨기에의 브뤼셀박물관에 소장되어 있다. 그런데 아직까지 그것보다 더 이른 인쇄본은 발견된 적이 없다. 16세기 초 목각의 대가인 뒤러(A. Dürer)와 홀바인(H. Holbein)이 나타났다. 그런데 뒤러가 더 유명해지자 후세에 대부분 그를 목판화의 시조로 여기게 되었고 17, 8세기에는 모두 그들의 뒤를 쫓아갔다.

목판화의 쓰임은 그림 말고도 책의 삽화로 쓰이는 데 있다. 그렇기 때문에 정교한 동판화의 기술이 한번 흥했다가 돌연 중도에 쇠락한 것은 역시 필연적인 귀결이기도 하다. 단지 영국에서만 동판화의 기술 수입이 다소 늦어 여전히 옛 방법을 보존하고 있고 또 그것을 당연한 의무와 영예스런 일로 여기고 있다. 1771년 처음으로 세로목판조각법, 소위 '백선조판법'白線雕版法이 나타나게 된 것은 뷰익(Th. Bewick)에 의해서였다. 이 새로운 방법이 유럽 대륙에 전해지자 다시 목각을 부흥시키는 동기가 되었다.

그런데 정교한 조각은 나중에 다시 신종 판화의 모방으로 점차 치우치게 되었다. 예를 들면 애쿼틴트, 에칭, 망동판 등이다. 어떤 이는 사진을 목판 위로 옮겨 놓고 그 위에 다시 수를 놓듯이 조각을 했다. 그 기술이 정말 정교하기 그지없었다. 그러나 그것은 이미 복제 목판이 되어 갔다. 마침내 19세기 중엽이 되어 대전변이 일어나 창작 목각이 흥했다.[243]

이른바 창작 목각이란 것은 모방을 하지 않고 복각復刻을 하지 않으며 작가가 칼을 들고 나무를 향해 바로 조각해 들어가는 것이다. 기억하기로 송대 사람이었을 것이다. 아마 소동파였으리라. 매화 화시畫詩를 그려 달라고 다른 사람에게 청하며 읊조린 구절이 있다. "나에게 좋은 동견東絹 한 필이 있소. 그대에게 청하노니 붓을 들어 여기 그대로 그리십시오!" 칼을 들어 곧바로 조각하는 것은 창작 판화의 우선적인 필수 요건이다. 비단 그림과는 달리 붓 대신 칼을 쓰고, 종이와 헝겊 대신 나무를 쓰는 것이다. 중국의 조각 그림, 소위 '슈쯔'[244]라는 정교한 조각화도 일찌감치 그 뒤를 따라잡지 못하고 있다. 오직 철 칼로 돌도장을 조각하는 것만 그 정신에 가까이 다가가 있는 듯하다.

창작을 하는 것이어서, 사람에 따라 운치와 기교가 다르기 때문에, 복제 목각과는 이미 길을 멀리 해 순수한 예술이 되었다. 작금의 화가들 거의 대부분이 이를 시도하려 하게 되었다.

여기 소개하는 것들은 모두 현재 작가의 작품들이다. 단지 이 몇 작품만으로는 아직 여러 가지 작풍을 보여 주기에 부족하다. 만일 사정이 허락된다면 우리가 점진적으로 수입해 들여오도록 하자. 목각의 귀국이, 결코 원조 스승에게 생판 다른 고생을 시킨 것 같지만은 않으리라 생각된다.

1929년 1월 20일
상하이에서 루쉰

식객문학과 어용문학

--11월 22일 베이징대학 제2원에서의 강연

제가 4, 5년간 여길 오지 못해서 이곳 정세에 대해선 잘 알지 못합니다. 마찬가지로 상하이에서의 제 상황에 대해 여러분도 잘 모르실 겁니다. 그래서 오늘은 다시 식객문학과 어용문학에 대해 말씀드리고자 합니다.

어떻게 이야길 시작해야 할까요? 5·4운동 후 신문학 작가들은 소설을 제창했습니다. 그 이유는 당시 신문학을 제창한 사람들이 서양문학에서의 소설의 위치가 [중국 전통문학에서 높은 위치를 차지한—옮긴이] 시와 마찬가지로 높아, 소설을 읽지 않으면 사람답지 않게 된다는 것을 알게 되었기 때문이었습니다. 그런데 우리 중국의 오래된 시선으로 본다면 소설은 사람들에게 소일거리를 제공하는 것일 뿐입니다. 술이나 차를 마신 후에 읽는 것이었지요. 밥을 너무 배부르게 먹거나, 차를 너무 배부르게 마시고 나서 한가해지면 사실 너무 괴로운 일이고 그럴 땐 춤도 추지 못하게 됩니다. 명말 청초에는 어용문학이란 것이 꼭 있어야 할, 필요 있는 사람들이 있었지요. 책을 읽을 수 있고 바둑을 둘 줄 알고 그림을 그릴 줄 아는 사람들입니다. 이 사람들이 주인을 따라 책 좀 보거나 바둑 좀 두거나 그림 좀 그리거나 하는 것을 일러 식객문학이라고 불렀습니다. 말하자면 비위를 맞추고 주흥 돋우는 걸 업으로 삼아 살아가는 아첨꾼들이었지요! 그래서 식객문학은 아첨문학이라고도 했습니다. 소설이 아첨의 의무를 하고 있었습니다. 한나라 무제 때, 오직 사마상여만이 기분이 안 좋으면, 병을 핑계로 임금 앞에 나가질 않곤 했지요. 도대체 왜 병을 빙자했는지에 대해선 잘 모르겠습니다. 만일 그가 황제에 반대한 것이 루블화 때문이었다고 말한다면 그렇지 않았을 것이라 생각합니다. 왜냐하면 당시엔 루블화가 없었기 때문이지요.[245] 무릇 나라가 망하려 할 때엔 육조 시대 남조처럼 황제에겐 일이 없어지고 신하들은 여자를 논하거나 술을 논하곤 했지요. 나라를 세울 때엔 이런 사람들이 조령을 만드네, 칙령을 작성하네, 선언을 하네, 전보를 치네, 합니다. 이른바 당당한 대*문장가 노릇을 한다 이겁니다. 주인은 1대에서 2대까지는 바쁘지 않습니다. 그래서 신하들도 어용문인이 되지요. 왜냐하면 어용문학이 사실은 식객문학이기 때문입니다.

제가 보기에 중국문학은 크게 두 가지로 나눌 수 있습니다. ①궁정문학입니다. 이것은 이미 주인의 집안으로 걸어 들어갔기 때문에 주인의 바쁜 일을 돕지 않으면 주인의 한가로움을 도와야만 합니다. 이와 반대되는 것이 ②산림문학입니다. 당시 唐詩에는 이 두 종류가 다 들어 있지요. 현대어로 말한다면 '조정'과 '재야'입니다. 후자는 얼핏 도와야 할 바쁜 일이 없거나 도와야 할 한가로움 같은 것이 없는 것 같으나 사실 몸은 산속에 있어도 "마음은 대궐에 있는" 것이라 하겠습니다. 만일 식객일 수도 없고 어용일 수도 없다면, 그렇다면 마음속으로 아주 슬퍼지게 될 것입니다.

중국은 은사隱士와 관료가 가장 가까운 거리에 있습니다. 은둔할 때는 임금에게 불림받을 희망을 갖고 있으며 일단 불림을 받으면 임금에게 소환된 사람이라고 불립니다. 가게 점포를 열고 빙탕후루²⁴⁶⁾를 파는 것으론 임금에게 불림받을 사람이 되지 못합니다. 제가 알기로, 어떤 사람이 세계문학사를 지으면서 중국문학을 관료문학이라 했다 합니다. 사실 틀린 말이 아니라 생각합니다. 한편으로는, 중국 문자가 어려워 교육받은 보통사람이 적어 글을 지을 수 있는 사람이 없기 때문이기도 하지만, 다른 한편으로는 중국문학이 관료들과 정말 너무 가까이 있어서이기도 합니다.

지금도 대강 그러하지 않나 합니다. 단지 방법이 더 교묘해져 알아차릴 수 없게 된 것뿐이지요. 오늘날의 문학 가운데 가장 교묘한 것으로는 이른바 예술을 위한 예술파입니다. 이 일파는 5·4운동 시기에는 분명 혁명적이었습니다. 당시에는 '문이재도'[247]를 향해 공격한다고 말했기 때문입니다. 그런데 지금은 그 반항기조차 사라져 버렸습니다. 반항기가 없을 뿐만 아니라 신문학의 발생을 억압하고 있습니다. 사회에 대해 감히 비판하지 않을 뿐 아니라 반항하지도 않습니다. 만일 반항을 하게 되면 예술에게 미안한 일이라고 말을 하지요. 그러한 연고로 그들은 식객 플러스(Plus) 어용으로 변한 것이기도 합니다. 예술을 위한 예술파는 세상사에 대해 묻질 않습니다. 그러나 만일 인생을 위한 예술을 주장하는 사람들이라면 세상사에 대해 그 반대이지요. 예를 들어 현대평론파가 되겠지요.[248] 그들은 욕하는 걸 반대합니다. 그러나 어떤 사람이 그들을 욕하면 그들도 욕을 하려 합니다. 그들이 욕하는 사람을 욕하는 것은 살인한 사람을 죽이는 것과 마찬가지이니, 그들은 망나니입니다.

이런 식객문화와 어용문화의 역사는 장구한 것입니다. 저는 결코 중국 문물을 당장 벗어던져야 한다고 사람들에게 권하는 게 아닙니다. 이런 것들을 안 보면 볼만한 것이 없기 때문입니다. 바쁜 것을 돕지 않거나 한가한 것을 돕지 않는 문학이 정말 너무너무 적기 때문이지요. 지금 글을 쓰는 사람들은 거의 모두 어용이나 식객의 인물들입니다. 어떤 이들은 문학 작가들이 아주 고상한 사람이라고 말하지만 저는 반대로 그것이 밥 먹는 문제와 무관하다 믿지 않습니다. 그러나 저는 또 문학이 밥 먹는 문제와 관련이 있다 해도 그리 중요한 건 아니라고 생각하

고 있습니다. 다만 좀 식객이 아니고 어용이 아닐 수만 있다면
좋겠습니다.

올 봄의 두 가지 감상
—11월 22일 베이핑 푸런대학에서의 강연

저는 지난주 베이핑에 왔습니다. 이치상으론 청년 여러분에게 선물을 좀 가져왔어야 합니다만 너무 급하게 오느라 미처 생각을 못 했고 또 가져올 만한 것도 없었습니다.

저는 최근 상하이에 살고 있습니다. 상하이와 베이핑은 다릅니다. 상하이에서 느낀 것을 베이핑에서 반드시 느끼게 되는 것은 아닙니다. 오늘은 아무것도 준비해 오지 않았기 때문에 편하게 좀 이야기해 보려 합니다.

작년에 있었던 둥베이 사변의 자세한 상황에 대해 전 전혀 알지 못합니다. 생각건대 상하이사변에 대해 제군 역시 분명 그러하리라 생각합니다.[249] 상하이에 함께 살아도 피차 잘 모릅니다. 이쪽에선 필사적으로 살기 위해 도망을 가고 있어도, 저쪽에선 마작을 하는 사람은 여전히 마작을 하고, 춤을 추는 사람은 여전히 춤을 추곤 하지요.

전쟁이 일어났을 때, 제가 마침 최전선이란 곳에 살았던 관
계로[250] 많은 중국 청년들이 잡혀가는 것을 목도했습니다. 잡
혀가서는 돌아오지 않았습니다. 살았는지 죽었는지도 아는 사
람도 없었고 수소문해 볼 사람도 없었습니다. 이런 상황은 이
미 오래된 일입니다. 중국에서는 일단 잡혀가면 그 청년의 행
방을 알 수 없곤 하지요. 둥베이사변이 일어나고 나서, 상하이
에는 많은 항일단체들이 생겨났는데 이런 단체들은 모두 자신
들의 휘장을 갖고 있습니다. 이런 휘장이 일본군에게 발각되면
죽음을 면치 못하게 됩니다. 그런데 중국 청년들의 기억은 정
말 안 좋습니다. 예를 들어 항일십인단[251]은 한 단체가 열 명으
로 이뤄져 있고 단원은 각기 휘장을 가지고 있지요. 반드시 항
일을 하는 것은 아니지만 그것을 주머니에 넣고 다닙니다. 그
런데 납치가 되면 이것이 죽음을 부르는 분명한 물증이 되는
거지요. 또 학생군[252]이 있는데 이전엔 매일매일 훈련을 했었
습니다. 그런데 얼마 지나더니 흐지부지 훈련을 하지 않게 되
었습니다. 단지 군대 복식을 한 사진만 있지요. 또 그들은 교련
복을 집에 두고 있다는 사실을 자신조차 망각하곤 합니다. 그
런데 일본군에게 조사를 받게 되면 곧바로 이런 것들이 또 목
숨을 앗아 가게 만듭니다. 이처럼 청년들이 피살되자 모두 크
게 불평을 하게 되었고 일본군이 너무 잔혹하다고 생각하게 되
었습니다. 사실 이것은 두 민족의 성깔이 완전히 다른 까닭입
니다. 일본인은 너무 곧이곧대로 하고 중국인들은 반대로 너무

곧이곧대로 하질 못하는 것입니다. 중국에서의 일이란 것은 항시 무슨 간판을 내걸기만 하면 그냥 성공한 것으로 칩니다. 일본은 그렇지 않습니다. 그들은 중국처럼 그렇게 일을 연기하듯 하질 않습니다. 일본인들은 휘장이 있는 것을 보면 곧바로, 교련복이 있는 것을 보면 곧바로, 그들이 진짜로 항일을 하고 있는 사람이라 생각하는 것이지요. 그럼 당연히 아주 힘이 센 적으로 간주하는 것이지요. 이렇게 곧이곧대로이지 않은 사람이 곧이곧대로인 사람과 부딪히면 재수 없는 일이 일어나는 것은 필연적인 일입니다.

중국은 사실 너무 곧이곧대로 하질 못합니다. 무엇에서든 다 마찬가지입니다. 문학판에서 볼 수 있는 것들로는 항상 새로운 무슨무슨 주의主義가 있습니다. 일전에 소위 민족주의문학 같은 것도 그렇지요. 아주 시끌벅적 요란했었지만 일본 병사들이 들어오자마자 곧바로 보이지 않게 되었습니다. 제 생각에 예술을 위한 예술파로 변해 버리지 않았을까 합니다. 중국의 정객들 역시 오늘은 재정財政을 논했다가 내일은 사진을 논하고, 모레는 또 교통을 논했다가 나중엔 갑자기 염불을 외우기 시작합니다. 외국은 그렇지 않습니다. 이전 유럽에 소위 미래파 예술이란 게 있었습니다. 미래파 예술은 대개 이해할 수 없는 것들입니다. 그러나 보고 이해하지 못한다 하여 꼭 보는 사람의 지식이 일천해서 그런 것만은 아닙니다. 사실 그것은 기본적으로 잘 이해할 수 없는 것들이기도 하지요. 문장에는 본래 두 종류가 있습니다. 하나는 이해할 수 있는 것이고 다른 하나는 읽어도 이해할 수 없는 것입니다. 만일 당신이 읽은 후 이해하지 못하였다 하여 자신의 앎이 천박하다고 한탄한다면 그것은 속은 것입니다. 그러나 남들이 이해를 하든 못 하든——미래파 문학처럼 이해할 수 없는 것이든——유럽의 그들은 상관하지 않습니다. 비록 이해받을 수 없더라도 작가는 여전히 있는 힘을 다해, 아주 진지하게, 그 안에서 무언가를 말하고 이야기하고 있습니다. 그런데 중국에서는 이런 예를 찾을 수가 없습니다.

또 느끼게 되는 한 가지는 우리들의 안목이 너무 방대하다는 것입니다. 그런데 너무 크게 넓혀서는 안 됩니다.

일본 병사들이 싸우지 않고 다른 곳으로 이동, 철수하는 것을 본 적이 있는데 이때 저는, 갑자기 긴장이 되었습니다. 나중에 수소문을 해보니 중국인들이 폭죽을 터뜨려서 일어난 일이란 걸 알게 되었지요. 그날이 개기월식이었기 때문에 사람들은 폭죽을 놓아 달을 좀 구해 보려 한 것이었지요. 일본인들 마음으로 보자면, 이런 시국에는 반드시, 중국을 구하거나 상하이를 구하기 위해 중국인들이 정신없이 바빠야 마땅하다고 생각하는 겁니다. 중국인들이 구하고자 하는 것이 그렇게 멀리 있는 달, 달을 구하려 했다는 것에 대해, 그들은 전혀 상상을 할 수가 없었던 것이지요.

우리들은 항상 우리들의 시선을 아주 가까운 곳, 자기 자신으로 거두어들이거나 아니면 북극, 혹은 하늘 밖으로 아주 멀리 놓아야만 합니다. 그런데 이 양자 사이의 어떤 한 범위에는 절대 주의를 기울이지 않곤 하지요. 예를 들어 음식인 경우, 근래 식당들은 좀 깨끗해지긴 했습니다. 이것은 외국의 영향을 받아서인데 이전에는 이렇지 않았습니다. 예를 들어 어떤 가게 사오마이가 맛있다, 바오쯔가 맛있다고 할 경우, 좋은 것은 분명 좋은 것이니 아주 맛있을 것입니다. 그런데 접시가 아주아주 더러워도, 먹는 이가 그 접시는 안 보고 그저 먹는 바오쯔와 사오마이만 신경을 쓰는 것이 그렇지요. 만일 당신이 음식 밖의 둥근 테두리 범위에 주의를 기울인다면 곧바로 아주 불쾌해질 것입니다.

중국에서는 사람 노릇 하기가 정말 이렇게 하지 않으면 안 됩니다. 그렇지 않으면 살아갈 수가 없습니다. 만일 당신이 개인주의를 얘기하거나 멀리 우주철학과 영혼의 유무에 대해 논한다면 그건 괜찮습니다. 그러나 일단 사회문제를 얘기한다면 바로 병폐가 생기게 마련입니다. 베이핑은 아직 괜찮을지 모르겠지만, 만일 상하이에서 사회문제를 거론하면 그것은 곧바로 병폐가 발생하지 않고서는 안 됩니다. 사회문제 거론은 위험이 도사리고 있는 영험한 약이어서 항상 수없이 많은 청년들을 납치당하게 만들고 행방불명되게 만듭니다.

문학에서도 이와 같습니다. 만일 신변 소설이란 것을 써서 고통스럽구나, 가난하구나, 나는 그 여인을 사랑하는데 그 여인은 나를 사랑하지 않네, 하고 말한다면 그것은 이해가 되는 것이어서 아무런 소란도 불러일으키지 않습니다. 그런데 만일 중국사회에 대해 언급을 하고 압박과 피압박을 거론한다면 그건 안 됩니다. 그러나 당신이 좀더 멀리 나가 무슨 파리와 런던을 논하고, 더 멀리 나가 달나라나 하늘을 논한다면 위험은 사라지게 됩니다. 그러나 가일층 주의해야 할 것이 있습니다. 러시아는 논할 수 없습니다.

상하이사변이 일어나고 이제 막 일 년 되어 갑니다만, 모두 일찌감치 잊어버린 것처럼 지내고 있습니다. 마작을 하는 사람은 여전히 마작을 하고 춤을 추는 사람은 여전히 춤을 춥니다. 잊혀지는 것은 하는 수 없이 잊어야겠지요. 온전히 모든 것을 기억한다면 아마 머리도 감당하질 못할 것입니다. 이런 것들은 기억하고 있으면 다른 것들은 기억할 틈이 없어지게 될 것입니다. 그럼에도 그 대체적인 것은 기억할 수가 있겠지요. "좀 곧이 곧대로" 하기만 한다면, "안목을 방대하게 가질 수는 있으나 너무 넓히지만 않는다면", 그렇습니다. 이 두 말은 사실 보통의, 아무 말도 아닙니다. 그러나 저는 분명, 이 두 마디 말을, 수많은 목숨들이 희생된 뒤에야 깨닫게 되었습니다. 수많은 역사 교훈은 모두 큰 희생을 치른 연후에 얻게 됩니다. 먹는 것을 예로 들면, 독이 있는 어떤 것은 먹을 수가 없습니다. 우리들은 이미 이런 것들을 잘 알고 있고 또 아주 상식적인 일이라 생각합니다. 그러나 이는 분명 이전의 수많은 사람들이 먹고 죽었기 때문에 비로소 알게 된 것이지요. 그래서 저는 처음으로 게를 먹은 사람은 위대하다 생각합니다. 용감한 사람이 아니라면 누가 감히 이상하게 생긴 그것을 먹겠습니까? 게를 먹은 사람이 있듯, 거미를 먹은 사람도 분명 있었겠지요. 그러나 먹기 좋지 않다는 것을 알게 된 후 후세인들은 거미를 먹지 않게 되었습니다. 이런 사람들에게 우리들은 아주 감사해야 마땅합니다.

저는 사람들이 신변문제나 지구 밖의 문제에만 주의를 기울이지 않기를 희망합니다. 사회의 실제적인 문제에도 주의를 기울여야 합니다.

상하이 소감

어떤 소감이 들었을 때 바로 써 두지 않으면 습관이 되어 금방 잊어버리게 된다. 어릴 때 양피지를 손에 쥐면 누린내가 코를 찌르는 듯했지만, 지금은 특별한 느낌이 없게 되었다. 처음에 피를 보았을 땐 마음이 불편했으나 살인으로 유명한 곳에 오래 살다 보니 매달아 놓은 목 잘린 머리를 봐도 그저 무덤덤, 이상하지 않게 되었다. 이런 것들은 모두 습관이 되어서다. 그런 것으로 보자면 사람들은, 적어도 나 같은 보통사람은 어느 날 자유인에서 노예로 전락한다 해도 그리 고통스러워하지 않을지도 모른다. 무슨 일이나 습관이 되기 마련이므로.

중국은 변화가 무쌍한 곳이지만 어떻게 변화되고 있는지 느껴지질 않는다. 변화가 너무 많으면 오히려 빨리 잊어버리게 된다. 이렇게 많은 변화를 다 기억하자면 실로 초인적인 기억력이 아니고서는 불가능한 일이다.

그런데, 희미해지긴 하지만 한 해 동안 일어난 소감은 그래도 좀 기억할 수 있다. 여기선 어찌 된 영문인지 무슨 일이든 전부 잠행활동이나 비밀활동으로 변해 버리는 것 같다.

지금까지 들은 바로는, 혁명하는 사람이야 압박을 피하기 위해 잠행을 하거나 비밀활동을 한다지만 1933년에 들어서자 통치하는 사람도 그렇게 한다는 걸 알게 된 것이다. 예를 들어, 유명한 부자 갑이 부자 을이 있는 곳으로 가면 보통사람은 뭔가 정치적인 걸 상의하러 갔는가 보다 하고 생각하기 마련이다. 그런데 신문지상에선 그런 게 아니라 그저 명승지를 여행하러 갔다거나 아니면 온천에 목욕하러 갔다고 보도한다. 외국에서 외교관이 왔을 때 신문들의 보도는 무슨 외교문제 때문이 아니라는 것이다. 모 명사가 아파 문병 차 왔다는 것이다. 그러나 어쨌든 그런 것 같진 않다.

붓 놀리는 사람이 더 잘 느낄 수 있는 것은 이른바 문단에서 일어난 일이다. 돈 있는 사람이 깡패에게 인질로 붙잡혀 가는 일이 상하이에선 흔히 있는 일이지만 최근에는 작가들도 종종 어디로 갔는지 그 행방이 묘연하다. 어떤 이는 정부 측에서 잡아갔다 말하지만 정부 측 사람은 그렇지 않다고 말하는 것 같다. 그러나 사실은 정부에 속한 모 기관에 잡혀 있는 것 같다. 금지된 서적이나 잡지 목록은 없다고 한다. 하지만 우편으로 부치고 난 후 종종 어디로 사라졌는지 그 종적이 묘연한 일도 일어난다. 그 책이 레닌 책이라면 그야 물론 이상할 리 없다. 하지만 『구니키다 돗포 집』도 가끔 없어진다. 그리고 아미치스의 『사랑의 교육』도 그렇다.[253] 그런데 금지된 것을 파는 서점도 있는 모양이다. 물론 그런 곳이 있긴 하나 가끔은 어디선가 날아온 쇠망치가 창문의 대형유리를 박살내 이백 위안 이상의 손실을 내기도 한다. 유리창 두 개가 부서진 서점도 있었다. 이 경우는 합하여 딱 오백 위안이었다. 가끔 전단도 살포되고 있다. 이것들은 하나같이 무슨무슨 단(團)이라고 서명되어 있다.[254]

한가로운 간행물에선 무솔리니나 히틀러의 전기를 떠받들며 실어 대고, 중국을 구하고자 한다면 이러한 영웅이 반드시 있어야 한다고 말한다. 그러면서도 중국의 무솔리니나 히틀러는 누구인가라는 중요한 질문에 이르면 한결같이 사양하며 서로 언급을 회피한다. 이것은 아마 극비사항이어서 독자들 스스로 깨달아야만 하는 것이고 동시에 사람들은 각기 그 스스로 책임을 져야 한다는 생각에서일 게다. 적을 논함에 있어서는, 러시아와 단교(斷交)를 했을 땐 그가 루블을 받았다 말하고 항일전쟁기엔 일본에게 중국 기밀을 팔아먹었다고 말한다. 그러나, 필묵으로 이 매국 사건의 인물을 고발함에 있어 그가 사용하고 있는 건 실명이 아니다. 만에 하나 말에 효력이 발생해 그 매국노가 살해를 당하기라도 하면 그도 그 책임을 면할 수 없으니 그것이 아주 꺼림칙한 일이기 때문인 듯하다.

혁명하는 사람은 압박을 받기 때문에 지하로 파고 들어간다. 그런데 지금은 압박을 가하는 쪽과 그의 마수들도 어두운 지하로 숨어 들어간다. 그것은 그들이 비록 군도軍刀의 비호 아래 있긴 하지만 상황이 하도 이랬다 저랬다 하는 바람에 사실 자신이 없는 까닭이다. 게다가 군도의 역량에 대해서도 의심이 들기 때문이기도 하다. 한편으로는 이랬다 저랬다 함부로 하면서 한편으로는 장래의 변화를 생각하며 더욱더 어두운 지하로 움츠러 들어간다. 그들이 그렇게 하는 것은 밖의 정세가 변하면 얼굴을 바꾸고 다른 깃발을 들고 나와 다시 무언가를 더 해보고자 기회를 엿보는 까닭이다. 군도를 든 위인이 외국은행에 저금해 둔 돈은 그들의 자신감을 더욱더 동요시킨다. 그것은 멀지 않은 미래를 위한 계획일 것이다. 그들은 멀고 먼 미래를 위해서는 역사에 아름다운 이름을 남기길 원한다. 중국은 인도와 달리 역사를 아주 중요시한다. 그러나 역사를 그리 신뢰하고 있는 것은 아니라서, 그저 사람들이 자신을 번듯하게 잘 좀 기록해 주기만을 바라는, 그런 어떤 좋은 수단으로만 이용하려 한다. 그러나 물론 자기 이외의 독자들에게는 그런 역사를 믿게 하려 한다.

　우리는 어려서부터 뜻밖의 일이나 변화무쌍한 일을 당해도 절대 당황하지 말라는 교육을 받아 왔다. 그 교과서가 바로 『서유기』다. 온통 요괴의 변신으로 가득 찬 책. 이를테면 우마왕이요 손오공이요… 하는 것들이 그것이다. 작가가 제시한 바에 의하면 그것 역시 옳고 그름의 구분이 있다고는 하나 총체적으론 양쪽 모두 요괴일 뿐이어서, 우리 인류로서는 반드시 무슨 관심을 가져야 하는 건 아니다. 그러나 만일 이런 것이 책 속에서 일어난 일이 아니라 자기 자신이 직접 그런 지경에 처해지는 것이라면 그건 좀 난처하게 된다. 목욕하는 미인이라고 생각했는데 사실은 거미요괴고, 절간 대문이라고 생각했는데 사실은 원숭이 입이라고 한다면 사람이 어떻게 견딜 수 있겠는가. 일찌감치 『서유기』의 교육을 받아 왔으니 놀라 기절하는 지경에까지지야 안 가겠지만 아무래도 무엇에 대해서든 의심이 드는 일은 면할 수 없게 된다.

외교하는 분들이야 본래 의심이 많겠으나 나는 중국인 자체가 본래 의심이 많다고 생각한다. 만일 농촌에 내려가 농민에게 길을 묻고 그의 이름이나 작황을 물어본다고 하자. 아마 그들은 항상, 그다지 기꺼이 사실을 말하려고 하진 않을 것이다. 반드시 상대를 거미요괴로 보는 것은 아니라 할지라도 그것이 언제 그에게 무슨 재앙을 가져다줄지 모른다고 생각할 것이다. 이러한 상황이 정인군자들을 아주 분노하게 만들어 그들에게 '우민'愚民이라는 휘호를 달아 주게 만들었다. 그러나 사실 재앙을 가져다준 적이 전혀 없는 것도 결코 아니다. 꼬박 이 일 년 동안 겪은 경험으로 인해, 나 역시 농민보다 더 많은 의심을 갖게 되었다. 정인군자의 모습을 한 인물을 만나면 그가 거미요괴일지도 모른다는 생각이 들게 되었으니. 그런데 이것 역시 습관이 되겠지.

우민의 발생은 우민 정책의 결과이고, 진시황이 죽은 지 이

미 이천 년이 넘었으며, 역사를 살펴봐도 더 이상 그런 정책을
편 사람은 없는데, 그런데 그 효과의 뒤끝이 이렇게 오래가다
니 정말 놀랄 지경이다!

12월 5일

파악성론

근본이 상하고 정신이 방황하는 상황이라, 중화의 나라는 장차 후손들의 분쟁으로 스스로 메말라 사라질 것이다. 그런데도 온 천하에 듣기 싫은 말을 하는 사람이 없으니 적막이 일상의 정치가 되어 온 천지가 꽉꽉 막혀 있다. 사나운 독충이 사람들의 마음속에 자리 잡고 있으므로 망령되게 행동하는 자가 날마다 창궐하여 독을 뿌리고 칼을 휘둘러 마치 조국이 일찍 붕괴되지 않으면 어쩔까 근심하는 듯하다. 그런데도 온 천하에 듣기 싫은 말을 하는 사람이 없으니 적막이 일상의 정치가 되어 온 천지가 꽉꽉 막혀 있다. 나는 미래에 대한 큰 기대를 아직 버리지 않고 있다. 그러므로 지자^{知者}의 마음의 소리^{心聲}에 귀 기울이고 그 내면의 빛^{內曜}을 살펴보고자 한다. '내면의 빛'이란 암흑을 파괴하는 것이다. '마음의 소리'란 허위를 벗어던지는 것이다. 인간 사회에 이것이 있으면 초봄에 우레가 울리는 것 같아서 온

갓 초목이 이 때문에 싹이 트게 되고, 새벽빛이 동쪽에서 밝아 오면서 깊은 밤이 물러나게 된다. 다만 이것은 또한 다수의 대중들에게 바랄 수 있는 것은 아니고, 단지 희망을 걸어 볼 대상은 한두 명의 선비에 그칠 뿐이지만, 이들을 높이 세워 대중들로 하여금 바라보게 한다면 사람들이 아마도 타락에서 벗어날 수 있을 것이다. 희망은 비록 작고 보잘것없지만 이것은 진실로 낡은 거문고에 줄을 하나 남겨 놓는 일이며, 휑한 가을 하늘에서 외로운 별을 바라보는 일이다. 만약 이것이 없다면 탄식만 늘어날 것이다. 무릇 외부 인연의 자극으로 이것이 도래하면 수미산이나 태산은 혹시 흔들리지 않겠지만 기타 감정을 가진 사물은 반응이 없을 수 없다. 그러므로 사나운 바람이 모든 구멍을 스쳐 가고 뜨거운 태양이 온 강물에 닿아 [삼라만상이] 그 힘을 받게 되면 모든 사물에 손익과 변화가 생기는데 이것은 사물의 본성이 저절로 그렇게 되는 것이다. 생명을 가진 것에 이르면 반응은 더욱 두드러진다. 양기陽氣가 바야흐로 생겨나면 개미가 땅 속에서 기어 다니고, 늦은 가을이 닥쳐오면 울어 대던 곤충도 침묵하게 되는데, 곤충들이 날아오르고 꿈틀거리는 현상은 외부 인연의 자극으로 그 상황이 달라지지 않는 것이 없으니 생명의 이치가 본래 그러한 것이다.

대저 인류를 예로 들면 만물 가운데서 가장 뛰어난 존재로 외부 인연의 자극을 만나 감동하거나 거부하는 점은 다른 생물과 같지만 여기에는 또 인류만의 특이한 점도 포함되어 있다. 봄에는 정신이 화창해지고, 여름에는 마음이 응어리진다. 천기가 소슬한 가을에는 뜻이 침잠되고, 만물이 숨어드는 겨울에는 생각이 엄숙해진다. 인간의 감정은 사계절에 따라 바뀌는 것 같지만, 진실로 그 사계절을 거스를 때도 있다. 따라서 천시天時나 인사人事도 모두 인간의 마음을 바꿀 수 없는 것이니, 마음속에 진실함이 쌓여야만 말로 표현되는 것이다. 인간의 마음에 반대되는 것은 비록 천하 사람들이 모두 합창을 한다 해도 거기에 참여하여 함께 노래 부르지 않을 것이다. 인간의 말이란 내면에 진실함이 가득 쌓여 스스로 그만둘 수 없어서 나오는 것이기 때문이고, 마음속에서 찬란한 빛이 저절로 피어오르는 것과 같기 때문이며, 머릿속에서 파도가 저절로 용솟음쳐 오르는 것과 같기 때문이다. 따라서 그런 소리가 밖으로 터져 나오면 천하가 환하게 소생하게 되니, 그 힘은 더러 천하만물보다 위대하여 인간세상을 진동시키면서 그들을 두려움에 떨게 만든다. 두려움에 떠는 것은 향상의 시작이다. 대체로 소리는 마음에서 우러나와야만 자신의 목소리가 자신에게 귀의하게 되고 그리하여 사람은 비로소 스스로 자기만의 특성을 갖게 된다. 사람이 각각 자기만의 특성을 갖게 되면 사회 전체의 대大각성에도 가까이 다가가게 된다. 만약 초목처럼 바람에 휩쓸려 한 방향으로 쓰러지고, 새들처럼 입을 맞춰 하나의 울음소리만 낸다면, 그 소리는 또한 자신의 마음을 헤아려 나온 것이 아니라 오직 다른 사람만 따르며 기계처럼 똑같은 소리를 내뱉은 것에 불과한 것이다. 그것은 숲속의 바람소리이며 새들의 울음소리일 뿐이다. 조악하고 혼란한 습속도 이와 같지는 않을 것이다. 이것은 우리의 비애만을 증폭시킬 뿐이니 대체로 살펴보건대 적막이 더욱더 심해질 듯하다. 오늘날의 중국이 바로 이처럼 적막한 지경에 처해 있지 않은가? 얼마 전 중국 여러 곳이 혼란에 빠지자 외적이 그 틈을 타고 침입해 들어왔다. 병란 아래에서 백성들은 죽음에서 벗어나려 해도 그럴 겨를이 없었고, 미녀들은 참화를 피하려고 얼굴에 먹칠을 했으며, 뛰어난 선비들은 맑은 연못으로 달려가 몸을 던졌다. 이러한 옛날 기억이 후세 사람들의 가슴에 여전히 남아 있는지는 헤아릴 수 없지만, 겉모습만 살펴보면 생기 없이 웅크린 채 칩거 상태로 움직이지 않은 지가 진실로 오래되었다고 할 수 있다.

오늘날에 이르러 대세가 다시 변하여 특이한 사상과 기이한 문물이 점차 중국으로 전해지자 지사들은 대부분 위기의식을 느끼고 서로서로 뒤를 이어 유럽과 미국으로 달려가 그들의 문화를 채취하여 조국으로 가져오려 하고 있다. 그들이 젖어 든 신선한 분위기는 완전히 새로운 것이고, 그들이 만나고 있는 사상의 흐름도 완전히 새로운 것이지만 그들의 혈맥을 감도는 것은 의연히 염제와 황제[255]의 피다. 마음속에 피어 있던 화려한 꽃이 스산한 시절에 액운을 만나 시들었다가 외부 문물의 자극을 받고 다시 불끈 꽃봉오리를 내밀고 있다. 그리하여 옛것을 소생시키고 새것을 받아들이면서 정신을 활짝 열어젖혀 자아를 무한의 경지로까지 확장시키고 또 제때에 고향의 상황까지 되돌아 살피고 있다. 닫힌 마음을 열고 새로운 목소리를 내니 그 우르릉대는 소리가 마치 천둥이 만물을 불러일으키는 듯하다. 꿈속을 헤매는 자는 꿈속에 빠져 있을 테지만 깨어난 사람들이 이와 같이 행동하면 중국 사람들은 이 몇몇 훌륭한 선비에 의지하여 전멸당하지는 않을 것이다. 그리고 국민들 중에서 살아남은 사람이 하나라도 있다면 중국은 장차 그 사람에게 생존을 기탁할 수 있을 것이다. 비록 그렇기는 하나 세월이 흘러가도 적막은 여전히 사라지지 않고 있다. 위아래를 오르내리며 찾아봐도 정적 속에 그런 사람은 없다. 스스로 마음속으로부터 소리도 내지 않고 외부 문물에도 반응을 보이지 않으면서 무지몽매한 상태로 침묵하고 있으니 살아 있는 것 같기도 하고 죽어 있는 것 같기도 하다. 짐작건대 지난날에 당한 상처가 깊어서 오랫동안 메말라 있었던지라 다시는 무성하게 자라나지 못하는 듯하다. 이러한 상황은 우리를 상심에 빠뜨려 눈물을 흘리게 만든다.

하지만 나는 또 이 점을 반박하는 사람들에게도 할 말이 있으리란 사실을 알고 있다. 아마도 그들은 다음과 같이 이야기할 것이다. "10여 년[256] 동안 심하게 모욕을 당해서 그로 인해 사람들은 점점 무지몽매한 상태에서 깨어나 무엇이 국가인지 무엇이 사람인지 운위할 줄 알게 되었고, 공무를 급하게 생각하고 정의를 좋아하는 마음이 싹트고, 독립과 자존을 추구하려는 의지가 굳건해지면서 이에 관한 논의가 파도처럼 용솟음치고 추진해 나가는 일도 나날이 많아지고 있다. 국내 선비들 중 해외로 나가 이역의 문물을 접한 사람은 그들의 기호와 언어를 모방하여 높다란 모자를 쓰고 짧은 옷을 입은 채 대로를 활보하면서 서양인들과 악수를 나누며 미소를 짓는데 그 모습이 서양인에 비해 전혀 손색이 없다. 국내에 거주하면서 새로운 사조의 세례를 받은 사람들도 모두 국민들의 귀를 다투어 끌어당겨 세찬 목소리로 호소하며 20세기에 생존하려는 국민들에게 어떤 모습으로 살아가야 하는지를 알려 주고 있다. 그리고 그 말을 듣는 사람도 수긍하지 않는 사람이 없이 있는 힘을 다해 일을 맡아 오직 뒤처지는 일만 걱정한다. 또 날마다 신문과 잡지를 통해 새로운 사상을 고취하고 그 사이사이 서적을 통해 도움을 주고 있다. 그들의 문장에 포함된 언어는 비록 난삽하여 이해하기 어렵지만 결국 문명을 수입하는 편리한 도구라고 할 만하다. 만약 다시 무기를 혁신하고 공업과 상업을 진흥시킨다면 국가의 부강을 손꼽아 기대할 수 있다. 시대를 준비하는 것은 오늘날이므로 사물은 모두 변화 중에 있다. 만약 무덤 속에서 썩은 시체를 불러일으켜 이러한 상황을 보여 준다면 그 시체들도 모두 오늘날의 논의와 경영이 옛날보다 더 낫지 않은 것이 없다고 경탄하며 자신이 너무 일찍 죽었다고 안타까워할 것이다. 이러한 상황을 어찌 적막이라고 할 수 있겠는가?"

만약 이와 같을 뿐이라면 오늘날의 중국은 바로 하나의 혼란한 세계일 뿐이다. 세상에 떠도는 말은 무슨 말이며, 인간들이 하는 일은 또 무슨 일인가? 마음의 소리와 내면의 빛은 찾아볼 수가 없다. 시대상황이 변화하자 보신술도 그에 따라 변모하게 되었다. 사람들은 추위와 배고픔을 염려하여 이전과는 다른 길로 다투어 달려가 유신의 옷을 끌어다가 개인의 몸이나 가리고 있다. 장인匠人들은 자신의 도끼를 찬양하면서 농민들이 쟁기를 가진 것에 나라가 약한 원인을 돌리고 있고, 사냥꾼들은 자신의 칼과 총을 자랑하면서 어부들이 그물을 귀중히 여기는 것에 국민이 곤궁한 원인이 있다고 한다. 또 만약 유럽을 여행하는 사람이 여성의 허리를 조이는 코르셋 제조 기술을 배워서 귀국한다면 허리 가는 벌에게 재배를 올리며 그것을 문명이라 하고 허리가 가늘지 않은 사람은 야만인이라고 떠벌릴 것이다. 만약 그들이 진실한 장인이고 진실한 사냥꾼이고 진실한 코르셋 제조 기술자라면 그래도 괜찮겠지만, 시험 삼아 그들의 실상을 조사해 보면 자기 분야의 기술조차도 전혀 알지 못하고 마음은 더러운 욕심으로 가득 차 있어 한갓 얻어들은 귀동냥을 현란하게 자랑하며 자신의 시대를 속이고 있을 뿐이다. 이 때문에 이런 일을 종횡무진 제창하는 자가 천만에 이르고 거기에 화답하는 자가 억조가 된다 하더라도 인간 세상의 황량함을 타파하기에는 절대 부족일 것이다. 그리고 날마다 짐독鴆毒[257]을 쏟아부어 중국의 부패를 더욱 가속화한다면 그로 인해 증가하는 슬픔은 적막에 비교되지 않을 정도로 더욱 심해질 것이다. 그러므로 오늘날 귀하게 대접하고 기대해야 할 사람은 대중의 시끄러운 목소리에 부화뇌동하지 않고 홀로 자신만의 견해를 갖추고 있는 선비다. 이런 사람은 어둠 속에 감춰진 실상을 통찰하고 문명을 비평하면서도 망령된 자들과는 시시비비를 함께 하지 않고 오직 자신의 소신을 향해 나아간다. 온 세상이 그를 찬양해도 그에게 아무것도 권할 수 없으며, 온 세상이 그를 비난해도 그의 행동을 가로막을 수 없다. 자신을 따르는 사람이 있으면 미래를 맡기고, 만약 비웃고 욕하는 자들이 자신을 세상에서 고립시킨다 해도 두려워하지 않는다. 그리하여 아마도 하늘의 빛으로 어둠을 밝혀 국민들 마음속 내면의 빛을 피어나게 하고 사람마다 자신의 개성을 갖게 하여 풍파에 휩쓸리지 않게 할 수 있을 것이니 이에 따라 중국도 자립할 수 있을 것이다.

오늘날 역사가 오래된 나라의 피압박 민족은 평소에 우리 지사들에 의해 언급할 가치조차도 없는 사람들로 비천시되었지만 이들은 이제 모두 스스로 각성하는 단계로 접어들었다. 마음을 터놓고 울부짖으니 그 소리가 밝고 분명한 데다 정신까지 발양되어 점차 강포한 폭력과 사기술에 제압당하지 않고 있다. 그러나 중국만 어찌하여 여전히 적막에 싸여 아무 소리도 내지 못하는가? 길에 잡초가 우거져 앞으로 나아갈 수 없기 때문에 뛰어난 선비들이 출세에 어려움을 겪는 것인가? 아니면 대중들의 시끄러운 소리가 사람들의 귀에 가득 차서 심연에서 우러나오는 마음의 소리를 아무도 들을 수 없어서 차라리 입을 봉하고 아무 말도 하지 않는 것인가? 아아! 역사 사실이 드리워 준 교훈을 통해, 앞서가는 선구자로서 길을 처음 열고 넓게 개척하는 사람 중에는 틀림없이 먼저 강건한 사람이 출현한다는 사실을 나는 알게 되었다. 하지만 탁류가 아득히 덮여 강건한 사람조차도 물결 속에 침몰해 버리니 아름다운 중화의 땅은 황무지처럼 쓸쓸하게 변해 황제黃帝의 신령도 신음을 내뱉고 있고, 종족의 특성도 상실해 가고 있다. 따라서 마음의 소리와 내면의 빛 두 가지 모두를 기약할 수 없게 되었다. 비록 그렇지만 일은 대부분 자화자찬하는 과정에서 실패하기 마련이므로 갈대 하나라도 띄워 보는 것이 희망이라는 측면에서는 다른 사람이 큰 뗏목 만들기를 기다리는 것보다 훨씬 더 낫다. 나는 아직도 미래에 대한 큰 기대를 저버리지 않고 있고 이것이 바로 이 글을 짓는 이유다.

오늘날 사람들의 주장을 모아서 이치에 따라 나눠 관찰하고 짐짓 이름을 빌려 그것을 종류라고 불러 본다면, 그 종류는 지금 크게 두 가지로 나누어 비교해 볼 수 있다. 첫째, 당신은 국민이 되어야 한다는 것이고, 둘째, 당신은 세계인이 되어야 한다는 것이다. 전자는 그렇게 되지 않으면 중국이 망할까 두려워하고, 후자는 그렇게 되지 않으면 문명세계를 배반할까 두려워한다. 그 의미를 따져 보면 모두 일관된 주장은 없지만 양자 전부 인간의 자아를 말살하여, 그 자아로 하여금 여기저기 뒤섞여 감히 자신만의 특별한 개성을 갖지 못하게 하고, 대중 속으로 매몰시켜 검은색으로 여러 색깔을 가려 버리는 것과 같다. 만약 이런 추세에 따르지 않으면 바로 대중이란 이름을 채찍으로 삼아 공격하고 핍박하며 마음대로 치달리지도 못하게 한다. 지난날에는 적에게 핍박을 당하면 대중을 불러들여 도움을 요청하고, 폭군에게 고통을 당하면 대중을 불러들여 폭군을 제거했다. 그러나 오늘날에는 대중들에게 제재를 당하고 있으니 누가 과연 동정해 줄 것인가? 이 때문에 민중 속에 독재자가 있게 된 것은 오늘날에 시작되었다. 한 사람이 다수를 제압하던 건 옛날 일인데, 그때는 다수가 더러 이반할 수 있었다. 그러나 다수가 한 사람을 학대하는 건 오늘날의 일인데 지금은 저항과 거절조차 허락하지 않고 있다. 다수가 자유를 소리 높여 외치지만 그 자유의 초췌함과 공허함이 이보다 심한 경우는 없었다. 인간이 자아를 상실하고 있는데 그 누가 불러일으킬 수 있는가? 하지만 시끄러운 소리가 바야흐로 창궐하고 있으니 이는 이전에 없던 일이다. 두 부류가 하는 말이 비록 상반된 듯하지만 다만 인간의 개성을 말살시킨다는 측면에서는 대동소이하다. 논의를 종합하여 그 주요 항목만 거론해 보면 갑甲의 말은 "미신을 타파해야 한다", "침략을 숭상해야 한다", "의무를 다해야 한다"는 것이며, 을乙의 말은 "동일한 문자를 써야 한다", "조국을 버려야 한다", "일치된 표준을 숭상해야 한다"는 것이고, 그렇지 못한 사람은 20세기에 생존할 수 없다는 것이다. 이들이 늘 몸에 지니고 튼튼한 방패막이로 삼아 자신을 보위하는 이론으로는 과학, 기술 적용, 진화, 문명 등이 있는데 이들의 주장은 고상하여 쉽게 바꿀 수 없을 듯하다. 특히 과학이 무엇이고, 기술 적용은 무엇이며, 진화의 모습은 어떤지, 그리고 문명의 의미는 어떻게 풀어야 하는지에 대해서는 유독 모호한 말로 얼버무리며 분명한 설명은 하지 않은 채, 심지어 예리한 창으로 자신의 방패를 찌르는 모순된 짓을 저지르기도 한다. 아아! 뿌리와 줄기조차 흔들리고 있으니 그 가지와 잎이 또 어디에 의지하겠는가? 진실로 세파를 따라 흘러가느라 자신의 주관을 세울 수 없어서 잠시 남들이 주고받는 소리를 추종하며 사람들을 현혹시키는가? 아니면 자신이 비루함을 알고 수시로 먹고 마실 것을 위해 부득불 가면을 쓰고 천하에서 명성을 낚시질하고 있는가? 명성을 얻고 나면 아랫배에 기름기가 고이는데, 어찌 다른 사람이 살해당하는 일에 신경을 쓰겠는가? 따라서 중국이 오늘날 혼란에 빠진 것을 걱정하는 사람은 중국에 지사나 영웅으로 불리는 인간이 너무 많고 참인간이 너무 적다고 염려한다. 지사나 영웅이 상서롭지 않은 건 아니지만 그들은 베일로 얼굴을 가리고 진심을 드러내지 않으므로 정신과 기상이 혼탁하여 항상 사람들에게 환자로 느껴지게 한다. 아우구스티누스라든가 톨스토이라든가 루소는 자신들이 직접 쓴 참회록[고백록]이 매우 훌륭한데 그것은 마음의 소리가 가득 흘러넘치는 책이다. 만약 (지사나 영웅의) 바탕에 아무런 실제 내용이 없고 단지 그들 우두머리에만 빌붙어 살다가 갑자기 거룩한 모습을 하고 나타나 나라를 잘 다스리고 천하를 잘 다스리겠다고 한다면 나는 먼저 그자들의 마음의 고백을 들어 보고 싶다. 만약 사람들 앞에서 마음 고백하는 걸 부끄러워한다면 그 의견은 숨겨두더라도 자신의 추악함은 깨끗이 씻고 대중들을 맑고 밝게 인도한 후 천재의 출현을 허용하여 인간 내면의 빛을 불러일으키는 편이 더 낫다. 이렇게 된 연후에야 인생의 의의가 밝아지길 기대할 수 있고 개성 또한 탁류에 침몰하지 않을 수 있을 것이다. 그러나 지사나 영웅이란 자들이 그렇게 하려 하지 않으면 그들의 말을 분석하여 그 주장의 시시비비를 분명하게 밝히면 된다.

미신 타파에 대한 의견은 오늘날에 와서 강렬해졌는데, 선비들의 언급을 통해서 수시로 들끓어 오르고 있을 뿐만 아니라, 이 언급들을 모아 거질巨帙의 책으로 편집하기도 했다. 하지만 모두들 사람들에게 먼저 진정한 믿음正信에 대해서는 알려 주지 않고 있다. 진정한 믿음이 확립되지 않았으므로 미신적인 망동을 어떻게 비교하여 알 수 있겠는가? 대저 인간이 하늘과 땅 사이에 살면서 만약 지식이 혼돈되고 사유가 고루하다면 아무런 논의를 하지 않아도 그뿐이다. 그러나 물질생활에 불안을 느낀다면 반드시 형이상학에 대한 요구를 하게 된다. 이 때문에 베다[258] 민족은 처연한 바람이 불고 사나운 비가 내리면서 검은 구름이 하늘을 가득 덮고 번개가 수시로 번쩍이면 인드라[259] 신이 적과 싸우는 것이라 생각하고 이 때문에 몸을 움츠리며 경건한 마음을 품었다. 헤브라이 민족은 자연계를 크게 관찰하고 불가사의하다는 생각을 품고는 신이 강림하는 일과 신을 맞이하는 일을 불러일으켜 뒷날 종교가 여기에서 싹을 틔우게 했다. 중국의 지사들은 이것을 미신이라고 하지만 나는 향상을 추구하는 민족이 유한하고 상대적인 현세를 벗어나 무한하고 절대적인 지고무상의 세계로 가려는 인식이라고 생각한다. 사람의 마음은 반드시 기대야 할 곳이 있어야 하는데 신앙이 아니면 굳건하게 설 수 없으므로 종교의 탄생이 끊임없이 이어지는 것이다. 그러나 우리 중국을 되돌아보면 일찍부터 만물을 두루 숭상하는 걸 문화의 근본으로 삼아, 하늘을 공경하고 땅에 예배를 드리며 진실로 그 법도와 의례에 참여했고, 그리하여 발육에서 성장까지 질서정연하게 행동하며 전혀 혼란이 없었다. 천지를 숭배의 첫머리로 삼고 그 다음으로 만물에까지 두루 미쳤으니, 모든 예지와 의리 그리고 국가와 가족 제도가 여기에 근거하여 기반을 시작하지 않은 것이 없었다. 그 효과는 뚜렷하게 드러났고, 이로써 성취한 거대한 공적은 무엇으로도 이름 붙일 수가 없다. 이러한 까닭에 옛 고향을 가볍게 여기지 않게 되었고, 이러한 까닭에 사물 간의 등급도 생겨나지 않게 되었다. 그것이 비록 일개 풀, 나무, 대나무, 돌과 같은 것에 불과하더라도 거기에 모두 신비한 성령이 스며 있고, 현묘한 뜻이 그 속에 담겨 있어서 보통 물질과는 다른 것으로 간주했다. 숭배하고 아끼는 사물이 이렇게 두루 널려 있는 곳도 세상에 아직 짝할 만한 나라가 없을 것이다. 하지만 민생이 고난을 겪으면서 이러한 품성은 나날이 박약해졌고, 오늘날에 이르러서는 옛사람들의 기록과 기품을 잃지 않은 농민들에게서나 겨우 찾아볼 수 있을 뿐이다. 사대부에게서 이런 품성을 구한다면 참으로 찾기 어려울 것이다. 만약 어떤 사람이 중국인이 숭배하는 것은 무형의 어떤 것이 아니라 유형의 실체이고, 유일한 주재자가 아니라 온갖 사물이므로 이러한 신앙을 미신이라고 말한다면, 감히 묻건대 무형의 유일신만이 어떻게 유독 진정한 신이 될 수 있단 말인가? 종교의 유래를 살펴보면 본래 향상을 추구하는 민족이 스스로 창건한 것이므로 비록 신앙 대상에 다신多神과 유일신, 무형과 유형의 구별은 있지만 향상을 추구하는 인심의 수요를 충족시킨다는 점에서는 그 성격이 동일하다.

각종 생명을 두루 살펴보고 온갖 만물을 자세히 관찰해 보면 신령스런 감각과 오묘한 뜻을 갖고 있지 않은 것이 없다. 이것이 바로 시가詩歌이고, 이것이 바로 아름다움인데, 오늘날 신명과 통하는 선비가 귀의해야 할 대상이다. 그러나 중국에서는 이미 4천 년 전에 이러한 것이 있었다. 이것을 배척하고 미신이라 한다면 진정한 믿음이란 장차 어떠해야 하는가? 대체로 풍속이 타락한 말세의 사대부들은 정신이 질식되어 오직 천박한 공리만을 숭상하므로 겉모습은 온전하다 해도 신령스런 감각은 상실했다. 그리하여 인생에는 신명을 지향해야 할 일이 있다는 사실을 알지 못한 채, 천지만물의 배열 법칙에는 전혀 관심을 기울이지 않고 오직 녹봉만을 위해 허리를 굽힐 뿐이다. [이들은] 자신의 논리만을 고집하며 다른 사람을 단속하고 또 다른 사람이 신앙을 갖고 있으면 매우 이상하게 생각한다. 그리고 군사를 잃고 국가를 욕되게 한 모든 죄를 신앙으로 귀착시킨 뒤 거짓말을 조작하여 그들이 믿고 의지하는 대상을 모두 뒤집어엎는 것을 상쾌하게 여긴다. 나라의 사직을 폐허로 만들고 집안의 사당을 파괴한 자들을 역사적 증거에 비춰 보면 대부분 신앙이 없는 선비들이지 향리의 힘없는 백성들과는 아무 관계가 없다는 사실을 모르고 있다. 거짓 선비를 제거해야 하고 미신을 보존해야 하는 것이 오늘날의 급선무다. 대저 자신의 말이 더욱 광대光大하다고 자화자찬하는 자들 중에서 과학을 유일한 준칙으로 신봉하는 어떤 무리는 물질에 관한 학설을 귀동냥해서 듣고는 곧바로 "인燐은 원소의 하나일 뿐 도깨비불이 아니다"라고 말한다. 또 생리에 관한 책을 대략 뒤적여 보고는 "인체는 세포가 모여서 이루어진 것인데 어찌 영혼이 있겠는가?"라고 말한다. 그리고 모든 지식을 두루 다 섭렵하지도 않고, 자신이 주워들은 물질과 에너지에 관한 잡설 중 지극히 천박하고 오류가 많은 이론으로 만사를 해석하려 한다. 사리事理의 신비한 변화는 결코 이과理科 입문서 한 권에 포괄되지 않는다는 사실을 생각지도 않고 그것에 근거하여 저것을 공격하고 있는데 이는 이치가 전도된 것이 아니겠는가?

대저 과학을 종교로 삼으려던 자는 서구에 본래 존재했던 사람이었다. 독일 학자 헤켈은 생물을 연구하여 마침내 일원론을 확립하고 종교에 대해서 "이성의 신전을 따로 세워 19세기 삼위일체의 진리를 받들어야 한다"라고 했다. 삼위일체란 무엇을 말하는가? 그것은 바로 진, 선, 미다. 그러나 여전히 종교 의식을 봉행하며 사람들에게 지식을 바꾸고 현세에 집착하게 하면서 정진精進을 추구하도록 했다. 니체 씨는 다윈의 진화론을 채용하여 기독교를 배격하고 특별히 초인설을 설파했다. 비록 과학을 근본으로 삼았다고는 하지만 종교와 환상의 체취에서 벗어난 것은 아니므로, 그의 주장은 단지 신앙만 바꾸려는 것일 뿐 신앙을 없애려는 것이 아님은 분명하다. 하지만 오늘날에 이르러서는 오히려 그의 주장이 번창하지 못하고 있다. 대체로 지금 과학이 바탕으로 삼고 있는 근거는 그다지 정밀하거나 깊지 못한데, 그것을 내걸고 대중을 불러 모으기 때문에 그것을 들은 사람들이 아직 만족할 수 없는 것이다. 다만 이러한 학설을 가장 먼저 제창한 사람은 사상과 학술과 지행志行이 대부분 광대 심원하고 용맹 건강하기 때문에 설령 세인들의 뜻을 거스른다 해도 두려워하지 않으니 뛰어난 선비라 할 만하다! 이 점에 비춰 보면 오직 술과 밥만을 의식儀式의 목적으로 삼을 뿐 별달리 견지하고 있는 신념도 없이 망령되이 다른 사람의 숭배대상을 박탈하려 한다면 비록 원소나 세포를 자신의 갑주甲冑로 삼는다 해도 그것이 망령되고 사리에 맞지 않는 논리라는 것은 여러 말 하지 않고도 알 수 있다. 저들의 이론을 들은 자들이 어찌하여 큰절을 올리며 칭송하는지 나는 알 수가 없다.

그렇지만 앞에서 서술한 것은 그래도 상황이 나은 경우다. 이보다 더욱 나쁜 경우는 사찰 파괴를 전업으로 삼는 자들이 있다는 것이다. 그들은 국민이 이미 각성했으므로 교육 사업을 일으켜야 하는데, 지사들은 대부분 빈궁하고 부자들은 흔히 인색한 상황에서, 구국敎國은 늦출 수 없으므로 오직 사묘祠廟를 점유하여 자제들을 교육할 계획이라고 한다.[260] 그리하여 먼저 미신을 타파하고 다음으로 우상을 파괴하면서 스스로 그 우두머리가 되어 교사 한 명을 초빙하고 그에게 모든 것을 총괄하게한 뒤 학교가 성립되었다고 하는 것이다. 대저 불교가 숭고하다는 것은 식견 있는 사람이라면 모두가 함께 인정하는 사실인데 어찌하여 중국에서는 그것을 원망하며 불법을 없애려고 급급해하는가? 만약 불교가 백성에게 아무 공적을 남기지 못했기 때문이라고 말한다면 먼저 백성의 덕이 타락했음을 자성해야 할 것이다. 그것을 구제하려면 바야흐로 창대하게 하려고 노력하기에도 겨를이 없을 것인데 어찌하여 파괴하려고만 하는가? 하물며 학교란 것이 지금 중국에서 어떤 상황인가? 교사는 항상 학문이 부족하여 서양 학문의 껍질조차도 이해하지 못한 채 한갓 새로운 모습만 꾸며 대면서 사람들을 현혹하고 있다. 옛날 역사를 강의하면서는 황제가 아무개 우王[261]를 정벌했다고 하는데 이는 우리나라의 글자조차 두루 알지 못하는 모습이다. 또 지리를 언급하면서는 지구가 항상 파괴되지만 수리될 수 있다고 하는데 이는 대지의 실제 모습과 지구본조차 분별하지 못하는 모습이다. 학생들은 이러한 잘못된 지식을 얻고도 더욱 교만해진 나머지 중국의 기둥이라고 자부한다. 하지만 한 가지 일도 제대로 처리하지 못하면서도 건국 원로들보다 그 오만함이 지나치다. 그러나 그들의 지조는 저열하고 희망하는 바도 단지 과거에 이름을 올리는 것일 뿐이니, 그들에 의지하여 미래의 중국을 세우려는 것은 아주 위험한 일이다. 근래 사문[262]은 비록 쇠퇴했지만 학생들과 비교해 보면 그 청정함이 훨씬 뛰어나다.

또 예를 들면 남방에 사는 사람들 중에는 더더욱 동제(洞祭)[263]를 금지하는 일에 전념하는 지사도 있다. 농민들은 농사를 짓느라 일 년 내내 거의 쉴 틈이 없다. 그래서 농한기가 돌아올 때마다 신에게 감사 제례를 올리는데, 술잔을 들어 스스로 위로하고 깨끗한 희생 동물로 신에게 보답을 드리며 정신과 육체 모두 기쁨에 젖어든다. 소위 지사라고 불리는 사람들은 떨쳐 일어나 "시골 사람들이 이것을 섬기느라 재산을 잃고 시간을 낭비한다"고 말하면서 동분서주 호소하며 힘써 그것을 금지하고 거기에 들어가는 재물을 낚아채서 공용으로 쓰자고 한다. 아아, 미신타파가 아직 없었던 시대 이래로 재물을 모으는 방법이 진실로 이보다 더 민첩했던 경우는 없었다. 가령 사람의 원기가 혼탁해져서 본성이 침전물같이 된다든가 영혼이 이미

이지러져서 욕망에 빠져들게 되면 이와 같이 될 뿐이다. 만약 소박한 백성들이라면 그 마음이 순수하므로 일 년 동안 부지런히 일을 하고 난 후 반드시 자신들의 정신을 한 번 떨쳐볼 기회를 갖고 싶어 할 것이다. 이 때문에 농사를 지어 하늘에서 받은 큰 복에 보답을 드리고, 자신들도 나무 그늘 아래서 큰 잔치를 벌이며 몸과 마음을 좀 쉬게 하는데, 이는 다시 일을 하기 위한 준비 행사다. 오늘날 이것마저 금지시킨다면 그건 멍에 아래에 매여 있는 우마^{牛馬}의 신세를 배우라는 것이니, 사람이라면 견딜 수 없어서 반드시 또 다른 발산 방법을 찾게 될 것이다. 하물며 스스로를 위로하는 일은 타인이 간섭해서는 안 되는 것임에랴! 시인이 시를 낭송하며 자신의 마음을 묘사할 때는 비록 폭군이라 해도 침범해서는 안 된다. 무용수가 굽혔다 펴는 춤 동작을 하며 자신의 몸을 표현할 때는 비록 폭군이라 해도 침범해서는 안 된다. 그런데 농민들이 스스로 위로 잔치를 벌이는데 지사들이 침범한다면 지사들이 야기하는 참화가 폭군보다 훨씬 심하게 된다. 이것은 세상을 혼란에 빠뜨리는 술책으로는 최상이지만, 세상을 안정되게 다스리는 방책으로는 최하일 뿐인데도, 그 말류에 이르면 수만 가지 방법으로 갈라지게 된다.

그 대략적인 상황을 예로 들어 보면 먼저 신화를 비웃는 자들이 있다. 그리스, 이집트 및 인도 모두를 함께 비난하고 조소하면서 [그들의 신화가] 웃음거리가 되기에 족하다고 말한다. 대저 신화의 생성은 고대의 백성들에게 뿌리를 두고 있다. 삼라만상의 기이한 형상을 보고 상상력을 발휘하여 사람의 모습으로 변화시킨 것이다. 상상 속에서 예스럽고 기이한 것을 생각해 냈으니 그 신기한 모양이 참으로 볼만하다. 그것을 그대로 믿는 건 타당하지 않은 일이지만 그것을 비웃는 것도 크게 잘못된 일이다. 태고 시절 백성들은 상상력이 이와 같았으므로 후인으로서 얼마나 경이롭고 위대하게 생각되는가? 하물며 서구의 문예는 대부분 신화의 혜택을 받았고, 사상과 학문도 신화에 의지하여 장엄하고 미묘한 풍격을 드러낸 것이 그 얼마인지 알 수 없음에랴! 만약 서구의 인문을 탐구하려면 신화를 공부하는 것이 첫번째 일일 것이다. 대체로 신화를 알지 못하면 그들의 문예를 이해할 길이 없고, 문예에 어두운 상태로 그들 내부의 문명을 어떻게 얻을 수 있겠는가? 만약 이집트가 미신 때문에 멸망했다고 하면서 그들의 전체 고대 문명을 모두 매도하고 배척한다면 그것은 어린아이의 견해를 고수하며 고금의 구별도 할 줄 모르는 사람이 되는 것이니 한 번 비웃는 것도 아까울 뿐이다.

다음으로 어떤 사람은 과학을 구실로 중국에 옛날부터 있었던 신룡神龍을 의심하기도 한다. 그들의 유래를 살펴보면 기실 외국인들이 내뱉은 침을 주워 모은 것에 불과하다. 그들에게서 이익과 권력을 제외하면 마음속에 간직하고 있는 것이 아무 것도 없다. 그들은 중국의 쇠퇴를 목격하고 돌맹이 하나 꽃 한 송이라도 [중국의 것이면] 더욱 하찮게 생각하고, 털을 헤집으며 흠집을 찾아내어 동물학의 정론으로 신룡은 틀림없이 없다고 단정한다. 대저 용이란 사물은 본래 우리 고대 백성들이 상상으로 창조한 것인데, 동물학까지 예로 든다면 스스로 자신의 어리석음을 자백하는 일일 뿐이다. 중화 땅의 동인同人들이 이런 논리를 팔아서 무엇을 하겠는가? 국민에게 이런 신화가 있다는 건 부끄러워할 만한 일이 아닐 뿐 아니라 상상력의 아름답고 풍부함을 더욱 자랑할 만한 일이다. 옛날에는 인도와 그리스가 있었고, 근래에는 동유럽과 북유럽 여러 나라가 신화와 전설에서부터 신물神物과 설화에 이르기까지 모든 것이 풍부하여 함께 거론할 만한 나라가 없다. 아울러 국민성도 위대하고 심원하여 천하의 으뜸이 되었으니 나는 아직도 그들이 세상 사람들에게 질책당하는 사례를 본 적이 없다. 다만 스스로 신화와 신물을 창조할 수 없어서 다른 나라에서 그것을 사들인다면 옛사람들이 상상력을 끝까지 펼친 걸 생각해 볼 때 매우 부끄러운 일일 것이다. 아아! 용은 국가의 휘장인데 그것을 비방하고 있으니 옛 문물은 장차 세상에 존재하지 않게 될 것이다. 러시아의 머리 둘 달린 독수리와 영국의 직립해 있는 사자가 유독 질책당하지 않는 것은 국력이 다르기 때문이다. 과학이 그 때문에 가려지고 이익과 권력이 마음을 가득 채우고 있으니 그와 같은 사람과 정론을 이야기할 수 있겠는가? 단지 침을 뱉을 뿐이다. 또한 오늘날에는 더더욱 천하 고금에 들어 보지 못한 일이 벌어지고 있는데 그것은 바로 종교를 정하여 중국인의 신앙을 강제하려는 것이다. 마음조차 다른 사람에게 빼앗겨 버리고 신앙조차 자신이 정하지 못하는 상황이 전개되므로 저들 미신을 타파해야 한다고 주장하는 지사들은 바로 칙명으로 정한 소위 진정한 종교의 충실한 노예라고 해야 할 것이다.

침략을 숭상하는 자들은 그들 무리에 유기적인 특성이 있는데, 수성獸性이 상위에 놓이고 노예성이 가장 강하다. 그런데 중국의 지사들이 어찌하여 이러한 특성에 예속되어 있는가? 대저 옛날 사람들은 오직 무리끼리 모여 살다가 이후 국가를 세우고 경계를 나눠 그 안에서 태어나고 자랐다. 만약 하늘의 혜택을 이용하고 땅의 이로움을 먹고, 자신의 힘에 의지하여 생업을 잘 처리하면서 함께 어울려 화목하게 살고 서로 공격하지 않았다면 그건 아마도 지선至善의 경지라 할 수 있고 불가능한 일도 아니었다. 그러나 인류의 시초는 미생물에 있었으며 굼벵이류, 범류, 원숭이류를 거쳐 오늘날에 이르렀다. 옛날 성질이 잠복해 있다가 때때로 다시 밖으로 드러난다. 이에 살육과 침략을 좋아하는 일이 벌어지고, 토지와 자녀와 옥과 비단을 약탈하여 자신의 야심을 만족시키기도 한다. 그러나 그런 가운데 남이 비난할까 걱정이 되어 여러 미명美名을 조작하여 자신을 은폐한다. 시간이 오래 지나자 사람의 마음으로 스며든 습관이 깊어져서 대중들은 마침내 점점 그 유래를 알지 못하게 되었고, 본성도 습관에 따라 모두 변하게 되었다. 비록 철인哲人이나 현자라 해도 더럽고 추악한 것에 물들 수밖에 없었다. 예를 들면 러시아의 보헤미아 여러 지방에는 일찍부터 범슬라브주의가 있었고, 높은 지위에 있는 사람들은 그것을 끌어안고 행동했지만 다만 농민들 사이에는 널리 보급되지 못했다. 그러나 그곳 사상가나 시인들을 돌아보면 마음에 짙게 물이 들어 비록 아름다운 뜻이나 위대한 사상이 있다 해도 그들의 마음을 씻을 수 없었다. 그들의 소위 애국은 대부분 문예나 사상을 인류의 영광으로 숭상하지 않고 오직 갑사^{甲士}와 창검의 예리함과 영토 획득과 살인의 많음만을 끌어들여 시끄럽게 떠들며 조국의 영광이라고 자랑한다. 근세에 이르러 인간에게 또 다른 본성이 있고 범과 이리 같은 행동이 우선적인 일이 아님을 알게 되어 이런 풍조가 조금이나마 세력이 꺾이게 되었다. 다만 수준이 낮은 선비들은 아직도 이런 풍조에서 벗어나지 못하고 있는지라 식자들이 그것을 근심하고 있다. 그리하여 뱀이나 전갈을 보듯 군대를 증오하며 인간 세상에서 평화를 크게 부르짖고 있는데 그 목소리가 역시 사람의 심금을 울리고 있다. 예언자 톨스토이도 그중 한 사람이다. 그는 다음과 같이 말했다. "인생에서 가장 고귀한 것 중에는 스스로의 힘으로 먹을 것을 해결하며 살아가는 것보다 더 좋은 것이 없으므로 침략과 약탈은 대대적으로 금지해야 한다. 또 하층민들은 평화를 좋아하지 않는 사람이 없는데도 상위 계층이 피범벅을 좋아하여 그들을 전쟁으로 내몰아 인민의 생명을 해치게 한다. 그리하여 가정이 파괴되어 보호받지 못하는 사람들이 전국에 가득하여 백성들이 살 곳을 잃게 되니 이것은 정치가의 죄악이다. 어떻게 약을 써서 치료해야 하는가? 명령을 받들지 않는 것보다 더 좋은 방법은 없다. 출정 명령을 내려도 병사들이 모이지 않고 여전히 쟁기를 잡고 밭을 갈면서 평화롭게 일을 하고, 체포 명령이 떨어졌는데도 관리들이 모이지 않고 여전히 쟁기를 잡고 밭을 갈며 평화롭게 일을 한다. 독재자가 위에서 고립되고 신하가 아래에서 명령을 따르지 않으면 천하는 잘 다스려진다." 그러나 공평하게 논의하자면 이것은 옳지 못한 방법으로 여겨진다. 만약 전체 러시아가 이와 같이 한다면 적군이 저녁에 바로 들이닥칠 것이고, 백성들은 다음 날 아침에 바로 창과 방패를 발아래로 팽개쳐 버릴 것이고, 또 저녁이 되면 땅을 잃고 떠돌며 사방으로 흩어져 이전보다 훨씬 더 비참하게 될 것이다. 따라서 그의 말은 이상을 위해서는 진실로 훌륭하지만 실제의 사실에 비춰 보면 처음의 의도에서 아주 멀리 벗어난 견해라고 할 수 있다. 다만 이 주장은 국가의 이해관계에만 비추어 말한 것이므로 인류가 모두 한결같지 않다는 점을 살펴보면 이 말 또한 틀렸다는 사실을 깨닫게 될 것이다.

대저 인류는 진화의 길을 걷고 있지만, 진화의 정도는 아주 큰 차이가 난다. 어떤 사람에게는 굼벵이 시절의 성격이 남아 있고, 또 어떤 사람에게는 원숭이 시절의 성격이 남아 있어서, 설령 만 년이 지난다 해도 같아질 수가 없다. 가령 같아졌다면 하나의 이질 분자와 맞닥뜨려도 전체 사회의 다스림이 곧바로 무너질 것이다. 국민성은 유약해져서 젖먹이 새끼 양과 같이 될 것이니 그때 이리 한 마리가 목장으로 침입하면 양들을 하나도 남김없이 죽일 수 있게 된다. 이때를 당해 안전을 도모하려 한다면 너무 늦었다고 후회해도 돌이킬 수 없다. 이러한 까닭에 살육과 약탈을 좋아하며 천하에 국위를 확대하려는 것은 수성獸性의 애국일 뿐이니 사람이 금수나 곤충을 뛰어넘으려면 그런 생각을 흠모해서는 안 된다. 하지만 전쟁의 자취를 완전히 끊고 평화를 영원히 존속하게 하려면 인류가 전멸하고 대지가 붕괴되는 이후까지 시간을 늦춰야 할 것이다. 그런즉 군대의 수명은 대체로 인류와 그 처음과 끝을 함께하는 셈이다. 그러나 이것은 특히 자신을 보호하고 범과 이리를 물리치기 위한 것이지 그것을 빌려 발톱과 이빨로 삼고 세상의 약자를 해치거나 잡아먹으려는 것이 아니다. 무기는 사람을 위해 사용하게 해야지, 사람을 강제하여 무기의 노예가 되게 해서는 안 된다. 사람이 이러한 대의를 알게 되면 아마도 그와 함께 군사에 관한 이야기를 할 수 있을 것이니, 세상을 큰 재앙에 빠지게 하지는 않을 것이다.

비록 그렇지만 우리 중국을 자세히 살펴보면 세상의 논자들이 거의 모두 잘못되어 있다. 애국을 운위하는 자도 있고 무사武士를 숭배하는 사람도 있지만 그들의 뜻은 심하게 추악하고 야만적이다. 자신의 몸은 문화에 의탁하면서도 입으로는 짐승을 낚아채는 맹금의 울음소리를 내고 있다. 만약 날카로운 손톱과 이빨이 부착되어 있다면 마치 남은 용기를 뽐내듯 대지를 유린할 것이다. 그러나 이 점이 습성이 되어 매우 포악해졌다 해도 그들에게 수성이란 시호를 붙일 수는 없다. 어째서 그렇게 말하는가? 그들은 마음속에 진실함이 쌓여 밖으로 드러나는 것으로 두 가지를 갖고 있는데 이는 수성의 애국자에게는 없는 것이기 때문이다. 그 두 가지는 무엇을 말하는가? 첫째는 강대국을 숭상하는 것이고, 둘째는 피압박 민족을 멸시하는 것이다. 대체로 수성의 애국자는 반드시 강대국에서 태어나 세력이 강성하므로 그 위세로 천하를 제압할 수 있다. 그런즉 자신의 나라만을 높이고 다른 나라는 멸시한다. 진화론의 적자생존 이론에 집착하고 약소국을 공격하여 자신의 욕심을 채운 뒤 세계를 통일하여 이민족을 모두 자신의 신하와 노예로 삼지 않고는 만족하지 않는다. 그러나 중국은 어떤 나라였는가? 백성들은 농사일을 좋아하여 고향을 떠나는 사람을 경시했고, 임금이 원정을 좋아하면 들판에 있는 사람도 문득 원망을 품었다. 무릇 스스로 자랑하는 것도 문명의 찬란함과 아름다움이었고 폭력을 빌리지 않고도 사방 오랑캐를 제압할 수 있었으니 이처럼 평화를 보배로 여기는 나라는 천하에 드문 경우라 할 수 있었다. 다만 안락한 세월이 오래되자 나라의 방비가 나날이 느슨해져서 범과 이리가 갑자기 쳐들어와 백성들이 도탄에 빠지게 되었다. 하지만 이건 우리 백성의 죄과가 아니다. 피범벅을 싫어하고 살인을 싫어하고 이별을 참지 못하고 노동에 안주하는 등 사람들의 성품이 이와 같았다. 만약 온 천하의 풍습이 중국과 같았 다면 톨스토이가 다음과 같이 말한 것처럼 되었을 것이다. "이 대지 위에 종족이 다양하고 국가도 서로 다르지만 나의 강역과 너의 경계를 서로 지키기만 하고 침범하지 않으면 만세가 지나 도 난리가 발생하지 않을 것이다." 그러나 수성^{獸性}을 품은 자가 일어나면 평화를 숭상하는 백성은 비로소 크게 놀라 아침저녁 으로 위험이 닥칠까 전전긍긍하며 마치 이제는 생존할 수 없는 사람처럼 행동한다. 만약 그들을 배척하지 못하면 진실로 스스 로 살아갈 방법이 없게 된다. 그러나 이러한 배척도 단지 그들 을 내몰아 본래 고향으로 회귀하게 하려는 것이지 우리 스스로 수성으로 돌아가려는 것은 아니다. 하물며 날카로운 이빨과 손 톱을 장착하고 연약하고 외로운 사람들을 해치는 일에 있어서 랴! 하지만 우리 지사들은 이러한 점은 생각지도 않고 온 세상 모두가 도도하게 침략을 칭송하는 가운데 포악한 러시아와 강 포한 독일에 경도되어 마치 유토피아를 흠모하듯 그들을 우러 른다. 그러나 횡액을 당하고도 하소연조차 못 하는 인도나 폴 란드 민족에 대해서는 얼음처럼 쌀쌀한 말로 그들의 쇠락을 조 롱한다. 대저 우리 중화의 땅이 강포한 나라에게 고난을 당한 지도 이미 오래되었지만 아직 썩어 버린 시체가 된 것은 아니 어서 맹금들이 먼저 모여들었다. 땅을 할양하는 것도 모자라 현금으로 배상금까지 보태 주니 사람들은 그로 인해 추위와 배 고픔에 시달리다 들판에서 죽어 가게 되었다. 지금 이후로라도 마땅히 날카로운 무기와 견고한 방패를 마련하고 자신의 몸을 보위하며 커다란 멧돼지나 긴 뱀이 우리나라를 삼키지 못하게 해야 한다. 그러나 이것은 자신을 보위하는 방법일 뿐 침략자의 만행을 본받으려는 것이 아니며 장차 다른 사람을 침략하려는 것도 아니다. 침략을 숭상하지 않는 것은 무슨 이유인가? 스스로를 돌아보건대 중국은 수성을 가진 나라의 적이기 때문이다. 폴란드와 인도의 경우는 중화의 땅과 같은 질병을 앓고 있는 나라다. 폴란드는 평소에 중국과 서로 왕래하지 않았지만 그 백성들은 감정이 풍부하고 자유를 사랑한다. 무릇 감정이 진실하고 자유를 보배로 여기는 사람은 모두가 그 나라를 사랑하며 이 두 가지 일의 상징으로 삼는다. 대체로 사람은 남의 노예가 되는 걸 즐거워하지 않는데, 그 누가 폴란드를 그리워하며 애도하지 않겠는가? 인도의 경우는 옛날부터 교류를 이어오면서 우리에게 큰 선행을 베풀었다. 사상, 신앙, 도덕, 문예가 그들의 은혜를 받지 않은 것이 없다. 비록 형제 같은 친척이라 해도 어떻게 더 많은 걸 베풀어 줄 수 있겠는가? 만약 이 두 나라가 위기에 처한다면 나는 당연히 그 때문에 우울할 것이고, 만약 이 두 나라가 멸망하게 된다면 나는 당연히 그 때문에 소리 내어 통곡할 것이다. 두 나라에 참화가 없다면 하늘에 축도祝禱를 올리며 그들이 우리 중화의 땅과 영원히 함께하기를 기원할 것이다.

오늘날 지사들은 어찌하여 유독 이 점을 생각하지 않고 그들 스스로 재앙을 초래했다고 하면서 비난을 퍼붓는 것인가? 여러 차례 병화兵火를 입고 오랫동안 강포한 자들의 발밑에 엎드려 지내느라, 옛 성품을 잃고 동정심도 약해진 나머지 마음속에 권세와 이익의 욕망이 가득 차올라 이 때문에 미혹에 빠져 식견을 잃고 이러한 행동을 하는 것인가? 따라서 오늘날 전쟁 찬양 인사를 종합적으로 헤아려 보건대 그 자신이 강포한 힘에 굴복당한 지 오래되었고, 그 때문에 점차 노예의 성격을 지니게 되어, 본성을 잊어버리고 침략을 숭상하는데 이는 최하등의 인간이다. 다른 사람이 말하면 자신도 따라 말하면서 자신의 견해를 견지하지 못하는 인사는 그래도 나은 편이다. 그 중간에 이 두 부류에 속하지 않고 아직 인류로 진화하기 이전의 성격으로 돌아가자는 자들이 더러 있는데, 나는 일찍이 시詩에서 그런 예를 한두 가지 본 적이 있다. 그들의 대의는 독일 황제 빌헬름 2세가 주장한 황화론을 원용해 호기를 부리며 사나운 목소리로 런던을 파괴하고 로마를 전복시킨 뒤 파리 한 곳만 윤락 지역으로 제공하겠다는 것이다. 황화를 제창한 사람은 황인종을 짐승에 비유했지만 그 과격함은 이 시에 미치지 못한다.

이제 감히 중화의 땅 씩씩한 젊은이들에게 고한다. 용감하고 강건하면서 힘을 갖추는 것과 과감하고 의연하면서 싸움을 겁내지 않는 것은 본래 인생에서 의당 갖춰야 할 자질이지만 특히 이러한 자질은 자국을 보호하는 데 그쳐야지 무고한 나라를 병탄하는 데 써서는 안 된다. 자립하여 나라를 튼튼히 하고도 남은 용기가 있다면 마땅히 폴란드의 장군 뱀[264]이 헝가리를 돕고, 영국 시인 바이런이 그리스를 도운 것처럼 자유를 위해 자신의 원기를 펼치고 압제를 전복시켜 하늘과 땅 사이에서 그것들을 제거해야 한다. 무릇 위기에 처한 나라가 있으면 모두 함께 그 나라를 도와야 한다. 먼저 우방국을 일어나게 하고 다음으로 기타 국가에까지 도움이 미치게 한다. 그리하여 인간 세상에 자유가 충족되도록 하여 호시탐탐 탐욕을 채우려는 백인종들로 하여금 자신들의 노예를 상실하게 하면 황화론이 비로소 실현될 것이다. 그럼 오늘날과 같은 시대에도 강포함을 부러워하는 마음을 거두어들이고 자위自衛의 중요함을 설파할 수 있을 것이다. 아아! 우리 중화의 땅도 침략을 한 번 받은 나라이니 스스로 반성하지 않을 수 있겠는가?(미완)[265]

무제

옷깃에 만년필을 꽂은 기자가 나더러 글을 좀 써 달라고 했다. 나는 그와의 약속을 건성으로라도 지키기 위해 글을 써야 했다. 먼저 제목을 생각해야 했고….

지금은 밤이다. 날씨가 비교적 시원한 탓에 붓을 잡아도 땀은 흐르지 않는다. 자리에 앉자마자 모기가 나타나 나를 보고 그들의 본능을 크게 발휘한다. 그들이 무는 방법과 주둥이의 구조는 아마도 단일하지 않은 듯하다. 이 때문에 내가 고통을 느끼는 방법도 단일하지 않다. 그러나 결과는 하나로 수렴되어 나는 더 이상 글을 쓸 수 없게 된다. 게다가 제목조차 떠올리지 못한다.

나는 등불을 끄고 침대 휘장 속으로 숨어들지만 모기는 또 귓가에서 앵앵거린다.

그들이 나를 물지 않아도 나는 끝내 잠을 이룰 수 없다. 등불을 켜고 비춰 보면 모기 그림자조차 보이지 않는다. 하지만 등불을 끄고 누우면 또 나타난다.

이와 같이 서너 번 하다가 나는 마침내 분노한다. "물고 싶으면 물어도 좋으니 제발 앵앵거리지만 말아다오." 그러나 모기는 여전히 앵앵거린다.

이때 어떤 사람이 내게 "모기와 벼룩 중에서 어느 것이 좋소?"라는 질문을 던진다면 나는 조금도 주저하지 않고 "벼룩이 좋소"라고 대답할 것이다. 이유는 간단하다. 벼룩은 사람을 물지만 소리를 지르지는 않기 때문이다.

묵묵히 피를 빨면 두렵기는 하지만 귀찮지는 않다. 이런 연유로 차라리 벼룩을 좋아하는 것이다. 이런 연유와 대략 동일한 근거로 나는 "소리를 지르며 국민을 각성시키는 방법"을 좋아하지 않는다. 그 이치는 일찍이 홰나무 아래에서 진신이[266]에게 말한 적이 있기에 지금 다시 서술하지 않겠다. 독자 여러분의 용서를 빈다.

나는 또 등불을 켜고 책을 본다. 책을 보는 건 글을 쓰는 것과 달라서 한 손으로 부채를 잡고 모기를 쫓을 수 있다.

그런데 얼마 지나지 않아 파리 한 마리가 날아와서 등갓을 맴돌며 원을 그린다.

"윙! 윙윙!"

나는 또 신경이 쓰여서 더 이상 책 속의 내용이 무엇인지 알 수 없게 된다. 부채로 쫓다가 등불을 끄고 만다. 다시 등불을 켜자 파리가 또 맴돈다. 맴돌면 맴돌수록 더욱 빨라진다.

"휙, 휙, 휙!"

나는 대적할 수 없어서 다시 침대 휘장 속으로 숨어든다.

나는 생각에 잠긴다. 날벌레가 등불로 돌진하는 건 불빛을 좋아하기 때문이라고도 하고, 불꽃을 좇아다니기 때문이라고도 하고, 벌레의 성욕 때문이라고도 하면서 모두가 제 맘대로 이야기한다. 나는 벌레가 맴돌지 않기만 바랄 뿐이다.

하지만 모기가 또 나타나 앵앵거리기 시작한다.

하지만 나는 이미 고개를 떨구며 잠 속으로 빠져들어 모기를 쫓을 수가 없다. 나는 비몽사몽간에 이렇게 생각한다. '하늘이 만물을 만들어 각각 그 소임을 맡겼다는데, 인간을 잠들게 만든 것은 오로지 모기가 잘 물 수 있도록 설계한 것이리라 ….'

아! 깨끗한 달빛, 검푸른 수풀, 별들은 영롱한 눈빛을 반짝이고 달빛 속에 드러난 희고 동그란 무늬는 야래향의 꽃떨기 … 자연의 아름다움은 얼마나 풍성한가?

그러나 나는 꿈결 속에서 고아한 사람들이 이렇게 말하는 소리를 듣는다. 꽃도 없는 나의 창밖에 별빛과 달빛이 깨끗하게 비칠 때면 나는 모기와 전투를 벌이다가 늦게서야 잠 속으로 빠져든다.

나는 아침에 일어나서 승리자 세 분이 선홍색 배를 끌고 휘장 위에 꼿꼿이 서 있는 걸 목격한다. 몸이 가려워 오면 나는 긁으면서 자국을 센다. 모기에게 물린 자국이 모두 다섯 군데다. 이것은 내가 생물계의 전투에서 패배한 표징이다.

그리하여 나는 또 다섯 개의 붉은 자국을 대동하고 문을 나서 대충 밥을 먹으러 간다.

'일본 연구'의 바깥

일본이 랴오닝성^{遼寧省}과 지린성^{吉林省}을 점령한 이래 출판계에
새로운 현상이 나타났다. 수많은 신문과 잡지에 모두 일본 연
구 논문이 게재되고 있고, 여러 출판사에서도 일본 연구 소책
자를 출간하려 한다. 이밖에도 광고에 의하면 무슨 망국사^{亡國史}
가 순식간에 매진되어 판을 거듭 찍고 있다고 한다.

어떻게 이처럼 다양한 일본 연구 전문가가 갑자기 탄생할 수
있는가? 상황을 보자. 『선바오』「자유담」에 실린 무슨 "일본을
도적의 나라로 불러야 한다", "일본의 옛 명칭은 왜노다", "친구
에게 들으니 일본은 징병제를 시행한다고 한다" 따위의 저능아
같은 담론을 제외하고, 비교적 내용이 충실한 것 중 어떤 것이
라 해도 상하이의 일본 서점에서 사온 일본 책과 관계가 없지
않다. 그것은 중국인의 일본 연구가 아니라 일본인의 일본 연
구다. 일본을 연구한 일본인의 문장을 중국인이 크게 훔쳐 온

것이다.

일본인이 자신들의 본국 및 만주와 몽골에 관한 책을 쓰지 않았다면 우리 중국 출판계는 이처럼 뜨겁게 달아오르지 않았을 것이다.

이 같은 일본 배척 목소리 가운데서, 나는 감히 단호하게 중국 청년들에게 다음과 같이 충고하고자 한다. 일본인에게는 우리가 본받을 만한 점이 있다. 예를 들어 그들은 본국과 우리 동삼성[267]에 관해 평소에도 많은 책을 쓴다.──그러나 목전에 투기를 목적으로 출간하는 책은 제외해야 한다.──외국에 관한 것은 물론 더 말할 필요가 없다. 우리 자신에게는 무엇이 있는가? 묵자는 비행기를 만든 원조이고,[268] 중국은 4000년 고국古國이라는 따위의 변변치 않은 잠꼬대를 제외하고 무엇이 있는가?

우리는 물론 일본을 연구해야 하지만 다른 나라도 연구해야 한다. 티베트를 잃고 나서 잉글랜드를 연구하거나(전례에 비춰 보면 그때는 '영국 오랑캐'英夷로 불렸다), 윈난이 위급해지고 나서야 다시 프랑스를 연구하는 경향에서 벗어나기 위해서 말이다. 또 지금 우리와 아무 관계도 없는 것 같은 독일, 오스트리아, 헝가리, 벨기에… 등등과 특히 우리 자신을 연구해야 한다. 우리의 정치는 어떤가? 경제는 어떤가? 문화는 어떤가? 사회는 어떤가? 해마다 이어지는 내전과 '정법'正法을 겪고도 도대체 아직도 4억 인구가 남아 있을 수 있는가?

우리는 더 이상 무슨 망국사를 읽어서는 안 된다. 왜냐하면 이러한 책은 기껏해야 당신에게 망국노가 되는 길을 가르쳐서, 현재의 고통보다 더한 고통을 안겨 줄 수 있을 뿐이기 때문이다. 뒷날 상황에 따라 마음이 변하면 겉으로 봐도 이미 망국에 빠진 인민들보다 상황이 더 낫다고 생각하고 이를 행운으로 여기며, 여전히 기쁨에 젖어 다시 또 멸망이 더욱 가까이 다가오기를 기다릴 수도 있다. 이것은 '망국사' 첫 페이지 이전의 페이지이므로 '망국사'의 필자가 분명하게 써낼 수 없는 것이다.

우리는 현대의 흥국사興國史를 읽어야 한다. 현대 신흥 국가의 역사 속에서 드러나는 것은 전투의 함성과 생생한 활로이지 망국노의 비탄과 절규가 아니다!

아녀자들도 안 된다

린위탕 선생은 『논어』에만 탄복했을 뿐 맹자는 숭배하지 않았기 때문에 아녀자들로 하여금 나라를 한번 다스리게 해보자고 요구했다. 기실 맹자께서도 이렇게 말씀하신 적이 있다. "산 사람을 부양하는 건 큰일이라 할 수 없고, 죽은 사람을 장송하는 게 큰일이라 할 수 있다." 아녀자들은 "산 사람을 부양할 수 있을 뿐"이고, "죽은 사람을 장송할 줄" 모른다. 그런데 어떻게 그녀들로 하여금 천하를 다스리게 할 수 있겠는가?

"부양해야 할 산 사람"이 너무 많아지니 사람이 가득 차 버리는 근심이 있다. 이에 뺏고 뺏기는 가운데 천하가 크게 어지러워진다. 어떤 사람을 구해서 장송 정책을 실행하며 사람들로 하여금 남들을 무더기로 장송하게 하고 오직 그들 자신만 남겨놓게 하지 않으면 안 된다. 이것은 사내대장부만 할 수 있다. 이 때문에 문관과 무장을 모두 남자가 독차지했으므로 이건 결코 아무 공로도 없이 녹봉을 받은 것이 아니다. 물론 남자 전체는 아니다. 예를 들어 린위탕 선생이 거론한 로맹 롤랑 등등은 이 속에 포함되지 않는다.[269]

이러한 이치를 이해해야만 비로소 군축회의, 세계경제회의, 내전폐지동맹 등등이 모두 사내들이 아녀자들을 속이기 위한 장난일 뿐임을 분명하게 알 수 있다. 그들 자신도 마음속으로 눈빛처럼 환하게 알고 있다. '장송'만이 나라를 다스리고 천하를 태평하게 할 수 있다는 걸.――장송이란 장차 자신의 죽음을 위해 장례로 남을 전송하는 일을 이른다.

말하자면 대다수의 '남'은 죽고 싶어 하지 않는다. 이 때문에 자애로운 모성을 지닌 아녀자들을 초청하여 나라를 다스리려 하지만 그것도 안 될 일이다. 임대옥[270]은 이렇게 말했다. "동풍이 서풍을 압도하지 않으면, 서풍이 동풍을 압도한다." 이것은 바로 여자 세계의 '내전'도 영원히 끝나지 않는다는 뜻이다. 아녀자들이 싸울 때는 기관총을 사용하지 않는다고 말할 수 있지만 걸핏하면 손톱으로 상대의 얼굴을 후벼 파는데 상상을 초월할 정도도. 하물며 '동풍'과 '서풍' 사이에는 또 다른 여인도 있음에랴. 그 여자들은 전문적으로 도발하고 교사하면서 분란을 부추긴다. 결국 언쟁과 싸움 또한 여치주의女治主義 국가의 국수國粹이고, 더 격렬한 모습을 보인다. 따라서 가령 아녀자들이 통치한다 해도 천하는 여전히 태평해질 수 없음은 물론이고 우리의 귀뿌리는 더더욱 한순간도 조용해질 수 없을 것이다.

사람들은 천하의 혼란이 남자들의 싸움 때문에 야기되었다고 여기지만 기실 그렇지 않다. 그 원인은 싸움을 철저히 하지 못해서, 싸우는 사람과 진정한 원수가 누구인지 분명하게 인식하지 못했기 때문이다. 만약 원수를 분명하게 인식했다면 아녀자들처럼 부질없이 소리만 지르지 않고 견실하게 격전을 치를 수 있었을 것이며, 그럼 아마도 싸움을 좋아하는 남녀 인종은 모두 멸종되었을 것이다. 아녀자들은 대부분 제삼자처럼 행동한다. 동풍이 불어오면 서쪽을 향해 쓰러지고, 서풍이 불어오면 동쪽을 향해 쓰러지면서 순환 보복이나 일삼으며 결판을 내지 못하는 나날을 보내고 있다. 동시에 매번 싸울 때마다 여자들은 너무 빨리 쓰러지는 탓에 늘 철저하게 싸울 수 없다. 또 여자들은 대부분 특히 원수를 분명하게 인식하지 못하기 때문에 영원히 원수와 뒤엉겨서 깨끗하게 결판을 짓지 못한다. 통치하고 있는 사내들은 기실 여자들에게 감사해야 한다.

따라서 현재 세계가 엉망이 된 것은 통치자가 남자라는 데 이유가 있는 것이 아니라, 남자가 여자처럼 통치하면서 처첩지도妻妾之道로 천하를 다스리는 데 이유가 있다. 천하가 어찌 엉망이 되지 않겠는가?

반 쪼가리 예를 들어 보겠다. 명나라 위충현은 환관 즉 반쪽 여인이다. 그가 천하를 다스릴 때 백성은 편안하게 생활하지 못했다. 그는 도처에서 수많은 양아들과 양손자를 '부양'하면서 인간의 혈육과 염치를 만두처럼 집어삼켰다. 그리고 여우

같고 개 같은 그의 파당은 또 그를 공자 사당에 배향하여 도통을 계승하게 했다. 반쪽 여인의 통치도 이처럼 가공할 만한데 하물며 온전한 진짜 여인의 통치야 말해 무엇하랴!

사지(死所)

일본에 전해지는 우스갯소리 한 가지가 있다. 어떤 공자^{公子}와 어부의 문답이다.

"당신 부친은 어디서 돌아가셨습니까?" 공자가 물었다.

"바다에서 돌아가셨습니다."

"그런데 아직 두려움도 없이 바다로 나가십니까?"

"당신 부친은 어디서 돌아가셨습니까?" 어부가 물었다.

"집에서 돌아가셨습니다."

"그런데 아직 두려움도 없이 집에 앉아 있습니까?"

올해 베이핑의 마롄²⁷¹⁾ 교수가 강의를 하다가 갑자기 중풍에 걸려 교실에서 세상을 떠났다. 의고쉬안퉁²⁷²⁾ 교수는 바로 그때부터 강의를 하지 않았다. 마롄 교수의 뒤를 따를까 봐 두려웠기 때문이다.

그러나 강의실에서 죽은 교수는 기실 집에서 죽은 교수보다 확실히 적다.

"그런데 아직 두려움도 없이 집에 앉아 있습니까?"

삼한서옥에서 교정 인쇄한 서적

현재 겨우 세 종뿐이지만 본 서옥은 1,000위안의 현금으로 세 개의 한가함을 갖고 있으므로 마음을 비우고 성실한 번역 작품을 소개하려고, 거금과 예의를 갖추어 교정의 고수를 초빙했다. 차라리 본전을 까먹다가 문을 닫을지언정 결코 노임을 떼먹거나 깎지는 않을 것이다. 따라서 독자에게도 무슨 상금은 주지 못하지만 절대 속임수는 쓰지 않겠다. 『철의 흐름』 외에 두 종류는 다음과 같다.

<u>훼멸</u>　작가 파데예프는 일찍부터 좋은 평판을 얻은 소설가다. 본서는 일찍이 루쉰이 일본어판에서 번역하여 월간지에 게재했고, 독자들도 가작이라 칭찬했다. 애석하게도 월간지가 중도에 정간되어 이 책도 게재를 완료하지 못했다. 현재 또 독일어와 영어 두 가지 번역본을 참고하여 책 전체를 완역하면서 전반부를 개정했다. 또 구라하라 고레히토와 프리체의 서문

도 번역해 넣었고, 원서의 삽화 6폭, 3색판 작가 초상 1장도 덧붙여 넣었다. 이를 통해 새로운 예술을 대략 엿볼 수 있다. 묘사된 농민과 광부 및 지식인이 모두 살아 움직이는 듯 생생할 뿐 아니라 격언도 아주 많아서 끝도 없이 길어올릴 수 있으니 진실로 우리 신문학의 큰 횃불이다. 전서 360여 쪽에 실제 가격은 다양大洋 1위안 2자오다.

시멘트 그림   이 『시멘트』는 글랏코프[273]의 대작으로 중국에서도 일찍이 번역본이 나왔다. 독일의 유명한 청년 목각 판화가 칼 메페르트가 일찍이 삽화 10폭을 그렸는데, 기상이 웅대하여 구예술가들 중에서 이에 비견할 만한 사람은 아무도 없다. 이제 중국에 수입된 유일한 원판 인쇄본을 근거로 유리판으로 복제하여 중국의 겹화선지로 250부를 영인했다. 크기는 1자尺를 넘고 색깔도 원본과 틀림이 없다. 출판 이후 벌써 100부만 남아 있다. 거의 전부 독일과 일본 두 나라 사람들이 구매했고, 중국 독자는 겨우 20여 명에 불과하다. 본 출판자는 중국에서도 조속히 구매하기를 희망한다. 매진된 후에는 절대 재판을 찍지 않을 것이다. 정가도 저렴하여 원판 그림과 비교하면 100배는 싼 편이다. 그림 10폭에 서문과 목록이 2쪽이고, 중국식 장정에 실제 가격이 다양 1위안 5자오다.

대리판매처 : 우치야마서점

(상하이 베이쓰촨로 끝, 스가오타로施高塔路 입구)[274]

책의 신에게 올리는 제문

때는 경자년庚子年이라, 가도賈島가 자신의 시詩에 제사 지낸[275] 제야除夜에, 콰이지의 자젠성 등은 삼가 냉수 한 그릇과 국화꽃을 차려, 서신書神 장은長恩님께 제祭를 올리며, 비루한 글을 엮어 아뢰옵니다.

오늘 저녁은 한해 마지막 밤,
향불 향내 가득하고 촛불은 붉게 타오릅니다.
돈의 신은 취했고 돈의 노예들은 종종거리는데,
신령님께서는 어찌 홀로 너덜대는 책만 지키시옵니까?
화려한 주연 베풀어져 주향酒香은 짙게 퍼지고,
깊은 밤을 알리는 북소리 울리며 밤은 길게 이어집니다.
사람들은 와자지껄 취향醉鄉으로 접어들면서도,
그 누가 신령님께 술 한 잔을 올리나이까?

돈과는 절교했어도 집안에 너덜거리는 책은 남아 있어,

술잔을 잡고 크게 부르오니 우리 집안으로 강림하소서.

담황색 책보자기 깃발 삼고 향초 책상자 수레 삼아,

맥망[276]을 이끌고 책벌레에 수레 멍에 메소서.

냉수 한 사발과 국화 꽃잎을 제수로 삼아,

미친 듯 「이소」[277]를 낭송하며 신령님께 기쁨을 드리고자 하오니,

신령님 어서 오소서, 주저하지 마시옵소서.

신령님의 친구인 칠비漆妃[먹]와 관성후管城侯[붓]께서는,

필해筆海[벼루]를 향해 거드름을 피우고,

문총文冢[종이]에 기대 주저하고 있나이다.

맥망을 이끌어 신선이 되게 하시고,

책벌레는 데리고 와 즐겁게 노시옵소서.

저속한 촌놈들은 신령님의 원수이니,

문턱을 넘어와 신령님에게 치욕을 주지 말게 하소서.

저들이 말을 듣지 않는다면 예리한 검劍으로 제지하시고,

옛 서적을 펼쳐 저들의 목구멍을 막으소서.

또한 관성후도 붓두껍에서 나오게 하여,

저들로 하여금 근심에 젖어 덜덜 떨게 하소서.

차라리 독서광을 부르고 시인들을 오게 하여,

저를 위해 책을 지켜 주시면 그 기쁨이 끝이 없을 것입니다.

뒷날 학궁에서 공부하고 과거에 급제하여,

진귀한 책을 사서 신령님께 보답하겠사옵니다.

가져오기주의

중국은 늘 이른바 '쇄국주의'였다. 자기도 안 가고 다른 사람도 못 오게 하는. 대문이 대포와 총으로 부서진 다음에 또 잇달아 난관에 부딪히자 이제는 무엇이든 '보내주기주의'가 되었다. 다른 것은 말할 것도 없다. 학예에 관한 것만 봐도 최근에 골동품을 먼저 파리에 보내 전시해 놓고 결국 '나중에 어찌 되었는지 알 수 없다'가 되었다. 그리고 몇 분의 '대가'들이 옛 그림과 새 그림 몇 장을 받쳐 들고 유럽 각국을 순회하여 걸어둔 것을 두고 '나라를 빛냈다'라고 했다. 얼마 뒤에는 메이란팡梅蘭芳 박사를 소련에 보내서 '상징주의'를 촉진하고[278] 그 김에 유럽까지 가서 전도한다는 소식이 들렸다. 여기에서 메이란팡 박사의 연기가 상징주의와 무슨 관계인지 따지고 싶지 않다. 어쨌든 살아 있는 사람이 골동품을 대체했으니 얼마간 진보한 셈이라고 할 수 있다.

그렇지만 우리들 가운데 '오는 정이 있으면 가는 정이 있다'라는 예의에 근거하여 '가져와라!'라고 하는 사람은 없다.

물론 보내주기만 할 수 있다면 그것도 나쁘지 않다. 첫째 넉넉한 듯 보이며 둘째 호방한 듯 보이기 때문이다. 니체가 자신은 태양이므로 빛이 무궁무진하여 주기만 하고 받을 생각이 없다고 허풍을 떤 적은 있다. 그런데 니체는 결국 태양이 아니므로 미쳐 버렸다. 중국도 태양이 아니다. 비록 땅 속에 묻힌 석탄을 캐면 전 세계가 수백 년 쓸 수 있을 것이라고 말하는 사람이 있기는 하다. 그러나 수백 년 이후에는? 수백 년 이후 당연히 우리는 천당으로 올라가든 지옥으로 떨어지든 간에 귀신이 되었겠지만 우리 자손은 아직 살아가고 있다. 그러므로 여전히 그들에게 얼마간의 선물을 남겨야 한다. 그렇지 않으면 명절이나 잔치 때 그들은 내놓을 물건이 없어서 빈 절로 인사치례를 하고 죽 찌꺼기와 식은 고깃덩어리를 구해 와서 상으로 삼을 수밖에 없다.

이런 상을 '던져 온' 것으로 오해해서는 안 된다. 이는 '던져 준' 것으로 조금 더 고상하게 말하자면 '보내온' 것이라 할 수 있다. 여기에서 구체적인 실례를 들고 싶지는 않다.[279]

또한 나는 이 자리에서 '보내준' 것에 대해서도 더 말하고 싶지 않다. 그러면 너무 '모던'하지 않을 테니까. 나는 다만 우리가 조금만 더 인색하여 '보내준' 것 말고도 '가져온' 것이 있어야 한다고 생각한다. 이것이 '가져오기주의'이다.

그런데 우리는 '보내온' 것에 혼난 기억이 있다. 우선 영국의 아편이 있었고 독일의 고물 대포와 총이 있었다. 그 다음에 프랑스의 분, 미국의 영화, '백퍼센트 국산품'이 찍혀 있는 일본의 각종 잡화들이 있었다. 그리하여 각성된 청년들조차도 서양 물건이라면 공포심이 든다. 사실 이는 그것이 '보내온' 것이고 '가져온' 것이 아닌 까닭이다.

그리하여 우리는 머리를 쓰고 눈길을 던져서 스스로 가져와야 한다!

예를 들어 우리 가운데 한 가난한 청년이 조상의 음덕(일단 이렇게 말해 놓자) 덕분에 대저택을 하나 얻었다 치자. 이것이 남을 속여서 얻어 온 것인지, 빼앗아 온 것인지, 아니면 합법적으로 계승한 것인지, 데릴사위가 되어 맞바꾼 것인지를 잠시 따지지 말자. 그렇다면 이것을 어떻게 할 것인가? 나는 어찌 됐건 일단 '가져온다'. 예전 저택 주인을 반대하여 그의 물건에 오염될까 봐 바깥에서 빙빙 돌기만 할 뿐 집으로 들어가지 못한다면 겁쟁이이다. 화를 노발대발 내며 불을 놓아 저택을 다 태워 버리면 자신의 결백은 입증한 셈이지만 머저리라고 할 수 있다. 그렇다고 원래 이 저택의 이전 주인을 부러워했기 때문에 이 김에 모든 걸 받아들여 희희낙락하며 침실에 비척거리며 걸어 들어가 남은 아편을 실컷 피운다면 이는 말할 필요도 없는 폐물이다. '가져오기주의'자는 이렇게 하지 않는다.

그는 점유하고, 선택한다. 상어 지느러미를 보면, 이를 거리에 내다 버려서 자신의 '평민화'를 드러내지 않고. 양분이 있기만 하다면 마찬가지로 벗들과 더불어 무와 배추를 먹는 것처럼 먹어 치운다. 이것으로 제후를 모셔 큰 잔치를 여는 데 쓰지 않는다. 아편을 보면 사람들 앞에서 뒷간으로 내던져서 철저한 혁명성을 드러내지 않고 약방으로 보내 병을 치료하는 데 쓰이게 한다. '재고 약 판매, 소진 시까지'와 같은 휘황한 농간을 부리지 않는다. 다만 아편 담뱃대와 아편 등만은 형태가 인도, 페르시아, 아랍의 아편 도구와 달라서 국수國粹라고 할 수 있다. 그리하여 만약 이를 지고 세계를 돌아다닌다면 틀림없이 구경하는 사람이 있을 것이다. 그러나 나는 일부를 박물관에 보내는 것 이외에 나머지는 다 버려도 좋다고 생각한다. 그리고 한 무리의 첩들에게도 뿔뿔이 흩어지라고 하는 것이 좋다. 그렇지 않으면 '가져오기주의'는 위기를 맞지 않을 수 없을 것이다.

요컨대, 우리는 가져와야 한다. 우리가 사용하든 내버려두든 불태우든 간에. 그렇다면 주인은 새로운 주인이고 저택도 새로운 저택이 될 것이다. 그렇지만 이 사람이 먼저 침착하고 용맹스럽고 분별력이 있어야 하며 이기적이지 않아야 한다. 가져오는 것이 없으면 사람은 스스로 새롭게 될 수 없으며 가져오는 것이 없으면 문예도 스스로 새로워질 수 없다.

6월 4일

웨이쑤위안 군을 추억하며

나에게도 기억이 있다. 그렇지만 아주 단편적인 기억들이다. 내 기억은 칼로 긁어낸 비늘처럼 일부는 몸에 남아 있고 일부는 물에 떨어져 물을 휘저으면 몇 조각이 일렁이며 떠올라 반짝거린다. 그렇지만 사이사이에 핏자국이 섞여 있다. 그래서 나조차도 보는 사람의 눈을 버리게 할까 걱정된다.

지금 몇 명의 친구가 웨이쑤위안 군을 기념하려 하는데 나도 몇 마디 해야겠다. 그렇다. 나는 그렇게 해야 할 의무가 있다. 나는 그저 주변의 물이라도 한번 휘저어서 뭔가 떠오르는 것이 없는지 잘 살펴볼 수밖에 없다.

아마 십여 년 전의 일일 것이다. 내가 베이징대학에서 강사를 할 때의 일이다. 어느 날 강사실에서 머리와 수염이 꽤 긴 청년 하나를 만나게 되었다. 그가 리지예이다. 내가 쑤위안을 알게 된 것도 아마 지예가 소개한 것일 터이다. 그러나 그때 상황은 잊어버렸다. 내 기억에 남아 있는 그는 이미 여인숙의 작은 방에 앉아 출판을 계획하고 있는 모습이다.

이 작은 방이 웨이밍사이다.[280)]

그때 나는 두 종의 소형 총서를 편집 출간하고 있었는데 하나는 '오합총서'烏合叢書로 창작물을 주로 수록했고 다른 하나는 '웨이밍총간'으로 주로 번역물을 실었는데 모두 베이신서국에서 출판했다. 출판사와 독자가 번역서를 좋아하지 않는 것은 그때나 지금이나 마찬가지여서 '웨이밍총간'은 특히 푸대접을 받았다. 때마침 쑤위안 네는 외국문학을 중국에 소개하고 싶어서 리샤오펑과 논의해 '웨이밍총간'을 출판사에서 독립시켜 몇 명의 동인끼리 자비 출판하고자 했다. 샤오펑은 단번에 승낙하여 이 총서는 베이신서국에서 떨어져 나왔다. 원고는 우리가 직접 썼고 인쇄비도 따로 모아서 일을 시작했다. 이 총서의 이름에서 연유하여 출판사 이름도 '웨이밍'未名──그러나 '이름이 없다'는 의미가 아니라 어린이가 '아직 성년이 되지 않'은 것과 같이 '아직 이름을 짓지 않았다'는 의미이다──으로 붙였다.

웨이밍사의 동인은 야심이나 큰 뜻을 품고 있지는 않았다. 그러나 한발 한발 착실하게 일을 해나가고자 하는 의지만은 모두 같았다. 그리고 그들 중에 중심이 바로 쑤위안이었다.

그리하여 그는 누추한 작은 방에 앉아 있게 된 것이다. 그는 웨이밍사에서 일을 하게 되었다. 그러나 거의 절반은 그가 병을 앓아서 학교에 가서 공부를 할 수 없었기 때문에 자연 그가 방을 지키게 되었던 것 같기도 하다.

내가 제일 처음 쑤위안을 만난 것은 이 누추한 방이었던 것으로 기억한다. 그는 작고 마르고 똑똑하며 단정한 청년이었다. 창가에 꽂힌 낡은 중고 외국서적들은 그가 가난에 쪼들리더라도 문학을 버리지 않을 것이라는 것을 말해 주고 있었다. 그러나 이와 동시에 그에게 안 좋은 인상도 받았다. 그는 굉장히 사귀기 힘든 사람일 것이라는 느낌이었다. 그는 거의 웃지 않았다. 하긴 '웃음기가 적은 것'은 웨이밍사 동인들의 특징이었지만 쑤위안의 경우는 특히 심해서 단번에 사람들에게 이런 느낌을 갖게 했다. 그러나 나는 나중에 나의 판단이 틀렸다는 것을 알게 되었다. 그는 사귀기 힘든 사람이 아니었던 것이다. 그가 잘 웃지 않은 것은 나와 나이 차이가 많이 나서 나를 특별하게 대했기 때문이었을 것이다. 내가 청년으로 변하여 서로의 나이를 잊게 하지 않는 한 확인을 할 수 없다는 점이 아쉽다. 실제로 어떠한지 진상은 지예 네들이 잘 알고 있으리라고 생각한다.

그러나 나는 오해를 깨닫는 것과 거의 동시에 그의 치명상을 발견했다. 그는 너무 진지했다. 조용한 사람인 것 같지만 격정적이었다. 진지한 것이 치명상이 될 수 있을까? 적어도 그 당시에 그리고 지금까지는 그렇다. 진지하기 시작하면 격정적이 되기 쉽고 이게 더 심하면 자기 생명을 버리게 된다. 거기에다 또 차분하면 자기의 마음을 갉아먹게 된다.

여기에 작은 예가 있다.──우리에게는 작은 사례밖에 없다.

그때 나는 돤치루이 총리와 그의 식객들의 압박으로 일찌감치 샤먼으로 도피했지만 베이징에서 호가호위하는 위세는 여전히 진행 중이었다. 돤 일파인 여자사범대학교 총장 린쑤위안은 군대를 끌고 와서 학교를 접수하고 군대 사열을 한 다음에 남아 있던 몇 명의 교원을 '공산당'으로 지목했다. 이 명사^{名詞}는 일부에게 '일을 처리하는' 데 편리하게 사용됐을 뿐만 아니라 낡은 수법으로 이전부터 자주 사용되는 수법이었다. 그러나 쑤위안은 감정이 격해진 듯 이 다음부터 나에게 보내는 편지에 '쑤위안'^{素園}이라는 두 글자를 증오하며 한동안 이 이름을 안 쓰고 '수위안'^{漱園}으로 바꿔 썼다. 비슷한 시기에 웨이밍사 내부에서도 문제가 생겼다. 가오창훙이 상하이에서 편지를 보내왔는데 쑤위안이 샹페이량^{向培良}의 원고를 묵히고 있다며 나에게 한마디 해달라는 내용이었다. 그러나 나는 한마디도 하지 않았다. 그러자 『광풍』^{狂飆} 지면을 통해 비난의 소리가 쏟아졌다. 우선 쑤위안을 욕했고 그 다음은 나였다. 베이징에 있는 쑤위안이 페이량의 원고를 보류했는데 상하이에 있는 가오창훙이 불만을 품고 샤먼에 있는 나에게 판단을 내려 달라니, 상당히 웃기는 일이라고 생각했다. 게다가 아무리 작은 문학단체일지라도 상황이 어려울 때 내부에서 문제를 일으키는 사람이 나오는 것도 드문 일은 아니었다. 그러나 쑤위안은 정말 진지했다. 그는 나에게 편지를 써서 상세하게 상황을 설명했을 뿐만 아니라 잡지에 해명 글을 싣기까지 했다. '천재'들의 법정에서 평범한 사람이 무엇을 분명하게 해명할 수 있단 말인가?──나도 모르게 길게 탄식이 나왔다. 그는 일개 문인에 불과한 데다 병을 앓고 있다. 그런데 이렇게 필사적으로 내우외환을 갈무리하다 보면 오래갈 수 있겠는가 하는 불길한 생각이 들었다. 물론 이 우환은 작은 것일 뿐이지만 진지한 데다 격정적인 사람에게는 꽤 큰 것이었다.

오래지 않아 웨이밍사가 활동을 금지당했고[281] 몇 명은 체포되기까지 했다. 쑤위안은 이미 각혈을 시작해 병원에 입원했을 무렵이었는지 그는 체포자 속에 끼지 않았다. 그러나 나중에 체포된 이들이 석방되었고 웨이밍사도 다시 활동을 시작하였다. 폐쇄되었다가 갑자기 재개하고 체포되었다가 갑자기 석방되고, 나는 지금도 여기에 어떤 꿍꿍이가 있는지 잘 모르겠다.

내가 광저우에 온 다음 해, 그러니까 1927년 초가을에도 계속해서 그의 편지 몇 통을 받았다. 시산병원에서 의사가 못 앉게 해서 베개에 엎드려 쓴 편지였다. 그의 어조는 또렷했고 생각도 더 분명하고 폭도 넓어졌지만 나는 그의 병세가 더 걱정스러워졌다. 어느 날 나는 한 권의 책을 받았다. 쑤위안이 번역한, 천으로 표지를 장정한 『외투』였다. 나는 보자마자 가슴이 철렁 내려앉았다. 이것은 분명 그가 기념품으로 나에게 보낸 것이었다. 그가 살날이 얼마 남지 않았다는 것을 자각한 것은 아닌가?

나는 차마 이 책을 펼쳐 보지 못했다. 그러나 나에게는 아무 방법도 없었다.

이 일로 나는 옛일이 생각났다. 쑤위안의 친한 친구도 각혈을 한 적이 있었는데 하루는 쑤위안 앞에서 각혈을 하기 시작하자 그는 당황하여 어쩔 줄 몰라서 근심과 조급함과 사랑이 어린 목소리로 친구에게 "각혈해서는 안 돼!"라고 명령했다. 그 상황에서 나는 입센의 『브란』이 기억났다. 그는 과거의 사람에게 새롭게 시작하라고 명령했지만 결국에는 그렇게 할 수 있는 비범한 힘이 없어서 자신을 무너지는 눈 아래 묻고 말지 않았던가?

허공에 브란과 쑤위안이 보였다. 그러나 나는 아무 말도 하지 못했다.

내가 가장 다행으로 생각하는 것은 1929년 5월 말 시산병원에 가서 쑤위안을 만났던 일이다. 그는 일광욕을 해서 피부가 까맣게 탔으나 정신만은 활기찼다. 우리는 몇 명의 친구들과 즐겁게 시간을 보냈다. 그러나 즐거운 분위기 속에서도 때때로 슬픈 생각이 끼어들곤 했다. 그의 동의를 얻어서 다른 사람과 약혼한 그의 아내를 생각할 때, 그리고 외국문학을 중국에 소개하고자 하는 조그마한 바람도 이루어지기 힘들다는 것을 생각할 때, 그리고 앞에서 기다리는 것이 완치인지 죽음인지도 모르고 여기에서 조용히 누워 지내는 그를 생각할 때, 또 그가 왜 나에게 고급 장정의 『외투』를 보냈을까를 생각할 때마다.

벽에는 한 폭의 도스토옙스키 초상화가 걸려 있었다. 나는 이 선생에 대해서 존경하고 감탄하지만, 또 한편으로는 그의 냉혹하다 못해 차분한 문장에 몸서리를 친다. 그는 정신을 고문하는 기계를 배치해 불행한 사람을 하나하나 끌어와 고문을 가하면서 우리에게 보여 준다. 지금 그는 우울한 눈초리로 쑤위안과 그의 침대를 응시하면서 흠, 이 사람도 작품의 불행한 사람으로 넣을 수 있겠군, 이라고 우리에게 말하는 것 같았다.

물론 이것은 자그마한 불행에 지나지 않지만 쑤위안 개인에게는 상당히 큰 불행이었다.

1932년 8월 1일 새벽 5시 반, 쑤위안은 베이핑 퉁런同仁병원에서 병사했다. 모든 계획과 모든 희망도 함께 사라졌다. 원통한 것은 내가 화를 피하느라 그의 편지를 모두 불살랐다는 사실이다.[282] 나는 『외투』 한 권을 유일한 기념으로 삼아 영원히 내 곁에 둘 수밖에 없다.

쑤위안이 죽고 난 다음 순식간에 2년이 지났다. 이 기간 동안 문단에서 그에 대해 이야기하는 사람은 없었다. 이것도 당연하다고 할 수 있는 것이 그는 천재도 아니었고 호걸도 아니었으며 살아 있을 때 묵묵히 살아간 것에 지나지 않았으니 죽은 다음에도 묵묵히 사라져 갈 수밖에 없었다. 그러나 우리에게는 기념해야 할 청년이었다. 그가 웨이밍사를 묵묵히 꾸려 나갔기 때문이다.

웨이밍사는 지금 거의 없어진 것이나 다름없으며 존재했던 기간도 그리 길지 않다. 그러나 쑤위안이 일을 맡고 난 다음부터 고골과 도스토예프스키, 안드레예프를 소개했으며 반 에덴을 소개했고 예렌부르크의 『담배쌈지』와 라브레뇨프의 『마흔한번째』를 국내에 알렸다. 그리고 '웨이밍신집'未名新集을 출간했는데 그 안에 충우의 『군산』君山, 징눙의 『땅의 아들』地之子과 『탑을 세우는 사람』建塔者, 그리고 나의 『아침 꽃 저녁에 줍다』朝花夕拾가 포함되어 있다. 그때에도 다 상당히 괜찮은 작품들에 속했다. 진실은 경박하고 음험한 소인배에게 냉정한 법이어서 그들은 몇 년 뒤에 연기처럼 사라지겠지만 웨이밍사가 낸 번역서는 지금까지도 문단에서 고사하지 않고 살아남아 있다.

그렇다. 쑤위안은 천재가 아니며 호걸도 아니며 고층 건물의 첨탑도 아니며 이름난 정원의 아리따운 꽃은 더더욱 아니었다. 그러나 그는 건물 아래에 고여진 돌덩이였으며 정원에 흩뿌려진 한 줌의 진흙이었다. 중국에서 가장 필요한 것은 그와 같은 사람이다. 그는 감상하는 사람들의 눈에는 띄지 않는다. 그러나 건축가와 원예가는 결코 그를 도외시할 수 없다.

문인에게 재앙이란 살아 있을 때 공격을 받거나 냉대를 받는 것이 아니라 죽어서 말과 행동이 사라진 다음 하릴없는 치들이 지기입네 나타나선 옳으니 그르니 공론을 일으키면서 자신을 돋보이게 하고 시체까지 그들의 명예를 추구하고 이익을 얻는 도구로 삼는 데 있다. 이는 정말 슬픈 일이다. 지금 나는 이 몇 자로 내가 알고 있던 쑤위안을 기념하는데, 이 글에 내 잇속을 차리는 곳이 없기를 바랄 뿐이다. 이밖에 달리 더 할 말은 없다.

　　다음에 다시 기념할 자리가 있을지 모르겠다. 만약 이번이 마지막이라면 쑤위안, 이로써 영원히 이별이오!

1934년 7월 16일 밤, 루쉰 씀

류반능 군을 기억하며

이는 샤오펑이 나에게 청탁한 제목이다.

이는 나에게 결코 과분한 제목이 아니다. 반눙도 나의 오랜 벗이니 내가 그의 죽음을 애도하는 것은 당연하다. 그러나 오랜 벗이라는 것은 십여 년 전의 이야기이고 지금은 그렇다고 말하기가 곤란한 사이가 되었다.

내가 그와 어떻게 처음 만나게 되었는지, 그리고 그가 어떻게 베이징에 오게 되었는지는 벌써 다 잊어버렸다. 그가 베이징에 온 것은 아마 『신청년』에 투고한 다음 차이제민 선생[283]이나 천두슈 선생이 불러서 온 것이리라. 베이징에 온 다음 그가 『신청년』의 투사가 된 것은 말할 것도 없다. 그는 활달하고 용감하여 몇 차례의 큰 전투를 멋지게 치러 냈다. 가령 편집부에서 왕징쉬안이라는 이름으로 썼던 편지에 답신을 쓰고 '그녀'她 글자와 '그것'牠 글자를 만든 것[284]이 대표적이다. 이 두 사건은 지금 보자면 정말 하잘것없는 일인 것 같지만 신식 구두점을 제창하는 것만으로도 한 떼의 사람들이 '부모 초상이라도 난 듯' 달려들었고 제창한 이들의 '고기를 먹고 가죽을 베고 자지 못해' 난리이던 십여 년 전이고 보니 이는 확실히 '큰 전투'였다. 지금의 스물 남짓한 청년 가운데 변발을 자르는 것만으로도 감옥에 가거나 목이 잘릴 수 있었던 삼십 년 전의 일을 알고 있는 이는 극소수일 것이다. 그러나 이는 엄연한 사실이었다.

그러나 반농의 활달함에는 경솔한 면이 없잖아 있었고 용감함에도 무모함이 묻어 있었다. 그렇지만 적을 공격할 계획을 논의할 때 그는 역시 좋은 동료였다. 일을 진행할 때 말과 행동이 다르거나 몰래 동료의 뒤통수를 치는 일을 절대로 하지 않았다. 만약 일이 잘못되었다면 그것은 제대로 계산하지 못한 탓이었다.

『신청년』은 한 호를 출간할 때마다 편집회의를 열어서 다음 호 원고를 기획했다. 이때 나의 주의를 가장 많이 끌었던 이는 천두슈와 후스즈였다. 가령 책략을 창고에 비유하여 말한다면, 두슈 선생은 바깥에 큰 깃발을 세워 놓고 '안에 무기가 가득 들어 있으니 들어오는 자는 조심하라!'라고 큰 글자로 써 놓았으나 정작 문을 활짝 열어 놓아서 안에 창과 칼이 몇 개 들어 있는지가 환히 다 보여 경계할 필요가 전혀 없었다. 이에 비해 스즈 선생은 문을 꼭 닫아 놓고 문에 '안에는 무기가 없으니 걱정하지 마시오'라고 쓴 자그마한 종이 한 장을 붙여 놓는 격이었다.

이는 물론 정말일 수도 있으나 사람에 따라서——최소한 나 같은 사람은——고개를 갸웃거리며 한번 곰곰이 따져볼 때가 있었다. 반눙은 이들처럼 '무기고'를 가지고 있는 사람이라는 느낌이 들지 않았다. 그래서 나는 천두슈와 후스즈 선생에 대해 탄복했지만 친하기는 반눙과 더 친하게 지냈다.

친하다고 해봤자 한담을 더 나누는 정도에 불과했고 이야기를 좀 길게 하다 보면 그의 결점은 금방 드러났다. 상하이에서 묻어 온 '아리따운 여자가 곁에서 향기를 더해 주는 밤에 독서한다'는 재자[宇]의 여복에 대한 관념을 거의 일 년 반 동안이나 없애지 못해 우리에게 욕을 먹고서야 겨우 떨쳐 냈다. 그러나 그는 가는 곳마다 이런 이야기를 떠들고 다녀서 일부 '학자'들의 눈살을 찌푸리게 만드는 것 같았다. 가끔 『신청년』에 투고한 원고도 채택되지 않았다. 그는 용감하게 글을 썼지만 예전 잡지를 들춰 보면 그의 원고가 빠진 호도 꽤 되었다. 그 사람들은 그의 사람 됨됨이를 문제 삼았다. 가볍다는 것이었다.

그렇다. 반눙은 확실히 가벼웠다. 그러나 그의 가벼움은 밑바닥이 환히 보이는 맑은 시냇물과 같아서 찌꺼기와 썩은 풀이 조금 섞여 있다 하더라도 전체를 흐리게 하지는 못했다. 만일 그 안이 진흙으로 가득 차 있다면 단번에 깊이를 가늠할 수 없을 것이다. 진흙으로 가득 찬 깊은 못보다는 차라리 얕은 물이 낫다.

그러나 등 뒤에서 하는 이런 비판이 반눙의 마음을 상하게 했던 것 같다. 그가 프랑스로 유학을 떠난 이유는 이 때문이 아니었을까 의심한다. 나는 편지를 주고받는 데 가장 게으른 사람 중 하나였다. 이때부터 우리는 소원해지기 시작했다. 그가 돌아왔을 때 나는 그가 외국에서 고서를 필사했고 나중에 『하전』[285]에 구두점을 찍는 작업을 했다는 것을 알게 되었다. 나는 그때까지 친구로 자처하고 있었기 때문에 서문에 솔직한 말을 몇 마디 썼다. 반능이 불쾌해했다는 것을 나중에 알았으나 '한 번 입 밖에 내놓은 말을 거둬들일 수 없'는 노릇이니 방법이 없었다. 그밖에 『위쓰』와 관련해 남들은 잘 모르는 유쾌하지 않은 일이 있었다.[286] 오륙 년 전에는 상하이의 연회에서 한 번 만난 적이 있었는데 그때 우리는 할 이야기가 거의 없을 정도였다.

최근 몇 년 사이에 반능이 요직에 오르자 나도 점점 더 그를 잊어 갔다. 그러나 신문에서 그가 '미스'라는 칭호를 금지시켰다는 유의 소식을 보면 반감이 일었다. 나는 이런 일을 반능이 나서서 할 필요가 없다고 생각했다. 지난해부터 또 그가 끊임없이 해학적인 시를 지으며 고문을 희롱하는 것을 보고 예전의 우정을 생각하면서 나도 모르게 자주 긴 한숨을 쉬곤 했다. 만약 마주친다면 내가 아직도 친구로 자처하고 있어서 "오늘 날씨가 … 하하하" 하고 말 것은 아니므로 분명히 서로 부딪칠 것이라고 생각했다.

그러나 반능의 충직함은 여전히 나를 감동시켰다. 재작년 나는 베이핑에 갔을 때 반능이 나를 보러 오려 했으나 누가 그에게 으름장을 놓는 바람에 찾아오지 못했다는 이야기를 전해 들었다. 이 일은 나를 부끄럽게 만들었다. 내가 베이핑에 갔을 때 반눙을 찾아갈 생각을 한 적은 없었기 때문이다.

지금 그는 세상에 없다. 그에 대한 감정은 그가 살아 있을 때와 별반 다르지 않다. 나는 십 년 전의 반눙을 사랑하며 최근 몇 년의 그를 증오한다. 이 증오는 친구의 증오이다. 나는 그가 늘 십 년 전의 반눙이기를 바란다. 그의 투사적인 면모는 비록 '가 볍'다고 여겨지더라도 중국에 유익하기 때문이다. 나는 분노의 불길로 그의 전적^{戰績}을 밝혀서 물귀신이 그의 과거의 영광을 시체와 함께 진흙탕의 심연으로 끌고 들어가지 못하기를 기원한다.

8월 1일

아이 사진을 보며 떠오르는 이야기

오랫동안 아이가 없었기 때문에 대가 끊어질 것이고 이것은 나의 사람 됨됨이가 못된 벌을 받는 것이라고 말하는 사람이 있었다. 집주인 아주머니도 내가 미울 때 아이들을 우리 방에 놀러 가지 못하게 하면서 "저 사람은 한번 쓸쓸해 봐야 해. 죽을 만큼 쓸쓸해 봐야 해!"라고 쏘아붙였다. 그러나 지금 아이가 하나 있다. 잘 키울 수 있을지 어떨지는 모르겠지만 어쨌든 제법 말을 할 줄 알고 자기 생각을 이야기할 정도가 됐다. 그러나 말을 잘 못할 때가 차라리 나았던 것이 말을 할 줄 알자 아이도 나의 적처럼 느껴지는 것이다.

아이가 나에 대해 불만이 가득할 때가 있다. 한번은 나를 앞에 두고 "내가 아빠가 되면 백 배 더 잘할 거야…"라는 말을 하기도 했고 심지어 '반동'스럽게 "이런 아빠가 무슨 아빠람!"이라며 신랄하게 나를 비판한 적도 있었다.

나는 아이의 말을 믿지 않는다. 아이일 때는 나중에 좋은 아버지가 될 것이라고 장담하지만 스스로 아이를 갖게 될 때쯤이면 어릴 때의 선언 같은 것은 까맣게 잊어버릴 것이다. 게다가 나는 내가 그렇게 나쁜 아비라고 생각하지도 않는다. 가끔 꾸중할 때도 있고 때릴 때도 있지만 다 아이를 사랑해서 그런 것이다. 그런 탓에 아이는 건강하고 활달하고 개구쟁이이며, 기를 못 펴서 반응이 굼뜬 것과는 거리가 멀다. 정말 '무슨 아빠'였다면 대놓고 이렇게 반동적인 선언을 할 수 있겠는가.

그러나 그 건강함과 활달함 때문에 아이가 손해를 볼 때도 있다. 9·18사건[287] 이후 동포에게 일본 아이로 오해받아서 몇 번이나 욕을 먹었고 한 번은 맞는 일도 일어났다——물론 심하지는 않았다. 그런데 이 자리에서 말하는 사람과 듣는 사람 양쪽 다 불편할 말 한 마디를 덧붙여야겠다. 최근 일 년여 동안은 이런 일이 한 번도 발생하지 않았다.

중국 아이와 일본 아이가 다같이 양복을 입고 있으면 보통은 분간하기가 어렵다. 그러나 우리 중 일부는 다음과 같이 잘못된 속단을 내린다. 온화하고 예의 바르고 모범적이며 자주 웃거나 말하지 않고 움직이지 않으면 중국 아이, 건강하고 활달하고 낯을 가리지 않고 크게 소리치며 뛰어다니면 일본 아이라고 보는 것이다.

그러나 이상한 것은 일본인 사진관에서 아이 사진을 찍은 적이 있었는데 만면에 개구쟁이 티가 완연한 것이 완전히 일본 아이 같았다. 나중에 중국인 사진관에서도 사진을 찍었는데 비슷한 옷이었는데도 조신하고 온순한 것이 영락없는 중국 아이였다.

이 일에 대해 생각을 해본 적이 있다.

이렇게 서로 다른 가장 큰 원인은 사진사에게 있었던 것이다. 사진사는 아이를 잘 서 있게 한 다음 눈을 부릅뜨고 카메라를 들여다보면서 가장 좋다고 생각하는 찰나의 모습을 찍는데, 서거나 앉도록 지시하는 자세부터 양국의 사진사는 달랐던 것이다. 카메라 렌즈에 들어오는 아이의 표정은 변화무쌍하다. 활달한 표정을 짓다가 장난기 가득한 얼굴로 바뀌고 또 금세 얌전한 얼굴이 된다. 조신한 표정이다가 지겨워하는 얼굴로 바뀌고 의아한 표정을 짓다가 씩씩한 표정으로 변하고 또 금세 피곤한 얼굴이 된다. 얌전하고 온순한 순간일 때 찍으면 중국 아이 사진이 된다. 활달하거나 개구쟁이 같은 순간을 포착하면 일본 아이와 비슷한 사진이 된다.

온순한 것이 악덕은 아니다. 그러나 확대하여 모든 사물에 대해서 온순하다면 결코 미덕이라고 할 수 없고 오히려 장래성이 없다고 해야 할 것이다. '아빠'와 선배의 말은 물론 귀담아들어야겠지만 또 그 말은 반드시 합리적이어야 한다. 가령 모든 일에서 남들보다 못하다고 여겨 고개를 푹 숙이고 뒤로 물러나는 어린아이나 만면에 웃음을 짓지만 실제로는 음모를 꾸미고 뒤통수를 치는 어린아이보다는, 차라리 나에게 '무슨 놈'

이냐고 대놓고 비판하는 소리를 듣는 편이 훨씬 낫다. 그리고 그가 그런 놈이 되기를 바란다.

그러나 중국에서 일반적인 추세는 온순한 유형 — '정'적인 방향으로 발전하는 데 머물고 있다. 눈을 내리깔고 부드러운 표정을 짓고 그저 예예 하고 순종해야 좋은 아이라고 여기고 '사랑스럽다'고 말한다. 활달하고 건강하며 고집 세고 가슴을 펴며 고개를 꼿꼿이 들고 다니는 '동'적인 아이에게 사람들은 고개를 절레절레 젓고 '서양풍'이라는 딱지까지 붙인다. 오랫동안 침략을 당하고 있기 때문에 이런 '서양풍'이라면 이를 바득바득 갈고 한 발 더 나아가 일부러 이 '서양풍'에 엇서서 행동하기도 한다. 그들이 움직이면 우리는 일부러 가만히 앉아 있고 그들이 과학을 이야기하면 우리는 점을 치고 그들이 짧은 옷을 입으면 우리는 장삼을 꺼내 입으며 그들이 위생을 중시하면 우리는 파리라도 잡아먹을 판이고 그들이 건장하다고 하면 우리는 없는 병도 앓을 채비를 한다.… 이것이야말로 중국 고유의 문화를 보호하는 것이고 나라를 사랑하는 것이요 노예근성이 아니라고 한다.

사실상 내가 보기에 이른바 '서양풍' 가운데에 좋은 점도 적잖으며 중국인이 원래 가지고 있는 성격도 있다. 그러나 역대 왕조가 억눌러 온 탓에 위축되어 버려 자신도 어떻게 된 것인지 알지 못한 사이에 이 성격을 몽땅 서양인에게 넘겨주고 말았던 것이다. 이것은 되가져와야 하는 것 — 회복해야 하는 것이다. 물론 한바탕 신중하게 선택해야 하겠지만.

설사 중국에 원래 없던 것이라 하더라도 좋은 점이라면 우리는 따라 배워야 한다. 설령 그 선생이 우리의 적이라 할지라도 마찬가지로 우리는 선생을 따라 배워야 한다. 이 자리에서 모두 다 기분 나빠할 일본 이야기를 꺼내야겠다. 일본이 모방을 잘하고 창조를 잘하지 못한다고 중국의 많은 논자들이 경멸한다. 그러나 일본의 출판물과 공예품만 보더라도 중국이 따라갈 수 없는 솜씨를 갖고 있다. 따라서 '모방을 잘 한다'라는 것이 결코 단점이 아니며 우리는 바로 이러한 '모방을 잘하는' 것을 배워야 한다는 것을 알게 된다. '모방을 잘하'고 창조도 한다면 더 좋은 것이 아닌가? 그렇지 않으면 '한을 품고 죽을' 수밖에 없다.

여기에서 군더더기 같은 성명을 한 마디 덧붙여야겠다. 나의 주장은 절대로 '제국주의자의 사주를 받'고 중국인에게 종이 되라고 유혹하는 것이 아니다.[288] 그리고 설사 말끝마다 애국을 부르짖고 온몸을 국수國粹로 치장하더라도 실제로 종이 되는 데 하등 지장이 없다는 사실도 같이 알린다.

8월 7일

중국 문단의 망령

1.

국민당이 공산당에 대해서 합작에서 토벌로 방향을 바꾼 이후에, 국민당이 우선 공산당을 이용한 것에 불과하며 북벌이 성공할 무렵에 토벌을 실시할 계획이었다고 말하는 사람이 있다. 그러나 이 설은 진실이 아니라고 생각한다. 국민당의 상당수 권력자가 공산화를 원했다. 그 당시 그들이 뒤질세라 앞다퉈 자녀를 소련으로 유학 보냈던 것이 하나의 증거가 된다. 중국의 부모에게는 아이가 가장 소중하므로 절대로 자녀를 토벌재료가 되는 연습을 시키려 보낼 리 없기 때문이다. 다만 권력자들은 잘못된 판단을 하고 있었던 것 같다. 그들은 중국이 공산화되더라도 그들의 권력은 더 커지고 재산과 첩의 수도 더 많아질 것이라고, 적어도 공산화되지 않는 것보다 더 나빠지지는 않을 것이라고 여겼던 것 같다.

우리에게 전설이 하나 있다. 대략 2천 년 전에 류선생^{劉先生}이
라는 사람이 있었는데 각고의 노력 끝에 신선이 되어 부인과
같이 하늘로 올라갈 수 있게 되었다. 그러나 그의 부인은 올라
가고 싶어 하지 않았다. 왜 그랬는가? 그녀는 살던 집이며 기르
던 닭과 개를 두고 가기가 아쉬웠던 것이다. 류선생은 상제에
게 애원을 하여 집과 닭, 개 그리고 그들 부부를 모두 하늘로 올
라가는 방법을 강구하고 나서야 겨우 신선이 되었다. 이것도
큰 변화라고는 하나 사실 하나도 변하지 않은 것이나 마찬가
지이다. 공산주의 국가에서 권력자의 구태가 하나도 바뀌지 않
거나 더 떵떵거리며 살 수 있다면 그들은 분명 찬성했을 것이
다. 그러나 나중의 상황이 증명하듯이 공산주의는 상제처럼 모
든 일을 융통성 있게 처리하지 않자 토벌할 결심을 한 것이다.
아이는 물론 첫번째로 소중한 존재이다. 하지만 결국에는 자기
자신이 가장 중요한 법이다.

그리하여 많은 청년들이, 공산주의자와 혐의자, 좌경인사와
혐의자 그리고 이들 혐의자의 친구들이 곳곳에서 자신의 피로
자신의 잘못과 권력자들의 잘못을 씻었다. 권력자들의 잘못은
이들에게 속아서 저질러진 것이기 때문에 반드시 이들의 피로
깨끗이 씻어 내야 했다. 그런데 다른 일군의 청년들은 돌아가
는 사정을 모른 채 소련에서 학업을 마치고 낙타를 타고 부푼
마음을 안고 몽고를 거쳐서 되돌아왔다. 외국의 여행자 하나가
이 모습을 보고 가슴이 아파서 나에게 "조국에서 기다리는 것

이 교수대라는 것을 그들은 모르고 있어요"라고 말했던 것이
기억난다.

그렇다. 교수대이다. 그러나 교수대 정도는 나쁜 축에도 끼
지 않는다. 단순하게 밧줄로 목을 매는 것은 양반에 속한다. 게
다가 다 교수대에 올라가는 것도 아니다. 그들 중 일부에게는
다른 길이 열렸는데 목에 밧줄이 걸린 친구의 다리를 사정없이
잡아당기는 것이 그것이었다. 그는 실제 행동으로 자신의 참회
가 마음속 깊이 우러나왔음을 증명했던 것이다. 참회할 수 있
는 사람의 정신이란 더없이 숭고한 것이다.

2.

여기에서 참회를 모르는 공산주의자는 중국에서 죽어야 마땅
한 죄인이 되었다. 뿐만 아니라 이 죄인은 다른 사람에게 무궁
한 편리를 가져다주기도 했다. 그들은 상품이 되어 돈을 받고
팔릴 수도 있었으니 사람들에게 새로운 직업을 추가하게 해준
것이다. 뿐만 아니라 한쪽에서 공산당이라고 지목만 해도 바로
죄인이 되었기 때문에, 학교 내의 분쟁과 연애 사건도 아주 쉽
게 해결되었다. 누가 돈 많은 시인과 논쟁한다면 그 시인의 결
론은 다음과 같이 맺어진다. 공산당은 자본가계급을 반대한다.
나는 돈이 있고 그는 나를 반대하므로 그는 공산당이다. 그리
하여 시의 신은 금으로 만든 탱크를 타고 개선하게 된다.

그러나 혁명청년의 피는 혁명문학의 싹에 물을 대었다. 문학

영역에서는 혁명성이 이전보다 훨씬 강화되었다. 정부 부처에 외국 유학을 하거나 국내에서 풍부한 지식을 쌓은 청년이 많이 있었으므로 이들도 이러한 징조를 감지했다. 그들이 가장 먼저 쓴 것은 극히 평범한 수단이었다. 서적 판매금지, 작가 압박, 최종적으로는 작가 살육. 좌익 청년작가 다섯 명이 이러한 본보기로 희생되었다. 그런데 이 사건은 공개되지도 않았다. 이런 일을 할 수는 있으나 발설해서는 안 된다는 것을 그들은 잘 알고 있었다. 옛 어른은 일찍이 이런 말씀을 하셨다. "말을 타고 천하를 가질 수는 있지만 말을 타고 천하를 다스릴 수는 없다." 따라서 혁명문학을 토벌하려면 문학이라는 무기를 사용해야만 했다.

이 무기로 출현한 것이 이른바 '민족문학'이다. 그들은 세계 각 인종의 얼굴색을 연구한 결과 얼굴색이 같은 인종은 동일한 행위를 취해야 하므로 황색 프롤레타리아계급은 황색 부르주아계급과 투쟁해서는 안 되며 백인 프롤레타리아계급과 투쟁해야 한다고 정리했다. 그들은 이상적인 표본으로 칭기즈칸을 생각해 내고 그의 손자인 바투 칸이 어떻게 수많은 황색 민족을 통솔했고, 러시아를 침략하여 러시아의 문화를 파괴하고 귀족과 평민을 노예로 삼았는가를 묘사했다.

중국인이 몽고의 칸을 따라 정벌에 나선 것은 사실 중국민족의 영광이라고 볼 수 없다. 그러나 러시아를 박멸하기 위하여 그렇게 하지 않을 수 없었다. 왜냐하면 우리의 권력자는 이전의 러시아 곧 지금의 소련의 주의主義가 자기의 권력과 재부, 첩의 수를 절대로 늘려 주지 않는다는 걸 이제 잘 알고 있었기 때문이다. 그런데, 현재의 바투 칸은 누구인가?

1931년 9월 일본이 동북의 삼성을 점령했다. 이는 확실히 중국인이 다른 이의 뒤를 쫓아 소련을 섬멸할 서곡이었으므로 민족주의 문학가들의 마음에 들 만했다. 그러나 일반 민중은 당장 동북 삼성을 뺏긴 것이 장래에 소련을 궤멸시키는 것보다 더 중요하다고 생각하여 격앙하기 시작했다. 결국 민족주의 문학가는 바람의 흐름에 따라 조타수를 돌릴 수밖에 없어서 통곡하고 소리치는 것으로 이 사건에 대한 태도를 바꾸었다. 많은 열성적인 청년들은 난징으로 청원하러 가서 출병을 요구했다. 그런데 그들은 갖은 신고를 겪어야 했다. 기차를 탈 수가 없어서 며칠 동안 노숙을 해서야 겨우 난징으로 가는 기차를 타는 것이 허용되었으며 상당수는 걸어서 갈 수밖에 없었다. 난징에 도착한 그들을 기다린 것은 생각지도 못하게 훈련받은 대부대의 이른바 '민중'이었다. 그들은 손에 방망이와 가죽채찍, 권총을 들고 정면에서 후려쳐서 그들은 얼굴이나 몸의 일부가 부어오른 것을 청원의 결과로 얻고 풀이 죽어서 돌아갈 수밖에 없었다. 이중 일부는 이후에 종적을 감춰 아직까지 찾지 못했고 몇몇은 물에 빠져 죽었는데 신문은 실족사했다고 보도했다.

민족주의 문학가들의 곡소리도 여기서 끝났다. 그들의 그림자도 보이지 않았다. 그들은 장례를 치르는 임무를 이미 완성한 것이다. 이는 상하이의 장례식 행렬과 마찬가지로 행렬이 나갈 때 소란스러운 악대도 있고 노랫소리 같은 곡성도 있지만 그 목적은 슬픔을 묻어 버리고 다시는 기억하지 않는 데 있다. 그리하여 목적이 일단 달성되면 모두 뿔뿔이 흩어지고 행렬을 이룰 일은 다시 생기지 않게 되는 것이다.

3.

그러나 혁명문학은 동요하지 않고 오히려 더 발전하여 독자들의 신뢰를 얻게 되었다.

그러자 다른 편에서 이른바 '제3종인'이 출현했다. 당연히 좌익은 아니지만 또 우익도 아닌, 좌우를 초월한 좌우 바깥의 인물이었다. 그들은 문학이 영원하고 정치적 현상은 일시적이므로 문학은 정치와 관련이 있어서는 안 되며, 관련되면 바로 문학은 영원성을 상실하게 되고 중국에는 이후 위대한 작품이 존재하지 않을 것이라고 생각했다. 그러나 그들, 문학에 충실한 '제3종인'도 위대한 작품을 써내지 못했다. 왜일까? 좌익평론가는 문학을 쥐뿔도 모르고 사설^{邪說}에 미혹되어 있으면서 자신들의 좋은 작품에 가혹하고도 부정확하게 비판을 가하여 작품을 못 쓰도록 공격을 했기 때문인 것이다. 그리하여 좌익비평가는 중국문학의 도살자라는 것이다.

정부가 간행물을 판금시키고 작가를 살육하는 것에 대해서 그들은 언급하지 않는다. 이는 정치에 관계되는 것이므로 언급하는 순간 그들 작품의 영원성을 잃어버리기 때문이다. 게다가 '중국문학의 도살자'를 진압하고 살육하는 무리가 바로 '제3종인'의 영원한 문학과 위대한 작품의 수호자임에랴, 더 말할 거리가 없다.

쥐어짜는 이러한 억지 울음도 무기이긴 하지만 그 힘은 미약했다. 혁명문학은 이것으로 격퇴되지 않았다. '민족주의문학'은 이미 자멸했다. '제3의 문학'도 흥기하지 못했다. 이제 진짜 무기를 다시 한번 꺼낼 수밖에 없었다.

1933년 11월, 일군의 사람들이 상하이의 이화藝華영화사를 습격하여 엉망으로 만들었다. 그들은 매우 조직적이었다. 호루라기를 불자 동작을 개시했고 다시 호루라기를 불자 동작을 멈췄다가 다시 한 차례 불자 사람들이 흩어졌다. 떠날 때 전단지까지 뿌렸는데 전단지에는 이 영화사가 공산당에 이용당했기 때문에 정벌한다는 이유가 적혀 있었다. 게다가 정벌 대상은 영화사에 그치지 않고 서점까지 확대되었다. 규모가 클 때는 일군의 무리가 난입해 들어가 모든 것을 때려 부쉈고 규모가 작을 때는 어디에서 날아왔는지 모르는 돌이 이백 양위안洋圓 하는 전면 유리창을 박살냈다. 그 이유는 또 당연히 이 서점이 공산당에게 이용되었기 때문이었다. 고가의 유리창이 안전하지 않아서 서점 주인의 가슴은 쓰라렸다. 며칠 후 '문학가'가 나타나 자신의 '좋은 작품'을 서점 주인에게 팔았다. 주인은 출판해도 아무도 안 읽을 것이라는 걸 알았지만 살 수밖에 없었다. 왜냐하면 가격이 고작 유리창 한 장 가격에 불과했고 이것으로 두번째 돌을 피하여 유리 창문을 고칠 일을 덜 수 있기 때문이었다.

4.

서점을 압박하는 것은 정말 가장 좋은 전략이었다.

그러나 돌 몇 개로는 성에 차지 않았다. 중앙선전위원회도 상당량의 책을 판매금지시켰다. 모두 149종의 서적으로 판매량이 꽤 괜찮은 서적 대다수가 여기에 포함되었다. 중국 좌익작가의 작품 대부분이 당연하게도 금지되었고, 뿐만 아니라 번역서까지 금지되었다. 몇 명의 작가를 들어 보자. 고리키(Gorky), 루나차르스키(Lunacharsky), 페딘(Fedin), 파데예프(Fadeev), 세라피모비치(Serafimovich), 업튼 싱클레어(Upton Sinclair), 심지어 마테를링크(Maeterlinck), 솔로구프(Sologub), 스트린드베리(Strindberg)까지 포함되었다.

이는 출판사를 곤혹스럽게 만들었다. 일부는 즉각 책을 내놓아 불살랐으며, 일부는 이 마당에도 구제받고 싶어서 관청과 논의를 한 끝에 일부 책을 면제받았다. 출판하기 곤란한 상황을 줄이기 위하여 관리와 출판사는 회의를 한 차례 소집하기도 했다. 이 회의에서 '제3종인' 몇몇은 좋은 문학과 출판사의 자본을 보호하기 위하여 일본의 방법을 빌려 오자는 제안을 잡지 편집자의 자격으로 제기했다. 곧 인쇄하기 전에 먼저 원고를 검열하여 삭제와 수정을 거쳐서 다른 사람도 좌익작가의 작품에 연루되어 판매금지되거나 인쇄한 후 판금조치가 되어 출판사에 손해를 끼치는 일이 없도록 하자는 내용이었다. 이 제안은 각 방면을 만족시켜 즉각 받아들여졌다. 비록 영광스러운 바투 칸의 방법은 아니었지만.

뿐만 아니라 그 방법은 바로 시행에 들어가 올해 7월, 상하이에 서적잡지검열처가 설립되어 많은 '문학가'의 실업문제가 해결되었다. 참회한 일부 혁명작가들과 문학과 정치의 관계를 반대하는 '제3종인'들도 검열관 의자에 앉게 되었다. 그들은 문단 사정에 밝았고 머릿속도 순수관료처럼 흐리멍덩하지 않았고 풍자와 반어가 함유하는 의미에 대해서도 비교적 잘 알고 있을 뿐만 아니라 문학적인 붓으로 덧칠하여 이를 지울 줄도 알았다. 어쨌든 창작만큼 복잡하고 어렵지 않았던 것이다. 그리하여 그 성과는 매우 좋았다고 한다.

그러나 그들이 일본을 모범으로 삼았다는 것은 잘못이다. 일본에서도 계급투쟁을 논의하는 것은 금지되어 있지만 계급투쟁이 세상에 존재하지 않는다고 말하지는 않는다. 그런데 중국은 사실상 이른바 계급투쟁이란 이 세상에 존재하지 않으며 모두 맑스가 날조한 것이다, 그러므로 이는 진리를 수호하기 위하여 금지되어야 한다는 논리를 펴고 있다. 일본에서도 서적과 잡지를 삭제 및 수정하고 판매금지하지만 삭제된 곳을 빈칸으로 남겨서 이곳이 삭제된 곳이라는 것을 독자들에게 알린다.

그러나 중국은 빈칸을 남기는 것도 허용하지 않고 앞뒤를 바로 연결해야 한다. 독자들의 눈에 완결된 글인데 다만 작가가 의미가 불분명한 말을 횡설수설하고 있는 것처럼 보일 따름이다. 중국 독자들 앞에서 허튼소리를 하는 이러한 운명을 프리체나 루나차르스키 같은 이들도 벗어나지 못하고 있다.

그리하여 출판사의 자본은 안전해졌고 '제3종인' 깃발도 보이지 않게 되었다. 그들은 여전히 남몰래 교수대에 올라간 동업자의 다리를 있는 힘껏 잡아당기지만, 그들의 진면목을 묘사할 수 있는 간행물은 없다. 그들이 덧칠해 지울 펜촉과 생사를 좌우할 권력을 쥐고 있기 때문이다. 독자에게는 그저 간행물이 생기가 없고 작품이 시원찮으며 늘 진보적이었던 유명 작가가 올해 갑자기 모자란 소리를 하는 이로 변한 것만 눈에 들어올 뿐이다.

그런데 실제로 문학계의 전선은 오히려 더 명료해졌다. 기만은 오래가지 않는다. 뒤이어 올 것은 또 한 차례의 피비린내 나는 전투일 것이다.

11월 21일

아프고 난 뒤 잡담

1.

병을 좀 앓는 것, 이것도 확실히 복이다. 그러나 여기에는 필요 조건이 두 가지 있다. 첫째, 소소한 병이어야지 토사곽란이나 흑사병, 뇌막염과 같은 병이어서는 절대로 안 된다. 둘째, 적어도 수중에 현금이 조금이라도 있어야 한다. 하루 드러누웠다고 그날부터 당장 굶어서는 곤란하다. 이 두 가지 가운데 하나만 없어도 속인(俗人)이다. 병 앓이의 고상한 정취를 논하기에 불충분한 것이다.

예전에 나는 남의 일 참견하기를 좋아했고 아는 사람도 많았다. 이 사람들은 큰 소망을 하나씩 갖고 있었다. 원래 사람들은 큰 소망을 가지고 있는 법이다. 그런데 이 소망이 굉장히 모호하여 자기도 뭔지 잘 모르고 말로 표현하지도 못하는 이들도 있었다. 그중에 가장 특별한 사람으로 두 명이 기억에 남는다.

한 명은 세상의 모든 사람이 죽고 자신과 아름다운 아가씨와 다빙을 파는 사람 하나만 남아 있기를 소망했다. 다른 한 명은 가을날 땅거미가 질 무렵 소량의 각혈을 하다가 두 시종의 부축을 받으며 쇠약한 모습으로 계단 앞에 가서 추해당秋海棠을 구경하는 것이 소원이었다. 이런 희망은 굉장히 이상하게 보이지만 사실은 매우 주도면밀하게 고려한 결과이다. 전자에 대해서는 잠시 제쳐 두자. 후자의 '소량의 각혈을 하는 것'은 정말 일리가 있다. 재자才子는 원래 병치레가 잦다. 그러나 '잦은' 것일 뿐 병세가 중해서는 안 된다. 만약 각혈을 하는데 한 사발이나 몇 되씩 한다면 멋있게 토하는 것이 몇 번이나 가능하겠는가? 며칠 안 지나서 고상과는 거리가 멀어진다.

나는 이제까지 병을 앓은 적이 별로 없었다. 그런데 지난달에 아주 조금 아팠다. 초반에는 밤마다 열이 나고 힘이 없고 밥맛이 없었는데 일주일이 지나도 낫지 않아 그제야 의사를 찾아갔다. 의사는 유행성 감기라고 했다. 그렇지, 그냥 유행성 감기였던 것이다. 그러나 유행성 감기의 열이 떨어져야 할 때가 지났건만 열은 여전히 높았다. 의사는 큰 가죽가방에서 유리관을 꺼내더니 내 피를 뽑으려 했다. 나는 의사가 내가 장티푸스에 걸린 건 아닌지 의심하고 있다는 걸 알았다. 나도 좀 걱정되던 바였다. 그런데 그 다음 날 의사는 "혈액에 장티푸스균이 하나도 없다"고 알려줬다. 그리하여 청진기로 폐를 주의 깊게 검사했으나 정상, 심장 소리도 괜찮았다. 이 결과는 의사를 곤혹스럽게 한 것 같았다. 피곤해서 그런 걸지도 모르겠습니다, 라고 내가 말했다. 그도 내 의견에 크게 반대하지는 않았지만 "그러나 피로해서 열이 났다면 더 낮아야 하는데…"라고 중얼거릴 따름이었다.

몇 번이나 종합 검진을 했으나 치명적인 증세는 발견되지 않았다. 오호 애재라 할 정도가 아니라는 것은 분명했다. 그러나 매일 밤 열이 오르고 힘이 없고 입맛이 하나도 없는 것이 정말 '소량의 각혈을 하는 것'과 다를 바가 없어서 병 앓이의 호사를 누리는 것이라고 할 수 있었다. 왜냐하면 유서를 쓸 필요도 없으면서 크게 고통스럽지도 않았다. 그러면서도 어려운 책을 안 봐도 되고 생활비 걱정도 없이 며칠 쉬면서 근사하게 '요양'이라는 이름이 붙었기 때문이다. 이날부터 왠지 모르게 스스로가 '고상'해진 것 같이 느껴졌다. 소량의 각혈을 하고 싶어 했던 그 재자도 이렇게 하릴없이 누워 지낼 때 갑자기 떠올랐다.

그냥 이것저것 공상하는 것도 보통 일이 아니었다. 그러느니 가벼운 책을 좀 읽는 것이 나았다. 그렇지 않으면 '요양'이 될 수도 없었다. 이때만큼은 나는 중국 종이로 만든 선장본을 선호하는데 이것도 역시 어느 정도 '고상'해진다는 증거인 것이다. 양장본은 서가에 꽂기에 편리하고 보관에 용이하다. 지금은 양장으로 만든 이십오사와 이십육사가 있을 뿐만 아니라 『사부비요』까지도 빳빳한 깃에 가죽 장화를 갖추고 있으니, 하긴 전에도 없는 것이 아니었다.[289] 그러나 양장본을 보는 것은 젊고 기력이 왕성해야 한다. 옷깃을 바로잡고 단정히 앉아 엄숙한 태도로 읽어야 한다. 만약 당신이 누워서 읽겠다면 두 손으로 커다란 벽돌을 하나 받치고 있는 것과 같아서 얼마 지나지 않아서 금세 두 어깨가 시큰하고 마비되어 한숨만 쉬다가 책을 내려놓을 수밖에 없게 된다. 그리하여 나는 한숨을 쉬고 난 다음 선장본을 찾았다.

책을 찾다가 오랫동안 읽지 않던 『세설신어』[290]류가 가득 쌓여 있는 것을 찾아냈다. 누워서 읽어 보니 가벼워서 힘이 하나도 들지 않았고 위진 사람의 호방하고 소탈한 태도도 눈앞에서 떠오르는 것 같았다. 그러자 완사종이 보병 주방장이 술을 잘 빚는다는 소식을 듣고 보병교위를 하고 싶어 했다는 이야기라든가 도연명이 팽택령彭澤令을 할 때 교관의 밭에 수수를 심어 술을 만들려다 부인의 반대로 포기하고 메벼를 심었다는 이야기가 떠올랐다. 이는 정취가 넘치는 이야기로, 지금의 "구름의 끄트머리에서 소리나 외치는"[291] 자들이 도저히 따라갈 수 없는 경지이다. 그러나 '고상함'을 생각하는 것은 적당한 선에서 그쳐야지 지나치면 곤란하다. 가령 완사종이 보병교위를 하고자 하거나 도연명이 팽택령의 공석空席을 맡은 것은 그들의 지위가 일반인과 다르기 때문이다. '고상'하려 해도 지위가 필요한 것이다. "동쪽 울타리에서 국화를 따서 유유하게 남산을 바라보네"는 도연명의 좋은 시구이지만 상하이에서 우리가 이를 따라 하기는 어렵다. 상하이에는 남산이 없기 때문에 우리는

"유유히 양옥을 바라보네" 혹은 "유유히 굴뚝을 바라보네"로 고칠 수는 있다. 그런데 정원에 대나무 울타리가 좀 있고 국화를 심을 수 있는 집을 빌리려면 수도세와 전기세를 빼고도 방세로 매달 1백 량을 내야 한다. 또 방세의 14퍼센트를 경찰에게 내야 하므로 매달 14량을 내야 한다. 이 두 항목만으로도 매달 1백 14량인데 1량을 1위안 4자오로 계산하면 한 달에 1백 59.6위안이 드는 것과 같다. 최근의 원고료도 너무 낮아서 1천 자당 가장 저렴한 것은 4, 5자오밖에 하지 않는다. 도연명을 따라 배우는 고상한 사람의 원고이므로 구두점, 외국어, 빈칸을 제외하고 원고료를 1천 자당 3다위안大元이라고 쳐 보자. 그러면 단지 국화를 따기 위해서만 매달 5만 3천 2백 자를 쓰거나 번역해야 한다. 밥은? 다른 방법을 강구해야 먹을 수 있다. 그렇지 않으면 "배고픔이 나를 몰아 도대체 어디로 가는지 모르겠나니"라고 할 수밖에 없다.

'고상'하려면 지위가 필요하고 돈도 있어야 한다는 것은 예나 지금이나 다를 바가 없다. 물론 고대의 고상함은 지금보다 훨씬 싸게 살 수 있지만. 그리고 방법도 다를 바 없다. 책이 서가에 꽂혀 있거나 몇 권 바닥에 널브러져 있어야 하고 술잔이 탁자 위에 놓여 있지만, 주판만은 서랍 속에 고이 두거나 가장 좋기로는 뱃속에 모셔 둔다.

이를 일러 '공령하다'라고 한다.[292]

2.

'고상'하기 위하여 원래는 이런 말을 하지 않으려 했다. 나중에 생각해 보니 이런 말은 '고상함'에 손상이 가는 것은 아니며 다만 스스로 '속되다'는 것을 증명하고 있을 따름이었다. 왕이보 王夷甫는 돈이라는 말을 입에 올리지 않았지만 그래도 깨끗한 위인은 아니었다. 그런데 고상한 사람은 주판알을 튕겨도 당연히 그 고상함에 손상을 입지 않았던 것이다. 다만 그에게도 가끔 주판을 거둬들이거나 가장 절묘하게는 잠시 주판을 잊어야 할 때가 있었을 뿐이다. 그러면 그때의 말과 웃음 하나하나에 기지가 자연스럽게 묻어 나왔다. 이때, 세상의 이해관계를 한시도 잊지 못하면 '영차영차파'가 된다. 관건은 한쪽은 홀연히 손을 놓을 수 있는데 다른 한쪽은 영원히 잡고 집착한다는 데 있을 따름이다. 이 차이로 고상함과 속됨, 상등과 하등의 구분이 생기는 것이다. 이는 가끔 가다 '윤리에 힘쓰는'²⁹³⁾ 자는 성현으로 간주될 수 있지만 대낮에도 여자를 생각하는 자는 '호색한'이라고 불리는 논리와 비슷하다고 생각한다.

그리하여 나는 스스로 '속되다'라고 인정할 수밖에 없을 것 같다. 왜냐하면 손 가는 대로 『세설신어』를 펼쳐보다 "추우가 맑은 못에서 뛰어놀다"는 대목을 봤을 때 천부당만부당하게 생각이 '요양'에서 '요양비'로 옮겨 가서 결국 후다닥 일어나서 원고료를 독촉하고 인쇄를 요구하는 편지를 쓰고 있었기 때문이다. 편지를 다 쓰고 나니 위진 사람과 뭔가 거리감이 느껴졌다.

완사종이나 도연명이 이때 내 앞에 나타난다면 우리는 분명히 같이 어울리지 못할 사이라는 생각이 들었다. 그리하여 다른 책으로 바꿨다. 대개 명말 청초의 야사들이었는데 시대가 가까운 편이어서 꽤 재미있게 읽었다. 가장 먼저 손에 든 책은 『촉벽』이었다.

이는 수빈이 청두에서 가져와서 나에게 선물한 책이었다. 이 외에도 『촉귀감』이 있는데 모두 장헌충이 쓰촨 지방에 화를 끼친 이야기를 싣고 있었다.[29] 사실 쓰촨 사람뿐만 아니라 일반 중국인도 한번 읽어 봐야 할 저작인데 인쇄 상태가 나쁘고 오자가 많은 게 아쉬웠다. 한번 죽 살펴보니 3권에서 다음과 같은 글귀가 눈에 들어왔다.

또, 가죽을 벗기는 자는 머리부터 엉덩이까지 죽 갈라놓고 앞부터 벗긴다. 마치 새가 날개를 편 것 같은 모양인데 대개 다음 날이면 죽었다. 만일 즉시 죽으면 사형집행자를 죽였다.

내가 아픈 탓인지 이 대목을 읽자 바로 인체해부가 생각났다. 의술과 잔학한 형벌은 모두 생리학과 해부학적인 지식이 필요하다. 그런데 중국은 정말 괴상한 것이 중국 고유의 의서에 나오는 인체와 장기 그림은 정말이지 조잡하고 틀린 데가 많아서 내놓기 민망할 정도인데 잔학한 형벌 방법은 고대인이 현대 과학을 일찍부터 잘 알고 있는 것 같다. 가령, 누구나 알고 있는 주대에서 한대까지 남자에게 실시하는 '궁형'[295]이라는 형벌이 있다. 이는 '부형'腐刑이라고도 불렸는데 '대벽'大辟 다음가는 중벌이었다. 여자에게 행하는 것은 '유폐'라고 불렸는데 그 방법을 언급하는 사람이 드물었다. 그러나 어쨌든 절대로 여자를 어딘가에 가두거나 그 부위를 꿰매는 것은 아니다. 최근 나는 대강의 방법을 알아냈는데 그 방법이 잔혹하면서도 타당하고 또 해부학에 합치하여 깜짝 놀라지 않을 수 없었다. 그런데 산부인과 의학서는 어떠한가? 여성 하반신의 해부학적인 구조에 대해서 거의 무지하다. 그들은 배를 커다란 주머니로 생각했으며 그 안에 뭔지 알 수 없는 물건이 들어 있다고만 여겼다.

사람 가죽을 벗기는 방법만 보더라도 중국에는 여러 가지 방법이 있다. 위에서 옮겨 적은 것은 장헌충식이다. 그리고 손가망[296]식이 있다. 굴대균의 『안룡일사』에 잘 나와 있는데 마찬가지로 이번 병석에서 읽은 책이다. 영력 6년, 곧 청 순치 9년으로 영력제가 이미 안륭安隆(당시에 안룡安龍으로 이름을 바꿨다)에 피신해 있을 때의 일이었다. 진왕 손가망이 진방전 부자를 살해하자 어사 이여월이 "공신을 함부로 죽이는 것은 신하의 도리가 아니다"라며 그를 탄핵했다. 그런데 황제는 이여월에게 40대의 곤장을 때렸다. 그러나 일이 끝나지 않은 것이 이 사정을 손가망 일당인 장응과도 알게 되어 장응과가 손가망에게 보고하러 갔던 것이다.

가망은 응과의 보고를 듣고 응과에게 당장 여월을 죽이고 가죽을 벗겨 백성들 앞에 전시하라고 명령했다. 이윽고 여월을 결박하여 궁문 앞에 데려오자 어떤 사람이 석회 한 광주리와 짚 한 단을 그 앞에 가져다 놓았다. 여월이 "이것은 무엇에 쓰는 것인가"라고 묻자 그 사람은 "너를 거둘 짚이다!"라고 대답했다. 여월이 "눈먼 종아! 이 포기마다 문장이요 마디마다 충심이다!"라고 꾸짖었다. 이때 응과가 우각문 계단에 나와 서서 가망의 영지를 받들고 여월에게 꿇어앉으라고 명령했다. 여월이 "내 조정의 녹을 먹는 관리이거늘 어찌 역적의 명을 받들까?"라고 일갈하며 중문 앞으로 걸어와서 대궐을 향해 재배하였다.… 응과는 재촉하여 그를 엎어 놓고 등뼈를 갈라 엉덩이까지 쪼개게 하니 여월이 "내 유쾌하게 죽노라. 온 몸이 상쾌하다!"라고 외치면서 가망의 이름을 부르며 욕하기를 그치지 않았다. 팔다리를 자르고 앞가슴을 벗길 때까지 여전히 가냘픈 소리로 욕을 하더니 목을 자르자 죽었다. 석회에 담겼다가 실로 꿰매서는 짚을 넣어 북성문 통구각通衢閣 위에 걸어 두었다.…

장헌충이 한 것은 물론 '비적' 방식이다. 손가망은 비적 출신이나 이때 이미 청조를 반대하고 명조를 지키는 기둥으로 진왕秦王으로 봉해졌다가 나중에 만주에 투항하여 또 의왕義王으로 봉해졌으니 사실 그가 사용한 방식은 관官의 것이다. 명대 초기 영락황제가 건문제에 충성을 바친 경청景淸의 가죽을 벗겼을 때도 이 방법을 썼다. 대명 왕조는 가죽을 벗기는 것에서 시작하여 가죽을 벗기는 것으로 끝났으니 시종일관했다고 할 수 있다. 지금까지도 사오싱 희곡과 시골사람들의 말에서 가끔 가다 "가죽을 벗겨서 짚을 채워 넣는다"라는 말을 들을 수 있으니 황제가 내린 은혜의 유장함이 어느 정도인지 상상할 수 있다.

정말이지 자비로운 마음씨를 가진 사람이 야사를 읽거나 이야기를 듣고 싶어 하지 않는 것이 하나도 이상하지 않다. 어떤 일은 정말 인간 세상에서 일어난 일이 아닌 것 같다. 사람의 모골을 송연하게 만들어 영원히 치유되지 않을 심리적인 상처를 입히기도 한다. 잔혹한 사실이 정말 많이 등장하므로 듣지 않는 편이 좋다. 그래야 생명을 보전할 수 있다. 그리고 이것이 "군자는 주방을 멀리한다"는 의미이기도 하다. 멸망 직전에 활동했던 명대 말기의 이름난 작가의 자유롭고 소탈한 소품이 지금 대유행하는 것에 정말 아무런 까닭이 없다고 말할 수 없다. 그러나 도량을 빛내는 품위도 필수적으로 괜찮은 자세가 뒷받침돼야 한다. 이여월이 땅에 엎드려 '등이 갈라질' 때 얼굴을 바닥으로 향한 것은 원래 책 읽기 좋은 자세이지만, 그에게 원중랑의 『광장』[297]을 읽게 한다면 그는 분명 안 읽으려 들 것이다. 이때 그의 마음은 정상적이 아니어서 진정한 문예를 이해할 수 없는 것이다.

그런데 중국의 사대부는 어쨌든 고상한 면이 있다. 가령 이여월이 말한 "포기마다 문장이요 마디마다 충심이다"에는 시의가 정말 풍부하다. 죽기 직전에 시를 쓰는 것은 예부터 지금까지 얼마나 많은지 모른다. 근대에 담사동[298]이 처형되기 전에 "문을 닫아걸고 손님이 떠나는 것을 만류하면서 장검을 생각한다"라는 절구를 지었고, 추근[299] 여사도 "가을비 가을바람 죽음을 슬퍼하도다"라는 구절을 남겼다. 그런데도 충분히 고상하지 않아서 각 시선집에 실리지 않았고 그래서 팔리지도 못했다.

3.

청대에는 멸족과 능지처참이 있었지만 가죽을 벗기는 형벌은 없었다. 이는 한족이 부끄러워해야 할 일이다. 그러나 나중에 인구에 더 회자됐던 학정은 필화사건文字獄이다. 필화사건이라고 말했지만 사실 수다하고 복잡한 원인이 있는데 여기에서 상세하게 이야기하기는 힘들다. 우리는 지금까지도 치명적인 악영향을 직접적으로 받고 있는데 필화사건은 고인의 저작에서 자구를 삭제하거나 수정했으며 명청대의 상당한 책을 금지시켰기 때문이다.

『안룡일사』도 대략 이런 금서 중 한 권이었다. 내가 가지고 있는 것은 우싱 류씨 자예탕[300]에서 새로 나온 판각본이다. 그가 찍은 청대 이전에 발간됐던 금서는 이것 말고도 있는데 굴대균의 『옹산문외』가 있다. 또 채현의 『한어한한록』이 있는데 작가는 이 때문에 '즉시 참형을 당했고' 제자들까지 연루됐다. 그러나 내가 자세히 살펴보았어도 무슨 금기를 어겼는지 찾아낼 수 없었다. 이런 판각 인쇄가에 대해서 나는 정말 감격스럽다. 왜냐하면 그는 나에게 수많은 지식을 전해 주었기 때문이다. 비록 고상한 사람에게는 더할 수 없이 통속적인 지식에 지나지 않겠지만 말이다. 그러나 자예탕에서 책을 사는 일은 정말 어렵다. 올 봄 어느 오후에 아이원이로愛文義路에서 자예탕을 어렵사리 찾아서 철 대문 양쪽을 몇 번 두드렸다. 문에 난 조그마한 네모 구멍이 열렸는데 안에는 중국 수위, 중국 경찰, 백러시아 경호원이 한 명씩 있었다. 경찰이 나에게 왜 왔느냐고 물었다. 나는 책을 사러 왔다고 대답했다. 그는 경리가 외출하여 담당자가 없으므로 내일 다시 오라고 했다. 나는 내가 집이 멀어서 오기 힘들므로 좀 기다려도 되는지 물어봤다. 그가 "안돼!"라고 대답함과 거의 동시에 작은 구멍이 닫혔다. 며칠 지나서 또 찾아갔다. 이번에는 오전으로 시간을 바꿔 갔는데 오전에는 경리가 외출하지 않을 것이라고 생각했다. 그러나 이번에 들은 대답은 더 절망적이었다. 경찰이 "책 없어! 다 팔렸어! 안 팔아!"라고 했던 것이다.

경찰의 대답이 확고부동했기 때문에 나는 다시 사러 가는 일은 하지 않았다. 지금 가지고 있는 몇 종은 친구에게 부탁하여 건너건너 산 것이다. 아는 사람이나 안면이 있는 서점이어야지 살 수 있는 것 같았다.

각 종류의 책 말미에 자예탕 주인 류청간劉承幹 선생의 발문이 있었다. 그는 명대 말기의 유로遺老들을 동정했으며 청대 초기의 필화에 대해서는 불만이 많았다. 그러나 이상한 것은 정작 자신의 글은 청대 유로의 말투 투성이였다는 점이다. 책은 민국 시기에 찍은 것인데 '의'儀자의 마지막 획이 빠져 있었다.[301] 명대 유로의 저작을 살펴보면 청대에 반항하는 요지는 이민족이 중국 땅을 차지하여 주인노릇을 하는 데 있었다. 왕조가 바뀐 것은 오히려 그 다음 문제였다. 그리하여 명대 말기의 유민을 예를 갖춰 대하려면 그들의 민족사상을 받아들여야 한다. 그래야 생각이 일치하는 것이다. 그런데 지금 명대 유로의 원한을 갖고 있는 만청의 유로를 자처하면서, 오히려 명대 유로를 끌어들여 동조하고 있었다. '유로'라는 두 글자에만 치중할 뿐 어느 민족의 유로인지, 어느 때의 유로인지에 대해서는 일절 묻지 않고 있는 것이다. 이는 정말 '유로를 위한 유로'라고 할 만한 것으로 현재 문단의 '예술을 위한 예술'과 절묘한 쌍을 이루고 있다.

만약 이것이 '옛것을 제대로 소화하지 못한' 탓으로 돌린다면 그것은 그렇지 않다. 중국의 사대부는 소화해야 할 때 소화를 안 하는 것은 아니다. 위에서 언급한 『촉귀감』은 원래 『춘추』의 작법을 모방한 책인데 "성스럽고 인자한 황제 강희 원년 봄 정월"까지 쓰고 다음과 같이 '찬양'했다. "… 명대 말기에 난이 극심했다. 풍風은 「빈」豳으로 끝나고 아雅는 「소민」召旻으로 끝났다.[302] 여기에는 극심한 난이 다스려지기를 바라는 근심이 뒷받침되어 있다는 것인데 사실 그러한 일은 없었다. 어찌 신의 조상이 친히 본 일이 신이 직접 겪은 것과 같으랴? 이 책은 원년 정월로 끝맺는다. 여기에서 마치는 것은 체원표정體元表正[303]으로 이에 덧붙일 것이 없다는 것을 말하는 것만은 아니다. 신이 태평성세를 만나서 한없는 어려운 이름으로 평생 망극한 은혜에 의탁하고 또 태평한 업적이 여기서 시작됨을 알리려 하는 것이다!"

『춘추』에는 이런 필법이 존재하지 않는다. 만주인인 엄친왕의 화살이 장헌충을 쏴 죽였을 뿐만 아니라 많은 독서인을 감화시키고 그것도 모자라 '춘추 필법'까지 바꾸게 한 것이다.

4.

병중에 이런 책들을 읽다 보니 결국 답답함은 더해졌다. 그러나 일부 명석한 사대부는 여전히 피의 호수에서 한적함을 찾아낼 수 있다는 것도 알게 되었다. 가령 『촉벽』은 잔혹한 책이라고 할 수 있다. 그런데 서문의 말미에 악재樂齋 선생은 "위진시대 문인의 필치는 잔잔하다"라는 비평을 남겼다.

이는 정말 대단한 능력이다! 죽음과도 같은 냉정함이 나의 답답한 기분을 깨뜨렸다.

나는 책을 내려놓고 눈을 감고 누워서 이 재주를 배울 방법을 곰곰이 생각해 봤다. 이것과 '군자는 주방을 멀리한다'의 방법은 천양지차이다. 이때는 군자도 친히 주방에 내려가야 하는 때이기 때문이다. 오래 생각한 끝에 두 가지 태극권을 고안했다. 하나는 세상사에 대해 '스쳐 지나가는 그림자' 초식이다. 언제든 잊어버리고 분명하게 알지 않으며, 관심이 있는 척하지만 진지하지 않다. 둘째, 현실에 대해 '현명함을 꽉 막아 두는' 초식이다. 둔하고 냉정하며 감정이 없는데 처음에는 노력해야 하지만 나중에는 자연스럽게 된다. 첫번째 명칭은 별로 듣기 좋지 않지만 두번째 명칭은 병으로 골골하면서 오래 사는 비결로 과거의 유학자들도 거리낌 없이 말하던 것이었다. 이는 모두 대도大道이다. 그리고 또 빨리 질러가는 소로小道가 하나 있다. 서로 거짓말을 하여 자기도 속고 남도 속이는 방법이 그것이다.

어떤 일은 말을 바꾸면 적절하지 않지므로, 군자는 속인이 '명확히 말하는 것'을 증오한다. 사실 '군자는 주방을 멀리한다'가 바로 자기도 속고 남도 속이는 방법이다. 군자가 소고기를 먹기는 해야 하지만 그는 자비로워서 소가 죽을 때 벌벌 떠는 것을 차마 못 본다. 그래서 자리를 떴다가 소갈비구이가 되기를 기다렸다가 유유히 씹어 먹는다. 소갈비는 '벌벌 떨' 수 없고 또 자비로운 마음과 충돌하지도 않으므로 그는 안심하고 운치 있게 먹고 이를 쑤시고 배를 두드리면서 "만물이 나에게 다 갖추어져 있다"고 말한다. 서로 거짓말하는 것은 고상함을 손상시키는 일도 아니다. 동파선생이 황저우에 있을 때 손님이 오면 손님에게 귀신 이야기를 해달라고 했다고 한다. 손님이 귀신 이야깃거리가 없다고 하자 동파는 "일부러 만들어서라도 이야기해 주시오!"라고 했다는데 이 일을 지금까지도 고상한 일로 손꼽고 있다.

소소한 거짓말을 하는 것은 심심함을 해소할 수 있고 답답함도 떨쳐낼 수 있다. 그러나 나중에는 진실을 잊어버리고 거짓말을 믿게 된다. 곧 마음이 편안해지고 운치가 넘치기 시작한다. 영락이 무리해서 황제가 되자 이를 좋지 않게 여긴 사대부가 꽤 있었다. 특히 그가 건문제의 충신을 참혹하게 죽인 일에 대해서 불만이 많았다. 경청과 같이 피살된 이로 철현[304]이 있는데 경청은 가죽을 도려냈고 철현은 기름에 튀겨졌으며 그의 두 딸은 교방敎坊으로 보내 기생으로 만들었다. 이는 사대부를 더욱 불편하게 만들었다. 그런데 나중에 사람들의 말에 따르면 두 딸이 원문관原問官에게 시를 올린 사실을 영락이 알고 사면하여 선비에게 시집을 보냈다고 한다.

이는 정말 "곡은 끝났는데 주악소리는 아름답도다"이다. 사람들 마음의 무거운 짐을 덜어 천황은 결국 현명하시고 호인도 구제된 느낌이다. 그녀는 관기를 지낸 바 있지만 결국은 시를 잘 쓰는 재녀才女였고 그녀의 부친도 큰 충신이므로 지아비가 된 선비도 당연히 부끄러워할 필요가 없다. 그러나 '스쳐 지나가는 그림자처럼' 반드시 생각이 여기에서 멈춰야지 더 나아가서는 안 된다. 한번 생각해 보면 영락이 내린 조서에 생각이 미치는데 좀 잔혹하면서 야비하다. 장헌충이 재동신梓潼神에게 제사를 지낼 때 "이 몸도 성이 장가요 당신도 성이 장가이니 이 몸과 당신은 종친 관계요. 상향!"이라고 쓴 유명한 글을 영락의 조서와 비교해 보자. 전자는 일약 고상하고 우아한 것이 서양의 고급 잡지에 실릴 만하다. 이는 영락황제가 인재를 아끼고 약자를 궁휼히 여기는 명군과 다르다는 점을 깨닫게 한다. 게다가 그 당시 교방은 어떤 곳이었던가? 죄인의 처와 딸이 조용히 유객들을 기다리는 곳이 아니었다. 영락이 정한 법에 따르면 그녀들을 '병영으로 돌아다니'게까지 했다. 그들을 병영에서 며칠씩 머물게 했는데 그 목적은 다수의 남성에게 능욕을 보이게 하여 '작은 새끼'와 '음탕하고 천한 새끼'를 낳게 하는 데 있었다! 그리하여 지금 이슈가 되고 있는 '수절'은 그 당시에는 사실 '양민'에게만 허용된 특전이었다. 이런 통치하에서, 이런 지옥 아래에서, 시를 한 수 짓는다고 죄에서 벗어날 수 있었겠는가?

이번에 나는 항세준의 『정와류편』[305] (속보 상권)을 읽고 이 아름다운 이야기가 거짓이라는 것을 확실하게 알게 되었다. 그는 다음과 같이 적고 있다.

… 철현의 장녀의 시를 고증하여 보면 이는 곧 오인吳人 법창기范昌期가 쓴 「노기를 위하여」題老妓卷이다. 시는 다음과 같다. "교방의 연지분은 떨어져 연백분을 씻고 애모하는 마음은 낙화를 마주하네. 옛 노래 들으니 하염없이 한만 생겨나는구나. 고향에 돌아가려 하나 집이 없구나. 탐스럽게 쪽진 머리를 반쯤 풀어헤치고 푸른 거울을 들여다보니 두 눈의 눈물이 뚝뚝 흘러 붉은 옷을 적시누

나. 어쩌면 강주사마를 보게 되면 술잔 들고 앞에서 다시 더불어 비파행을 노래한다." 창기昌期의 자는 명봉鳴鳳이다. 이 시는 장사악張士諤의 『국조문찬』國朝文纂에 실려 있다. 두경용가杜璟用嘉가 쓴 「무제」라는 제목의 차운시次韻詩도 있는 것으로 보아 철씨의 시가 아님이 분명하다. 차녀의 시라고 알려져 있는 "봄에 와서 사랑이 바다만큼 깊나니 원낭군에게 시집가는 것보다 유낭군에게 시집가는 것이 나으리라"는 더욱 말도 안 되는 소리이다. 종정宗正 목결睦木絜이 사건을 정리하며 논하기를 건문제가 남서 지역을 유랑할 때의 시들도 일 만들기 좋아하는 문인들의 위작이라고 하니 철씨 딸의 시도 알 만하다.

『국조문찬』[306]을 나는 본 적이 없고 철씨 둘째 딸의 시에 대해서도 항세준은 근거를 찾지 못했지만 나는 그의 말이 믿을 만하다고 생각한다. 비록 그가 구전되는 운치 있는 이야기를 손상시켰다 하더라도. 게다가 첫째 그는 진지한 고증학자인 데다가, 둘째 나는 무릇 분위기를 깨는 고증의 결과가 겉으로 듣기 좋은 소리를 하는 것보다 종종 더 흥미로우며 진실에 가깝다고 생각하기 때문이다.

우선 범창기의 시를 철씨의 장녀에게 덮어씌워서 자기도 속고 남도 속이려 한 자는 누구인가? 그것은 나도 모르겠다. 그러나 '스쳐 지나가는 그림자처럼' 슬쩍 봐도 이상하다. 항세준이 폭로한 이야기를 듣고 다시 살펴보면 이것이 늙은 기녀를 노래

한 글이라는 것을 확실히 알게 된다. 첫번째 구절은 현재 관기 생활을 하는 이의 말투 같지 않다. 그러나 중국의 일부 사대부는 아니 땐 굴뚝에 연기 내기를 좋아하여 남몰래 바꿔치기하여 없는 이야기를 꾸며 냈다. 그들은 태평성대를 찬송했을 뿐만 아니라 암흑을 치장하기까지 했다. 철씨 둘째딸과 관련된 거짓말은 그래도 작은 일이다. 크게는 오랑캐 원나라가 살육과 약탈을 하고 만주족의 청나라가 시체를 태우는데도 고작 열녀의 절명시니 고난에 빠진 부녀가 벽에 쓴 시니 하며 떠받들며 신나하는 이들도 있었다. 이들은 이렇게 시를 아름답게 표현하고 저렇게 시에 운을 붙이면서 국토가 폐허가 되고 백성이 도탄에 빠져 있는 큰일보다 더 신나했다. 결국 자기들 글을 덧붙이기까지 하여 책 한 권을 인쇄하면서 고상한 일도 마무리됐다.

내가 이런 것들을 쓰고 있을 때 병이 이미 나은 셈이므로 유서를 쓸 필요는 없게 되었다. 그러나 이 자리를 빌려 나를 알고 있는 친구들에게 부탁을 하나 하고자 한다. 장래에 내가 죽은 다음에 중국에서 추도를 할 가능성이 설사 있다 하더라도 절대로 나를 위한 추도회를 열거나 기념 서적을 출판하지 말기를 바란다. 이는 살아 있는 사람의 강연회장이거나 만련挽聯을 잘 지었다고 서로 자랑하는 장소에 불과하기 때문이다. 짜임새 있는 대구對句를 짓는 데 열중하거나 말을 지어내서 사람을 놀라게 하는 풍토에 비춰 보면, 일부 문호들은 개의치 않고 말도 안 되는 소리를 늘어놓을 것이 분명하다. 결과적으로 잘해 봐야 책 한 권을 찍어 낼 따름이다. 누가 읽는다 해도 죽은 나에게나 살아 있는 독자에게나 모두 무익하다. 사실 저자에게도 좋은 점이 없다. 만련을 잘 지었으면 그저 만련을 잘 썼을 뿐인 게다.

지금 의견으로 나는 그런 종이와 묵, 흰 천을 여웃돈이 있으면 명대나 청대 혹은 현재의 야사나 필기 몇 권을 골라서 찍어 내는 편이 모두에게 이익이 된다고 생각한다. 그러나 진지해야 하고, 공을 들여야 하며 구두점 표기가 틀리지 않아야 한다.

12월 11일

풍자에 관하여

우리들은 여간해서 벗어나기 어려운 하나의 선입관이 있다. 풍자 작품을 보면 바로 이것은 문학의 정도^{正道}가 아니라고 생각하는 것이다. 이것은 먼저 풍자는 결코 미덕이 아니라고 생각하기 때문이다. 그런데 사교장에 나가면 이러한 사실을 종종 볼 수 있다. 그것은 뚱뚱한 두 신사가 서로 허리를 굽히고 두 손을 모아 기름 번지르르한 얼굴로 인사를 시작하고 있는 것이다.——

"성함이?…"

"첸^{錢}이라고 합니다."

"아, 이렇게 뵙게 되어 대단히 영광입니다. 아직 존함은 알려주지 않으셨습니다만,…"

"자는 쿼팅^{闊亭}이라고 합니다."

"대단히 훌륭하십니다. 사시는 곳은 …"

"상하이입니다. …"

"아아, 그거 아주 좋습니다. 이 정말로 …"

    누구라도 이것을 괴이하다고 생각하지 않는다. 그런데 소설에 쓴다면 사람들은 다른 눈으로 볼 것이다. 아마도 풍자라고 생각할 것이다. 사실을 그대로 써내는 많은 작가들은 이런 식으로 '풍자가'의 직함을——좋은지 나쁜지는 말하기 어렵지만——받게 된다. 예를 들어, 중국에서『금병매』에 채어사蔡御史가 겸손하게 서문경西門慶을 추종하며 말하기를, "유감스럽게도 나는 왕안석王安石의 재주에 미치지 못하지만, 그대는 왕우군王右軍의 풍격을 갖추고 있구려!" 또『유림외사』에는 범거인范擧人이 복상 중인 관계로 상아 젓가락조차 사용하는 것을 그만두고, 식사 때 "제비집의 그릇에서 커다란 새우완자를 골라 입에 넣었던" 것을 묘사했지만, 이것과 비슷한 정경은 지금도 볼 수 있다. 외국에서는 근래 이미 중국 독자들에게 주목을 받고 있는 고골의 작품 가운데『외투』(웨이쑤위안 역, '웨이밍총간'에 수록)의 높고 낮은 관리,『코』(쉬샤許遐 역,『역문』譯文지에 발표)에 나오는 신사, 의사, 한가한 사람閒人 등의 전형은 지금 중국에서도 역시 볼 수 있다. 이것은 분명 사실이고, 게다가 극히 광범위한 사실이다. 하지만 우리는 모두 이것을 풍자라고 부른다.

    사람들은 대체로 유명해지기를 원한다. 살아 있을 때 자서전을 쓰고, 죽고 나서는 누군가가 부문計聞을 나누어 주고, 행실을 기록해서 심지어 "국사관에 명령해서 그 전기를 편찬케 하는" 것까지 해주기를 바란다. 자신의 추한 점을 정말 모르는 것은 아니지만 고치고 싶지 않다. 그래서 다만 흔적이 남지 않도록 수시로 소멸시키고, 굶주린 백성들을 구제하기 위해 죽을 베풀었다는 등의 좋은 점만 남기길 희망한다. 그렇지만 그 전면을 다 드러낸 것은 아니다. "훌륭합니다, 훌륭해요"라고 연발하는 것은 실은 그 낯간지러움을 모르는 것이 아니라, 말해 버리고 나면 그것으로 끝나고, '본전'本傳에 기재할 리가 없다는 것을 잘 알고 있기 때문에 안심하고 "훌륭해요"를 계속해 가는 것이다. 누군가가 기록해서 그것을 소멸시키지 않는다면 즐겁지 않은 일이 될 것이다. 그래서 온갖 궁리를 다해 반격을 가하고, 그것은 '풍자'라고 부르고, 작가의 얼굴에 흙을 발라서, 자신의 진상을 덮어 버린다. 하지만 우리들도 매번 생각이 짧고 늦어서 덩달아 "이런 것은 풍자다!"라고 말한다. 정말로 심하게 기만당하고 있는 것이다.

동일한 예로서 역시 소위 "욕하는" 것이 있다. 가령 쓰마로四馬路에 가서 창녀가 사람을 유혹하는 것을 보고 큰소리로 "창녀가 손님을 잡아끈다"라고 말한다면, 그녀에게 "사람을 욕했다"라고 해서 욕을 먹을 것이다. 사람을 욕하는 것은 악덕惡德이다. 그래서 먼저 나쁜 사람으로 판정된다. 즉 당신은 나쁘고, 상대방은 착한 사람이 될 것이다. 하지만 사실은 분명 "창녀가 손님을 잡아끌고 있었다". 그러나 마음속으로 알고 있을 뿐 입 밖에 내어서는 안 된다. 부득이한 경우라도 "아가씨가 장사를 하고 있습니다"라고 하는 데서 그쳐야 한다. 그 공손하게 허리를 굽힌 무리들의 일을 문장으로 쓸 경우 "겸허하게 사람을 대하는" 식으로 고치지 않으면 안 되는 것과 같다.――그렇지 않으면 욕하는 것이 되고, 풍자가 되는 것이다.

그러나 지금의 소위 풍자 작품은 대체로 사실을 쓰고 있다. 사실을 쓰는 것이 아니라면, 결코 이른바 '풍자'가 될 수 없다. 사실을 쓰지 않는 풍자, 만약 그러한 것이 있다고 하더라도 날조나 중상에 지나지 않는다.

3월 16일

쉬마오융의 『타잡집』 서문

나는 때때로 중국이 평등을 대단히 사랑하는 국가였다고 생각한다. 무언가 조금 특출난 것이 있다면, 누군가가 칼로 잘라 평평하게 만들어 버린다. 인물을 들어 얘기한다면, 쑨구이윈孫桂雲은 육상 단거리의 명수였는데, 상하이에 오자 웬일인지 맥이 빠지고 힘이 없어 이윽고 일본에 도착했지만 달릴 수가 없었다. 롼링위는 상당히 성공한 배우이지만, "사람들의 입이 두려워서" 한 입에 세 병의 수면제를 마시지 않을 수 없었다. 물론 예외는 있는데, 치켜세우는 것이다. 그러나 이 치켜세우는 것은 연이어 내던져져 가루가 되기 위한 것에 불과했다. '아름다운 인어'[307]를 기억하고 있는 사람들이 있을 것이다. 그야말로 보는 사람들로 하여금 오싹한 느낌을 갖게 할 정도로 치켜세운 까닭에 이름을 보는 것조차도 골계를 느낄 수 있다. 체호프는 "바보에게 칭찬을 듣기보다 그의 손에 죽는 게 낫다"라고 말했다. 진실로 비통하고 달관한 말이다. 하지만 중국은 중용을 극히 중시하는 나라이기 때문에 극단적인 바보는 없다. 그가 당신과 싸울 일은 없기 때문에 결코 시원스럽게 전사할 수도 없다. 참지 못하겠다면 스스로 수면제를 먹는 것 외에는 방법이 없다.

소위 문단도 당연히 다를 리 없다. 번역이 꽤 많이 나왔던 때에는 누군가가 번역을 깎아내리고는 창작에 해롭다고 말한다. 최근 1, 2년 사이에는 단문을 짓는 사람이 제법 많아졌다. 그러자 또 누군가가 '잡문'을 깎아내리고 말하기를, 이것은 작가의 타락의 표현이라고 했다. 시가와 소설이 아니고, 또 희극도 아니기 때문에 문예의 숲에 들어갈 수 없다는 것이다. 그는 노파심에 사람들에게 톨스토이를 배워서 『전쟁과 평화』처럼 위대한 창작을 하라고 권한다. 이런 부류의 논객을 예의상 물론 다른 사람이 바보라고 말해서는 안 된다. 비평가는 어떤가? 그는 아주 겸손하여 스스로 인정하지 않는다. 잡문을 공격했던 문장 역시 잡문이라고 부를 수밖에 없는데도 그는 결코 잡문 작가가 아니다. 그는 자신도 내던져져 타락했다고는 믿지 않기 때문이다. 만약 그를 시가, 소설, 희곡과 같은 장르의 위대한 창작가로 치켜세운다면, 치켜세운 사람 역시 '바보'가 될 것임에 틀림없다. 결국 밥벌레일 따름이다. 밥벌레들의 말도 '사람들의 수군거림'이었던 것이다. 이것이 약자로 하여금 차라리 수면제가 사랑스럽다고 여기게 했던 이유다. 그러나 이것도 전사戰死한 것은 아니다. 질문은 누군가가 할 것이다. 누구에게 살해당했는 가라고. 여러 가지 의론의 결과 살인자는 세 분이 있다. 말하기를 극악한 사회, 이른바 자기 자신, 소위 수면제라고. 끝이다.

우리는 시험 삼아 미국의 '문학개론' 혹은 중국 어느 대학의 강의록을 조사해 보자. 분명하게 Tsa-wen[308]이라고 불리는 것은 아무리 해도 발견할 수 없었다. 이것은 정말로 위대한 문학가가 되기로 마음먹은 청년들을 잡문을 보고 실망하게 만든다. 원래 이것은 고상한 문학의 누각으로 기어 올라가는 사다리가 아니었던 것이다라고. 톨스토이는 글을 쓰려고 할 때, 미국의 '문학개론' 혹은 중국 어느 대학의 강의록을 조사한 연후에 소설이 문학의 정수임을 알고 이에 『전쟁과 평화』와 같은 위대한 창작을 하고자 결심한 것일까? 나는 모르겠다. 하지만 나는 중국의 이 몇 년간의 잡문작가들이 문장을 쓰는 데 있어 누구 한 사람 '문학개론' 규정을 생각지 않았고, 문학사상의 위치를 노리지 않았음을 알고 있다. 그렇게 쓰지 않으면 안 된다고 생각해 그렇게 썼던 것이다. 그렇게 쓰는 것이 다수의 사람들에게 유익하다고 생각했기 때문이다. 농부가 땅을 갈고, 미장이 벽을 세우는 것은 단지 먹을 쌀과 보리를, 살 집을 위해서이고, 자신도 그 유익함으로 조금도 마음에 거리낌이 없는 호구糊口의 자격을 얻을 수 있기 때문이며, 역사상 '시골인 열전', '미장이 열전'이 있는지 여부는 이제까지 생각해 본 적도 없었던 것이다. 뭔가 될 것만 생각하고 있다면, 먼저 대학에 진학하고 다시 외국에 나가고 다음에 교수나 고관이 되고 마지막에 거사가 되거나 혹은 은일하는 것이다. 역사상 은일은 대단한 존중을 받았다. 『거사전』[309]은 역시 전문서가 아니었던가? 어느 정도 이익이 있었을까, 아아!

그러나 잡문은 고상한 문학의 누각에까지 침입하려고 한 듯하다. 소설과 희곡은 중국에서 줄곧 사도邪道로 간주되었다. 그런데 서양의 '문학개론'이 정종正宗으로 인정하자 우리들도 보물로서 떠받들었다. 『홍루몽』, 『서상기』류가 문학사에서 드디어 『시경』, 「이소」와 동렬에 놓이게 되었다. 잡문 중에 하나인 수필은 누군가가 그것이 영국의 Essay에 가깝다고 말했기 때문에, 다른 사람들도 돈수재배頓首再拜하고 조롱하는 것을 그만두었다. 우언과 연설은 비천한 듯했다. 그러나 이솝과 키케로는 그리스·로마문학사에서 위치를 점하고 있지 않은가? 잡문이 발전하기 시작해, 만약 급히 사라지지 않는다면 문원文苑을 어지럽힐 위험이 있을지 모른다. 예전처럼 현재가 진행된다면 상당히 가능성이 있고, 정말로 나쁜 소식이다. 하지만 이상에서 서술한 것은 내가 밥벌레 무리들을 놀린 것으로, 그들로 하여금 귀를 잡고 볼을 만지며 그 세계가 회색이라고 따끔따끔할 정도로 느끼게 하고 싶었기 때문이다. 전진하는 잡문 작가는 결코 이러한 것을 계산하지 않는다.

사실 최근 1, 2년 새 잡문집의 출판은 양적으로는 시가에 미치지 못하고, 더욱이 소설에는 쫓아갈 수가 없다. 잡문의 범람을 개탄하는 것 역시 허튼소리다. 잡문을 짓는 사람이 이전에 비해 몇 명 늘어난 것은 사실이다. 몇 명이 늘었다고 하지만 4억의 인구 가운데 어느 정도이며, 누구의 이맛살을 찌푸리게 하겠는가? 중국에도 중국에 약간의 생기가 생길까 두려워하는 일군의 무리들이 정말 있을 것이다. 비유적으로 말한다면, 이것을 '호창'[310]이라고 한다.

이 문집의 작가는 예전에『불경인집』不驚人集이라는 저서를 냈다. 자서만을 읽었는데, 책은 어디론가 사라졌다. 이번에는 꼭 출판되어서 중국의 저술계를 풍성하게 해주기를 희망한다. 나는 이 책이 문예의 정원에 들어가는지의 여부는 묻지 않고 시를 한 수 암송해서 비교해 보고자 한다.

공자는 무엇 하는 분이기에	夫子何爲者
일생 동안 바쁘게만 살았나.	棲棲一代中
태어난 곳은 여전히 추씨 고을인데,	地猶鄹氏邑
집은 노나라 궁궐에 가깝구나.	宅接魯王宮
봉황이 오지 않아 자신의 신세를 한탄하였는가,	嘆鳳嗟身否
기린이 상처받으매 도가 다함을 원망하였네.	傷麟怨道窮
이제 두 기둥 사이에서 제사 지내니,	今看兩楹奠
공자가 꿈꾸던 그때와 같으리.	猶與夢時同

이것은『당시삼백수』의 첫 수인데, '문학개론' 중의 시가 항

목에 있는 이른바 '시'다. 하지만 우리들과는 관계없다. 어떻게 이러한 시가 현재와 밀착해 있고, 게다가 생동적이며 가시를 내뿜고 있고, 유익하며 그리고 사람들의 감정을 변화시키게끔 하는 이런 잡문에 미칠 수 있겠는가. 사람의 감정을 변화시키는 것은 대단히 죄송하게도 문원을 교란시키는 것을 피할 수 없게 한다. 적어도 밥벌레류가 잡문에 토해 낸 수많은 침을 한 발로 흔적도 없이 밟아 버릴 수 있어, 뒤에는 기름과 크림이 뒤범벅이 된 면상만이 남게 될 것이다.

그 면상은 당연히 아직도 수다를 떨고 있을 것이다. 그 "공자는 어떤 인물인가"라는 시는 결코 좋은 시가 아니고, 시대도 과거라고 말할 것이다. 하지만 문학의 정종이란 간판은 어떻게 되는가? "문예의 영구성"은?

나는 잡문을 애독하는 사람이다. 그리고 잡문을 애독하는 사람이 나 하나만이 아닌 것도 알고 있다. 그것은 "내용이 있는 것을 말하고" 있기 때문이다. 나는 잡문이 더욱 펼쳐져 날마다 그 찬란함을 드러낼 것이라고 낙관하고 있다. 첫째는 중국의 저술계를 떠들썩하게 하고, 활기차게 한다. 둘째는 밥벌레류의 머리를 움츠러들게 만든다. 셋째는 소위 '예술을 위한 예술' 작품을 대비를 통해 바로 그 반생반사半生半死의 모습을 드러내게 한다. 내가 아주 기쁜 마음으로 이 문집의 서문을 쓰고, 이를 빌려 의견을 발표하는 이유는, 우리 잡문 작가들이 호창에 미혹돼 "사람들의 수군거림을 두려워"하여 아주 적은 원고료로 수면제를 사지 않기를 바라기 때문이다.

1935년 3월 31일
상하이의 탁면서재^{卓面書齋}에서 루쉰 씀

그렇게 쓰지 말아야 한다

창작에 뜻을 둔 청년들이 맨 먼저 생각하는 문제는 대체로 "어떻게 써야 할까"라는 것일 터이다. 지금 시장에 나와 있는 '소설작법'이니 '소설법정' 등은 바로 이런 청년들의 주머니를 노린 것이다. 하지만 그다지 큰 효과는 없었는지 '소설작법'에서 배웠다는 작가는 우리들이 아직 들은 적이 없다. 일부 청년들은 곰곰이 생각한 끝에 이미 명성을 얻은 작가에게 물어보았는데, 그 대답이 발표된 것은 극히 드물다. 하지만 결과는 추측하기 어렵지 않은데, 즉 요령부득이다. 이것도 이상한 것은 아니다. 왜냐하면 창작은 무슨 비결이 있어 소곤소곤 귓속말로 다른 사람에게 한마디로 전수해 줄 수 있는 것이 아니기 때문이다. 만약 그렇다면, 이 비결만 있으면 진실로 광고를 싣고 학비를 받아서 3일 안에 문호를 만들어 주는 학교를 여는 것도 가능할 것이다. 중국이 넓으니까 혹 있을지도 모를 일이다. 하지만 이것은 기실 사기다.

상상할 수 있는 여러 대답 중에는 다분히 "대작가의 작품을 많이 읽어라"라는 것이 있겠다. 이것은 문학청년의 마음을 그다지 만족시키지 못한다. 왜냐하면 너무 광범위하고 막막하기 때문이다. 하지만 도리어 실제적인 것이다. 무릇 이미 정평이 난 대작가의 작품은 전부 "어떻게 써야만 하는지"를 설명하고 있다. 단지 독자가 보아 내기에 너무 어렵고 또 깨닫지 못하는 것일 뿐이다. 학습자의 측면에서는 반드시 "그렇게 써서는 안 된다"를 알아야만 한다. 그래야만 비로소 이것은 원래 "이렇게 써야 하는 구나"라는 것을 이해할 수 있기 때문이다.

이 "그렇게 써서는 안 된다"는 어떻게 아는가? 베레사예프의 『고골 연구』 제6장에서 이 문제에 답하고 있다.

이렇게 써야 한다는 것은 반드시 대작가들의 완성된 작품에서 살필 수 있다. 그렇다면 그렇게 써서는 안 된다는 것은 그 동일한 작품의 미완성 원고를 통해 학습하는 것이 가장 좋은 방법일 것이다. 이것은 예술가가 줄곧 우리들에게 실물을 가지고 가르치는 것과 같다. 마치 그가 한 줄 한 줄 손가락으로 가리키면서 직접 우리들에게 "봐요, 음, 이것은 삭제해야만 해요. 이것은 줄이고, 이 것은 다시 써요. 부자연스러워요. 여기서는 색을 좀더 가미해야 형상이 보다 선명하게 되지요"라고 말하는 것 같다.

이것은 확실히 유익한 학습법이다. 하지만 우리 중국에는 아쉽게도 이런 교재가 부족하다. 근래 수고의 석판인쇄본이 약간 있었지만, 대체로 학자들의 저술이나 일기이다. 종래 "일필에 완성한다", "문장에 손을 대지 않는다"라는 말을 숭상한 까닭인지, 또 대체로 전본全本이 아주 깨끗해서인지 고심하며 산개한 흔적은 찾아볼 수 없다. 외국에 교재가 있어, 언어에 정통하다고 하더라도 명작의 초판과 개정판의 각종 텍스트를 모으는 것은 어렵다.

　　독서인의 자제는 필과 묵을 잘 알고, 목수의 아이들은 도끼와 끌을 잘 다루고, 군인의 아들은 일찍부터 칼과 총을 안다. 이러한 환경과 유산이 없는 것이 중국 문학청년들의 선천적인 불행이다.

　　어찌할 수 없는 상황에서 하나의 구제 방법을 생각했다. 곧 신문의 기사든 졸렬한 소설이든, 동일한 사건을 하나의 문예작품으로도 쓸 수 있다. 그러나 그 기사와 소설은 결코 문예가 아니다. 이것이 바로 "이렇게 써서는 안 된다"의 표본이다. 다만 "그렇게 써야 한다"는 것과는 비교할 수 없다.

4월 23일

"사람들의 말은 가히 두렵다"에 관해

"사람들의 말은 가히 두렵다"는 영화배우 롼링위가 자살한 뒤 그의 유서 속에 나온 말이다. 한 시대를 떠들썩하게 했던 이 사건은 한바탕의 공론이 지나가고 이미 시들시들해졌는데, 「영옥향소기」 공연이 끝나고 나면 작년의 아이샤 자살사건과 마찬가지로 말끔히 사라지고 말 것이다. 그녀들의 죽음은 끝없는 사람들 무리 속에 소금 몇 알을 던질 것일 따름이고, 허튼소리를 뇌까리는 무리들의 입맛을 좀 돋우어 주기는 했으나 오래지 않아 담담해지고 말았다.

이 말은 처음에는 작은 풍파를 일으켰다. 한 평론가는 그녀를 자살로 몰고 간 죄가 그녀의 소송사건에 대해 떠벌린 신문 기사에 있다고 말했다. 얼마 안 있어 한 신문기자가 공개적으로 반박했는데, 현재 신문의 지위와 여론의 위신은 가히 불쌍할 정도로, 거기에 누구의 운명을 좌지우지할 역량은 조금도 없을 뿐 아니라, 기재한 내용 또한 대체로 관청에서 수집한 사실이고 절대 날조한 요언이 아니며 옛날 신문들이 있으니 다시 대조해볼 수 있다고 하였다. 그래서 롼링위의 죽음은 신문기자와 아무런 관계도 없게 되었다.

이런 말은 모두 진실하다고 할 수 있다. 그렇지만 모두 그런 것도 아니다.

지금의 신문이 신문답지 않은 것은 사실이다. 평론을 마음대로 할 수 없어 위력을 잃고 있는 것 또한 사실이다. 따라서 눈이 있는 사람이라면 결코 신문기자에게 책임을 과분하게 지우지 않을 것이다. 하지만 신문의 위력이 사실 완전히 사라진 것은 아니다. 갑에 대해서 손해를 끼치지 않지만 을에 대해서는 손상을 입힐 수 있는 것이다. 강자에 대해서는 약자이지만, 보다 약한 자에게 그들은 여전히 강자이다. 그래서 어떤 때는 울분을 참고 아무 말 못하지만 어떤 때는 여전히 거들먹거리기도 한다. 이에 롼링위와 같은 부류는 남은 위력을 발휘하는 좋은 재료다. 그녀는 대단히 유명하지만 무력하기 때문이다. 소시민들은 언제나 사람들의 추문, 특히 잘 아는 사람의 추문을 듣기 좋아한다. 상하이의 거리와 골목에 사는 수다쟁이 아낙네들은 이웃에 사는 누구 아주머니 집에 외간남자가 출입하는 것을 알기만 하면 흥미진진하게 수군거리겠지만, 간쑤의 누군가가 서방질을 한다거나, 신장의 누군가가 재혼을 했다고 얘기하면 그녀는 들으려고 하지 않을 것이다. 롼링위는 은막의 스타로서 모든 사람들이 아는 인물이다. 이 때문에 그녀는 신문을 떠들썩하게 만들 아주 좋은 재료이고, 적어도 판매부수를 늘려 줄 수 있다. 이것을 읽고 난 독자들은 "나는 환링위처럼 그렇게 예쁘지는 않지만 그녀보다 정숙하다"라고 생각하는 사람도 있을 것이고, 또 "나는 환링위의 재능에는 미치지 못하지만, 그녀보다 출신은 고상하다"라고 생각하는 사람도 있으며, 그녀가 자살한 이후에도 사람들은 "나는 환링위와 같은 기예는 없지만 자살하지 않았으니 그녀보다 용기는 있다"라고 생각할 수 있다. 동전 몇 개를 쓰고 자신의 우수성을 발견하였으니 이는 아주 수지맞는 일이다. 하지만 연기를 업으로 살아가는 사람이 앞의 두 가지 감상을 대중들로 하여금 느끼게 한다면 그녀의 인생은 그야말로 끝이다. 그러니 우리들은 잠시 자신도 잘 알지 못하는 사회조직이라든가 의지의 강약이니 하는 진부한 말을 늘어놓지 말고, 먼저 입장을 바꿔 놓고 생각해 보자. 그렇다면 아마도 "사람들의 말이 두렵다"라는 환링위의 말이 진실임을, 또 사람들이 그녀의 자살이 신문기사와 관계가 있다고 간주하는 것 또한 진실임을 알 수 있을 것이다.

하지만 신문기자가 해명했다시피 거기에 기재된 것은 대체로 관청을 통해 수집된 사실이라고 한 것 또한 진실이다. 상하이의 큰 신문과 작은 신문 사이에 끼어 있는 몇몇 신문의 사회면 뉴스는 거의 대부분 이미 공안국 혹은 공부국에서 다루어진 소송 사건이다. 그런데 약간 나쁜 습성이 있는데, 그것은 묘사를 좀 가하려고 하는 것이다. 특히 여성에게 묘사를 가하는 것을 좋아한다. 이런 종류의 사건에는 중요한 인물이나 유명한 고급관리들이 끼여 있을 리 만무하니, 이 때문에 한층 묘사를 가하는 데 방해받는 일이 없다. 사건에 관련된 남자의 나이와 용모는 대체로 정직하게 그려진다. 여자일 경우는 글재주를 발휘하여 "중년부인 우아한 자태 여전하네" 아니면 "꽃다운 소녀 너무 사랑스럽네"라고 묘사한다. 한 여자애가 달아나자 스스로 달려갔는지 아니면 유혹을 당해 갔는지 알지 못하면서, 재자들은 단정지어 "젊은 아낙네 홀로 잠드는데 사내 없는 것이 익숙지 않네"라고 하는데, 그것을 어찌 알았는가? 한 시골 부녀가 두 번 재가하는 일은 원래 시골벽지에서는 일상적인 일이지만, 재자의 붓아래 한번 놓이자 "그 음탕함이 무측천에 뒤지지 않네"라는 큰 제목으로 바뀐다. 이렇게 된다는 것을 또 어찌 알았는가? 이런 경박한 구절이 시골 아낙네에게 덧붙여져도 대체로 아무런 영향이 없을 것이다. 그녀는 글자를 알지 못하고, 또 그녀와 관계가 있는 사람도 신문을 볼 것 같지 않기 때문이다. 하지만 지식인, 더욱이 사회에 나와 활동하는 여성에게는 족히 상처를 입힐 수 있다. 고의로 드러내고 특별히 과장된 글일 경우에는 말할 필요도 없다. 그러나 중국의 습관상 이런 구절은 사색할 것도 없이 붓을 놀리기만 하면 바로 쏟아져 나온다. 이때도 이것이 여성을 희롱하는 것이라고 생각지 않을 뿐만 아니라, 자신이 곧 인민의 대변자임을 생각하지 않는다. 하지만 어떻게 묘사했든지 강자인 경우는 큰일이 아니다. 편지 한 통이면 정오표와 사과의 말이 이어서 게재되지만, 롼링위처럼 권력도 없고 힘도 없는 사람은 고통을 당하는 재료가 되고, 자신이 흉측한 몰골로 가득 그려져도 치욕을 씻을 방법이 없다. 그녀에게 싸우라고 해야 하나? 그녀는 기관지도 없는데 어떻게 싸우나, 억울하고 원통해도 그 장본인을 찾지 못하니 누구와 싸울 것인가? 우리들은 또 입장을 바꿔서 생각을 해볼 수 있다. 그러면 그녀가 "사람들의 말이 무섭다"라고 생각한 것이 진실임을, 또 사람들이 그녀의 자살을 신문기사와 관계가 있다고 생각하는 것도 진실임을 알 수 있을 것이다.

그렇지만 앞에서 말했듯이 지금의 신문이 힘이 없다는 것도 사실이지만, 나는 기자 선생님들이 겸손하게 말하듯이 전혀 가치 없고 전혀 책임이 없는 지경에까지 이르지는 않았다고 생각한다. 그들이 아직 롼링위와 같이 보다 약한 사람들에 대해서는 목숨을 좌지우지할 만한 약간의 힘을 가지고 있기 때문이다. 이것은 또한 그것이 능히 악이 될 수 있으며, 또 당연히 선이 될 수 있음을 말하는 것이다. "들은 바를 반드시 적는다"有聞必錄 혹은 "아무런 힘이 없다"并無能力라고 하는 말은 향상의 책무를 진 기자들이 마땅히 채택해야 할 구두선은 아니다. 사실은 이와 같지 않기 때문이다.──신문은 선택을 하고, 영향력이 있는 것이다.

롼링위의 자살에 대해, 나는 그녀를 위해 변호를 할 생각은 없다. 나는 자살을 찬성하지 않으며, 자살할 생각도 없다. 하지만 내가 자살하려고 하지 않는 것은 자살을 경시하는 것이 아니라, 그렇게 할 수 없기 때문이다. 어느 누가 자살을 한다면 지금은 강인한 평론가들의 비난을 받게 된다. 롼링위도 당연히 예외가 아니다. 하지만 내 생각에 자살은 사실 쉬운 일이 아니다. 결코 우리같이 자살할 마음이 없는 사람들이 경멸할 만큼 그렇게 간단히 실행할 수 있는 것은 아니다. 만약 쉽다고 생각하는 사람이 있다면 어디 한번 해보라!

물론 시도해 볼 용기가 있는 사람도 필시 많을 것이다. 하지만 거들떠보지 않는다. 그는 사회를 위해 해야 할 위대한 임무를 갖고 있기 때문이다. 그것은 말할 것도 없이 대단히 좋은 일이다. 그러나 나는 사람들이 모두 한 권의 노트를 마련해서 자신이 수행한 위대한 임무를 기록해 두었다가 증손이 생겼을 때 다시 꺼내어 어떤지 잘 따져 보기를 바란다.

5월 5일

문단의 세 부류

20년간 중국에도 작가들이 좀 나오고, 작품도 좀 나왔으며 지금도 나오고 있으니 '문단'이 생겼다고 해도 틀리지 않겠다. 하지만 이것을 가지고 박람회를 개최한다면 마땅히 생각을 해봐야 한다.

글자는 어렵고 학교는 적기 때문에 우리 작가들 가운데 시골 처녀가 여류작가가 되었거나 목동에서 문호가 된 사람은 아마 없을 것이다. 옛날 소나 양을 치면서 경서를 읽어 마침내 학자가 된 사람이 있었다는 얘기는 들은 적이 있지만, 지금은 아마 없을 것이다.──나는 방금 두 번이나 "없을 것이다"라고 했는데, 혹시라도 정말 예외적인 천재가 나타나 본보기가 되었다면 다행이라고 생각한다. 요컨대 대체로 필묵을 놀리는 사람들은 이전에 아무래도 기댈 데가 약간 있었는데, 그것은 조상에게 물려받은 지금은 줄어들고 있는 돈이 아니면, 아버지가 벌어놓은 계속 늘어나고 있는 돈일 것이다. 그렇지 않다면 그가 책을 읽거나 글자를 익힐 길이 없었다. 지금 식자운동이 있기는 하지만 여기서 작가가 길러져 나올 거라고 생각하지 않는다. 그래서 이 문단은 부정적인 측면에서 본다면, 당분간은 대략 크게 두 부류의 자제, 즉 '몰락한 집'과 '벼락부자가 된 집'에 의해 점령당했다고 해야겠다.

벼락부자가 된 것도 아니고 몰락한 것도 아닌 사람들 가운데서도 물론 저작을 더러 낸 사람들이 꽤 있다. 그러나 그들은 제 3부류의 사람들이 아니라 갑에 가깝지 않으면 을에 가까운 사람들이다. 제 주머니를 털어서 책을 내거나 지참금으로 출판하는 이는 문단상의 매관買官들이니, 본 논의의 범위에 들지 않는다. 그러므로 오로지 필묵에만 의지하는 작가들을 얘기해야겠는데, 그렇다면 먼저 몰락한 집 가운데서 찾지 않으면 안 된다. 선대에는 벼락부자였을 수도 있지만, 지금은 문아함이 주판을 튕기는 것보다 우선하여, 집안 살림이 아주 궁색해졌다. 그렇지만 이로 인해 세태의 변화와 인생의 고락을 보게 되어 진정으로 지난 일을 회상하며 현실과 비교해 "극히 감상적"으로 되었다. 처음에는 천시天時가 나쁘다고 한탄하고, 다음에는 지리地理가 나쁘다고 한탄하고, 마지막에는 자신의 무능을 한탄했다. 하지만 이 무능 또한 정말로 무능한 것이 아니다. 자신이 유능을 하찮게 보는 것으로, 그래서 이 무능은 유능보다 더 고상하다. 그들은 칼을 뽑고 활을 당기며 땀을 비오듯이 흘렸어도 결국 무엇을 해내었는가? 하지만 나의 퇴폐는 "십 년 만에 양주의 꿈에서 깨어 보니"이며, 나의 찢어진 옷은 "옷깃에는 옛날 항주에서 술 마시던 흔적이 남았네"이다. 나태한 모습과 옷의 얼룩에도 역사적으로 깊은 의미가 담겨 있다. 그런데 유감스럽게도 속인들은 이해하지 못한다. 그래서 그들의 걸작에는 대체로 "자신의 그림자를 보고 스스로를 가엾게 여긴다"顧影自憐라는 특별히 신비로운 빛이 발산되고 있는 것이다.

벼락부자가 된 작가들의 작품은 겉으로 보아서는 몰락한 작가들의 그것과 다르지 않다. 그 이유는 그들이 잉크로 돈냄새를 씻어 버리려는 의도하에 몰락한 집이 지배하던 문단에 기어 올라가 '풍아風雅의 숲'에 가담하나, 또 다른 깃발을 세울 생각은 없고 그래서 절대로 색다른 것을 내세우지 않기 때문이다. 그런데 좀 자세히 보면, 소속된 호적이 다르다. 결국 그들은 천박함을 드러내고 또 조작하거나 흉내나 낸다. 집안에는 구두점이 찍힌 제자諸子가 있으나 봐도 모른다. 책상에도 석인石印의 변문이 있지만 읽어도 구두점을 찍지 못한다. 또 "옷깃에는 옛날 항주에서 술 마시던 흔적이 남았네" 하고 외치지만, 한편으로는 다른 사람에게 찢어진 옷을 입고 있다고 의심받는 것이 두려워 어떻게 해서든 자신이 입고 있는 것은 주름이 잡힌 매끈한 양복 혹은 최신식의 비단 장삼이라는 것을 드러내려고 궁리한다. 또 "십 년 만에 양주의 꿈에서 깨어 보니"라고 할 수도 있으나, 사실 그것은 낭비를 하지 않는 좋은 품성인 것이다. 벼락부자와 돈의 관계가 나태한 모습과 옷의 얼룩보다 더 역사적으로 깊은 의미가 있다고 생각하기 때문이다. 몰락한 집의 퇴폐는 추락하는 자의 비명이고, 벼락부자의 퇴폐는 오히려 "올라가기" 위한 수단이다. 그래서 그들의 작품이 몰락한 집의 걸작을 비슷하게 모방했다고 하더라도 반드시 약간의 차이가 있기 마련이다. 사실 그는 "자신의 그림자를 보고 스스로를 가엾게 여기는" 것이 아니라 오히려 "스스로 만족해"하고 있는 것이다.

이 "스스로 만족해"하는 표정은 몰락된 집의 눈으로 보면, 이른바 "검소한 집의 모습"이고 또한 소위 '속'이다. 풍아의 정리定理에 의하면, 사람이 '본색'을 벗어나면 바로 '속'이 된다. 글을 모르는 사람은 속되다고 할 수 없으나, 글을 쓰다가 잘못 쓰게 되면 이것이 곧 속이다. 부잣집 도련님도 속되다고 할 수 없으나, 시를 짓다가 잘못 지으면 속되게 된다. 이것은 문단에서는 줄곧 몰락한 집들에 의해 배척당하던 것이다.

그러나 몰락한 집이 어떻게 해도 안 될 정도로 영락한다면, 이 양자는 오히려 교융이 일어나기도 한다. 누구든지 '어휘'를 찾는 『문선』을 가지고 있다면 얼마든지 찾아볼 수 있을 텐데, 그 속에 탄핵의 문장이 한 편 들어 있었다고 기억한다. 거기서 탄핵하고 있는 것은 어느 몰락한 집안이 벼락부자가 되어 세가世家인 체하는 만가滿家의 집에 딸을 시집 보냈다는 얘기였다. 여기서 두 집이 반발하는 모습과 화합에 이르는 경과를 엿볼 수 있다. 문단에도 물론 이러한 현상이 있다. 하지만 작품상의 영향은 크지 않아서 벼락부자가 된 집에 약간 득의한 면을 더해 주었을 뿐이고, 몰락한 집이 '속'에 대해서 소극적으로 바뀌고 다른 면에서 자신들의 풍아를 크게 선전했을 따름이다. 별로 크지도 않지만.

벼락부자가 되어 문단에 올라도 당연히 '속'에서 벗어나기는 어렵지만, 시간이 흘러 오래되면 한편으로는 주판을 튕기면서 다른 한편으로는 시를 읊고 책을 읽은 결과 몇 세대가 지나면 고상해진다. 이윽고 장서가 늘어나고 저금이 줄어들면 비로소 진정으로 몰락한 집안의 문학을 할 자격이 생긴다. 그렇지만 시세가 급속히 변함에 따라 가끔 그들에게 수양을 할 시간을 주지 못할 때가 있다. 그래서 벼락부자가 된 뒤 오래지 않아 몰락해 버려 "스스로 만족해"하기도 하고, 또 "자신의 그림자를 보고 스스로를 가엾게 여기게" 되는 것이다. 그러나 또 "스스로 만족해"하는 확신을 잃어버리고, 게다가 "자신의 그림자를 보고 스스로를 가엾게 여기는" 풍채도 배양하지 못하고, 그저 무료함만이 남아 옛날의 소위 고상함과 속됨을 운운할 여지도 없다. 이런 사람들에 대해서는 종래 일정한 명칭이 없었으나, 나는 잠시 '몰락한 벼락부자'라고 명명해 둔다. 앞으로 아마도 이런 집이 늘어날 것이다. 하지만 변화도 있을 것이다. 적극적인 방면으로 달려간다면 불량배가 되고, 소극적인 방면으로 나간다면 부랑자가 될 것이다.

중국의 문학에 활기를 불어넣을 수 있는 이들은 이 세 집의

밖에 있는 사람이다.

6월 6일

나의 첫번째 스승

옛날 책 어느 것에서 읽었는지 기억나지 않는데, 대략 이런 내용이었다. 한 도학道學선생 ── 물론 이름난 사람이다 ── 이 불교를 평생, 기를 쓰고 배척하였다. 그런데 제 아들에게는 '중'和尙이라는 이름을 지어 주었다. 어느 날 누군가가 이 일을 가지고 물었더니 "이건 천하게 여긴다는 뜻이오!"라고 대답했다. 물어본 사람은 할 말을 잃고 물러났다.

사실, 그 도학선생의 말은 궤변이다. 아이 이름을 '중'이라고 지은 것은 미신 때문이다. 중국에는 오로지 전도가 양양한 사람, 그중에서도 어린아이에게 해코지를 하는 요귀妖鬼가 많다. 못나고 천하면 가만 놔두니 안심이다. 중이라는 부류의 사람들은, 중의 입장에서 보면 성불할 수 있으니까 ── 물론 장담할 수는 없다 ── 당연히, 대단한 존재이다. 그러나 선비 입장에서 보면 그들은, 결혼도 하지 않고 가정도 없고 벼슬을 할 리도 없는 미천한 자들이다. 선비 생각에 요귀의 견해도 당연히 자기하고 같을 것이니 '중'이라고 해 놓으면 해코지를 피할 수 있다. 이는 애들 이름을 개똥이·말똥이라고 지어 주는 것과 완전 같은 이치이다. 그러면 탈 없이 자란다.

요귀를 피하는 방법이 하나 더 있다. 중을 스승으로 모시게 하는 것, 즉 아이를 절에 바치는 것이다. 그렇다고 절간에다 맡기는 것은 아니다. 나는 저우^周씨 집안에 태어났고, 장남이었다. "드물면 귀한 법"이라고, 아버지는 내 전도가 양양하지 않을까, 그렇다면 해코지 없이 키울 수 있을까 염려를 해서 한 살이 되기도 전에 나를 창칭사^{長慶寺}로 데리고 가 어느 중을 스승 삼게 하였다. 제자로 들어갈 때의 예를 갖추었는지, 무슨 시주를 하였는지는 전혀 모른다. 내가 아는 것이라고는 그로 해서 내게 창겅^{長庚}이라는 법명이 생겼다는 것뿐이다. 나는 훗날 이것을 필명으로 삼은 적이 있고 소설 「술집에서」에서는 제 조카딸을 을러댄 무뢰배에게 이 이름을 증정하기도 했다. 내게 생긴 것으로 또 백가의^{百家衣},[311] 즉 '납의'^{衲衣}가 있다. 본래 여러 가지 헌 헝겊을 가져다 만들어야 옳지만 내 것은 여러 색깔의 감람열매 꼴 비단 조각을 기워서 만든 것이고, 잔칫날이 아니면 입히지 않았다. 또 하나, '소 노끈'^{牛繩}이라는 것도 생겼다. 거기에는 자질구레한 것들, 예컨대 일력^{日曆}, 거울, 은으로 만든 체^{銀篩} 같은 것이 달려 있었는데, 액을 막아 준다고 했다.

이런 조처들이 정말 효과가 좀 있었던 모양이다. 내가 지금껏 살아 있으니 말이다.

그러나 지금, 법명은 남아 있지만 그 두 가지 법보^{法寶}는 없어
진 지 오래다. 몇 해 전 베이핑에 갔을 때 어머니가 은으로 만
든 체를 보여 주었다. 딱 하나 남아 있던 내 아깃적 기념물이다.
그 체는 직경이 한 치 남짓밖에 되지 않았다. 꼼꼼히 들여다보
니 한 가운데에 태극도^{太極圖}가 있고, 위쪽에 책 한 권, 아래쪽에
그림 두루마리, 좌우로는 잣대, 가위, 주판, 저울 따위가 있었다.
이걸 보고 문득 깨달았다. 중국의 못된 귀신들은 딱 부러진 것,
대충 상대해서는 안 되는 것을 무서워하는구나. 탐구심과 호기
심 때문에 작년에, 상하이의 금은방에 가서 물어보았다. 결국
두 개를 샀는데 달려 있는 가짓수가 좀 다를 뿐 기본 형식은 내
것과 똑같았다. 참 이상한 일이다. 반세기가 넘게 지났는데도
사귀^{邪鬼}들 성정이 여전하고 액막이하는 법보도 예전 그대로라
니. 하지만 또 이런 생각도 들었다. 어른은 이런 걸 쓰면 안 된
다, 그랬다가는 아주 위험하다.

하지만 이 때문에 또 반세기 전의 첫번째 스승 생각도 났다.
나는 아직도 그의 법명을 모른다. 사람들은 그를 '룽^龍 사부^{師父}'
라고 불렀다. 늘씬한 키, 갸름한 얼굴, 튀어나온 광대뼈, 가느다
랗게 찢어진 눈에, 중이라면 기르지 말아야 할 수염이 두 갈래
있었다. 사람들을 상냥하게 대했고 내게도 상냥했다. 나에게 불
경은 한 구절도 가르쳐 주지 않았고 계율도 가르치지 않았다.
그 자신은 어떤가 하면, 가사를 입고 큰스님 노릇을 하였는데

혹간 방염구放焰口[312] 때가 되어 비로모毗盧帽를 갖추어 쓰고 재齋를 주재하면서 "굶주리는 외로운 넋이여, 단이슬甘露을 맛보시라" 하고 읊조릴 때면 장엄하기가 그지없었다. 평상시에는 그러나 염불을 하지 않았다. 지주였기에 절간의 잔일만 챙겼다. 사실 그는——물론 내가 보기에 그렇다는 것이지만——삭발한 속인에 지나지 않았다.

이리하여 내게는 또 사모師母 즉 그의 마누라가 생겼다. 본래 중한테 마누라가 있어서는 안 되지만, 그에게는 있었다. 우리 집 본채 한가운데에 있던 제단에 절대적으로 존경하고 복종해야 할 다섯 분이 금 글씨로 새겨져 있었다. "하늘·땅·임금·어버이·스승". 나는 제자이고 그는 스승이다. 결코 항의할 수 없었거니와 항의할 뜻도 없었다. 좀 이상하다는 생각은 했다. 그러나 나는 나의 사모를 좋아했다. 내 기억에 처음 만났을 때 그녀는 마흔 살 안팎이었다. 통통했던 사모는 검은색 비단 바지저고리 차림으로 자기 집 뜰에서 바람을 쐬었고 그녀 아들들이 나하고 놀았다. 때로 과일과 과자도 주었다.——이것이 내가 그녀를 좋아한 큰 이유 가운데 하나였음은 물론이다. 고결한 천위안 교수의 말을 빌리자면 "젖을 주면 제 어미"였던 격이라, 인격적으로 참 보잘게없었던 것이다.

그런데 나의 사모는 연애 스토리가 좀 비범하다. '연애'라는 것은 요즘 술어이고 그때 우리가 살던 구석진 지역에는 '좋아지낸다/좋아하다'相好라는 말밖에 없었다. 『시경』에서 "서로 좋아해야지 미워해서는 안 된다"$^{式相好矣, 毋相尤矣}$라 한 것을 보면 이 말이 생긴 지가 퍽 오래다. 문·무·주공 때로부터 그리 멀지 않은 때에서 유래를 확인할 수 있는데도 훗날 점잖은 말 축에 들지 못했다. 그건 그렇다 치자. 어떻든, 룽 사부는 젊은 시절 꽤나 멋지고 수완 있는 중이었다고 한다. 교제 범위도 넓어서 각양각색의 사람들과 사귀었다. 하루는 시골 마을에서 지신제연극이 있었다. 그때 배우와 친분이 있었던 그가 무대에 올라 징을 쳤다. 반들거리는 민머리에 갓 지은 승복을 입고 노는 꼴이 참으로 볼만하였다. 대체로 완고한 게 시골 사람들이다. 그들이 보기에 중은 염불을 하고 부처님께 절이나 올리고 있어야 한다. 무대 아래에서 욕설이 들렸고 사부도 질세라 욕으로 대꾸했다. 이리하여 전쟁이 개막되었다. 단수수 토막들이 빗방울 지듯 날아들었고 몇몇 용사들은 진격을 할 기세였다. '중과부적'이라, 퇴각하는 수밖에. 한쪽이 달아나면 한쪽은 쫓게 된다. 그는 다급한 나머지 한 집에 들어가 숨었고, 그 집에는 젊은 과부 한 사람만 있었다. 뒷이야기는 나도 잘 모른다. 어쨌거나, 그때 그녀가 나중에 지금의 내 사모가 되었다.

『우주풍』^{宇宙風}이 출간된 이래 지금까지 배독^{拜讀}할 인연이 없었다가 며칠 전에야 '봄철 특대호'를 보았다. 거기 「성패를 가지고 영웅을 논하지 않는다」라는 주탕^{鉄堂} 선생의 글이 있었다. 흥미로워 보였다. 그는, "성패를 가지고 영웅을 논하지 않는" 중국인의 습성이 "이상은 숭고하다고 하지 않을 수 없다", "그러나 인간 집단의 조직이라는 면에서 보면 그래서는 안 된다. 강자를 누르고 약자를 돕는 것은 강자의 출현을 마다하는 것이다. 실패한 영웅을 숭배하는 것은 성공한 영웅을 영웅으로 치지 않는 것이다." "요즘 사람들 입에 유행하는 말이 있다. '중국 민족은 동화력이 뛰어나다, 때문에 요·금·원·청은 결코 중국을 정복한 적이 없다'는 것이다. 사실 이것은 새로운 제도를 쉽게 받아들이지 않는, 일종의 타성에 지나지 않는다."——이런 내용인데, 어떻게 이 '타성'을 바로잡을까에 대해서는 잠자코 있어 보자. 우리 대신 방도를 마련할 사람이 아주 많다. 나는 단지, 그 과부가 나의 사모로 된 것이 바로 이 "성패를 가지고 영웅을 논하지 않는" 폐단 때문이었다는 것만 지적하고자 한다. 시골에, 살아 있는 악비나 문천상은 없다.[313] 그러니, 잘 생긴 중이 단수수 토막이 비 오듯 쏟아지는 가운데 무대 아래로 뛰어 내려 왔다면, 이야말로 진짜배기 실패한 영웅이다. 그녀에게 조상 전래의 '타성'이 발현되었다. 숭배하는 마음이 생긴 것이다. 추격병에 대해서는 선조들이 요·금·원·청의 대군大軍을 상대할 때와 마찬가지로 '영웅으로 치지 않았다'. 역사에서 그 결과가 어떠했던가. 주탕 선생 말대로 "중국 사회는 위엄을 세우지 않으면 복종시킬 수 없다". 그러니 "양저우 10일"揚州十日과 "자딩 3도"는 자업자득이었다.[314] 하지만 당시 시골 사람들은 "위엄을 세우지"도 않고 흩어졌다. 물론, 거기에 숨어 있을 줄은 생각지도 못해서 그랬을 것이지만.

이리하여, 내게 세 명의 사형, 두 명의 사제가 생겼다. 맏사형은 집이 가난해서 절에 바쳐진 —또는 팔려 온 경우였고, 나머지 넷은 다 사부의 자식들이다. 큰 중의 아들이 작은 중이 되는 것은 그 시절 전혀 이상할 게 없었다. 맏사형은 독신이었다. 둘째 사형은 딸린 식구가 있었으나 그걸 내게 숨겼다. 이걸 보면 그의 도행道行이 나의 사부, 즉 자기 아버지보다 훨씬 못했음을 알 수 있다. 그들은 나하고 나이 차가 커서 교제가 거의 없었다.

셋째 사형은 나보다 열 살 많았을 것이다. 그래도 사이가 좋았고 나는 그 사형 걱정이 많았다. 그가 큰 수계大受戒 받을 때의 일이다. 그는 불경을 그리 읽지 않았다. 대승불교의 교리를 제대로 알지 못했을 것이다. 반질거리는 정수리에 뜸쑥 두 줄을 얹어놓고 한꺼번에 태울 텐데 아픔을 참아내지 못할 게 뻔했다. 선남신녀善男信女들이 참여한 자리에서 사형이 그걸 견뎌 내지 못한다면, 남 보기에 좋지 못하고 사제인 내 체면도 깎일 것이다. 이걸 어찌하나. 마치 내가 수계를 받는 것처럼, 생각만 해도 조바심이 났다. 그러나 내 사부는 필경, 도력이 깊었다. 그는 계율이나 교리에 대해서는 아무 말도 하지 않았다. 당일 새벽, 셋째 사형을 불러 엄하게 분부하였을 뿐이다. "기를 쓰고 견뎌라. 울어도 안 되고, 소리 질러도 안 된다. 울거나 소리 지르면 머리통이 터진다. 그러면 넌, 죽어!" 사부의 호통 한 마디는 『묘법연화경』이니 『대승기신론』이니 하는 것보다 훨씬 위력이 있었다. 누군들 죽고 싶겠는가. 이리하여 의식은 아주 장엄하게 진행되었다. 평상시와 달리 두 눈에 눈물이 고이기는 하였으나, 뜸쑥 두 줄이 정수리 위에서 다 탈 때까지, 분명 아무 소리도 내지 않았다. 나는 안도의 숨을 쉬었다. 정말이지 '무거운 짐을 내려놓은 듯'하였다. 선남신녀들도 저마다 합장하고 찬탄하면서 기쁜 마음으로 시주를 하고 부처님께 절을 올리고 돌아갔다.

출가한 사람이 큰 수계를 받으면 사미승에서 정식 승려로 된다. 그것은 우리 재가인在家人이 관례冠禮를 통해 동자童子에서 성인으로 되는 것과 마찬가지이다. 성인이 되면 '가정을 이루기'를 바라게 마련인데, 중이라고 여자 생각을 하지 않을 수 없다. 중이 석가모니와 미륵보살만 생각한다는 것은 중을 스승으로 모시지 않았거나 중을 벗한 적이 없는 세속인의, 잘못된 견해이다. 수행을 하고 마누라가 없고 고기를 먹지 않는 중이 절 안에 없었던 건 아니다. 예컨대 내 맏사형이 그랬다. 하지만 그들은 괴곽하고 냉혹하고 오만했고, 늘 우울해 보였다. 자기 부채나 책에 손만 대도 버럭 화를 내는 바람에 가까이 할 엄두가 나지 않았다. 그래서 내가 잘 아는 중은 모두, 마누라가 있거나 있어야겠다고 내놓고 말하는 중, 고기를 먹거나 먹고 싶다고 내놓고 말하는 중들뿐이다.

나는 그때 셋째 사형이 여자 생각을 하는 걸 전혀 의아해하지 않았다. 뿐만 아니라 어떤 여자를 이상적이라 생각하는가도 알고 있었다. 사람들은 그가 비구니를 마음에 두고 있었을 것이라 여길지 모르나, 그건 아니다. 비구가 비구니와 '좋아지내'

면 곱절로 불편하다. 그는 부잣집 아씨나 며느리를 염두에 두고 있었다. 그런데 이 '그리움' 또는 '혼자 그리워함'——요즘 말로 하면 '짝사랑'——을 이루어 주는 매개가, '매듭'^結이다. 우리 고장의 부잣집에서는 초상이 나면 매 이레마다 불사^{佛事}를 하며, 첫 이렛날에 '매듭을 풀어 주는'^{解結} 의식을 거행한다. 왜냐하면 죽은 사람은 생전에 남에게 지은 죄가 있게 마련이다. 그가 맺어 놓은 원한은 누군가가 풀어 주어야 한다. 방법은 이렇다. 첫 이렛날 독경과 예불을 마치면 영전에 쟁반을 몇 개 놓는다. 쟁반에는 먹을 것, 꽃 같은 것이 담기는데 그중 한 쟁반에는 열 푼 남짓한 동전을 꿰어 놓은, 삼실이나 흰 실로 꼰 노끈으로 만든 나비 모양의 매듭이 놓여 있다. 중들이 위패를 둔 탁자 주변에 둘러앉아 노래를 부르면서 매듭을 푼다. 매듭이 풀리면 돈은 중들 차지가 되지만 죽은 사람이 맺어 놓은 모든 원한이 깨끗하게 풀린다. 좀 이상한 방법이기는 했으나 다들 그렇게 했고 아무도 이상하다고 생각하지 않았다. 하긴 이것도 '타성'일 것이다. 그런데 매듭풀기는 세속 사람들이 추측하는 것처럼 열이면 열 다 푸는 게 아니다. 그중 맵시가 있어서 마음에 들거나 일부러 꼼꼼하게 지어 놓아 풀리지가 않는 매듭은 승복 소매 속으로 슬쩍 사라진다. 죽은 사람이 맺은 원한이야 어찌 되건, 그가 지옥에 떨어져 고생을 하건 말건. 그 매듭은 보물이나 되는 양 절로 가지고 가 간수해 놓고 수시로 감상한다. 이건 우리가 때로 여성 작가의 작품을 편애하는 것과 마찬가지이다. 감상할 때면 작가 생각이 나게 마련이다. 매듭을 만든 사람이 누구일까. 남자나 노비가 했을 리 만무하니 말할 것도 없이 아씨나 며느리가 만든 것이다. 중들은 문학계 인물들처럼 청아하지 않으므로 사물을 보면 사람을 떠올리는 일이 벌어지지 않을 수 없다. 이른바 '상상의 나래를 펴'는 것이다. 그 심리 상태에 대해서는, 내 비록 중을 스승으로 모시기는 했으나 필경은 재가인인지라 속내까지는 다 알지 못한다. 다만, 셋째 사형이 어쩔 수 없이 내게 몇 개를 준 적이 있는데 그중 어떤 것은 아주 맵시 있었다. 물에 담갔다가 가위 손잡이 따위로 다져 놓아 중이 풀 수 없게 해둔 것도 있었다. 죽은 이를 위해 고안된 매듭풀기가 살아 있는 중을 난감하게 하다니, 참으로 나는 아씨 혹은 며느님들 심사를 알 수 없었다. 이 의문은 20년 뒤 의학을 좀 공부한 뒤에야 풀렸다. 알고 보니 그것은 이성 학대로 병적인 현상이다. 깊은 규방 속 원한이 절간에 있는 중에게 마치 라디오 전파처럼 전해졌던 것인데, 내 생각에 도학선생들은 이런 측면을 짐작도 하지 못할 것이다.

훗날, 셋째 사형에게도 마누라가 생겼다. 아씨 출신인지 비구니인지 아니면 '가난한 집 고운 따님'인지는 모른다. 그 역시 이걸 비밀에 부쳤는데, 도행이 자기 아버지에게 훨씬 못 미쳤던 것이다. 그때는 나도 나이가 좀 들어서 중은 계율을 지켜야 한다는 말을 어디선가 들었다. 그를 궁지에 몰아넣자는 생각에 그걸 가지고 놀렸더니 뜻밖에도 그는 조금도 꿀리지 않고 즉시 내게 '금강노목'^{金剛怒目315)}식으로 눈을 부라리며 호통을 쳤다.

"중한테 마누라가 없으면 작은 보살은 어디서 나오냐!?"

이건 정말이지 '사자후'로서 내게 진리를 깨우쳐 주었다. 아구무언^{啞口無言}. 나는 확실히 1장^{丈[열 자]} 남짓한 큰 불상과 몇 자 또는 몇 치 크기의 작은 보살들이 있는 줄을 보아서 알고 있었지만, 왜 크고 작은가는 몰랐다가, 그의 호통 한 마디에 모든 의문이 풀렸다. 하지만 그 뒤로 셋째 사형을 만나기가 힘들어졌다. 이 출가인에게 집이 셋이 되어서였다. 하나는 절간이다. 하나는 자기 부모 집이고, 다른 하나는 자기와 마누라가 사는 집이었다.

나의 사부는 40년쯤 전에 이미 세상을 떴다. 사형제들 태반이 절의 주지를 하였다. 우리의 우정은 여전히 존재하나, 오랫동안 서로 소식이 없었다. 하지만 나는, 생각한다. 그들에게 틀림없이 저마다 작은 보살들이 생겼을 것이고, 몇몇 작은 보살에게 또 작은 보살이 생겼을 것이다.

4월 1일

깊은 밤에 쓰다

1. 케테 콜비츠 교수의 판화가 중국에 들어온 데 대하여

들에, 불에 탄 종이 재가 한 무더기 있고, 오래된 담장에 그림이 몇 개 그려져 있다. 지나가는 사람들은 대개 눈여겨보지 않았을 테지만 여기에는 저마다 어떤 의미가 담겨 있다. 사랑, 슬픔, 분노,… 게다가 이것들은, 왕왕, 소리쳐 외쳐 대는 것보다 맹렬하다. 그 의미를 몇 사람은 알 것이다.

1931년——몇 월인지는 생각나지 않는다——창간된 지 얼마 안 되어 발행 금지된 잡지 『북두』[316) 창간호에 목판화가 한 점 실렸다. 한 어미가 슬픈 낯으로 눈을 꼭 감은 채 자기 아이를 건네주는 모습이다. 이것은 케테 콜비츠 교수(Prof. Kaethe Kollwitz)의 연작 목판화 『전쟁』 중 첫번째 작품으로, 제목은 「희생」이다. 그녀의 판화 중 중국에 처음으로 소개된 작품이기도 하다.

이 목판화는 내가 부친 것이었다. 살해된 러우스[317]를 기리기 위해. 그는 나의 학생이고 벗이었다. 함께 외국 문예를 소개하였다. 목판화를 특히나 좋아하여 구미 작가의 작품을 세 권 편집하여 펴낸 바 있다. 인쇄 질은 썩 좋지 못하였지만. 그러나 무엇 때문인지 돌연 체포되었고 얼마 안 있어 룽화龍華에서, 다른 청년 작가 다섯 명[318]과 함께 총살당했다. 당시 신문에는 전혀 보도되지 않았다. 엄두를 내지 못하였을 것이고, 실을 수도 없었을 것이다. 그렇지만 많은 사람들은 그가 벌써 인간 세상에 있지 않다는 걸 알았다. 자주 있는 일이기 때문이다. 오직 그의 눈 먼 어머니만, 사랑스러운 자기 아들이 여전히 상하이에서 번역 일을 하고 교열 일을 보고 있을 것이라고 여겼을 것임을, 나는 알고 있었다. 우연히 독일 서점의 도서목록에서 이 작품을 발견했고 『북두』에 보냈다. 나의 무언의 기념으로 삼아. 나중에, 적잖은 사람들이 거기 담긴 의미를 알아차렸다. 다만, 그들은 그 작품이 살해된 사람 모두를 기념하여 실린 것으로 생각하였다.

그때 콜비츠 교수의 판화집이 막 유럽을 떠나 중국을 향하고 있었다. 상하이에 도착하였을 때에 그 부지런한 소개자는 이미 땅속에 잠들어 있었다. 우리는 묻힌 장소조차 알지 못한다. 좋다, 나 혼자서 작품집을 보았다. 거기에는 궁핍과 질병, 굶주림, 죽음…이 있었다. 물론 몸부림, 투쟁도 있었지만 많지 않았다. 작자의 자화상이, 증오와 분노가 없는 것은 아니나, 사랑과 연민의 정을 더 드러내고 있는 것과 마찬가지이다. 이것은 모든 "모욕받고 상처받은 사람들"의 어머니 마음을 형상화한 것이다. 이런 어머니는, 중국의 아직 손톱에 붉은 물을 들이지 않은 시골에서도 흔히 볼 수 있다. 그런데 사람들은 그녀를 쌀수 없는 아들만 사랑한다고, 비웃는다. 그러나 내 생각에, 그녀는 쌀수 있는 아들도 사랑한다. 단지 튼튼하고 능력 있는 자식은 안심해도 되기에, "모욕받고 상처받은" 아이에게 더 눈길을 주는 것이다.

이제 복제된 그녀의 작품 스물한 점이 그 점을 증명한다. 이는 또 중국의 젊은 예술 학도들에게도 다음과 같은 점에서 보탬이 될 것이다.

첫째, 최근 5년 사이에, 박해받고 있기는 하나, 목판화가 자못 유행하고 있다. 그러나 다른 종류의 판화의 경우, 소른(Anders Zorn)[319]에 관한 책자 한 권밖에 없다. 지금 소개하는 것은 모두 동판과 석판화이다. 독자들은, 판화 가운데 이런 작품도 있으며, 이것이 유화 따위보다 널리 전파될 수 있다는 사실, 또 소른과는 기법과 내용 면에서 판이하게 다른 작품이 있다는 걸 알게 될 것이다.

둘째, 외국에 간 적 없는 사람 가운데 흔히 백인종이라 하면 다들 예수의 가르침을 말하거나 양행洋行을 열고, 멋진 옷 맛난 음식을 입고 먹으며, 수가 틀리면 제멋대로 구둣발길질을 하는 것으로 아는 경우가 있다. 그러나 이 화집이 나옴으로써 그들은, 세상에는 "모욕받고 상처받은" 사람들이 곳곳에 존재한다는 것, 그들이 우리와 벗이라는 것, 또 이들을 위하여 아파하고 소리치고 투쟁하는 예술가가 있다는 것을 알게 될 것이다.

셋째, 지금 중국 신문들이 입을 크게 벌리고 고함을 치는 히틀러 사진을 즐겨 싣고 있다. 사진 찍을 때 한순간이었을 텐데 사진에서는 언제까지고 똑같은 자세여서, 자주 보게 되니 피로한 감이 든다. 이제 독일 예술가의 화집에서 우리는, 다른 종류의 사람들을 본다. 그들은 영웅은 아니지만 가까이 하고 공감할 수 있는 사람이다. 보면 볼수록 아름답고 사람을 감동시키는 힘이 있다.

넷째, 올해는 러우스가 살해된 지 만 5년이 되고, 작자의 목판화가 중국에 처음 선보인 지 다섯 해째 되는 때이다. 작자는 중국식 나이로 치면 일흔 살이 된다. 이 또한 기념으로 삼을 만하다. 작자가 지금 침묵을 지킬 수밖에 없을 것이나, 그녀 작품은 전보다 더 많이 원동遠東의 하늘 아래 출현하게 되었다. 그렇다. 인류를 위한 예술은 그 어떤 힘으로도 가로막을 수 없다.

2. 아무도 모르게 죽는다는 것에 대하여

요 며칠 새에야 비로소 깨달았다. 아무도 모르게 죽는다는 것이 사람에게는 지극히 참혹한 일이라는 것을.

중국은, 혁명이 있기 전에는 사형수가 형 집행을 당하기 전에 큰 거리를 지나서 갔다. 그리하여 그는 억울함을 호소하거

나, 벼슬아치를 욕하거나, 영웅적인 무용담을 늘어놓거나, 나는
죽음이 두렵지 않다고 말할 수 있었다. 그 모습이 멋들어질 때
에는 뒤따르는 구경꾼들에게 갈채 받고 뒷날까지 그의 이야기
가 전해지기도 하였다. 나는 젊을 적에 그런 이야기를 자주 들
었다. 그때는 그런 광경이 야만적이고 그런 방법이 잔혹하다고
만 여겼었다.

최근 린위탕 박사가 편집하는 『우주풍』宇宙風에서 주탕鈇堂 선
생의 글 한 편을 보았다. 그의 견해는 달랐다. 그는, 사형수를 향
해 갈채를 보내는 것은 실패한 영웅을 숭배하는 것이며, 약자
를 지원하는 일이라 보았다. "이상은 숭고하다 하지 않을 수 없
으나, 인간 무리의 조직이라는 면에서는 실로 가당찮은 것이다.
강자를 누르고 약자를 지원한다는 것은, 강자가 존재하기를 영
원히 바라지 않는 것이다. 실패한 영웅을 숭배하는 것은 성공
한 영웅을 인정하지 않는 것과 진배없다." 그래서 "예나 지금이
나 성공한 제왕은 몇백 년에 걸쳐 위세를 유지하고자 한다. 몇
만 몇십만 명의 무고한 사람을 해치고서야 한동안, 겁을 주어
굴복케 할 수 있다."

몇만 몇십만 명을 해치고서도 겨우 "한동안, 겁을 주어 굴복
케 할 수 있다"는 것은, '성공한 제왕' 입장에서는 슬픈 일이다.
뾰족한 수가 없다는 것이니 말이다. 그렇지만 나는 그들 성공
한 제왕을 위해 계책을 낼 생각은 없다. 내가 이 글을 읽고 깨달
은 건 바로, 사형수가 형 집행에 앞서 대중들에게 이야기할 수

있었던 것이야말로 '성공한 제왕'의 은혜이며, 그가 여전히 힘을 가지고 있다고 믿은 증거였다는 것, 그러므로 그는 사형수가 입을 놀릴 수 있게 허용할 만한 자신감을 가지고 있었고, 그래서 사형수에게는 죽음을 앞두고 자아도취에 빠질 수 있게 해줌과 동시에, 대중에게는 사형수의 말로를 보여 주었던 것이다. 전에 나는 그저 '잔혹'하다고만 여겼지만 그건 적확한 판단이 아니었다. 거기에는 은혜라는 게 얼마간 있었던 것이다. 나는 벗이나 제자들이 죽을 때마다, 그들이 언제, 어디서, 어떻게 죽었는지 모를 때면 늘, 그런 것을 알았을 때보다 마음이 아프고 불안하였다. 미루어 생각건대, 어두운 방에서 몇몇 망나니의 손에서 죽는 것은, 사람들 앞에서 죽어가는 것보다 훨씬 적막하였을 것이다.

그렇지만, '성공한 제왕'은 남의 눈을 피해 가며 사람을 죽이지 않는다. 그에게 비밀은 딱 하나다. 처첩들과 시시닥거리는 짓. 몰락할 때에 비밀이 하나 는다. 재산 목록과 그것이 있는 곳. 막판에 이르면 세번째 비밀이 생긴다. 비밀리에 사람을 죽이는 것. 이쯤 되면 그도, 주탕 선생과 마찬가지로, 민중에게는 나름 좋아하고 미워하는 게 있을 뿐, 누가 득세하고 누가 몰락할 것이냐에는 별다른 관심이 없다는 사실이 얼마나 무서운 일인가를, 알게 된다.

그리하여 세번째 비밀스런 방책이 나온다. 책사策士가 일러주지 않더라도 채택하게 되는 것으로, 몇 곳에서는 이미 채택

되고 있을 것이다. 이때가 되면 길거리는 훨씬 개화되고 민중도 조용하다. 그러나 우리가 죽은 이들의 마음을 헤아려 본다면, 그들의 죽음은, 사람들이 알고 있는 가운데 죽어가는 것보다 훨씬 참혹할 것이다. 나는 전에, 단테의 『신곡』을 읽다가 「지옥」편을 보고, 작자가 너무 잔혹한 상황을 가정하고 있었지 않느냐는 생각을 했다. 그러나 지금, 겪은 게 많아지고 나서야 비로소, 단테가 그래도 무던한 사람이라는 걸 알았다. 그는, 지금 아주 일상적인 일로 되어 있는, 아무도 보지 못하는 지옥의 참상을 생각해 내지 못하였다.

3. 어떤 동화

2월 17일자 『DZZ』[320]를 보니 하이네(H. Heine) 서거 80주년을 기념하여 브레델(Willi Bredel)이 쓴 「어떤 동화」가 있었다. 이 제목이 하도 좋아서 나도 한 편 써 본다.

언젠가 다음과 같은 나라가 있었다. 권력자가 인민을 제압하기는 하였으나 그들이 하나같이 강적으로 느껴졌다. 알파벳은 기관총 같고 목판화는 탱크 같아서 땅을 손에 넣었는데도 지정된 정류장에서 하차할 수 없었다. 땅 위에서 걸을 수 없으니 공중을 오갈 수밖에 없었다. 살갗의 저항력도 약해지기 시작해서 긴한 일만 생겼다 하면 상풍傷風[321]에 걸리는데, 대신들에게까지 전염되어 함께 앓았다.

큰 규모로 사전을 편찬하였다. 한 종류만 출판한 게 아니었지만 어느 것도 실용적이지가 못했다. 진실을 알려면 이제껏 출판된 적이 없는 사전을 참조하여야 했다. 거기엔 신기한 풀이가 많았다. 예를 들면 '해방'은 '총살'이고, '톨스토이주의'는 '도주'이다. '관'官자 밑에 "대관료의 친척·친구·종"이라는 주석이 있고, '성'城자 아래에는 "학생들 출입을 막기 위하여 쌓은 높고 견고한 벽돌 담장"이라 주석 달았다. '도덕'이라는 항목 아래 "여성이 어깨 드러내는 것을 금함"이라는 주석이 있고, '혁명'은 "둑을 터뜨려 논밭을 잠기게 하고, 비행기에 실린 폭탄을 '비적'의 머리 위로 떨어뜨리는 것"이라 되어 있다.

큰 규모로 법전을 내는데, 학자들을 각국으로 파견하여 현행 법률을 조사하여 그 정수만 골라 편찬하였다. 그러므로 어느 나라에도 이처럼 완벽하고 정밀한 법전이 있을 수 없다. 그런데 책머리에 백지가 한 페이지 있다. 출판된 적이 없는 사전을 본 적이 있는 사람만 거기서 글자를 읽어낼 수 있었다. 맨 앞의 세 조목은, 첫째가 관대하게 처분할 수 있다. 둘째가 엄하게 처분할 수 있다. 셋째가 때로 전혀 적용하지 않을 수 있다.

물론 법원도 있다. 그러나 백지에서 글자를 읽은 적이 있는 범인이라면 결코 법정에서 항변하지 않는다. 악인만이 항변을 하며, 항변했다가는 "엄하게 처분"되기 때문이다. 물론 고등법원도 있다. 그러나 백지에서 글자를 읽어 낸 적 있는 사람은 결코 상소하지 않는다. 악인만이 상소를 하는 것이며, 상소했다가는 "엄하게 처분"되기 때문이다.

어느 날 아침, 수많은 군경이 한 미술학교를 에워쌌다. 학교 안에서 중국옷과 양복을 입은 몇 사람이 뛰고 뒤집고 하면서 무엇인가를 찾았다. 손에 권총을 든 경찰들이 그들 뒤를 따랐다. 잠시 뒤 양복을 입은 친구가 기숙사 안 열여덟 살 난 학생 어깨를 붙들었다.

"정부 명령으로 조사 나왔소. 자,…"

"조사해 보시오!" 젊은이가 침대 밑에서 버들고리짝을 끄집어냈다.

여기 젊은이는 다년간의 경험을 통해 꽤나 영리해졌다. 그래서 쓸데없는 것은 보관하지 않았다. 하지만 그 학생은 필경 열여덟 살이었다. 결국 서랍에서 편지 몇 통이 나왔다. 자기 어머니가 고생 끝에 죽었다는 내용이 있어서, 그래서 잠시 차마 태워 버리지 못하고 간직하였던 게다. 양복 입은 친구가 한 글자 한 글자 꼼꼼히 읽더니 "…세상은 사람이 사람을 먹는 잔치판이야. 자네 모친께서 먹히셨고 천하의 무수한 어머니들도 잡아먹힐 것이네…"에 이르자 눈썹을 치켜세웠다. 연필 한 자루를 꺼내 들고 그 구절에 줄을 치면서 물었다.

"이게 무슨 뜻이지?"

"……"

"누가 네 어미를 잡아먹었다는 거야? 세상에 사람이 사람을 먹는 일도 있나? 우리가 네 어미를 먹었어? 좋아!" 툭 튀어나온 그의 눈알이 마치 총알로 변해 날아드는 것 같았다.

"아니에요! … 이건 … 아니에요! … 이건 …" 젊은이가 당황하였다.

그는 눈알을 발사하지는 않았다. 그러나 편지를 접어 주머니에 넣었고, 다시 그 학생이 가지고 있던 나무판과 조각칼과 탁본拓本, 『철의 흐름』, 『고요한 돈 강』, 신문 스크랩 등을 챙겨 경찰에게 말했다.

"이걸 간수하게!"

"여기에 뭐가 있다고 가져가시오?" 젊은이는 조짐이 좋지 않은 걸 알았다.

그렇지만 양복 입은 친구는 흘깃 쳐다보더니 들었던 손으로 그를 가리키며 다른 경찰에게 말했다. "이 자도 데려가!"

경찰은 범처럼 달려들어 젊은이의 뒷덜미를 틀어쥐고 기숙사 문을 나섰다. 문밖에 또래 학생이 둘 더 거대한 손아귀에 목덜미를 잡힌 채 서 있었다. 주위에는 교원과 학생들이 겹겹이 둘러섰다.

4. 또 하나의 동화

어느 날 아침의 스무하루 뒤, 구치소에서 심리가 시작됐다. 작고 어두운 방, 위쪽에 동·서로 나리 둘이 앉았다. 동쪽은 마고자 차림, 서쪽은 양복 차림으로, 세상에 사람이 사람을 먹는 건 있을 수 없는 일이라고 믿는 낙천주의자들이다. 그 둘이 진술 내용 기록을 맡았다. 경찰이 을러대면서 열여덟 살 먹은 학생

하나가 끌려 들어왔다. 창백한 얼굴, 지저분한 옷을 입고 아래에 섰다. 마고자가 그의 성명, 나이, 본적을 물은 뒤, 다시 물었다.

"목판화연구회 회원인가?"

"예."

"누가 회장이지?"

"Ch…가 회장, H…가 부회장입니다."

"그 자들 지금 어디 있나?"

"학교에서 제적되어서, 나는 모릅니다."

"왜 시위를 선동했나? 학교에서."

"엥!…" 젊은이가 놀라 외쳤다.

"흥." 마고자가 목판화로 된 초상화 한 점을 들어 보여 주었다.

"이게 네가 새긴 건가?"

"예."

"누구를 새긴 거지?"

"문학가입니다."

"이름이 뭐야?"

"루나차르스키[322]입니다."

"이게 문학가야? ──어느 나라 사람인고?"

"모릅니다!" 젊은이가 목숨을 건지고 싶은 나머지 거짓말을 했다.

"모른다고? 거짓말 말아! 이게 러시아 사람 아니야? 이게 누가 봐도 분명히 러시아 적군赤軍 장교 아니냔 말야? 나는 러시아 혁명사 책에서 이 사람 사진을 봤다구! 그런데도 발뺌을 하려 들어?"

"아니에요!" 젊은이는 철퇴로 머리를 얻어맞은 것처럼 절망적으로 소리쳤다.

"당연하지. 너는 프로 예술가니까. 그래서 적군 장교를 새긴 것이지!"

"아닙니다.⋯ 그건 전혀⋯"

"억지 부리지 말아. 아직도 '헛꿈에서 깨어나지 못'하는구만! 우리는 네가 구치소에서 얼마나 고생하는지 잘 알고 있어. 네가 사실대로 말하면 일찍 재판받게 해주마.──감옥 생활이 여기보다 훨씬 낫다."

젊은이는 아무 말도 하지 않았다.──그는 말을 하나 하지 않으나 마찬가지라는 것을 알고 있었다.

"말을 해." 마고자가 차갑게 웃으며 말했다. "너, CP야, CY야?"[323]

"둘 다 아닙니다. 그게 뭔지 하나도 몰라요!"

"적군 장교 얼굴은 새길 줄 아는데 CP, CY는 모른다? 어린 녀석이 뺀질뺀질하기는! 가!" 그가 내민 손을 까딱이자 경찰 하나가 영리하고 익숙한 솜씨로 그를 끌고 나갔다.

미안하다. 여기까지 써놓고 보니 동화 같지가 않다. 그렇지

만 그것을 동화라 부르지 않는다면 무어라 부르겠는가? 특기할
만한 게 있다면 그건 이런 일이 일어난 해가 1932년이었다는
점 정도이다.

5. 한 통의 진실한 편지

경애하는 선생님께

선생님께서 제가 구치소에서 나온 뒤의 일을 물으셨으니 지금
그걸 간략하게 말씀드리겠습니다.──

　그 해 마지막 달 마지막 날, 저희 셋은 XX성 정부에 의해 고
등법원에 보내졌습니다. 도착하자 바로 심문이 있었습니다. 검
찰관의 심문 내용이 아주 별났습니다. 딱 세 마디였습니다.

　"성명은?"──첫번째 물음입니다.

　"올해 나이는?"──두번째 물음입니다.

　"본적은?"──세번째 물음이었습니다.

　이렇듯 특별한 심문이 있고 나서 저희는 군軍 형무소로 보내
졌습니다. 누구든 통치자의 통치 예술을 온전하게 알고 싶다면,
군 형무소에 가 보면 될 것입니다. 거기는 이색분자를 학살하
고 인민을 도륙하는데, 극도로 잔혹하게 굴고서야 쾌재를 부르
는 그런 곳입니다. 시국이 긴장될 때마다 이른바 중요한 정치
범죄자를 끌어내 총살합니다. 형기니 뭐니 하는 건 없습니다.

예를 들면 난창이 위급해졌을 때[324] 40여 분 사이에 스물두 명을 죽였습니다. 푸젠인민정부[325]가 건립되었을 때에도 적잖은 사람들이 총살되었습니다. 사형장은 감옥 안 다섯 마지기 넓이의 채소밭이었습니다. 사형수 시체가 채소밭 진흙 속에 묻히는데 위에 채소를 심으면 거름이 되는 겁니다.

대충 두 달 반쯤 지나서 기소장이 도착했습니다. 법관이 우리에게 세 마디 물었을 뿐인데 어찌 기소장을 작성할 수 있겠습니까? 할 수 있습니다! 원문이 수중에 있지는 않지만 저는 그것을 욀 수 있습니다. 법률 조목을 잊은 게 아쉽습니다만.

…Ch…H…가 조직한 목판화연구회는 공산당이 지휘하고 프로예술을 연구하는 단체이다. 피고 등은 모두 그 회원으로서,…그들이 새긴 것이 죄다 적군 장교 및 노동자, 굶주린 자의 모습이고 그걸 통하여 계급투쟁을 선동하고 노동계급독재의 날이 필연적으로 오리라는 것을 보인 것을 감안하면…

그 뒤 얼마 지나지 않아 공판이 있었습니다. 법정에는 날일자 모양으로 영감 다섯이 나란히 위엄 있게 앉아 있었습니다. 그렇지만 저는 전혀 쫄지 않았습니다. 그때 제 뇌리에 도미에(Honoré Daumier)의 「법관」이 떠올랐기 때문입니다. 저는 정말 탄복하였습니다!

공판이 열린 뒤 8일째 되던 날 마지막 판결이 있었습니다. 판

결서에 나열된 죄상은 기소장에 있던 대로였습니다. 다만 마지막 단락에 이런 말이 있습니다.──

그 소행을 놓고 보면 마땅히 민국 위해危害 긴급조치법 제X조, 형법 제X백X십X조 제X항에 따라 각기 유기 도형 5년에 처해야 할 것임.… 그러나 피고 등이 모두 나이 어리고 무지해서 잘못된 길에 들어선 것을 참작하여 특별히 XX법 제X천X백X십X조 제X항의 규정에 따라 유기 도형 2년 6월에 처함. 이를 받아들일 수 없다면 판결문 송달 후 열흘 이내에 상소할 수 있음… 운운.

제게 '상소'가 무슨 의미가 있겠습니까? 아주 '받아들'입니다! 어쨌거나 이게 그네들의 법률!입니다.

요컨대, 저는 체포되어 풀려나기까지 인민을 잡아 죽이는 도살장 세 곳을 거쳤습니다. 지금 저는, 그들이 제 목을 자르지 않은 데에 감격하는 것 말고도, 제게 하고많은 지식을 갖게 해준 데에 감사합니다. 형벌 하나만 하여도, 저는 현재 중국에 이런 고문 방법이 있다는 걸 알았습니다. ①채찍질. ②주리 틀기. 이건 그래도 가벼운 편입니다. ③오금 박기. 이것은 범인을 꿇어앉히고 무릎 뒤 움푹한 곳에 쇠몽둥이를 끼워넣고 양쪽 끝에 사람이 올라타는 것입니다. 처음에는 두 사람이지만 나중에는 여덟 놈이 올라탑니다. ④쇠사슬에 꿇어앉히기. 불에 달군 쇠사슬을 동그랗게 벌려 놓고 그 위에 범인을 꿇어앉힙니다.

⑤또 '먹이기'라는 게 있습니다. 코 속에 고춧가루물, 등유, 식초, 소주 등을 부어 넣습니다. ⑥또, 범인의 손을 뒤로 묶은 뒤 엄지손가락을 노끈으로 묶어 거꾸로 매답니다. 매달아 놓고서 때립니다. 이것을 뭐라 부르는지는 모르겠습니다.

저는, 제가 구치소에 있을 때에 저와 한 방을 쓴 젊은 농사꾼이 당한 고문이 가장 참혹했다고 생각합니다. 나리들은 그가 붉은 군대의 우두머리라 하였지만 그는 끝까지 아니라고 하였습니다. 그러자, 아, 그들은 바늘을 손톱 밑에 넣고 망치로 박아 넣었습니다. 바늘 한 개를 박아도 아니라고 하자, 두 개째 박았습니다. 그래도 아니라고 하니 세 개째… 네 개째… 결국은 열 손가락 모두 들이박혔습니다. 지금까지도 저는 그 청년의 창백한 얼굴, 움푹 파인 눈자위, 피투성이가 된 손이 눈에 어른거립니다. 잊히지가 않습니다! 괴롭습니다!…

그렇지만, 옥에 갇힌 이유는, 출감한 뒤에야 알았습니다. 저희 학생들이 학교에 불만이 있었습니다. 특히나 훈육주임에게 그랬던 것이 화근이었습니다. 그는 성省 당 지부의 정보원이었습니다. 그는 전체 학생의 불만을 제압하기 위해서 겨우 셋밖에 남아 있지 않던 저희 목판화연구회 회원을 본보기로 삼은 것입니다. 루나차르스키를 적군 장교라고 우긴 그 마고자 영감은 그의 자부姉夫였습니다. 얼마나 편리한 세상입니까!

사정을 대략 적고 나서 고개 들어 창밖을 보니 달빛이 창백합니다. 그에 따라 제 마음도 얼음처럼 차가워집니다. 하지만 저는, 제가 그렇게 나약하지는 않았다고 자신합니다. 그런데도 저의 마음은 얼음처럼 차가워집니다.…

　건강하시길 빕니다!

4월 4일 늦은 밤, 런판[326]

(부기: 「어떤 동화」 후반부부터 마지막까지는 런판 군의 편지와 「감옥살이 약술略述」에 근거하여 썼다. 4월 7일.)[327]

"이것도 삶이다"···

이것도 아플 때 있었던 일이다.

어떤 일들은 건강한 사람이나 병든 사람은 잘 알아차리지 못한다. 아마 겪지 않았거나 너무 자잘해서 그럴 것이다. 큰 병을 앓다가 막 나을 때에 경험할 수 있는 것으로, 내 경우, 피로가 무섭고 휴식이 좋았던 게 그런 사례이다. 예전에 나는 자주, 피로라는 게 무엇인지 모른다고 자부하였다. 나에게는 책상 앞에 놓인 의자에 앉아서 글을 쓰거나 책을 열심히 보는 게 일이었다. 그 옆에 등나무로 짠 안락의자가 있다. 거기 기대어 한담을 하거나 신문을 뒤적이는 게 휴식이었다. 나는 일과 휴식 사이에 별다른 점이 없다고 생각했고, 왕왕 그걸로 자부하였다. 이제야 그게 잘못된 생각인 줄을 알았다. 둘 사이에 별로 다를 바가 없었던 것은 내가, 정말로 피로해 본 적이 없었기 때문이다. 즉, 온 힘을 쏟아 일을 하지 않았기 때문이다.

내 친척 아이 하나가 고등학교를 졸업한 뒤에 갈 곳이 없어서 양말 공장에서 일을 했다. 가뜩이나 마뜩잖은 터에 일이 많고 힘들었다. 일 년 내내 거의 쉴 틈이 없었다. 자부심이 강하여 게으름을 피울 생각이 없었던 그는 일 년 남짓 버텼다. 어느 날 갑자기 주저앉았다. 제 형에게 "기력이 하나도 없다"고 하였다.

그 뒤로 그는 일어나지 못했다. 집으로 돌아와 드러누운 채, 아무것도 먹지 않았다. 꼼짝도 하지 않았고 입도 벙긋하기 싫어했다. 예수교회 의사를 청하여 진찰하였더니, 병은 아니지만 온 몸에 피로가 쌓여, 치료할 길이 없다고 하였다. 내게도 이틀간 그런 일이 벌어졌다. 원인은 달랐다. 그는 일에 치였고 나는 병에 치였다. 내게는 정말 아무 욕망이 없었다. 아무것도 나와 상관이 없고 일체의 거동이 부질없는 것으로만 여겨졌다. 나는 죽음을 떠올리지는 않았지만, 살아 있다는 생각도 들지 않았다. 그것은 이른바 '무無욕망 상태'로, 죽음에 이르는 첫 걸음이었다. 나를 사랑하는 사람이 나 몰래 눈물을 흘렸다. 그러다가 병세가 호전되었다. 뜨거운 물을 마시고 싶었다. 가끔 벽이나 파리 등 주변의 사물을 둘러보았다. 그런 뒤 피로하다, 쉬고 싶다는 생각을 하였다.

내키는 대로 드러누워 사지를 뻗은 채 소리 내어 하품을 하고, 온 몸을 적당한 위치에 누인 뒤 힘을 뺐다. 이건 정말이지 큰 향락이었다. 나로서는 이제껏 누려 본 적이 없는 향락이었다. 몸이 튼튼하거나 복 있는 사람들 역시 누려 본 적이 없을 것이다.

몇 해 전, 그때도 병을 앓은 뒤였다. 「아프고 난 뒤 잡담」이라는 글을 썼다. 모두 다섯 단락이었는데 『문학』에 실린 뒤에 보니 네 단락은 보이지 않고 첫 단락만 있었다. 글머리에 분명히 '(1)'이라 되어 있는데도 '(2)·(3)'이 없으니 꼼꼼히 생각해 보면 이상했을 것이지만 모든 독자, 심지어 비평가들에게도 그렇게 생각해 주기를 바랄 수는 없었다. 그러자 누군가가 그 첫 단락을 근거로 "루쉰은 앓는 걸 권장한다"고 단언하였다. 이번에는 당분간 그런 재난을 면할 수 있을 것 같지만, 그래도 미리 알려 둔다. "내 말은 아직 끝나지 않았다."

호전된 지 네댓새 뒤, 밤중에 잠이 깼다. 광핑廣平을 불렀다.

"내게 물을 좀 주시오. 전등을 켜 주시오. 주변을 좀 둘러보고 싶소."

"왜요?…" 그녀가 조금 당황하여 말했다. 내가 헛소리를 하는 것으로 여긴 것이다.

"살아야겠소. 무슨 말인지 알겠소? 이것도 삶이야. 주변을 둘러보고 싶소."

"음…" 그녀가 일어나 차를 몇 모금 주고 서성이더니 슬며시 드러누웠다. 전등은 켜지 않았다.

나는 그녀가 내 말뜻을 알아듣지 못한 것을 알았다.

가로등 불빛이 창을 통해 들어와 방안을 어슴푸레하게 비추었다. 대충 둘러보았다. 낯익은 벽, 그 벽의 모서리, 낯익은 책 더미, 그 언저리의 장정을 하지 않은 화집, 바깥에서 진행되는 밤, 끝없는 먼 곳, 수없이 많은 사람들, 모두 나와 관련이 있었다. 나는 존재하고, 살아 있으며, 앞으로도 살아갈 것이다. 나는 처음으로 나 자신을 더욱 절실하게 느꼈다. 나는 움직이고 싶은 욕망이 생겼다.──하지만 얼마 뒤 다시 잠에 빠져들었다.

이튿날 아침, 햇빛 속에서 보니 과연, 낯익은 벽, 낯익은 책 더미…였다. 이것들은 사실 내가 평상시에 늘 휴식 삼아 바라보던 것이다. 그렇지만 나는 이제껏 그것들을 경시하였다. 그것이 삶 속의 한 조각들임에도 차를 마시거나 몸을 긁는 것만 못한 것으로 쳤고, 심지어는 아무것도 아닌 것으로 여겼다. 우리는 독특한 정화精華에만 주목하고, 가지나 잎에는 눈을 주지 않는다. 유명 인사의 전기를 쓰는 사람도 대개 대상의 특징을 늘어놓는 데만 힘쓴다. 이백李白이 어떻게 시를 지었고 얼마나 거리낌 없이 굴었는지, 나폴레옹이 어떻게 전쟁을 하였고 얼마나 잠을 적게 잤는지를 강조할 뿐, 이백에게 거리낌 없이 굴지 않는 바가 있었고, 나폴레옹이 잠을 자야 했다는 사실은 적지 않는다. 사실 사람은, 한평생 거리낌 없이, 또는 잠을 자지 않으면서 살아갈 수 없다. 사람이 때로 거리낌 없이 굴고 잠을 자지 않을 수 있는 것은, 거리낌 없이 굴지 않을 때가, 잠을 잘 때가 있기 때문이다. 그런데도 사람들은 이런 평범한 것들을 생활의 찌꺼기라고 여겨 거들떠보지 않는다.

이리하여 사람이나 사물을 보는 것이 마치 장님이 코끼리 만지는 식으로 된다. 코끼리 다리를 만져 보고 코끼리가 기둥처럼 생겼다고 생각해 버린다. 옛날 중국인들은 늘 '전체'를 틀어쥐고자 하였다. 여성들이 먹는 '오계백봉환'烏鷄白鳳丸만 하여도 깃털, 피 할 것 없이 닭 한 마리를 전부 알약 속에 집어넣었다. 방법은 우습지만 발상 자체는 나쁘지 않다.

전등을 켜 주지 않은 일로 나는 광핑에게 불만이 컸다. 남이 있는 자리에서 매번 핀잔을 주었다. 스스로 걸을 수 있게 되자 그녀가 보는 간행물을 들춰 보았다. 아니나 다를까, 내가 몸져 누운 사이에 오로지 정화精華만을 실은 간행물이 적지 않게 나와 있었다. 어떤 것들은 뒷장에 '미용 묘법', '고목古木이 빛을 뿜다', '비구니의 비밀' 따위가 있기는 여전하였으나, 첫 페이지에는 다들 격앙·강개한 글을 실었다. 글 짓는 데에 벌써 '가장 중심적인 주제'가 등장하여, 의화단 시절 독일인 사령관 발더제[328]와 한동안 잠자리를 함께하였던 싸이진화賽金花까지도 '구천호국여신'九天護國娘娘으로 봉해져 있었다.

더욱 놀라운 것은, 전에 『어향표묘록』御香漂緲錄을 가지고 청 왕조의 궁중 비화를 흥미진진하게 늘어놓던 『선바오』의 「춘추」조차 이전과 퍽 다를 때가 있다는 점이다. 하루는 그 첫 페이지의 '점적'點滴란에, 수박 한 조각 먹을 때에도 우리 국토가 쪼개져 있다는 사실을 떠올려야 한다고 가르치는 글이 있었다. 물론 이것은, 언제 어디서건 매사에 나라 사랑을 하자는 것이니 흠잡을 수 없다. 하지만 나더러 이런 생각을 하면서 수박을 먹으라고 한다면 나는 그 수박을 삼키지 못할 것이고 억지로 삼키더라도 소화가 되지 않아 뱃속이 반나절은 꾸루룩할 것이다. 그렇다고 이게 내가 병을 앓아 신경쇠약이 된 탓만은 아닐 것이다. 나는, 수박을 가지고 국치國恥에 관한 강의를 하였는데도 강의가 끝나자마자 그 수박을 즐거운 마음으로 먹을 수 있다면, 그렇게 해서 그것을 피가 되고 살이 되게 하는 사람이 있다면 그 사람은 좀 둔한 사람일 것이라고 생각한다. 그런 사람에게는 무슨 강의를 해도 소용이 없다.

나는 의용군이 되어 본 적이 없으니 딱 부러지게 말하지는 못하겠다. 하지만 스스로 묻는다. 전사戰士라고 수박을 먹을 때, 먹으면서 생각을 하는 의식을 치를까? 내 보기에, 그러지는 않을 것이다. 그는 아마, 목마르다, 먹어야겠다, 맛이 좋다고 생각할 뿐, 그 밖의 그럴싸한 큰 이치는 떠올리지 않을 것이다. 수박을 먹고 기운을 내서 싸운다면 혀가 타고 목구멍이 마른 때와는 다를 것이니 수박이 항전抗戰과 전혀 무관하지는 않을 것이지만, 어떤 방식으로 생각하라고 상하이에서 설정한 전략과는 관계가 없다. 그런 식으로 온종일 얼굴 찡그린 채 먹고 마신다면 얼마 안 가 식욕을 잃을 것이니, 적에겐들 어찌 맞설 수 있겠는가.

그런데도 사람들은 왕왕 기이한 말을 늘어놓기를 좋아해서,

수박 하나를 가지고도 보통 때처럼 먹지 말자고 한다. 사실, 전사의 일상생활은 매사가 눈물겹도록 감동적인 건 아니다. 그러면서도 눈물겹도록 감동적인 부분과 관련이 있다. 그것이 실제의 전사이다.

8월 23일

죽음

케테 콜비츠 판화 선집을 인쇄할 때에, 스메들리(A. Smedley) 여사에게 서문을 부탁했었다. 나로서는 이 부탁이 아주 합당했다고 생각했다. 그들이 서로를 잘 알고 있었기 때문이다. 이윽고 서문이 왔다. 그래 또 마오둔^{茅盾} 선생에게 번역을 청해 지금 선집에 실려 있다. 거기 아래와 같은 구절이 있다.

여러 해 동안 케테 콜비츠는——그녀는 자신에게 수여된 칭호를 한 번도 사용한 적이 없다——많은 작품을 창작했다. 스케치로 연필화와 펜화가 있고, 판화로 목판화와 동판화가 있다. 이것들을 가지고 연구해 보면 두 가지 큰 주제가 작품들을 지배하였음을 알 수 있다. 초기에는 반항이 주제였다. 만년에는 모성애——모성 보장과 구제^{救濟}, 죽음이 주된 주제였다. 그런데 그녀의 모든 작품에는 고난과 비극, 그리고 피압박자를 보호하려는 절실하고도 열정적인 의식이 드리워 있다.

언젠가 그녀에게 물었다. "전에는 반항을 주제로 하였는데 지금
은 죽음이라는 관념을 떨쳐 내지 못하는 것 같아요. 왜 그런가
요?" 아주 고통스러운 말투로 그녀가 대답하였다. "하루하루 늙
어 가고 있기 때문인가 봐요!"…

그때 나는 이 대목을 읽고 생각을 했다. 셈해 보니 그녀가 '죽
음'을 소재로 삼을 때는 1910년 무렵으로 마흔서너 살밖에 되
지 않았다. 내가 올해 그 "생각을 한" 것은 물론 나이 때문이다.
그런데 10여 년 전의 나를 돌이켜 보면 죽음에 대해서 그녀만
큼 절절한 느낌이 없었다. 오랫동안 우리의 삶과 죽음이 남들
손에 내맡겨져 있었기 때문인 듯하다. 내키는 대로 처리되고
대수롭지 않게 여긴 나머지 나 자신도 죽음을, 유럽 사람들처
럼 진지하게 생각하지 않고, 도나캐나 대했던 것이다. 어떤 외
국인들은, 중국사람이 죽음을 제일로 무서워한다고 말한다. 그
건 사실 정확한 관점이 아니다. 하지만 물론, 애매하게 죽는 경
우가 있기는 하다.

사람들이 믿는 죽은 뒤 상태가 더욱이 죽음을 대수롭지 않게
여기는 데에 한몫한다. 다들 알다시피 우리 중국인은 귀신(요
즘 와서는 '영혼'이라고도 한다)의 존재를 믿는다. 귀신이 있는 이
상, 죽고 나면 비록 사람은 아니지만 귀신으로 존재하는 것이
니, 아무것도 없는 것은 아닌 셈이다. 그런데 그 같은 가설 속에

서, 귀신 노릇을 얼마 동안 하게 되는가는 그 자 생전의 빈부에 따라 다르다. 가난한 사람들은 대체로 죽은 뒤에 윤회를 한다고 생각하는데, 불교에 그 근원이 있다. 불교에서 말하는 윤회는 절차가 매우 복잡하다. 하지만 가난한 사람들은 보통 배운게 없어서 잘 알지 못한다. 죽을죄를 지은 범인이 사형 집행 장소로 가면서도 전혀 무서워하지 않는 낯빛으로 "20년 뒤 다시 사내대장부로 되어 있을 것"이라 부르짖는 것도 그 때문이다. 게다가 전해 내려오는 이야기가 있지 않은가. 귀신은, 죽을 때 입은 옷차림 그대로라고 한다. 가난뱅이에게 좋은 옷이 있었을리 없으니 귀신이 되어서도 낯이 서지 않는다. 그러니, 바로 환생해서 깨복쟁이 갓난아이로 태어나는 게 상책이다. 뱃속에서 거지 차림 수영선수 복장을 하고 있다가 태어난 아기를 본 적이 있는가? 없다. 그러면 된다. 새시로 사는 것이다. 그럼 이렇게 묻는 이가 있을지 모른다. 윤회를 믿는다면, 다음 생에서 더 고달픈 처지에 빠지거나 축생도畜生道에 떨어질 수 있으니 겁나지 않느냐? 하지만 내 보기에 그들은, 결코 그렇게 생각하지 않는다. 그들은 자기가 축생도에 떨어질 죄업을 지은 적이 없다고, 축생도에 떨어질 수 있는 지위나 권세, 금전을 가져 본 적이 없다고 확신한다.

그러나 지위, 권세, 금전을 가진 사람들은 자신이 축생도에 들 리가 없다고 생각한다. 그들은 한편으로는 거사居士가 되어 성불할 채비를 하면서, 다른 한편으로는 물론, 경서 읽기와 복고를 주장하여 성현 노릇 할 준비도 한다. 그들은 살아 있을 때에 남보다 뛰어난 것과 마찬가지 이유로 죽어서도 윤회를 넘어설 수 있다고 여긴다. 돈이 약간 있는 사람의 경우, 자기가 윤회를 겪을 거라고는 생각하지 않지만 달리 대단한 계책이 있는 것도 아니기에 그냥 마음 편하게 귀신 노릇 할 준비를 한다. 그래서 쉰 전후가 되면 묏자리를 잡고 널을 맞춰 놓고, 지전을 태워 저승에서 쓸 돈을 저축한다. 자손이 있으니 해마다 젯밥을 먹을 수 있다. 이건 참, 사람 노릇 하는 것보다 더 복되다. 만약 내가 지금 귀신이 되어 있는데 저승에 있으면서도 효자 효손이 있다면 어찌 짜잘하게 글이나 팔 것이며, 어찌 베이신서국을 상대로 인세 소송 따위를 벌일 것인가. 녹나무나 음침목陰沈木으로 짠 널 속에 마음 편히 누워 있기만 해도, 명절 때마다, 잘 차려진 음식 하며 돈이 한 상 가득 눈앞에 놓일 것이니, 그 어찌 기쁘지 않겠는가!

대체로, 아주 부귀한 사람이 저승의 룰과 무관한 것을 빼면, 가난한 사람은 바로 환생할 수 있다는 이점이 있고, 그런대로 먹고살 만한 사람에게는 오랫동안 귀신 노릇을 할 수 있다는 이점이 있다. 그런대로 먹고살 만한 사람이 달게 귀신이 되는 것은 귀신의 삶(이 말은 아주 잘못된 것이지만 적당한 낱말이 생각나지 않는다)이 곧 그가 실컷 살아 보지 못한, 사람의 삶의 연속이기 때문이다. 저승에도 당연히 주재자는 있다. 그는 아주 엄하고 공평하다. 하지만 융통성을 발휘하게 할 수 있다. 사람 세상의 좋은 관리와 마찬가지로, 그도 선물을 좀 받는다.

어떤 사람들은 도나캐나이다. 그런 사람들은 죽음 앞에서도 별달리 생각을 하지 않는다. 내가 지금까지 그 도나캐나당(黨)이었다. 30년 전 의학을 공부할 때 영혼이 있는지 연구해 본 적이 있다. 결과는, 알 수 없다는 것이었다. 또 죽음이 고통스러운가를 연구한 적도 있다. 결과는, 저마다 달랐다. 나중에는 더 연구하지 않아, 까먹었다. 요 10년 새에도 때로 벗들의 죽음 때문에 글을 좀 썼지만 나 자신의 죽음을 떠올린 적은 전혀 없었던 듯하다. 요 두 해 사이에 병치레가 유독 많았고, 한 번 앓았다 하면 꽤 오래갔다. 그제서야 가끔 내 나이를 생각하게 되었다. 물론 일부 작가들이 호의에서 또는 악의에서 이것을 끊임없이 일러 준 탓도 있다.

작년부터, 매번 앓고 나서 정양할 때면 등나무 의자에 누워 있었다. 그때마다 체력을 회복하면 손댈 일이 떠올랐다. 쓸 글이 어떤 게 있고 어떤 책을 번역하거나 출판할까, '어서 해야지' 하는 생각을 전에는 하지 않았다. 나도 모르게 내 나이를 생각하고 있었던 것이다. 그런데도 '죽음'에 대해서는 생각하지 않았다.

올해 크게 앓고 나서야 죽음을 분명 예감하였다. 처음에 매번 앓을 때와 마찬가지로 일본의 S의사에게 치료를 맡겼다. 그는 폐병 전문은 아니지만 나이가 많고 경험이 많았다. 의학 공부로 치면 내 선배인 데다가 친했고 할 말을 하였다. 물론 의사

입장에서는 친숙한 사이라 하더라도 환자에게 말할 때에 지키는 선이 있다. 그래도 그는 두어 차례 이상 내게 경고를 하였다. 하지만 나는 괘념치 않았고 남에게 그걸 알리지도 않았다. 너무 오래 앓고 병세가 심하자 몇몇 벗들이 짚이는 바가 있었던 모양이다. 그들이 뒷전에서 의논한 끝에 미국인 의사 D에게 진찰해 달라 하였다. 그는 상하이에 하나밖에 없는 유럽 폐병 전문가였다. 손으로 두드려 보고 청진기로 소리를 듣고 난 뒤 그는, 내가 질병에 최고로 잘 견디는, 전형적인 중국 사람이라고 칭찬하였지만, 살 날이 얼마 남지 않았다는 선고를 하였다. 또 그는, 만약 유럽 사람이었다면 5년 전에 죽었을 거라 하였다. 정많은 벗들이 이 때문에 눈물 흘렸다. 나는 그에게 처방전을 떼어 달라 하지 않았다. 유럽에서 의술을 배운 그가 5년 전에 죽었을 사람에게 어찌 처방해야 할지를 배웠을 리 없다는 생각이 들었기 때문이다. 하지만 그의 진찰은 정확했다. 나중에 엑스레이를 찍고 나서 본 가슴 부위 사진이 그가 진찰한 것과 거의 같았다.

나는 그의 선고에 그다지 마음 쓰지 않았지만 영향은 좀 받았다. 밤낮으로 누워 있었고 말할 기력도, 책 볼 기력도 없었다. 신문지를 들 힘도 없는데 '부동심'不動心을 연마하지도 않은 터이니, 생각 말고는 할 수 있는 게 없었다. 그때, 언젠가는 '죽'겠구나 하는 생각이 들었다. 하지만 그때 들었던 건, "20년 뒤 다시 사내대장부로 되어 있을 것"이라는 생각도, 어쩌면 녹나

무 널 속에 드러누워 오래도록 누릴 수 있겠느냐 하는 생각도
아니었다. 나는 죽음을 맞기 전의 자질구레한 일들을 생각하였
다. 그때 비로소 나는, 사람이 죽고 나서 귀신이 되는 일은 없다
고 확신하였다. 단지 유언장을 쓸 생각은 들었다. 만약에 내가
대단한 직함이라도 있고 엄청난 부자라면 아들 사위들이 어서
유언장을 쓰라 다그쳤을 텐데 지금 아무도 말하지 않는다. 그
래도 한 장 남기련다. 그때, 몇 가지 생각을 했었다. 모두 가족에
게 남기는 말이었다. 그중 일부가 아래와 같다.

1. 상을 치를 때, 누구에게서건 돈 한 푼 받지 말라. ──다만 친한
벗의 것은 예외이다.
2. 바로 널에 넣고 땅에 묻어라.
3. 어떤 기념 행사도 하지 말라.
4. 나를 잊고 제 일을 돌보라. ──그러지 않는다면 진짜 바보다.
5. 아이가 자라서 재능이 없으면 작은 일로 생계를 꾸리도록 하
라. 절대로 허울뿐인 문학가·예술가 노릇은 하지 말라.
6. 남이 너에게 해주겠다는 것을 참말로 여기지 말라.
7. 남의 이빨과 눈을 망가뜨려 놓고서 보복에 반대하고 관용을 주
장하는 사람과는 절대로 가까이 하지 말라.

이것 말고도 있었을 것이지만 생각나지 않는다. 다만 열이
많이 났을 때 유럽 사람들이 치른다는 의식을 떠올린 기억은

있다. 남에게 용서를 빌고 자기도 용서를 한다는 것이다. 나는 적이 많은데, 내게 신식 사람이 묻는다면 뭐라고 답할까? 잠시 생각해 보았다. 결론은 이렇다. 나를 미워하라고 해라. 나 역시 한 사람도 용서하지 않겠다.

하지만 이런 의식은 없었다. 유언장도 쓰지 않았다. 말없이 누워 있었을 뿐이다. 때론 훨씬 절박한 생각이 들었다. 이렇게 죽는 거구나. 고통스럽지는 않았다. 하지만 죽는 순간에는 다를지 모른다. 그러나 살아서 한 번뿐이니 어떻게든 견뎌 내겠지…. 나중에 좀 호전되었다. 지금에 이르러 나는, 이런 것들은 아마, 정말 죽기 직전의 상황은 아닐 것이다, 정말 죽을 때에는 이런 상념도 없을 것이라 생각한다. 하지만 도대체 어떠할까는, 나도 모른다.

9월 5일

타이옌 선생으로 하여 생각나는 두어 가지 일

제목을 써놓고 보니 망설여진다. "우렛소리만 컸지 가랑비가
내린다"는 속담대로 빈말만 늘어놓을까 염려되어서이다.

「타이옌 선생에 관한 두어 가지 일」을 쓴 뒤, 한가한 이야기
를 더 쓸 수 있겠다 싶었지만 힘이 부쳐서 그만뒀었다. 이튿날
일어났더니 신문이 와 있었고 그걸 보는 순간 나도 모르게 정
수리에 손을 대며 경탄하였다. "쌍십절 25주년이구나! 그러고
보니 중화민국도 벌써 한 세기의 4분의 1이 되었군. 어찌 쾌快하
지 않을쏜가!" 여기서 쾌快자는 빠르다는 뜻이다. 나중에 증간
호를 뒤적이다 신진 작가가 노인을 증오하는 글을 읽고 머리에
찬물을 반 바가지 뒤집어 쓴 듯하였다. 속으로 생각해 보니 노
인이라고 하는 것이 젊은이에게는 참으로 짜증나는 존재인가
보다. 나만 하더라도 성미가 날로 비뚤어져서 25년이라고 하면
될 것을 한 세기의 4분의 1이라고 하여 그 많음을 형용하고 있

으니 뭐가 어때서 이러는지 모르겠다. 뿐더러 정수리를 만지는 손 동작도 시대에 뒤떨어진 것이라 할 수 있다.

이 손 동작은 기쁘거나 감동할 때면 나오는 것으로 한 세기의 4분의 1 동안 해왔다. 말로 한다면 "변발을 마침내 잘라 냈다"가 되며 본시 승리를 의미했다. 이런 심정을 지금 청년들은 잘 알지 못할 것이다. 도회지에서 변발을 늘어뜨린 사람을 서른 안팎의 장년이나 스물 안팎의 청년들이 본다면 그저 진기한 일로, 심지어는 흥미롭다고 생각하겠지만, 나는 아직도 그것을 증오하고 분노한다. 왜냐하면 나 자신이 이 때문에 고생을 하였고 변발 잘라 내는 것을 일대 사건으로 여겼기 때문이다. 내가 중화민국을 사랑하여 입이 부르트게 말을 하고 혹시라도 쇠퇴할까 염려하는 것은 거개가 변발 자를 자유를 우리에게 주었기 때문이다. 당초에 옛 자취를 보존한다 하여 변발을 남겨 두었다면 나는 아마 결코 이렇듯 중화민국을 사랑하지 않았을 것이다. 장쉰도 좋고 돤치루이도 좋다는 일부 사군자를 보면 그들만큼 도량이 크지 못한 내가 정말 부끄럽다.

내가 아이일 적에 노인들이 일러준 말이 있다. 이발 도구를 담은 멜대에 꽂혀 있는 깃대가 300년 전에는 사람 머리를 걸어 놓던 것이라 한다. 만주인이 입관^{入關}해서 변발을 땋을 것을 명하자 이발사들이 길가에서 사람들을 끌어다가 머리카락을 밀었고 누구든 저항하는 사람이 있으면 목을 베어 머리를 깃대에 걸고서 다시 다른 사람들을 붙들었다는 것이다. 그때 이발은 먼저 물을 바르고 칼로 미는 것이어서 숨 막히게 답답하였다. 하지만 머리를 매달았다는 이야기에 내가 놀라 겁먹지는 않았다. 이발하는 게 싫기는 하였지만 이발사는 내 머리를 베러 온 게 아니었고 회유 방법이 바뀌었는지 깃대에 있는 상자에서 사탕을 꺼내 보여 주면서 이발이 끝나면 먹게 해준다고 하였기 때문이다. 눈에 익으면 이상하지 않다고, 변발에 대해서도 그것이 추한 줄을 몰랐다. 변발은 스타일도 다양했다. 형태를 가지고 논할 것 같으면 성기게 땋는 것과 꼼꼼히 땋은 게 있었고, 가닥 수도 세 가닥으로 땋는 것, 여러 가닥으로 땋는 것이 있었다. 앞머리카락을 다 밀지 않고 조금 남겨 두는데 看髮(지금은 '류하이'劉海라고 한다) 이 앞머리도 긴 것과 짧은 것이 있고 긴 것은 또 두 가닥으로 가늘게 땋은 머리를 만들어 정수리 주변에 둘러놓고 자신이 미남자美男子다 싶어 자아도취에 빠지기도 한다. 기능을 가지고 논할 것 같으면 싸움을 할 때에 틀어쥘 수 있고, 간통하였을 때에 잘라 버릴 수 있으며, 연극할 때 쇠기둥에 매달릴 수 있고, 아비 된 자가 아들을 때릴 때에, 곡예를 벌일 때 머리채를 빙빙 돌려 뱀처럼 꿈틀대게 할 수 있었다. 어제 길에서 순사가 사람을 잡아가는데 한 손에 하나씩 혼자서 두 사람을 데리고 갔다. 만약 신해혁명 전이었다면 변발한 머리채를 다발로 움켜쥐어 최소한 10여 명을 연행할 수 있으니 백성을 다스리기에도 아주 편리하였을 것이다. 불행하게도 이른바 "해금329) 이 크게 풀려" 선비들이 차츰 서양책을 읽고 비교를 하게 되었다. 설령 '돼지꼬리'라고 서양인들의 놀림을 받지 않았다 하더라도, 머리카락을 다 밀어 버리지도 않고 다 남겨 두지도 않고, 동그랗게 밀어내고 한 줌만 남겨서 뾰족하게 마치 쇠귀나물 순 모양으로 변발을 땋는 것은, 스스로 생각해 봐도, 불합리하고 불필요한 것이었다.

내 생각에 이 점은 민국에서 태어난 청년들이라도 다들 알 것이라고 보는데, 청나라 광서光緒 연간에 캉유웨이라는 사람이 변법유신운동을 벌였다가 실패하였다. 그 반동으로 의화단의 거사가 있었고 이에 8개국 연합군이 서울로 들어왔다. 이 연대가 외우기 쉽다. 딱 1900년으로 19세기의 마지막 해였다. 그리하여 만청滿淸 관민들은 다시 유신을 하기로 하였다. 유신에는 상투적인 수법이 있다. 관례대로 관리를 나라 밖으로 보내 시찰하게 하고, 학생을 나라 밖으로 보내 유학하게 하였다. 나는 바로 그때에 양강330) 총독이 파견하여 일본으로 갔던 사람들 중 하나였다. 물론, 만주족을 배척하는 학설이나 변발의 죄상, 필화사건이 어떤 일이었던가에 대해서는 진즉부터 어느 정도 알고 있었지만, 무엇보다도 실제 불편을 느낀 것은 변발이었다.

무릇 유학생이 일본에 가면 대체로 새 지식을 탐색하는 것이 급선무였다. 일본어를 공부하여 전공할 학교에 들어갈 준비를 하는 것 외에, 유학생 회관에 가고, 서점에 가고, 집회에 가고, 강연을 들었다. 내가 처음으로 경험한 것은, 이름이 생각나지 않는 어떤 집회였다. 머리에 하얀 붕대를 싸매고 우시無錫 말씨로 만주족을 배척하는 내용의 강연을 하던 용감한 청년을 보고 저절로 숙연해졌다. 그런데 "내가 여기서 할망구를 욕하는데, 할망구도 틀림없이 거기에서 우즈후이를 욕할 것"이라고 그가 말하는 것이었다. 청중들은 웃음을 터뜨렸지만 나는 흥이 깨졌다. 유학생들 역시 시시덕거리기나 하는 패거리구나 싶었기 때문이다. '할망구'란 청조의 서태후를 가리켰다. 우즈후이가 도쿄 집회에서 서태후를 욕한 것이야 의심할 수 없는 사실이나, 서태후도 같은 시각 베이징에서 회의를 열어 우즈후이를 욕한다는 것은 믿을 수 없었다. 강연에서는 물론 웃고 욕하고 할 수 있다. 하지만 의미 없는 익살은 무익할 뿐 아니라 해롭다. 그런데 우 선생은 당시 중국 공사公使 차이쥔蔡鈞과 큰 싸움을 벌여 유학생 사회에서 명성을 얻고 있었다. 하얀 붕대 아래 명예로운 생채기가 있었던 것이다. 얼마 뒤 그가 본국에 압송되게 되었는데 일본 황성 앞을 지날 때에 냇물에 뛰어들었다. 하지만 즉각 건져져서 송환되었다. 훗날 타이옌 선생이 그와 필전을 벌일 때 "깊은 물이 아닌 도랑에 뛰어들어 물 위로 얼굴이 드러날 정도였다"고 한 건 바로 이걸 두고 한 말이다. 사실 일본 황성의 해자垓子는 결코 얕지 않다. 다만 경관이 호송할 때였으니 설령 "물 위로 얼굴이 드러날 정도"가 아니었다고 하더라도 건져 올려졌을 것이다. 이 필전은 갈수록 험악해져서 독설까지 오고갔다. 올해 우즈후이가, 타이옌 선생이 국민당 정부의 우대를 받는다고 풍자할 때에도 그때 그 사건이 언급되었다. 30여 년 전의 해묵은 일을 지금껏 잊지 않고 있으니 원한이 얼마나 깊은 가를 알 수 있다. 그렇지만 선생은 손수 엮은 『장씨총서』에 이 논쟁과 관련한 글을 싣지 않았다. 선생은 청조의 오랑캐를 극력 배척하였으나 청조의 몇몇 학자는 존경하였다. 아마 옛 현자들을 본받고자 하였고 그래서 그런 글귀로 자신의 저술집을 더럽히고 싶지 않았던 게다.──하지만 내가 보기에 이것은 속임수에 넘어간 것이다. 이런 순박함이야말로 있었던 사실을 감추어지게 하여 천고에 후환을 남긴다.

변발을 잘라 버리는 것은 당시에는 커다란 일이었다. 타이엔 선생이 변발을 잘라 낸 뒤 「변발에 대하여」를 썼는데 다음과 같았다.──

⋯공화 2741년 추^秋 7월, 내 나이 서른셋이다. 지금 만주 정부가 무도하여 조정 선비들을 탄압하고 근린 강국을 함부로 도발하여 외교관을 살해하고 무역상인들을 약탈한 탓에 사방에서 공격을 받고 있다. 오랑캐의 무능에도 합당한 지위를 얻지 못하는 한족^漢^族의 현실에 분개하여 눈물 흘리며 몇 자 적노라. 내 나이 이립^{而立}을 넘겼으나 아직도 융적^{戎狄}의 복장을 하고, 하찮은 것을 어기지 못하여 변발을 잘라 내지 않았으니, 이것은 나의 죄이다. 예전의 옷차림과 머리 모양새로 되돌리려 하나 시대가 그것을 허락하지 않고 옷조차 옛것을 구할 수 없다. 그런 가운데 몇 마디 적는다. 명나라 유민이었던 기반손^{祁班孫}과 승려 은현^{隱灝}은 둘 다 머리채를

자르고 죽었다.『춘추곡량전』에 이르기를 "오나라에서는 머리카락을 바짝 깎는다"^{吳祝髮} 하였고『한서』「엄조전」^{嚴助傳}은 "월나라에서는 머리를 바짝 깎는다"^{越剔髮}(진표^{晉灼}에 따르면 전^剔자를 장읍^{張揖}은 옛날 전^剺자라고 보았다 한다) 하였다. 내가 옛 오·월 지역 백성이니 머리카락을 자르는 것은 옛 풍습을 실행하는 것이다.…

이 글은 목판본으로 초판을 내고 활자본으로 재판을 낸『구서』^{旭書}에는 있었으나 나중에 손을 보아『검론』^{檢論}으로 개명하면서 삭제되었다. 내가 변발을 자른 것은, 내가 월 지방 사람이고 옛날 월나라 사람들이 '머리카락을 밀고 문신을 하였다'고 해서, 그래서 그것을 본받아 옛날 법식대로 돌아가고자 했던 것이 아니었다. 혁명성을 띤 행위도 아니었다. 근본 원인은 그저, 불편했기 때문이다. 첫째 모자를 벗을 때 불편했고, 둘째 체조를 할 때 불편했다. 셋째 둘둘 말아 정수리에 올려놓는 게 영 답답했다. 사실, 변발을 잘랐던 무리들이 귀국하면서 슬그머니 머리카락을 길러 왕조의 충신으로 된 자도 꽤 많았다. 황커창[331]은 도쿄에서 사범학교를 다닐 때 끝까지 변발을 자르지 않았고 소리 높여 혁명을 외치지도 않았다. 그가 초나라 땅 사람의 반항적 기질을 조금 드러낸 적이 딱 한 번 있었다. 일본인 학감이 학생들에게 웃통을 벗지 말라고 했는데 한사코 웃통을 벗고서 사기로 만든 세숫대야를 겨드랑이에 낀 채 목욕탕에서 마당을 지나 슬렁슬렁 자습실로 걸어갔던 것이다.[332]

먼 곳에서 온 편지 2

광핑 형

오늘 편지를 받았습니다. 몇몇 문제들은 대답하지 못할 듯도 하나, 우선 써 내려가 보겠습니다.

학교의 분위기가 어떤지는 정치적 상태와 사회적 상황과 상관이 있다고 생각합니다. 학교가 숲속에 있으면 도시에 있는 것보다는 조금 낫겠지요. 사무직원만 좋다면 말이오. 그런데 정치가 혼란스러우면 좋은 사람이 사무직원이 될 수가 없습니다. 학생들이 학교에서 구역질 나는 뉴스를 좀 덜 듣게 될 따름이고, 교문을 나와 사회와 접촉하면 여전히 고통스럽기 마련이고, 여전히 타락하기 마련입니다. 단지 조금 늦거나 이르다는 차이가 있을 뿐입니다. 따라서 내 의견은 오히려 도시에 있는 게 낫다는 생각입니다. 타락할 사람은 빨리 타락하도록 하고 고통을 겪을 사람도 서둘러 고통을 겪게 해야겠지요. 안 그러면, 좀 조용한 곳에 있다가 별안간 시끄러운 곳으로 오게 되면 반드시 생각지도 못한 놀라움과 고통을 겪게 될 것이기 때문입니다. 그리고 고통의 총량은 도시에 있던 사람과 거의 비슷합니다.

학교 상황은 내내 이랬지만, 일이십 년 전이 좀 좋았던 것처럼 보이는 까닭은 학교를 세울 충분한 자격이 되는 사람이 아주 많지 않았고, 따라서 경쟁도 치열하지 않았기 때문입니다. 이제는 사람도 정말 많아졌고 경쟁도 치열해져서 고약한 성질이 철저하게 드러나는 것입니다. 교육계 인사를 청렴하다고 하는 것은 애초부터 미화해서 한 말이고, 실은 다른 무슨 계界와 똑같습니다. 사람의 기질은 그리 쉽게 변하지 않습니다. 대학에 몇 년 들어가 있었다고 해도 그리 효과는 없습니다. 하물며 환경이 이러하니, 신체의 혈액이 나빠지면 몸속의 한 부분이 결코 홀로 건강을 유지할 수 없는 것과 마찬가지로 교육계도 이런 중화민국에서 특별히 청렴할 수는 없는 것입니다.

따라서 학교가 그리 훌륭하지 않다는 것은 사실 뿌리가 깊습니다. 덧붙여 돈의 마력은 본시 아주 큰 법이고, 중국은 또 줄곧 금전 유혹 법술을 운용하는 데 능한 나라이므로 자연히 이런 현상이 생기게 된 것입니다. 듣자 하니 요즘은 중학교도 이렇게 되었다고 합니다. 간혹 예외가 있다 해도 대략 나이가 너무 어려 경제적 어려움이나 소비의 필요성을 느끼지 못하는 까닭일 터입니다. 여학교로 확산된 것은 물론 최근 일입니다. 대개 그 까닭은 여성이 이미 경제적 독립의 필요성을 자각했고, 이로써 경제적 독립을 획득하는 방법은 다음 두 가지를 벗어나지 않기 때문일 것입니다. 하나는 힘껏 쟁취하기이고, 다른 하나는 교묘하게 빼앗기입니다. 전자의 방법은 힘이 너무 많이 들기 때문에 후자의 수단으로 빠져듭니다. 다시 말하면 잠깐 맑은 정신이었다가 혼수상태로 빠져 버리는 것입니다. 그런데 유독 여성계만 이런 상황이 아니고 남성들도 대부분 이렇습니다. 다른 점이라면 교묘하게 빼앗기 말고도 강탈하기가 있다는 것일 따름입니다.

사실 내가 어찌 '입지성불'할 수가 있겠습니까? 허다한 궐련도 마취약에 지나지 않고, 연기 속에서 극락세계를 본 적이 없습니다. 가령 내가 정녕 청년을 지도하는 재주가 있다면 ──지도가 옳든 그르든 간에 ──결코 숨기지 않겠습니다만, 유감스럽게도 나 스스로에게도 나침반이 없어서 지금까지도 함부로 덤비기만 하고 있는 처지입니다. 심연으로 틈입하는 것이라면 각자 스스로 책임지는 것이지, 남을 끌고 가는 것이 또 뭐 그리 좋겠습니까? 내가 강단에 올라 빈말을 하는 것을 두려워하는 까닭은 바로 이 때문입니다. 목사를 공격하는 내용이 있는 어떤 소설을 기억하고 있는데, 이렇습니다. 한 시골 아낙이 목사에게 곤궁한 반평생을 호소하며 도와 달라고 하자 목사는 다 듣고 나서 대답했습니다. "참으세요. 하나님이 당신을 고통스럽게 살도록 하셨으니 사후에는 분명히 복을 내려주실 겁니다."[333] 사실 고금의 성현이나 철인학자들이 한 말이 이것보다 더 고명한 적이 있었습니까? 그들의 소위 '장래'라는 것이 바로 목사가 말한 '사후'가 아닐까요. 내가 알고 있는 성현이나 철인 학자들의 말이 전부 이렇다고는 믿지 않습니다만, 나로서는 결코 더 나은 해석을 할 수가 없습니다. 장시천 선생의 대답은 틀림없이 더 모호할 것입니다. 듣기로는 그는 책방에서 점원 노릇 하며 연일 괴로움을 호소하고 있다고 합니다.

나는 고통은 언제나 삶과 서로 묶여 있다고 생각합니다. 물론 분리될 때도 있는데, 바로 깊은 잠에 빠졌을 때입니다. 깨어 있을 때 약간이라도 고통을 없애기 위해서 중국에서 오랫동안 사용해 온 방법은 '교만'과 '오만불손'입니다. 나 자신도 이런 병폐가 있고, 그렇게 좋은 것은 아니라고 느끼고 있습니다. 고차苦茶에 사탕을 넣어도 쓴맛의 분량은 그대로입니다. 그저 사탕이 없는 것보다는 약간 낫겠지만, 이 사탕을 찾아내기는 수월찮고, 어디에 있는지 모르므로 이 사항에 대해서는 하릴없이 백지답안을 제출합니다.

이상 여러 말은 여전히 장시천의 말과 진배없습니다. 참고가 될 수 있도록 내 자신이 어떻게 세상에 섞여 살아가는지를 이어서 말해 보겠습니다.——

1. '인생'이라는 긴 여정을 가는 데 가장 흔히 만나는 난관이 두 가지 있습니다. 하나는 '갈림길'입니다. 묵적 선생의 경우에는 통곡하고 돌아왔다고 전해집니다. 그런데 나는 울지도 않고 돌아오지도 않습니다. 우선 갈림길에 앉아 잠시 쉬거나 한

숨 자고 나서 갈 만하다 싶은 길을 골라 다시 걸어갑니다. 우직한 사람을 만나면 혹 그의 먹거리를 빼앗아 허기를 달랠 수도 있겠지만, 길을 묻지는 않을 것입니다. 왜냐하면 그도 전혀 모를 것이라고 짐작하기 때문입니다. 호랑이를 만나면 나무 위로 기어 올라가 굶주려 떠날 때까지 기다렸다가 다시 내려옵니다. 호랑이가 끝내 떠나지 않으면, 나는 나무 위에서 굶어 죽겠습니다. 뿐만 아니라 미리 허리띠로 단단히 묶어 두어 시체마저도 절대로 호랑이가 먹도록 주지 않겠습니다. 그런데 나무가 없다면? 그렇다면, 방법이 없으니 하릴없이 호랑이더러 먹으라고 해야겠지만, 그때도 괜찮다면 호랑이를 한 입 물어뜯겠습니다. 둘째는 '막다른 길'입니다. 듣기로는 완적 선생도 대성통곡하고 돌아갔다고 합니다만, 나는 갈림길에서 쓰는 방법과 마찬가지로 그래도 큰 걸음을 내딛겠습니다. 가시밭에서도 우선은 걸어 보겠습니다. 그런데 나는 걸을 만한 곳이 전혀 없는 온통 가시덤불인 곳은 아직까지 결코 만난 적이 없습니다. 세상에는 애당초 소위 막다른 길은 없는 것인지, 아니면 내가 요행히 만나지 않은 것인지는 모르겠습니다.

2. 사회에 대한 전투에 나는 결코 용감하게 나서지 않습니다. 내가 남들에게 희생 같은 것을 권하지 않는 것은 바로 이 때문입니다. 유럽전쟁 때는 '참호전'을 가장 중시했습니다. 전사들은 참호에 숨어 이따금 담배도 피우고 노래도 부르고 카드놀이도 하고 술도 마셨습니다. 또 참호 안에서 미술전시회도 열었

습니다. 물론 돌연 적을 향해 방아쇠를 당길 때도 있었습니다. 중국에는 암전이 많아서 용감하게 나서는 용사는 쉬이 목숨을 잃게 되므로 이런 전법도 필요할 것입니다. 그런데 아마 육박전에 내몰리는 때도 있을 것입니다. 이때는 방법이 없으니 육박전을 벌입니다.

결론적으로, 고민에 대처하는 나 자신의 방법은 이렇습니다. 오로지 엄습해 오는 고통과 더불어 헤살을 부리고 무뢰한의 잔꾀를 승리로 간주하여 기어코 개선가를 부르는 것을 재미로 삼는 것입니다. 이것이 어쩌면 사탕일 터이지요. 그런데 막판에도 여전히 '방법이 없다'고 결론이 난다면, 이야말로 방법이 없는 것입니다!

이상에서 나 자신의 방법을 다 말했습니다. 기껏 이것에 지나지 않고, 더구나 삶의 바른 궤도(어쩌면 삶에 바른 궤도라는 것이 있겠지만, 나는 모르겠습니다)를 한걸음 한걸음 걸어가는 것과 달리 유희에 가깝습니다. 써 놓고 나니 당신에게 꼭 유용할 것 같지는 않다고 생각됩니다. 그렇지만 나로서는 하릴없이 이런 것들이나 쓸 수 있을 뿐입니다.

3월 11일, 루쉰

먼 곳에서 온 편지 8

광핑 형

 이제야 회신할 틈이 생겨 편지를 씁니다.

 지난번 연극 공연 때 내가 먼저 자리를 뜬 까닭은 실은 연극의 질과는 무관합니다. 나는 군중들이 모여 있는 곳에서는 본래부터 오래 못 앉아 있습니다. 그날 관중이 적지 않은 것 같던데 성금모집이라는 목적도 웬만큼은 달성했겠지요. 다행히 중국에는 무슨 비평가, 감상가라는 것이 없으므로 그런 연극을 보여 준 것으로도 이미 충분합니다. 엄격하게 말하자면 그날 관객들은 아무것도 모르면서 시끄럽게 구는 사람이 많았습니다. 모두 모기향이나 잔뜩 피워 쫓아냈어야 합니다.

 근래 일어난 사건은 내용이 대체로 복잡한데, 실은 학교만 그런 것이 아닙니다. 내가 보기에는 여학생들은 그나마 좋은 축에 듭니다. 아마 외부 사회와 그다지 접촉이 없는 까닭이겠지요. 그래서 그저 옷이나 파티 따위에 대해 이야기하는 것입니다. 다른 곳에서는 괴상한 현상이 끊임없이 일어나고 있습니다. 둥난대학 사건[334]이 바로 그 하나인데, 자세히 분석해 보면 정말 중국의 전도 생각에 심각한 비애에 빠져들게 됩니다. 사소한 사건이라고 해도 또한 이와 마찬가지인데, 즉 『현대평론』에 실린 '한 여성 독자'의 글을 예로 들면 나는 문장과 어투를 보고 남자가 쓴 것이라고 의심했습니다. 따라서 당신의 짐작이 어쩌면 정확하지 않을 것입니다. 세상에는 귀신과 요괴가 너무도 많습니다.

민국 원년의 일을 말하자니, 그때는 확실히 광명이 넘쳐서 당시 나도 난징교육부에 있으면서 중국의 장래에 희망이 아주 많다고 생각했습니다. 당연히 당시에 악질분자도 물론 있었지만 그들은 어쨌거나 패배했습니다. 민국 2년의 2차 혁명이 실패한 뒤로 점점 나빠졌습니다. 나빠지고 또 나빠져서 마침내 현재의 상태가 된 것입니다. 사실 이것도 나쁜 것이 새로 보태진 것이 아니라 새로 도장한 칠이 깡그리 벗겨지자 옛 모습이 드러난 것입니다. 노비에게 살림을 맡기면 어떻게 좋은 꼴이 되겠습니까. 최초의 혁명은 배만排滿이었기 때문에 쉽게 할 수 있었던 것입니다. 그 다음 개혁은 민국더러 자신의 나쁜 근성을 개혁하라는 것이었기 때문에 하지 않으려 했던 것입니다. 따라서 앞으로 가장 시급한 것은 국민성을 개혁하는 것인데, 그렇지 않으면 전제로, 공화로, 무엇 무엇으로 간판을 바꾸든지 간에 물건이 예전 그대로이니 전혀 소용없습니다.

이런 개혁을 말하자니, 정말 '손쓸 도리가 없다'라고 하겠습니다. 이뿐만 아니라 지금은 다만 '정치적 상황'을 조금 개선하려는 것마저도 대단히 어렵습니다. 요즘 중국에는 두 종류의 '주의자'들이 활동하고 있습니다. 겉모양은 아주 참신하지만, 그들의 정신을 연구해 보니 여전히 낡은 물건이었습니다. 따라서 나는 현재 소속이 없고, 다만 그들이 스스로 깨쳐서 자발적으로 개량하기를 바라고 있을 따름입니다. 예를 들면, 세계주의자는 동지끼리 싸움부터 하고 무정부주의자의 신문사는 호위병들이 문을 지키고 있으니 정녕 어찌된 노릇인지 알 수가 없습니다. 토비도 안 됩니다. 허난^{河南}의 토비들은 불을 질러 강탈하고, 동삼성^{東三省}의 토비들은 아편 보호로 차츰 기울고 있습니다. 요컨대 '치부주의'자들이 대다수를 차지하고, 부자에게서 빼앗아 가난을 구제하는 양산박^{梁山泊}의 일은 이미 책 속의 이야기가 되어 버렸습니다. 군대도 좋지 않습니다. 배척하는 풍조가 너무 심해서 용감무사한 사람은 반드시 고립되는데, 적에게 이용당해도 동료들이 구해 주지 않고 결국은 전사하게 됩니다. 반면 가살스레 양다리 걸친 채 오로지 지반확보를 꾀하는 사람은 도리어 아주 득의양양합니다. 나한테는 군대에 있는 학생 몇 명이 있습니다. 동화하지 못해서 끝내 세력을 차지하지 못할까 걱정도 되지만, 동화해서 세력을 차지한다고 한들 장래에 무슨 도움이 되겠습니까. 학생 한 명이 후이저우를 공격하고 있습니다.[335] 벌써 승리했다고 들었는데 아직 편지가 없어 종종 나는 고통스럽습니다.

나는 주먹도 없고 용기도 없으니 정말이지 방법이 없습니다. 손에 있는 것은 필묵뿐인지라 편지 같은 요령부득의 것이나 쓸 수 있을 따름입니다. 그런데 나는 여하튼 그래도 뿌리 깊은 이른바 '구문명'을 습격하여 그것을 동요시키려 하고, 장래에 만분지일의 희망이라도 있게 되기를 바라고 있습니다. 또한 뜻밖에 성패를 따지지 않고 싸우려는 사람이 있는지 주의 깊게 보고 있습니다. 비록 의견이 나와 꼭 같지는 않다고 하더라도 말입니다. 그런데 지난 몇 년간 못 만났습니다. 내가 말한 "마침 파괴하고자 하는 사람들이 눈앞에 있는 것 같기도 하다"의 사람은 이런 것에 지나지 않습니다. 연합전선을 구성하는 것은 아직은 장래의 일입니다.

내가 어떤 일을 좀 하기를 바라는 사람도 꽤 있습니다만, 안 된다는 것을 내 스스로가 알고 있습니다. 무릇 지도하는 사람이라면 첫째 용맹해야 하는데, 나는 사정을 너무 자세하게 살핍니다. 자세하게 살피다 보면 의심과 걱정이 많아져서 용감하게 앞으로 나아가기가 쉽지 않습니다. 둘째는 희생을 이용하는 것을 안타까워하지 않아야 하는데, 나는 다른 사람을 희생으로 삼는 것을 제일 싫어하니(이것은 사실 혁명 이전의 여러 가지 사건으로 인한 자극의 결과이지요), 마찬가지로 중대한 국면을 만들어 내지 못합니다. 따라서 결과적으로 결국 공리공론으로 불평이

나 하고 책과 잡지를 인쇄하는 것에서 벗어나지 못하고 있습니다. 당신도 만약 불평을 하려 한다면 와서 우리를 도와주기 바랍니다. '말구종'이 되겠다고 했지만 내가 어찌 감당하겠습니까. 나는 실제로 말이 없기도 하고 인력거를 타고 다닙니다. 벌써부터 호사스런 시절을 누리고 있기 때문입니다.

신문사에 투고하는 것은 운에 달려 있습니다. 하나는 편집인 선생이 여하튼 좀 멍청해서이기도 하고, 둘은 투고가 많으면 확실히 머리는 멍해지고 눈이 어지럽기 때문입니다. 나는 요즘 자주 원고를 읽고 있지만 한가하지도 않고 고단하기도 해서 앞으로는 몇몇 잘 아는 사람들을 제외하고는 읽어 주지 않을 생각입니다. 당신이 투고한 원고에 무슨 '여사'라고 쓰지도 않았고 나의 편지에도 '형'이라고 고쳐 부르고 있지만 당신의 글은 뭐라 해도 여성의 분위기를 띠고 있습니다. 자세하게 연구해 본 적은 없지만, 대충 보기에도 '여사'^{女士}의 말하기 문장배열법은 '남사'^{男士}와 다른 것 같습니다. 따라서 종이 위에 쓴 글은 한 눈에 구분할 수 있습니다.

최근 베이징에는 인쇄물이 예전보다 많아졌지만 좋은 것은 오히려 줄었습니다. 『맹진』³³⁶⁾은 아주 용감하나 지금의 정치적 현상을 논한 글이 지나치게 많고, 『현대평론』의 필자들은 과연 대부분이 명사들이지만 보아하니 분명 회색으로 보입니다. 『위쓰』는 항상 반항정신을 유지하려고 하나 시시때때로 피로한 기색을 띱니다. 아마 중국의 속사정에 대해 너무 잘 알아서 좀 실망했기 때문일 터입니다. 이것으로부터 사건을 너무 잘 알아도 일하는 데 용기를 잃게 된다는 것을 알 수 있습니다. "깊은 연못에 사는 물고기를 살펴보는 사람은 상서롭지 못하다"[337]라고 한 장자의 말은 대체로 군중들의 시기를 받게 된다는 것을 이야기한 것일 뿐만 아니라 자신의 전진에도 크게 방해가 된다는 것입니다. 나는 지금도 여전히 신예부대를 찾고 있고 파괴론자가 더 많아지기를 바라고 있습니다.

3월 31일, 루쉰

먼 곳에서 온 편지 73

광핑 형

10일에 편지 한 통을 부치고, 이튿날 7일 편지를 받았소. 좀 게으름을 피우며 미루다 보니 오늘에야 비로소 답장을 쓰오.

조카를 돕는 일에 대해서는 당신 말이 맞소. 나는 분노에서 나온 말이 많고, 가끔은 거의 이렇게까지 말해 버리기도 하오. "내가 다른 사람을 저버릴지언정 다른 사람이 나를 저버리게 해서는 안 된다." 하지만 스스로도 종종 지나치다고 느끼고 실제 행동은 혹 말한 것과 정반대로 하기도 하지요. 사람이라면 다른 사람들을 모두 나쁜 사람으로 보아서는 안 되오. 도와줄 수 있으면 그래도 도와야 하오. 하지만 제일 좋기로는 능력을 헤아리는 것이고, 목숨 걸고 하지만 않으면 되오.

'급진' 문제에 대해서는 이미 기억이 분명치 않은데, 내 뜻은 아마 "일에 관여하는 것"을 가리켜 한 말일 것이오. 상반년에 일에 관여하지 않을 수 없었던 까닭은 나를 성나게 만드는 사람이 있어서가 아니라 베이징에 있었으니 부득이했던 것이오. 비유컨대 무대 앞에 끼어 있다 보면 안 보고 물러서고 싶어도 결코 쉽지 않은 것처럼 말이오. 다른 사람들을 중심에 두지 않는 것에 대해서도 말하기 아주 어렵소. 왜냐하면 한 사람의 중심이 결코 반드시 자신에게 있는 것은 아니기 때문이오. 가끔 다른 사람이 그 사람의 중심이 되기도 하지요. 따라서 다른 사람을 위한다고 말하지만 실은 바로 자신을 위하는 것이기도 하고, 따라서 "스스로 취사를 결정"할 수 없는 일도 종종 있게 마련이지요.

전에 베이징에서 문학청년들을 위한 허드렛일로 적지 않게 생명을 소모했다는 것을 나 자신도 알고 있소. 그런데 여기서도 학생 몇 명이 『보팅』[338]이라는 월간을 만들고 있어서 나는 여전히 이들을 위해 허드렛일을 하고 있소. 이것 역시 위에서 말한 것처럼 나쁜 사람 몇 명을 만난 적이 있다고 해서 사람들을 모두 나쁜 사람으로 간주할 수 없다는 생각에서이지요. 하지만 예전에 나를 이용했던 사람들이 지금 내가 깃발을 내리고 북을 멈추고 해변에서 은둔하고 있으니 다시 이용할 수 없다는 것을 알고는 바로 공격을 시작했소. 창훙은 『광풍』 제5기에 자신이 나를 백 번도 더 만나 봐서 아주 똑똑히 안다고 하면서 많은 말을 날조하며 힘껏 공격을 퍼붓고 있소(예컨대 내가 궈모뤄를 욕했다는 따위). 그의 의도는 『망위안』을 무너뜨리고, 다른 한

편『광풍』의 판로를 넓히려는 데 있소. 사실 방법이 다를 뿐 여전히 이용하고 있는 것이지요. 당시에 그들이 여러 가지로 나를 이용한다는 것을 나도 잘 알고 있었소. 그런데 그들은 살아 있는 사람의 피를 뽑아 먹지 못한다는 것을 알게 되면 때려 죽여서 고아 먹으려 들 정도로, 이렇게 악독할 거라고는 생각하지 못했소. 나는 지금 우선 모른 척하고 그들이 수작을 어디까지 부리는지 살펴볼 것이오. 요컨대, 그는 "백 번도 더" 나를 만나 보았다고 하는 가짜 가면을 쓰고 있는데, 이제 그것을 벗기고 나는 자세히 살펴볼 생각이오.

학교 일은 어떻소? 짬이 더 나지 않으면 간단하게 몇 마디 알려 주오. 나는 중산대로부터 초빙장을 받았소. 봉급은 280이고, 계약 연한은 없소. 아마도 앞으로 교수가 학교를 관리하도록 할 계획이고, 따라서 대개 군벌의 식객은 아니라고 여겨 연한을 두지 않은 것 같소. 그런데 나의 거취는 한동안 결정할 수 없을 것이오. 이곳은 분위기가 악랄해서 물론 오래 있고 싶은 마음이 없지만, 광저우도 마음에 들지 않는 점이 몇 가지 있소. ①나는 행정 쪽에 원래 관심이 없기 때문에 학교를 관리하는 데 장점이 없는 것 같아서, ②앞으로 정부를 우창으로 옮긴다고 들었는데, 지인들 중 광둥을 떠날 사람이 반드시 많이 있을 것이오. '외지인'으로서 나 혼자 학교에 남는다면 꼭 재미가 있을 것 같지 않고. 더구나 ③나의 한 친구는 산터우로 갈지도 모른다는데, 내가 광저우로 간다 한들 샤먼에 있는 것과 무슨 차이가 있겠소? 따라서 대관절 어떻게 할지는 상황을 보고 다시 결정해야겠소. 다행이라면 개학은 내년 3월 초이니 생각할 시간이 많이 있소.

고요한 밤에 예전에 했던 일들을 돌이켜 보면 요즘 사회는 대체로 자신에게 유리하기만 하면 이용해도 좋을 때는 한껏 이용하고 공격해도 좋을 때는 한껏 공격한다는 생각이 드오. 내가 베이징에 있을 적에 그렇게 바빴고 방문객들도 끊이지 않았지만, 돤치루이, 장스자오 들이 압박을 가하자 즉각 원고를 회수하고 나더러 원고를 고르고 서문을 쓰는 일들을 못 하게 하는 사람들이 있었소. 더 심한 사람은 아예 그 틈에 돌을 던지면서 내가 그를 식사에 초대한 것도 잘못이라고 하고, 내가 그에게 운동을 했다는 거지요. 혹은 그를 청해 좋은 차를 마신 것도 잘못이라고 했는데, 내가 사치스럽다는 증거라고 했소. 자신의 부침을 기회로 사람들의 상판대기의 변화를 구경하는 것도 물론 도움이 되고 재미있는 일이기도 하오만, 나는 수양의 수준이 얕아서 끝내 분노를 참지 못하게 되는 때가 있소. 이런 까닭으로 나는 앞으로 갈 길에 대해서 늘 머뭇거리게 되오. ①마음을 접고 돈 몇 푼이나 모으고 앞으로는 아무 일도 하지 않고 나만 생각하며 간난 신난 지내는 것이오. ②다시 나 자신을 돌보지 않고 사람들을 위해서 일을 하고, 앞으로는 배가 고파도 신경 쓰지 않고 다른 사람들이 침을 뱉고 욕설을 퍼부어도 내버려 두는 것이오. ③다시 일을 하기는 하는데, 이른바 '동료'들조차도 등 뒤에서 창을 겨눈다면, 생존과 보복을 위해서라도 나도 무슨 일이든지 불문하고 다 감히 해버리는 것인데, 하지만 나의 친구를 잃고 싶지는 않다는 거요. 두번째 방법은 이미 2년 동안 했던 것인데 결국은 너무 어리석었다는 생각이오. 첫번째 방법은 우선 자본가의 비호를 받아야 하므로 내가 견디지 못할 것 같소. 마지막 방법은 너무 위험하고, 또한 (생활에 대해) 확신이 없고뿐만 아니라 차마 그렇게는 좀 못할 것 같소. 따라서 그야말로 결심을 하기가 어렵소. 내게 한 줄기 빛을 달라고 나도 편지를 써서 나의 친구와 의논을 하고 싶소.

어제, 오늘 이곳은 모두 비가 왔고 날씨가 조금 서늘해졌소. 나는 여전히 좋고, 또한 그다지 바쁘지도 않소.

11월 15일 등불 아래에서, 쉰

먼 곳에서 온 편지 112

광핑 형

  5일과 7일 두 통의 서신은 오늘(11) 오전에 한꺼번에 받았소. 이 등기우편은 결코 요긴한 일이 있어서는 아니고, 그저 몇 마디 의견을 말해 보고 싶은데 분실하면 안타까우니 차라리 좀 안전하게 보내자 싶어서요.

  이곳의 소요는 아직도 확산되고 있는 것 같으나, 하지만 결과는 결코 좋지 않을 것이오. 몇 사람은 벌써 이 기회를 틈타 승진하려고 학생 측에 비위를 맞추거나 학교 측에 비위를 맞추고 있소. 진짜 한탄할 일이오. 내 일은 대체로 다 끝나서 움직여도 되나, 오늘은 배가 있지만 타기에는 시간이 촉박하고 다음에는 토요일이나 되어야 배가 있어서 15일에야 갈 수 있소. 이 편지는 나와 같은 배로 광둥으로 가겠지만 우선 먼저 보내오. 나는 대충 15일에 배를 타고 어쩌면 16일에나 출발할 수 있고 광저우 도착은 19일이나 20일이 되어야 할 것이오. 나는 우선 광타이라이여관에서 묵다가 학교와 절충이 되면 잠시 학교로 옮길 작정이오. 집은 다중루大鐘樓라고 하는데 푸위안의 편지에 따르면 그가 묵고 있는 곳의 한 칸을 나에게 물려준다고 했소.

조교는 푸위안이 힘을 쓰고 중산대가 초빙하는 것인데 소인이 어찌 감히 "내가 준다고 생각하겠"소? 나머지 등등에 대해서는 "폭발"도 좋고 발폭도 좋고 나는 그렇게 할 것이오. 아무리 근근이 근신해도 마치 지은 죄가 무궁무진한 것처럼 여전히 겹겹으로 핍박을 한다오. 이제 나는 스스로 자백하고 스스로 갑옷과 투구를 내려놓고 그들의 두번째 주먹이 무슨 타법으로 들어올지 두고 보겠소. 나는 '후배'에 대하여 전에는 군중들에게 널리 베푸는 마음을 품고 있었소. 하지만 이제는 아니오. 단지 그중 한 사람에게만 혼자서 얻기를 기대하는 마음을 품고 있소. (이 단락은 어쩌면 내가 본래 뜻을 오해한 것인지도 모르겠지만, 이미 썼으니 수정하지 않겠소.) 이들이 설령 맞수이고, 적수이고, 올빼미 뱀 귀신 요괴라고 하더라도 나는 묻지 않을 것이오. 나를 밀어 떨어뜨리려고 한다면 나는 즉시 기꺼이 떨어질 것이오. 내가 언제 기쁜 마음으로 축대 위에 서 있었던 적이 있었소? 나는 명성, 지위에 대하여 어떤 것도 원하지 않소. 올빼미, 뱀, 귀신, 요괴이기만 하면 충분하고, 나는 이런 것들을 '친구'라고 부르오. 누군들 무슨 방법이 있겠소? 그런데 지금도 다만 (!) 제한적인 소식만을 말한 까닭은 이러하오. ①나 자신을 위해서인데, 좌우지간 여전히 생계문제를 생각하게 되오. ②다른 사람들을 위해서인데, 잠시 나의 이미 만들어진 지위를 빌려 개혁운동을 할 수 있을 것이오. 하지만 나더러 신중하고 성실하게 오로지 이 두 가지 일을 위해 희생하라고 한다면, 하지 않을 것이오. 나는 적지 않게 희생했소. 그러나 그것을 누리는 자는 그것으로 만족하지 않고 기필코 나더러 생명 전체를 봉헌하라고 하고 있소. 나는 이제는 그렇게 안 할 것이오. 나는 맞수들을 사랑하고, 나는 그들에게 저항하겠소.

최근 삼사 년 동안만 해도 잘 알고 있거나 새로 알게 된 문학청년들에게 내가 어떻게 했는지 당신도 잘 알고 있소. 힘을 다할 수 있는 곳이 있기만 하면 힘을 다했고, 결코 무슨 나쁜 마음이 없었소. 그런데 남자들이 어떻게 했소? 그들 서로 간에도 질투를 숨기지 못하고 결국에 가서는 싸우기 시작했소. 어느 한쪽이 마음에 불만이 있으면, 바로 나를 때려죽이려 하고 다른쪽에도 도움을 주지 못하게 만들었소. 그 자리에 여학생이 있는 것을 본 그들이 소문을 만들었소. 그런 일의 유무와 상관없이 그들은 이런 소문을 반드시 만들 것이오. 내가 여성들을 만나지 않는 경우를 제외하고 말이오. 그들은 대개 겉모습은 신사상을 가진 사람이지만 뼛속에는 폭군과 혹리, 정탐꾼, 소인배요. 만약 내가 다시 인내하고 양보하면, 그들은 더욱 끝도 없이 욕심을 낼 것이오. 이제 나는 그들을 멸시하오. 예전에 나는 우연히 사랑이라는 데 생각이 미치면 항상 금방 스스로 부끄러워지고 어울리지 않는 것이라고 생각했소. 따라서 감히 어떤 한 사람을 사랑할 수 없었소. 하지만 그들의 언행과 사상의 내막을 똑똑히 본 뒤로는 나는 내가 결코 스스로 그렇게까지 폄하되어야 하는 사람이 아니라는 것을 확신하게 되었소. 나는 사랑해도 되는 사람이오!

그 소문이 작년 11월까지 계속되었다는 것은 웨이수위안의 편지를 통해서 알았소. 그는 이렇게 말했소. 천중사를 통해서 들었는데, 창훙이 목숨을 걸고 나를 공격한 것은 한 여성 때문이고, 『광풍』에 자신을 태양에 비유하고, 나는 밤, 달은 그녀라고 하는 시가 실렸다고 했소.[339] 그는 또 이 일이 진짜인지 묻고, 상세히 알고 싶어 했소. 이것으로 나는 비로소 창훙이 '상사병'을 앓고 있었고 냇물처럼 끊임없이 내가 살던 곳으로 왔던 까닭도 알게 되었소. 그는 결코 『망위안』 때문이 아니라 달을 기다리고 있었던 것이오. 그런데 나에 대해 적대적인 태도를 터럭만치도 표시하지 않았고 내가 샤먼에 오고 나서야 등 뒤에서 나에 대해 얄궂게 욕하고 있는 것이오. 진짜 너무 비겁하오. 내가 밤이라면 당연히 달이 있기 마련인데, 또 무슨 시를 짓겠다는 것인지, 진짜 저능아요. 웨이의 편지를 받고 소설 한 편[340]을 지어 그에게 작은 농담을 걸어 보았소. 웨이밍사에 부쳤소.

그때 나는 또 구링에게 편지로 물어보고 비로소 이런 소문이 벌써부터 있었고 퍼뜨린 사람은 핀칭, 푸위안, 쉬안첸, 웨이핑, 옌타이라는 것을 알게 되었소. 내가 그녀를 데리고 샤먼으로 갔다고 말하는 사람들도 있다는데, 여기에는 푸위안이 합세한 것 같지는 않고 나를 배웅한 사람들이 퍼뜨린 것 같소. 바이궈가 베이징에서 가족들을 데리고 이곳에 오면서 이 소문도 샤먼에 가지고 왔소. 나를 공격하기 위해서 사람들에게 내가 샤먼에 안 있으려 하는 것은 달이 없기 때문이라고 하면서 톈첸칭田千頃과 분담하여 사람들에게 퍼뜨리고 있소. 송별회에서 톈첸칭은 상처를 주려는 의도로 일부러 사람들 앞에서 이 이야기를 했소. 예상과 달리 전혀 효과가 없었고 소요도 결코 줄어들지 않고 있소. 이번 소요의 뿌리가 아주 깊고 결코 나 한 사람으로 말미암아 일어난 것이 아니기 때문이오. 그런데도 그들은 여전히 이러한 잔꾀를 부리려 하니, 정녕 '죽어도 깨닫지 못한다'라고 할 수 있소.

지금은 밤 2시요. 교내는 소등하여 어두컴컴하고, 방학 공고문을 붙였지만 즉각 학생들에게 발각되어 찢겨 나갔소. 앞으로 소요는 더 확산될 것이오.

나는 지금 진짜로 자조하고 있소. 종종 말은 각박하게 하면서 사람들에 대해서는 너무 관대했던 것에 대해서 말이오. 나는 끝까지 쉬안첸 무리가 내 거처로 와서 나를 정탐한다고 의심한 적이 없었소. 비록 쥐처럼 여기저기 살피는 그들의 눈빛을 가끔 좀 혐오한 적이 있기는 했지만 말이오. 뿐만 아니라 내가 종종 그들에게 거실에 앉으라고 할 때 그들이 기분 나빠하면서 방에 달을 숨겨 놓아서 못 들어가게 하는 것이냐고 말했다는 것을 오늘에야 깨달았소. 당신 한번 보시오. 이들이 얼마나 모시기 어려운 대인 선생들인지를 말입니다. 내가 영제[341]에게 버드나무 몇 그루를 사오라고 부탁해서 후원에 심고 옥수수 몇 그루를 뽑아낸 적이 있는데, 그때 모친은 아주 안타까워하며 좀 언짢아했소. 그런데 옌타이는 내가 학생이 모친을 함부로 대하는 것을 용인했다고 말하며 헛소문을 퍼뜨렸소. 나는 조용하게 지내려고 애쓰는데, 공교롭게도 오점만 늘어났소. 아이고, 옛집에 돌아갈 수 있을지가 문제다, 라고 내가 전에 한 말은 사실 신경과민에서 나온 이야기는 아니오.

하지만 이 모든 것들은 내버려 두고 나는 나의 길을 걸어가오. 그런데 이번에 샤먼대에서 소요가 일어난 후 나와 함께 광저우로 가겠다거나 혹은 우창으로 전학가려 하는 학생들이 많이 있소. 그들을 위해서 상당 기간 이대로 잠시 머무르며 철갑을 몸에 두르고 있어야 하는지, 지금 이 순간 별안간 결정을 내리지 못하고 있소. 이 문제는 어쩔 수 없이 만나서 의논합시다. 그런데 조교 일을 하는 것을 겁내거나 동료가 되는 것을 거리낄 필요는 없소. 만약 이렇게 하면 진짜로 소문의 수인囚人이 되고, 소문을 만든 사람의 간교에 걸려들게 되는 것이오.

1월 11일, 쉰

주석

1) '격치'(格物)란 오늘날 과학을 의미한다. 'science'라는 의미에 합당한 단어가 없어 신유학의 '격물치지'(格物致知)를 빌려 표현했다.

2) S회관은 베이징 쉬안우먼 바깥에 있는 사오싱(紹興) 회관이다. 사오싱 출신들을 위한 숙소로, 1912년 5월부터 1919년 11월까지 루쉰은 여기서 기거했다.

3) 당시 지식인들 사이에서 이른바 '문제와 주의' 논쟁이라는 것이 벌어지고 있었다.

4) 당시 신문화운동을 주도했던 인물 중 하나인 첸쉬안퉁(錢玄同)을 가리킨다.

5) 캉유웨이(康有爲)는 청말 유신운동 지도자로, 1898년 무술변법(戊戌變法)을 일으켰다. 변법이 실패한 후 일본으로 가서 보황당(保皇黨)을 조직하고 쑨중산(孫文)이 지도한 공화혁명운동을 반대했다.
   천두슈는 『신청년』 창간자로, 5·4 시기에 신문화운동을 제창한 주요 인물. 중국공산당이 성립된 후에 당 총서기를 맡았다. 1918년 3월 『신청년』 제4권 제3호에 「캉유웨이의 공화평의를 반박한다」라는 글을 발표했다.

6) 1917년 10월 위푸(兪復), 루페이쿠이(陸費逵) 등은 상하이에 성덕단(盛德壇)을 세우고 부계(扶乩)점을 치고 영학회를 조직해 미신과 복고를 제창했다. 1918년 5월 『신청년』 제4권 5호에 천바이녠(陳百年)의 「영학을 규탄한다」, 첸쉬안퉁·류반눙의 「영학총지를 배척한다」 등의 글을 게재했다.

7) 『신청년』(新靑年)은 5·4 시기에 신문화운동을 제창한 주요 간행물로, 1915년 9월

상하이에서 창간되었고 천두슈가 주편을 맡았다. 루쉰은 이 잡지의 중요한 기고가였고, 이 잡지의 편집회의에 참가하기도 했다.

8) 1914년 3월 위안스카이는 봉건예교를 옹호하려는 취지에서 「포양조례」(襄揚條例)를 반포하여 편액(匾額), 제자(題字), 표창 등으로 장려하도록 규정했다. 5·4 전후까지 도 신문·잡지에는 항상 '절부'(節婦), '열녀'(烈女)에 관한 기사와 시문이 실렸다.

9) 위안스카이가 황제로 자칭하던 시대.

10) 일본의 여류작가 요사노 아키코(與謝野晶子)의 글인데, 그 번역문은 『신청년』 제4권 제5호(1918년 5월)에 게재되었다. 이 글은 정조 문제에 있어 남녀불평등 현상을 지적하면서 정조는 도덕 표준이 되어서는 안 된다고 했다.

11) 원대(元代) 황제가 유지(諭旨)를 내릴 때 사용하던 말이다.

12) 전겸익(錢謙益)은 명나라 숭정(崇禎) 때 예부시랑(禮部侍郎)을 역임했고, 남명(南明) 홍광(弘光) 때 다시 예부상서(禮部尙書)를 역임했는데 청나라 병사가 난징을 점령하자 먼저 항복한 일로 사람들의 멸시를 받았다.

13) 공자는 『논어』 「술이」(述而)에서 "기술하되 짓지 않고, 믿고 옛것을 좋아한다"라고 말했다.

14) 당시 구도덕과 구문학을 극력 옹호하던 린친난(林琴南) 등을 가리킨다.

15) 윤상(倫常)은 봉건사회의 윤리도덕이다.

16) 악부(樂府)는 원래는 한나라 때 민가 따위를 수집하는 등 가사·악률을 맡아 보던 관청을 가리키는 말이었으나 후에 악부에서 수집한 민가나 이를 모방한 문인의 작품을 가리키는 말로 사용되었다.

17) '집안싸움'(勃谿)은 고부간의 싸움을 가리킨다.

18) 구미의 가정에 "결코 '불효한 자식'은 없다"라는 말은 린친난이 번역한 소설 『효우경』(孝友鏡; 벨기에의 헨드릭 콘시엔스Hendrik Conscience의 De arme edelman)에 나온다.

19) 거효(擧孝), 효제역전(孝悌力田), 효렴방정(孝廉方正)은 각각 한, 당, 청대에 효자나 품행이 방정한 사람들에게 관직을 제수하던 제도이다.

20) 자식이 자기 허벅지 살을 베어 내 약으로 달여 부모의 중병을 치료한다는 것이다.

21) "대밭에서 울다"는 삼국(三國)시대 오(吳)나라 맹종(孟宗)의 이야기이다. 당대(唐代) 백거이(白居易)가 편찬한 『백씨육첩』(白氏六帖)에 다음과 같은 기록이 있다. "맹종의 계모는 죽순을 좋아하여 동짓달에 맹종에게 그것을 구해 오라고 했다. 맹

종은 대나무 숲에 들어가 몹시 슬퍼하며 울자 이에 죽순이 돋아났다."

"얼음에 눕다"는 진대(晋代) 왕상(王祥)의 이야기이다. 『진서』(晋書) 「왕상전」(王祥傳)에 다음과 같은 이야기가 있다. 그의 계모가 "항상 생선을 좋아했으므로 추운 날 얼음이 꽁꽁 얼었지만 왕상은 옷을 벗고 얼음을 깨고 들어가 물고기를 잡으려 했다. 그때 갑자기 얼음이 저절로 녹더니 잉어 두 마리가 튀어나와서 그것을 가지고 돌아왔다."

"대변을 맛보다"는 남조(南朝) 양(梁)나라 유검루(庾黔婁)의 이야기이다. 『양서』(梁書) 「유검루전」(庾黔婁傳)에는 다음과 같은 이야기가 있다. 그의 부친 유역(庾易)이 "병에 걸린 지 이틀째가 되는 날 의원이 '병의 경중을 알려면 대변을 맛보아 그것이 단가 쓴가를 보아야 한다'고 했다. 유역이 설사를 하자 유검루는 얼른 가져다 그것을 맛보았다."

22) 이하(李賀, 790~816). 일생 동안 관직이 비천하여 뜻을 이루지 못하고 우울하게 지냈고, 저서로는 『이장길가시』(李長吉歌詩) 4권이 있다.

23) 아르치바셰프(Михаил Арцыбашев, 1878~1927)는 러시아 소설가. 본문에서 이후 서술되고 있는 것은 그의 소설 『노동자 셰빌로프』에서 셰빌로프가 야라체프에게 한 말이다.

24) 1900년(경자년庚子年)에 제국주의에 반대하는 의화단(義和團)운동을 가리킨다. 그들은 미신적인 조직과 투쟁 방식으로 권회(拳會)를 설립하고 무술을 수련했다. 그들은 스스로 '권민'(拳民)이라고 불렸고, 당시 통치자들과 제국주의자들은 그들을 '권비'(拳匪)라고 부르며 멸시했다.

25) 아하스바르(Ahasvar; 또는 Ahasver)는 유럽의 전설에 나오는 구두를 수선하는 구두장이이며, '유랑하는 유대인'이라고도 한다.

26) 차이쑹포(蔡松坡)는 신해혁명 때 윈난 도독(都督)을 맡았고, 1913년 위안스카이에 의해 베이징으로 소환되어 감시를 받았다. 1915년 베이징을 빠져 나와 같은 해 12월 윈난으로 돌아가서 호국군(護國軍)을 조직하여 위안스카이에 대항했다.

27) 황소(黃巢, ?~884)는 당말(唐末) 농민봉기의 지도자이다.
'5대'란 907~960년 양(梁), 당(唐), 진(晋), 한(漢), 주(周) 등 다섯 조대(朝代)를 말한다.

28) 쓰루미 유스케(鶴見祐輔, 1885~1972)는 일본의 평론가. 루쉰은 쓰루미 유스케의 수필집 『사상 산수 인물』(思想山水人物) 중에서 일부를 번역했다. 「베이징의 매력」

이라는 글은 이 수필집에 수록되어 있다.

29) 쑨메이야오(孫美瑤, 1898~1923)는 당시 산둥의 바오두구(抱犢岡)를 점령하고 있
던 토비의 우두머리이다. 1923년 5월 5일 그는 진푸(津浦) 철로의 린청(臨城) 역에
서 열차를 강탈하여 중국 및 외국 여행객 200여 명을 납치했는데, 이것은 당시 세
상을 떠들썩하게 했던 사건이었다.

30) 왕(王), 공(公), 대부(大夫), 사(士), 조(皁), 여(輿), 예(隸), 요(僚), 복(僕), 대(臺)는
등급 명칭이다. 앞의 네 종은 통치자의 등급이고, 뒤의 여섯 종은 노예의 등급이다.

31) 1925년 5월 2일『현대평론』제1권 제21기에 중후(仲瑚)의「어느 쓰촨 사람의 통
신」이라는 글에 나온다.

32) 린위탕(林語堂, 1895~1976). 일찍이 미국, 독일에서 유학했고, 베이징대학, 베이징
여자사범대학 교수, 샤먼대학(廈門大學) 문과주임을 역임했다.

33) 천시잉(陳西瀅)은『현대평론』(現代評論) 제3권 제53기(1925년 12월 12일)의「한
담」(閑話)란에서 루쉰을 공격하면서 이렇게 말했다. "꽃은 사람들이 다 좋아하고,
마귀는 사람들이 다 싫어한다. 그런데 대중들에게 잘 보이기 위해서 애석하게도 꽃
잎에 색깔을 칠하고 귀신 머리에 가짜 뿔(義角)을 달고 있는데, 우리는 부질없는 짓
이라고 생각할 뿐만 아니라 다소 메스껍게 느낀다."

34) 여기서 토신사(土紳士)는 토박이 세력가를 가리키고 양신사(洋紳士)는 서양물을
먹은 세력가를 가리킨다.

35) 강당(康黨)은 캉유웨이 등이 일으킨 변법유신(變法維新) 운동에 참가하거나 이에
찬성한 사람, 혁당(革黨)은 반청혁명에 참가하거나 이에 찬성한 사람을 가리킨다.

36) 청나라의 관복은 다양한 재질과 색깔로 된 모자꼭지를 사용하여 관직의 고하를
구분했는데, 가장 높은 일품관(一品官)은 붉은 보석이나 붉은 산호 구슬로 모자꼭
지를 만들었다. 청말의 관료와 신사들은 혁명당 사람들을 밀고하거나 잡아 죽이는
것을 진급의 수단으로 삼았는데, 그래서 당시에 '사람의 피로써 모자꼭지를 붉게
물들인다'라는 말이 있었다.

37) '2차혁명'은 1913년 7월 위안스카이를 토벌하기 위해 쑨중산이 일으킨 전쟁을 가
리킨다. 신해혁명과 비교하여 '2차혁명'이라 부른다.

38) '유로'(遺老)는 전(前) 왕조의 유신(遺臣)을 가리키고, 유소(遺少)는 전 왕조에 충
성을 다하는 젊은이나 옛 풍습을 잘 지키는 젊은이를 가리킨다.

39) 추근(秋瑾, 1875~1907). 1904년 일본에 유학했으며 유학생들의 혁명 활동에 적극

참가했다. 1907년에 광복군을 조직하여 서석린(徐錫麟)과 저장, 안후이 두 성에서 동시에 봉기를 일으키려고 준비했으나, 실패하자 같은 해 청 정부에 의해 체포되어 처형당했다.

왕진파(王金發, 1882~1915)는 신해혁명 후에 사오싱 군정분부(軍政分府) 도독(都督)을 맡았고, 2차혁명 후 1915년 7월 항저우에서 살해되었다.

40) 모범적이라 할 수 있는 유명한 도시는 우시(無錫)를 가리킨다. 양인위(楊蔭楡, ?~1938)는 장쑤 우시 사람이고, 미국에서 유학했으며, 베이징여자사범대학교 교장을 역임했다.

41) 보통은 "우물에 빠진 사람에게 돌을 던지다"(落井下石)라고 한다.

42) "누군가가 문창(文昌) 우승상(右丞相) 주흥이 구신적(丘神勣)과 공모하여 반란을 계획하고 있다고 고발하자, 태후(太后)는 내준신(來俊臣)에게 명하여 그를 심문하도록 했다. 내준신은 주흥을 모시는 자리를 마련하여 마주 앉아 음식을 먹으며 주흥에게 말하기를, '범인은 대개 죄를 인정하지 않는데, 어떤 방법을 사용해야 되겠습니까?'라고 했다. 주흥은 대답하여 말하기를, '이는 아주 간단합니다! 큰 독을 가져다 숯으로 그 사방을 구워 놓고 범인을 그 속에 들어가게 하면 무슨 일이든지 인정하지 않겠습니까!'라고 했다. 내준신은 이에 큰 독을 가져다 주흥이 말한 대로 주위에 불을 피워 놓고는 일어나서 주흥에게 말하기를, '자네를 심문하라는 고발장이 들어왔으니 자네는 이 독 안에 들어가게'라고 했다. 주흥은 두려워 떨면서 머리를 조아리고 자기의 죄를 인정했다."(『자치통감』 권204 측천후 천수 2년)

43) '시어미의 도리'(婆理)는 공정한 도리(公理)에 맞서는 말이다. 공리(公理)의 공(公)은 중국어에서 '시아버지'의 뜻이 있으므로 공리는 '시아버지의 도리'라는 뜻이 될 수도 있는데, 루쉰은 이를 풍자하기 위하여 '시어미의 도리'라는 말을 사용했던 것이다.

44) 청류(淸流)는 동한(東漢) 말년의 태학생(太學生) 곽태(郭泰), 가표(賈彪)와 대신(大臣) 이응(李膺), 진번(陳蕃) 등을 가리킨다. 그들은 조정의 정치를 비판하고 환관 집단의 죄악을 폭로했는데, 작당하여 난을 일으키려 했다는 죄명으로 체포되거나 죽임을 당했다.

동림(東林)은 명말(明末)의 동림당(東林黨)을 가리킨다. 주요 인물로는 고헌성(顧憲成), 고반용(高攀龍) 등이 있다. 그들은 우시의 동림서원(東林書院)에 모여 글을 가르치며 시국을 논의하고 인물을 비평하여 여론 형성에 큰 영향을 주었다. 명 천계(天啓) 5년(1625)에 그들은 환관 위충현(魏忠賢)에 의해 살해되었고, 피해자는 수백 명이었다.

45) 육형(肉刑)은 체형(體刑)으로서 신체에 가하는 형벌이라는 뜻으로 사용되고 있다. 원래 옛날의 체형에는 '묵형'(墨刑; 이마에 자자刺字하는 형벌), '의형'(劓刑; 코를 베는 형벌), '비형'(剕刑; 발을 자르는 형벌), '궁형'(宮刑; 거세하는 형벌) 등이 있었다.

46) 수인씨(燧人氏)는 중국의 전설에서 가장 먼저 나무를 비벼 불씨를 얻은 사람이다. '삼황'(三皇) 중 한 사람이다.

47) 상하이 개명서점(開明書店)에서 출판하던 『일반』(一般) 월간을 가리킨다.

48) 「연극개량 재론」(再論戲劇改良). 『신조』(新潮) 잡지의 주편이었던 푸쓰녠(傅斯年)이 지었다.

49) 아편전쟁 이후 천주교와 기독교는 중국 각지에 교회를 세우고 신도들을 모았는데, 이 신도들을 '교민'(敎民)이라고 불렀다. 이들은 의화단 운동 당시에 공격을 받기도 했다.

50) '심전'(心傳)은 선종 불교의 용어. 문자나 경전에 의지하지 않고 스승과 제자가 마음이 서로 통하여 주고받는 것을 말한다.

51) 1918년 제1차 세계대전 종결 후 영국, 미국, 프랑스 등 '연합군'은 그들이 독일, 오스트리아 등 '동맹국'을 이긴 것을 두고 "공리가 강권을 이겼다"고 선전했다.

52) 원래 일본에서 볼셰비키를 폄하하기 위해 사용한 번역어인데, 당시 중국인도 이 말을 연용하곤 했다.

53) 제1차 세계대전 당시 베이양정부는 연합군에 이십여 만 명을 파견했다. 그런데 실제로는 도로 건설과 운송 등의 노동에 종사했으므로 '화공'(華工)이라 불렸다. 10월 혁명 후 베이양정부는 러시아에서 귀국한 화공들이 혁명사상을 전파하는 것을 방지하기 위하여 국경수비 관리에게 그들을 엄정조사하고 경계할 것을 명령했다.

54) 1919년 3월 산시(陝西) 뤼징(旅京)학생연합회는 군대와 비적을 동원하여 무고한 민중을 학살한 산시군벌 천수판(陳樹藩)의 만행을 고발한 「진겁통어」(秦劫痛語)를 발표했다.
후난 재해민의 고발이란 1919년 1월, 후난(湖南)의 백성들이 장징야오(張敬堯)의 폭압적인 통치를 고발한 「상민혈루」(湘民血淚)를 가리킨다.

55) '인구가 많다'는 의미로, '볼셰비키(다수)주의'와는 다른 뜻이다.

56) 『경화연』(鏡花緣). 청대 이여진(李汝珍)이 지은 장편소설로, 여기에서 인용한 술집

심부름꾼의 말은 제23회에 나온다.

57) 명교(名教)는 '삼강'(三綱), '오상'(五常)과 같은 전통적인 예교를 가리킨다.

58) 1912년 1월 16일 혁명당원 양위창(楊禹昌), 장셴페이(張先培), 황즈멍(黃之萌) 등
3인은 위안스카이를 폭살하려는 시도를 했으나 실패했다. 같은 해 1월 26일 펑자
전(彭家珍)은 청의 대신 량비(良弼)를 폭살하는 데 성공했다. 민국 정부는 그들을
베이징 산베이쯔 화원(三貝子花園; 지금의 베이징동물원 안)에 합장하고 '사열사묘'
라고 불렀다. 양, 장, 황 등 3인의 묘의 비석에는 글자가 새겨져 있지 않다.

59) 원문은 '放諸四夷'. 『예기』의 「대학」에 "오로지 어진 사람만이 그들을 내쫓아 사이
(四夷)로 보내어 중국과 함께하지 못하도록 한다"라는 말이 나온다.

60) 『황제내경』(黃帝內經). 중국에서 현존하는 가장 오래된 의학 서적이다.

61) 『세원록』(洗冤錄)은 송대의 송자(宋慈)가 지은 비교적 완정한 법의학 전문서이다.

62) 이골산(離骨散)은 옥잠화(玉簪花) 뿌리를 깨끗이 씻어 말려 빻은 것이다. 이 붉은
색의 분말을 치근(齒根)에 바르면 이가 빠진다고 한다.

63) 캉 성인(康聖人)은 캉유웨이를 가리킨다. 캉유웨이를 '캉 성인'이라 일컫는 것은
풍자적인 뜻을 담고 있다고 할 수 있다.
"그러지 않으면 무릎을 어디에 쓴단 말인가?"라는 말은 캉유웨이가 공자 숭배를
고취하는 전보문에 자주 쓰던 말이다.

64) 『고민의 상징』(苦悶의 象徵, 1924)은 일본의 구리야가와 하쿠손(厨川白村,
1880~1923)이 지은 문예논문집이다. 루쉰은 이 책을 중국어로 번역하여 1924년 11
월 베이징의 신조사(新潮社)에서 출간했다.

65) 이자성(李自成, 1606~1645)과 장헌충(張獻忠, 1606~1646)은 명말 농민반란군 지
도자이다.

66) 이 글은 쑨원(孫文)이 서거한 지 아흐레째에 쓰여졌다. 루쉰은 같은 해 4월 3일에
『징바오』 부간에 발표한 「이건 이런 뜻」(這是這麼一個意思)이란 글에서 이렇게 밝
혔다. "이른바 전사란 중산(中山) 선생과 민국 원년 전후에 순국했으나 노예들에게
비웃음당하고 짓밟힌 선열을 가리킨다. 파리는 물론 노예들을 가리킨다." 『집외집
습유』(集外集拾遺) 참조.

67) 1894년 청일전쟁에서 패한 청 정부는 1895년 일본과 마관조약(馬關條約)을 체결
했다. 당시 캉유웨이는 회시를 치르기 위해 베이징에 있었는데, 각 성의 거인 1,300
여 명을 모아 연명으로 광서제(光緒帝)에게 상소를 올려 '조약의 거부, 천도, 변법'

을 요구했다. 이를 공거상서(公車上書)라 일컫는다.

68) 『해내십주기』(海內十洲記)에 따르면, 곤륜산에는 약수가 주위를 빙 두르고 있는데, 약수는 기러기털도 뜨지 않아 도저히 건널 수 없다고 한다.

69) 육(陸)씨는 육심원(陸心源, 1834~1894)을 가리킨다. 장서가인 그는 송대 판본 서적 약 200종을 소장했으며, 소장한 곳을 벽송루(䴙宋樓)라 일컬었다. 그가 죽은 후에 그의 장서들은 모두 아들인 류수판(陸樹藩, 1868~1926)에 의해 1907년 일본인이와사키 란시쓰(岩崎蘭室)에게 팔렸다.

진(陳)씨는 진개기(陳介祺, 1813~1884)를 가리킨다. 고문물 수장가인 그는 고대의 악기인 종 10개를 소장했으며, 이로 인해 서재를 십종산방(十鐘山房)이라 일컬었다. 이 종들은 1917년 일본의 재벌인 스미토모(住友) 가문에 팔렸다.

70) 유태 학교는 영국 국적의 유태계 상인인 하둔(哈同, Silas Aaron Hardoon)이 1915년 상하이에 설립한 창성명지대학(倉聖明智大學) 및 부속 중·소학교를 가리킨다.

71) 『삼분』(三墳)과 『오전』(五典)은 모두 전설 속의 서적이다.
백송(百宋)은 청대의 장서가인 황비열(黃丕烈, 1763~1825)의 장서를, 천원(千元)은 청대의 장서가인 오건(吳騫, 1733~1813)의 장서를 가리킨다.

72) 변체문(騈體文)은 중국 고대의 문체의 일종으로, 남북조시대에 성행했다.

73) 이 글은 베이징여자사범대학의 소요사태가 한창이던 5월 9일 학생자치회 임원 6명을 제적시킨 후 그 이튿날 발표한 글로, 1925년 5월 11일자 『천바오』(晨報)에 실렸다.

74) 원문은 '鬼打牆'이다. 밤에 길을 가다 보면 제자리에서 빙글빙글 맴돌면서 갈 길을 찾지 못하는 때가 있는데, 예전에는 귀신이 보이지 않는 벽으로 가로막은 탓에 그렇다고 여겼다.

75) 즈팡(織芳)은 징유린(荊有麟, 1903~1951)을 가리킨다.

76) 이 글은 1925년 5월 9일 『징바오 부간』에 발표되었다. 이 글 속에는 다음과 같은 글귀가 있다. "루쉰 선생은 교실에서 우리들이 온순하다고 지적했다. 이처럼 겉에 꿀을 바른 듯이 형용한 어휘를 우리는 물론 마음 놓고 받아들일 수 있었으며, 게다가 어쩌면 단맛을 맛볼 수도 있었다." "그러나 갑자기 의외의 일이 일어났다. … 나의 마음이 가시에 찔려 상처를 입었던 것이다!" "나의 이미지 속에 있던, 그 사랑스러운 온순한 모습이 차츰 모호해지고, 그 꿀, 겉을 싸고 있던 그것이 이미 녹아 버려, 치명적으로 그 안에 함유되어 있던 독을 맛보았던 것이다!" 또한 이렇게 말하

기도 했다. "길 위에서 나는 오고가는 이 오래된 나라의 인민을 맞이하면서, 그들의 얼굴에서, 복식에서, 동작에서, 그리고 그들의 모든 것으로부터 두 가지, 즉 맹수와 양, 짓밟는 자와 노예를 발견했다."

77) 베이징여자사범대학에 교장으로 새로 부임한 양인위를 가리킨다.

78) '현미경'(顯微鏡)은 당시 『징바오』의 고정 칼럼으로, 짧고 경쾌한 글을 게재했다. 1925년 5월 7일 '5·7국치'를 기념하던 베이징의 학생들은 군경에 의해 진압을 당하자 장스자오(章士釗)의 저택으로 몰려갔다가 경찰과 충돌했다. '5·7상신서'는 장스자오가 이 일에 대해 돤치루이에게 올린 상신서이다.

79) 장궈간(張國淦, 1876~1959)은 후베이 푸치(蒲圻) 사람으로, 베이양정부 국무원 비서장, 교육총장 등을 역임했다. 손가감(孫嘉淦, 1683~1753)은 산시(山西) 싱현(興縣) 사람으로, 강희 연간에 벼슬에 나갔으며, 건륭 연간에 이부상서 등을 역임했다. 신간현(新淦縣)은 장시(江西)의 옛 현의 이름으로, 지금의 신간현(新干縣)이다.

80) 차오쿤(曹錕, 1862~1938)은 1923년 10월 중화민국 총통으로 선임되었으나 1924년 11월 펑톈계(奉天系) 군벌인 장쭤린(張作霖)과의 전쟁에서 패해 물러났다.

리다자오(李大釗, 1889~1927)는 맑스레닌주의를 중국에 최초로 전파한 중국공산당 창시자 중 한 사람이다. 1926년 12월 펑톈계 군벌 장쭤린에 의해 지명수배되었다가, 1927년 4월 6일에 체포되어 28일에 처형당했다.

81) 대도 왕오(大刀 王五)는 왕정의(王正誼, 1854~1900)를 가리킨다. 청말 베이징에 원순국(源順鏢局)을 설립한 표객(鏢客)이며, 화물의 운송이나 요인의 안전을 책임지는, 지금의 보디가드나 경호원으로 이름을 날렸다.

82) 후보도(候補道)는 후보 도원(道員)을 가리킨다. 도원은 청대의 관직으로, 성(省) 이하, 부주(府州) 이상의 행정구역 직무를 총괄하는 도원, 그리고 한 성의 특정한 직무를 전담하는 도원으로 나뉜다. 또한 청대의 관제에서는, 직함만 있을 뿐 실제 직무를 배당받지 못한 중하급 관원은 이부(吏部)에서의 추첨에 따라 어느 부나 성으로 파견되어 임용을 기다리는데, 이를 후보라 일컬었다.

83) 웨이좡(未莊)은 「아Q정전」에서 공간적 배경으로 나오는 마을이다.

과산포(過山炮)는 일종의 경형 유탄포(榴彈炮)이다.

84) 토곡사(土穀祠)는 토지묘(土地廟)라고도 하며, 이 글에서는 「아Q정전」에서 아Q가 거주하던 웨이좡의 사당 이름이다.

85) 1925년 5월 30일에 일어난 참사를 가리킨다. 1925년 5월 14일 일본인이 경영하는

상하이의 내외(內外)면방적공장의 노동자들은 자본가 측의 부당한 노동자 해고에 항의하기 위해 파업을 벌였다. 이튿날 이 공장의 일본 국적의 직원이 노동자 구정홍(顧正紅; 공산당원)을 사살하고 십여 명의 노동자에게 부상을 입혀 상하이 각계각층의 공분을 불러일으켰다. 30일 상하이 학생 이천여 명이 조계에서 시위를 벌여 노동자를 지원하고 조계의 회수를 부르짖자, 공공 조계의 순경은 백여 명을 체포했다. 곧바로 만여 명의 군중이 영국 조계인 난징루(南京路)의 경찰서 앞에서 체포된 이들의 석방을 요구하고 '제국주의 타도' 등의 구호를 외치자, 영국 순경이 총을 발포하여 수십 명의 사상자를 냈다.

86) 15세기 말부터 오스만튀르크의 통치하에 있던 그리스는 1821년 3월 반란을 일으키고, 이듬해 1월 그리스의 독립을 선포했다.

87) 1925년 6월 6일 국제노동자후원회가 베를린으로부터 5·30참사를 위해 중국 국민에게 보내온 선언을 가리킨다. "국제노동자후원회의 500만 회원은 모두 손과 머리를 쓰는 백인종 노동자이며, 우리는 전체 회원을 대표하여 백인종과 황인종의 자본제국주의의 강도들이 평화로운 중국 학생과 노동자들을 학살한 이번 일에 대해 여러분과 함께 일치하여 항쟁할 것이다. … 여러분의 적이 바로 우리의 적이고, 여러분의 전쟁이 곧 우리의 전쟁이며, 여러분의 장래의 승리가 바로 우리의 승리이다."

88) 상하이공상학연합회(上海工商學聯合會)에서 제기한 담판 조건을 가리킨다. 5·30참사 후, 이 연합회는 6월 8일 선언을 발표하여, 담판의 선결조건 4조항 및 정식조건 13조항을 제기했다. 노동자의 노동조합 결성 및 파업의 자유, 영사재판권의 철폐, 상하이에 주둔한 영국과 일본의 해륙군의 철수 등의 조항이 포함되어 있다.

89) 『순톈시보』(順天時報)는 일본인 나카지마 요시오(中島美雄)가 1901년 10월에 베이징에서 창간한 중국어 신문이다. 처음의 명칭은 『옌징시보』(燕京時報)이며, 1930년 3월에 정간되었다.

90) 재산을 많이 소유한 계급을 유산계급이라 하듯이, 총이라는 폭력적 권력을 가진 계급을 유총(有銃)계급이라 빗대어 일컫고 있다.

91) 5·30참사 후 외국 선교사들이 중국 학생의 애국투쟁에 동정을 나타냈던 일을 가리킨다.

92) 1925년 6월 10일에 베이징 시민이 5·30참사로 인해 톈안먼에서 집회를 가졌는데, 당시의 신문 보도에 따르면 참가자 가운데 격분한 나머지 손가락을 잘라 혈서를

쓴 이도 있고, 현장에서 졸도한 이도 있었다.

93) 이 시는 베이징대학의 학생인 어우양란이 『맹진』 주간 제15기(1925년 6월 12일)에 발표했다. '상하이사건의 희생자를 애도하며'라는 부제를 달았다.

94) 5·30참사가 발생한 후, 한커우(漢口)의 대중들은 6월 13일 대회를 열어 영국과 일본의 제국주의적 만행에 항의할 예정이었다. 그러나 당시 후베이 독군(督軍) 샤오야오난(蕭耀南)은 11일 학생회를 해산하고 학생 4명을 총살했으며, 노동자 역시 영국 해군육전대의 사격을 받아 다수의 사상자를 냈다.

95) 1870년을 전후하여 러시아의 진보적 젊은이들이 민중의 계몽을 위해 대거 농촌에 뛰어들 때의 구호인 '브나로드'(Хождение в народ). 중국에서는 5·4운동 이후, 특히 5·30운동이 고조되었을 때 지식인 사이에서 크게 유행했다.

96) 우즈후이(吳稚暉, 1865~1953)는 청말 거인이었으며 일본과 영국에서 유학을 한 바 있다. 1905년 동맹회에 참가한 뒤 국민당 중앙감찰위원과 중앙정치회의 위원 등을 지냈다.

97) 1902년(청 광서 28년) 여름 자비로 일본에 간 유학생 9명은 세이조학교(成城學校; 사관예비학교에 상당함)에 지원했으나 당시 중국학생 입학 추천권을 갖고 있던 주일 대사 차이쥔(蔡鈞)이 자비유학생이라는 이유로 사관예비학교의 추천 입학을 거절했다. 당시 우즈후이를 포함한 일본 유학생 20여 명이 대사관과 교섭을 벌인 일을 가리킨다.

98) 타오멍허는 "2025년이 되어야 발표할 수 있는" 저작 하나가 있다고 말한 바 있는데 이를 가리킨다. 2925년은 2025년의 오식으로 보인다.

99) 천시잉이 「한담」(『현대평론』 제3권 제59호)에서 장스자오와 그가 주편하는 『갑인』 주간을 옹호하고 루쉰을 치켜세우는 척하면서 빈정댈 때 쓴 말이다.

100) 당시 영국의 인도 내무부 장관이었다. 여기에서 인용한 것은 그가 런던에서 행했던 중앙아시아협회 연설이다.

101) 숙량흘(叔梁紇)은 춘추시대 노(魯)나라 사람으로 공자의 아버지이다.

102) 3·18참사를 가리킨다. 베이징 시민은 일본제국주의의 중국 주권 침략 행위에 반대하여 3월 18일 톈안먼에서 항의집회를 연 다음 돤치루이 집정부에 청원하러 갔으나, 국무원 문 앞에서 돤치루이는 시위대에 발포 및 사살을 명령하여 47명이 죽고 150여 명이 다쳤다.

103) 1905년 1월 22일 페테르부르크 노동자가 해고 반대와 생활 개선을 요구하기 위

해서 겨울궁전에 청원하러 갔으나 러시아 황제 니콜라이 2세는 발포를 명령하여 그 결과 1천여 명이 피살되고 2천여 명이 부상을 입은 사건이다. 이날을 '피의 일요일'이라고 부른다.

104) 『사랑과 죽음의 유희』를 가리킨다.

105) 류허전(劉和珍, 1904~1926)은 베이징여자사범대학 영문과 학생, 양더췬(楊德群, 1902~1926)은 베이징여자사범대학 국문과 예비반 학생이었다. 청군은 청이즈(程毅志)로, 베이징여자사범대학 교육과 학생이다.

106) 양인위를 반대하는 여사대 학생들이 학교에서 쫓겨난 후 서성(西城) 쭝마오 골목에 집을 빌려 1925년 9월 21일 임시 학교를 열었다. 당시 루쉰과 일부 교사가 강의를 하여 지지를 표명한 바 있다.

107) 명말청초 때 정성공이 구랑위(鼓浪嶼)의 일광암(日光岩)에서 독조대(督操臺)를 세우고 수군을 조련한 바 있었다. 1926년 가을 황중쉰(黃仲訓)이 바로 이곳에 별장 공사를 벌여 이에 반대하는 여론이 일었다. 이에 황중쉰은 신문에 다음과 같이 자신의 입장을 밝혔다. "건설하는 별장은 앞으로 일반인이 관람할 수 있도록 제공하여 민족영웅 정성공의 유적을 우러러볼 수 있게 하겠다. 이 때문에 별장은 건축되어야 한다." 황중쉰은 샤먼 출신의 청말 수재로, 베트남 화교이다.

108) 『한화상고』(漢畵象考)는 루쉰이 준비 중이던 미술고고학 관련 전문서이다. 루쉰은 한·위·육조 시기의 석각 화상과 도안을 수집하고 연구하고 있었으며 『육조조상목록』(六朝造象目錄)이라는 책을 엮은 바 있었다(미출간). 그렇지만 환화상 부분은 이때 완성하지 못했다. 『고소설구침』은 루쉰 생전에 출간하지 못했다.

109) 선젠스(沈兼士, 1885~1947). 문자학자이다. 일본 도쿄 물리학교를 졸업했으며 베이징대학 교수를 역임한 바 있다. 이때 샤먼대학 문과 국학과 주임 겸 국학연구원 주임을 맡고 있었다.

110) 가오창훙이 한 말을 가리킨다. 그는 「1925년 베이징출판계 형세지장도」에서 다음과 같이 말한 바 있다. "『위쓰』 제3호에서 『들풀』의 첫번째 글인 「가을밤」을 읽었을 때 나는 깜짝 놀랐으면서도 환상적이라고 생각했다. 놀란 것은 루쉰이 이런 글을 쓴 적이 없었기 때문이다. 환상적인 것은 사람의 마음에 파고드는 이러한 역사란 아무도 실증할 수 없어서 따로 이야기하지 않았기 때문이다."

111) 류수치(劉樹杞)는 미국 컬럼비아대학 화학박사로 당시 샤먼대학 비서 겸 이과주임을 맡고 있었다. 샤먼대학 국학연구원이 생물학원 3층을 빌려 국학원 도서와 옛

물건을 진열했는데 류수치는 이곳을 되돌려 달라는 뜻을 우회적으로 전한 바 있다. 이후 루쉰이 사직하자 류수치의 반대로 떠나는 것이라고 생각하여 '류수치 축출', '새로운 샤먼대학으로 재건'을 요구하는 학원 분쟁이 일어났다.

112) '새로운 시대의 청년'은 가오창훙을 가리킨다.

113) 3·18사건을 가리킨다.

114) 19세기 상반기 폴란드 애국시인 미츠키에비치(Adam Mickiewicz), 수오바츠키 (Juliusz Słowacki) 등의 작품을 가리킨다.

115) 유형(有恒)은 1927년 8월 16일 『베이신』 주간 제43·44기 합간에 「이 시절」(這時節)이라는 제목의 잡감을 발표했으며, 거기에 루쉰을 언급한 말이 나온다. "맹목적인 사상 행위에 대해 공격을 가하는 루쉰 선생 등의 글을 오랫동안 보지 못했다." "현재 국민혁명이 들끓는 시점에서 우리는 루쉰 선생의 일체의 창작을… 읽고 읽어서 우리에게 새로운 길을 알려 주는 인식으로 삼아야 한다." "우리는 루쉰 선생이 나서 주기를 간절히 바란다.… 왜냐하면 아이들을 구하는 것이 긴요하기 때문이다." 루쉰은 이에 이 글을 써서 회답한 것이다.

116) '연구계'(研究系)가 운영하던 『시사신보』의 부간 「학등」에는 「베이징 문예계의 파벌」이라는 글이 실렸고, 그 글에서 '현대파'와 맞서는 것은 '위쓰파'라고 했으며, 또 '위쓰파'는 루쉰을 '위주로' 한다고 말했다.

117) '몸과 마음이 병들게'(身心交病)라는 말은 가오창훙이 루쉰을 비웃으면서 한 말.

118) 탕유런(唐有壬, 1893~1935). 이후 국민당 정부의 외교부 차장을 역임했다. 1926년 5월 12일 상하이의 타블로이드 신문 『징바오』(晶報)는 「현대평론이 매수되었는가?」라는 짧은 뉴스를 실었는데, 거기에서 『현대평론』이 돤치루이의 보조금을 받았다는 것을 폭로한 『위쓰』의 글을 인용했다. 이에 탕유런은 같은 달 18일 『징바오』에 서신을 보내 강력하게 해명하며 이렇게 말했다. "『현대평론』이 매수되었다는 소식은 러시아 모스크바에서 기원한다. 작년 봄에 나의 한 친구가 모스크바에서 편지를 보내와 나에게 알리면서 요사이 중국인들에게 널리 알려진 『현대평론』은 돤치루이가 운영하는 것이며 장스자오의 손을 거쳐 매월 3천 위안의 보조금을 지급받는다고 말했다. 당시 우리는 듣고서 공산당이 날조한 상투적인 수단에 불과하여 이상할 것도 없다고 여겼다."

119) 우즈후이는 스스로를 무정부주의자라고 일컬었다. 1927년 3월 말~4월 초 그는 장제스의 취지를 받들어 국민당중앙감찰위원회에 「공산당원이 당과 국가를 모반

한 사건의 진상 조사」,「공산당원의 모반사건에 대한 조사처벌 요청」을 제출했으며, 공산당원과 혁명군중을 '타도하고' '엄격히 다스릴' 것을 주장했다.

120) 1·28 상하이사변을 지칭한다. 1932년 1월 28일 밤, 일본군이 자국 교민들을 보호한다는 명분으로, 자베이(閘北)지구의 중국 수비군에게 공격을 가했고, 국민당 정부는 일본과 치욕적인 '쑹후정전협정'(淞滬停戰協定)을 체결했다.

121) 광저우 국민당 당국은 장제스의 '청당'(淸黨) 지시를 집행하고자 '4·15'사변을 일으켜서 공산당 관련자들과 혁명인사 이천여 명을 체포하고 그중에서 이백여 명을 살해했다. 당시 루쉰은 중산(中山)대학 문학과 주임 겸 교무주임을 맡고 있었고 체포된 학생들을 구제하고자 했으나 무위로 끝나자 분노하여 일체의 직무를 사직하고 8월에 광저우를 떠나 상하이로 향했다.

122) 창조사(創造社)는 1921년 6월 도쿄에서 성립한 문학단체로, 초기 문학 경향은 낭만주의로 반제 반봉건 색채를 지니고 있었다.

태양사(太陽社)는 1928년 상하이에서 성립한 문학단체로 1928년 1월『태양월간』(太陽月刊)을 출판하여 혁명문학을 제창했다.

신월사(新月社)는 1923년 베이징에서 성립한 문학 및 정치 단체로, '영국식' 민주정치를 주장했다. 주요 구성원들이『현대평론』(現代評論) 잡지를 출판했기 때문에 이로 인해 '현대평론파'라고 불리기도 했다.

123) 랴오쥔(廖君)은 샤먼대학 학생이었으나 1927년 1월 루쉰을 따라 중산대학으로 편입하였다. 1928년 부인과 함께 상하이로 와서 루쉰의 집에 기거했다.

124) 이 말은 두취안이「문예전선에 있어서 봉건 잔재」라는 글에서 한 말이다. "죽여라! 죽여라! 죽여라! 두려운 청년들을 죽여 없애 버려라! 게다가 매우 빠르게! 이것이 이 '늙은이'(루쉰을 지칭함)의 철학이다. 그러나 '늙은이'는 오히려 죽지 않는다."

125) 청팡우(成仿吾, 1897~1984). 문학평론가로 창조사의 주요 구성원이었다. 그는『홍수』제3권 제25기(1927년 1월)「우리들의 문학혁명을 완성하자」에서 "루쉰 선생은 화개(華蓋)자리에 앉아서 그의 소설구문(小說舊聞)을 베끼고 있고", 이것은 일종의 "취미를 위주로 하는 문예"로 "그 배후에는 반드시 일종의 취미를 위주로 하는 생활 기조가 자리 잡고 있다"고 말했다. 또한 "이것이 암시하는 바는 일종의 작은 천지(天地) 속에서 자기가 자기를 속이면서 자족(自足)하는 것이다. 그것이 긍지로 삼는 바는 한가(閑暇), 한가(閑暇), 세 개의 한가(閑暇)이다"라고 말했다.

126) 도필(刀筆). 여기서는 도필리(刀筆吏; 송사를 담당하는 사람)가 사람에게 죄를 뒤

집어씌우는 수법을 지칭한다.

127) 1926년 말부터 1927년 초에 베이양군벌 쑨촨팡(孫傳芳)이 저장에서 광저우 국
민정부와 연계가 있는 천이(陳儀), 저우펑치(周鳳岐) 등의 부대를 공격한 전쟁과
1926년 12월에 펑위샹(馮玉祥) 소속의 국민군이 산시에서 베이양군벌 전쑹(鎭嵩)
의 군대와 싸워 이긴 전쟁을 말한다.

128) 지, 호, 자, 야(之乎者也) 네 글자는 문언문(文言文 ; 古文)에서 상용하는 조사.

129) 권비(拳匪)사건은 1900년 중국의 북방지역에서 폭발한 의화단운동, 민원혁명(民
元革命)은 1911년 신해혁명을 가리킨다.

130) 바이성(柏生). 쑨푸위안(孫伏園, 1894~1966)을 지칭. 일찍이 베이징에서 『천바오
부간』, 『징바오 부간』, 『위쓰』의 편집을 맡았다.
아이얼(愛而)은 리위안(李遇安)을 지칭. 『위쓰』, 『망위안』의 기고자였다.

131) 알렉산드르 블로크. 러시아 상징주의 유파의 대표적인 시인. 그의 『열둘』
(Двенадцать, 1918)은 10월혁명을 반영한 장편시로 페테르부르크의 거리를 행진하
는 12명의 적위군(赤衛軍) 병사를 묘사하고 있다.

132) 스이(屍一). 량스(梁式, 1894~1972)를 지칭. 당시 광저우 『국민신문』의 부간 「신
시대」를 편집하고 있었으며, 항일전쟁 시기에 왕징웨이의 매국 신문 『중화 부간』의
편집을 맡았다. 여기에 인용한 말은 그의 글 「루쉰 선생이 찻집에서」(魯迅先生在樓
上)에 있다.

133) 한자어로는 '走哪媽'. 광둥어 욕설로 그 의미는 '니미랄', '제기랄' 등과 유사하다.

134) 장타이옌(章太炎)은 청조 말기의 혁명가이자 학자이다. 루쉰이 일본에서 유학할
때 그의 『설문해자』 강의를 들었다. 『신방언』(新方言)은 언어문자에 관한 장타이옌
의 저서 중 하나로 모두 11권으로 되어 있다.

135) 여기서는 집에서 수행하는 불교신봉자를 가리킨다.

136) 라데크(Карл Бернгардович Радек)는 폴란드계 유태인 소련 정치가, 공산주의 이
론가이다. 볼셰비키 당원으로 활동했으며, 독일에서 공산당을 조직하는 일을 하기
도 했다.

137) 예세닌(Сергей Александрович Есенин)은 소련의 시인으로 그는 봉건제도하의
농촌 전원생활을 묘사한 서정시로 이름이 높았다.
소볼(Андрей Соболь)은 소련의 '동반자' 작가로, 10월혁명 후에 현실에 만족하지
못하고 끝내 자살했다.

138) 펑나이차오(馮乃超, 1901~1983). 시인, 문학평론가, 후기 창조사의 구성원. '흐뭇하게 취한 눈'(醉眼陶然)이란 말은 『문화비판』 창간호(1928년 1월)에 발표한 펑나이차오의 글 「예술과 사회생활」에 보인다. "루쉰이란 이 늙은이는——내가 문학적 표현을 사용하는 것을 용서하라——늘 어두침침한 술집 한 구석에 앉아서 흐뭇하게 취한 눈으로 창밖의 인생을 내다본다. 세상 사람들이 칭찬하는 그의 장점이라면 다만 원숙한 수완뿐이다. 하지만 그는 이따금 흘러간 옛날을 못 잊어서 몰락한 봉건 정서를 추모한다. 결국 그가 반영하는 것은 사회변혁기의 낙오자의 비애뿐이며, 무료하기 짝이 없게 자기의 동생을 따라서 인도주의적인 미사여구를 몇 마디 할 뿐이다. 이것은 도피주의이다! 그러나 톨스토이처럼 추접스러운 설교자가 되지 않은 것은 다행한 일이다."

139) 창조사는 1926년 자금을 장만하기 위하여 출자자 모집 규정을 만들었다. 1927년에는 류스팡(劉世芳)을 회사 변호사로 초빙했다.

140) 청팡우는 「문학혁명에서 혁명문학으로」라는 글에서 다음과 같이 말하였다. "우리가 만일 혁명적 '인텔리겐치아'의 책임을 감당하려고 한다면 자신을 다시 한번 부정해야 하며(부정의 부정), 계급의식을 획득하기 위하여 힘써야 하며, 우리의 언어매체를 공농대중의 언어와 접근시켜야 하며 공농대중을 우리의 대상으로 삼아야 한다."

141) 장딩황(張定璜)의 말로 『현대평론』 제1권 제7, 8호(1925년 1월)에 연재된 「루쉰 선생(하)」이라는 글에 있다. "우리는 루쉰 선생이 의학을 도대체 어느 정도까지 배웠는지, 해부실에나 들어가 보았는지 알 수가 없다. 그러나 그에게는 세 가지 특색이 있는데 그것은 풍부한 수술 경험을 가진 노련한 의사의 특색으로서 첫째도 냉정, 둘째도 역시 냉정, 셋째도 역시 냉정이다."

142) 원문은 '奧伏赫變'. 독일어 Aufheben의 음역인데, 자주 사용하지 않는 한자로 음역한 것을 비꼬는 말이다.

143) 소진(蘇秦)은 전국 시기의 종횡가로서 제, 초, 연, 조, 한, 위 등 여섯 나라가 연합하여 진(秦)나라에 대항할 것을 유세하였다.

144) 리추리의 글 「어떻게 혁명문학을 건설할 것인가」에서 다음과 같이 말했다. "어떤 사람은 프롤레타리아계급의 문학은 무산자 자신이 써낸 문학이라고 한다. 그렇지 않다. 무산자가 유산자의 의식에서 해방되기 전에 그가 써낸 것은 의연히 유산자의 문학이기 때문이다."

145) 업턴 싱클레어(Upton Sinclair, 1878~1968)는 미국의 소설가. 『문화비판』 제2호에 싱클레어의 『배금예술』(Mammonart)의 발췌 번역문이 실렸다. 번역자는 펑나이차오로 그는 번역문의 머리말에서 싱클레어는 "우리와 같은 입각점에 서서 예술과 사회계급의 관계를 천명하였으며 … 그는 예술의 계급성을 설파하였을 뿐만 아니라 앞날의 예술의 방향까지 천명하였다"고 말했다.

알프레드 빅토르 드 비니(Alfred Victor de Vigny, 1797~1863)는 프랑스 시인. 『창조월간』 제1권 제5, 7, 8, 9호에 무무톈(穆木天)의 논문 「비니와 그의 시」가 연재되었다. '앞으로 가다'는 청팡우의 글 「문학혁명에서 혁명문학으로」에 있는 말이다. 원래는 다음과 같다. "앞으로 가자, 그 누추한 농공대중을 향하여!"

146) 국민당 당국에서 펴낸 『신생명』(新生命) 같은 간행물들을 지칭한다.

147) 이 글은 루쉰이 1928년 초에 창조사와 태양사가 그를 비판한 사실을 염두에 두고 쓴 것이다. 당시에 창조사 등의 루쉰 비판과 이에 대한 루쉰의 반박은 혁명문학 진영 내에서 혁명문학 문제를 중심으로 한 논쟁을 야기했다.

148) '술에 담근 새우'(醉蝦)라는 말은 루쉰이 「유형 선생에게 답함」이란 글에서 한 말이다.

149) 모두 『무덤』(루쉰전집 1권)에 수록되어 있는 글이다.

150) '청당'(淸黨)이란 정당에서 반대파를 배제한다는 의미. 여기서는 1924년 1월 쑨원의 지도로 국민당과 공산당이 합작하여 혁명전쟁을 함께 수행하기로 했으나, 1927년 장제스가 4·12정변을 일으키고 '청당결의안'을 공포하면서 공산당원 및 좌파 인사들을 숙청하고 처형한 사건을 지칭한다.

151) '내 머리를 돌려다오'라는 말은 『삼국지연의』에서 관우(관운장)가 한 말이다. "관운장이 징저우(荊州)전투에서 패배하고, 밤에 맥성(麥城)으로 도주하다가 살해되었다. 오나라 병사가 관우의 수급을 베어 낸 후에도 여전히 '그 영혼이 흩어지지 않았다.' 옥천산(玉泉山)의 보정(普靜)화상에게 해원(解冤)을 부탁하니 '내 머리를 돌려다오'라고 크게 외쳤다."(『삼국지연의』 77회에 나온다.)

량위춘(梁遇春, 1904~1932)은 당시의 청년작가로, 「"내 머리를 돌려다오" 및 기타」(1927년 8월 『위쓰』 제146호에 실림)라는 제목의 글에서 이 이야기를 인용했다.

152) 돤치루이(段祺瑞, 1865~1936). 베이양군벌 환계(皖系)의 우두머리. 위안스카이가 죽은 후에 일본제국주의의 지원 아래 몇 차례 베이양정부를 장악했다. 1924년에서 1926년에 베이양정부의 '임시집정'에 추대되었다.

153) 신월파(新月派) 및 간행물 『신월』을 의미한다.

154) 장명원(張孟원). 필명은 시핑(西屛), 잡지 『산우』의 편집자 중 하나였다. 1928년 3,
  4월경에 그와 루쉰이 「우상과 노예」란 글을 둘러싸고 주고받은 편지는 「통신」(장명
  원에게 주는 답장)이라는 제목으로 『집외집습유보편』에 수록되어 있다.

155) 류몐지(劉勉己)를 가리킨다. 그는 1924년 귀국한 후 『천바오』의 총편집 대리에
  임명되었다.

156) 천시잉을 가리킨다. 쉬즈모는 1926년 1월 13일자 『천바오 부간』에 발표한 「'한
  담'에서 나온 한담」에서 "천위안(즉 천시잉)은 아나톨 프랑스를 '개인적으로 학습'
  하여 이미 '뿌리가 내렸'으며 시잉과 같은 사람만이 … '학자'라고 불리기에 손색이
  없다"고 했다.

157) 루쉰의 첫번째 소설집 제목 『외침』을 인용한 말.

158) 샤오펑(小峰)은 리샤오펑(李小峰, 1897~1971)이다. 베이징대학 철학과 졸업생으
  로, 신조사와 위쓰사에 참여했다.
  촨다오(川島)는 장팅첸(章廷謙, 1901~1981). 필명이 촨다오이며 당시에는 베이징
  대학 학생이었다.

159) 루쉰의 두번째 소설집의 제목 『방황』을 인용한 말.

160) 탄정비(譚正璧, 1901~1991). 문학사가(文學史家).

161) 원문은 의고현동(擬古玄同), 즉 첸쉬안퉁을 말한다.

162) 당시 『위쓰』는 베이징에서 발행되었는데 베이징은 군벌이 통치하고 있었다.

163) 장쭤린(張作霖, 1875~1928)을 지칭한다. 펑톈파 군벌의 수장이었다. 1924년부터
  베이양정부를 장악하였으며 1927년 6월에 스스로를 '중화민국 군정부 육해군 대
  원수'로 임명했다. 1927년 10월에 그는 베이신서국과 『위쓰』를 폐쇄했다.

164) 바이웨이(白薇)의 단막극 「혁명신의 수난」을 지칭한다. 이 극 중에 혁명신이 한
  군관을 힐책하는 대사가 있다. "본래 당신은 중화민국의 영웅으로 혁명군의 총지
  휘관이 아니었습니까?", "당신은 겉으로는 혁명이라는 미명하에, 속으로는 사람을
  잡아먹은 사실이 있군요." 이는 장제스를 풍자한 것으로, 이로 인해 『위쓰』가 국민
  당 당국의 '경고'를 받았다.

165) 임칙서(林則徐, 1785~1850). 청말 아편 소각을 명령하여 아편전쟁이 발발하게
  된 계기를 일으킨 청의 고급관리. 당시 양광(兩廣 ; 광둥성과 광시성) 총독이었다.
  류반눙(劉半農, 1891~1934). 당시에는 베이징대학 교수였으며 『위쓰』의 단골 기고

자 중 한 사람이었다.

장사오위안(江紹原, 1898~1983). 당시에는 베이징대학 강사였으며 『위쓰』의 기고
자 중 한 사람이었다.

166) 단눈치오(Gabriele D'Annunzio)는 이탈리아의 유미주의 작가이다.

167) 필냐크(Борис Андреевич Пильняк, 1894~1938)는 소련 혁명 초기의 '동반자' 작
가이다.

예렌부르크(Илья Григорьевич Эренбург, 1891~1967)는 소련 작가로서 10월혁명
후 그의 작품이 사회주의 현실을 왜곡하였다는 비판을 받았다.

168) '남사'(南社)는 1909년에 리유야즈(柳亞子, 1887~1958), 가오톈메이(高天梅) 등
이 중심이 되어 쑤저우(蘇州)에서 설립되었다. 신해혁명 후에 갈라지기 시작하여,
어떤 이는 위안스카이에 협조했고, 어떤 이는 안복계(安福系; 베이양군벌 시기 환계
군벌 수장인 돤치루이를 중심으로 결성된 관료와 정객집단), 연구계(研究系) 등의 정
객단체에 가입했고, 극히 소수만 진보적 입장을 견지했다.

169) 망위안사(莽原社), 웨이밍사(未名社), 조화사(朝花社) 등을 가리킨다.

170) '기승전합'(起承轉合)은 팔고문을 짓는 공식의 일종이다.

171) 러우스이(樓適夷, 1905~2001)를 가리킨다. 작가이자 번역가로, 당시 '좌련'의 일
원이었다.

172) 페퇴피 샨도르(Petőfi Sándor, 1823~1849). 헝가리의 혁명가이며 시인이다. 1848
년 오스트리아의 지배에 저항하는 전쟁에 참여하였고, 1849년 오스트리아를 도운
러시아 군대와 싸우던 중 희생되었다.

173) 독일의 레클람 서점이 1856년에 출판하기 시작한 문학총서다.

174) 상하이 공공조계 순경을 지칭하던 말이다. 제복 소매에 人자를 뒤집은 세 줄 표
식이 있다고 해서 이렇게 불렸다.

175) 방효유(方孝孺, 1357~1402)는 저장 닝하이(寧海) 출신으로 명나라 건문제(建文
帝) 주윤문(朱允炆) 때의 시강학사(侍講學士), 문학박사(文學博士)였다. 건문 4년
(1402) 건문제의 숙부 연왕(燕王) 주체(朱棣)가 거병하여 난징을 함락한 뒤 스스로
황제를 자처(즉 영락제永樂帝)하며 그에게 즉위조서를 기초하도록 명령했다. 그는
끝까지 이에 불복하다가 끝내 살해되었다. 이때 10족이 멸문을 당했다.

176) 1932년 '1·28'사변 당시 일본군의 폭격으로 상우인서관의 원고와 장서들이 대량
소실된 일을 말한다.

177) 『설악전전』(說嶽全傳)은 청나라 강희(康熙) 연간에 나온 연의(演義)소설이다. 이 가운데 제61회에 진강(鎭江) 금산사(金山寺)의 도열(道悅) 화상에 대한 이야기가 나온다. 그가 악비(嶽飛)에게 동정을 보낸 일로 인해 진회(秦檜)는 심복 하립(何立)을 보내 그를 잡아 오게 하였다. 경내에서 '단에 앉아 설법을 하고' 있던 도열은 하립을 보자마자 게송 하나를 읊고는 열반에 들고 말았다.

178) 야마모토 하쓰에(山本初枝, 1898~1966)를 가리킨다. 1932년 7월 11일자 일기에 의하면 루쉰은 이 시를 쪽지에 써서 우치야마서점을 통해 그녀에게 보냈다.

179) 만주사변 후 전국의 학생들은 장제스의 무저항 정책에 항의했다. 12월 초 각지의 학생들이 난징으로 달려와 청원운동을 하자 국민당 정부는 12월 5일 전국에 청원 금지 명령을 내렸다. 17일에는 군경을 출동시켜 난징에서 청원시위를 하고 있는 학생들을 체포하고 살해했다. 학생들은 자상을 입고 강에 버려지기도 했다. 국민당 당국은 진상을 은폐하고 학생들이 "반동분자들에게 이용당했다", 피해 학생은 "실족하여 물에 빠졌다"라고 했다.

180) '산하이관'(山海關)을 가리킨다. 1933년 1월 3일 일본군에 의해 함락되었다.

181) 1932년 1월 28일 일본군이 상하이를 공격하자 지난(暨南)대학, 라오둥(勞動)대학, 퉁지(同濟)대학 등의 학교 건물은 포화에 의해 훼손되었고, 학생들은 각지로 흩어졌다.

182) 원문은 '遺臭萬年'. 1933년 1월 22일, 국민당 당국은 자신들이 산하이관 등의 요충지를 포기했다는 사실을 숨기기 위해 베이핑 중산(中山)공원에 있는 중산당(中山堂)에서 전사자 추도대회를 거행했다. 추도회에서는 국민당이 조종한 보이스카우트 조직이 보낸 만장이 있었다. 만장에는 "장군과 병사들은 총탄을 맞으며 적들을 살해했으므로 공적이 천고에 남는다. 학생들은 시험을 거부하고 몰래 도망쳤으므로 역겨운 냄새는 만년 동안 계속될 것이다"라고 씌어 있었다.

183) 학비(學匪). 당시 보수적인 학자들은 루쉰과 같은 '학계의 이단아', '반골 기질의 학자'를 '학비' 즉, '학계의 토비'라고 비난했다.

184) 트레비쉬 링컨(Ignatius Timothy Trebitsch-Lincoln, 1879~1943)을 가리키는 것 같다. 헝가리에서 태어난 유태인으로 개신교 선교사로 활동했다. 독일 우익 정치인이자 스파이로서 상하이에서 활동 당시 자오쿵(照空)이라는 법명으로 스님 행세를 했다.

185) '본초가'(本草家)는 약물학자이다. 한대 신농(神農)의 이름에 가탁하여 지은 약물

학서 『본초』에는 한약 365가지가 실려 있다.

186) 1933년 3월 31일 일본 주중공사, 외무대신을 역임한 요시자와 겐키치(芳澤謙吉)가 상하이에 와서 대외적으로 개인 '유람'이며 "결코 외교와 정치 등의 사명을 포함하고 있지 않다"라고 선전하고 다니면서 중국에 온 목적을 은폐했다.

187) 국민당 당국이 퍼뜨린 유언비어로 1933년 4월 2일 『선바오』의 '국내통신'에 실렸다.

188) 『추배도』(推背圖)는 참위설(讖緯說)에 기반한 그림책.

189) '의민'(蟻民)은 '개미 같은 백성'이라는 뜻으로 백성들이 스스로를 낮추어 사용한 말이다.

190) 1933년 2월에서 4월까지의 신문에는 국민당 정부가 베이핑 고궁박물원, 역사언어연구소 등에서 소장하고 있던 고대유물 2만 상자를 상하이로 운반하여 조계지 창고에 보관했다는 기사가 실렸다.

191) '내지'는 장시(江西) 등지의 노동자, 농민, 홍군의 근거지. '변경'은 당시의 러허 일대를 가리킨다.

192) 명말 천계(天啓) 연간에 희종(熹宗)이 환관 위충현(魏忠賢) 등을 임용하여 특무기구인 동창(東廠), 금의위(錦衣衛), 진무사(鎭撫司)를 통하여 백성들을 억압, 착취, 살해한 것을 가리킨다.

193) 명말 농민봉기 지도자인 이자성은 숭정 17년 1월 시안에서 황제라고 칭하고 국호를 대순(大順)이라 했다. 같은 해 3월 베이징을 공격하여 명나라를 무너뜨렸다.

194) 1914년에 『청사』(淸史)를 편찬하기 시작. 편찬자들 가운데 청(淸)의 인물이 많았기 때문에 민국의 입장에 부합하지 않는 내용이 있고, 편찬 체제와 역사적 사실도 타당하지 않은 부분이 있다. 미완성 원고였으므로 『청사고』(淸史稿)라 개칭했다.

195) 아이신조로(愛新覺羅)는 청나라 황실의 성. 만주어로 금(金)을 '아이신'(愛新)이라고 하고 종족을 '조로'(覺羅)라고 한다.

196) 오삼계(吳三桂, 1612~1678). 명대 가오유(高郵; 지금의 장쑤에 속한다) 사람. 숭정 때 랴오둥총병(遼東總兵), 주방산하이관(駐防山海關)을 맡았다. 숭정 17년(1644)에 이자성이 베이징을 공격할 당시 청나라 병사를 산하이관 안으로 들어오게 한 공을 인정받아 후에 평서왕(平西王)에 봉해졌다.

197) 1933년 5월 16일 루스벨트가 44개국 국가 원수를 향해 발표한 「세계평화의 보장을 호소하는 선언서」를 가리킨다.

198) 1920년대 말에 벌어진 소위 '혁명문학' 논쟁에서 창조사 동인들은 루쉰을 비판했다. 특히 청팡우(成仿吾)는 1928년 5월 『창조월간』 제1권 제11기의 「어쨌거나 '취한 눈은 느긋한' 법이다」에서 루쉰의 '몰락'을 조롱했다.

199) 루쉰은 '정말 재미있다'라는 뜻의 상하이 방언 '好白相來希'를 사용했다.

200) 전국시대 각 제후국은 다른 나라 사람들을 관리로 임명하고 '객경'(客卿)이라 불렀다.

201) 1933년 1월 히틀러는 독일-오스트리아 합병을 추진했다. 오스트리아의 나치스도 독일과의 조기 합병을 희망했다. 당시 오스트리아 총리였던 돌푸스(Engelbert Dollfuss)는 나치스의 합병운동을 반대하고, 5월에는 국기 외의 모든 정당 깃발을 내거는 것을 금지했다. 독일-오스트리아 관계의 긴장이 심화됨에 따라 오스트리아 정부는 6월에 오스트리아 나치스를 해산하고 정당의 휘장을 달지 못하게 하고 정당의 구호를 외치는 것도 금지했다. 이에 따라 몇몇 나치스당원은 당의 卐 표지를 검은색, 홍색, 백색의 삼색 장미꽃으로 대체하고, 똑바로 서서 오른손은 들고 왼손으로는 입을 막는 행동으로 구호를 외쳤다.

202) 국민당 정부가 발행한 '항공도로건설복권'의 일등에게는 50만 위안이 주어졌다.

203) '동생'(童生)은 명청시대 생원 시험에 낙방한 사람을 가리키는 말, 컴프러더의 원문은 '康白度'인데, 'Comprador'의 음역으로 매판을 뜻한다.

204) 구소설이나 희곡에 묘사된 관료나 귀족들이 데릴사위를 정하는 방법이다. 이들은 자신의 딸들이 던진 비단공에 맞는 남자를 데릴사위로 삼았다.

205) 브란데스(Georg Brandes, 1842~1927). 덴마크 문학비평가.

206) 쓰마루(四馬路)는 현재 상하이의 푸저우로(福州路)를 가리킨다. 당시에 서점이 많이 있던 거리이다.

207) 당시 상하이의 세계서국 등은 각 방면의 입문서 'ABC 총서'를 출판했다.

208) 『진서』(晉書)의 「조왕륜전」(趙王倫傳)에 나온다. 사마의의 아홉째 아들 사마륜이 작위를 남발하여 하인과 심부름꾼조차도 이를 풍자했다고 한다. "매번 조회 때마다 관리들의 모자 장식이 자리에 가득한 것을 두고 당시 사람들은 '담비가 부족하니 개꼬리가 이어진다'라고 했다"는 내용이 나온다.

209) '말인'(末人, Der Letzte Mensch)은 니체의 『차라투스트라는 이렇게 말했다』의 「서언」에 나온다. 희망 없고 창조적이지 않고 평범하고 두려움 많고 천박하고 보잘 것없는 사람을 가리킨다.

210) '붉은 대문집'(朱門)은 지위가 높은 벼슬아치의 부유한 집을 가리킨다.

211) 무무텐(穆木天)은 시인이자 번역가로, 창조사에 참가했으며 '좌련'에 가입했다. 그의 글에서 말하고 있는 『이십 세기 유럽문학』은 소련의 프리체의 저서이다.

212) 루이 베르트랑은 『밤의 가스파르』(*Gaspard de la nuit*) 등의 작품을 남겼고, 이후 프랑스 상징주의 시인들에게 영향을 주었다.

213) 라틴어로 과학원을 뜻하며 프랑스어로 'Académie'라고 쓴다. 이 글에서 '프랑스 한림원'은 아카데미 프랑세즈(Académie Française)를 가리킨다. '소련의 대학원'은 소련과학원(CCCP)을 가리킨다.

214) 가이완(蓋碗)은 각각 천(天)·지(地)·인(人)을 상징하는 뚜껑, 찻잔, 차 받침이 있는 차를 마시는 도구.

215) 룽징야차(龍井芽茶), 주란쉰펜(珠蘭窨片)은 모두 중국의 명차.

216) 빌헬름 2세(Wilhelm II, 1859~1941)를 가리킨다. 그는 재위 기간 중인 1897년에 중국의 자오저우만(胶州灣)을 강점하고, '황화'론을 고취했다. 중국과 일본 등 동방 황인종들의 민족국가가 유럽을 위협하는 화근이므로 서방은 서둘러 동방을 노예로 만들고 약탈해야 한다는 여론을 만들어 냈다.

217) 하겐베크(Karl Hagenbeck). 독일의 맹수 훈련가. 1933년 10월 상하이에 와서 공연을 했다.

218) 오토 바이닝거(Otto Weininger, 1880~1903)를 가리킨다. 오스트리아 빈 출신 사상가다. 1902년 빈대학을 졸업하고 다음해에 『성(性)과 성격』(*Geschlecht und Charakter*)을 발표한 후 이탈리아를 여행하고 돌아와 자살했다.

219) 이 시는 오대(五代) 후촉(後蜀)의 임금 맹창(孟昶)의 아내 화예(花蕊)가 지은 것이라고 전해진다.

220) 친리자이(秦理齋) 부인은 이름이 공인샤(龔尹霞)이며 『선바오』의 영어 번역자인 친리자이의 아내다. 1934년 2월 25일 친리자이가 상하이에서 병사한 후, 우시(無錫)에 사는 친리자이의 아버지가 그녀에게 귀향을 요구했다. 그녀가 상하이에서의 자녀 학업 등을 이유로 돌아갈 수 없게 되자, 친의 아버지는 여러 차례 그녀에게 독촉하고 압박을 가했다고 한다. 5월 5일 그녀는 세 딸과 함께 음독 자살했다.

221) 1934년 5월 22일 『선바오』의 보도에 의하면, 상하이 푸화(福華)약국의 점원인 천퉁푸(陳同福)가 경제적 곤란 때문에 자살을 했다. 그의 몸에서 신문에서 오려 낸 친리자이 부인의 자살 보도 기사가 발견되었다.

222) 메이란팡(梅蘭芳)이 소설 『홍루몽』의 23회 스토리에 기초하여 만든 경극.

223) 『홍루몽도영』(紅樓夢圖咏)은 청대 개기(改琦)가 그린 『홍루몽』의 인물화첩으로 모두 50폭이다.

224) 장스자오(章士釗, 1881~1973)는 반청(反淸)운동에 참가했고, 1924년에서 1926 년까지 베이양군벌 돤치루이 임시정부의 사법총장 겸 교육총장을 역임했다. 존공 독경(尊孔讀經; 공자 추앙과 경전 읽기)을 주장하고 신문화운동을 반대했다.

225) 1924년 12월 1일의 『위쓰』 주간 제3기에는 프랑스의 보들레르의 시집 『악의 꽃』 가운데에서 쉬즈모(徐志摩)가 번역한 「주검」이란 시가 실렸다. 이 역시 앞에는 쉬 즈모의 장편 의론문이 게재되어 있는데, 이 글에서 다음과 같은 신비주의적 문예론 을 펼쳤다. "시의 참된 묘처는 그 글자의 뜻 안에 있는 것이 아니라, 붙잡을 수 없는 그 음절 속에 있다. 그것이 자극을 주는 것도 그대의 피부(그것은 본래 너무 거칠고 두텁다!)가 아니라 그대 자신조차도 붙잡을 수 없는 영혼이다."

226) 이는 자연계에서 나오는 소리와 사람의 입에서 나오는 소리를 가리킨다.

227) 이 대목은 루쉰이 쉬즈모의 신비주의적 논조를 풍자하기 위해 본떠 쓴 것이다.

228) 섭명침(葉名琛, 1807~1859)은 청나라 대신으로, 함풍(咸豊) 2년(1852)에 광둥 광 시의 양광총독 겸 통상대신에 임명되었다. 1857년 영국과 프랑스 연합군이 광저우 (廣州)를 침략했을 때, 그는 전쟁준비를 하지 않은 채 집에 장춘선관(長春仙館)을 마련하고 소위 여동빈(呂洞賓)과 이태백(李太白) 두 신선의 위패를 떠받들고서 길 흉을 점쳤다. 광저우가 함락된 후 포로가 되어 홍콩으로 압송되었으며, 후에 인도 캘커타의 진해루(鎭海樓)로 이송되어 1859년에 병사하였다. 당시 사람들이 그를 풍자한 대련의 전문은 다음과 같다. "싸우지 말고, 화전하지 말고, 지키지 말라. 이 건 장관의 도량, 총독의 포부라네. 죽지 말고, 항복하지 말고, 달아나지 말라. 옛날에 없던 일은 오늘에도 드문 법이네."

229) 1924년 4월 인도의 시인 타고르가 중국을 방문했을 때, 경극 배우 메이란팡과 악 수를 나누었던 일을 가리킨다.

230) 시철(詩哲)은 타고르를 가리킨다.

231) 당시 이름을 바꿔 글을 써서 자신의 작품을 변호하는 일이 자주 있었다.

232) 루쉰의 조부인 저우푸칭(周福淸)이 1893년(광서 19년)에 과거와 관련된 뇌물수 수사건에 연루되어 투옥된 일을 가리킨다.

233) 쉬서우창(許壽裳), 저우쭤런(周作人) 등과 함께 잡지 『신생』(新生)을 발간할 준비

를 하고 피압박민족의 문학작품을 번역·소개하려던 것을 가리킨다.

234) 1925년 8월 7일 『망위안』 주간 제16기에 실린 주다난(朱大枏)의 「듣자 하니 ──떠오른다」라는 글에서는 여사대를 '어느 학교'(某校)라 일컬었다. 또한 같은 기에 실린 샤오츠(效痴)의 「서글픈 여성교육」이란 글에서는 □□□을 사용하여 양인위와 장스자오를 가리키기도 하였다.

235) 당시 베이징의 경찰서는 내역(內域)에 있는 구궁(故宮) 서쪽을, 내우일구(內右一區)부터 사구(四區)로 나누어 관할하고 있었다. 내우이구의 경찰서는 시단(西單) 근처, 당시의 서판사(舍飯寺) 거리에 있었으며, 베이징여자사범대학은 그 남쪽, 쉬안우문(宣武門) 안의 스푸마(石駙馬) 거리에 있었다.

236) 레르몬토프는 러시아의 작가이다. "나에게는 다행히도 딸이 없다"는 『우리 시대의 영웅』의 「페초린의 일기」 속 인물이 한 말이다.

237) 메이란팡과 장먀오샹 모두 경극 배우이다. 두 사람은 1916년부터 「대옥, 꽃을 장사 지내다」(黛玉葬花)를 함께 공연했다.

238) 크누트 함순(Knut Hamsun)을 가리키며, 배고픔을 다룬 소설은 1890년에 발표한 장편소설 『굶주림』(Sult)이다.

239) 우즈후이(吳稚暉)를 가리킨다.

240) 모두 문언문에서 상용되는 허사(虛辭), 흔히 고문체 투성이의 글을 가리킨다.

241) 천중밍(陳炯明, 1875~1933)은 광둥 군벌로, 1917년에 광둥성장(廣東省長) 겸 월군(粤軍)총사령을 맡았으며, 1922년에는 쑨원(孫文)에 대항해서 무장반란을 일으켰으나 격퇴당한 후 둥장(東江)으로 물러났다. 1925년 그의 부대는 광둥혁명군에게 전멸당했다. 루쉰의 학생 리빙중(李秉中) 등은 천중밍 토벌전쟁에 참가했다.

242) 국민당 우파가 '청당'(淸黨)이란 이름 아래 4·12정변을 일으킨 이후, 북벌군은 1927년 12월 16일 허잉친(何應欽)이 이끄는 제일로군(第一路軍)이 쉬저우(徐州)를 점령하여 산둥 군벌 장쭝창(張宗昌)을 패퇴시켰다.

243) 작가가 자기 그림을 판에 표현하는 것을 창작판화라 하고 양산을 목적으로 판에 조각하여 복사해 찍은 것을 복제판화라고 한다.

244) '슈쯔'(綉梓)는 정미하게 조각하여 찍는 것을 지칭하는 말. 중국 고대에 책을 목판으로 인쇄할 때 가래나무를 사용하는 것을 가장 좋은 것으로 여겨 이런 명칭이 생겼다.

245) 친소적인 발언을 한 사람이나 좌익작가에 대해 소련으로부터 루블화를 받고 일

을 한다는 소문을 퍼뜨린 일이 있었다. 그러한 비열한 중상에 대해 루쉰이 넌지시 비판하여 한 말이다.

246) 산자열매 혹은 해당화 열매를 꼬치에 꿰어 설탕물을 묻혀서 굳힌, 전통적인 중국 과자.

247) '문이재도'(文以載道)는 '문장 안에 도(道; 진리)를 담는다'는 뜻으로 송대 주돈이 (周敦頤)의 『통서』(通書) 「문사」(文辭)에 나오는 말이다.

248) 1924년 베이징에서 창간한 잡지 『현대평론』의 주요 멤버인 후스, 천시잉, 쉬즈모 등을 가리킨다. 천시잉은 「한담」(閑談)에서 "절대 함부로 욕을 입에 담아선 안 된 다"고 주장한 바 있다.

249) 둥베이사변(東北事變)은 1931년 발발한 9·18사변, 상하이사변은 1932년 일어난 1·28사변을 말한다.

250) 상하이사변이 일어났을 때, 루쉰의 집이 상하이 베이쓰촨로(北四川路)에 있어서 전쟁터와 아주 인접해 있었다.

251) 항일십인단(抗日十人團)은 9·18사변이 일어난 후, 상하이 각계각층에서 자발적 으로 만든 애국 의용군중조직을 말한다.

252) 학생군은 9·18사변 후, 각지에서 일어난 대학생들과 중고등학생들로 구성된 학 생의용군 조직을 말한다.

253) 구니키다 돗포(国木田独歩)는 일본 소설가. 이 작품집은 1927년 6월 중국 카이밍 (開明)서점에서 샤몐쭌(夏丏尊)의 번역으로 출판되었다.
에드몬도 데 아미치스(Edmondo De Amicis)는 이탈리아 작가로, 전쟁에 참가한 경험을 바탕으로 소설과 기행문을 썼으며 어린이용 소설을 창작했다. 『사랑의 교 육』(愛的教育)은 『엄마 찾아 삼만 리』로 알려진 그의 소설 『쿠오레』(Cuore; 한국어 본은 주로 『사랑의 학교』로 번역)의 중국어 번역본이다.

254) 량유(良友) 도서인쇄공사와 신주국광사가 국민당 스파이에게 습격을 당한 사건 을 말한다. 『풍월이야기』(准風月談) 「후기」에 자세한 전말이 나온다.

255) 원문은 '炎黃'. '염'(炎)은 염제(炎帝)로 혹자는 신농씨(神農氏)와 같은 인물로 보 기도 한다. '황'(黃)은 황제(黃帝) 헌원씨(軒轅氏)다.

256) 1894년 갑오년(甲午年) 청일전쟁에서 중국이 일본에 패한 이래 이 글을 쓴 1908 년까지다.

257) 짐새의 날개에 숨어 있다는 맹독이다. 전설에 의하면 이 새가 술잔 위를 날아가

기만 해도 그 술잔에 맹독이 스며든다고 한다.

258) 베다(Veda)는 본래 지식이나 지혜를 뜻하는 말로 산스크리트 베다어로 작성된 경전을 가리킨다.

259) 인드라(Indra)는 본래 산스크리트어로 '강력한'이란 의미를 갖고 있으며, 고대 인도 신화에 나오는 전쟁의 신이다. 천둥과 번개 및 금강저(金剛杵)를 무기로 악마를 물리치고 천계(天界)를 수호한다고 한다.

260) 청나라 말기의 묘산흥학(廟産興學) 운동을 가리킨다. 당시에 장타이옌(章太炎), 쑤만수(蘇曼殊) 등은 불교를 비판하면서 국가의 흥망에 아무 관심이 없고 도덕 증진에도 전혀 쓸모가 없다고 했다. 따라서 불교 사찰 재산에 학교를 세워 젊은이들을 교육해야 한다고 주장했다. 루쉰은 장타이옌의 제자였지만 서로 간의 인식이 완전히 일치하지는 않았다.

261) 본래 치우(蚩尤)라고 말해야 할 것을 치우의 이름을 명확하게 알지 못하거나 치(蚩)의 발음을 알지 못하여 '아무개 우'(某尤)라고 가르치고 있는 것이다. 중국 전설에 황제(黃帝)가 치우를 패배시키고 중원의 패권을 장악했다고 한다.

262) 범어로 'sramana'. 출가하여 깨닫기 위해 노력하는 사람 즉 승려를 가리킨다.

263) 옛날 중국에서 신상(神像)을 앞세우고, 의장을 갖춰 음악을 연주하며 마을을 돌던 행사다.

264) 벰(Józef Bem, 1794~1850)은 폴란드의 장군이다. 1830년 11월 러시아에 대항하여 일어난 독립 전쟁 영도자의 한 사람이다. 실패한 뒤 외국으로 망명했고, 1840년 비엔나 무장봉기와 1849년 헝가리 민족해방전쟁에 참전했다.

265) 원제는 「破惡聲論」. 1908년 12월 5일 일본 도쿄에서 발간되던 『허난』(河南) 월간 제8호에 처음 발표되었고, 서명은 쉰싱(迅行)이다. 미완성 문장이지만 루쉰의 초기 사상을 이해하는 데 매우 중요한 내용을 담고 있다. '악성'(惡聲)은 나쁜 소리인데 사람과 사회에 해악을 끼치는 악한 소리를 가리킨다. 따라서 제목을 번역하면 '악한 소리를 타파하기 위한 논설'이 된다. 원문의 단락이 너무 길어서 독서에 방해가 되기 때문에 이 번역문에서는 의미와 문맥에 따라 다시 단락을 나누었다.

266) 진신이(金心異)는 첸쉬안퉁이다. 5·4 시기에 신문화운동에 적극 참여했으나 말년으로 갈수록 보수적 입장을 보였다.

267) 동삼성(東三省)은 중국 만주 지역의 세 성, 즉 랴오닝성, 지린성, 헤이룽장성(黑龍江省)을 가리킨다.

268) 『한비자』「외저설」(外儲說)에 다음과 같은 기록이 있다. "묵자는 나무로 연을 만들면서 3년을 들여 완성했지만 하루를 날고는 떨어졌다."

269) 린위탕은 「아녀자들에게도 한번 해보게 하자!」라는 글에서 "지금의 현자 러셀, 아인슈타인, 롤랑 등을 초청하여" "천하를 다스리게 하자"라고 했다.

270) 임대옥(林黛玉)은 『홍루몽』의 여자 주인공으로, 이어지는 말은 『홍루몽』 제82회에 나온다.

271) 마롄(馬廉, 1893~1935)은 당시 베이핑사범대학과 베이징대학에서 강의를 했다. 1935년 2월 19일 베이징대학에서 강의 도중 뇌일혈로 세상을 떠났다.

272) 첸쉬안퉁의 별명. 말년에 역사 의고주의에 빠져 의고쉬안퉁(疑古玄同)이란 별명이 붙었으며, 루쉰이 이 글을 쓸 때는 베이핑사범대학 국문과 학과장으로 재직하고 있었다.

273) 글랏코프는 소련의 소설가로, 1925년 장편소설 『시멘트』(Цемент)를 발표하여 소련 국민경제 회복기 인민들의 투쟁적인 삶을 묘사했다.

274) 이 글은 1931년 11월 '삼한서옥'에서 출판한 『철의 흐름』 판권지 페이지 뒤에 실렸다. 삼한서옥은 루쉰이 자비로 서적을 간행할 때 쓰던 서점 명칭이다.

275) 중국 당나라 시인 가도(賈島, 779~843)는 시구를 정성스럽게 갈고 다듬기로 유명하여 고음(苦吟) 시인으로 불렸다. 원대 신문방(辛文房)이 지은 『당재자전』(唐才子傳)에 의하면 가도는 섣달 그믐날 일 년 동안 지은 시를 모아 놓고, 술을 마련하여 제사를 지내며 자신의 고단한 정신을 위로했다고 한다.

276) 중국 전설에 의하면 책벌레가 고서 속의 '신선'(神仙)이란 글자를 세 번 갉아먹으면 신선과 같은 영물이 된다고 하는데, 이를 맥망(脈望)이라고 한다.

277) 「이소」(離騷)는 중국 전국시대 초나라 시인 굴원(屈原)의 작품으로 전해지는 초사체(楚辭體) 문장의 대표작.

278) 1934년 5월 28일 『다완바오』에서 다음과 같은 소식을 전했다. "소련과 러시아 예술계는 지금까지 사실파와 상징파 두 파로 나뉘어 있었다. 지금은 사실주의가 점차 몰락하고 상징주의가 정부나 재야에서 일제히 제창되어 활발하게 번영하는 기풍을 이끌어 나가고 있다. 그 나라의 예술가가 우리나라의 서화작품이 상징파에 잘 어울린다고 생각하자, 중국의 연극도 상징주의를 취하고 있을 것이라고 생각하게 되었다. 그리하여 … 중국의 유명한 연극인인 메이란팡 등을 초청하여 연기하게 할 계획이다."

279) 1933년 6월 4일 국민당 정부와 미국은 워싱턴에서 오천만 위안의 '면화와 소맥 차관' 협정을 맺어 미국의 밀과 밀가루, 면화를 구매하기로 했다. 본문의 언급은 이 와 관련된 일인 듯하다.

280) 웨이밍사(未名社)는 1925년 가을 베이징에서 만든 문학단체이다. 주요 성원으로 루쉰, 웨이쑤위안, 차오징화(曹靖華), 리지예, 타이징눙 등이 있다.

281) 1928년 봄 웨이밍사가 출판한 트로츠키의 『문학과 혁명』(文學與革命; 리지예·웨 이쑤위안 옮김)이 지난 산둥성 제1사범학교에서 압류당했다. 베이징 경찰청은 산 둥군벌 장쭝창(張宗昌)의 전보 통지에 의거하여 3월 26일 웨이밍사를 수색 및 활동 금지조처 하고 리지예와 타이징눙 두 사람을 체포했다.

282) 1930년 루쉰은 중국자유운동 대동맹에 참가했기 때문에 국민당 당국의 지명수 배를 받았고, 이듬해 러우스(柔石)가 체포되어 또다시 도피생활을 했다. 도피 전에 갖고 있던 편지를 소각했다. 『먼 곳에서 온 편지』(兩地書)의 「서언」 참고.

283) 차이제민(蔡子民, 1868~1940). 차이위안페이(蔡元培)를 가리킨다.

284) 류반눙은 1920년 6월 6일 쓴 「'그녀' 글자 문제」(她字問題)라는 글에서 3인칭 여 성대명사로 '그녀'(她)라는 말을 창조할 것을 주장했다. 이에 덧붙여 "'그'(它)자를 취하여서 무생물 대명사로 사용해야 한다"라는 주장을 제기했다.

285) 『하전』(何典)은 청대 장난좡(張南庄; 필명은 '나그네')이 쓴 장회소설로 속담을 운 용하여 해학과 풍자가 넘친다. 1926년 6월 류반눙은 이 책에 구두점을 찍어 재출간 했는데 루쉰이 이 책의 제기를 쓴 바 있다.

286) 『위쓰』 제4권 제9기(1928년 2월 27일)에 류반눙이 「임칙서가 영국 국왕에서 보 낸 공문」이라는 글을 발표했는데 이 글에서 임칙서가 영국인에게 포로로 잡혔고 이뿐만 아니라 "법에 따라 극형에 처해져서 인도에서 시체를 메고 거리를 돌아다 녔다"라고 했다. 얼마 후 뤄칭(洛卿)이라는 독자가 이는 역사적인 사실이 아니라는 지적을 담은 편지를 보내오자 『위쓰』 제4권 제14기(같은 해 4월 2일)에 이 편지를 실었다. 이 다음부터 류반눙은 『위쓰』에 기고하지 않았다.

287) 1930년 9월 18일 일본이 중국의 동북지역을 침략한 사건을 가리킨다. 이후 일본 은 이 지역에 만주국을 세운다.

288) 1934년 7월 25일 루쉰은 『선바오』의 「자유담」에 「농담은 그저 농담일 뿐(상)」을 발표하여 당시 유럽화 문법을 반대한다는 핑계로 백화문을 공격하는 사람을 비판 했다. 8월 7일 원공즈(文公直)는 같은 지면에 루쉰에게 보내는 공개 편지를 발표하

여서 유럽화 문법을 채용하자는 루쉰의 주장은 '제국주의자의 사주를 받은 것'이라는 언급을 했다.

289) 상하이 카이밍서점(開明書店)에서 출판한 『이십오사』(二十五史: 즉 원래의 『이십사사』에 『신원사』新元史를 첨가한 것)는 모두 양장본으로 아홉 권의 큰 책이다. 상하이 서적신문합작사에서 출판한 『이십육사』(상술한 『이십오사』에 『청사고』를 첨가한 것)는 양장본으로 모두 20개의 큰 책이다. 상하이 중화서국에서 발행한 『사부비요』(四部備要: 경, 사, 자, 집 4부의 고서 336종)는 원래 2,500책으로 되어 있었고 양장본도 있었는데 100책으로 합본했다.

290) 『세설신어』(世說新語)는 총 3권으로, 동한에서 동진까지 문사와 명사의 언담, 풍모, 에피소드 등이 담겨 있다.

291) 『인간세』 제13호에 린위탕이 쓴 글 「어떻게 백화를 세련되게 쓸 것인가」가 실렸다. "오늘 대중이란 어떤 것인가를 10~20자로 설명할 수 있는 사람도 없거니와 모범적인 대중어 100~200자를 써내어 우리에게 보여 줄 수 있는 사람도 없고 구름 위에 높이 서서 외치기만 하고 있으니 그것은 대중을 어리둥절하게 만들기에나 맞춤한 것이다."

292) 공령(空靈)하다는 가볍고 유연하여 포착하기 힘들다는 뜻이다.

293) 원문은 '敦倫'이다. 부부간의 성관계를 의미한다. '부부'는 오륜의 하나이므로 '윤리를 돈후하게 한다'라고 했다.

294) 장헌충(張憲忠)은 명조 말기 농민봉기의 지도자이다. 『촉벽』(蜀碧)은 장헌충이 쓰촨에 있을 때의 일을 기록한 책으로 이 책을 선물한 수빈은 쉬친원(許欽文)의 필명이다. 『촉귀감』(蜀龜鑑)은 만명 시기의 이야깃거리를 기록한 것으로 『촉벽』과 비슷한 책이다.

295) 궁형(宮刑)은 『상서』「궁형」의 '궁벽의사'(宮辟疑赦)전에 "궁은 음형이다. 남자는 거세하고 여자는 유폐하는 형으로 사형 다음가는 형벌이다"라고 쓰여 있다. 유폐는 명대 유민 서수비(徐樹丕)의 『식소록』(識小錄)에 다음과 같이 기록되어 있다. "「전」에서 '남자는 거세하고 여자는 유폐한다'고 말했는데 모두 유폐의 의미를 몰랐으나 지금은 알게 됐다. 곧 여자에게는 그 근육을 제거하여 말과 돼지 류를 만드는 것처럼 욕정을 사라지게 한다. 나라의 초기에 이를 자주 사용했는데 여자들이 많이 죽었기 때문에 행하지 않았다."

296) 손가망(孫可望, ?~1660)은 장헌충의 양자이다. 영력(永歷) 5년(1651)에 그는 남

명의 영력제에게 청하여 진왕(秦王)으로 봉해졌으며 나중에 군대를 파견하여 영력제를 구이저우의 안륭소(安隆所; 안룡부安龍府라고 개칭함)까지 호송하고 자기는 구이양에 주둔해 있으면서 조의(朝儀)를 확정하고 관제를 설치하였다. 마지막에는 청조에 투항했다.

297) 원중랑(袁中郎, 1568~1610)은 명대 문학가이다. 『광장』(廣莊)은 원중랑이 『장자』의 문체를 모방하여 도가 사상을 논한 작품으로서 모두 7편으로 되어 있다. 나중에 『원중랑전집』에 수록됐다.

298) 담사동(譚嗣同, 1865~1898). 청조 말기 유신운동의 중요 인물로, 무술정변으로 희생된 '6군자' 중 한사람이었다.

299) 추근은 반청 혁명단체인 광복회의 주요 성원 중 한 명으로, 1907년 봉기를 준비하다 청 정부에 체포되어 처형되었는데 진거병(陳去病)은 「감호여협추근전」(鑑湖女俠秋瑾傳)에서 추근이 심문받던 광경을 다음과 같이 서술하였다. "그를 본 사람의 말에 따르면 시종 아무것도 자백하지 않았고 형장에서 '가을비 가을바람 죽음을 슬퍼하도다'라는 구절만을 남겼을 뿐이라고 한다."

300) 우싱(吳興) 류씨(劉氏) 자예탕(嘉業堂)은 중국의 유명한 개인 장서 누각. 장서 수가 60만 권이나 되었으며 직접 판각을 만들어 책을 찍어 냈다.

301) 당대에 시작한 피휘 방법이다. 본 조정의 황제나 어른의 이름을 쓰거나 새길 때맨 마지막 획을 생략하곤 하였다. 류청간이 '의'(儀)자의 마지막 획을 생략한 것(羛)은 청조 폐제(廢帝) 부의(溥儀)의 이름자를 기휘하기 위한 것이었다.

302) 『시경』은 '국풍'(國風), '소아'(小雅), '대아'(大雅), '송'(頌) 네 종류로 나누어진다. 「빈」(豳)은 '국풍'의 마지막에 들어 있으며 모두 7편이다. 『시서』(詩序)에 의하면 이것은 다 주공이 '변고를 당하고' '난을 평정하고' '동쪽을 정벌한 것'에 관하여 쓴 시이다.

「소민」(召旻)은 '대아'의 마지막 편으로 『시서』에는 다음과 같이 기록되어 있다. "소민은 범백(凡伯; 곧 周大夫)이 유왕(幽王)의 대악무도함을 풍자한 것이다."

303) 체원(體元)은 『춘추』의 '은공(隱公) 원년'에 나온다. "원년, 봄, 왕의 정월"이라고 쓰여있다. 진대(晉代) 두예(杜預)의 주에는 "임금이 즉위하면 자신의 체계를 세우려 하므로 1년 1월이란 말을 쓰지 않는다"고 기록되어 있다. 당대 공영달(孔穎達)의 주소에는 다음과 같이 기록되어 있다. "원정(元正)이란 처음과 우두머리라는 뜻이지만 그 이름으로 인하여 더욱 광범위하게 쓰인다. 원이란 기의 바탕이며 선의

으뜸이다. 임금은 근본을 틀어쥐고 만물의 으뜸이 되어 원과 같은 몸이 되려 하므로 그 첫 해를 원년이라 한다."

'표정'(表正)이란 『서경』의 「중훼지고」(仲虺之誥)에 "표정만방"(表正萬邦)으로 나온다. 한대 공안국(孔安國)은 "천하를 올바르게 따르게 하고 만국을 법으로 바로잡는다"고 주를 달았다.

304) 철현(鐵鉉, 1366~1402)은 명대 건문제(建文帝) 때 산동참정(山東參政)을 지냈다. 연왕(燕王) 주체(朱棣; 즉 후의 영락제永樂帝)가 군사를 일으켜 왕위를 탈취하려 할 때 그는 지난(濟南)에서 수차례 연왕의 군대를 격파했으므로 병부상서로 승급했다. 연왕이 즉위하자 사형을 당했다.

305) 항세준(杭世駿, 1696~1773). 청대 고증학자이다. 『정와류편』은 고서의 진가이동을 고증한 책이다.

306) 국조문찬(國朝文纂)은 명대 시문의 모음집이다.

307) 아름다운 인어(美人魚). 당시 수영 여자선수 양슈징(楊秀瓔)의 닉네임. 1933년과 34년에 차례로 중국 제5회 전국운동회, 제10회 원동(遠東)운동회에 참가하여 수영 종목 다관왕이 되었다.

308) 잡문(雜文; 발음이 '짜윈')을 가리킨다.

309) 『거사전』(居士傳). 청대 팽제청(彭際淸) 지음, 56권. 전서는 합계 56편의 전기가 있으며, 3백 명의 이름을 열거하고 있다.

310) 옛 전설로서 사람이 호랑이에게 물려 죽은 후 그 혼귀가 오히려 호랑이를 도와 사람을 잡아먹는데, 이것을 '호창'(虎倀) 혹은 '창귀'(倀鬼)라고 불렀다.

311) 100집 즉 여러 집에게 얻어 온 천 조각을 가지고 기워 만든 옷. 갓난아이에게 이런 옷을 해 입히면 오래 산다고 여겼다.

312) '염구'(焰口)는 아귀(餓鬼)의 이름으로, 계율을 어기거나 탐욕을 부리다가 아귀도(餓鬼道)에 떨어진 망령이다. 지옥에서 매년 음력 7월 초하루에 염구(아귀)들을 풀어 주어 가족·친지들의 공양을 받을 수 있게 하는데 '염구를 풀어 준다'고 해서 '방염구'라 한다.

313) 악비·문천상 같은 실패한 영웅 이야기는 연극 등에 자주 등장한다.

314) 둘 다 여진족이 청나라를 건국하여 중국을 정복하는 과정에서 벌인 대규모 학살이었다. "양저우 10일"은 1645년 청군이 양저우를 함락시킨 뒤 열흘에 걸쳐 대학살을 저지른 것을 가리킨다. "자딩 3도"는 같은 해 청군이 자딩(嘉定)을 점령한 뒤

세 차례에 걸쳐 학살 행위를 저지른 것을 말한다.

315) 금강역사(金剛力士)의 부릅뜬 눈.

316) 『북두』(北斗). 월간, 문예지. 중국좌익작가연맹 기관지 가운데 하나.

317) 러우스(柔石, 1902~1931). 본명은 자오핑푸(趙平復), 공산당원, 작가. 『위쓰』 편집을 맡은 바 있으며, 루쉰과 함께 문학단체 조화사(朝花社)를 조직하였다.

318) "네 명"이라고 해야 한다. 당시 러우스와 함께 처형된 중국좌익작가연맹 소속 청년 작가들을 일러 '좌련 5열사'라 부른다.

319) 소른(Anders Leonard Zorn, 1860~1920)은 스웨덴의 화가, 조각가, 동판화가.

320) 독일어 『*Deutsche Zentral Zeitung*』(독일 중앙 신문)의 약칭. 당시 소련에서 발행된 독일어 일간지이다.

321) 한의학에서 바람을 쏘여서 생기는 병을 이르는 말.

322) 루나차르스키(Анатолий Васильевич Луначарский, 1875~1933). 소련 문예평론가, 작가, 정치가. 소련 교육인민위원을 역임하였다.

323) CP는 Communist Party(공산당)의 약어이며, CY는 Communist Youth(공산주의청년단)의 약어이다.

324) 1933년 4월 초 국민당의 제4차 포위토벌전이 무위로 돌아간 뒤 홍군이 장시(江西)성의 신간(新淦)·진시(金溪)현을 함락시키고 난창·푸저우(撫州)를 위협하던 시기를 말한다.

325) 1933년 11월 푸젠성에서 국민당 정부에 반기를 든 정변이 일어나 '중화공화국 인민혁명정부'가 선포되었으나 이내 진압되었다.

326) 런판(人凡)은 차오바이(曹白)이다. 본명 류핑뤄(劉平若). 1933년 항저우국립예술전문학교를 수료하였고, 투옥되었다가 1935년에 출감하였다.

327) 이 글은 상하이에서 출판된 영문 잡지 『중국의 소리』(中國呼聲, *The Voice of China*)를 위해 쓴 것으로 영역문은 그 잡지 6월 1일자 제1권 제6호에 실렸다.

루쉰은, 1936년 4월 1일 차오바이(曹白)에게 이런 편지를 썼다. "문학가의 초상화 하나 때문에 이런 죄를 뒤집어쓰다니, 너무 암담하고 너무 우습습니다. 내가 짧은 글 하나를 써서 외국에 발표하려고 하니 체포되었던 이유, 연월, 공판 당시의 상황, 처벌 기간(2년 4개월?) 등을 알려 주세요. 대략만 써도 무방합니다." 또 5월 4일자 편지에서 "당신의 그 글(「감옥살이 약술」)은 아직 발표할 만한 곳을 찾지 못하였습니다. 내가 그 일부를 베껴서 저번에 보내온 편지(약간 덜어 내고 손보았습니다)와 함께 「깊은 밤에 쓰다」에 실었습니다."

328) 발더제는 독일 장군으로, 1900년 의화단의 난을 진압하기 위한 8개국 연합군 사령관으로서 중국에 파견되어 왔다.

329) 과거 중국에서 해상 교통이나 해외 무역에 제약을 가한 것을 해금(海禁)이라 한다. 1842년 난징조약으로 중국이 문호를 열어 효력을 잃게 되었다.

330) 양강(兩江)은 장쑤성(江蘇省)과 저장성(浙江省)을 합쳐 부르던 말이다.

331) 황커창(黃克强, 1874~1916)은 혁명가 황싱(黃興). 일본 유학 시절 쑨원(孫文)과 함께 혁명 활동을 하였다. 중화민국 건국 뒤 육군총장을 맡았다.

332) 루쉰은 이 글을 마무리 짓지 못하였다.

333) 폴란드 작가 헨리크 시엔키에비치(Henryk Sienkiewicz, 1846~1916)의 중편소설 「목탄화」 제6장에 나온다.

334) 1925년 1월 초 베이양정부 교육부는 당시 둥난(東南)대학 교장 궈빙원(郭秉文)을 면직시키고 후둔푸(胡敦復)로 하여금 교장직을 잇게 했다. 이에 둥난대학은 각각 궈빙원과 후둔푸를 옹호하는 두 파로 나누어졌다.

335) 1925년 2월 초 광둥정부 혁명군은 처음으로 동쪽 정벌에 나서 3월 중순에 광둥 군벌 천중밍 부대 주력군을 격퇴했다. 여기서 말하고 있는 학생은 베이징대학 학생 리빙중(李秉中)으로, 1924년 겨울 황푸(黃埔)군관학교에 들어가 후이저우 공격전에 참가했다.

336) 『맹진』(猛進)은 정론성 주간지, 쉬빙창(徐炳昶)이 주편했다.

337) 『열자』(列子)의 「설부」(說符)에 "주(周)의 속담에 깊은 연못에 사는 물고기를 살펴보는 사람은 상서롭지 못하고, 은닉된 것을 헤아려 보는 사람은 재앙을 맞게 된다"라는 말이 나온다. 『장자』(莊子)에는 이 말이 나오지 않는다. 루쉰의 착오로 보인다.

338) 『보팅』(波艇)은 문예월간, 샤먼대학의 학생조직 양양사(泱泱社)에서 1926년 12월 창간했다. 루쉰의 소개로 상하이 베이신서국에서 인쇄, 발행했다.

339) 가오창훙이 『광풍』 제7기(1926년 11월 21일)에 「―에게」(給―)라는 제목으로 실은 시를 가리킨다. 시에는 "나는 그에게 달을 건네주었고, 나는 밤에게 향유하도록 건네주었다.… 차갑고 어두운 밤, 그는 그 태양을 질투했고, 태양이 그가 떠나도록 내버려 두었다. 이때부터 다시는 만나지 않았다"라는 구절이 있다.

340) 「달나라로 도망친 이야기」를 가리킨다. 후에 『새로 쓴 옛날이야기』에 수록했다.

341) 영제(令弟). 쉬친원(許欽文)의 여동생. 루쉰이 베이징을 떠나 남쪽으로 간 뒤 그
녀는 루쉰의 모친과 함께 시싼탸오(西三條) 후퉁(胡同) 21호에 살면서 1930년 3월
허베이(何北) 다밍(大名)의 사범학교로 갈 때까지 요리와 가사일을 도왔다.

『루쉰 잡문선』 수록작품 출처

문집명 / 전집	선집수록작품
외침 / 2권	『외침』서문
무덤 / 1권	나의 절열관(節烈觀) / 지금 우리는 아버지 노릇을 어떻게 할 것인가 / 노라는 떠난 후 어떻게 되었는가? / 등하만필(燈下漫筆) / '페어플레이'는 아직 이르다 / 『무덤』 뒤에 쓰다
열풍 / 1권	수감록 39 / 수감록 40 / 56. '온다' / 57. 현재의 도살자 / 62. 분에 겨워 죽다 / 65. 폭군의 신민 / 작은 일을 보면 큰 일을 알 수 있다 / 비평가에 대한 희망
화개집 / 4권	문득 생각나는 것 (1~4) / 전사와 파리 / 문득 생각나는 것 (5~6) / '벽에 부딪힌' 뒤 / 문득 생각나는 것 (7~9) / 문득 생각나는 것 (10~11)
화개집속편 / 4권	고서와 백화 / 꽃이 없는 장미(2) / '사지' / 류허전 군을 기념하며 / 샤먼 통신(3) / 바다에서 보내는 편지
이이집 / 5권	혁명시대의 문학 / 유형 선생에게 답함
삼한집 / 5권	서언 / 소리 없는 중국 / 종루에서 / '취한 눈' 속의 몽롱 / 통신 / 나와 『위쓰』의 처음과 끝
이심집 / 6권	좌익작가연맹에 대한 의견
남강북조집 / 6권	망각을 위한 기념
거짓자유서 / 7권	도망에 대한 변호 / 풍자에서 유머로 / 추배도 / 중국인의 목숨 자리 / 글과 화제 / 깊은 이해를 추구하지 않는다

문집명 / 전집	선집수록작품
풍월이야기 / 7권	밤의 송가 / 밀치기 / 중·독의 분서 이동론(異同論) / 가을밤의 산보 / 기어가기와 부딪히기 / 귀머거리에서 벙어리로 / 번역에 관하여(상) / 번역에 관하여(하) / 차 마시기 / 황화
꽃테문학 / 7권	여자가 거짓말을 더 하는 것은 결코 아니다 / 친리자이 부인 일을 논하다 / 독서 잡기 / '대설이 분분하게 날리다'
집외집 / 9권	'음악'? / '중용 지키기'의 진상을 말하다 / 잡담 / 러시아 역본 「아Q정전」 서언 및 저자의 자술 약전 / 뜬소문과 거짓말 / 문예와 정치의 기로
집외집습유 / 9권	중산 선생 서거 일주년 / 『근대목각선집』(1) 소인 / 식객 문학과 어용문학 / 올 봄의 두 가지 감상 / 상하이 소감
집외집습유보편 / 10권	파악성론 / 무제 / '일본 연구'의 바깥 / 아녀자들도 안 된다 / 사지(死所) / 삼한서옥에서 교정 인쇄한 서적 / 책의 신에게 올리는 제문
차개정잡문 / 8권	가져오기주의 / 웨이쑤위안 군을 추억하며 / 류반능 군을 기억하며 / 아이 사진을 보며 떠오르는 이야기 / 중국 문단의 망령 / 아프고 난 뒤 잡담
차개정잡문 2집 / 8권	풍자에 관하여 / 쉬마오융의 『타잡집』 서문 / 그렇게 쓰지 말아야 한다 / "사람들의 말은 가히 두렵다"에 관해 / 문단의 세 부류
차개정잡문말편 / 8권	나의 첫번째 스승 / 깊은 밤에 쓰다 / "이것도 삶이다"… / 죽음 / 타이옌 선생으로 하여 생각나는 두어 가지 일
먼곳에서 온 편지 / 13권	2 / 8 / 73 / 112

루쉰전집번역위원 소개

공상철

고려대학교 중어중문학과를 졸업하고 동대학원에서 『京派 문학론 연구』로 박사학위를 받았으며, 현재 숭실대학교 중어중문학과 재직 중. 지은 책으로는 『중국 중국인 중국문화』(공저)가 있고, 옮긴 책으로는 『페어플레이는 아직 이르다』 등이 있다.

김영문

서울대학교 대학원에서 석·박사 학위를 받았고, 현재는 인문학 연구서재 청청재(靑靑齋) 대표로 지식인의 사회적 역할과 관련한 인문학 서적을 저술·번역하고 있다. 지은 책으로 『노신의 문학과 사상』(공저), 옮긴 책으로는 『루쉰과 저우쭤런』, 『문선역주』(전10권), 『루쉰, 시를 쓰다』, 『아Q 생명의 여섯 순간』 등이 있다.

김하림

고려대학교 중어중문학과에서 『魯迅 문학사상의 형성과 전변 연구』로 박사학위를 받았고, 현재 조선대학교 중국어문화학과에 재직 중. 지은 책으로는 『루쉰의 문학과 사상』(공저) 등이 있고, 옮긴 책으로 『중국인도 다시 읽는 중국사람 이야기』, 『차가운 밤』 등이 있다.

박자영

중국 화동사범대학 중어중문학과에서 『공간의 구성과 이에 대한 상상:1920, 30년대 상하이 여성의 일상생활 연구』로 박사학위를 받았고, 현재 협성대학교 중어중문학과 재직 중. 지은 책으로 『동아시아 문화의 생산과 조절』(공저) 등이 있고 옮긴 책으로 『중국 소설사』, 『나의 아버지 루쉰』 등이 있다.

서광덕

연세대학교 중어중문학과에서 『동아시아 근대성과 魯迅:일본의 魯迅 연구를 중심으로』로 박사학위를 받았고, 현재는 건국대학교 중어중문학과에서 강의하고 있다. 지은 책으로는 『중국 현대문학과의 만남』(공저) 등이 있고, 옮긴 책으로는 『루쉰』, 『일본과 아시아』, 『중국의 충격』 등이 있다.

유세종

한국외국어대학교 중국어과에서 루쉰 산문시집 『들풀』의 상징체계 연구로 박사학위를 받았다. 한신대학교 중국지역학과에 재직했다. 지은 책으로는 『루쉰식 혁명과 근대중국』, 『화엄의 세계와 혁명―동아시아의 루쉰과 한용운』 등이 있고, 옮긴 책으로는 『들풀』, 『루쉰전』 등이 있다.

이보경

연세대학교 중어중문학과에서 『20세기 초 중국의 소설이론 재편 연구』로 박사학위를 받았으며, 현재는 강원대학교 중어중문학과에 재직 중. 지은 책으로는 『문(文)과 노벨(Novel)의 결혼』, 『근대어의 탄생—중국의 백화문운동』이 있고, 옮긴 책으로는 『내게는 이름이 없다』, 『동양과 서양 그리고 미학』, 『루쉰 그림전기』 등이 있다.

이주노

서울대학교 중어중문학과에서 『현대중국의 농민소설 연구』로 박사학위를 받았고, 현재는 전남대학교 중어중문학과에 재직 중. 지은 책으로는 『중국현대문학의 세계』(공저) 등이 있고, 옮긴 책으로 『역사의 혼, 사마천』, 『중화유신의 빛, 양계초』, 『서하객유기』(전7권) 등이 있다.

조관희

연세대학교 중어중문학과를 졸업하고, 같은 학교에서 석사와 박사학위를 받았다. 상명대학교 중국어문학과에서 학생들을 가르치고 있다. 한국중국소설학회 회장을 역임했으며, 주요 저작으로는 『루쉰: 청년들을 위한 사다리』, 『후퉁, 베이징 뒷골목을 걷다』, 『베이징, 800년을 걷다』, 『교토, 천년의 시간을 걷다』, 『소설로 읽는 중국사 1, 2』 등이 있다. 옮긴 책으로는 루쉰의 『중국소설사』 등이 있다.

천진

연세대학교 중어중문학과에서 『루쉰의 '시인지작'의 의미연구:문학사 연구를 중심으로』(석사), 『20세기 초 중국의 지·덕 담론과 文의 경계』(박사)로 학위를 받았다. 지은

책으로 『중국 근대의 풍경』(공저) 등이 있으며, 주요 논문으로 『식민지조선의 지나문학과의 운명—경성제국대학의 지나문학과를 중심으로』, 「'행복'의 윤리학:1900년대 초 경제와 윤리 개념의 절합을 통해 본 중국 근대 개념어의 형성」 등이 있다.

한병곤

서울대학교 중어중문학과를 졸업하였고 전남대학교에서 『노신 잡문 연구』로 박사학위를 받았다. 국립 순천대학교 교수. 루쉰 관련 논문으로 「노신에게 있어서의 문학과 혁명」, 「혁명문학논쟁 시기 노신의 번역」, 「노신의 번역관」, 「노신과 지식인—노신은 무엇에 저항하였는가」, 「건국 초기 중화인민공화국 어문 교과서 속의 노신」 등이 있다. 지은 책으로는 『노신의 문학과 사상』(공저)이 있다.

홍석표

서울대학교 중어중문학과를 졸업하고 동대학원에서 『중국의 근대적 문학의식의 형성에 관한 연구』로 박사학위를 받았으며, 현재 이화여자대학교 중어중문학전공 교수로 재직 중. 동대학교 중국문화연구소장 및 국제루쉰연구회 이사를 맡고 있다. 지은 책으로는 『천상에서 심연을 보다:루쉰(魯迅)의 문학과 정신』, 『현대중국, 단절과 연속』, 『중국의 근대적 문학의식 탄생』, 『중국현대문학사』 등이 있고, 옮긴 책으로는 『매의 노래』, 『악마파 시의 힘』 등이 있다.

루쉰 잡문선

지은이 루쉰 | 엮은이 루쉰전집번역위원회 | 발행인 유재건 | 편집인 임유진 | 펴낸곳 엑스북스

등록번호 105-91-96264호 | 주소 서울시 마포구 와우산로 180 4층

대표전화 02-334-1412 | 팩스 02-334-1413

초판 1쇄 발행 2018년 11월 20일

엑스북스(xbooks)는 (주)그린비출판사의 책읽기·글쓰기 전문 임프린트입니다. 이 도서의 국립중앙도서관 출판예정도서목록(CIP)은 서지정보유통지원시스템 홈페이지(http://seoji. nl.go.kr)와 국가자료공동목록시스템(http://www.nl.go.kr/kolisnet)에서 이용하실 수 있습니다. (CIP제어번호: CIP2018035370)

ISBN 979-11-86846-40-7 04820

ISBN 979-11-86846-36-0 세트